康熙

和他的王朝

高梦龄　谢春红　著

加拿大国际出版社

Canada International Press

书名：康熙和他的王朝

作者：高梦龄　谢春红

出版：加拿大国际出版社

国际书号 ISBN：978-1-990872-81-5

电子书 ISBN：978-1-990872-17-4

Book Titil: Kangxi and His Dynasty
Written by: Mengling Gao, Chunhong Xie
Published by: Canada International Press
ISBN: 978-1-990872-81-5
ISBN: 978-1-990872-17-4

序言

"今人不见古时月，今月曾照古时人"。

在康熙皇帝统治期间，中国清朝成为当时世界上幅员辽阔、人口众多、经济最富庶的帝国，为开启百余年的康乾盛世奠定了坚实的基础。

我们撰写的康熙这位清代杰出的政治家、军事家的一生包括：少年生活、十四岁亲政、智擒鳌拜、平定内乱、收复台湾、抗击外敌、安定蒙藏、治理河害、发展经济、招贤纳士、编纂典籍等以及他个人的感情生活。本书以史实为根据，结合浓郁的文学艺术笔法，再现了康熙帝传奇的一生。

本书反映的社会生活比较广阔，包括了不同阶层形形色色的人物，除了主人公康熙、博尔济吉特氏、鳌拜、索尼、索额图、明珠、苏麻喇姑、吴三桂、施琅、郑成功、郑经、熊赐履、李光地、高士奇等朝臣淑女外，还包括了三教九流人物，各具性格，各有形貌，过目留影。同时还大量使用了民俗掌故，既是民俗资料，又可以帮助我们了解中国封建社会鼎盛时期的社会历史生活。

《康熙和他的王朝》经过谢春红的再编辑，修订，面向除中国大陆之外的国家和地区出版发行，希望对海外生活的华人华侨们了解中国清朝鼎盛时期的历史有所帮助，也希望对弘扬中国传统文化尽一份绵薄之力。

高梦龄　谢春红

2022 年 9 月 19 日

目　录

1.　京都猎艳

　　京都寂静的夜被一阵马蹄声踏碎。吴三桂骑着高头大马，后边是一顶颤悠悠的蓝呢暖轿，前簇后拥的卫兵跟随、保护着。他们从金鱼胡同东口出来，走过南小街，折向东四北大街，直奔安定门锣鼓巷而去，吴三桂在京的宫邸在这里，往北出德胜门，便是他的大营。

　　吴三桂在马上不时回头，微笑地看着身后的四人暖轿。此时他的心境比吃到方才崇祯皇帝岳丈田畹招待的三丝鱼翅和燕窝鱼羹还有滋味，又好像多喝了二两老酒，他有点醉意陶然了。他这样高兴，当然是得到了心中爱慕的绝色美人，同时也是跟田畹这个老皮货商、皇帝的老泰山一次斗法的胜利。他在应邀赴宴之前，只想饱开艳福，听听陈圆圆的江南小曲，目睹一下芳容，有机会再攀谈几句，说说玩玩，开开心，这样也就不虚此行了。

　　当然，吴三桂自己也不讳言，他在宫内同她邂逅的那一瞬间，已经被这个江南娇美的女子吸引住了，他想如能得到这样的风情万钟、天姿艳丽的女子，那将真是三生有幸，不枉南征北战、戎马半生啊！

　　想到同田畹明争暗夺陈圆圆，自己终于得胜，他不觉冷笑一声。

　　马蹄声阵阵，吴三桂，悠然，陶然，回忆着得识陈圆圆的一幕幕图景。

人们也许没有感到大明江山已经日薄西山了。在此之前，崇祯皇帝在李自成起事，从陕西一路杀来时，已经觉得他的"龙墩"坐不稳了。其实要说崇祯皇帝，非亡国之君，何以处处皆显亡国之象？他昼思夜想最怕祖宗留下的大明江山失在他手中，无颜去见祖宗于地下。他决意亲自与李闯王决一死战，虽战死疆场死而无恨。大臣们一听皇帝这番慷慨激昂，要求上阵杀敌，纷纷请缨。大学士李健泰首告奋勇，表示愿替皇上出征。可是这个李健泰他的所有军事常识，都是文本上的，根本没带过一兵一卒，打过一次仗，他带着军队，出北京城没走几百里，便闻讯李自成大军已经过了黄河了，一仗没打，就吓得屁滚尿流撤兵到保定，然后举起双手，投降到李自成部将刘芳亮那里了。

崇祯皇帝盛怒之下，斩了他的全家，可这有什么用。最后他接受几位大臣们的齐奏，调宁远总兵吴三桂回京师护驾。皇帝认为很好，可是谁去辽东担任那个风险角色呢？那地方后金正在崛起，八旗劲旅英勇善战，窥欲中原已久，谁能够与之对抗呢？一旦失守，身家姓命就难保了，况且当今皇上，心痛多疑，反复无常，朝令夕改，人们更不敢拿自己的脑袋开玩笑。崇祯一看，许褚进曹营——一言不发，议政会成了"闷锅"会，便点名指着大臣陈演的鼻子让其拿出良策。

陈演久在宫廷，是个很有心计、狡猾的官僚，他哪敢说真话、实话、心里话呀，他谦恭、含混不清地说，这种重大的国策，臣等还是请皇上圣裁！

崇祯一听这话，愤怒地几乎要骂出口，心想这里怎么豢养这么一些酒囊饭袋、奸头滑脑的家伙们。他宣布调吴三桂进京。

　　吴三桂出生在辽东。其先祖应为江苏高邮人，其父吴襄是贩马出身，往来与辽东海城、盖平之间，遂寄籍为辽东人，原是在明朝镇东将军李成梁麾下，因为他会相马，李便把军中购办战马交给他，后来升为副将，锦州总兵。

　　有人这样评价吴三桂：明朝的忠臣，清朝的功臣。他从小就爱舞刀弄箭，生活在一个军人家庭，在这样一个环境下，耳濡目染，他决心做一名驰骋疆场的军人。他父亲对他说：“我从小跟着你爷爷当马贩子，自幼没用心读书，多亏李成梁将军看重我，提携我，可李将军一死，我们原来靠山就像冰山遇热一样，全坍了，不是朝廷明见，我这个官根本保不住。你这样年轻，应该好好学习，立凌云壮志，免受人家笑话。”

　　吴三桂听了他父亲一番老生长谈，一笑，对他爹说：“爹的意思是一片好心，让我读书学习。可是你看，现在国家正处多事之秋，文臣只顾贪污腐化，积敛银两，粉饰太平，欺骗君主，天下没有变乱尚安，如有风吹草动，怎么办？几个会吟诗作赋的文人，只会纸上谈兵就能担起保卫朝廷和国家的重任吗？”

　　吴襄一听，觉得他儿子说得有道理，称赞其胸怀大志，有远大抱负，十分欢喜，从此不但不再鼓励他为仕，坚决支持习武。有朝一日“上报国家，下光门户”。

　　吴三桂好像天生就是一个武胚子。他从此更加努力练习弓马，研读战术，那时董其昌在朝，十分重视武备，开科取士，由于吴三桂十八般武艺样样精通，开科之后，位居榜首。在董其昌的提携下，吴三桂平步青云，二十岁时升为游击，几年之后又被任命宁远团练总兵，成为一名大将。

崇祯皇帝在乾清宫热情地召见了吴家父子。虽然朝廷等级森严，君臣之礼庄重，但对这两位武将，却是格外融溶，像接待老朋友、亲戚那样，给予赐坐，赐茶。

"朕早就知道臣是足智多谋，勇猛的武将"，崇祯对吴三桂夸奖道："当年你挥舞大刀，单骑冲入清军包围之中救父，朝廷上下是无不交口称赞的。"

吴三桂的父亲一听皇帝赞赏他儿子的武功，便得意地说："那次战斗，我冲杀了三天三夜，最后在人困马乏的情势下，陷入了清军里三层外三层的包围，我当时想到，我这是为皇帝最后尽忠的时候到了，可谁想三桂如同神兵天降一般，杀得清军人仰马翻，把我救了出去。"

说完他向儿子那里看了一眼，投去赞许的目光。吴三桂觉得他父亲不愧是疆场、官场一员老将，在皇帝面前不失时机地夸奖自己的儿子，没有比这再顺理成章的事了，他向父亲微微一笑，转口把功劳写在皇帝的账上，他说："爹，那不是神兵天将，是皇恩浩荡。作为武将，我想的是怎样忠于皇上，怎样打败敌人，就这么简单。"

崇祯听了非常舒服，非常受用，心情很激动，在这朝廷多事之秋，国难当头的时候，他们的谈话提到"忠"字，他十分满意，并给予高度评价。眼下多么需要像吴家父子这样的忠臣呀！

其实，这段历史也不是像吴家父子所编的这样。清太宗皇太极率兵打锦州，当时的蓟辽总督洪承畴率领吴三桂等八个总兵，统兵十三万，晓行夜宿的急忙赶到宁远救援，结果中了清军军师范文程的计，陷于埋伏，被打得落花流水，几乎全军覆没。吴三桂勇是猛将，他父亲幸免作俘，可是他并没救出洪承畴。

崇祯把话转入正题，收起微笑，郑重地说："吴将军，朕命你镇守山海关，这里是内外之限，也是京师之背，内跨中原，外控朔漠，依山带海，地形之强，最为重要，有你来掌管这个门户，京师才能安稳呀！"

一个人能得到皇帝这样信任，无疑这是作为臣民的最大荣幸，但他又深知，山海关正如皇上所说，是个险要的门户，历来为兵家所争，眼下清军全面备战，欲取中原，已不是什么秘密了。再没有人比吴家父子清楚，清军是一支多么强悍的劲敌了。

崇祯注视着吴三桂，仿佛表达的是这意愿："大明江山社稷，就靠吴将军了！"

"请皇上放心，末将一定不负圣恩，为了皇上，为了国家，赤胆忠心，把好山海关的大门！"吴三桂慷慨激昂地说。

崇祯听了吴三桂如同宣誓一般的话，心里也很激动，久聚心中的阴郁，空寂、迷惘好像一下缓解了许多，他对相貌堂堂的年轻将军，寄予殷切希望，但他又对手握重兵，把守门户的吴家父子，不那么十分放心，他是明将祖大寿一手扶起来的人，而祖大寿不久前已经投降清军了，谁能保证吴三桂不见风使舵，走他舅舅的路呢？

接着皇帝下诏要他尽快准备回山海关。但不能与父亲同去，皇帝说，朕身边需要一些人、一些老将军们，特别是熟悉辽东方面的人，口气很强硬。

吴三桂明白，你这个皇上，嘴里对我们吴家父子唱赞歌，褒奖一番，表示对我重用，实质上还没有脱开你的本质，那就是对所有的人都不信任，都怀疑，把我父亲留在京城，这不是作为人质吗？

崇祯皇帝似乎看出了他的心思，为了进一步笼络住他，说道："朕封你为平西伯！"

"谢主隆恩！"吴三桂想，现在是一个朦胧恍惚不定的年代，我拼死疆场，才封我一个"伯"呀，应该给我一个恰当的名分：公爵！

皇上看了一下吴三桂，他的眼神和表情说明，他对这个平西伯，并不满足。崇祯勉励他说："吴将军把住关隘，群臣都会奏荐，指日高升的前程，还会远吗！"

吴三桂一看，今天再向皇帝软磨硬泡，也无济于事，他也不会封他公爵，他父亲暗中捅了他一下，示意赶快告辞，言多语失，会让皇上产生疑心的。吴三桂理会了他父亲的意思，起身正要告退，只听御前太监在门外报："国丈大人到！"

吴三桂父子刚走出宫门，只见迎面来了西宫国丈田畹，还有田贵妃及从苏州寻来的美女陈圆圆。

"田国丈，末将见礼了！"吴三桂一次在其父亲的宴席上，结识了这个淮南的皮货商。他能说会道，八面玲珑，深得崇祯的宠幸。他发现皇上为国事昼夜忧心，郁郁寡欢，便同他的女儿田妃说，给皇帝在江南一带寻几个美人玩玩，让他高兴一下。田畹靠着女儿田妃，得了晋爵开藩。在一王朝中位居国丈，那势力可想而知是不一般的，朝廷的官员、军人、社会上的商贾，贿赂公行，或献金银财宝，或献美女，奔走其门下，田畹又熟知历朝国丈是怎样享受繁华，艳福，便大造府宅，大兴土木，把田府造得如同第二宫殿一般，高楼重阁，锦榭香栏，金碧辉煌，巍巍宏壮，在这里笙管连宵，声歌达旦。人到这里，不知是人间，还是天上。

田畹打着为皇帝寻歌妓的幌子，行踪遍及江南，终于寻到一位美色绝伦又精琴棋书画的陈圆圆。她在江南树帜乐籍之后，艳名雀起，红极鼎天，一时走马王孙，坠鞭公子，征歌买笑之客，趋之若鹜，车马盈门，她的名声不胫而走，一时传遍大江南北，波及京师。而吴三桂早已闻其大名，曾想过一睹芳容，听听她的吴侬软语，一曲笙歌。不想今天不期而遇，他目不转睛地盯着眼前的美人，人都快要傻了。

陈圆圆也早就听说吴三桂的大名。特别是近日，田畹准备宴请吴三桂，上上下下正在热火朝天的忙活，班姬正在抓习练歌，陈圆圆暗想这奇迹般地在此邂逅，她看见身着戎装的吴三桂，相貌堂堂，仪态轩昂，行止潇洒，倒像一个儒士，她想这样的男人才更像男人，心里瞬间涌起惊喜爱慕之情。

田畹是个风流场上的老手，他发现这个吴三桂看陈圆圆看得惊呆了，心猿意马，也发现陈圆圆对吴三桂产生了好感，便想在这江山风雨飘摇中，寻找一个靠山好保护他的财产、歌妓，这回总算有了门路，心下决定，明日请吴三桂到府上。

他说：“吴将军，你军务在身，难得偷闲，今又荷任平西伯，马上去山海关。老夫明日准备在寒舍举行便宴，为将军饯行，请赏光，届时光临！”

“国丈的盛情，末将感到诚惶诚恐，无功受禄，寝食不安！”

“哪里　哪里，你带兵保卫大明江山社稷，保卫皇上，当然也就是保卫黎民百姓与老朽了。”

在这种热烈的气氛中，吴三桂同田畹告辞，也同陈圆圆告辞，彼此都有点余言未尽、余光未尽、依恋不舍之感。这是为什么，吴三桂说不清，陈圆圆也说不清。

吴三桂走后，田畹随同田贵妃走进文华殿，只见皇上仍是一脸愁容和倦色，身体一天天在消瘦。田贵妃心想，作为男人，最高兴的事，就是玩弄女色，所以她才采纳田畹的意见，把陈圆圆带来了。

"皇上，"田贵妃对皇上娇声嗲气地说："你为国日夜操劳，也要注意身体，我爹爹特地从江南寻来一个名妓陈圆圆，今天特来为皇上献艺，请消闲一下。"

中国的皇帝，都把自己说成是"受命于天"的"真龙天子"，他的群臣也这样说，黎民百姓也得跟着这样说。其实，在中国有皇帝史以来的 2132 年中，总共经历了 22 个王朝，都是"真龙天子"吗？揭开历史帷幕一看，在这个舞台上，这些皇袍加身的扮演者，都是些什么角色呢？有才人、孩子、弱智、性虐待、性变态、棋盘郎中、超级赌徒、击鞠(马球)坛冠、摔跤陛下、蟋蟀玩家、戏车(杂技)担幢、梨园祖师、粉墨班头、礼佛居士、丹青圣手、书道名家，眼花宿柳、游龙戏凤，屠肉沽酒、颠狂梦幻、逼位奇嫡、虎毒食儿、骨肉自残、顽冥偏执、老朽昏昏……应该说，崇祯这个皇上，在品质上还是个正派人，不是好色好酒之徒。他一脸苦笑地对田妃说："朕为国事，夜不成寝，食不得安，哪有心思观舞啊，既然贵妃和国丈这样尽意，那么就让姑娘在此唱支小曲吧！"

幽闺欲曙闻莺啭，

红窗月影微明。

好风频谢落花声。

隔帏残烛，

犹照绮屏筝。

绣被锦茵眠玉暖，

炷蛾羞敛不胜情。

暗思闲梦，何处逐云行？

　　一曲终了，皇上似乎并没感到，他从怔怔中醒过来，向含情脉脉的陈圆圆注目了一下，无可奈何的敷衍几句，说："朕听了这支江南小曲，感到赏心悦目，情境与意绪，极赋波澜，红窗、月影、美景的闺情，朴而不俚，姑娘在这里是在夸我们的大明江山啊！"

　　田妃一看皇上心情激动，以为喜欢上了这个歌妓，便说："皇上喜欢江南小曲，就把姑娘留在宫里吧！"崇祯收起脸上一丝微笑，挥挥手说："朕哪里天天有此雅兴，听听小曲，看看舞俑，国事由谁来办啊！"

　　崇祯不愿多听这个国丈的啰嗦，摆摆手，意思是说你赶快下去。田畹涎着脸皮就等着皇上这句话，让他把陈圆圆带回，真是骑毛驴吃豆包……乐颠馅了。他当即叩头表示谢主隆恩。

　　……

　　吴三桂真想不到这个女人太缠绵了。作为男人，他有王氏、张氏两房夫人，可是他从没有享受过一次这种温柔和风情。身为将军，应该遵守大明军人条例规定，穿着军服的人，是不能这样接触女人的，可他顾不得了。他想，现在的天下，皇上也别想管我，不但他管不了我，还叫我保护他呢！

　　……

　　京师的大道月光下，出现一幅奇异的图画，一位朝廷的将领，在马上搂抱着一个娇美的女人，这是明朝立国二百多年从没有过的。

　　马儿放慢了脚步，它好像懂得主人的心境，好生享受这种月下浪漫的情爱。

　　"到了，将军！"开路的校尉叫道。陈圆圆被仆人接下马来，抬头一望，青灰的砖墙突兀着高大的门楼，门旁挂着两盏红灯，上有大宋体"吴将军府"四个大字，门旁有护兵值勤，门内外还有流动哨兵，同豪华的田国丈宅门相比，这里显现的严肃、庄重、安全。

　　进得院内，迎面是一座磨砖对缝的大福字雕花影壁，头一进院为门房、武弁、警务人员住所，二进院是吴三桂日常办公处，三进院为议事厅也就是吴三桂处理军务的办公地点，四进院才是寝室，后面是婢女们的住所，花园在后，称为北所，传说这是前代内阁大学士张元专为他的小妾起的园名为碧涵山庄。

　　顾名思义，这里以水造景，山河纵横，宛如江南水乡，不论是亭台楼、阁、池均建造在水边，古树秀石，阴翳蔽日，平远疏岩，意境幽深，如果陈圆圆白天光顾这里，一定会赞叹："这同我家乡一样嘛！"

　　陈圆圆原籍常州奔牛镇四亩田村，她的姓不是陈，而是邢。她的父亲是一个衣不出众貌不惊人的普通农民。圆圆出生不久，她的母亲便去世了，她的姨妈把她带去抚养，姨父是一个走街串巷拨郎鼓的货郎，境况比种地好一些。因为姨父姓陈，便将圆圆改姓邢为姓陈，字畹芬。陈圆圆天生丽质，聪慧绝伦，这使得她的姨父、姨母十分喜爱。

　　陈圆圆入了四亩田村的私塾开始启蒙，以后又去附近的比较大的镇甸卜桥读书。由于天姿聪颖，她对四书五经、诗词歌赋，学得十分认真，深得要津，并融会贯通。结果一件不幸的事出现了，她的姨夫一病不起，靠着姨母维生都有困难，这样圆圆不得不终止了学习。之后，圆圆心情郁郁寡欢，整日里唉声叹气，顾影自怜。人都是这样，一辈子牢守田园，不出家门，就觉得自家这里就是天下最好的地方，就是天堂，出了门看看，就觉得天外有天，山外有山，世界大得很，不愿再回到老地方。喜新厌旧是一种天性吧。正在圆圆囿于在家无聊苦守的时候，苏州的教坊老板，一下发现了圆圆，打眼一看，面若桃花，身姿婀娜纤巧，不觉暗暗惊叹，这种地方会有这等人材"蕙心纨质，淡秀天然"，一试嗓音，清甜圆润，真是如同"大珠小珠落玉盘"。

苏州教坊的老板，同陈圆圆的姨母讨价还价，出高资把陈圆圆买到手，然后请琴棋书画高手，对她进行调教。不上几年，陈圆圆在苏州一下红了起来，成为艺帜高张的名姬了。

一天，几位江南文学大家，吴伟业、吴应箕还有冒襄相约游吴，发古幽思，借以排遣因为朝政昏庸、腐朽而郁积心中的不快。他们三人信马游缰，一边谈着诗赋，一边谈人生。望着苏州之春的一片美色，他们感慨万千，情不自禁地朗诵起《沧浪亭记》来：

啊！……夫古今之变，朝市改易。尝登姑苏之台，望五湖之渺茫，群山之苍翠，太湖虞仲之所建，阖闾夫差之所争，子胥钟蠡之所经营，今皆无有矣，庵与亭何为者哉？"

吴应箕抢着吟诵道：

虽然钱镠固乱攘窃，保有吴越，国富兵强垂及四世，诸子姻戚，乘时奢僭，宫馆苑囿，极一时之盛……

冒襄在一旁说："这边的该我吟唱了。"

"……可以见士之欲垂名于千载，不与澌然而具尽者，则有在矣。"

冒襄同吴应箕，都是崇祯年间的副贡，在国子监即被授予台州推官，但他无意作官，拒绝赴任，寄情于山水之间。

他是一个极度富感情的人，当他吟到最后一句时，已经泪流满面了。

吴应箕问："冒襄兄，今日为何如此激动？"

冒襄说："清兵在辽沈战场上连连得利，已逼近山海关，李闯贼已到了江南。如果京畿不保，我们的这个大明江山的未来，将是什么样的呢？"

"这些伤心的国事，我们区区几个文人，那是没办法的了。"吴伟业哀叹地说。

三人正在沉浸在对国事的伤悼中，远处传来美妙的歌音，冒襄先听出来，这是陈圆圆小姐唱的。

吴伟业和吴应箕都知道冒襄十分欣赏陈圆圆，他常去听她的歌，渐渐往来密切，陈圆圆小姐十分欣赏冒襄的人品和才学，这种友谊已经发展到不同一般。

正当冒襄公子踌躇满志，一腔热血的准备上陈门求亲之时，如同突然晴空响起了一声闷雷，陈圆圆被皇帝派下选美的田国丈看中了，她被抢了去……

……

月光如银，透过雪白的纱帘泻落在寝室，洁白如洗，发出淡淡的幽光。

陈圆圆把全身都浸在盛满温水的浴盆里，婢女小心地伺候着，用细软的丝巾给她擦背，洗濯着身体各个部位。浴盆里放着芳香的浴料，这就使得整个洗澡间弥漫着一股清郁的馨香。

陈圆圆好像与生俱来的第一次洗澡。她想把从田畹那里带来的一切陈腐气息，在这里全部清洗掉。她闭目享受着这种温馨，那么惬意，舒服、自得。待到她从浴盆中被婢女搀扶出来时，觉得是一次新生，一个真正美妙的陈圆圆，将出现在一个伟岸将军的怀抱中。

她清楚地记得，也同样是在一个月夜里，她曾经同冒襄公子在湖上泛舟。那个月夜美好至极，他们对饮着老酒，冒襄公子诗兴大发，在湖上放歌，她弹着琵琶伴奏。湖上的水手们，都向他们投来羡慕的眼光，兴奋的呼叫着，掏出大串铜钱，银子，抛向陈圆圆他们的船。

月光渐渐被一片一片的乌云遮住，整个湖上除了星星点点的渔火，到处漆黑一片。一个是心怀高远浪漫无羁的公子，一个豆蔻年华色艺俱佳倾倒无数墨客的歌妓。太湖如镜的湖面上，飘荡着一对野鸳鸯。

船在湖面上行，陈圆圆望着波浮涟漪的湖水，望着远山，情不自禁地唱起来：

两霏巫山上，

云轻映碧天。

远风吹散又相连，

十二晚峰前。

暗湿啼猿树，

高笼过客船。

朝朝暮暮楚江边，

几度降神仙。

歌好，情绪饱满，感情真挚、热烈，哀宛处拨动人的心弦，令人为之沧然而涕下。

冒襄说，"这首巫山一段云，原是唐教坊中曲。取宋《高唐赋》，说的是巫山神女故事，'妾在巫山之阳，高丘之阻，且为朝云，暮为行雨，朝朝暮暮，阳台之下。'"他们正说话间，湖上一只乌篷船，箭也似的向他们的小船驶来。冒襄一惊，生怕被撞上，赶紧摇撸躲闪，谁知侧面又箭似的驶来一只乌篷船，两船一下把冒襄公子的船截住了，几人跳上船。情急之中冒襄高喊:"你们要干什么?"

船老大不由分说，揪起冒襄公子的衣领，重重一拳打在头上，冒襄公子被击落湖中。船老大把陈圆圆揽腰托起，扛在肩上，跳回乌篷船，开船向北岸飞也似的驶去。

陈圆圆在船上被大汉捆绑，仍然挣扎着，呼喊着，还是不见冒襄的回音，湖面上漾起的涟漪，一圈一圈地扩大，消弥。

……

陈圆圆面带娇羞，穿着睡袍从漱洗间走了出来。

她迈着轻盈的步子，那细嫩、洁白的腿，从袍裾间一闪一闪的，吴三桂一眼望去，不觉惊魂动魄。一个夜晚很快就过去了。红被绿浪，情意绸缪，在吴三桂和陈圆圆记忆中，这种欲海温柔、极度亢奋，透心爽骨，是从来没过的，比以往经历的任何一次都令他们尽情、尽兴、淋漓欢快。

吴三桂对陈圆圆说:"我们结婚吧!"

"将军，我不配!"

吴三桂在京师的家中，已有二房夫人。正室王氏，是一个知书达礼十分贤慧的女人。她出生于一个辽阳士绅家庭，从小接受了家中严格的朱明理学教育，懂得怎样守妇道，从父、从夫、从子;严格遵行妇德、妇言、妇工、妇容来要求自己，得到公婆和亲朋一致赞誉，被称为吴家的大媳妇，不愧为有教养的大家闺秀。可是按照朱明理学，"不孝有三，无后为大"，王氏在怀孕期间小产，从此落下疾患，再无法生育，吴三桂也就放弃以前的恩爱，敬而远之。

　　吴三桂的二房媳妇张氏，嫁到吴家后很快就为吴家添丁，这就是长大后作清王朝额驸的吴应熊。张氏虽会生男育女，但不是一个贤惠之妇。她出生于一个小县吏教谕家庭，自幼放任，性格乖张，再加上生了儿子也是本钱，不但不把王氏放在眼里，有时连公婆的话，她也听不进去。后来她对吴三桂也敢顶撞，结果吴三桂来了个冷处理，渐渐的被疏远了。

　　京师的鼓楼大街，有一处北方名菜馆叫鹿鸣春，门前车水马龙，十分热闹。门前一副大红金字对联：良缘由凤缔，佳偶自天成。

　　吴三桂和陈圆圆的婚礼在此举行，政界军界商界文化界教育界的宾客满座，人们一来祝贺将军的婚礼，更有一些慕将军之名而至，把鹿鸣春楼上楼下挤得满满的。从中午开宴，一席接一席，直到夜晚最后一席，共摆了 300 桌，可见人群之众。

　　男婚女嫁，在京师之地，不论官宦人家，或是巨富豪门，下到黎民百姓，每天都会至少有几十起，人们本不以为然。可是吴三桂同陈圆圆结婚，一下成了京师的头条新闻，人们相聚都是眉飞色舞谈论这桩婚姻，或说吴三桂爱色，或说陈圆圆风骚，市井茶肆街头街尾，都是人们聊天的话题。

　　出京的日期只有三天了，吴三桂身心不宁，留恋着陈圆圆。他真想辞官回老家，一享泉林之乐，但他知道这不会为朝廷所允许，也不会是其父、恩人董其昌和亲朋们所赞同的。吴三桂是毛文龙帐下的一员大将，孔有德、耿仲明、尚之信再加上曹变蛟、白遇道被统称为五大骁将，各个都是臂力过人，气象不凡，武勇出众，闻名朝廷，是炙手可热的人物。此次皇上把镇守宁远、山海关的任务交给吴三桂，这更说明吴三桂这个人的分量，也预示着这个人将有更远大的前程。人们都纷纷劝说，要吴三桂按照谕令，马上就道。

陈圆圆举起酒杯，为吴三桂把盏祝酒："从京师到宁远，边关万里，长途跋涉，夫君千万注意冷暖，不可过劳，一路平平安安！万事顺意，旗开得胜！"

吴三桂离京之时，朝廷还组织了文武百官前来送行，场面十分热烈，其中大宗伯董其昌也来了，他拉住吴三桂的手说："日前函致将军，实多冒犯，望将军不要见怪！"他指的是他不赞成吴三桂娶陈圆圆。

吴三桂拱手道："宗伯之言乃金石不论也，国事已危，其至在铭感不尽，岂有介意之理！"

董其昌语重心长地说："老夫只为敌患方深，国事日危，重大责任都落在将军身上，愿将军以国事为重勉励前程，老夫将受其赐！"

"大人请放心，我一定牢记你的话。"

送行的人已出了城，前边就是通州了。吴三桂上马正欲起步，陈圆圆急步上前，向吴三桂扬眉笑问："妾对将军的话，可记牢？"

"忠于皇上，上报国家，下光门户！"

"爱卿，我们后会有期！"陈圆圆将一支柳条，递给吴三桂。他把它插在马上，双腿靠一下马肚，骏马就飞驰起来，后边腾起一团团黄尘，在空中飞舞。不久大队人马渐渐消失在送别人们的视野之内。陈圆圆和吴襄一家人，乘几顶小轿，打道回府，陈圆圆坐在轿中像喝多了老酒，昏沉沉，如在梦中，她咏起心中一阕词曲：

宝马晓行雕鞍，罗帏乍别难。那堪春景媚，送君千里，半妆珠翠落，露华塞。红蜡烛，青丝曲，编能色引泪阑干。良夜促，香尘缘，魂欲迷。檀眉半欲愁低。未别心先咽，欲语情难说，出芳草，路东西。春风急樱花扬柳雨凄凄。

陈圆圆和天下人哪里知道，自此一别，吴三桂开始了他戏剧性的后半生。他判明降清，引清军入关，后又叛清，开启三藩之乱，失败后惨遭灭门。

2. 盛世奠基者

　　1661 年冬天，如果你登高眺望北京城，会留下这样的印象：晨雾笼罩着全市，全城就像一片寒冬季节的灰蒙蒙海洋，那波涛起伏的节奏依然可辨，然而运动已经止息——大海中了魔法。莫非这海也被那窒息了中国古代文明生命力的恶魔所震慑？这大海能否在古树吐绿绽艳的春天再次融化？生命还会不会带着它的美和欢乐苏醒过来？我们还能不能看到人类新生力量的波涛冲破那古老中国的残败城墙？抑或内在动力已经凝固，灵魂已永远冻结？

　　这个文明古国还在睡意朦胧之中，却不知春天已经到来了，她已静悄悄地迈步进入京城。可这春天是个很不寻常的春天。1661 年正月初八日，历史在这座世界上最大的皇宫，上演了一出悲喜交加的剧目。新人送走旧人，爱新觉罗·玄烨即将即位，这个国家将在人类、在欧洲、在世界无限丰富的历史中担负起更重要的角色，做出它应有的贡献。

　　这一天，按照京城的风俗，是年后百业开门的第一天。前门外，东四、西单、鼓楼前、积水潭北岸的斜街，珠宝市、缎子市、皮帽市、鹅鸭市、珠子市、铁器市、花市、雀儿市、米市、面市、以及粮食、布匹、干果、古玩、瓷器、饭铺、饽饽铺、茶庄、药铺，五行八作，三教九流，仿佛是在同一时辰打开了闸板和店门。他们微笑地挑出代表各自行业的幌子，有的用简单的原始的实物，有的将主营商品写成金光闪闪的牌匾，有的造型古朴，有的艺术制作典雅，有的夸张，有的寓意，有的抽象，有的逼真。光酒楼、酒铺、酒肆的招幌就有酒旗、酒帘子、酒望子、酒招、酒幌子……，有的幌子的造型也十分别致，采用民间喜欢的花纹：万字、回纹锦、汉锦、钱纹、龙纹、莲蓬、水纹、珠边、八挂纹；也有用动物作招牌幌子的：麒麟、凤凰、狮子，鱼，兔子等等，可谓具有强烈的品牌意识，每个商家都使出全身解数，吸引顾客。

这天也是朝廷各衙门开印的头一天。文武百官进宫后，宫门被关闭起来。希特库更不敢相信这样的事实。他在昨天晚上接到了内务府通知，并有进宫的腰牌，竟欣喜得一夜没睡好。通知中除了向他询问打牲乌拉衙门情况，还问了他的阿玛老迈图的健康情况……。他为他上任后能有这样的机会感到荣幸。因此，他怕误了上朝，寅时（清晨三点到五点）刚过，他就在黑漆漆冷飕飕的早晨，来到宫门前等待入朝。

人们正在纳闷儿，宫内的气氛跟往常怎么不一样：宫城城门加哨，街上有巡城的侍卫，宫门关闭，这是干什么？过了好半天，才接到通知，宣布到户部领取服丧用的布匹，这些官员们才从梦中醒来。天下出了大事，元旦不进行大庆大宴，商家接到命令揭下春联，摘下彩灯。市井中先前流传说皇帝有病，现在一下被证实了。这位皇天老爷子，真的病了，而且……谁也不敢说出他已死了。

文武百官，从早等到晚，他们聚集在午门外，等候遵礼依制参加丧礼聆听遗诏。

顺治皇帝的后事，在博尔济吉特氏皇太后和几位重臣包括钦天监的洋玛法汤若望的参与下，大政方针已确定下来，一项一项记入遗诏。

顺治皇帝咽下了最后一口气，博尔济吉特氏皇太后很快就转入顺治治丧，扶小皇帝登基的忙碌中来。

　　首先，她将诸位王、贝勒、贝子、公、大臣、侍卫一起召入宫中，在凄风飒飒气极悲惨之中，宣布顺治皇帝已大行，接着庄严的将皇帝留下的诏书宣示于众。

　　在人类的历史上，在中国封建王朝的历史上，最怕死的，最怕被人遗忘的，不是芸芸众生，而是被高呼万岁被称为真龙天子奉天承运的人。然而历史上，无论哪个皇帝留下的遗诏，概不能外的，全要写上对自己的歌功颂德，生怕别人忘了。可这位顺治帝的遗诏不同，可列为皇帝遗诏的先例。他在遗诏中反省了自己，所谓罪己者，这样的文字共十四处，其中自罪子道不忠，皇太后万年之后不能服丧三年而自憾，读来令人唏嘘不已。

　　一个皇帝的下台(去世)，另一个皇帝的上台，这在世界奴隶制封建制的历史上，可以说是充满了血腥的争斗。有的说自己受命于天，有的说自己是真龙天子，有的说奉天承运，有的造反起家，有的杯酒释兵权，有的说禅让……。在走上金銮殿的路上，中国一部二十五史，篇篇都记载了血雨腥风。

　　谁来继位？遗诏中明确写道：玄烨继位。人们对此没有多少疑议，虽然大多数亲王、贝勒、重臣对这位小皇爷知之甚少，但是子承父业，顺治皇帝本人就是一个先例。在辅佐大臣问题上，在场的人想得最多的一个问题，就是为什么不用宗室诸王贝勒这些血亲，而用四个异姓他人来辅佐小皇帝呢？这在顺治生前早已充分考虑过了，这也是博尔济吉特瞻前顾后考虑最多的一个问题。她左思右想，既不能让玄烨的生母佟氏临朝，她没有那种能力，她博尔济吉特氏更不便听政，选择只能有一个，即大臣辅政。

　　这个选择的产生的确是很不容易。有的人认为这是顺治的英明决策，有的说是大学士的进言，有的说是那位钦天监、洋玛法汤若望的主意。这些都是猜想。顺治在病重之时，关于继承人问题，要大臣们坦陈自己的意见，可众人想法并不一致，最后是佐太宗文皇帝（皇太极）肇造丕基的博尔济吉特氏皇太后，利用她的宫廷生活和政治上的经验，以及多年的慈教培养，认为小玄烨才是最好的继位者，这才决定下来。

四位辅佐大臣中排在第一名的是索尼，赫舍里氏，满洲正黄旗人。他的父亲硕色，就是大学士希福的哥哥。太祖时，他们从哈达部，1601 年被努尔哈赤吞并。

索尼父子及其叔父，通国书及蒙、汉文字，硕色和希福被安排在文馆作事，赐号巴克什。授索尼一等侍卫。其后追随太祖太宗，征战界藩、栋鄂，攻锦州、围宁远都有战功。由于索尼作战勇敢，跃马破围，从征察哈尔，略大同，丽阜台寨，得到皇太极的信任，接受牛录章京，日值内院。根据他的政绩，不久又被进三等甲喇章京，管内务府。纵观索尼这个人的一生经历，他对朝廷赤胆忠心，从无二意，不论他在官位上升的时候，还是他受诬陷打击、被罢官没籍，始终耿耿忠心，这是日月可昭的。这样的四朝元老，顺治十分信任，把他列为首位辅政大臣是顺理成章的事。

博尔济吉特氏皇太后，对索尼的功勋业绩、为人，更是了如指掌，特别是十八年前她丈夫病逝后，发生在皇室内的那场继位斗争，索尼后来站在她这一边的，从此她对他更加宠信和赏识，这也是朝廷上下大家都看得出的。

这四个异姓重臣，谁也不是亲王，但俱是家世显赫、屡建勋劳的功臣，文可安邦，武可定国，对皇帝都十分忠诚。更为重要的是，他们能接受博尔济吉特氏皇太后对他们施加影响。由他们辅政，对皇权构不成威胁。再说他们当中有三人是内务府大臣，总领宫廷全部事务，是实权派。这些安排是煞费苦心的，是一种动用个体智慧的举措，同时也是对旧制的一种改革。

在这春日的雪霁骄阳中，皇帝委派分遣官员按照祖制，先去祭告天、地、太庙、社稷。

这个仪式后，玄烨穿着白色孝服，到他父亲皇阿玛的灵前行礼，祇告天命。然后脱下孝服，换上礼服，向祖母太皇太后和两宫皇太后行礼。

在丹陛上下排列的文武百官都翘首以待，以先睹皇天圣祖的尊容。小皇帝由乾清门左旁门出来，由礼部堂官导引，还有内大臣及豹尾班、执枪的侍卫随行。乘舆前往中和殿。这是皇帝上朝前休息的地方。中和这个词有点讲头，取自《周易》，是说做事要做到不偏不倚，恰如其分，才能使各方关系得到协调和顺。皇帝真能做至这一点，当然那是万民之福了。

而太和殿，就是人们所称为的金銮殿，建于明朝永乐年间，开始叫奉天殿，到了明嘉靖时改为皇极殿，清顺治时始称今名。这座大殿五脊四坡重檐无庑殿式的建筑，金碧辉煌，气派宏伟。这座大殿是明、清两朝皇帝登基、颁布重要诏书、公布士皇榜（即金殿传胪）、大将出征，特别是在每年的春节、冬至、皇帝诞辰等三大节日，举行国家重大庆典仪式的重地。

登基大典即将开始，从丹陛到午门、端门直到天安门各种仪仗排列，鼎炉内燃起松柏枝，殿内燃起坛香，按照典礼规定，应由韶乐队奏乐，现在是国丧时期，设乐而不鸣奏。

整个登基大典的礼仪都在井然有序进行。玄烨的即位给了忧虑的官员们一个惊喜，人们慌忙的情绪逐渐平静下来。但是也有人心中波涛起伏，不知是喜还是忧，是幸运还是灾难，那就是索尼、苏克萨哈，遏必隆和鳌拜。因为他们都清清楚楚听到了遗诏中决定要他们四位做辅政大臣。辅政就是代理国王、皇帝处理政务，多尔衮的下场，他们是看到了的。这不是千钧万钧的重担，这是重于泰山的责任啊！这个沉重他们感到担当不起，他们顾虑重重，跪在诸王贝勒面前，说："今主上遗诏，命我四人辅佐少主，从来国家政务，惟室协理，索尼等皆异姓臣子，何能综理？今宜与诸王贝勒共任之。"

其实由四个异姓大臣辅政，诸王和贝勒也不满，可是人们都知晓厉害，谁敢违背先帝遗诏，做乱臣贼子惹杀身之祸呢？

索尼等人的话，决不是一种礼仪客套，而心中确是惶惶不安，不过宫中还把他们四人的意见奏请太后。博尔济吉特氏皇太后的回答是坚决肯定的："按遗诏办。"当麻勒吉向诸王、贝勒、贝子、公、大臣侍卫等宣读遗诏之后，四辅臣首先跪告诸王、贝勒等，又把向皇太后说的话，重复一遍说："今主上遗诏，命我四人辅佐少主，从来国家政务，惟宗室协理，索尼等异姓臣子，何能综理今宜与诸王贝勒的态度。"

诸王贝勒等急忙答复道："大行皇帝深知汝四大臣之心，故委以国家重务，诏旨甚明，谁敢干预，四大臣其勿让。"

索尼等人就将诸王贝勒拥护遗诏的态度奏知皇太后。于是四辅臣与王以下文武大臣先后分别在顺治灵位前和太和殿各立誓言。辅臣宣誓说：

尼等誓协忠诚，共生死，辅佐政务，不私亲戚，不记怨仇，不听旁人及兄弟子教唆之言，不求无义之富贵，不私往来诸王贝勒等府受其馈遗，不结党羽，不受贿赂，惟一忠心仰报先帝大恩。若复各为身谋，有违斯誓，上天殛罚，夺其凶诛。

排名最后一位的辅政大臣鳌拜，关于他的好多传说演绎都为我们所熟悉。我们还是读一段可信的文字，《清史稿·列传三十六》中关于鳌拜是这样写的：

鳌拜，瓜尔佳氏，满洲镶黄旗人，卫齐第三子。初以巴牙喇壮达从征，屡有功。天总八年，授牛录章京世职，任甲喇额真。崇德二年，征明皮岛，与甲喇额真准塔为前锋，波海博战，敌军披靡，遂克之。命优叙，进三等梅勒章京，赐号巴图鲁。六年，从郑亲王济尔哈朗围锦州，明总督洪承畴赴援，鳌拜辄先陷阵。五战皆捷，明兵大溃，追击之，擒斩过半。功最，进一等，擢巴牙喇纛章京。八年，从贝勒阿巴泰等败明守关将，进薄燕京，略地山东，多斩获。凯旋，败明总督范志完总兵吴三桂军。叙功，进三等昂邦章京，费赐甚厚。

挨过一个阴森凄凉的国殇后，文武百官迎来一个风平雪霁的日子，顺治十八年正月初九（1661 年 2 月 8 日），玄烨的登基典礼马上就要举行。

一切准备停当，礼部堂官奏请身穿白色素服的小皇帝，到乾清宫门内先帝灵前祗告受命行三跪九拜礼。然后到侧殿更换皇帝礼服，到皇太后宫行三跪九拜礼。

小皇帝从皇太后宫中走出，哗啦啦一声响，朝清宫中的垂帘拉了下来，这个意思是丧事暂停。接着，皇帝由乾清宫门左旁门出，乘舆前往中和殿。一路上由礼部堂官导引，内大臣十员及豹尾班、执枪之侍卫随行。至保和殿，皇帝降舆，应礼部尚书奏请到中和殿升座，鸿胪寺宫引导典礼中执事的各级官员行三跪九叩礼。礼毕，宫员们各至外朝就位。

礼部尚书跪奏请即皇帝位。在翊卫人员的导引下，皇帝御太和殿升宝座，即皇位。

皇帝以及名臣名将名人……也是环境的产物。八岁的玄烨即位后，午门鸣钏鼓，丹墀内三鸣鞭。接着，在鸣赞宫的带领下，丹墀上的王公及丹墀内的文武百官俱三跪九叩礼毕，大学士由太和殿左门入，从诏案上捧过诏书放在宝案上，内阁学士用宝(盖印)后，再将诏书捧出至墀中黄案上，行一跪三叩礼。礼毕，尚书将诏书交礼部司官放在云盘内，由銮仪卫黄盖共同由中道出太和门，至天安门宣诏。以明年为康熙(康熙一词是满语，汉译为吉祥、安定、太平的意思)元年，大赦天下，尊祖母为太皇太后，生母为皇太后。

这时钟鼓鸣起(不能奏乐)，各种旗帜猎猎飘扬，文武百官进表献忠心，然后行三跪九拜大礼，山呼海啸的高呼："皇帝万岁！"

在万岁声中，朝廷不断接到两广、两湖、两江等地总督、巡抚的报告：

平西王吴三桂率大军从云南日夜北进……

他吴三桂要干什么？四大辅臣对此十分警惕，为防止意外，向小皇帝及时作了奏疏，小皇帝又马上向太皇太后博尔济吉特氏作了奏疏。

太皇太后问年幼刚刚登基的小皇帝："怎么办？"

新登基的小皇帝对于国家机器和具体操作尚不了解，可是他对吴三桂却知道很多。在福佑寺的寂寞的幼年生活中，更能引起他的兴趣的就是列祖列宗打天下的故事。其中明将吴三桂叛明投李接着又投清的故事给他留下深刻的印象。换一句话说，他对这个人很"膈应"(反感)，没有好感。他常常想：大清国怎么会用这样的人做将军藩王？他对吴三桂北上抱有很大的警惕，他说："朕的旨意，是要密切注视着这个带兵的吴三桂。兵部要密令各地巡抚、县令，随时向朝廷报告吴三桂的行动。"

"皇帝可以在旨谕上批红了。"太皇太后，对于小皇帝的这个果断的决策，意想之外，非常满意。

吴三桂也没有想到，年仅二十四岁风华正茂的顺治皇帝，亲政刚好十年，革旧立新，整肃吏制，推行与民休息的政策，逐步建立了一个以满族为核心与汉族地主阶级联合的封建专制政权。经过艰苦卓绝的努力，为稳定社会恢复经济巩固清朝统治作出了很大贡献，初创了清王朝走向强盛繁荣的新局面，这样一个精力旺盛的青年天子居然早逝了。从感恩图报的这成意思来看，他吴三桂对顺治皇帝龙驭上宾是悲痛的。吴三桂决定进京哭祖，但他又怕新君和朝廷把他留下，弄个"哭庙释兵权"，回不了他经营了十几年如同第二朝廷的云南藩王府。朝廷是否有此考虑？

应该说，无论是四大辅臣还是太皇太后，当时都没有这种想法，因为西南边疆那时还不算安定巩固，永历和李定国等各种势力还存在，需要吴三桂来对付。可是吴三桂心里没有底，举凡狡诈的人常常以狡诈之心来衡量别人。为防意外，他决定带兵北上。

吴三桂的大兵，浩浩荡荡，"人马塞途，居民走匿"。这种情势无论沿途命官和黎民百姓都大惑不解，纷纷向朝廷报告。

四大辅臣遵旨对于已近京畿的吴三桂指示：在城外"搭厂设祭"，吴三桂十分听话，按照朝廷的典章礼仪，举孝致哀，大哭一场，然后回兵云南。

吴三桂一边走，一边想怎样讨好这个陌生的新君主？

皇帝很快接到兵部奏报：吴三桂回行了。

这是小皇帝第一次运用他的皇权。他的这个卓越表演，向天下臣民显示了他乾纲独断的智慧和勇气。……后来，他成为了一个伟大的君主。在漫长的时空中，他的名字和他所塑造的时代，在五洲四海，放射着不朽的光辉，给中华民族带来荣誉和赞叹！

3. 小皇三爷

　　火树银花不夜天，这座当今世界东方的最大都市，严寒和风雪并没能关住喜庆气氛在京城的游荡。一个胡服骑射民族的子孙，如何能建立起全国性的政权，恢复战争创伤，让黎民百姓有饭吃，这种业绩确乎也是不寻常的。关于小玄烨为什么不居大内而被抱出景仁宫，就这件事，历来史家文人墨客多有张扬渲染铺陈，说法不一。

　　"平临星斗三千丈，下瞰燕云十六州"。1660 年隆冬，是大清帝国顺治皇帝一统天下定鼎北京入主中原的第 17 个年头。

　　这个东临浩瀚的渤海，北靠广阔的内蒙草原，西接连绵不断的太行山，南面是辽阔的华北大平原，负山带海，龙蟠虎踞，人们称为燕京、幽州、天府的北京城，飘起了鹅毛似的大雪，足足两天一夜，永定河和潮白河已经封江，到处一片银装素裹，好一派北国风光。一进入腊月，举国上下头等大事不是别的……忙年。

　　福临（顺治）登基十多年间，相继翦灭南明几个小朝廷，江南、云南已初步大定。那种由于长期战乱，田园荒芜人丁锐减，庐舍残破饿殍塞路，百业凋零粮价腾贵民不宁居，因改朝换代战争引起的社会动荡和混乱的状态，已趋于平缓沉静。

　　平时肃穆的京都显得冷清，现在一下热闹起来了。不知从什么地方涌来这么多的人，从崇文门到前门，从菜市口到鼓楼隆福寺，结棚列肆陈设什伙，街上黑压压一片。各地的老客，南方的北方的，以及周遭几百里的贩夫贩妇香客艺人文人墨客，还有京畿附近的农民，都来办年货。同过去比，现在日用百货充集，年下所需要的吃的、穿的、敬神的都可买到。游人如织，劳瘁不辞，有买有卖。人们进进出出，熙熙攘攘，各个喜气满面。孩子们在玩冰猴、甩斗嗡子（空竹），高唱着：

> 有个小孩上井台，
>
> 不撒水桶尽贪玩。
>
> 摔个跟头拣两个钱儿，
>
> 又娶媳妇又过年儿
>
> ……

顺治皇帝作为一国之君，他十分懂得稳定秩序发展生产减轻赋税，因此不断地颁发诏书命令，进行调整巩固，社会生产得到了很大的恢复，出现了初步政治清明、社会安定、物价平稳的好局面，人丁与耕地都有了一定的增长。这样也给商家创造了发展的大好时机，社会一片康乐景象，出现了繁荣的曙光。

京都自辽金以来都是首都，顺治定鼎中原以来，更是成为全国的政治经济文化中心。特别是经济从明末时期的衰败到现在的初步繁荣，北京的变化最大。这个城市原来做生意的人并不多。明朝永乐七年这里设立官店，以后逐年增多。到了明朝中期已经多达 200 多家。后来这些官店逐步演成"皇店"。明武宗时，天子对于寂寞的深宫宝座已生厌烦，对游宫狎妓耍猴斗马斗鸡赛狗之类也已不感兴趣。他放下朝政，头戴瓜皮小帽，粉墨登场，到宝和延和等六家皇店同顾客讨价还价，舒心惬意，做起买卖来，着实过了客串当掌柜的瘾。

现在年味更浓了。正阳门外大街珠市口内城东单、四牌楼地安门外，宫墙绮陌，金碧辉煌，华灯宝烛，霏雾氤氲，城内各主要过街夹道，都搭起了彩坊宝榭层楼，可以说是成于俄顷，一改常观。

时至"五九"，天寒地冻，从西北燕山脚下刮过一股冷风，夹带着雪粒尘暴，虽阴霾笼罩京都，人们冒着严寒仍在街衢上逛荡，采购着祭神过年一应什物。

朝廷的吉日良辰已经择定，礼部奉旨宣谕：腊月二十三日封印，新正之后元宵节开印。于是，尚宝陈案，教坊奏韶，锦衣设帜，光禄受肴，黄麾明扇，杖鼓排箫。宫廷内外，从最高的政务机构……体仁阁、文渊阁、东阁到保和、文华、武英三殿，从军机处到各部衙门、各院、府、国子监，从京师顺天府到各省道州县厅，可谓上至郊庙朝廷，次至候王郡邑，下至闾巷州党，到处一片忙碌喜气洋洋，准备过年。

在京都紫禁城西华门外，北长安街路东，有一座府邸，看来并不是十分显赫的官府大宅院，后来到了雍正朝改名为福佑寺，并且由这位君主亲笔题写了四个大字："泽流九有"，作为门匾悬挂其上，这里从此出了名。

当年这里只能说是一个不甚寻常的地方，因一代圣主康熙在这里度过了他的童年而成为"龙潜旧邸"。里面供有祖牌："圣祖仁皇成功德佛"，背面有五言诗一首，按照满族的规矩，皇帝住过的地方，别人就再不能住了，闲置起来，空荡荡的大殿，后来改称为福佑寺，成为人们求乞幸福、平安的地方了。

现在，人们聊起宫讳密闻问："小玄烨为什么不居大内，而被抱出景仁宫？"有人说"是因为佟妃不受顺治宠爱，小玄烨是庶出，恶屋及乌"，总之偌大的宫内，没有给他安排一席之地。

这件事情，历来史家文人墨客多有张扬议论渲染铺陈，有很多的说法，把本来很清楚的史事拖进云里雾里，热闹到是很热闹，可距事实很远。玄烨自己暮年后的回忆他的童年时代，他不无遗憾的说："钦惟世祖章皇帝，（顺治福临）因朕幼年时未经出痘，令保姆护视于紫禁城外，父母膝下，未得一日承欢。"

确实没有任何文件记载他的出生成长给顺治以欢心和喜悦，并且寄以希望。在顺治只有十四岁的时候，来自蒙古科尔沁博尔济吉特氏家族的母亲孝庄文皇后，利用她的政治经验和成熟的手段，在她的主持下，顺治娶了她的侄女并立为皇后，这个用意当然很明白，这是为了笼络蒙古同时也是为了巩固发展她的家族的地位，累世结姻成为国戚第一家。

这个大清帝国的最高统治者，就在"合卺之夜，意即不合"。两年之后，以当时被多尔衮包办为名，还有皇后本身虽然长得很美，也很聪明，但"僻嗜奢侈，多猜嫉"，"淑善难期，不足仰承宗庙之重"，下诏"降为静妃，改居侧室"。老百姓管这叫打入冷宫。天子老婆，本来富有四海，吃穿奢侈算什么毛病。中国皇宫中是从来没有生活节俭，举行过评选节俭皇后什么的，其实这是欲加之罪何患无辞。原来他爱上了襄亲王博穆博古的妻子，也就是他的弟媳董鄂。

大伯子尻上兄弟媳妇，这让不懂满族"治栖"的习俗的汉人，要齿笑三天的。

一个外国传教士，后来作了顺治朝臣钦天监正的汤若望，在日记是记录有顺治同董鄂的爱恋趣闻的。

顺治皇帝对于一位满籍军人夫人有了火热的爱恋。当这军人申斥他夫人时，他竟被天子亲手打了怪异的耳掴。这位军人于是因怨愤或许是自杀而死。皇帝随即将这位军人的未亡人收入宫中，封为贵妃。这位贵妃于 1660 年生一子，是皇帝要规定他为将来的皇太子的，但是数星期之后，这位皇子竟而去世，而其母于其后不久亦薨逝。皇帝陡为哀痛所攻，竟致寻死觅活，不愿一切。人们不得不昼夜看守使他不得自杀。

太监与宫中女官一共三十名，悉行赐死，免得皇妃在其他世界中缺乏服侍者。孟心史《为世祖废后而作》一诗是这样的：

争传娶女嫁天孙，

才过银河拭泪痕；

但得大家千万岁，

此生哪得恨长门。

应该说，这首诗记事多于抒情，他说的东西是可信的。

豆蔻梢头二月红，

十三初入万年宫；

可怜目望西陵哭，

不在分香卖履中。

而那位被打入冷宫的静妃，幽居别宫无人问津，何年谢世都无人知道。真是往事不堪回首。

后来的事，史中有记载：孝庄文皇后为了亲上加亲，又把博尔济吉特氏家族的姑娘，勿论行辈，纳入宫来，封为恭静妃、淑慧妃、端顺妃、赠卓妃……顺治一大帮媳妇，一时都来自一个家族。这时一个汉军出身的妃子佟氏给皇帝生了一个儿子，这无疑于宫中多了一个丑小鸭。因为顺治这时爱着的只有一个人，那就是董鄂妃，可以为皇帝开眉解意爬背喻痒，这样的美人还有高贵的修养和品质，顺治除了她心无旁顾，疏远了佟佳氏以及其他各妃。对这个小皇子，他怎么能放在心上？他成了宫廷政治倾轧的牺牲品。

是啊，一个孩子在他的童年，不能得到双亲的关爱抚养，得到的是漠视冷淡，这真是一件不胜凄凉可悲的事，说来这位小皇爷，小时候是怪可怜的。

多亏他有一位很有政治头脑而且足智多谋富有政治远见的祖母孝庄文皇后。没有这位祖母的照拂安排抗争也就没有玄烨光辉灿烂显赫的未来。

这位蒙古族出身的博尔济吉特氏，其父塞桑受封蒙古科尔沁部贝勒。她两岁时，十五岁的姑姑哲哲嫁给皇太极为侧福晋，在她十三岁时，她嫁与大她二十岁的亲姑父皇太极，再九年之后，她二十六岁的姐姐海兰珠又嫁给皇太极，成为姑侄三人共嫁一夫，亲上加亲。这是为什么呢？中原人们很难理解。是这个民族婚姻文化的一种传统延续吗？还是出于政治原因？应该说都有。

当年盛京永福宫庄妃布木布泰，曾为大清帝国入主中原神器、平定朝廷内外风雨稳固江山，立下不朽的功劳。在皇太极死后，她曾经联合两皇旗大臣，挫败了多尔滚觊觎皇位的企图，拥立自己的儿子福临顺治继承帝位。她是很喜欢这个小皇三子的，看出他不论天赋和气质，都是福临诸子中最突出的一个。她接受了前朝的教训，为江山社稷长远之计，对这位皇孙的精心培育，倾注了大量精力和心血，未雨绸缪，保证王业后继有人。

玄烨的祖母精心安排了他的生活和伴读。她把自己身边最优秀得力的贞容苏麻喇姑、还有张太监林太监以及几个保姆安排在玄烨身边，其中孙氏的丈夫是正白旗汉军包衣曹玺，另一个是瓜尔佳氏，组成了一个为皇孙服务的小团体。

这位贵为天子的小皇三子爷，学习兴趣大增，教他满文的是苏麻喇姑，在当年博尔济吉特氏下嫁到后金成为皇太极的福晋时，苏麻喇姑是陪嫁女。

这个出身穷苦蒙古族家庭的孩子，聪明伶俐勤学好思，悟性很好。她陪伴博尔济吉特氏左右，忠心耿耿，除了出色的完成一个侍女的工作，还熟练的掌握了满语，有幸参加了崇德元年的"国初衣冠饰样"的制定，可以说她是旗袍马褂的创造者和制作者，毫无疑问，这是对各族妇女的一大贡献。后来，外国人都把这种漂亮的服饰称做"唐装"。

小皇三子爷在她的传授下，满文汉文进步很快，后来人们说，康熙大帝的字也透出他的启蒙老师的功夫文采。教他历史和儒家典籍的是张太监和林太监。他俩都是明朝的遗民，原来就在宫中舞文弄墨，学识渊博，为人品行端正。

这些人，不但照顾他的生活，而且还教他宫廷贵族礼仪。他不讳言，这些良好的习惯风度，整洁的仪表，是从小就养成的。

小皇三子爷对弯弯曲曲的满文兴趣不大，对汉文却情有独钟。张太监刚为他讲完《左传》，他又同苏麻喇姑练字。每天的课程完成后，保姆就说："该出去玩一玩了！"晚上，他还喜欢面对蓝蓝的夜空，对闪烁的群星饶有兴趣的数来数去："俄木克、都韦列、依拉韦列、堆韦列、孙扎韦列、宁温韦列……"

苏麻喇姑在一旁说："您再用汉人的话，数一遍。"

"一、二、三、四、五、六……"他数得十分认真，而且汉语发音也很准确。苏麻喇姑只纠正其中一个地方："六

——溜；不是——漏。"她告诉他，要用平舌音，不用卷舌音，小三子爷十分聪颖，很快就掌握了。

小三子爷也是很愿意玩的，对孩子来讲，这块天地是太狭小的了，每天接触的，除了周围的这几个人，就是铁红色的宫墙，还有院中的老柏树。他不知道外面的世界是什么样，寂寞的心情可想而知。现在外面过年的气氛已经很浓了，

市井中不时传来爆竹声，串街的小贩的各种吆喝声，这一切深深的诱惑着小三子爷。他感到某种压抑窒息，好像呆在樊笼里，多么希望有人带他出去到外面看看呀！可是这里没人敢这么做，不敢越出大门一步。

乳母和苏麻喇姑，今天都感觉到这位小三子爷眼润耳熟，心神不定，情绪有点烦躁，出门来不是像往日那样，在阳光下活蹦乱跳尽兴玩耍，而是望着宫后大树上的鸟窝出神。

苏麻喇姑不解地问："在看什么？"

"鸟窝。"

"那有什么好看的。"

他向苏麻喇姑说，他很想爬上后边那棵大树，掏一下鸟窝。

"这怎么使得，皇太后要督过的。"

毫无疑问他的这种言语不会被在场人接受，教书的太监讲今比古，教他怎样制欲，引经据典地说："'有欲甚，则邪心胜'，不可，不可也。"

"国语骑射，是我们的祖制，连掏鸟窝都办不到，将来还能担什么大任？"

他的这番话使在场的人惊讶不止。苏麻喇姑眼睛一闪，指了一下门旁的弓，说："用它。"

"我长大了，要驰射山林……"

"那定然，那定然。"苏麻喇姑点头说。

这个后来在他的生命中放射出熠熠光辉，成为人们敬仰的"明君圣祖"东方第一大帝的玄烨，在对童年生活回忆时，不无感慨地说："朕自幼龄学步能言时，即奉祖母（指博尔济吉特氏）慈训，凡饮食动履言语能有矩度。虽平居独处，亦教以罔敢越秩，少不然即加督过，赖是以克有成。"

小三子晨读结束，在苏麻喇姑、乳母、张、林两个太监的陪同下，来到庭院中玩耍。不一会儿，忽然有人扣门，原来是宫内太监捧着一盒关东糖和一盒南糖，还有许多小食品，说："这是皇祖母送给小三子爷过小年的。"

这天是送灶之日，人们俗成过小年。在"神人萃，物爽冯……潭云塔影，在螺洞光……照游盛今古"的京城尤为热闹，人们争相购买关东糖，鸡、鸭、鱼、肉，美酒佳肴，进行送灶活动。

教他汉学的张太监向他详细解释了这种民风由来。他说："这是由中原大地衍生出来的习俗，再由汉人传遍了各地。灶王君，有的地方叫灶王爷、灶神。品级不大，但管事不少，受玉皇大帝的亲自派遣，到人间各家各户的，并委任于各户的一家之主或叫司命主，了解人间的善恶，然后每年腊月二十三日上天'汇报'，作为天神赏善罚恶的依据。"

"为什么要吃糖?"

王太监笑了笑说："这是官场的陋习。人们按着人间有贪官，认为肯定灶王爷和灶王奶奶也是愿意接受贿赂的。人们用猪头肉、鱼和豆馅粉团祭灶，给灶王的嘴抹上饴糖，封住口，再给一些美酒，让其喝个烂醉，这样灶王就会报喜不报忧，'上天言好事，下界保平安了'"。

一盘盘苏叶饽饽冒气啦，

一碗碗五花腱肉腾热啦，

一屡屡年祈香烟升上啦，

一盘盘关东糖灶王吃啦……

京城人祭灶是严肃虔诚而又热闹的。大内祭灶更是严肃隆重，按照"有其举之，莫敢废也"。有祖制，户、灶、井三祀，由内务府掌之。本朝祭灶都在坤宁宫举行，届时三院辅臣学士及部院卿寺堂上官国子监祭酒六科都给事中，各掌道御史，都于此以志承平。九楹之间，面南设天地神位，行之拜礼，对于东厨灶神行叩礼。西大炕，供朝祭神位，北炕供夕祭神位。朝祭神为释迦牟尼、观世音菩萨、关圣帝君；西祭神为穆里罕神、画僧神、蒙古神。这种祭神可谓严肃、活泼又很实惠。《养吉斋丛录》是这样记载的：

朝以寅、卯，夕以来、申。祭均用豕，并设香碟、净水及糕。糕以黄稷米为之，朝则司祝擎神刀，诵神歌，三弦琵琶和之以祝，遂进牲。夕则司祝束腰铃，挚手鼓，蹲步祭神歌以祷，鼓拍板和之，亦进牲。

这里说的进牲，就是杀猪、宰黄羊，赐王公大臣吃肉。届时，按照满族风俗，当大块的猪、羊肉，用木盘端上，从腰间掏出刀子，动手割拉后，沾着盐末而食。肉吃完了，接着膳房上来的祭神供品——饧，俗称灶糖，京都人管这叫"关东糖"，每年一进冬月，奉天内务府便要急急准备，贡运到京，所以这糖也叫贡糖。整个仪式诸臣欢畅痛饮，笑语无禁。宴毕，复命近东西墀中，那里有一道宫内节日盛景，树盘龙楠木灯柱，与宫檐齐，柱凡八面，每面皆悬联，五色八角圆灯。而小三子爷长这么大，是从没进宫过小年的。

这样的日子，小三子爷虽然没被邀进宫，可是太后确实惦念喜欢这个小皇孙，这给寂寞的小皇子以无限的喜悦，他望着紫禁城的方向，对皇祖母的关爱无限感激，并致以深深的敬意。

年越来越近了。不论是风雪漫天的关东路，还是千帆竞秀的大运河上，从云贵川林莽小道，到两湖两广两江苏皖山陕及至京畿，各地的总督巡抚监政总管织造，都在争先恐后向朝廷运送应进的贡物。

旧制规定，各省每年有三贡者，有二贡者，其物亦有必易裁减。现在是太平盛士，龙颜大悦，各地贡品当然要大减了。

来自"龙兴之地"的打牲乌拉衙门的爬犁车队马队出发了。

这支队伍的前导插着黄龙旗，大纛在寒风中猎猎飞扬，铁轱辘车碾着冰辙，发出悠长闷钝的吱吱嘎嘎声响，传出很远，很远……

按照清代的驰驿之制，官吏过境，不论官阶大小，地方官吏均为其预备食宿。

毫无疑问，这些插着黄龙旗腰扎黄带子的运贡车队，沿途村镇驿站卡伦，均有驿丞官员小心备致招待迎送，每经一地，还吸引许多遥望观看的人们，有的跪拜磕头，有的摆上供酥果品。

这打牲乌拉衙门，其实是本朝"龙兴之地"的一个后勤基地。

公元 1644 年"大清帝国"定鼎中原迁都北京，根据当时中国政治形势需要，分别在吉林乌拉街、江宁（今江苏省南京市）、苏州、杭州这四个地方，建立了与当地将军衙门和副都统衙门极不相干的朝贡衙署。其中江宁、苏州、杭州三个衙署，均是明朝在江南地区建立的织造官府、手工业生产的朝贡机构，惟有这打牲乌拉总管衙门是继后金统治者虞猎而建的司官府农副业特产的朝贡机构，直隶于京都内务府。

乌拉国战败后，国王布占泰率其残部逃走了，皇太极为了防备其东山再起卷土重来，于是选派了长白山带来的讷殷城迈图，让他随军携带家属，出任"乌拉地间嘎善达"。

"乌拉地间"就是原乌拉国所属地域。

过去，朝贡事宜，均由当年跟随努尔哈赤从珲春来的老迈图掌管，他从 1629 年至于 1657 年间任"嘎善达"，总领三十三年，官阶六品，到本朝 14 年。随着各种规章制度的日臻完善，朝廷设打牲乌拉总管衙门立八旗，开辟贡山、贡河。

经过老迈图的几十年治理，这个经过战争洗礼，几为荒废的都城，再度成为乌拉地区的政治经济军事经济及文化活动中心，也是皇庭农副土特产品的主要供应基地。

现在老迈图年老多病，按照世袭制，由皇帝钦封其子希特库接替父任，官阶六品(后升任四品)。

这支头戴缨帽身穿箭服，佩着腰刀身背弓矢的黄带子朝贡队伍，由一眼花翎、四品总管这位来自长白山讷音部希特库亲自带领，随行的官员有左右翼领、骁骑校、拔什库、珠轩达、铺副、学官、笔帖式、牲丁、包衣等一行三十三人，将军衙门，照例出派章京一员，领催二名，披甲二十名，按时接替护送，各个脸上庄严而神圣。

这一日天色将晚，打牲乌拉衙门的运贡队伍，来到了天下第一关隘——榆关(山海关)，希特库拿出本旗固山额真(都统、旗主)申报兵部发送下来的满文票"出关路引"，还有相关的路条票照，接受关防处记档验行，山海关都统衙门索大人赶紧上前迎接到驿栈——现在我们管这种地方，叫招待所或迎宾馆什么的，由于是"国有企业"吧，所以招待重要客人时，虽然朝廷的明文规定餐饮有标准，可是在中国的衙门官场里，别忘了那句话，山高皇帝远，"将在外君命有所不受"，特别是这些"黄带子"，谁也不敢怠慢得罪，再说索老爷也是镶黄旗，封地在吉林，对于来自家乡人，自然要超标准的宴请一番了，希特库第一次亲自带队，一路顺风顺水，眼看还有三五天的路程，就要进京完成官差，为此感到十分荣耀与豪气。

盛宴刚要开始，这时一个额真进来，向都统报告说："辽阳的佟大管家到。"佟家是皇亲国戚辽东大姓，是顺治的丈人家，佟妃的娘家，小三爷的姥姥家。

这个家族根基很深，在明朝的后期，佟家在辽阳、开原、抚顺三个地方经商，开着大买卖，效益很好，乡人都很眼热。顺治祖父努尔哈赤统一满洲，铁马金戈进军辽东时，佟妃的祖父佟养真带着一千多人投到努尔哈赤的旗下，成为汉军最早的归顺者。

佟妃的父亲佟国赖，是佟养真的次子，在多次的战斗中都表现十分勇敢，屡立战功，后在正蓝旗汉军固山额真。

虽然顺治对佟妃并不喜欢，但有了皇三子，佟家就像通往宫廷多了一座桥梁。佟家上下喜欢这个小外孙这不必说，四时八节总要给外孙子送上一些礼物。过大年，那就要送大礼。这不，佟家带着两辆大车，由尼玛察氏总管带领，风尘仆仆，刚刚通关，因为人们都知道佟家与朝廷的关系，不敢怠慢。

晚宴之后，关守尉又安排了文艺活动，希特库喝得有点过量，本想歇息一下，但盛情难却，恭敬不如从命，只好到了旗营地，那里已准备好了招待总管大人的一切礼仪安排。

　　晚会的节目，活泼热闹有趣。开始是一折"朱春（满族戏)，演的是《乌布西奔妈妈》，还有《音姜珊蛮》这些都是女真时期流传下来的著名萨满史诗。

　　乌木林布拉是天女的玉带，

　　飘延伸到白云和红霞的天际。

　　貂帐像河岸边的千朵梅花，

　　豹帐像林莽里的百朵银花……

　　接着是八角鼓、巴音博罗(满族山歌)、空齐(长寿)舞、察齐(满族打击乐器)、台鼓、杂耍什么的，都很有趣。

　　看完了戏，索大人觉得希特库兴致很好，便央求地说："希爷您是关东的大才人，您得为关门留下一付春联。"

　　双方一揖一让客套了半天，希特库想，吃人家的嘴短，拿人家的手短，这里这样热情，不能卷了人家的面子。希特库从小家教严谨，四、五岁时，就能背诵《千字文》、《大学》、《中庸》，满文、汉文皆通，能写一手漂亮的颜体字，他的骑射好学在打牲衙门中是有口皆碑的。

　　希特库推辞不过，只好从命，先给几位爷字辈的各送上一幅，最后按照索爷的要求，给关门题写一幅：

　　帝德乾坤大

　　皇恩雨露深

　　这一日，小三爷刚吃过午饭，孙氏奶妈等人正陪着他在户外玩耍，忽听有人叩门，进来的是慈宁宫内吴太监，他带领三、四个小太监来了，一进门就高声唱到："接赐品——皇太后——给小皇爷——赐品！"

　　府中太监赶忙上前跪接。

　　吴太监说："这些东西，特制的小袍、小褂、红绒绣顶的小帽还有白袜，还有一双牛皮小靴……都是辽阳送来的。"

接着，又上来一个小太监捧上一包礼服。吴太监说："这是皇太后给小皇爷的，让他过上元节，进宫好穿。"没等上元节到来，这位小皇三爷一天夜里突然就被召进宫去了。

正在举国上下，歌乐升平张灯结彩，为庆贺即将到来的新春佳节时，就在这时，晴天响起霹雳，礼部奉谕免去一年一度的元旦大朝，不行庆贺。"为什么……"

这时，那些已经做好准备进宫参加元旦庆贺大典，等待天子赐宴的大臣们顿时紧张起来，忐忑不安，互相交头接耳小声议论着，询问摸底，这是为什么？他们感到朝廷将有大事发生。

很快有人从内侍太监那里寻到一点风声，"皇帝病了！"

"皇帝病了……"

从大臣到宫女，人们听到后立刻惊悚起来。万万没有想到的是大清帝国的天子圣躬违和，这似乎预兆着某种不幸。

接着，太监宫女们忙作一团，遵命将张挂的灯笼彩带摘下，将写好的春联撕下，人们不知发生了什么事情，谁也不敢问，宫廷内的大小事都是机密，说话也不敢发出高声，整个宫廷上下节日气氛一下荡然无存，一片清冷肃杀。

元旦这天，尽管宫内空气更加紧张，王公亲贵、百官重臣，仍然进宫请安，同时也想借此探听一下消息，皇帝病情如何，这是所有人们致为关心的大事。

顺治帝之病为出痘。这是全满族人心惊胆战的传染病--天花。那个时候还没有天花疫苗，得了天花的人就只能等死了。这个正值青春年仅 24 岁，清朝入关第一代皇帝，不久就在宫中闭上了双眼，撒手尘寰--顺治时代结束了。

4. 苏州哭奠

　　立春已过，京都还是北风呼啸雪花飘飘的严寒季节，可在江南寒冬已成强弩之末，春天已迈步走来。一支梅花首先在邓尉出墙，接着在光福周围的玄墓、弹山、青芝、西碛、铜井、马驾诸山，绿萼红英，满山香雪，可谓千树万树梅花开，这给数日阴晦的古城苏州，带来了春意。"闺中少妇不知愁，春日凝妆上翠楼，忽见陌头杨柳色，悔教夫婿觅封侯"，可见春在苏州是多么的醉人。

　　如果在往年，按照苏州人的情趣雅兴，该是富家宅门粮户千总文人骚客殷实商贾齐集邓尉赏花。届时周遭十数百里，香车宝马轮舆辐辏，游人如织，贩夫贩妇拥塞于路，直奔香雪海，那气氛真比春节上元还热闹。

　　苏州自古就是江南水陆通都大邑，经济繁盛，人荟萃。在今天，说起金人瑞，知道的人恐怕不多。如果提金圣叹，好多人就会说，知道了，不就是腰斩《水浒传》的那个人吗！正是。这个人本名叫采，字若采。出生时还是大明江山，那年是 1608 年，自然算是遗民。到了后来，他把名改了，名人瑞字圣叹。当然，还有的人说他不姓金，而是姓张。究竟姓金还是姓张，那是史家的事了，让他们去争论吧。

　　金圣叹这个人，很有性格。他满腹经论，不去做官，厌恶仕途，对官场十分轻蔑，对官僚嗤之以鼻，对考官常常揶揄，用文章开"涮"，什么知县、知州都不放在眼里，是个有名的狂生。每到春天是金圣叹读书写作最勤快的季节，可是这年春天，他没有创作的灵感，无论他走到哪里，都能听到人们对吴县贪官的议论、谴责、痛骂……他心烦意乱，放下手中正在评论的《杜诗》，出去散心。

他走出临河的危楼，穿过阊门南一条铺着石板的小街，看见河边有许多孩子水边嬉戏，运草的木船，桨声欸乃轻轻荡着，哼着古老的江南俚曲，悠悠而行，女人在河边淘米，洗菜、洗衣、编织，讲着白天和夜间的笑话，消愁解闷儿。

金圣叹反剪着手，彳亍前行，顺口流出："长安一片月，万户捣衣声"。几千年来，这里的人们就是这样惬意的、平静地生活着，"苏湖熟，天下足"，生活在鱼米之乡的人，还愁衣食吗！可是现在不行了……

他不知不觉溜到山塘街，这里河道宽阔一些，晨雾还没有散，天空灰濛濛，石板、古宅，连岸上的行人也是灰濛濛的。这时一队乌篷船驶来，头船插着官旗，船头坐有典史、扑役(扑头)、扑快(班头)，腰间挂着知县签发的"牌票"、"勾票"、"传票"、"拘票"，怀里揣着"海扑文书"、"广扑文书"，还有兵丁乡勇，他们随时都可以抓人打人，对人实行侦查，"堂上一点朱，民间千滴血"，这个船队的船足有十几只，号歌声声，逆流而上，这是任知县收赋税运粮运货的船队。

"人似饥鹰，船同飞虎"。帮官府混饭吃的人，虽不入流，离开衙门就变成了鹰虎。作过清朝军机章京、员外郎、布政使、巡抚、两江总督的梁章钜，有"十字令"，描绘他们的嘴脸，记述他们的恶行，云：

一命之荣称得，两片竹板拖得，三十俸银领得，四乡地保传得，五下嘴巴打得，六角文书发得，七品堂官靠得，八字衙门开得，九品补服借得，十分高兴不得。

朝雾渐渐散去，前面是一片田野，金圣叹抬头一看，快溜出城圈了。他回转身来，向城里走去。他感到有点饥渴，准备选一小菜馆，小酌一下。

他来到了山塘街上，那里有苏州著名的几个老店"三山馆"、"山景园"、"聚景馆"，尽管名气很大，品种有百十以上，但金圣叹所喜欢吃的不是老苏州人所好，如太湖银鱼，河滨茭白、鸡头，阳澄湖大闸蟹、松鼠桂鱼、响油鳝糊、还有晋代在洛阳作官的张翰喜欢吃的莼菜。金圣叹愿意吃的，是满族人所忌吃的狗肉。

沿河寻去半天，金圣叹终于瞧见一个破旧画舫，竖挑着酒旗济公美食的布幌，他想这就是了，忙在岸边上，高呼一声："船家——有狗肉哉？"

金圣叹一边喝着小酒，一边观赏风景，把着扇，悠悠扬扬，一看四座几乎坐满，三揖三让劝酒，高谈阔论，大则国运，小则关乎自身，真是不亦乐乎，三盅下肚，金圣叹觉得狗肉味道不错，老酒很醇，暗自高兴，不虚此行。

船在行，桨声荡漾，歌姬的吴歌时隐时现漂来，这时朝雾已经完全散去，河面一片金光，波平影圆，岸上楼台垂柳，鹅黄初吐，蒲丛寒烟，踏平河面过百家，任取景致不用钱。

金圣叹下了船，有点醉意。他在河堤上弯来弯去，来到了西门观凤楼，沿着石阶，上了金母桥，看到河水的流淌，看到河上的船行，想到古今，人海沧桑，狂笑一声，振衣高吟起白居易的《城上夜宴》：

留春不住登城望，
惜夜相将秉烛游。
风月万家河两岸，
笙歌一曲郡西楼。

　　诗听越客吟何苦，

　　酒被吴娃劝不休。

　　纵道人生都是梦，

　　梦中欢笑亦胜愁。

　　他一边吟诵，手舞足蹈，一边哭泣，引起不少人驻足观看，他目不旁视如入无人之境，就这样吟呀，唱呀，哭呀，下了桥，在街上徜徉着。

　　暴政下穷人活不下去，富人家也被逼得无路可走。这一天，由万升米行的朱老板做东，相邀吉祥绸店、厚德银号、富德钱庄、源具永酱园、洞庭茶坊、常盛布店、会贤堂饭馆、繁兴盛香料、万宝泉珠宝玉器行、步赢斋鞋帽铺、天香楼酒家……几乎苏州市面上的五行八作三教九流，相继来到太监弄，这里环境幽雅，有一家著名的茶馆，叫"吴苑深处"。这里不但茶好，水更好。他们泡茶从不用胥江水，而是用天落水或溪涧水，当代什么品牌的纯净水和矿泉水都没法比。

　　市井的人们平素商务繁忙，他们很少有闲在一起，喝一碗清茶轻松一下，今天怎么会聚在一起了呢？

　　这得先听一下朱老板所致的开幕词。这个苏州的大贾，商会的主持者，往昔精神矍铄，声音朗朗，常常开怀大笑，是个富富态态乐观的人，现在却是满面愁容。他从座席上站起来，面对各行业的老板心情沉重地说："我今天揖请各位来，不是叙说友谊恳谈贸易畅言市场，而是同大家做一个告别。我的米行从我曾太祖在明永乐年间开市，距今二百五十多年，历经多次战火兵匪骚扰，也经过多次天灾，万升米行从没有发国难财，提高粮价，而是开仓放赈，也从来没有逃避官家赋税，我说的这些是有史记载的。至于说当今我是怎么做的，父老乡亲有目共睹……现在我欠赋税，没有能力再经营了，我在此宣布停业。"

他的话也是人们的共同心声，在座的各个行业商贾，同命相怜，都被赋税压得直不起腰，顿时一片唏嘘声哀叹声。

之后一片沉寂，人们好像停止了呼吸。

这时，从茶座上立起一个人，人们一看都认识他。是一个小生意人，做着铺衬行业，他的字号很美，叫"补天铺衬铺"。铺衬这个词汇如今已经消失几十年了，就是碎布破布旧布，用来缝补破旧衣服，过去有专门经营此行业的。

人们都说，三年清知府，十万雪花银。任维初上任不到一年，就把天下闻名的富庶之乡，弄得商业凋敝农田荒芜，哀鸿遍野民不聊生。而他自己在太湖岸畔木渎山下，邓尉、光福、周庄买下田亩，在上海办起实业。结果民怨沸腾，人们恨不得举起菜刀，闯进知县的正堂，把贪官杀掉。

这些商家在"吴苑深处"一肚子火，哪有心思喝春茶，人们历数任维初的各个罪状，强取豪夺，巧立名目，鱼肉乡里，打荡食肆，横征市商，包娼包赌，毒打致命，强抢良家妇女……最后大家商定，不能再让任维初这样干下去了，要以大清律例，向巡抚那里递上状纸，控告他。

"这状纸由谁来写?"惠德居老店的老板问:"可得字字是血，字字是剑。"

"我看金人瑞先生最合适。"

"你们说的金先生这个人，不就是腰斩《水浒传》的那个金先生吗?"

人们终于决定，请金人瑞这位大贤人，为民请命，写状子。

"好，我啃这块骨头。"金圣叹说，他没有一点推脱之意。

文人的性情多为狂放不羁，不但为文，有的为人也是如此。极富才学的金圣叹，便是这类人物的一个典型。他年轻时，曾多次参加科举考试，屡试不中，考官不取，为什么呢？也许他是我们国家荒诞派和黑色幽默文体的先祖，考官看不明白，不喜欢。而他本人并不在乎，依然故我，下次应试，仍然淋漓尽致，潇潇洒洒，肆意表达他那独特的闪露着天才光芒的思想。

顺治18年正月初七，大清入主中原的第一个君主，以他24岁的韶龄，出天花而亡。

华夏古风因袭，人的死亡比生的礼仪还要繁缛，作为天子更不必说了，朝廷下令，全国都要进行悼念活动。哀诏到日，各省区都要按照规定带领官民设位哭临。

朱老板说："我们要在这个日子，集合起来，利用哭庙这个机会，设法把状子递到巡抚那里，把任维初这个贪官赶出去。"

苏州大街小巷，张贴了知府的告示，认字的不认字的都在围观："世祖的哀诏到了！"

哭庙大典，是神圣、庄严的大典，地点设在文庙。届时由江南巡抚朱国治亲自主祀。堂官宣读祭文，然后由巡抚、知县一体官员，依次行三跪九叩礼，上香，送燎，全场举哀。

仪式结束后巡抚朱国治、知县任维初打道回府，屁股还没有在正堂坐稳，就听外面有人击鼓鸣冤，典吏出去一看，倪用宾等人跪在大堂门口，双手举着揭贴，状告任知县横征暴敛，受贿败政，侵吞国库等罪状。要巡抚大人明察，严惩贪官，以平民愤，复苏苏州。

　　巡抚朱国治很不自在，任维初的揭贴上面历数了任维初的罪状。按照大清律例，这样的官员不但要丢官，弄不好，还要丢脑袋籍没家产的。可是话又说回来了，任维初在吴县干了一些什么，作为巡抚的他是很清楚的。这事情怎么办？真正像他那个正堂横匾写的"秦镜高悬"，真正像他在民众面前所讲的，为民做主？把任维初揪出来，那可就是癞哈蟆甩子(排卵)——后边是一大串啊！

　　揭贴哪里详尽地历数了任知县的种种罪状，其中给上司送苏绣、古玩、瓷器、珍宝……毫无疑问其中他朱国治就有一份，而且要比京官还实惠。他思忖着这件事得怎么办？

　　苏州人是有反抗贪官斗争的光荣历史的，明朝苏州的"织工暴动"，与今不是相去很远，领头人葛义士(葛贤)的墓就在虎丘山下。朱老板等人回到坊间，又联络绅士商贾、诸生市民，再去哭庙，准备向巡抚施加更大的压力。

　　第二天，一清早大车、小轿、小舡、画艇齐向文庙靠拢，不久便集合三千多人，盛况空前，邓尉赏梅，虎丘庙会也从没见过有这许多人，可见民怨沸腾。

　　然而，聪明的苏州绅士诸生、学子市民，根本没有注意到，这时从阊门、娄门、齐门、胥门、盘门、葑门、匠门进来许多陌生的面孔，他们来自周庄、昆山、吴江、常熟……加入到哭庙的行列，没有人注意这些人的身份。更不知道这是朱国治、任维初调来的打手，布下的陷阱。阴谋在善良面前就是这样进行着……

　　这一晚上，朱巡抚是在任知县安排下，在豪华画舫中度过的。他先请巡抚到前仓看了一下，那里摆放了十几个樟木箱子，打开一看，全是白花花的银子，总数五千两，还有绸缎、古玩……接着任知县又把他引进后仓，那里有两个身穿薄翼般纱衣的美女。朱国治揉了一下眼睛，目眩神迷，他从来没见过这样美貌的女子，莫不是天女下凡？他想这真是出西施的地方呀，一下乱了方寸。

朱国治本想拿出揭贴威吓他一下，借此狠狠敲他一竹杠，可是他一看这个小子很明白，不必让他费心思，他需要的一切，已经安排好了，这使他很高兴。

朱国治想了半天，终于打出了主意，他说："拿笔来！"

第二天，他叫过笔贴式，受命他草拟一份奏章："敢于哀诏初临之下，集众千百，上惊先帝之灵，拟此目无法纪，深恐动人心。"然后上报朝廷。

苏州发生的事，朝廷很快就知道了，辅政大臣们决定采取残酷迫害和镇压手段。白色恐怖在苏州开始了，在朱国治、任维初的指挥下，一场大规模的抓捕工作已经准备好了。

金圣叹也没有避开灾难，他是在弄堂口被暗探逮走的，很快被押解江宁。顺治 18 年 7 月 13 日，金圣叹、倪用宾、沈琅、顾伟业、张韩、来献琪、丁观生、朱时若、朱张培、周江、姚刚、徐介、叶琪、薛尔张、丁子伟、王忠儒、唐尧治、冯郅等 18 人，在南京三山街头遇难，籍没家产，妻子儿女充塞宁古塔。

风流总被雨打风吹去。金圣叹这个天资聪颖的旷世奇才，为人倜傥，手眼独出，熟读经史子集、诸家笺注、通晓佛首曲籍、稗官野史、三教九流的矫矫不群大才人，学问上简直是上下贯通，左右逢源，妙语成珠，在他被行刑之时，斩监吏问他可有什么话留下，他又幽他一默。他以惊讶万分的表情说："断头，至痛也。而圣叹以无意得之，大奇！"说完，他自己大笑起来。

　　金圣叹死了。坊间有一个传说是，他在临刑前曾买通狱吏，给他的妻子一封信，内容是研讨美食的。上书："字付大儿看，盐菜与黄豆同吃，大有胡桃滋味，此法以传，我已无憾矣！"这位年仅五十三岁，呕心沥血，评绝世上锦绣文章、震古铄今，折尽天下狂放才子的"剑眉刀笔灵鬼惊"文学理论大家，在天国的路上往尘世一看，不觉又哈哈大笑起来……

　　康熙初年，四辅臣为了巩固满族人的统治，有意整肃和镇压江南文人、士绅。这种意图更被有些人利用，致使诬陷诬告，冤假错案层出不穷……

5. 江南抗粮案

江宁巡抚朱国治，人称朱白地，意思是他所到之处会被搜刮的一无所有。朱国志的船队，经过航线上的无锡、常州、丹阳、镇江，各州、府县命官，都出来迎接，备上本地的土特产，常熟知县还送上了两个丰乳肥臀……

朱国治来时，乘两只官船，回江宁时后面增加了一只画舫，三只货船，那里载着苏州任知县给他上司的礼品，除了金银，还有古玩，古画、瓷器、陶器、铜器、玉器、苏绣、……还有两个吴侬软语，床弟功夫很好风情万种的苏州姑娘，真是满载而归。

苏州枕河而居，小巷、小桥、流水……人们或从危楼，或在岸畔石桥，怒视着河面上的船队。这一天，巡抚朱国治在任知县、县丞、主簿、主管典史、巡检陪同下，带着歌女小翠小玉，在邓尉看了梅花，又去了石湖游玩。这里虽不及杭州的西湖有名，但只要你游过一次，就会赞叹：不虚此行。

这时从河舫中传来低吟浅唱，是苏子美的《过苏州》：

东山盘门刮眼明，

萧萧疏雨更阴晴。

绿杨白鹭俱自得，

近水远山皆有情。

石湖是太湖的一个支流，相传当年范蠡带着西施，就是从这里进入太湖的。

这一行人，从北山堂、天镜阁、玉雪坡、锦绣坡、千岩观、梦渔轩、说虎轩、盟鸥宝、锦川亭浏览，然后在天镜阁小憩，一边玩赏湖光山水，一边饮春茶碧螺春。朱国治兴致极好，在两个美女的左右陪伴下，凭栏伫立，观看脚下的吴波万顷，湖上小舟欸乃，他对苏州赞不绝口，发着感慨说："待我官做满时，告老回乡，一定像邓尉那样，来苏州这里也种梅花。"

一行人正在玩得高兴的时候，忽见湖上飞来一叶小舟，有人高叫："抚台大人，朝廷信差到"，朱国治不敢怠慢，振衣整冠，赶紧准备打道回府。众人一时莫名其妙，一身轻松，一下扫尽，原来朝廷下达一个新令——征催钱粮，因为此年为辛丑就叫"辛丑新令"。

在"辛丑新令"下，江南各地很快逮住一批"抗粮分子"，其中有著名的绅衿文士，也有驻地的在籍官员，仅苏、松、常、镇四地，被造名册的人数就达 13500 多人。

这就是史书上记载的，顺治十八年（1661 年）发生的"江南奏销案"。

朱国治的官船、画舫和他身后的船队，咿咿呀呀在浩淼的大江中逆行着。

第二天傍晚，船队已经接近江宁，水天一色，眼前突兀石头城灰黑一片，西天一片红红的火烧云，瞬间变成黑色，一道刺目的闪电人从画舫上空闪过，接着一阵震山欲裂的劈雷响起，朱国治受此一惊，茶碗脱手一下落地，人也几乎摔倒。

这个朱国治，汉军正黄旗出身，顺治四年由贡生授固安知县。他对官场小有研究，知道怎样逢迎他的上司，也知道怎样残酷地对待他的小民，很快飞黄腾达，擢至大理寺卿。顺治十六年，被派江宁任巡抚，成了江南一方的土皇帝。

朱国治到了江宁，赶快升堂，从朝廷信差接下四大辅臣颁布的新令，内容是要求各省巡抚执行省府州县下征催钱粮未完的处分条例。

这个条例规定得十分严厉，凡地方官员，有拖欠朝廷钱粮者，收缴不利，都应该停止升转。期限内未完成的，将受到革职降级处分。人们管这个文件叫做"辛丑新令"。这个新令把追缴钱粮作为官吏升转的尺子，这就同顺治时期任用官吏的标准完全修正了。

在"辛丑新令"圣旨下达不久，清廷四大辅臣又以朝廷财政紧张为借口，下令赋税十年并征。这个条令的具体规定，绅欠三百两，衿欠二百两以上，解部处分。

……

也许朱国治是大理寺出身，望其脸孔，就知是酷吏。他这个人可以用一句话概括，心黑手狠。不用多说，处理吴县"哭庙"事件，还有镇压郑成功也显露过一手。

新官上任三把火。他来江宁，便向朝廷上疏，怎样对付"盘踞外洋"，"出没江南滨海州县"的郑成功，向朝廷献策说：

欲破狡谋，先度形势。贼众负险，我师涉风涛，其劳逸不同。贼众熟海道，我师亏马便捷、其素习不同，水师舟较之贼船大小悬殊，其攻取不同。臣谓宜以守寓战，凡海边江口，多设墩台，待贼势围援绝，乘间攻之，自能擒渠献馘。

毫无疑问，朱国治对兵事是熟悉的，对待郑成功的策略，这一着是十分恶狠，朝廷自然对他十分赏识。

朱国治回到江宁，本想向皇帝那样巡幸常熟知县送上的两个丰乳肥臀，但他对"辛丑新令"不敢怠慢。挑灯夜读起来，仔细咀嚼着每一句话，不放过每一个字，辅臣说的是什么意思，他这个巡抚该怎么办？在公事上面是从不含糊的。

夜深了，梆儿已经响过三更，外边风儿扑打着幕府大堂的窗纸，飒飒作响。他有点疲倦，忽然眼前的烛火一爆，他的头脑同时也爆出纷飞的火花，得出如何执行"辛丑新令"。他要干出来一个样子，让朝廷满意，辅臣欢心。那就是：对于抗粮的人，不管他是谁，要突出一个"狠"字，强调一个"快"字，防止一个"逃"字；抓住一个"缴"字！

朱国治有了四字方针，立即召集他辖治的江南各州府县正印官、州府县丞、转述了四辅臣下达的"辛丑新令"，要求回去招集开会，吸纳主簿、州同、州判、教谕、典史、吏目、巡查、税课大使，还有吏房、户房、礼房兵房刑房，工房以及书禀房和胥吏、皂役人员，让人人都知道，并且立即造名册追缴。

各州府县在"辛丑新令"和朱巡抚的指令下，立即行动起来，不敢怠慢，一是谁人都怕丢官，各个想争催缴钱粮政绩突出，得到升迁。二是各地贪官，对朝廷的其它指令，阳奉阴违，但对收缴钱粮，倒是最感兴趣，积极性很高的，其中油水之大，不必细说。

吴江县，古称松江，这里南津、北津原是风光秀丽，地连阡陌，河舟帆影，鱼跃龙翔之地。

诗人苏舜卿在送他的朋友斐如晦宰吴江时，是这样描绘的：

吴江田有粳，

粳香春作雪。

吴江水有鲈，

鲈肥脍堪切。

范仲淹的《江上渔者》，更为大家熟悉：

江上往来人，

但爱鲈鱼美。

君看一叶舟，

出没风波里。

这里有个叫长桥湖的地方，城东门桥下的水那便是古吴淞江头、太湖之尾。长桥湖东北通官塘，有一座浮桥达庞山湖。在县学的后边有鲈鱼馆叫望月楼，专营鲈鱼，远近有名，吴江口的码头上，常常摆满了舟船。

县衙中有一个小小的主簿，叫王良。论官级，根本不入流，用现实的话说，不过是管管文秘的打工仔，但在市面上，却是人人见畏的地头蛇。赌钱赖账、欺侮妇女，强征暴敛，打荡食肆，扰害市井，土农工商，俱受其害。人们把他的姓名，填上一个"犬"傍，都在背后叫他："狂狼！"

他高兴时，天天上望月楼吃鲈鱼，酒足饭饱，嘴巴一抹，屁股一拍走人，老板忍气吞声，谁也不敢招惹这个地痞。

这天，这条狂狼又来望月楼混吃混喝，进屋之后，忽见一名房中有人聚宴，三揖三让，热闹得很，他上前掀开帘子一看，原来是本地乡绅颜士忠，他冷笑一声说道："这不是颜大老爷吗！"

颜士忠抬头一看，闯进来的不是别人，是县主簿，人称"狂狼"的"松江一条狼"的王良，心里吃惊不小，可以这样说，在松江上下，老少只要提起这个人，没有不恨得咬牙切齿的，但又是谁也不敢得罪。

"王主簿到，有失远迎，得罪，得罪！"颜士忠甩拂一下衣袖，拱手道："请坐，请上坐！"

"免……亏得颜老爷还认得我！"王良冷笑之后，说："我昨天到得府上，收缴钱粮，你避而不见，你的管家说，仓无斗米……是这样吗？"

"主簿大人，小人不是避见，确实外出不在家……仓无斗米也不为虚，今天邀集几位乡党，就是恳请襄助，交上所欠官府银两！"

"嘿——胡扯！"王良将眼珠一翻，啪的拍了一下桌子，随后飞起一腿把桌子给踢翻了。

"跟我走！"

王良上前，狠狠地揪住颜士忠的衣领，拉他到雅座以外。

"王大人，王大人，你住手！"这时，望月楼的老板慌忙上前解救，陪着笑脸说：

"您请楼上坐，你的'白汁鲈鱼'好了……"

"我今天不是来吃鲈鱼的，是为了公事。"

"大人公事再忙，也得用餐啊，请！"老板三揖三让。

"走开，不要影响公事。"王良这条狼，吃红肉，拉白屎，翻脸不认人，他把望月楼老板一手推开，搡出好几步远，然后逼到颜士忠面前说："你有银子设大宴，没银子缴征赋？"

"大人，大人……你听我说！"

"现在你要听我说，"王良唾沫横飞，狐假虎威地恫吓着说："你现在已经不是交不交银子的问题，你是有意对抗'辛丑新令'"！

"小人不敢，不敢！"说着颜士忠扑通一声跪在地，向他叩起响头。

"大人，大人！"七位参加宴请的人，他们也是当地绅衿，都上来向这个主簿说情。

“干什么？”王良凶狠地说，“你们几个也欠着赋银子呢，也想对抗‘辛丑新令’吗？”

“不，不，不……敢！”

“都跟我走一趟！”王良向门外的东方一指，谁都知道，他指的是县衙大牢。

“大人，大人，有话好好说！”这时，人们互相传递眼色，纷纷解囊，把衣袋仅有的银两全部塞给了王良。

“大人，改日我们还要到府上孝敬！”

“别说好听的，”王良翻着眼皮，瞪着一对黄绿眼珠说：“你们送上的银子，我要全交给县令大人，让老人家看看，你们这些人，是怎么对待官府，对待县令对待皇帝的！”

“走！”王良举起他的执法票牌，像押解罪犯一般，将颜士忠一行人赶往县大牢。

松江知县很快将颜士忠一批绅衿，欠纳田赋又宴饮望月楼一事，禀报朱巡抚。

朱巡抚在松江知县的报文上批示道：“按照四大辅臣忠告：‘积祖宗之经验：只有用武力和暴力才能征服一切！’”

朱国治审视着墨迹未干的批语，继而又拿起笔来，想到他挑灯研读“辛丑新令”，从中领会咀嚼、消化四辅臣颁发新令的意义、本质内涵，加上一句：“江南是富庶之地，但汉族绅衿多为狡赖、顽劣。”这位随旗当差的汉军，对付汉族比他的主子心更黑，手更辣。

他把毛笔放在笔架，仰在太师椅上，吁了一口气，觉得他加上的这最后一笔，联系先帝遗诏，认为是最能体现今天四辅臣的精神的。他为这神来之思，神来之笔感到得意。

"笔贴式！"朱巡抚叫来他的秘书说："赶快把文件退回松江知县，并作附文下达各州府县，一体周知，照松江办法，竭尽全力催缴。"

笔贴式捧过批文刚要走，又被朱国治叫住说："我还动动笔。"朱国治提起笔，把文中的"汉族"二字重笔勾掉，然后命令笔贴式说："可以下达了！"

在江南如何对付这里的商贾、绅衿、百姓，刮尽民脂民膏，吸干他们身上的最后一滴血，让他们屈服于大清朝臣膝下，这是朱国治除了搜刮地皮，在政治上的思路。他是很一套阴险恶毒的办法的。

朝廷的"辛丑新令"和朱国治的传达精神，创造的"典例"，很快在各地府县落实。

各州府县的命官，谁个不怕丢官降级、革职下牢啊，都在组织人马，搜罗本地游民、地痞，组成收缴队，会同当地胥吏乡勇，下到各地进行催缴。很快逮来一批抗粮分子，其中有当地著名绅士，也有在籍的官员，仅苏、松、常、镇四个州府，被造册的人数就达 13500 多人。

四辅臣很快见到了朱国治报上的题参，他们重视的是江南汉族绅士的情况，是不是听话，服从朝廷，服从四辅臣，马上批示："将各州所列名人、绅士尽行革除功名，在籍者提解来京，送刑部从重议处，已死者提其家人。"

四大辅臣的批示，朱国治认为是朝廷重臣对他的最大信任，肯定，这更使他相信，要步步紧随四大辅臣，特别是要紧跟鳌公，他牢记他自己创造的："只有武力和暴力才能征服一切"的名言。他梦想着，皇上、辅臣对他的褒奖、升迁……他陶醉了。

　　不久，安徽、浙江等地，也把江宁的经验学到家，出手一个"狠"字，牢记"只有用武力和暴力才能征服一切"。各地官员，为了邀功请赏，纷纷催缴造册逮人。一时间江南黑风阵阵，冤案四起，当地士绅，要么大批出逃，要么视田产视为大累，廉价抛售，于是田价大跌，田园荒芜，不到一月，有一半以上的大户斥卖祖业，许多地主、文士失去了经营土地的兴趣和信心。

　　在温习、推荐、落实，"新令"、"新例"下，仅安徽凤阳等地，被解士绅就有一百多人。人们正在惶惶然中，又传出一条大新闻，太仓的吴伟业吴老爷被押起来了。

　　吴伟业，字骏公，号梅村，是明崇祯四年（1631）的进士，那一年他才 23 岁，是青年得志的才子，授翰林院编修，历官东宫讲读官、南京国子监司业、左中允、左庶子等职。甲申之变后，入南明小朝廷任少詹事，与把持朝政的马士英、阮大铖不合，愤而辞官家居。

　　他亲眼看见中原沦亡，嘉定屠城、江阴十日，对江南人民血腥镇压，他写下了许多感世伤时之作。

　　国家不幸诗家幸，

　　赋到沧桑句便工。

　　他在入朝时，心情十分复杂痛苦，他曾哭着对他的好友说："余非负国，徒以有老母，不得不博升米供菽水也。"

　　吴伟业在北上途中路过淮阴时，心情更加沉重，他愧悔地写下这样的诗句：

　　我本淮王旧鸡犬，

　　不随仙去落人间。

他的这种愧悔，除了自身的心理感到作为贰臣的羞辱，同时家庭、社会、文明诗友对他的影响和压力不小。人们在他北上时，三吴士大夫集于虎丘送别，曾有一诗曰：

千人石上坐千人，

一半清朝一半明。

寄语娄东吴学士，

两朝天子一朝人。

他辞官回到家乡太仓，那里生活也并不平静。他对自己屈节仕清，一直认为是"主尽平生"的憾事。人格丧失已尽，没脸见人。而漏船偏遇顶头风，他家也欠下朝廷的田赋，催缴的官吏如狼似虎，根本不相信作过京官的人，家会没有银子，便以"抗粮"之罪造册，拟送刑部。

他虽然最后没被刑部论罪，但活得十分艰难，一直在担惊受怕中生活，这严重损害了他的健康。他是在康熙十年十二月十四日病逝的，他给亲朋留下一段催人泪下的遗嘱："吾一生遭际，万事忧危，无一刻不力难坚，无一境不尝辛苦，实为天下大苦人。吾死后敛以僧装，葬吾于邓尉灵岩附近，墓前立一圆石曰：诗人吴梅春之墓。"

吴伟业死了，而他的良心未死，他得到了亲朋好友和社会的广泛同情、谅解。

同吴伟业一起被造册的，还有江南的著名诗人、绅衿，他们是王瑞士、吴宁周、黄庭表、浦圣卿等，后来一齐流放到东北宁古塔。

同吴伟业一起被造册的，还有一位江南的大名人，他就是昆山探花叶方蔼，当年殿试中一甲第三名，授职翰林院编修。他欠下的田赋是多少呢？胥吏告诉他说："一文制钱！"

"一文制钱，怎么也要造册呢?"叶探花既是求饶，又十分迷惑不解。

"欠一文制钱，也是'抗粮'，要解官府"。叶文霭怎能拗过凶残的地方官吏，他被列入"抗粮"名册。

人们对于这种大规模的打击汉族士绅、文人，只能冷嘲热讽。当时有一句话流传，曰:探花不值一文钱。

结果是田园荒芜，饿殍遍地，哀鸿遍野，江南一下成了苦难世界。……

御史龚鼎孳上疏，由于钱粮新旧并征，参罚迭出，旧欠没还新债又添，人们承受不了，请求将康熙元年未缴钱粮尽行豁免。

朝廷审时度势，最后准了这一奏请。

这样，以江南为中心，波及安徽、浙江及全国各地的这场奏销大狱，渐渐平息下来。

——那么，朱国治呢?

朝廷放他去云南做巡抚。他去了以后被吴三桂杀了。

据说这个消息传到江南，家家庆贺，市井的酒都卖完了，阳澄湖的大闸蟹也被抢光了。

朱国治虽然死了，"奏销案"平息了，清廷辅政大臣们对于江南的地主、文人绅士的镇压，并没有停止。接着又发生了"科场案"、"通海案"、"明史案"……

一个渔米之乡，成了重重灾难之地。有的乡试中了而被革去生员，有的中了进士而举人已除……更为惨重的是，好多府学、县学由于书生文士以词赋遭受打击鞭笞，没人读书，没人教书，嘉定一学仅余二人。本来对满族统治就有极大抵触情绪的汉族地区，一度缓和的民族矛盾又复杂尖锐起来。

　　这一系列的冤案，在全国造成恶劣影响，"一时之间，不少无赖、文痞仰承四大辅臣压抑族士绅的意图，纷纷赴官府评告、诬陷，不少知名学者因著述中有某些'抵毁清朝的逆悖之辞而受非难、迫害……"致使知识分子与清朝统治集团产生了严重的隔阂和对立。

　　——怎样解决好这些矛盾，主张复旧的四辅臣，拉着历史车轮倒退，留给康熙的是一道最大难题，和一堆破烂摊子……

6. 换地之争

　　京都地安门东有一条街叫铁狮子胡同，现在是以抗日名将张自忠为路名。这里曾有一座富丽堂皇宏大宽阔的府宅，这就是清朝四辅臣之中的鳌拜大臣所居鳌拜公府。

　　这是一座五进式四合院落，穿廊游廊，院院相通，跨进府门的前院落，除了门房，便是主房，也就是客房。

　　第二进院是接待客人的地方。环境幽雅、肃静，既不受前院人们进出的喧嚣，也不碍家人活动。满族人是从森林走出来的，他们特别喜欢树木花草，他们掌权以后，接受了江南人的庭院花园文化。这里室内室外到处是奇花异草，你很难相象一个弓刀箭矢沾满鲜血的人，也喜欢花草。室内的紫檀木多宝架上金、银、宝石、珠、玉、珊瑚、翡翠、水晶、玛瑙、象牙……这些诸物之间，便是盆景、花草，所以这里又叫花厅。

　　鳌爷的住室在三进院，屋顶用的是绿色琉璃瓦，同皇宫金銮殿用的黄色琉璃瓦在色泽上不同，飞檐上雄踞着琉璃脊兽、鸱吻，宅后是花园，面积开阔，种植着观赏花木，建造旱榭，叠置假山，可以说构园之格，借景有因，切合四时，从而使时、情、物，互借互生，构成浓郁的诗情画意……反映了满族风俗的特色，也显示着满族贵胄重臣的权威、豪华和奢侈。

　　鳌拜是谁？鳌爷满洲第一英雄也！当年追随太宗，从齐尔哈朗围锦州，那时明蓟辽总督洪承畴率十三万大军，在松山被清军围困，鳌拜率师冲锋陷阵，五战五捷，擒杀明军过半，俘了洪承畴啊！

　　朦胧中他又回到那个严峻的时刻。崇德八年，他南征北战跟随的太宗逝世了。他那时是护军统领和启心郎索尼、曾联合两黄旗都统、护军统领等重要大臣六人，共立盟誓，愿生死一处，坚决主和拥立皇子即位。

　　鳌拜做为皇太极的有功之臣，很受重用。清军入关后，在镇压、追杀李自成大顺军，剿张献忠的战争中，他又屡立战功。

　　顺治初年，多尔衮摄政，两白旗的政治地位再度上升。多尔衮企图拉拢分化两黄旗，将士出身的鳌拜铁骨铮铮，不买他的账。多尔衮恼羞成怒旧帐重算，便以皇太极暴逝的时候告他私结盟党，阴谋立皇太极长子豪格为君等二十大罪状，想杀掉鳌拜，除去政敌，但又考虑到鳌拜长期在皇太极身边作侍卫，战功赫赫，清军中好多宿将都是他的战友伙伴，在两黄旗中是个举足轻重有影响的人物，干掉他也不是那么容易，思来想去，只以"罚锾自赎"，革去所有职衔，赎身，黜为民，去守昭陵，当个看墓人，追夺赏赐。"其兄弟子侄为侍卫者，俱革退"。鳌拜用钱买命免死，削爵降级处分了事。

　　这是一起冤案，属于宫廷斗争。顺治八年世祖亲政，才为他们平反，召还复职。两黄旗这才苦尽甘来。多尔衮虽死，两旗之间的矛盾斗争，并没有就此终了。

　　……

　　侍卫阿南达不断传报："吏部尚书阿思哈大人到！"

　　"户部尚书马尔赛大人到"——接着，兵部尚书葛褚哈、吏部侍郎泰必图、鳌拜的哥哥赵布还有鳌拜的弟弟都统穆里马，他的儿子那摩佛，还有他的侄讷莫、其它党羽希福、阿林刘之源、布达礼世、吴格塞、迈奇达、额尒德黑、部尔薄等齐聚鳌公府上。这些人，都是应邀而来。他们既不是玩棋，也不是赴宴，而是开会。

四大辅臣协商一致，共同辅佑幼帝的开初几年，还能求大同存小异，相安无事。然而这正如大海的性格，风暴来临之前，海上是相当平静的。

他们中的不安定因素，渐渐显露出来，矛盾不断加深，主要是鳌拜这个人，居功自傲，骄横拔扈。"意气凌铄，人多惮之"。他作了辅臣之后，班次第四。可是他看到，索尼年老多病，遇事多保持缄默和回避态度，而苏克萨哈自恃为额驸之子，与皇族沾亲，与鳌拜还是儿女亲家，可他又性情直梗，挺着腰板，不肯随顺鳌拜，不屈从他的淫威。他对鳌拜的专横很不满，"论事多与鳌拜迁积以成仇"，加上他的籍录正白旗，与两黄旗既有旧仇也有新怨，二人的矛盾日益尖锐，到了冰火不同炉的地步。

遏必隆这个人，在政治上是个老糊涂。他一向惧怕鳌拜，屈从鳌拜，唯唯诺诺，不敢与他相抵牾，明知不对，也不阻止，而是随声附合，同气一声，于是鳌拜如虎添翼，成了宫廷割据主宰。他就是圣者，老虎的屁股摸不得。他通过一系列的人事安插，把他的人马通过任命、调动擢升到三院六部各科，在宫廷很快形成了一股可怕的势力。

鳌拜会客室的花厅，简直成了第二朝廷。这些人经常聚在这里，举凡军国大事，都是先在这里议定拟就，然后再拿到皇帝面前过目，不管你愿意不愿意，都要由他代行"拟案"、"批红"。

鳌拜的势力日益扩张，专横更甚，"顺我者昌，逆我者亡"。在排斥异己打击政敌方面，他是毫不手软，一点也不留情。他与内大臣飞扬古存有宿怨，任辅臣后，为了树立自己的威严，杀鸡给猴看，他先拿飞扬古的儿子侍卫倭赫开刀。

欲加其罪，何患无辞。鳌拜还把飞扬古和他的另外两个儿子一并斩首。把抄家弄到的财产，给了他自己的弟弟穆里玛。

清廷入主中原以来，时至今日，遇到了三次大的危机：一是多尔衮摄政，制造了一系列排斥异己事端，造成内部动乱，二是世祖（顺治帝）逃禅，想要把权交出，让其堂兄康亲王杰书接替，这种行为由内乱引起明朝义师与三藩的联合军事行动，那第三次危机呢？

……鳌拜正在制造中。

四十年前皇太极施行过一次改旗活动，造成了黄、白旗之间较深的积怨。

最早努尔哈赤自将两黄旗，由皇太极度将正白旗，杜度（后来为豪）将镶白旗。皇太极继位后，将原来的两白旗改为两黄旗，自己亲自控制，又将原来的两黄旗改为两白旗，由阿济格、多尔衮、多铎分别统领，并同时改变了八旗的装饰和排位次序。

这样，两白旗由原来的普通旗上升为皇上旗，而原来的两黄旗改为白旗，在政治地位、待遇上都被削减了。毫无疑问，这就使努尔哈赤的遗部正白旗与皇太极属下的两黄旗结下了不解之怨。

崇德八年皇太极死后，为争夺皇位，黄白两旗又进行了一次较量，两黄旗大臣盟于大清门，剑拨弩张，一触即发。

入关后在多尔衮摄政期间，两白旗的政治地位再度上升。

顺治七年摄政王多尔衮坠马死了。皇帝为了消弥长期以来存在的黄、白两旗矛盾，两白旗原来的优越的政治地位再度得到确认。

政治斗争，皇室的矛盾，对地位的争夺，此消彼长。在中国有皇帝历史的二千多年中，这一类斗争从没停止过，你方唱罢我登场，屡见不鲜。

现在顺治皇帝也死了，他在遗诏中确立四位辅臣，分别出身黄、白两旗，一只猛虎，一只凶豹，怎好同笼？黄、白两旗矛盾再度激化，以鳌拜为首的两黄旗，向以苏克萨哈为首的正白旗发出了挑战："换地"。

现在鳌拜花厅的高官大学士、尚书们，都是鳌拜的得力门生，他们仰靠着鳌拜的鼻息，把鳌拜作为升官发财的靠山，所以，对鳌拜的一切言听计从。鳌拜自知"换地"是个大举动，必须彼此配合，各部协同作战，因此，他把他们召集起来，统一思想认识。

工部尚书济世，这是个瘦小、长着两个黄绿眼珠的人，满人不像满人，也不像蒙古人，更不像汉人，对于这个"三不像"，背后有人都叫他"二毛子"、"杂种"，这个人有两大法宝，一是会"溜"、会"拍"、会"舔"，二是可以把无说成有，把有说成无，诡计多端，奸诈无比。他每天都在揣摸鳌拜要干什么。鳌拜说了什么，他便不走样的做什么，马屁拍到他这个份上，算是到了家。鳌拜提出要换地，他夺人先声的作出表示，说："对，我们应该易地，以左右翼次序实行分配，过去多尔衮把我们两黄旗的地给了正白旗。"

"多尔衮摄政，没干好事，害得我们好惨！"户部尚书玛迩赛接着说，"应该重新拨地、换地。"

鳌拜的弟弟穆里玛，头脑到不像马屁精们那么热，他思忖了半天，说："事隔二十多年了，旧事重提，怕不好办！"

"不好办，我才要办！"鳌拜小眼睛一瞪，山羊胡子一翘，高声叫道。

这时，鳌拜又一个门徒，兵部侍郎泰必图，忽然低声地说了一句："皇上不是有令，圈地已停吗？"

"什么皇上！"鳌拜一听皇上几乎跳起来，挽起袖子，好像要横刀跃马出征，厉声地说："我是辅臣，天大的事由我'拟票'、'批红'，我们与正白旗的账，现在不算还等何时！"

花厅里几乎是异口同声地叫道："鳌爷动手吧，把'善'地换回来。"

在辅臣的议政会议上，鳌拜正式提出了拨换土地问题。

他的这个用意，果然有人响应，两黄旗大臣们一听，欢呼雀跃表示赞成。辅政大臣索尼缄默，平素好厌恶正白旗的苏克萨哈的反对意见无济于事。遏必隆看着鳌拜的眼神行事，表示赞同，三对一的局面，鳌拜占了上风。鳌拜的用意，是司马昭之心，路人皆知。第一，他可以借此扩大本旗的地盘，并向外围占土地，博取两黄旗的支持，更主要的目的是：打击属正白旗的苏克萨哈，报过去一箭之仇。这样做是扫清他面前的障碍，索尼老臣归天之日，便是他独揽大权之时。

换地斗争的序幕就拉开了。

鳌拜得到两黄旗辅政大臣支持，立即以八旗的名义上奏户部，呈请更换土地，同时也对太皇太后和小皇帝施加压力。

会后，苏克萨哈十分激动，愤恨，再也忍受不了鳌拜的胡作非为。他求见皇上，陈述了皇上于康熙三年已有谕旨民间土地不许再行圈换之旨。现在鳌拜独断专行，利用换地，肆意挑起皇帝与宗室之间，八旗之间，上三旗内部、辅臣之间的斗争。他要求皇上重视这一不寻常事件，不能任凭他这样无时不风波的大闹朝廷，背弃先帝遗诏。他叩请："万岁，臣请诛鳌拜这个逆贼！"

康熙望着这个神情激动面色苍白气冲斗牛的老臣，也深感鳌拜现在闹得也太不象话了，居功自傲擅政乱政，利用换地，重新挑起黄、白两旗的矛盾。他虽然愤怒忧心，可眼下正如祖母孝庄文皇后的分析，还无力解决，必须养精蓄锐。

他控制着自己的情感，安慰苏克萨哈说："你所奏之事，朕会明察。"他加重口气说，"你与鳌拜都是辅臣，应共同面对先帝托孤的圣谕，同心协力辅政才是。"

鉴于形势和时机，康熙没给苏克萨哈什么明确的答复。再说就是他答复了也不算数。

……

清兵入关以后，为了解决"东来诸王、勋臣、兵丁人等，无处安置"等问题，多尔衮下令"凡近京各洲县无主荒田，及皇亲、驸马、公、侯、伯、太监等，死于寇乱者，无主地甚多……进行分给东来诸王、勋臣、兵丁"等，这些地主要在近京三五百里内的顺天、保定、承德、永平、河间等（今北京、河北北、中、东部及辽宁西南部地区）但后来有点失控，造成很多汉人平民流离失所，满汉矛盾进一步扩大。前后三年进行了三次圈地（八旗子弟能骑着马跑出多少就圈定多少土地归属，又叫跑马圈地。），夺取的土地数目估计为 15 万顷到 22 万顷。多尔衮在圈地时，偏祖所属正白旗，安置在北京东北的永平一带，都是"善地"，而将鳌拜所属的正黄旗移往保定、河间、涿州，这样做确实是"不符合八旗自有定序"的祖制。可是这是二十多年前的事情了，双方旗民都已安居乐业，把生地种成了熟地，谁还想搬家，况且顺治生前早有谕旨，不许再进行圈地。

康熙五年(1666 年)正月，鳌拜在背后唆使旗人上疏，向太皇太后和小皇帝施加压力，要求换地，把蓟、遵化、迁安的正白旗诸屯庄改拨给正黄旗，把保定府、河间府、涿州府以及所属雄县、大成、新安、河间、任丘、肃宁、容城诸屯庄换给正白旗。户部尚书苏纳海，与苏克萨哈同为白旗，姓他塔拉氏，由王府的护卫擢弘文院学士，累进工部尚书，加太子少保。圣祖即位，拜国士院子大学士，兼户部尚书。他看了所谓旗人的诉状，知道是鳌拜暗中指使，名为换地实为夺产，一箭双雕的打击正白旗和辅臣苏克萨哈，这是秃头上虱子谁也看得清楚的事，纯属无事找事，无理要求。他从国计民生出发，反对再圈换土地。

他上奏：

土地分拨已久，且康熙三年奉有民间土地不许再圈之旨，不便更换，请将八旗移文驳回。

鳌拜看过了朱昌祚的奏疏，知道这是他不肯依附，同他有意唱反调，采取的对策是说皇帝支持镶黄旗圈换土地，纠正多尔衮时期的错误作法，移回左翼之首，宣称："今各族以地土不堪具控，据督统等踏勘回来奏，镶黄旗不堪尤甚。如换给地亩，别旗分已立界截圈，不便更易，惟永平府周围地亩未经圈出，应令镶黄旗移住。且世祖章皇帝旨以云，凡事具遵太祖太宗例行。今思庄田房屋应照翼给与，将镶黄旗移于左翼，仍从头挨次拨给。"

鳌拜主意已定，在当朝那是谁人也更改不了的。他矫旨以皇帝名义开始动手圈拨顺义、密云、怀柔、平台等四县地给镶黄旗，使其迁回左翼。

秋风潇潇不胜寒。换地圈地令一出，立即引起朝野上下极大关注，人们议论纷纷，都觉得不可思议。"这是什么样的事啊！"一位正白旗的官员叫道，"圈地事早在二十多年前定下，皇帝入关时，为了解决军需、旗民粮草实行的圈地；现在人们已经安居乐业了，怎好安土重迁？"

说话这个人是苏克萨哈的侍卫。昨天他的家里跑来了一大帮亲戚，都是因为换地，一下成了无家可归的流民。

同侍卫一同喝茶聊天的，是苏公府上的大管家。他叹了一口气说："没办法。苏公据理力争，可他自己哪能争得过那位鳌爷呀，他气大力粗，皇上也不在他眼里呀！"

"我们正白旗，这回不知要遭什么大难呢！"

管家说："我们的家中，也来了一大帮亲戚，地被收去了，祖坟都被平了……一个个村子里的人都被赶出来了，让他们到什么地方去。"

"嗨，你还没到城内转转，要饭的一大帮一大帮子呀！"

旗下原来得到好地的，更害怕迁移，拨换到的田亩或因新圈土地瘠薄，反不如原地肥美；或因本旗旧地不堪，今圈得新地，仍不堪，人心惶惶。

这样的换地圈地，各旗官丁为了视择肥薄，"皆呶呶有词"，终日相持斗争事不断发生。

拨换工作的命令下达时正是秋收季节，蓟州、遵化等地方圆四、五百里内的旗民，一听要把他们熟了的土地换出去，村庄也得搬迁，都先后跑掉了，粮禾不收，秋粮不再播种。

《清史稿》，是这样记载当时情形的：

圈地议起，旗民失业者数十万人。京都一时成了流民、灾民、难民和流言蜚语的集散地。

"皇上啊，你知道吗?"一个破衣烂衫骨瘦如柴的老农，蹭到前门，跪在地上，这样呼叫着，他的旁边还有一个嗷嗷待哺的孩子。

此事也传到了皇上和太皇太后那里，博尔济吉特氏非常生气，她严厉谴责了四辅臣换地圈地，实为扰民。

秋风秋雨中，户部尚书苏纳海、侍郎窗虎等奉旨，率固山、牛录、科道、部曹一行人马出发去丈量准备圈换土地，所到之处，都被百姓围个水泄不通，遭到围攻和辱骂。

圈换土地，不只京畿府县，还牵扯到附近省州府县，这时直隶、山东、河南总督朱昌祚、直隶巡抚王登联同时上疏"请罢圈地"。

巡抚王登联上奏称:

旗民皆不愿圈换。自闻命后，旗地待换，民地待圈，皆抛弃不耕，荒凉极目，亟请停止。

圈地造成百姓流离失所，怨声载道，太皇太后的耳朵也不是聋子。她是怎样得知这些消息的呢? 她一生经历各种宫廷波涛，顺治皇帝病逝时，有人还上奏请她主政被她拒绝，但她也并不是呆在慈宁宫颐养天年，可以说她眼观六路耳听八方，关注着宫廷上下内外的各种活动。她像一个永不疲倦的老兵，日夜守卫着宫廷，保护着社稷家室和她的爱孙玄烨。

她在小教堂中，在同她一起作弥撒的女教民口中听到了叙说，才知道换地圈地给旗民百姓造成了灾难。为了证实这个教民说的话，她把慈宁宫的一个命妇叫来，问道:"你把乡下换地圈地的事，跟我说说。"

"奴仆不敢!"

"我要你向我说真话。"太皇太后说。

命妇的话，同朱昌祚的上疏是一致的。

朱昌祚和王登联的上奏，第一个先看到的，当然不是皇帝而是辅臣鳌拜。

鳌拜深恐换地圈地会夜长梦多中途流产，打乱他的部署，在他的府上又召集他的门人相聚拟议。

班布尔善看了看奏章，分析说："朱昌祚的这个奏章，立意恶毒得很，他的这个并非'出自庙谟'，我看是冲我们鳌爷来的。"

"敢冲着鳌爷？"他的儿子讷穆福跳起来。

他的侄子塞本得接着嚷道："好大的胆，简直反了！"

鳌拜今天倒是保持着格外的平静，既不叫也不跳，也不骂也不吵，而是缓缓地说："你们说对了，看到了吧，他们就是冲我而来的。"

"这还得了！"吏部尚书葛褚哈，表示极大的愤怒。

工部尚书济世从太师椅上走下，在地上踱了几步，突然回头，对穆里玛说："你是军人，战场上寻找的目标是什么？"

"擒贼先擒王！"

"对——！"众人齐声附合着。

"不对！"鳌拜挥了一下手，说："我的办法是，先要斩断同我们作对人的手足，然后嘛——"

"对，"又有人附和着，"像吃螃蟹那样，先折下脚爪！"

"还是鳌爷，棋高我们一着！"班布尔善说。

鳌拜这位当年驰骋疆场的老将，皇太极身旁的侍卫，现在又提刀上场了，不过不是对付明军明将，也不是对付李自成、郑成功，而是对付同为先帝受命辅臣的苏克萨哈，按其策略，先要干掉是他的"手足"。

血腥镇压就这样开始了。

鳌拜首先假传圣旨，命吏部兵部把苏纳海、朱昌祚、王登联等人以结党抗旨，违背祖制，"拿来禁守"，当代的词汇是下令逮捕，革去职务，交法院(刑部)治罪。

刑部接到这样的案子很头痛，"查律无正条"怎么办？谁也知道这个案子的背景，又不敢无罪释放，便欲以这样的处罚："苏纳海、朱昌祚、王登联，且不准折赎，鞭一百。除伊妾外，家产籍没，照兵丁留给财产。其不许丈量屯地之笔贴式、拔什库等，具鞭一百。"

十二月二十二日，康熙皇帝接到了刑部的议书，联系到鳌拜自做辅臣之后居功自恃擅政擅权，豪横无理老虎屁股摸不得，知道苏纳海、朱昌祚、王登联等三人"阻挠其意，必欲死地"，很想庇护救援一下，便亲自出面，特召辅臣赐坐询问。

早朝，四辅臣被皇上召见，都已跪拜礼觐见。

"臣鳌拜奏请圣安！"鳌拜见到皇帝，如同见到一般同阶重臣，只拱一下手，竟然不同其它辅臣亲王一样向皇帝行跪拜礼。

康熙用眼睛目视着他，一脸正气。

"臣已年迈体衰，请皇上见谅！"

"你们也起来吧。"康熙笑了一下，指着苏克萨哈、遏必隆、康亲王等人说。

大家落座以后，康熙这位十三岁的皇帝，正襟危坐声音朗朗，冲着鳌拜也是对大家说："鳌少保，苏纳海、朱昌祚、王登联等三人的奏议，想必你已经看过了？"

鳌拜腾地从太师椅上站起，向皇上拱一下手，大吵大嚷，高声说道："已经看过了，可太不像话。这三个人身为朝廷之臣，欺蒙君主，不遵人臣之礼，当斩！"

大殿上回荡着喊叫，接着是一片沉寂。

康熙不仅倒抽了一口冷气，心中暗暗想到，这位鳌拜，进殿就对朕表示无礼，在我的面前这样有恃无恐，这还了得。他心中虽然觉得愤怒难容，但还是压下了心中的火气，听他还要说些什么。

鳌拜见小皇帝既没制止他的狂言，也没制止他的举止，以为小皇帝对他威势震住了，便步步紧逼，以质问的口气，说："不知道皇上，为什不早把这样的命臣处置？"

小皇帝终于开了口，他软中带硬，不无教训的对鳌拜说："满汉各族，已经和睦相处二十多年了，现在，又换地圈地闹得人们不安。饥民遍地，只怕这样，也是违背祖训吧！"

"哼哼……"鳌拜对皇帝的话，公开表示对抗。

皇上停了一下，又接着说："苏纳海的奏章，说得也许不全面，不全对，但朕看他们的本意，对朝廷还是一片忠心赤胆的。"

苏克萨哈说："现在的换地圈地，不论是旗民汉民，他们都是我朝的子民，把他们赶出自己的家园，请问鳌公，这符合祖训吗？"

"你想干什么？"鳌拜跳起了，指着苏克萨哈的鼻子叫道："你是辅臣，你的屁股坐到哪里去了，你在替谁说话，你的门生？"

会场上立刻形成了黄白两旗的尖锐对峙。

小皇帝见鳌拜凶神恶煞，厉声喝道："这像议政吗？"

遏必隆、康亲王杰书相继发言，支持附和鳌拜的意见，同意对苏纳海三人置重典。

而小皇帝的意见并没被鳌拜接纳。他不顾君臣之礼，狂叫："苏海纳等三人欺君之罪，应该凌迟处死，判他们斩首都算从轻发落。皇上在这种大是大非上还不决断，还怎么治理国家？请皇上下旨吧！"

小皇上对于鳌拜的吵叫威胁，纹丝不动。他心想这样的辅臣不除，怕是国无宁日。

鳌拜见小皇帝沉默不语，以为被吓呆了，便马上换了一副嘴，心平气和地说：

"你看我……既然这样，臣只好代行朱批了！"

鳌拜起身到皇帝的案几上，操起笔来就强行圈阅、批红，矫旨"将苏纳海三人，具著即处绞，其家产籍没。"然后回身大步走出大殿。

鳌拜独自统领大权，所用谋略的这第一步赢了，气焰更加嚣张，不可一世。

他回到府上，漫步在花厅里，叫来了班布尔善，两人见面相觑一会儿，拿过棋盘，都情不自禁地说："再杀上一盘！"

"好，"班布尔善说："我陪鳌爷到底！"

7. 清制逃人

　　落日在西天燃烧着，火红一片，京都北海的白塔在晚霞的映衬下如诗如画。这京都的城门，什么时候开什么时候关，都是有时辰的，不能早一刻一分，也不能晚一刻一分，城门的开启关闭，都要听从设在城中的钟楼指挥，这里是全城的报时中心，由銮仪卫派去的旗鼓手负责，清晨击鼓，晚上打典。鼓是什么，人们都知道，而这典是古代一种与钟、锣相似的一种金属打击响器，形状是扁平的，上边有孔，可穿绳悬吊。

　　城内正阳、宣武、阜城、西直、德胜、安定、东直、朝阳等八个城门，早晚就会听到鼓声、钟声、典声，此起彼落，遥相呼应，早晨表示城门已开启了，晚上则是城门已经关闭。

　　这一天，西直门掌门值更校尉正要关闭城门，只听高叫一声"慢——"

　　值更校尉一看，远远驶来一辆王府的运水车，吱吱呀呀不紧不慢的向门洞走来。

　　这辆插着镶黄旗的水车值更校尉们都认识，是当朝四大议政辅臣鳌爷府上的水车。可这位赶车人，不是每日往来的水夫王六儿，是谁呢？值更校尉不敢马虎，上前验过他的腰牌，这个腰牌名实不符，值更校尉对这个运水人十分疑惑，又不敢强行阻拦扣住，京都上下为官为民，哪个不知哪个不晓鳌爷的威严。他要怎么做便怎么做，阻拦他的运水车，就可能耽误了明晨鳌爷的早茶！没事找事，那后果是什么，将是令人不寒而栗的。"放行！"另一个值更校尉说。

水夫的皮鞭在天空舞动一下，甩了一个花儿，"叭叭！"清脆的鞭声传出很远，运水车颠儿颠儿的出了西直门。

第二天一早，鳌爷府的司务神色慌张的报告管家："水车没有按辰时进城！"管家急得像热锅上的蚂蚁，一次又一次地跑出鳌公府邸大门，东西张望，不见水车的踪影。

"备马，沿运水道巡查！"管家对马厩的司役章京说："快！"

一匹枣红色的马急急向西直门驰去，到了城门口，马上的司役章京问："鳌府的水车过来没有？"

"大内和各亲王爷府公府的水车都已过，没见鳌府的。"

司役章京来不及再细问下去，飞马出城沿着运水的道路进行巡查。

出城不到十里，看到大慧寺门前停着一辆水车，司役章京近前一看，这正是府上的，可是运水的王六儿呢？

"嘭嘭嘭！"司役章京拍响了庙门，他进得庙内，厉声问："可有鳌府的押运水车的水夫来过？"

"不见，我们这里只有初一、十五开山门，平素不开，没有生人进来。"

司役章京飞身上马，急急的向城内回驰。

鳌府管家听完司役章京的报告，知道押运水车的王六儿出事了，是他被歹人劫持，还是他逃跑，一时无法判断清楚，但府上没小事，事事要禀王爷，任何隐瞒、谎报、不报、查出来，轻则挨四十鞭子，重则送刑部内审，有时还会召来杀身之祸。

"王爷……"管家一脸尴尬，罪责地说："运水车出事了！"他详叙了王六儿昨晚出城，辰时未归，派章京巡查的结果，是在大慧寺门前看见水车停放着，人不见了。

"这不反了！"鳌拜大怒，"通知督扑司，把人给我逮回来。"

管家刚刚走出鳌府的正厅，迎面来了营缮处的主管报告说："役人铁工李春来逃跑了！"

"统统反了！"鳌爷一只茶杯摔在地上，瓷片飞扬，茶水四溅。

这位老将当年追随皇太极起兵反明，在螺角号中冲锋陷阵身先士卒，征朝鲜逐李自成剿张献忠，舍生忘死骁勇善战，如今又是辅政大臣，掌管国家政权机器，怎能忍受手下奴隶惊动朝野，一个又一个的逃走！

"我要看看这个奴才会跑到哪去！"

由于逃人不断发生，清朝政府早在 1646 年就制定了严禁奴仆逃亡的"逃人法"。规定"逃人鞭一百，归还本主。隐匿之人正法，家产籍没。邻右九甲长乡约，各鞭一百，流徒边远"。虽然法律这么严酷，仍然时有大批奴仆逃亡。为了对付逃人，政府在兵部设立督捕衙门，专门缉拿盗贼和逃人。政府还颁布了严厉的保甲制。在顺治入主中原开始，摄政王多尔衮，为了防止满族贵族兵丁逃跑，还实行十家连坐法。规定：

若一家隐匿，其邻佑九家，甲长、总甲长不行首告俱治以重罪不贷。

这种甲长编制对象除一般民人外，还包括绅衿之家，八旗军丁、宗室觉罗、包衣、雇役、僧道释教等几乎所有人员。盐场井灶、矿丁户、山居棚民、寮民、商渔船主、舵工水手、流寓商贩、外来流丐，届不能遗漏。谁能逃出这种天罗地网？

一场追捕李春来的行动开始了……

在满洲原野额赫讷殷河的左岸，有一个幽静的山沟叫小沙河。这里居住的丁口按着清朝的户口制度，编为小沙河甲，但一甲人丁分住在六道沟、四道岭，二道河之间。

这个地方可谓山高皇帝远，年复一年，就如同额赫讷殷河的流水一样，从上游跑到下游，平平静静，没有什么大的波涛浪涌之事，只是在前几年发生在李老汉家中一件事，惊动里甲，就像往平静的江里扔进一块石头，波纹涟漪，过了一阵子，又复平静。

李老汉的儿子李春来从小拜了有名的铁工师傅周大，学会了制造刃器，官府很需要这种铁工，打制刃器箭矢，逼他"投充"，以"役使之用"。可谁愿作奴隶、马牛！官府人对他说，他这样人投充，可以按照官府的规定"人免徭，地免税"，起初他不肯，保甲长不断上门，软硬兼施，无奈之下，只有去投充。

李春来以为就在知县、州府、道做工，不想朝廷需要工匠，最好的选择是来自"龙兴之地"的人。李春来随着大批的投充队伍，就是被京都人称为"东来人"的东北人，带进关内，在遵化铁厂做役工。他被安排的活计是打制各种各样的刀具，军刀、腰刀、匕首、箭矢……。由于他从师傅那里学到了淬火的绝活，特别是造出的腰刀锋利、钢口又好，很受欢迎。他很快出了名，当然他的活计数量也增多了。他在皮鞭的监督下，在炉火的薰烤下，从清晨干到午夜，还完不成任务，常常受到打骂。

他在熊熊火焰的炉堂前望着飞溅的火花，仿佛看到了他的妻子陶金凤来了……他们就像婚后的那些日子，走出家门，到了后山上，那时东山的太阳刚刚冒红，金光万丈，在良辰美景中他们嬉笑着，钻进林子去玩。

陶金凤是出生在平川地上的姑娘，对山区的一切感到新鲜，吸一口气都觉得甜丝丝的。李春来告诉她，那是白桦树散发出的气息，除了白桦，这个山上还有红桦、灰桦和黑桦，无论哪一种，用刀子割开嫩皮，就可以喝到清甜的汁水。陶金凤试了一下，那清淡散发着幽香的汁水，沁人肺腑，喝了以后兴奋得手舞足蹈。

他们忘情地在山间徜徉着，李春来不厌其烦地向陶金凤介绍，这是水曲柳、黄菠萝、紫椴、色木槭，这是赤榆、暴马子、山槐、大青杨、香杨。

正是春天山花烂漫时，陶金凤贪婪的见花就采，很快捧了一大把。李春来告诉她，这些都是什么花：这种伞型带质翅的头上有小苞的叫剪春萝，这种有白色线毛的叫小蓟，这种开着喇叭状花的叫紫茉莉，还有落新妇(虎麻)！

陶金凤采摘的那一大捧花里，还有北合欢、水红子、刺蓼果、白头翁、仙鹤草、米口袋、银莲花、大绒草、泽兰、华水苏、铃铛子……。

这对年轻新婚夫妇，忘情地在山间嬉戏着，大半晌过去了，林中暗了起来，陶金凤有点害怕，一下偎在丈夫的臂膀上。随着一道强烈的电闪，一个震山欲裂的霹雳响起，大雨泼瓢似的下了起来。

李春来拉着陶金凤，跑到一棵高大的红松下。它的冠盖就是最好的避雨伞。李春来坐在树下，把金凤紧紧抱在怀中，她一边看着雷鸣电闪，听着雨滴敲打树叶，一边感受着异性的温暖，她感到人生从没有过的惬意。雨，渐渐停了下来。两人牵着手，余情遣绻地走出林中。

——"啪！"重重的一鞭子，打在了炉前发愣的李春来身上："是干活呢，还是在做梦！"

他的瞌睡被皮鞭抽醒了。他是在做梦。近日他天天在做梦，而且每次梦里都有他的妻子陶金凤出现，他每次醒来都发现裆间有冰凉的液体流淌，他日夜都想见妻子一面。

一天夜里，他顺着尿道逃跑了，不出一天，他就在天津城外的武清被解了回来。

李春来挨了四十鞭子，被打得皮开肉绽，十天后带着满身血痂，又被押送到作坊做他的淬火工。

他逃跑的结果，除了挨鞭子，右臂上还被刺上一个"逃"字。

李春来被工部押到京都营缮处，那里需要他这样的铁工对刃器淬火。他还经常被押出去，到王爷贝勒家做民用的一些金工活计。他同一些石工、木工一起押到鳌拜府上，那里在修建大后花园。他在这里结识了运水的兵弁王六儿，这就使他又一次萌生逃跑的念头。

这天运水车的铁轴出了毛病，需要换一个新的。这要到铁器市场买，而且需要内行在场。水夫就同管家说，李春来懂这个，也借此机会把车全面检修一下。

李春来被带出门，走了几家铁器铺，选好了车轴，然后进行安装。他一边修车一边在想：这可是逃跑的机会，一个逃跑计划，在他心中很快形成了。

他看着日头干活，希望太阳快点下山，因为每天运水都是在晚饭后，城门关闭前动身。

他拖住王六儿在小饭铺喝了几盅。天一黑，他把王六儿引到一个僻静处，从后面捏住他的脖子，一拳打在他的太阳穴上，王六儿立即晕倒，被拖进一处破屋内。李春来扒下他的役服，穿在了自己的身上，然后用绳子将他捆紧，嘴里塞上破布。然后他赶着运水车，大摇大摆地过了西直门。

　　根据史书记载，《大清律例》是世界上最严酷的法律之一。督捕衙门四处追缉李春来的同时，他远在额赫讷殷河的小沙河的家乡，知、州、府的捕快和总甲长也接到了通知，上上下下搜查了一遍，当地人不知发生了什么样事情。

　　小沙河甲被官府折腾得鸡飞狗逃的沸腾了几天，很快就平静下来了，人们仍如以往，面朝黄土背朝天，日出而作日落而息。

　　这里的人有个习惯，为了防止盗贼和野兽，往往把储存粮食物品的仓房，安排在地窖或山洞里。李春来家的仓房就在后山沟的一个天然的山洞里，在树木的掩映之中十分严密，不是家里人和本甲的人都不知道，盗贼更是难以发现。

　　一个上午，金凤去仓峒里取狍子肉，准备中午炖上，他们家同其它各户一样，都习惯这样腌制，想吃方便，又能保存过夏。

　　金凤打开洞门进去感到了异样，除了腥、咸和粮谷的味道，好像还有其它什么味道，她深深吸了几口，没有辨别出来这是什么东西发出的异味。

　　金凤疑虑着向四周睃摸，心想不会有小偷来过吧，一一审视各种物件粮食，没有发现被盗。她取了一大块狍子肉，赶紧把洞门关好，并用两块大石头堵上。

　　这一晚上，金凤怎么也睡不实，想到仓房的异味儿，想到小偷……后来，她的思绪又回到往常，静静思念在远方投充的亲人。开头她每天都在偷偷饮泣，后来她想这样会伤害眼睛，哪天春来回来，没有眼睛怎么会看得见亲人啊！她调整着自己的心绪，想他们婚后美好的时光，上山采花呀，下河摸蛤喇……

　　第二天白天，不论在院中干活，还是到园中摘菜，她都情不自禁的往仓峒那边望去，那里好像有什么东西在牵扯她的感情。她骂了一句自己，男人投充在外，不能胡思乱想，要克制自己。

　　金凤还是不放心仓峒，进得洞来大吃一惊。罐子里的狍子肉少了一大块。她慌了，洞内其它物件，她连看也不敢多看一眼，赶紧捂着咚咚跳动的胸，急急地退了出来，草草地用石块掩上门，回到房里。

　　这一夜她没有睡好，她开始怀疑会不会有什么山神鬼魅进得仓峒……。后来天快亮了，曙光将窗纸染成桔黄，渐渐变红，这时她心中忽然豁朗起来，认为都是她自己疑神疑鬼，她家和别家的仓峒从来没发生过被人偷盗的事情，至于狍子肉吗……她想是她存放时记错了数。

　　仓峒的事引起了金凤的好奇心，她干了一阵田里的活，回到灶房，把蒸好的苏子叶饽饽装上半筐，再放下几个咸菜疙瘩，有意的送到了仓峒。

　　过了几天，她才想起，得到仓峒看看，她进去一看，大惊失色，苏子叶饽饽被吃去了一半，咸菜疙瘩也少了四个。

　　"这是怎么一回事?"金凤本想立即把这事告诉她耳不聪目不明的公公和瘫痪在床的老婆婆，可想先不要劳动两位老人，本来他们就被官府弄得脆弱了，不要再使他们受到惊吓和伤害。

　　她又蒸好了一锅苏子叶饽饽，带上咸菜疙瘩，放进仓峒里，然后她早晚留心，更加仔细观察着四周的动静。

　　本来金凤想过上两天再去仓峒看看，可是有时竟是这样身不由己，好像有什么超然物外的东西在支配自己，总是心神不安情绪不定，吃不好睡不好，驱使她再去仓峒看个究竟。

她燃起一大块松明火把，到了山峒门口，这里同往常没什么异样，她俯身搬开堵门的石头，拉开了仓峒的门，前脚刚迈进去，一股浓烈的异味从身后飘来，她还来不及回头看一眼，一双大手一下从后边将她拦腰抱住，她刚要叫出声，她的嘴就被捂住了。

"我是你的男人春来呀！"

"老天爷呀……你怎么回来了？"

"逃！"

"天呀……你怎么走这一条路呢？"

金凤手中的火把掉到地上，她全身一下瘫软了，脑袋里留下白茫茫的一片。她没有回头看一下身后的男人，好像再也没有什么话可说，她也不知说什么，只是战栗喘息，她仍在恐惧中呼喊："你怎么能逃人呢？"

她像喝了过量的老酒，晕晕忽忽迷醉了，两腿无力双手无力全身无力，坐在了地上，晃几下倒了下去。这是她久已盼望的男人回来了，她没有感到欣喜，却感到陌生，害怕……好像在被人欺凌强暴，脑子里仍然是一片空白。

金凤无力的站起来，她不知该讲一些什么话，只是瞪大了眼睛，愣愣的眄视着他，半天才蹦出一句话："我该回去了。"

她的丈夫把地上的火把拾起，递到她的手中，无言的送她到仓峒外。

她什么也不曾说，只是嘴角轻轻的耸动一下，然后把头低下，眼睛流着泪水，向家中艰难的走去。

额赫讷音河的水，从上游平静的向下游潺潺的流去，小沙河黑糊糊的，远看像蘑菇的古老草房，稀疏散落同。从前一样，人们的生活仍是千篇一律，日出而做，日落而息，为一次丰收，眼睛淌出欢喜的眼泪，为暴政、课税逼得流出痛苦的眼泪，年复一年，就是这样，没有什么新奇。

春来的媳妇给婆婆说，她想把下屋打扫一下，到那里去住，公公鼾声如雷，她有点受不了。

婆婆说现在公公的毛病多了，梦里不是哭就是叫，她早就烦了。她感叹地说，他今年特别显老，想儿子，要么睡不着，要么睡得跟死人一样。

金凤的丈夫结束了在仓峒的相会和半年多的野人生活。他白天躲进山中或是仓峒，晚上悄悄溜进自己的厢房中。

有时他真想在夜深人静时，到上屋去跪在双亲面前，叫一声爹妈。可是，他怕老人承受不了。《逃人法》是清朝制定缉拿逃亡奴仆的严酷法令，规定轻处逃人，重处窝家。逃走二、三次才可能处死，有的时候逃走七次才被处死，而窝主一旦被发现，立即将本人正法，妻子、家产籍没给主。

金凤的婆婆一次在深夜中，忽然听到下屋传出男女说话的声音。好像媳妇屋里有人。后来一想，别瞎琢磨。

小沙河这里是一个愚昧迟钝落后的地方，但却不是与世隔绝的封闭世界，大清帝国的严酷户籍法，由上而下，在这里也是认真严肃严酷的贯彻执行着。

秋后一天，金凤被总甲长叫了去。她一路都在想，这回她和他以及她的一家，一个甲都完了。甲长在他们的沟口上头住，总甲长还住在他们二十多里路的二道泉。

总甲长官不大，权力可不小。十户为一甲，百户为一总甲长。这个总甲长，有四十多岁，长得猥琐不堪，样子令人生厌。他询问了一下一般情况后，突然问道："你知道你丈夫在什么地方吗？"

"他投充以后捎过口信，入关在什么炼铁厂干活。"

"这是哪年哪月的事？"

"我们结婚的那年 ……就是他走的那年的事。"

"嘿，嘿……"总甲长不知为什么冷笑两声，接着问："那有多少年了？"

"三年了。"

"三年了，"总甲长的猴脸一抹搭，不高兴地骂道："妈拉巴子，我问的是现在。"

"老爷，这我怎么知道。"

"你不知道……"总甲长捋了一下稀疏的山羊胡子，说："你听到什么口信消息，要马上报告本甲长，你知道是怎么处置'窝家'的吧！"

金凤此次被传唤有惊无险，看来官府在抓她的丈夫，但并没有发现人就在她的身边。离开总甲长的公事房，她一路小跑，回到家里却后怕起来。她呆呆的坐在西厢房，惊恶战栗，不知以后会发生什么事情。"纸里能包住火吗?!"她问自己。

秋天，总甲长带着甲丁到小沙河查"赋役黄册"，这是朝廷户部统一颁发的丁口田亩赋税簿发，每户都有"印牌"一份。甲长、总甲长、保长及至知、州、府、道可以随时监察、检查丁口、赋税情况。李春来闻讯不敢在家逗留，三十六计走为上，又逃进了深山，待到头场雪后，小沙河又平静了，他才秘密潜回来。

一天婆婆无意说的一句话，竟吓得金凤几乎晕过去。在此之前，她发现身体已经出现了某种变化，可她不懂也说不清楚，她婆婆问："媳妇，我看你有两个月没洗骑马布子（处理月经的布）了。"

又一场暴风雪袭来，带来的却不是奇冷严寒，而是春天已经迈步来到的信息。额赫讷音河开了，整个江面上飘着冰凌，互相撞击着，有时涌叠成冰山，瞬间轰的一声崩塌了。当地人管这叫"武开江"。

随着春天的到来，金凤的肚子渐渐鼓了起来，她干活早出晚归，尽量不与甲中的其它人谋面唠嗑，回避着一切。怎么办？

人间的许多悲剧看来是无法避免。

李春来带着金凤，逃到了长白山的密林中去。这里方圆百里没有人烟没有户丁，也不必担心有官府的人追捕。

这是他们夫妻最难得的安宁温馨的日子。

他们住在一座高山大石砬子上，叫兄弟峰，抬头一望，到处是一片树海，晴天可以看出上百里外。

李春来和金凤利用树枝茅草，搭起一个马架子。

有时，金凤对着丈夫身上挂着猎物归来发笑，指着右臂上刺着"逃"字，调侃的说："逃人犯！"

其实春来在这里连皇帝都敢骂，谁管得着……。这里的天下不要甲长、总甲长、知县、州府……皇上，我们自己管自己好了。

春来觉得他并不是一个逃人，他在这兄弟峰上感到是世界上最幸福的人。

产期快要到了，金凤有点慌。她现在不知怎么办。她有点后悔不该进到深山里来。

"你知道谁会接生？"

"咱们的下沟，有个老徐太太，她会。"

"我去接她。"

李春来安顿一下金凤，他下山了，按照金凤所说的位置，他到了小沙河的下沟，从下往上数第五户，那就是接生婆老徐太太的家。

白天，李春来隐身在沟对面山上，细细的观察着，看清了山坡下第五户中有一个人，不时出出进进，喂鸡拦猪收拾庭院，他想这就是老徐太太了。

他开始研究夜里怎样动手，从前门进还是从后窗进？他还是选择从前门进，这样不会被认为是贼。

在夜深人静的时候，李春来去了他白天观察好的老徐太太家。进得屋来，他的动作麻利得很，不由分说，用一块布先把老太太的嘴堵上，然后背起就往山上跑。一口气跑出了十几里路，前不靠村，后不靠店，更没有人烟，也不会有保甲上的人。他累得气喘吁吁，放下人，从她口中拉出破布，扑噔一下，跪在了徐老太太的面前，求救说："徐大娘，我用这种办法请你接生，你不会见怪的吧？"李春来仰起头，借助星光一看，眼前的女人哪是什么徐老太太，这是一个年轻的小姑娘，叫小艾，是老太太的外甥女。

这几乎让李春来晕倒。

可这姑娘得知他的媳妇快临产了，便出了一个主意：

"你家不是离这远吗，我看这样，"小艾说，"你快回家接她下山，住到我家的南窝铺，我去找我大姨，这样两头不耽误。"

"也只得这样了。"说着李春来又向小艾磕了三个响头："谢谢大好人，大恩人！"

李春来像个山跳（兔子），不是走，而是在跑，恨不得一下飞到兄弟峰上的家，把金凤接下山，送到小艾的南窝堡。

　　在这满洲山野的森林里穿行，可不是一件容易的事。他和金凤进山的时候，足足花了七天的功夫。他们是山里人，如果是山外人，那不知要多花费多少时间。

　　现在，李春来晓行夜不宿，只用了两天，在日头快要下山的时候，看到一座突兀的山峰壁立在他的面前。欣喜的心情驱除了长途跋涉的疲劳，他想很快就要见到金凤了，要把这次遭遇的意外，又从意外中得到的意外之事告诉她。他相信她会大笑一阵的。她会说，你小子太能了，对付官府、对付獐狍野鹿、对付总甲长……都有一套。

　　忽然又一个念头在脑子里一闪，这位小艾的话可靠吗？她会不会回去向甲长告密？她会不会是甲长的什么亲戚？最后他都否认了自己的这些胡思乱想，他认为一个善良的人，绝不会把与他无冤无仇的人推进火坑。想到这里，他的心坦然了许多。

　　"金凤——！"他在山的半腰中，兴奋的喊了起来。"我回来了——"

　　夕阳在群峰之上留下最后一抹橙红的光带，渐渐褪去，他已经到了他的家——他同金凤搭起的马架子。他又戏谑的高喊一声："我的小媳妇哎——"

　　他想金凤又在同他开玩笑，正躲在门后，准备在他跨进来时，像猫儿狗儿，见着生人突然蹿出，"啊"的一声，吓他一跳，然后伸开双臂扑上来……

　　"金凤，别闹——"他又喊了一声，马架子仍然没有回声，只有一股血腥气飘来。

　　他三步并作两步，来到门口，只见一汪血水从里面流出来。

金凤倒在血泊里，她的双腿之间，蜷缩着一个血糊糊的婴儿，这是一个男孩，脐带还连着母亲，也许他的第一声啼哭就告诉母亲，他不愿与母亲分离。

"老天爷呀，……金凤——"

李春来嘶叫着哭嚎着，震撼着山岳，鸟雀在天空盘旋着不肯归巢，獐狍野鹿也都站下，远远的注视着人间这种不幸。

李春来在夜幕下的兄弟峰，寻找他的金凤。他不吃不喝，不分黑夜和白天，满山遍野的呼叫着，奔跑着……

一群萤火虫，在李春来的面前飞舞着，他的眼睛一亮，这是什么？在这个瞬间，萤火虫的光亮变成了松明火炬，金凤高擎着，他在追赶。

"金凤，等等！"

李春来追逐着金凤的火炬，光明在引导他，一下来到了兄弟峰的断崖，火炬的光亮更加耀眼了，他奋力的向前扑去，突然他感到飞升起来，他快活的叫道：

"金——凤——"

……

8. 明史案

黄尘漫卷的苏北大平原上，百十号人的队伍在行进。他们当中有老有小，有男有女……其中一个小孩还没满月。这是一支被朝廷定为罪犯的队伍。为首的是一个老者，肩上扛了重重的木枷，手足被锁链系着，每行一步哗哗有声。他头发蓬乱满脸皱纹嘴唇爆裂，因衣肮脏面色苍白，步履蹒跚精神恍惚。

老者望了一眼前方的路，茫茫无际的苏北大平原无垠地延展着，好像无边的海。他从杭州出发，已经走了一个月，他不知何时被解到京都，也不知道他这样能不能活着走到京都。

按照《大清律例》第 396 条所附的条例中规定："凡是各间刑衙门擅自用木枷撑执、悬吊、敲踝等方法对犯人进行刑讯的，都属于非法行为，应严厉禁止。"那么为什么还给老者带上枷呢？

清朝的衙门是司法行政不分的。朝廷以下的省道府县的命官，职责大得很，举凡所管辖的范围民政、治安，平决狱讼都由他管。所以百姓都把地方衙门称为"破家的县令，灭门的知府"。你要是让他逮到，就得掏银子，少了你就得受罪。胥吏差役今天押解的人，不是平常所说一般刑事犯罪，这支刑犯队伍，从大人到孩子，都是政治犯，而且这支队伍，又俱是一家人。

"我能不能讨口水？"老者用昏花无神的眼睛，对胥吏求情。

苏北大平原上，留下一片杂沓的脚印，这是一支啼饥号寒孤苦无告的队伍。

"扑噔！"老者一个趔趄跌倒了，他的腊黄脸抽搐了一下，双眼紧闭呼吸微弱，高声呼喊鞭抽板子打，他也无知觉，昏死过去了。胥吏上前，说："不能让他死了，灌他一点水，朝廷还要人犯呢！"

从囚犯的队伍中走出一个年轻的女子，不到二十岁的样子，体态婀娜美貌娇容，虽被风吹日晒，仍透出青春气息，她怀中抱着一个小小的婴儿。她被饥渴煎熬不住了，也向胥吏求情，说："看在小把戏（孩子）的份上，给我一点水喝吧！"

"你也要水？哈哈……"胥吏不怀好意地奸笑一声，看了看眼前这位湖州富商的大家闺秀，庄家的孙媳，上前扯开她的衣襟，拍了一下她的乳房说："这里装的不是水吗！"

庄氏的孙媳，为了讨口水喝，还是忍受了这种侮辱，掏出几个银子，递给胥吏，说："请老爷开恩！"

"咱们讲个条件吧！"胥吏一把拉那女人到道下。"老爷我这半月了，没吃'咸肉'（玩妓女），有点儿馋了！"

"禽兽！"少妇骂道，回到囚犯的队伍中。

"你敢骂我？"

胥吏上前夺过她的孩子，举过头顶，重重的摔在地上。孩子哇的只叫了一声，没有第二声，鲜血流了满地。

"我的孩子……"少妇疯狂地叫道，随后以百倍的力量，向胥吏抓了过去，他们扭打在一起，囚犯队伍一片愤怒叫嚷，解押的胥吏和差役怕闹出大乱子，赶忙挥动着木棍驱散围聚的囚犯，然后将少妇用木枷夹起，拖在队伍的后边。她每行一步，头上都被胥吏抡上重重一木棍，不久她的面目变形了，嘴在流血，她不断嘶哑地高呼："老天啊，还我的孩子……"、"满鞑子……害死了我们……还我的孩子……"不上几里路的光景，就一头撞到路边一棵大槐树上，再也没起来。

康熙元年锦绣江南，在放射着璀璨光彩，耀眼夺目，被人称为天堂明珠的杭州府，爆发了"明史案"……

杭州开埠较早，又因为做过南宋的临时首都，从古到今，不但是一个经济发达、做生意的好地方，也是一个游玩、拜佛、读书、刻书的好地方。

一到春天，南屏晚钟随风飘送，西湖环山路上麓下，满是来自浙南、浙中、浙北、苏南、湖州，一帮帮，一伙伙，一队队的人马，乘船的、乘车的、乘轿舆的、步行的，齐聚杭州。他们身背香囊，带着干粮，前来拜佛、游春踏青。

夜幕降临在杭州北关，这里的夜生活比白天更热闹，万户千门人马欢腾，华灯宝烛霏雾氤氲，结棚列肆陈设什火，贩夫贩妇劳瘁不辞，香客艺伶文人墨客，拥塞于路。这就是人们所称道"北关夜市"。

在三吴仕女春游进香的人群繁忙的北关运河，一条从归安来的小船靠岸泊在码头，缕缕人群中，走出一个干瘦的人，穿了一身半新不旧的马褂，头戴瓜皮小帽，背后垂着长长的一条辫子。手拿檀香小扇，他的身上既没有香袋，也没带干粮，看来他不是进香朝圣、踏青游春，那么他来这里干什么呢？

在西湖边上，除了寺庙像明珠一般，嵌在周边的山山水水中，这里还是官宦、巨富、名人耆宿的住宅区。有各种私人的名宅、名庄、名园、名庐。在南屏近慈寺旁边，有一个很大的宅院叫庄宅，住着庄允城一家。

　　庄氏在杭州是个大户人家，元、宋、明各朝代都有做大官的人，城内有商号，乡下有良田，家资颇丰。

　　华灯初上，庄园内上上下下一片辉煌。从归安来的瘦猴模样的人扣响了大门。值更的门房仆役打开了大门旁边的便门，出门迎客，问道："客人从何而来？

　　"归安。"

　　说着瘦猴子就要往里闯，仆役当然不从，揪住他的胳膊，两个人你一句，我一句，声音由低转高，吵了起来。

　　"什么事？" 这种争吵惊动了管家，他从影壁绕过来，一看仆役揪住了一个人，远远喝道："不要无礼，松手！"

　　奴仆说："这位……他硬要往内宅里闯！"

　　管家走上前去，一看这个人似曾相识在哪见过，但一时蒙住了，他拍了一下脑门，怎么也没想起来，便带着歉意的微笑问：

　　"贵客尊姓大名，很对不起，我一时想不起来了。"

　　"吴之荣！"

　　"是归安县的……噢，知县大老爷吗？"

　　"正是。"

　　"正是个屁！"管家在心里骂道，你的官早就被朝廷给罢黜了，好像谁不知道似的，装什么孙子啊！

　　管家每天都和各色各样的人打交道，社交经验十分丰富，他对官场上被"撸"下来的人，尤为瞧不起，但又深知不好得罪，便换了一副笑脸，慢声细语地说："吴大人这么晚到，有何吩咐、见教？"

　　"我要见你家老爷。"他的口气很强硬。

　　"天这么晚，老爷已经歇下了。"管家推诿说，"能否改在明日。"

"事关你家主子身家性命，很急。"

管家向他招招手，示意他先等一下，他去上房通报。不一会儿，管家把这个吴之荣引到庄廷龙的客室。

庄廷龙认识这个人。几年前他的父亲庄允城过六十大寿，杭州的官宦、名流、宿耆、富贾以及与周边的湖州、嘉兴、定海远至温州府县的命官前来祝贺，其中就有这个吴之荣，他当时是为归安知县。

他们坐定之后，女仆献上茶和点心，双方又寒暄了一次。

"吴知县……燕云江树，两地睽违，我们好久没有见面了。"

庄廷龙听说这个吴之荣已经丢掉了乌纱，但只装不知道，仍是如同往昔，同他进行周旋。

"我……不做知县了……"

"哦……出宰巨邑，生佛万家，实为辛苦！"庄廷龙同他敷衍着。"吴先生不做官，照样可以施展抱负。"

"说的好，说的好，庄先生有见地。"

到这功夫了，庄廷龙仍是在云里雾里不知这个人为何而来。他又看不清他的面目表情。他谦躬的问："吴先生此次到寒舍，有何见教？"

"咱们是老相识，老朋友了。"吴之荣的瘦猴子脸现出一丝苦笑，说："我想做点生意，需要一大笔钱，一时周转不开，想向庄大人借点银子，以度难关。"

庄廷龙还是丈二的和尚——摸不着头脑，心里想我家与这个吴知县素无来往，他怎么会一下子闯来，开口向我们借银子呢？

"吴先生要多少？"

"先拿两千两吧。"

"两千两？"

"多么？"

"真对不住，这大的数目，我周转不开。"

"嘿……您觉得数目大了？"

"吴先生，你这是跟我开玩笑吧！"庄廷龙心里想，这个曾经朝庭命官，归安知县的父母官，当年可没少往腰里搂，他不会是缺银子的主啊，他该不会一下子变成市井无赖来敲诈吧，那么他究竟想干什么呢？他为什么平白无故找我们麻烦？

"您觉得很为难吗？"

"吴先生，你究竟要怎样，请把话说明白！"

"好，"瘦猴子一拍大腿，说："痛快，痛快！庄先生不愧是有学问的人，明白人，大家大户的人。在下不才，丢了乌纱之后，开始闭门读书。"他说着，站起身来，走到庄廷龙的红木书架上，操起一摞书掂了掂，叹了一口气说："这就是庄先生的大作《明史辑略》了，在下也买了一部。"

"是嘛，请先生不吝赐教。"

"哼，赐教！我可不敢。"吴之荣把脸一深，恶狠狠地说："我今天来为的就是此事，这部书鄙人读过了，问题很严重呀……"

"严重……哈哈！有什么严重？每个写史的人，都有他的局限，或是常识不够，或是资料不足，学问不到……"庄廷龙以讽喻的口气，向他解释说："世界上哪里有尽善尽美的书，我又不是圣人，哈哈……"

"我告诉你，这部《明史辑略》是反清的！"

"吴先生，你要干什么？你知道我们是读书人，胆子都小，不要吓我们好吗？"

“我哪里是吓，我是向善，才来告诉你们一下，”吴之荣脸上布满阴险，小眼睛一转，说：“你这部书在谈到明清战争的时候，把孔有德、耿精忠的降清称为‘反叛’；对天命元年(丙辰)到崇德八年(癸未)的历史，你的书不用后金年号而称后金。将金太祖努尔哈赤称为‘建洲都督’，还说‘长山裔而锐士，饮恨于沙磷;大将还而劲，卒消亡于左衽。’这不是反清吗？在李如柏、李化龙、熊明遇等人的各传中，都有这种明显、赤裸裸的反清言论，如果有人告发，那可就要吃不了兜着啦!”

“我们杭州府，历来都是读书的地方，谁肯做那么下贱的事!”庄廷龙听了很愤怒，也很恼火，拍案而起，挺直腰身说：“我一个瞎子，又没子没孙，为读书人做点事情，我怕什么! 我反清? 我会用刀? 会用箭?”

“庄先生，稍安勿躁，我不是来告你的，我是来借钱的。”

“我一吊钱也没有!”

“好，庄先生，话可别说绝了。”

“吴知县，我用最客气的话说，请出去。”

“好，我走!”

“走吧，走吧……”庄家的女人、女仆像对待猪狗，一齐往外轰他。

吴之荣屁滚尿流的被赶出大门。他回头望了一下，用鼻子哼了一声，嘴里忿忿地说，“我在官场混了几年，我明白什么叫政治，什么叫官府、朝廷。”他把牙齿咬得咯咯直响，半天从牙缝里挤出一句话来：“你等着吧……我不信制服不了这个高大的红门楼!”仿佛他和庄家，有什么深仇大恨似的。

他一边走一边想，往后的生计怎么办呢？他本想对庄廷龙刻《明史辑略》一事威胁一下，敲他点银子花花，不想这个人死脑瓜骨一毛不拔，反而羞辱他一顿。这真使他大失颜面。过去他做知县的时候哪个敢呀！他哀叹官运不济，忽然又想到，害人这件事一不做二不休，既然已经开场了，那么就做到底。

他想明天就去江南将军那里告发，朝廷辅臣眼下最关心的就是这里的问题，绅衿抗粮，拖欠田亩税赋，艰难生津，害怕和担心江南人暗中集结势力反清，这是他立功的时候了，说不定朝廷辅臣为此还会给他复官呢！

吴之荣来到西湖岸畔的松魁将军府衙，他要面见松魁将军，说有要事。

可是松魁将军，怎有工夫会见一个被黜的小小知县，就告诉担任警卫的校尉说："有什么事，请让他写个文书。"

不一会儿，校尉带上吴之荣呈上的密信，交给了松魁。

松魁一看满纸的汉文，不耐烦地扔到了茶几上，说："我认识那几斗大的汉字，顶多能装两麻袋，"他叫来幕僚，他通晓满、蒙、汉文，很快把吴之荣密信翻译出来，摘其要点向松魁汇报。

"吴之荣的意思是，庄氏出版的那部书《明史辑略》，是反清言论。"

"反清？哈，哈！"松魁将军大笑，不以为意地说："秀才造反，岂不是笑话嘛！"

"将军，如何处理？"

"杭州本无事，自找麻烦。"松魁说："转到抚台大人那里，请他过目。"

吴之荣的密信，很快又转到巡抚朱昌祚那里。

　　朱昌祚拿过密告信件看看，觉得吴之荣是鸡蛋里想找骨头，有意夹嫌诬害，可他毕竟是在朝廷宗人府做过启心郎，懂得官场规矩，他不想做官整人，他想把事情化解一下，便对胥吏说："我现在正在做沿海弃田问题，我是朝廷命官，得让百姓有田种，有衣穿，防止寇盗侵扰，这些大事都做不完，你把原件转给遣督学胡尚衡那里，请他阅后处理。"

　　这样，密告信又转到了遣督学官胡尚衡手里。

　　庄家这样的高门大户，上下左右亲戚朋友很多，发现了吴之荣的险恶用心，很快有人告诉庄家。

　　庄廷龙作为一个盲人，他并不在意，说："刻一本书嘛，官府这也管得着？我们还有没有一点自由。"

　　他的父亲庄允城，可不这样认为。他亲眼看见当年清军在江南的大屠杀，晓得满人的厉害，非常重视这一信号。他说："我们得罪了小人。"

　　"父亲是说，不能小觑？"

　　"不能。那天，应该给他一点银子，再打发他走。"庄允城说："对付敲竹杠的人，不能把银子握紧了，该拿出就要拿出一些。"

　　庄允城想了半天作出决定，带着重金，在西湖沿上奔忙起来，到将军府衙、巡抚正堂、提督衙门、督学府上，忙于疏通打点关节，好多当地绅衿富贾名士也纷纷出面，进行斡旋说项，而松魁、朱巡抚都无意将这种事情扩大，便将大事化小，小事化了。

　　事情就这样平息了。松魁将军仍是忙着对付海防和郑成功这样的大事，巡抚朱昌祚仍是忙着他的政务，想让他管辖的地盘人人有饭吃，提督梁化凤仍在演兵场上练兵，西湖周遭的寺庙，进香人仍是络绎不绝，湖沿上的卖花女，对着游人仍是那样妩媚热情……

吴之荣以诬告和敲诈的罪名被逐出了杭州。可庄家并不轻松，接受教训，一朝被蛇咬，三年怕井绳。他们赶紧组织人员进行修版，把那些有着明显反清犯忌的言论，一概删除重新印刷。应该说，这不失为明智之举。可不幸的是，他们的动作晚了一步。

在庄家上上下下一片繁忙的时候，吴之荣心想：我在杭州告不赢，我上朝廷去告。他打点行装，准备越级上告，到京都走一遭。

大运河上浆声咿呀，客船上坐着一个干瘦的中年人，他就是吴之荣。他身上背着的不是干粮也不是衣物，而是一部《明史辑略》，这个东西对他来说是块宝贝。他不甘心受庄家的侮辱，也不甘心松魁、朱昌祚对他举报不加处理，他要到朝廷上告，同庄家拼个你死我活。曾经做了清朝命官的他，现在是更清楚的摸索到了辅臣们在想些什么。他一次又一次像吃甘蔗一样，咂摸着"率祖制，复旧章"的意思，他想当年跃马扬刀，弛骋江南战场的几位辅臣，特别是鳌拜，他不会忘记江南此起彼伏的反抗……如：

——漂阳潘茂、潘珍领导的削鼻、珐琅诸党，同仇敌忾，进行抗清。

——南京郊区的王盖、金牛、六塘、聂村、陶林、邓村、龙都借"练乡兵为名，奋起与清军作战。

——漂阳、兴化，金坛等县农民军二万多人，曾配合明宗室举兵进攻南京，兵抵神策门。

——太湖广大农民、渔民，在赤脚张三的领导下，以淀山、长白荡、澄湖为基地，组织抗清起义，攻克宜兴、出没苏常，多次挫败清军。

——吴江吴义生率领农民、渔民组成白头军，发动抗清斗争，挥师海盐，回嘉善，声威震动江南。

吴之荣估计到，现在当政的辅臣最痛恨的就是江南的名士、绅衿、明朝的遗老遗少了。

晓行夜宿到了京都，他把他的密信连同物证…… 一部《明史辑略》，全部递到刑部。

康熙元年冬天，刑部按照辅臣指令派出钦差，组织以侍郎罗多为领导的调查组，来到杭州展开了严密的调查。

钦差经过两个多月的工作颇有收获，把一部《明史辑略》出台的前后弄得清清楚楚，并且为这件大案初步作了定性：这是一起有组织、有密谋、有计划、有领导的反清活动。参加者多为江南名士、乡绅、富豪。他们沆瀣一气，上下串连，策划于密室，名义修史，实为反清，企图复明。

不久杭州城出现了大批全副武装的清兵，从钱塘门、涌金门、清波门跑步进来，城门及主要路口，都有大兵把守，而在南屏近慈寺一带的大兵就更多了，雄赳赳如临大敌，足有几百十人。

杭州城内顿时一片惊讶、慌乱……

所有的城门都紧闭，兵士和巡抚衙门的捕快、胥吏一齐行动，带着名单开始四处捉人。

人们像遇瘟疫海盗，四散而逃，杭州城的环湖堤沿上游人乱了，商贩乱了，庙上的香客也乱了，到处都乱了起来。谁也说不上来，这到底出了什么事。

一个人奔跑，后边跟跑着许多人，究竟发生了什么事，在抓谁？谁也弄不清，只知道清兵是残忍的。二十多年前血洗江南，人们记忆犹新，谁都只有一个脑袋，都害怕被捉被杀。

杭州的混乱进行了三天三夜，全城一片狼藉，人们终于弄明白了，庄家刻书，触犯了朝廷。人们这才吁了一气，说："这事与我们没关系呀！"

庄廷龙从来没想过，一本书会祸灭九族。他的一家百十口人，是六指划拳——全来了，连不满月的孩子也没有放过，统统被扫地出门，押进大牢。

首犯庄廷龙，这时已经死了。

"掘墓，鞭尸！"朝廷指令说。

其实，哪里是鞭尸呀，是把尸首斩成三段……

结果。他的父亲便成了替罪羊。

要说庄廷龙是首犯，真是天大的冤枉。这个富豪子弟是个盲者，那个时候对聋哑等残疾人没有福利保障：他只能在家呆着，凭着家产混日子，而且也没子嗣，他想：雁过留声，人过留名，不甘心这么平白过下去。他平素爱好史学，很想出一部书，弄顶文士的帽子戴戴，炫耀一下，当然刻书这个买卖，还有利可图，名利双收。可他没有这样的才学，眼睛又看不见，怎么办？

"这样，"知子莫如乃父，庄允城了解儿子所思所想，便说："古时候的人，出书可以捉刀代笔，也可以用银子去买，我们何不这样办呢？"

"父亲说的极是，"他的儿子高兴得很，说："就照您的意思去办。"

这样的机会终于来到了。

他们听说湖州朱氏家里有部明史稿。朱国祯这个人是明朝的大学士。他退居故里撰写了一部明史，并有一部份已刻版刊行。其余的诸臣传略部份仅存稿本，而朱国祯已死，没钱刊行。入清以后，朱家每况愈下，穷愁潦倒，根本不会再有钱出书。

庄廷龙昼思夜想成名，也挤进文人骚客队伍中来，当个作家留名后世。他便同家人前去湖州朱家，说明来意，想把书稿买下，同时买下著作权。朱家看庄廷龙执意要买，便开出一个天价，谁料庄廷龙并不在乎，立马拍板成交。

庄廷龙拿到朱国祯的《明史》文稿，回到家里，又聘用当地的文人茅元铭、吴之铭、蒋麟征、韦全佑等十多个人，对朱氏的文稿进行加工整理勘误，按照庄廷龙的意思，有的地方删掉，有的地方进行增润，有的地方进行论断，并补充末代皇帝崇祯的材料，当然对李自成和清兵入主中原，烧杀掠夺，不会不写，秉笔直书，作了许多详尽的论述，书名题为《明史辑略》，作者署名为：庄廷龙。

这部书一上市就火了，人们争先恐后抢购，书的价钱由12吊钱涨到六两银子。

说不上是出书高兴，激动过度，还是早有老病缠身，庄廷龙捧着他的大作死了。

庄允城老来丧子，万分悲痛，为了悼念他的儿子，他请弘光朝礼部侍郎、江阴县令李晢作个序，然后把书再版印行了。

因为朱氏这部书稿，写于明末，那时清军还没入关，书中有很多地方对清军作了斥责讥讽和谩骂，而庄廷龙这个一心想成名成家的人，对于文事又不甚通，不晓得深浅、沟壑，有什么不妥之处，便一命呜乎了。

　　庄允城刊行的《明史辑略》，终于引出了轰动江南轰动全国的大案。庄氏家族遭到灭顶之灾还不算，还牵连了许多无辜的人。世上有书铺就有读者，一部好书有人买，就是一部顶糟糕的书，也有人买。

　　案发之前，由于好多学者参与这本书的修订增润，作了序、刻版、售卖、购买……一下都成了罪犯，成了朝廷缉拿惩治对象。

　　翻开《明史辑略》第一页，便是序言。李令晳的赫赫大名就在上面，他瞬间也由朝廷的命官成了囚犯，去了几十大兵捉拿抄家，不仅他自家，还株连其余一些人，全部如同猪羊一般被押解大牢。

　　事实上这个序也并非李氏亲自所作，他已患眼疾双目失明，庄家出书找名人作序，这样一包装，在市面上好刊行，这是谁个也是明白的；找名人，最好是官员。因为任何朝代在中国怕是半文盲的官员名气也比本地著名作家大。李光晳在庄家的盛情恳求之下，又收了人家的润笔稿费，只好把作序的事接收下来，然后请别人提刀代笔，署上李令晳。可是朝廷不问你这个，结果是李令晳及子侄四人，不久即被杀戮。

　　杀李令晳一家时，可能因为他曾为侍郎、县令，抑或是具体管理刑案的人天良未泯，他对李令晳的小儿子说："你今年十六岁，按照朝廷的律例亦当处极刑，你把年龄减去一岁，这样可以免死。"

　　"老子曰：民不畏死，何以以死惧之。"李令晳的儿子对于暴政的回答，令钦差大臣们瞠目结舌。

　　他说："予见父兄死，不忍独生。"这个少年的脊梁骨，够坚硬的了，面对屠刀也拒不改供，下场当然是被杀。

庄氏虽非是书贾，但是对于《明史辑略》也是颇费了一番心计，他们组织了一个庞大的编委会，列名为修订者的多为江南名士，其中好些人只是被列名，实际并没参加其中的具体修订事宜，朝廷对这些人不必查，秃头上的虱子——明摆着，前去捉拿就是了。

这起大案牵扯到一个货真价实的大名人，那就是茅元铭。他是明代大作家茅坤的后代，他平素既不参与什么社团活动，也不关心时事，而是"两耳不闻窗外事，一心只读圣贤书"。庄廷龙仰慕其名，厮磨乱缠，非得请其允诺，将他列为参评。《明史》案发，茅氏也被抓进了大牢。

大牢里他遇见了几个朋友吴炎、潘柽章，都是晚明诸生。他们学而有成，精通古今诸子百家，立志写一部大书，依照司马迁《史记》，私修明断代史，几经寒暑，完成了《明史》史稿的写作。

庄廷龙的父亲得知吴炎、潘柽章也在修《明史》，与他儿子不谋而合，便也将这两位的大名也列入参评。

茅元铭、吴炎、潘柽章入狱后，每日在狱中大作其诗，要么就破口大骂清王朝暴戾骄横。牢头对付这种人的办法多的是，他们几个受尽了酷刑，潘柽章的牙齿全被打落，钦差当即宣布判其死刑。

这几位年轻有为的学者罹难，消息传到昆山顾炎武那里，他极度为悲痛。他是明朝遗民，为了表达他的抗清之志，他写诗自吟：

自从一上南枝宿，

更不回身向北飞。

他的大作《曰知录》是流传久远、至今仍在再版的好书，其中的名言后人概括为："天下兴亡，匹夫有责"。这句话在今天更有其现实意义，鼓舞着中国人民为自己民族的振兴，入世界之林而奋斗不息。

顾炎武对吴炎、潘柽章之死十分悲痛，他当即作了一首诗悼念他们：

一代文章亡左马，

千秋仁义在吴潘。

无辜被杀害的诸生名人还不止这几个年轻学者。但在朝廷密而不漏的大网下，也有逃生的，他们是查继佐、陆圻和范骧。

这三个人都是名冠浙江的名宿。吴之荣诬告庄氏也捎上了这三位，说他们的与庄氏同谋刻订《明史辑略》，并说继佐是主编。

查继佐向钦差据理自辩，他用许多事实说明，庄氏那部《明史辑略》刊刻之前，他们已发现自己名字被盗用，而非其自愿，他们曾经上告给官府说庄氏侵害名誉权，因此庄氏书的列名，根本与他们无关。

当时四大辅臣交给钦差的任务是，对"明史案"的人，要一网打尽绝不手软。

查继佐虽言之凿凿言之有证，朝廷把人抓进来，便不轻易放出去，因为钦差明白，他抓得越多，越说明他积极、无限忠诚执行上谕和辅臣指令，升迁机会越多。后来广东总兵吴六奇出面具保，查、陆、范三家一百七十六人才得以放归。

查、陆、范被释放之后，钦差忽然悟道，这三个人应当是"明史案"的原检举者，首告之人，他们应该受奖。这样，查、陆、范三家又因祸得福，官府把籍没他人的财产，拿出一部分给这三家表示奖励。

“明史案”不但收拾了大批江南名士学者文人绅衿，还对朝廷命官开了刀。

江南将军松魁，幕僚程维藩被押到京，刑部对他进行了审讯。

“作为朝廷命官、主掌江南军权的将军，你对”明史案”为什么知情不报！”

松魁说：“你们知道我是行武出身，汉字不识几个，我知道写的啥东西呀，”松魁继续为自己辩解说，“我那里，每天军事情报一大堆，再加上民事的一大堆，不可能全部都推到朝廷里呀！我只好转到地方，交给巡抚去办。”

松魁有没有罪，怎样对他治罪，经过议证大臣多次会议讨论决定，只判幕僚程维藩死刑，松魁因为不识汉字，削官回旗，他总算捡回了一条命。

发生在江南的”明史案”，任何在任的江南命臣，可以说人人有份，一个也脱不了干系漏不掉。提督梁化凤，陕西江安县人，顺治三年武进士，出任过山西高山卫守备，后随英亲王阿济洛南北征战，在剿匪、巩固海防、建设海防，都著有功劳，朝廷对这个只知练兵守边的将军，予以宽容，几经辩解，得以开脱，免去一死。梁化凤免死，并不等于提督府没责任，总得找几个替罪羊，幕僚徐秩三被拉了进去，丢了脑袋。

这样的大案还株连了湖州知府陈永命。吴之荣诬告庄氏后，知县当然要受理，这时庄家以贵重礼品和银子奔走知府上下，知县得了好处，一想这事还不简单，把刻板毁了，拿回家生火，不就完了吗？案发后，他自知法网难逃，便拿起绳子自缢。他死了，并不等于朝廷不对他审判，结果是开棺拉出他的死尸再剁成肉末。他的弟弟江宁知县陈永赖，罪名当然是陈永命的弟弟了，连坐被斩。

湖州府学赵君宋，读庄氏《明史辑略》时，觉得其中有些语言对朝廷不利，向上级作过汇报，但并没有把他手中的刊本，当即送交官府，他自以为是首告者，结果却被以私匿逆书罪被斩。

在"明史案"中最冤枉的要算是湖州太守潭希闵，他刚上任不到半月，工作还没有同前任接交完毕，便和推官李焕一起，以"知情不发、明知故纵"罪，被绞于杭州钱塘门外。

——那么巡抚朱昌祚，还有督学胡尚衡呢？他们对钦差和朝廷办案人员，开始了权钱交易，把罪过推诿给予当初的审核官，这样逃脱了罪责，免死。

还有一位死得更冤，那就是乌程县学王兆祯，他的罪名是"守锁失职"。因为没看住锁头而犯罪，当时清朝亏得封闭自己，要不真是让世界笑掉大牙。

因为"明史案"在杭州府县抓人太多，各大牢全关满了，只好把学校利用起来关押犯人。王兆祯作为县学，上任没有多少天，居然接到关押犯人的任务。学堂是读书的地方，也没有而且也不是关押犯人的地方，这里关的是谁呢？是庄廷龙的弟弟。庄家这时出面具保，人回家了，接着逃跑了。王兆祯则以没看好锁头而被缢死。

"明史案"逮人之际，也是吴之荣得意之时。他做县令时也没这样的春风得意。现在他看谁不顺眼，就可以向朝廷密告谁，密告信件转到钦差的手里，便不分青红皂白逮谁下狱。杭州府县一片惊谎，人们惧怕吴之荣，给他送礼的人排着队，银子如同流水般进到他的腰包。

南浔有一大富户朱佑明，对于吴之荣这样的朝廷鹰犬不买账。吴之荣便想惩治他，通知朱家给其好处，否则便以朱家曾出钱帮助庄氏印行《明史辑略》进行揭举，而朱家认为这是无中生有的诬陷，结果吴之荣又一次得到成功，朱佑明几经申辩无效被凌迟处死，他的三个儿子一个侄子，连坐被绞，籍没家产，妻子发配北方宁古塔。

那么吴之荣自己呢？作为告发者，他大受朝廷的奖励，不但像他梦想的那样官复原职，还得到庄、朱两家籍没的家产，他最后升到右佥都御史。

"明史案"案发于康熙元年正月，经过一年多的勘查，决狱于康熙二年五月二十五日。

这一天，杭州的弼教坊人山人海，看杀头的，为亲人送行的，拥塞于路哭声震天，血腥之气冲天。清廷大开杀戒，一次斩杀了七十多人，其中《明史辑略》书首列名的编辑委员会十八人皆遭凌迟处死，其他被斩首的还有刻工、印工、卖书者、购书者、藏书家，还有与此案株连的姻亲党戚……

"明史案"以其株连之广、屠戮之惨而成为康熙二年（1663 年）的一大冤狱。此案与前面提到的奏销案，哭庙案都是清人入关实行"异族统治" 对汉族精英迫害镇压的结果，也是四大辅臣在辅政期间满汉矛盾的极端激化形式。后来为了缓和满汉矛盾冲突，争取汉族精英的支持，康熙帝在 1679 年设立著名的博学鸿儒科，以此争取明朝遗民以及汉人中博学之士的支持。

9. 迷人的东方

　　拉开清朝宫禁的帷幕，会看到一些十分有趣的现象。从大清帝国入主中原第一帝顺治起，直到康熙初期，每次群臣上朝都会看到一个金发碧眼高鼻梁的洋大臣，他身著石青色朝服，头戴薰貂皮制作、顶为镂花金座，上面饰有一颗璀灿东珠的朝冠，朝服上前后绣有展翅欲飞的鹤，脖子上挂着闪亮的红宝石朝珠，他就是钦天监汤若望。这是一个中文译名，因为 Adam 听起与中国的姓"汤"音相似，入乡随俗，他便取了这个中国名，原名叫约翰·少·冯·贝尔（Johann Adam Schall von Bell）。

　　这位汤公进入中国，得到朝廷的重用，官至一品，开创了由西洋人直接掌管钦天监大权，一下成为通天的角色，连顺治大帝也称其为"玛法"。博尔济吉特氏皇太后对其更是敬重，"愿先生以女儿相待"，这位"欢洽如家人"的汤公，还可以免其常例，随时入内宫，而顺治皇帝也常去他的寓所，观览他的教堂、书房及花园，有时还进便餐，这种关系看来非同一般。一位外国人怎么会得到中国至尊和广大老百姓的崇敬，给予他这么高的待遇和荣誉呢？

　　……

　　汤若望是继罗马传教士利马窦之后，在明朝天启二年（1622）来华的。

　　这还的从徐光启这位万历年间的进士说起。崇祯五年（1632）徐光启已经升任礼部尚书兼东阁大学士，接着在不到一年时间又兼任文渊阁大学士。

　　徐光启的研究范围很广，除了农学他还致力于天文学、数学。较早的时候，他师从罗马来的传教士利玛窦，学习西方的天文、历法、数学、测量和水利等科学技术，是介绍和吸取欧洲科学技术的积极推动者。他的一生著作很多，如编著了《农政全书》、主持编译了《崇祯历书》，译著了《几何原理》等等。

　　正是应这个徐光启的邀请，汤若望不远千里远涉重洋来到中国，参与编修《崇祯历书》。可惜那不是一个莺歌燕舞的时代。他的命运在这里经受了一次严峻考验。一场轰轰烈烈的农民起义将明朝推翻了。徐光启、汤若望的《大统历》的编修工作自然就此流产了。

　　李自成的大顺军攻入北京大肆烧杀掠夺。汤若望所在的宣武门外教堂，毫无疑问，也是被打击砸烂的目标。一片狼藉不堪中，汤若望脑子里一片茫然，不但他的基督教文化不能在华传播，就是他自身的性命安全也无法保证了。

　　他面对四方，高仰着头颅，伸出双臂，向着青天，口中呼叫道："主啊……，救救我吧！"

　　天主是仁慈的，他得救了。不过不是被天主救，而是被一位中国教民、明朝的遗民、原宫廷的官员李祖白救的。他家就在教堂附近，西单的斜街口内一座大宅院里，他的母亲信天主教，请来汤若望在他家里避避风头。

　　全家人对这个外国传教士极其恭敬，主人同仆人一起，为其操办生活，尽量让饭菜适合这个日尔曼人的口味。

　　"中国好，京都好……"汤若望一遍又一遍的自我祷告："中国的朋友更好！上帝会把和平和福祉带到这里的。"

　　他在这个四合院度过了几天难忘的时光。清晨到主人的后花园中读书，那是一个鸟语花香，绿树成荫的地方。早饭后，继续学习，安排的是中国文化，从天文到地理典籍，涉猎范围很广，午后他便安排时间，向这个家庭布道。

一天，主人从外面神色慌张地回家，外面发生了可怕的的事，一个外国人被杀了。他们担心汤若望的安危，这种动荡的环境不利于汤若望，劝他是否考虑返回德国。

"不，不，我要在中国工作下去！"汤若望坚定地说："这种动乱在欧洲不久之前也发生过……我不害怕！"确实，16 世纪的欧洲如同中国一样，正处于一个风云变幻的时代。在中国是后金的崛起，努尔哈赤为统一女真各部，连年征战，威胁着大明江山；此时欧洲政教之争疆土之争宗教之争，正处于交织交替之中，而且越演越烈，爆发了一场德意志人民争取自由波澜壮阔的农民起义（1523—1524）。他本人就是在这个悲壮的时代，诞生在吕符腾贝格城堡（Lüftelberg Castle, Meckenheim-Lüftelberg, Germany）之中。

"谢谢，谢谢！"他面对这些黄色皮肤、善良的中国人说："我的任务，是将福音传给所有善良的中国人！"可现实是，一个泱泱大国的京都一片混乱，到处飘着硝烟，充斥着血腥抢劫、掠夺烧杀……

又一件事惊动了京都，说清军已过了山海关，势如破竹，明将吴三桂已向清军投诚，由他带路正向京都进发。

在硝烟与厮杀中，努尔哈赤第 14 子多尔衮——他 15 岁时被封为贝勒，幼年时就是个锋芒毕露的人，因此得到他父亲的钟爱和器重——年仅 17 岁就随皇太极出征，功勋卓著，晋升为"和硕睿亲王"，这是满洲贵族的最高爵位，最年轻的大将和"巴图鲁"。

1644 年，多尔衮接受了降清汉官、汉将范文程、洪承畴等人的建议：进取中原。

多尔衮作为一介武夫，再没有比在战场上驰骋厮杀更痛快的事情了，他立即打出了"救民出水火"的旗号，整肃军纪，亲佩"大将军印"，四月初七日于盛京祭天，七日出师，进军山海关，在吴三桂的引导下马不停蹄，一路顺风，直指京都。

1644年5月2日，多尔衮统率的八旗大军在明朝的文武遗臣隆重的仪仗接迎下，进入北京，入武英殿。

艳阳的天气里，一面白色龙旗出现在京都的紫禁城上，接着一队队手持弓箭腰挂腰刀的清军，骑着蒙古马开进城来。李自成的大顺军，早已望风而逃了。

"满鞑子来了！"劫后余生的人们望着这支胡服骑射的军队，不知是喜还是忧，市民们的心情在这个时候真是复杂极了。

清军一位年轻将军，在武英殿里发布了他的第一号公告王令来稳定局势，言明清军入关是为了"除暴救民，灭贼以定天下，为尔等君父复仇。勿杀无辜，勿掠财物，勿烧民舍，不如约者，罪之……"

九月十九日这天，北京城内热闹起来，人们从千家万户走出门来，看皇帝去天坛祭天，然后祭宗庙社稷，举行入主中原登基大典。

汤若望在稳定一些的时候，便离开了西单回到宣武门内的教堂。他一觉醒来，天下已经发生了大变化，大清皇帝已经定都燕京，"建有天下之号曰大清，纪元顺治"，一个新的朝代宣告建立了。

京都的市民们关注着这个变化，西方传教士汤若望，更是十分关心这个变化。他对多尔衮的一号令很赞赏。同他私下里往来的明朝一些官吏被清廷招进了宫。而且汤若望看到，他认识的明大学士冯铨已被授予弘文院大学士兼礼部尚书。

"士心得则民心得。"经过一段阴郁的日子，汤若望的心情终于开朗了，重新振作，信守其志，打算在这个东方迷人的国度里，开拓传教领域，广布福音，去奉献天主赋予他的生命和才智。

汤若望一想到他的使命，心中无比激动，回忆起他得到耶稣教会总会长的批准，启程来华时的隆重场面。

……

1618年4月16日，里斯本的码头上聚集了几百人。耶稣教会为远行的使者，在这里举行了隆重庄严的告辞仪式：汤若望的亲人友好都争先恐后与他吻别，表示对他的尊敬和崇拜。码头上圣歌朗朗，直上云天。传布和平的使者们，他们是多么可敬可亲啊。

启锚的炮声响了，"善心耶稣号"远航船徐徐地离开码头，驶向波涛万顷的大西洋。这只船上连同水手共有三百多人，他们将在惊涛骇浪中航行大半年，才能到达东方华夏大地那块神秘的土地。

经过半年的航行，"善心耶稣号"到达印度果阿。他们将在这里休整度假。

1619年5月，这船继续它的航程，航向直向东方。两个月后，汤若望终于结束了恶心、呕吐、头昏、失眠的折磨，进入中国在澳门登陆了。

从此他再也没有回过欧洲大陆。四十年后，这位长须碧眼的中西文化交流史上的纽带桥梁，长眠在阜成门外三塔寺，他的墓碑上有康熙皇帝的祭文：鞠躬尽瘁臣子之芳踪。

在西洋教士的圈子里，经历过大顺军的骚扰，对清朝定鼎中原，大多数人采取着观望的态度。主动想同当局取得联系的，苦无良策，既不能孟浪唐突冒险，又不能旷日持久地观望下去。正在这时，多尔衮向京都发出一个公告，意思是说，随着大批的满洲蒙古旗兵进入北京，住房已成大的问题，他要求城中非满洲人在三天内通通搬迁到外城去，把现有的住房腾出来给大兵和满洲官员们。这个命令给北京城内的非满洲人大震惊，比李自成进入北京还要慌乱的局面出现了，满街是搬家、逃难的人，谁都不敢违抗军人的命令，谁也都晓得这位满洲正白旗主的厉害，人们争相搬迁。宣武门内的天主教堂也是属于内城，按照命令也要搬迁。教堂也卷入了搬迁的恐慌忙乱。而汤若望这时所想的不是怎样搬迁、到哪里落脚，他的思维一下跳出了这片混乱，他仿佛看到了一条新路，看到了他未来宣教的场合。

汤若望向朝廷呈奏折，要求天主教堂不搬迁，这引起了他的同伴和他的中国朋友们的极度担心，认为会由此引起更大的祸端，都为他捏了一把汗。

这是不是冒险？人们传说，清兵是杀人不眨眼的！再说朝廷的搬迁命令，无人敢于拒绝……

善良的传教士们都对汤若望进行责备，认为此举凶多吉少。汤若望心境十分平静，他说："我递送奏折时，亲王亲自接见了我。"

亲王忙了一天的公务，直到晚上才想起汤若望送来的奏折，马上派侍卫转达到皇上那里，请他旨谕。

多尔衮从武英殿走出，一看天色几近寅夜，但他仍感到混身有使不完的劲儿，没有疲劳之感。想到好几天没去看他的嫂夫人了，何不就此走一遭儿，同时把他今天接见一个洋大学问的事，向她介绍一番，看看她的意思。

"我们新朝刚刚建立，需要各种人才，哪怕鸡鸣狗盗，有一技之长，就要接纳。"皇太后说。

第二天一大早，汤若望就到礼部候旨。不出他所料，皇上的圣谕下了。他像获得了一件珍宝，一边走，一边在心中呼唤："主啊，你把黑暗驱走，带我进入光明……"

现在是朝廷的命令颁布要求搬迁的最后一天，惟有宣武门内的这个教堂纹丝未动。清兵围住了这里，堂内也进去了一大帮子清兵，几位教友正在虔诚地向大兵解释，请求宽容留情。可是清兵怎会答应，正要下令动手，门外走进了汤若望，只听他高声呼道："皇上有旨……"

清兵一下愣住了，睁眼一看是皇上的旨谕：

"恩准西士汤若望等安居天主堂。各旗兵弁等人，毋许阑入滋扰……"

准备占房的清兵在章京的指挥下，没有二话地退出了教堂。

清廷对于这个曾奉前朝的洋大学问是怎么看的呢？

多尔衮主张："帝王图治必劳于求贤"，他对明朝的降将降兵官员，予以大胆录用。

第二天多尔衮又来到皇太后博尔济吉特氏的卧室，他们一边喝着马奶茶，一边聊天。

"你前天说的那个'洋大学问'写的奏章我看过了，是个人才。"博尔济吉特氏说，"'圣朝定鼎，天运已新'，我们正需要历法啊！"

"是啊，这么大的国家不能没有一个好的历法，特别是中原人，他们盖房造屋出行、婚丧嫁娶、访亲探友、剃发、打井……连跟女人行房，都要挑选适宜的、吉利的日子，历法不准怎么行。”

“不用说中原汉人，我们满人蒙古人做什么大事，也离不开历法的，你带兵打仗，第一需要的是历法，时辰有了差误，那不就要贻误军机吗？”

多尔衮说：“明朝好多典籍，毁于战火，惟万历时故籍存，我想我们应该有一套新的天文历法。”

清廷决定招纳这位“洋大学问”时，汤若望更以积极态度向清廷靠拢。他把家乡带来的新仪器献给了朝廷。同时又呈上奏折，说他预测到将有日食月食发生，并附上了详细报告。

1644 年，“洋大学问”汤若望又向朝廷进呈三大仪器：混天星球一架，地平日晷一件，望远镜一台。除了仪器之外，他还呈递了历书范本一册，有根有据地指出旧历法的七大谬误之处。

皇上和博尔济吉特氏、多尔衮、济尔哈郎都先后参观了这些洋玩艺，对历书范本更感兴趣。

济尔哈朗说：“他的书写得头头是道，不知他说的可准确？”

博尔济吉特氏说：“这不要紧，到时候让九王派几个人，看看就是了。”

1644 年八月初一，多尔衮命大学士冯铨率领一班人马，有钦天监官员，还有汤若望，一同登上观象台，当场验证那种推测日食的结果是否准确。

京都人们说起日蚀，人心慌慌，称这是“天狗吃日头”，大街小巷，敲锣打鼓，烧香祈祷，都怕被天狗吞下。

　　汤若望对此只是一笑，什么都没有说，径直登上天象台上。每个人的心里都十分紧张，惴惴不安，大统、回回和西历的代表人物，他们的历法都将面临一场严峻的实地考验。

　　大统历的代表拿出了自己所测的日食起复时刻与方位，接着回回历的代表也拿出自己的东西。

　　钦天监的报时官员，不断向冯铨和在场的人报告时辰，大统历所报的时辰过了，日食没有出现；回回历的时间也已经过了，日食也没有出现。汤若望所报的时辰到了，随着报时官的宣布，天狗出现了……

　　回到朝内，大学士冯铨如实向朝廷回奏真情：

　　惟西洋新法一一吻合，大统、回回两历俱差时刻……

　　这位洋大学问预测得为什么十分准确呢？原来他用的虽然不是欧洲最先进的方法，但他应用的"密合天行推算法"，比中国当时的诸种预测法先进得多，有充分的说服力。朝廷对汤若望作了明确表态：朝廷才决定颁旨试行，"乃以新法造《时宪书》，颁行各省。此我朝用西人治历之始"。（这里的"时宪两字，是睿亲王多尔衮所赐。其含意在"以昭朝廷宪天义民之意。）

　　不久，朝廷正式颁发了对汤若望的任命：

　　钦天监信印着汤若望掌管。凡该监官员俱为若望所属。叫嗣后一切占候事宜，悉听掌印官举行，不许纹乱。

　　钦此

　　顺治元年十一月二十六日

　　历史跟这位远道而来传播福音的神甫开了一个大玩笑。他奉罗马天主教皇的派遣，为的是来东方布道，不想做官，却被任命为朝廷重臣，这使得他一方面受宠若惊，巴不得一有机会就接近最高统治者，向他宣示致意，布施福音，皈依天主教，一方面又感到困惑，做梦都没有想到，皇上会启用一个外国佬掌管这样重要的部门，不过用的是他对天文方面的学识，而不是他的教职。他想干的事业是传道，他在诚惶诚恐中镇静下来，表示辞谢。

朝廷中昼夜想向上爬升的官员予以冷笑，骂他傻鸟！东西文化的差异是太大了，这个人根本不知道在中国做官的油水多么大，有差银俸禄，有奴仆有小妾，有轿子座有房子住，有人送礼……

汤若望还不大懂得他与君王的关系。皇帝是天下的主宰，是秉承天地意志来统治万民的，他也就是圣者，国家的政治、经济、军事、行法乃至文化，都要按照他个人的意志和利益运转。中国老百姓用了一句话概括，十分简练、明白："皇帝是金口玉牙，说啥算啥"。看来汤若望对于中国的事情，还没有学到家，还欠火候。

汤若望脱下了神甫服装，换上了中国朝服，出现在紫禁城内，坐上了中国钦天监的轿子，开创了西洋人在中国掌管观象要职的历史。

一个外国人在中国做了大臣，手握着钦天监的大权，引起了满朝轰动，很快又遍及国民。这如同平静的北海投进了一个巨石，立刻引起震荡波涟，成为朝野上下议论纷纷的话题。这对神甫汤若望是福，还是祸呢？以后再述。史家萧一山先生的评论说："亘顺治之世，清廷对汤若望等始终优待。无中国菲薄夷狄种族之见，且利用其法，以新天下耳目"。

看来顺治这个年轻的皇上，很少保守，对中原文化、中外文化采取的策略是吸收其精华营养自己；还有摄政王、皇太后的开明宽容。没有博大的胸怀，这位汤神甫的经历将是另外一种境况了，他可能被扣上一顶间谍帽子，让他挟起行李卷来个土豆搬家——滚蛋，都是幸运。

然而汤若望是最幸运的，这连他的先驱利玛窦也不敢想的机遇，让他碰上了。

汤若望在崇祯年间，就同徐光启等人合作，编写《崇祯历书》。没等完成，崇祯从神武门跑出，到北海煤山一棵小树上，结束了他的生命，同时也把276年的明朝统治划上句号。汤若望在继续未来的工作，他有大量的刻板和资料，他充分利用这些有利条件，很快将拟编的一百三十多卷的《西洋新法历书》加以压缩、简化，在顺治二年完成了一百卷的《西洋新法历书》。

在中国传播天主教，早在他之前便有圣方济·沙勿略（FyancisXaviey，1506-1552）。他一生历经艰辛，想到中国传播福音，可那时明朝实行海禁，严令外国人登岸入境。这个沙勿略抵达广州附近的一个小岛，就再也不能前进一步了。他北望神州，等了又等，望眼欲穿，贫病交加，心力交瘁。在弥留之际他还虔诚地表达他的衷情，他"信赖天主护佑，要向前去，我深信耶稣基督的圣名，将来有一日必能进入中国。我高兴去给不怕牺牲生命的人开路。"

步他后履的是利玛窦。他在中国传教获得了成功。他来华之前，西方人的普遍看法是，要晋见中国皇上大臣，需要厚重的礼品，据说荷兰的传教者所带的礼品，要 900 人搬运。利玛窦在中国的生活传教中，渐渐悟出的是，西方的珍奇礼物，固属令中国官员惊叹好奇喜欢，但这绝非是同中国官员建立持久友谊的手段，因为这是一个具有悠久历史的文化之邦，无论是经济还是人文方面都已处于高度的发展阶段。艺术和科学有幸受到推崇，只有饱学之士才能晋升为国家的官员。

他的这个认识，为他在中国立足并与中国人结下深厚友谊也为天主教在中国的传播奠定了基础。他在重病时对他身边的人说："我给你们打开了一扇大门，从这座门进去，可以建立许多大功劳，当然你们要煞费苦心，也有很多危险的。"

汤若望正是这样带着他的渊博常识大步走入紫禁城。

有人这样比喻，汤若望对于清世祖福临（顺治），他们之间的友谊之情，犹如"魏征之与唐太宗"。

顺治曾对大臣发过这样的感慨，说："你们只会对我遵从尊崇恭敬，说我鸿鹄之大志，天子伟大，让我听得顺耳舒服，而汤若望的奏章可不是这样，他说的是真话，表达的是真情，我在阅读时，都被感动得流泪了。"

皇上为什么喜欢上了这个碧眼金发长髯的洋大学问呢？

开头也许与皇上的母亲博尔济吉特氏有关。她曾为了她的侄女、皇上未来的后妃求过医药，这位来自科尔沁大草原的蒙古姑娘，不知得了什么病，太医都给看过了，就是无效，汤若望不但赠了药品，同时还赠送一圣牌，要患者挂在脖子上，说也奇怪，病人一下就好了。

"这要感谢汤监正！"

汤若望乘着四人抬的呢子大轿进入朝廷；有时皇上赐给马车，他们之间如同亲眷老朋友般亲密地往来。神甫魏特作了这样的纪录：在 1656 年至 1657 年间："皇帝竟有十四次临访汤若望于馆舍中，作较长之晤谈。"

《清史编年》记载更为详细：

顺治十四年正月三十日癸酉(1657 年 3 月 14 日)，顺治帝访钦天监监正、天主教士汤若望于其家中……顺治帝为庆生日(正月三十日)，宴请王公大臣与汤若望馆舍。

顺治亲政后，对汤若望更加恩崇，他连续获得了三个头衔：通议大夫、太仆卿和太常寺卿，从而成为清朝三品大臣。

顺治十年三月初二日戊辰(1653 年 3 月 30 日)，皇上谕旨授予太常寺卿，管钦天事物的汤若望以"通玄教师"的称号，加俸一倍。

这还不算，这位九五之尊的天子，不论在朝臣面前，还是在汤若望的寓所，他都诚挚称他为："玛法"。

"玛法"是什么意思？"玛法"是满语 mata 的汉字译音。直接的意思一是人伦上的父亲上一辈人之谓祖，口语为爷爷，但是，玛法在满语中，还可以有这样几层意思：老翁、老爷子、尊父、师尊、长老等等。顺治皇上称他为玛法，好多汉官汉人背后叽叽咕咕，心里很不舒服，认为丢脸。其实这都是后人的简单想象，或是没有弄懂满语的原意。顺治皇上称年龄大的大臣为"玛法"，在这里应该是老，老先生、老翁、某老……这样的意思，历朝年轻的皇帝对于老臣都有这样表示敬意和亲切之情的称谓。

有人会说，应该肯定，中国的顺治皇帝是管洋人汤若望叫过爷爷，佐证是：皇太后博尔济吉特氏，在向他求药时，说过称他为"义父"。作为小说这样写有趣，作为史实恐怕还要研究，因为代表皇太后向汤若望求药的，是她身边一个蒙古宫女，他的汉语水平怎样，发音正确与否这也要考究，她会不会把神甫、神父，说成为"义父"？汤若望会不会把神甫、神父听成了"义父"？这些是史学家的课题。

　　汤若望与皇帝之间、与博尔济吉特氏之间的亲密关系，还表现在朝廷在重大事情上会听取他的意见。

　　顺治十八年（1661）正月初四，顺治皇帝病危，择嗣继续满洲政权的统治，就成了刻不容缓的任务。由谁来作接班人呢？博尔济吉特氏和上三旗的大臣们举棋不定。正在这时，博尔济吉特氏皇太后，找来了他们的朋友汤大学问，想听听这位老爷子有何高见。

　　汤若望对这个问题思索过，他全面详细地分析了皇室的情况，提出由玄烨继位。最能说服人的理由是："因为这位年龄较幼的皇子，在髫龄时已经出过天花，不会再受这种病症的伤害，而那位年龄较长的皇太子（皇二子福全），尚未曾出过天花，时时都得小心着这种恐怖的病症"。

　　汤若望的这个建议，顺治皇帝非常赞同，皇太后也表示这是最好的选择，一个困惑王朝的头等大事，汤若望这几句话就把问题给解决了。

　　中国有句俚语，爬得高，跌得重。青云直上的汤若望，做梦也不曾想到，有一天从高峰上摔了下来。

　　一天太皇太后正在喝茶，无意地问身边的苏麻喇姑："最近听到有什么新奇的事没有？"

　　苏麻喇姑直率地说："有一件事，奴婢不知该不该讲？"

　　"你就说吧。"

　　"汤老被刑部关进了大牢。"

　　"有这样的事？他犯了什么罪？这是什么人干的？"

　　"……一个叫杨光先的人控告的。"

　　1644 年（康熙三年），钦天监正汤若正望埋头处理公务，突然公事房里闯进几十个人，他们是督捕衙门的章京，二话不说将汤若望带走，关到刑部等候刑审。

　　汤若望的历狱之灾，可以这样说，自从他进宫、登上观象台，作了中国钦天监正、发表了《西洋新法历书》，又与皇上皇太后结下亲密友谊，否定了一些伪科学，就埋下了遭难的根苗。他的对手经过几年的上窜下跳，造谣惑众欺君瞒主，终于达到了自己的目的，一定要把洋人告上刑部，这个人就是杨光先。

　　这个杨光先是一个怎样的人物呢？ 杨光先是安徽歙县人，在明时为新安所千户，当兵出身。假如世界上也有告状、"诬陷专家"这种职称时，杨先生首当入围。他在崇祯十年（1673）上书劾大学士温体仁、给事中陈启新，朝廷不买他的帐，不但没把要整的人整倒，他自己反而因此被调戍江西，偷鸡不成反蚀把米。明末经人推荐，他这个武门出身的人已经被皇上准封为"大将军"，结果明朝亡了。杨光先作为驻军头目，无所事事，回歙县也没什么事好干，又来到了京都。

　　他发现京师这个地方有很多不合祖宗章法、怪异的现象出现。一天，他在玄武门看见有座教堂，那里竟有碧眼金发大鼻子洋人悠哉游哉地进出，而且作了钦天监正，国家没有人了吗？ 他的心里好像吞下苍蝇，极大的不舒服。他认为这些洋人，都是别有用心的人，是坏蛋、间谍……是来颠覆大清江山社稷的。

　　基于这种心理，他想对汤若望取而代之，也开始研究起天文学。他对这方面的知识，并不全是门外汉。在中国古代的兵书中，就有与天文卜算相关的内容，这些极其浅薄的天文常识，便成为他日后同汤若望较量的武器。这位好高论大言的杨光先，又拉拢稍通历法的同郡吴明煊，攻击汤若望。他先以天主教为目标，斥责教士们散布妖书、邪说，他作了《辟邪论》，一版就印了 5000 册，广为散发，煽动人们反对天主教。他在书中写道：“今日之天主堂，即当年之首善书院也，若望乘魏当之焰夺而有之，毁大成至圣先师孔子之木主践于粪秽之内，言之能不令人眦欲裂乎？此司马冯元飑之所以切齿痛心向人涕泣而不共戴天者也……”

潜谋造反；

邪说惑人；

历法荒谬。

被告除了汤若望还有：南怀仁、利类思、安文思、李祖白、潘尽孝、许之渐、许保禄。

辅臣鳌拜等人接到杨光先的奏章心中暗喜，因为他告的人，也正是他久存心中的淤块毒瘤，他更不愿看到一个外国人，作为大清帝国的朝臣进出宫禁，他想这成什么事体了呢，这不是违背祖宗的规矩吗？他早想收拾他们，赶出宫门，赶出中国，这个机会终于到了。

“对汤若望等人的罪行，要调查、审判。”鳌拜在议政大臣会上先定了一个调子说。别的辅臣和大臣也无疑义，支持杨光先，事情就这样决定了。

对汤若望的审判终于开庭了。1664 年九月，这天汤若望等 8 名被告被带上大理院（最高法院）。

这时的汤若望已经 60 多岁了，老病缠身，他患的是什么病呢？大概今人叫做肺气肿之类的毛病吧，还加上中度中风，肢体瘫痪，语言困难。

“本官问你第一条罪状，可是事实，全部认领?”审判官严厉地对汤若望问道。

汤若望由于说话困难，又有 9 条大锁链加身（即使没有任何人看管，他也无力逃脱）。他只能用吞吞吐吐的德语小声讲，然后由南怀仁转述。

庭审延续了半个多月。原告杨光先提供的证据是：教友所佩带的圣像，贴在门口的瞻礼单，就是阴谋造反的标记。杨光先说在澳门一带已聚集到几万人准备暴动；还有，教士们在中国居留本身就是不合法的，不奉本国的派遣，不得到我国允许，就进入境内，进行宣传教义，这不是煽惑是干什么？

汤若望、南怀仁等被告，肯定不是私自混进境内的，他们当庭拿出了大清的入境批准书。

办案人员又实际来到澳门进行侦查，鉴别汤若望是否在这里建立暴动基地，纠集了几万人马？实地调查结果，连一个人马的影子也没看到，当地人一听都传为笑谈。他们在华总共二三十名传教士，还分散于各省，既没有兵器又没有组织，怎么聚众怎么造反呢？毫无疑问这条罪状是有意捏造的。

关于汤若望"邪说惑众"，这是杨光先最为利害的子弹，汤若望无法逃脱。指控天主教散福音书、教义以及宣讲讲义是传递邪说。南怀仁据实而辩，但这根本无用，清廷法律，刑部说了也不算，是皇上说了算，而现在是皇上说了也不算，是辅臣说了算，辅臣中又是鳌拜说了算，说你有罪就有罪，没罪也有罪。鳌拜认定他们宣传的东西荒诞不经，蛊惑人心，这些人就得下大牢。

大理院审理的结果是：汤若望为首犯，立即革职并判死刑。南怀仁、利类思、安文思三人投入大狱。

其余与此案有牵连的许之渐、许瓒、佟国器等人，有官的予以革职，各责 40 大板，发配到北方宁古塔、尚阳堡，同时下令各省，把在本地的西洋传教士一律押送到京，听候审判处理。

汤若望丢掉一品官职与俸禄，他也没有家室亲友，孑然一身一无所有，九链加身只待临刑。

被钉在十字架上的汤若望，他再也没有繁琐的官场应酬、政务礼尚往来，中国的诸多朋友教友，都被拒绝接见，但他不是在等待死亡，这时他比较集中地回忆和反思一生所走过的路。

"中国是重视而且需要科学的"。此时此地，他仍是这样的肯定，毫不动摇。……他在进入这个闭锁的东方帝国，在通往宫廷的路上，是走得十分艰难的，他知道他即将永远离开这块热土这个美丽的国家，走向天国，他留给人们的是什么呢？是教理、天学、日轨、历法、星象、火器、医学、建筑……还有格物穷理之类的书，这类书过去是这里没有的，中国的学人评价是："有资实学，有裨世用……其道使人心归实，虚骄之气潜消"。但是，他感到比起中国人民对他的深情厚意，这些太少了。在此之前，中国人对与宇宙的知识，认定是"天如伞，地如盘"，或是"天圆地方"，由于汤若望等人的工作、实地试验，使人们开始认识"天外有天，山外有山"，知识界整个学风随之有了改变，如严冬解冻，万绿萌生，群动蠕跃，出现生动活泼的新局面。而汤若望在这里所起的作用，是不容忽视的，在联结东西方上，它是桥梁、纽带。跟随汤若望脚步而来的天主教传教士，遍及于济南、淮安、扬州、镇江、江宁、苏州、常熟、上海、杭州、金华、兰鸹、福州、建宁、延平、汀州、南昌、赣州、广州、桂林、重庆、保宁、武昌、西安、太原、绛州、开封等地，建天主堂三十余所。

汤若望在华勤恳工作四十年，晚年遭受这样不白之冤，这在常人来说，无论精神上和肉体上都很难忍受。可他在九条锁链下，所想的不是对杨光先等人对他的加害，鳌拜等掌权者对他的蔑视，而是在对他一生的许多过失进行忏悔，他并不为来到中国传教所受苦难而后悔。汤若望的健康状况说明，这个洋大学问将不久于人世了。而这时迫害狂杨光先等人的脚步也加快了，他继续罗织罪状加害汤若望，好让朝廷尽快对其行刑。

为了实现他害人于死地的目的，他花费了白银四十万两，宝珠十八颗，买通了许多办案官员。钱能通神，在中国各朝许多官员，就是靠这个集敛财物，整个案件审理过程中，好多人是缄默，很少有人站起来，说句公道话。

1665 年 4 月，汤若望等人这起大案有了宣判，最开始定为处斩，但当权者还认为不够狠，要对他进行中国最严厉最残酷的刑法：凌迟。

本案牵扯到的其他七被告，他们是：刻漏科杜如予、五品挈壶正杨宏亮、历科李祖白、春官正宋可成、秋官正宋发、冬官正朱光显、中官正刘有泰，七人也一律凌迟，妻子流徒，家产籍没。

处刑那天，正阳门旁边围了好些人在看朝廷对汤若望等人处决的布告。善良的人们流下了眼泪，感到这太冤枉。教友为他做着祈祷。官人们正要将木笼囚车拉向刑场时，白昼的京城天空突然电光一闪，隆隆作响山地大动，四九城之内墙倒屋塌……好多财物、珍宝和生命被埋藏在废墟之下。

天下究竟发生了什么大事？谁都不知道。

清人蒋良麒的《东华录》作了这样的记载：

三月戊子午亥，京师地震有声，己丑，彗星见行人奎宿，下诏肆赦。

一场地震把朝廷给震晕了。平素八面威风的鳌拜，一下处在惶惶然不可终日之中。他的爱妾对他说：

"把汤若望放开吧，我们得罪了上苍！"

"我们怎么能得罪上苍呢！"鳌拜说："你不是每天为我烧香拜佛吗？"

"汤若望是神父啊，能把人间善恶，告诉上帝的！"

京城里宫廷中一片混乱，惊慌中的人们，都在议论抓汤若望的事，要求放开汤神父，不然上天要百倍惩罚。

地震的第二天，朝廷马上颁布谕旨，皇恩大赦，在狱中关押的斩监候，包括利类思、安文思、南怀仁、许保禄等一律释放。

那么汤若望呢？

他作为首犯，案情重大，再说鳌拜作为议政王、辅政大臣，不能今天判了凌迟明天就无罪释放，自己打自己的嘴巴，岂不成为大笑话，他还要点面子，当然这个面子的运作原则，西方人通常是不能理解的，不可捉摸的。

中国人对于地震的议论激烈，不管哪方，都把地震与汤若望被关联系起来，说有人做了孽，如果还要继续做恶，上天将给人间更大的惩治，他们一致要求早日把汤若望无罪释放。

鳌拜等辅政大臣们深怕引火烧身，灾难降到自己的头上，为汤若望案踌躇起来，好像被赶进死胡同里，陷于泥沼中，进也不是退也不是。鳌拜忽然想出一个主意，何不撒手不管，把它交给太皇太后处理。

太皇太后接过奏折，面有怒色，对跪在脚下的辅臣们训斥说："先帝当初十分信任汤若望，你们没看到过？先帝自称汤若望为玛法，你们不知道吗？你们真是胆大包天，竟敢处汤若望死刑，先帝在天之灵能容忍吗？"

出牢狱的大门终于为汤若望打开了。

此时杨光先已取代汤若望为钦天监，他早已把汤若望逐出南堂赶进东堂（圣约瑟堂，今王府大街）。

汤若望在孤灯下感到自己生命中余下的时间不多了，他把所有的时间都用在为教会写忏悔书上，他已经不能握笔了，只好由他口述，南怀仁代笔。

1665 年 7 月 21 日，他完成了他的忏悔书，竭尽全力颤抖地签上了他的名。此后他就一直处于昏迷中。

1666 年 8 月 15 日（康熙五年七月十五），汤若望的病情进一步恶化，请来同会司铎为他作了终傅礼（给临终的人涂祝圣的橄榄油）。这一天正是京城荷灯节，也是华夏民族传统祭祀死者的日子。在西方，这一天是圣母玛丽亚升天节。

望着窗外碧蓝的晴空，汤若望再无一点力气去看北海湖面上的荷灯，他在无伴奏的弥撒曲中永久地闭上了双眼，在圣乐中紧紧追随圣母而去……他的脸上没有一丝痛苦，好像在说我准备远行，选择了一个多么好的日子，"再见吧，我可爱的中国，可爱的朋友们……"

汤若望永远地安睡了，静静地睡在京都阜成门外，车公庄三塔寺。墓碑上书：

耶稣会士汤公之墓

墓碑上有朝廷的祭文，如下：

鞠躬尽瘁臣子之芳踪。恤死报勤国家之盛典。尔汤若望来自西域。

晓习天文。特畀象历之司。爱锡通微老师之号。遽尔长逝。朕用悼焉。

特加恩恤。遣官致祭。呜呼。聿垂不朽之荣。庶享匪躬之报。尔如有知。尚可钦享。

康熙八年十一月十六日

百年烟云，沧海一粟。历史是公正的。汤若望的价值与智慧，今天仍有其现实意义。世界文化的沟通与交流，如渊源流长的滔滔江水，不可阻挡……

诬告汤若望等人的杨光先后来怎样了呢？康熙八年（1669 年）南怀仁指控杨光先当年依附鳌拜，诬告汤若望谋叛，致使李祖白等无辜被杀。结果杨光先被判决处斩，康熙帝因其年老赦免了他，杨光先死于罢官还乡的途中。

10. 龙船舵手

　　春天又不知不觉地来到了京都。南河沿枯黄的草丛中，拱出一簇簇嫩绿的小草、矢车菊，岸边的柳树枝条上，鼓出白绒绒的"毛毛狗"，宫中大内后花园的梅花已开得火红一片。

　　这些变化人们并不觉得，似乎都在沉默中进行着，然而春天确实来到了，而且一天暖于一天，最活跃的是鸟雀们，从天一放亮，它们就啾啾叫个不停，翱翔嬉戏，万物都在生发着……

　　在这样煦和的天气里，西城一座原明代右丞相的花园，每天车水马龙，不断有宫廷内阁部院的大臣，吏、户、礼、兵、刑工各部六官，各省的总部、盛京将军、打牲乌拉总管衙门、巡抚、漠南蒙古以及远在云贵的土司、西藏噶厦治政的代表，屡屡行行，都来探望辅臣索尼。他病了好长时间了，经过太医调理有些好转，能下床活动筋骨，到户外散步晒"洋洋（太阳）"了，这给他的家属亲友和旗下的老部将们，带来无比的喜悦，他的健康长寿无疑是朝廷上下所希望的。

　　打牲乌拉衙门总管希特库特选了长白山上好的不老草红景天，这种东西长在长白山苔藓带里，是非常珍贵的补品，还有松花江鳌花鱼，代表吉林旗民的问候和敬意，索尼对于这位来自家乡的客人格外亲热，他跟他唠了半天的嗑（说话、聊天），还问他船厂、边境、官地和旗民的生活情况，希特库都一一向他做了禀报。

　　索尼说："乌拉、辉发、叶赫、哈达扈伦四部，为我'龙兴之地'，'南接龙潭，北接凤阁'，也是我征集兵员和采贡山货的主要来源地，你们要把那里的事情办好，皇帝就放心了"。他还说，"我在西团山子、响水亮子、摩阔葳、海山葳、富户尼雅库、鄂佛罗驿站、奇塔穆那一带都驻过访"。索尼不无感慨地说："打江山时多苦啊，能忘吗！"

"现在那里变化大了。"希特库说："都是衙属采东珠、松子、鲤鱼的打牲地。"

"你看我老了，"索尼深沉的、非常遗憾地说，"很想回那里看看，但回不去了。"

"老爷子，天头再暖和一些，我来接你，想去的地方，咱们都去转转，好吗？"希特库说。索尼高兴的点点头。说；"那赶情好了。给我熬点苞木楂子大云豆粥喝，再加上小根蒜、墙头菜沾大酱。"各地的朝廷命官、亲属、好友都给辅臣带了一些礼品，吃的、用的、珍玩、宝器……。他唯一喜欢的，就是希特库送的那张弓箭，是选用柳藤做的，箭矢锋利，据说射出时会发出鸣响。

索尼拉住希特库的手，面有忧虑的问："你回去见到吉林将军，告诉他们，百倍注意俄国哥萨克的动向，不允许他们再继续骚扰我边疆。要和他们谈，谈不成他们动武，我们也得用武力回敬。"

他的话给大家很大的鼓舞，人们觉得这位老爷子，恢复健康有望。

可索尼的病很快就变得严重起来。

正黄旗的贵族将领，威望很高的一等伯索尼，他在病中，除了怀念生长他的黑土地，还用了好多时间思索一生的经历，特别是多尔衮当政这一段时间，他不畏权势，受到褫职、输赎镪、追夺赏赐等无情的打击和严厉的惩处，让他去守昭陵，直到顺治亲政，这位劳苦功高深孚众望的老臣，方被召还。他感谢圣主英明，皇恩浩荡，决心竭尽全力报效皇上忠于祖宗，他在病中不是考虑自己，而是思虑朝廷中的许多大事，有时竟被恶梦惊醒大声呼叫。

他夫人近前问："魇症了？"

"我梦见……鳌少保……挥拳追打皇上。"

辅政大臣与摄政诸王不同。过去摄政王皆为近支宗室皇帝的长辈，本身是一旗之主，这样很容易侵犯到皇权。顺治时期，多尔衮虽然说的好听，"帝年岁幼秩，吾与郑亲王分掌其事，并同齐尔哈朗一起对天盟誓"，表示"有不秉公，辅理，妄自尊大者，天地谴之"，可是实行起来，就形成了这位叔父摄政，后来又升级为父摄政王。这样就形成了皇帝的个人活动、权力运作，政治、军事、经济乃至刑法和文化、教育各个方面，"大小国事，九王专管"的局面。这样，皇帝便不在摄政王的眼里，事事可以与之抗衡，指挥一切，其他大臣也只有俯首帖耳，阿谀奉承。

索尼是四朝元老，作为辅臣又为班头，他时刻想着先帝托孤的旨意，想着戎马一生跟随列祖列宗打下江山，历经了多少千难万险，有多少满洲健儿，倒在了前进的路上，为了社稷永存，宫中眼下形势的十分严峻，他很不放心。

管家通报说："辅臣苏克萨哈，前来问安！"

索尼躺在暖炕上，眼也不睁的说："……进来。"

"索老，吉祥！"

这个排位第二的苏克萨哈，资历声望当然不及索尼，他的父亲曾因归顺被赐为皇亲，娶了努尔哈赤的女儿为妻，召为第六驸马。苏克萨哈凭着才干，额驸之子贵戚的地位，仕途在青年时代还是一帆风顺的。他初授牛录额真（即备御），崇德六年（1642 年）因功授牛录章京世职（即备御世职），晋升三等甲喇章京（即游击）。顺治七年（1650 年）升为三等阿思哈尼哈番（即梅勒章京，为副都统，从二品），并"以材辩"得到多尔衮的赏识，不久授议政大臣，进一等，加拖沙喇哈番（一等公）。

多尔衮时代他搅进很深，也得罪了很多人。多尔衮死后，他能站出来，积极揭发多尔衮的阴谋篡逆罪行，杀回马枪，得到了皇上和太后的谅解和赏识，后来他率军在湖南、湖北对南明的反抗者作战中，取得很大的胜利，被提升为领侍卫内大臣，这样他又成为正白旗中举足轻重的人物。尽管这个人同清室有密切的裙带关系，抑或是党同伐异，索尼与他见面总不是那么愉快，在辅政会议上争，在会下吵，从来不睦，始终不喜欢这个人。如果他百年之后，按顺序进递，该是苏克萨哈继班头了，这样又形成了正白旗居首席，他怎会放心。他想找个机会，面奏皇太后……可他知道，事情很复杂，皇太后对这个苏克萨哈，没有芥蒂很赏识，特别是顺治大行之时，他跪御床之前不起，表示要以身殉陪葬。虽然赢得了皇太后的好感，索尼则是认为在做戏。那么，由谁做班头呢？顺着序列的下一位是遏必隆。

在清太祖努尔哈赤统一女真的战争中，他手下有三大强将，各个足智多谋，能征善战，其中，最为努尔哈赤视为左膀右臂的是额亦都，他是努尔哈赤的救命恩人，为了维护他不惜肝脑涂地，万死不辞。

有一次努尔哈赤战斗之后正在帐篷歇息，额亦都尽管也十分疲劳却不敢睡去，他在朦胧中听到外面有脚步声，大叫一声："有刺客！"他的话音还没落，刺客把箭已射到屋里，额亦都当即不顾一切，冲杀出去，奋力保护，才化险为夷。

事后努尔哈赤不无感慨说："我这条命，是额亦都拣回的。"

额亦都胆略过人，打起仗来骁勇果敢，所向披靡，身经百战，累累伤痕竟有几十处。

后来额亦都把自己的小女儿，许配给了努尔哈赤八子皇太极，即元妃钮祜禄氏。额亦都同努尔哈赤成为翁婿，这种关系就更加亲密了。

努尔哈赤建立后金，当然不会忘了有功之臣，论功行赏，额亦都被任命为听政五大臣之一，进入最高领导决策智囊层里，这个地位可就不一般了。后来他们之间又亲上加亲，努尔哈赤把他的族妹嫁给额亦都为妻。

额亦都一生忠心耿耿，追随努尔哈赤浴血苦战四十多年，既有功劳又有苦劳，他从普通一兵升官至左翼总兵官、一等内大臣直至授一等爵。

遏必隆是额亦都的小儿子，排行十六，他的母亲就是努尔哈赤的妹妹和硕公主，他的姐姐又是太宗的主妃，女儿后来则被封为康熙皇帝的昭仁皇后，他既是国舅又是国父。额亦都被封爵，同年又被遏必隆袭并授侍卫职。他年纪轻轻，同样受到恩宠。

他参加过几次大的战役，特别是在松山决战中，明总兵曹变龙率步骑弃寨突围，下乳峰山屡次冲入两黄旗阵地，遏必隆奋力抵抗，击败了曹变龙的进攻，阻止了明军的突围，为松山决战的胜利立下了大功劳。

太宗死后，围绕着皇权的继承问题，宫内几乎上演了一场武剧，若不是博尔济吉特氏强有力的政治手腕，宗室内流血斗争是不可避免的。多尔衮欲夺皇权，遏必龙坚决拥立太子。他站在了博尔济吉特氏一边，得罪了多尔衮，福临顺治即位，多尔衮做了摄政王，遏必隆当然没有好果子吃，被多尔衮寻隙报复，捏造罪名，论其死罪，籍没家产一半。所幸的是世祖救了他的命，下旨免死，拣了一条命。

顺治八年，世祖亲政，遏必隆的冤案才得以平反昭雪，恢复原职，并袭爵一等公。

世祖临终时，博尔济吉特氏接受前朝的教训，一改请王摄政的做法，而由异姓的四大辅臣辅政，遏必隆也得到了这个恩崇。但他的政治才能平庸，遇事缺乏主见，所以他只能排在辅臣序列第三位，事事仰仗序为第四的鳌拜鼻息，跟着他的屁股转，跟着他的舌头转，跟着他的眼珠转。他对鳌拜政治野心日益膨胀，同苏克萨哈明争暗斗，他十分清楚，他既不反对，也不从中斡旋调解，也不上奏皇上皇太后。出身于显赫贵胄之家，不想到了他这里，却成了"垮掉了的一代"，败坏辱没了光荣门第。这真是一种无可奈何的悲哀。索尼对遏必隆有自己的看法，但他认为团结上三旗很重要，因此对他并不过责，可是如果将来作为班首，那就不合格。

他们寒暄一气，也就没有多少话了。

鳌拜作辅臣之后，又是皇亲国戚，忘乎所以，好象他就是皇上，专权横行无所顾及。

"我要对列祖列宗负责，我要对皇上负责"…这是鳌拜打出的旗帜，他在这面旗帜下想干什么就干什么。

他利用升迁奖惩，各种各样的办法手段安排他的心腹亲信，家族势力迅速得到扩张，不但同苏克萨哈越斗越激烈，达到水火不容的地步，在拨换圈地一事上，皇帝说话都不管用，"君叫臣不死，臣还是死了"。鳌拜得逞了，苏纳海三大臣被诛。这表明辅政四大臣协商一致的原则已经被打破，而且蔑视了皇权。不管辅臣中人数多少，就可执行票拟和批红启奏，并决定重大问题，而不必一致同意。这就给鳌拜结党擅权，提供了更大的方便。

小皇帝和他富有长期宫廷斗争经验的祖母多次交谈，高度警觉着鳌拜。

索尼大臣察觉到鳌拜居功自傲，这也是可以理解的，历史上确有赫赫战功，可他的党羽已经遍布宫廷，脚爪也狗仗人势气焰万丈。他去年病重时，户部尚书阿思哈、侍郎泰必图，提议往各省派遣大臣二员，设衙于总督、巡抚衙门之旁，干什么呢？很清楚是稽察、监视。

吏部右侍郎冯溥对这个动议坚决反对。他说："各省的总督、巡抚都是国家的重臣，用人不疑疑人不用，派人监视他们是一种不信任的表现，让他们怎么办事？"

泰必图一听冯溥反对，立刻怒睁两眼，从座位上冲出，像鳌拜那样挥着拳头要动武。

"你要干什么？"冯溥知道他依仗鳌拜势力，此种动议也来自鳌拜指挥，但他仍无畏惧地说："即是公议，应该允许发表各种不同见解看法，再说这种事我们只能议，最后的定夺，要由皇帝裁可，你找谁也说了不算！"

皇帝看了这个动议之后，认为冯溥的见解很对，说得好，否了泰必图的动议，鳌拜的人马很不舒服，一时大丢面子。

不久又发生了一件康熙皇帝难于容忍的事情：内弘文院侍读熊赐履奉旨上奏："国家章程法度期间有积重难反者，不闻略加整顿，而急功喜事之人，又从而意为变更，但知趋目前尺寸之利以便其私，而不知无穷之弊已潜倚暗伏于其中。"

鳌拜见疏，气得胡子发颤，大怒的说："他这是对我来的，要皇上把我拿掉。"

康熙望着他，并不为他的气焰所吓倒。

"皇上，熊赐履这样目无君臣，胡言乱语，应该治罪。"

"他关心国家大事，谈的是国家大事，与你何干？"康熙严厉的斥责了他。

这时刑部刑科给事中张维赤上疏："伏念世祖章皇帝于顺治八年亲政年一十岁，今皇上即位六年，齿正相符，乞择吉亲政。"

他这个奏疏给朝廷震动很大，引起上上下下的共同议论。

索尼眼看着鳌拜权势日张，他也再无力解决。他想来想去，最好的办法就是策动三辅臣同他一起奏请皇上亲政。

康熙六年(1667)四月，在索尼的提议下，三辅臣终于达到共识，上疏请皇帝亲政。

对这样的上疏以及来自各方面的呼声，康熙看到了不少听到许多，他思索再三，总觉得"年尚幼中，天下事务殷繁，未能料理"，要四大辅臣继续做下去。

索尼怕他百年之后，宫廷有变，便再行侍奏，强烈要求康熙亲政。

康熙考虑一下，在奏疏上批示："留中未发。"

这个当口宫廷多事，康熙多恐变故，便不失时机的把索尼多次呈请皇上亲政的奏疏向大臣宣布，并奏太皇太后。

四朝元老、大清江山功勋重臣索尼，不久便与世长辞了。

鳌拜前来吊孝。他在索尼灵前，行跪拜礼时几乎笑出声来。他想说，老哥你早该让位给我了。

在慈宁宫中的太皇太后这天在午膳后，觉得困顿依在靠枕上，竟呼呼的睡去了，宫女们小心侍侯，轻轻的把一夹被给她盖身上，不敢惊动。不一会，太皇太后，嘴里发出呓语，宫女赶忙上前，看她睡得很香，脸上不时现出某种激动。

……一场大雪之后，天气响晴，呼啸了几天的东北风也收敛了，建洲人民欢天喜地的在包年饺子，除夕的夜晚，家家户户，院子当中放着条桌，上面摆满了五谷蒸熟了的饭食，粘米饽饽，木香炉上，烧着年槭香，一家人围着红堂堂的碳火盆，团团圆圆在玩尕拉哈，剪妈妈人，说着吉利话在守岁，这样的夜晚是不能睡觉的，准备拜天活动。这是"一夜连双岁，五更分二年"的重要的一夜，人们在期待着新的黎明的到来。

1616 年（明万历 44 年）正月初一，第一缕阳光照在建洲赫图阿拉城，人们一片欢腾。对女真族来说，这不只是迎来了新春，他们还迎来了自己的盛大节日。努尔哈赤在这里举行隆重的称汗建元大典。努尔哈赤面南正坐，接受八旗贝勒、大臣的叩首祝贺。四年后，改称"后金国"，他成为后金国天命皇帝。……"共议国制"，以八旗制度管理国家政权机构的方式极大的束缚着汗权。必须解决的是汗权和王权、集权和分权的矛盾，建立一个权力集中强有力的政权机器。顺治之后，博尔济吉特氏一直为争取权力集中而斗争，虽然不再是在八旗之间，而皇帝与宗室之间与辅臣之间的斗争，又激烈起来。博尔济吉特氏对于辅臣把持着权力不肯归政，把她的孙儿康熙变成只能听任摆布的傀儡，这是她断不能接受的。审时度势，她感到皇帝亲政的时机已经成熟。

"喔！"博尔济吉特氏一下从梦中醒来，她马上起身，揉揉眼，宫女递过温柔湿软的丝巾搽了脸，便对侍奉左右的贞容说："拿笔来！"她在奏章上批示：

择吉亲政

清蒋良骐《东华录》，对于康熙皇帝亲政，是这样记载的：

（康熙六年）七月，上躬亲大政，御太和殿，群臣表贺，宣诏天下恩款十七条……

皇帝亲政，按照清朝典制，届时，诸王、贝勒、贝子、公等皇帝就坐后，鸣鞭，内大臣、侍卫们等行三跪九拜礼，奏丹陛大乐，主调:升坐元平:

维天眷我皇，

四海升平太运昌。

岁首肇三阳，

万国朝政拜帝阊。

云物嘉祥，

乘鸾辂，

建太常。

时和化日长，

重九译，

尽梯航。

在缚钟、编磬、建鼓、箫、埙、笛、琴、瑟、笙、搏拊的会奏下，优美的旋律在宫中飞扬，高雅动人，溶入了情感。仁立在慈宁宫内的太皇太后眼里流出了激动的泪水。

亲政仪式庄严而隆重。十四岁的康熙就开始亲临乾清宫门听政，同时"布告天下，咸使闻之"。

鳌拜等人仍以辅政大臣身份处理国家军政事物。

康熙亲政，冯溥这位顺治五年进士，庶吉士、编修、秘书院待读学士、史部侍郎，调任左都御史。内阁有康熙皇上批示的红本，而且调令的文件已经下达。鳌拜不买皇帝这个账，他不喜欢冯溥这个人，想要收回皇命改批。冯溥这时来了山东硬汉的脾气，挺起腰板说:"本奏章既批发，不便更改。"

鳌拜勃然大怒，挽着袖子挥起老拳威吓他，心想你这个汉人、吃了豹子胆也敢顶撞我，不执行我的命令，马上给他捏造罪名要进行惩治。

"慢！"康熙叫住鳌拜，对他不软不硬地训戒说："你作为辅臣，待人处事要详慎。"

盛京缺一兵部侍郎。鳌拜不断更换人选，不到十天之内，换过三个。他的选拔标准最重要的一条，要看这个人是不是他的心腹，如果是，本来不行不堪此任，但他说行就得行，不行也得行。

冯溥不畏鳌拜权势，坚决维护皇帝亲政，制止鳌拜妄为，上疏说："王言不宜反汉，当慎重于未有旨之先，不当更移于已奉旨之后。"他说的是你不能拿皇帝的圣旨开玩笑。

这个上疏，到了鳌拜亲信大学士班布尔善那里，一看是针对他主子的，就扣住不发。

康熙知道此事后，调来奏章，阅后批示道："称善，饬部施行。"

可事实上，由于鳌拜和他的党羽挡道作梗、发难挑衅，皇帝好多旨意是无法施行的，大清江山的航船，在雾海蒙蒙之中回转着，要想前进一步，极度艰难。

乌云蔽日沉闷空气中，一顶绿呢大轿向东华门急行。轿中坐着的是本朝大学士熊赐履，这位湖北孝感人是顺治十五年进士，选庶吉士授检讨。典顺天乡试，进国子监司业，进弘文院侍读。这个人他讲起北方话来，显得别扭，可他的政治眼光犀利，精通国史，笔头子很硬，也敢于直言陈述朝政利弊的人。是对康熙帝进行正规教育并影响最大的日讲官员，他对鳌拜的擅权，十分不满，应诏上万言书，建议皇帝举行"隆重师儒"，兴起学校，提出"非六经语、孔孟之书不得读"的要求。他在给康熙讲《尚书》"人心维危"一节时，解析得非常入微精进，给康熙留下极深刻的印象。

他为什么起得这样早？原来康熙皇帝亲政之后，在弘德殿首开经筵大典，更加刻苦读书，心怀励精图治大志，饥渴的忘我的求知。熊赐履按规定卯时进宫，一看康熙早已坐进弘德殿挑灯早读了。他不得不寅时赶朝。

路上行人早，还有早行人。熊赐履进了东华门，禁军验过腰牌，走进宫内。黎明之前这里仍是漆黑一片，一太监提着灯笼来迎，他加快了脚步，觉得又落在皇帝的后边了。

熊赐履气喘吁吁走进了弘德殿，见皇帝早已秉烛苦读，感到很愧疚作施礼问安，说道："皇上，臣可以进讲了吧！"

皇上说："我也想让师傅有足够的养息，为了江山社稷，朕不得不去研圣贤诗书礼仪，以术修身齐家治国之道，这样你要辛苦了！"

康熙问他的老师："先生对国家社稷有什么高见，何不直言？"

"师傅不久前回湖北省亲，行千里路，在民间官场，都看到了些什么？"皇上问。"不论国事、家事……不妨直说。"

"臣照直的说，去年南方尤其是我那个家乡湖南，普遍受灾，有的地方农民颗粒无收，今春米价上涨，到处都看到了流离失所的饥民，饿殍遍地哀鸿遍野……"

"你说的是天灾。"

"当然……还有人祸。"

皇上一提这个话题，熊赐履有好多的话要对皇帝说："从朝廷来讲，这是拨地圈地造成的。不但滥杀无辜，而且给旗民百姓造成灾祸，给朝廷带来困难。国家章程法度，不闻略加整顿，而急功喜事之人又从而意好更变，但知趋目前尺寸之利以便其，而不知至穷之患已潜滋暗伏于其中。”

熊赐履越说情绪越激昂，他从坐席上站了起来，指出鳌拜的作为，以及他的武夫哲学和复旧理论“率祖制，遵旧章”是错的，说：“你康熙皇帝的手脚无形被他捆绑着，你想江山永固，富国强民，有可能实现吗？”

“下边的官吏呢？”

“上有好者，下必甚焉！”熊赐履说：“他们打着皇帝辅臣的旗号，什么无法无天的事都敢干出来。人们稍有不平，就会说你反清。这是谁也担当不起的罪名。”

“喔，有这种事？”皇帝又问到社会治安情况。“有盗贼吗？”

“下边盗窃之事颇多，究其根源，事出有因。各地驻防官兵，他们有防盗的责任，现在的情形是监守自盗。”

“有什么防止办法吗？”

“以臣之见：弥盗之法，在足民，亦在足兵；在察吏，亦在察将。”

“你走了许多地方，都是这样吗？”

熊赐履说：“所到之处，民生困苦之极，私派信于宦徵，杂项浮于正额。”

“朝廷对于江南农业灾害，已实行赋税蠲免了。”

“皇上的旨谕委很英明，旗民百姓说好，可实际的情形是，蠲豁则变收其实而民受名，赈济则官增其肥而民重其瘠。”

“这问题出在哪里呢？”

“臣感到问题在于，朝廷方责守令以廉，而上官实纵之以贪；方授予守以养民之职，而上官实课以厉民之行，故督抚廉则监司廉，守令亦不得不廉；督抚贪则监司贪守令也不得不贪。"

"你说的这种现象，多么可怕呀！"

"皇上认为我的看法，言过其实吗?"

"不，你说说有什么解决办法。"

"以臣之见，尤在立纳陈纪、用人行政之间。"熊赐履说到这，停了一下，看看皇帝的反应，是不是可以继续说下去。

皇帝点点头，熊赐履说："今朝廷之可议者不止一端，择其重且大者言之：一日，政事极其纷更，而国体因之日伤也。"

皇帝会意地点点头。熊赐履在这里虽没有点出鳌拜的名字，擅权乱政，欺蔑皇帝，操纵六部，但是他所摆出的问题，已经说明了这是由什么人什么原因造成的。

皇上点点头，示意他可以继续讲下去。同时向他求教一个问题："什么叫'有治人无治法'？"

熊赐履侃侃而谈。说："儒家认为'为政在人，人存政举。'"

"师傅，还要详解一下。"

熊赐履说："儒家这个观点是，从来没有无弊之法。如果用人不当，即使法令再好，也没有用。用人必须先要了解人，而了解人是最困难的一件事。有的人不会'见人减寿，见衣加钱'，实际却是有才干的，可以担当重任；有的人会溜吹拍捧舔，但实际是酒囊饭袋，庸人一个。这样，用人就得对其不断考调核整，对那些不称职的，尸位素餐，就要换掉。这样，国家机器自然就能通畅运行。"

"听君一席话，胜读十年书。"康熙十分赞赏师傅的学养见识。他迫不及待地说："师傅，请把你方才的关于朝政得失，国计民生的一席话，以及对政治、经济、社会生活的分折，以及怎样整顿朝纲，作一全面的详细论述给我。"

熊赐履应诏的万言上书，果然引起朝廷极大震动。

鳌拜看过熊赐履的上疏，一下跳了起来，他知道这个奏疏，句句都是有所指，心中十分厌恶，在朝见皇帝时提出要治熊赐履"妄言之罪"。

皇上批评他说："这是朝臣关心国家大事，与你有什么伤害？"

康熙不但没有接受鳌拜惩治熊赐履的意见，不久还把他推升为内秘书院侍读学士。

鳌拜对熊赐履恨得咬牙切齿。他责令熊赐履，让他解释："'积习隐忧'，'未厌人望'，是什么意思，指向是谁？"不等熊赐履解释，鳌拜下令传旨严饬熊赐履，"不能实在指陈，妄行冒奏，以博虚名下部议处，降二级调用。"

这件事给予鳌拜一个教训。虽然重要部门都安插了他的人，并在各部暗中安排了许多特务，但他觉得还不够严密，不能堵住所有人的口，阻住人的言路，他干脆下令不得上书陈奏国事。

鳌拜回到他的府宅，又同他的门生们聚会在花厅，他们赶紧要做的事是蓄谋已久的，除掉面前的绊脚石，干掉正白旗的苏克萨哈，实现独揽大权的美梦。

他想先联合苏克萨哈，先把熊赐履这个眼中钉肉中刺拔掉，苏克萨哈明确表示拒不参与。

首席辅政大臣一死，联合辅政便以名存实亡了。

　　苏克萨哈早已看到，数年来鳌拜培植亲信打击异已，恃权任令骄横拨扈，顺我者昌逆我者亡。对已经亲政的皇帝，经常争执顶撞高声质问，甚至越权矫旨。同这样无日不风波的人在一起，会有什么样好果子吃呢？为了保全自己远离是非，他想了很久，他乘康熙"躬亲大政"的时机，上疏垦请解职，辞去辅政大臣，七月十三日他上疏皇上，不无怨尤地说："臣才庸识浅，蒙先帝眷遇，拨援内大臣，早夜惊惧，恐负大恩。当先皇帝上宾之时，惟愿身殉，以尽愚涸；不意恭承遗诏，臣名列于辅臣之中，分不获死，以蒙昧余生，勉竭心力，冀图报称。不幸一二年来，身国婴重疾，不能始终效力于皇上之前，此臣不可逭之罪也兹遇皇上躬亲大政，伏祈睿鉴，今臣往守陵寝，如线余息，得以生全。则臣仰报皇上豢户之微忱，亦以稍尽矣。"

　　苏克萨哈这一步棋如果实现，那等于鳌拜也得乖乖的把权力交出，退出辅政这个舞台。当然，他不会心甘情愿失去他攫取到的一切。

　　皇帝阅过苏克萨哈的奏疏，心情感到特别沉重，他是父皇顺治皇帝的领侍卫大臣，太子太保，本朝序列第二的辅政大臣，怎么会被鳌拜逼到这个份上，无路可走了呢……皇帝好半天才从沉思中过来，提起笔来，在苏克萨哈的奏章上批道：

　　……不识有何逼迫之处，在此何以不得生，宁陵何以得生？

　　皇帝很重视苏克萨哈的奏折，指令议政王大臣奉议具奏。

　　康熙个中的意思不难看出，解决鳌拜的问题已经拿到日程上来，进入了倒计时。

康熙亲政即表明辅政时期已经结束，随之新设一个机构，叫做议政王大臣会议，由皇帝宗室诸王及少数满族贵胄组成，为首的是康亲王杰书。

皇帝的谕旨刚下，鳌拜立刻到康亲王府上拜访，这种此地无银三百两的作法，杰书当然明白，这非是一般性的礼仪过程，而是野雀进宅无事不来。

杰书在他气焰炽盛时期，曾有意的去靠拢，想成为鳌拜花厅上的座上客，但他又看出，一个擅权的人下场是不会太美妙。他怕一旦鳌拜倒运，他也会被卷进是非漩涡，便有意疏远，但他又不敢得罪。鳌拜仍是一等公和太师太傅，他的门生，亲信，党徒遍布朝廷内阁六部，各科、道，这股势力谁也惹不起。

鳌拜登他的门，当然不会是礼尚往来，他是以皇帝的著议政大臣会议具奏的圣旨，决心干掉苏克萨哈，来拉拢杰书，至少是他定个调子，要杰书跟着这个调门去唱。

杰书自然明白鳌拜的意图，迎合而说："不愿归政，别有异心"。他答应鳌拜，按照他的意思办。

1667 年 7 月 17 日，鳌拜操纵议政大臣会议，给苏克萨哈罗列"不欲归政等大罪"二十四款，称其"坐奸诈欺饰，存蓄余心，论如大逆，应与其长子内大臣查克旦皆磔死，余子一人、孙一人、兄弟子十一人，无论已到岁数或未到岁数，皆处斩；家产籍设、族人，前锋统领白尔赫图、侍卫额尔德，乌尔巴皆斩；其他一等卫穗黑塞里黑、二等侍卫台布柱等三十七人、郎中那赛、候补赛克精额、侄图尔泰等具革职。"

康熙看了这个上疏，清楚地知道苏克萨哈与他"数与争是非，结以成仇"才置于对方死地，这样整人害人，不是没有边了吗？便果断地表示"坚决不允报请。"并对来康亲王厉声问道："《大清律例》上，大逆不道才处决迟，苏克萨哈只是奏请守先天皇陵寝，怎么就该凌迟处死？"

鳌拜说；"康亲王所奏仍议政上大臣会议决定，既然凌迟太重，就处他绞决吧！"

"朕已经说过了，坚决不允所请。"

鳌拜气势汹汹地甩着胳膊，拿出要动武的样子，从御案上抢过朱笔，说："我替皇上作主了"又在奏折上批红："……着即将苏克萨哈绞决。钦此。"以他凶残的气焰血腥的手，操纵着朝廷挟制着皇帝。

"你这是干什么？"

康熙此时气得几乎晕过去。

鳌拜这个"一将功成万骨枯"的武夫，他的血管里流着仍是野蛮、残暴人的血液，他的身影像幽灵般的在宫上徜徉，他走到哪里，就把杀戮带到哪里，这样他才感到无比的惬意……

这是大清帝国入主中原之后最黑暗的一天。

这也更加坚定了康熙铲除鳌拜的决心……但是鳌拜是三朝元老，朝中追随和惧怕他的人数不胜数。怎样才能除掉这个独权专政，嚣张跋扈的辅政大臣呢？

11. 智擒鳌拜

京都铁狮子胡同今天怕是最忙碌的一条街，亲王、郡王、贝勒、贝子、镇国公、辅国公，大学士、各部院于尚书、侍郎、太常寺卿、光录寺卿王公贵戚、外省总督、巡抚、藩台、臬台，……车水马龙，轿影翩跹，拥塞于路。鳌公府大门紧闭，兵丁紧密守卫，因为迎客办公的时间还没到。人们停住车轿在等待着。朝阳升起，照在鳌公府的红漆大门上，那门上鎏金门乳，各个闪射着金光，门前的石狮仿佛亦从睡梦中醒来，张开血盆大口在呼啸威震山林。

鳌俯门前有一棵百年老槐，其叶沃若，虬根弥壮，独树乃奇，荫此百尺。槐花的馨香飘出很远，很远……

今天是鳌爷的六十大庆，门上挂着大红纱灯，结上彩绸，充满着吉祥喜气。

大门开启了……

祝寿的人们，抬着、捧着、提着、怀里揣着各自选送的礼品世上珍奇，来孝敬这位当今朝廷最有权势的人物。

康亲王是被通报进宅的第一人，他看见了鳌拜，远远的拱手，向他祝贺。在花厅坐定之后，他掏出一个礼单，上面列陈他祝寿礼品细目，微笑谦躬的递了上去，说道："公爷六十大寿，福如东海寿比南山，我这里带上一点薄礼，不诚敬意，请晒拿。"

"多谢了，多谢亲王费心！"鳌拜捋一下稀疏的山羊胡，客气地说。其实，康亲王来参加祝寿，对他来说倒是很头痛的事。他对宫中的事看得很明白，鳌拜今日权倾一时，皇上也不在他的目中，诛大臣，斩苏克萨哈……一幕又一幕血淋淋的画面犹在眼前。这样飞扬跋扈能持续多久？他来祝寿，恐有人视他为投靠鳌拜；不来祝寿，他又惹不起鳌拜及其党羽的威严。他只好这样往来，保持距离又不作深密往来。

祝寿的人们散去之后，鳌府仍是灯火辉煌。鳌拜在与他的几个亲信聊天。主题不是祝寿而是围绕皇上行止展开的。这个议题不是鳌拜随便问问，而是他弟弟穆里玛向他提醒的，要注意小皇上和太皇太后的动向。

夜深了，也许是在寿诞上多喝了几杯酒，他辗转反侧怎么也睡不着。他忽然觉得不能觑这个小皇帝，他的身后是久经宫廷风雨洗礼的铁腕人物太皇太后，他的身边又有熊赐履、魏裔介等通晓古今的日筵讲师，联系到诛大臣、杀苏科萨哈，小皇帝与他的几次交手，都显示他至高无上的尊严，有德有威，不是等闲之辈，不能轻视。

鳌拜在花厅再次招来内密院的大学士班布尔善、吏部尚书阿思哈、侍郎泰必图、兵部尚书噶褚、侍郎迈音达哈，向他们了解小皇上最近的形止。

班布而善说："小皇上开始亲政，好象还有点君临天下的样于，要干点什么大事业，最近吗……好象兴趣转移到别的什么地方了。

"最近你看到有什么活动?鳌十分关切地问。

阿思哈说："眼下小皇帝对这两件事最有兴趣。"

"哪两件?"

"一个布库游戏。"

鳌拜听了人们的议论，得出一个结论，那就是小皇上所有的行止，看不出有什么迹象要对付他的，可是他思前想后仍不放心，又招来了在小皇帝身边的侍卫那仑。

"你说说这几天，小皇上都在干些什么?"鳌拜问。

那仑说："回禀鳌爷，皇上他早晨读书，然后就是找我们小孩子玩布库游戏。"

"要眼观六路耳听八方，"鳌拜对那仑说："有情况马上禀报，你下去吧。"

鳌拜对那仑的禀报、密札，还是很满意的。

那仑是作为鳌拜监视皇上的耳目安插在皇上身边的。这种伴君如伴虎的生活，无时不刻的让他心惊肉跳。魔鬼的手掌也遮不住阳光的，他知道他所做的事一旦败露，他这个年轻的生命就将结束被斩籍没，他们还要掘开他阿玛的坟鞭尸。

那仑随时可能被鳌拜叫去当面禀报。鳌拜规定得每隔一天用密札报告皇上的行止。他战战兢兢的每做一次，都出一身冷汗，觉得周围所有的眼睛都在监视着他。几次后由于万分小心，没出什么差错闪失，他的心也就平静下来，不那么咚咚地跳个不停，渐渐地适应了这种生活，做得自然坦然一些了。

他正在静夜里书写密札，门咣的一下被踢开了。侍卫索额图在前，皇上在后，如同天神大将一般出现在他的面前，这正如冷不防来的五雷轰顶，他一慌，几面上一张小纸片飘落在地上。

"这是什么?"索额图哈腰从地上拾起，看过之后交给了皇上。

皇上拿到手中，没有去看密札写些什么，只是注视跪倒在地上的那仑，他如同掉在冰窟之中，全身发抖，磕头如捣蒜，哭喊的叫道："奴才该死!"

皇上把手中的小纸片撕得粉碎，手一扬，飞落四处。他哈哈的笑道："朕什么都没有看见!"

　　那仑哪敢起来，只是一个劲磕头，以绝望的眼神乞怜皇上免他一死。

　　康熙对鳌拜派来那仑做侍卫，一开始就十分警觉，告诉身边的人注意，果然不出所料，小狐狸尾巴终于露出来了，现出了真相。

　　康熙看到那仑眼神中那种忏悔强烈求生的愿望，就说："你是忠义侯图尔哈的后代，你知道忠义侯是怎么死的吗？"

　　"奴才的阿玛，是为了大清江山战死在沙场上的……"

　　"对。"皇上继续说，"可你说对了一半，还有一半你不知道。顺治三年忠义侯图尔哈转战川陕交界处，被五倍的强敌包围在一条山谷。弹尽粮绝时，他派人求救鳌拜，可鳌拜为了保存实力按兵不动，最后你父亲在突围中死在乱军箭矢之下。"

　　康熙向索额图递了个眼神，意思是不对他进行惩戒。

　　索额图拉起那仑，把他叫到一边，对他忠告一番，最后只听那仑一再向皇上磕头，说："奴役才永世不忘皇恩！"

　　过了两天，又该是那仑密送密札的时候了。他对索额图问："这几天皇上的行止……"

　　"你写上皇上从山东宁津弄来了蛐蛐，正和大家玩着呐！"

　　皇上玩蛐蛐的密札送出了，很快转到鳌拜手中。自从皇帝亲政，他的神经不无紧张，特别是他假传圣旨处死苏克萨哈之后，他一方面更加骄横，一方面又时时担心皇帝可能要惩治他。现在他才明白，他把小孩子的能量估计得过高了看得太重了。作为军人出身，他并没有完全放松警惕，他在上朝时，袖中吞着短刀作为防身，同时也准备随时威胁皇帝。

"将欲取之，必故予之！"这是《战国策》上的话，也是熊赐履、魏裔介师傅在日讲中细细讲过的，康熙很快悟出内中的涵义。在他亲政后，给鳌拜提取了一级，加封太师太傅！

皇上在朝中说："鳌公青年时代，就随先祖南征北战，忠心耿耿日月可照，可是竟有奴才背后说他的坏话，从今天起，再有人胆敢妄为，朕一定从重严惩！"鳌拜听了小皇帝这一番话很受用。他想他终于屈服于我了。可鳌拜没想到这是对他的策略。太皇太后周密的筹划着怎样铲除掉鳌拜集团，夺回旁落皇权，先要解除他精神上的武装，松懈他的警惕性，现在看来进行得很顺利，第一步计划达到了。

与此同时，康熙在太皇太后的旨意和帮助下，在皇族中挑选了几十名强壮的青年，和宫中的小太监组成格斗营，对外说这是一支陪皇上玩的"摔跤队"，满语管这种摸爬滚打的游戏叫"布库"。因为宫中的侍卫、领侍卫，都是鳌拜亲自挑选安排的，他们名为侍卫皇帝，实则是在监视皇帝。而康熙组织的摔跤队，除用来保卫，还是为下一步擒拿鳌拜而安排的。

这在南书房广场上的布库游戏，引起了兵部尚书葛褚哈的警觉，他及时向鳌拜进行禀报，要他多加注意。

鳌拜不以为然地说："我当什么重大新闻呢，玩布库我看过多次了，我从小也贪恋这个游戏。"

"那……便是我多虑了！"

鳌拜心想，这个小皇上，现在倒也很忙，玩布库，摸"天九"，斗蛐蛐……懂什么治理朝政啊！

"未来，要看我的了……"他仰天长啸一声。

　　为了加强摔跤队的领导，康熙从侍卫队中调来索额图，他的指挥组织、协调平衡、公关能力都很强，当今又是康熙的叔丈，他接手摔跤队后，训练出一支精干的队伍，战斗力很强，擒拿鳌拜的准备工作，已经顺利完成。

　　1669 年初夏，紫禁城御花园浮碧亭荷花盛开的季节，鳌拜连续几天没有上朝，侍卫说他病了。索额图所掌握的情况是鳌爷府夜间有人员不断进进出出，据那里的一个包衣密报，鳌拜在花厅里又同他的党羽密议谋害皇上夺权的阴谋。

　　"朕要亲自到鳌拜府上探病！"皇上对索额图和明珠说。

　　明珠是正黄旗人，赫贝勒金台石孙。他的父亲尼雅哈官至佐领。明珠进入朝廷，可以说是平步青云一帆风顺。他由侍卫授銮仪卫治议正，迁内务府郎中，康熙三年擢为总管，五年授弘文学院学士，他和索额图同是康熙信赖的人。他们即年青又有学识胆识，是康熙铲除鳌拜主要的助手。

　　他对鳌拜认识清楚，怕皇上落入陷阱，便阻止说："皇上不能去，鳌拜这个人狼子野心，大家看得清楚，他是装病，这恐怕是鳌拜布置的一个圈套，别上钩。"

　　"常言说，不入虎穴，焉得虎子。"康熙说，"我们到老虎窝里，看一下嘛！?"

　　索额图说："去他那里？这太危险了。"

　　"朕已决定，今天就去。"皇上坚定不移地说。

　　索额图、明珠一看皇帝决心已下，不再更改，只好安排皇上去鳌拜府的准备，最要紧的是皇上的安全。

　　经过一番紧急准备，索额图除了给皇上贴身侍卫讲了一下，保卫皇上安全的重要性，他仍是不放心，又把他父亲索尼府中的亲兵全部调了出来，化妆成百姓、商贩、车夫、乞丐、路人……布置在鳌府周围。

鳌拜正在他的家里开密会，不想门外警卫人员慌忙跑出，向侍卫报告："……皇上来了！"

鳌拜没有时间再细问，急忙吩咐迎驾，这时，皇帝微笑，已经进得门来。

"朕看你来了！"康熙一脸至诚，"我已传谕太医来看看，溽暑多疫，你可要善自珍卫的啊！"

鳌拜一脸不自然的干咳了几声，表示出他确实有病。俯在方顶大枕上，气喘吁吁地说："老臣不知圣驾光临，有失远迎……请皇上怒罪！"

鳌拜当时正在同他的党徒开会，听说皇帝来了，开会的人急忙从后门溜出回避。鳌拜为了防备意外，从墙上取下腰刀，放入被窝，由于匆忙不及掩好，刀柄露了出来。皇上的警卫曹寅上前一把将腰刀拉出，交给皇上。

鳌拜被这突如其来的动作，吓得大惊失色。

皇上笑笑说："我们是胡服骑射的子孙，刀不离身，为我满洲故俗，不足异也！"

他说得这样轻松，仿佛嘲笑曹寅不懂祖俗，说完把刀轻轻的放回原处。

鳌拜这时才从惊魂失魄中过来，用冷笑回答说："圣祖圣明，对于祖制永年不忘！"

康熙以温和敬重的语言安慰鳌拜说："先帝所遗四位辅政大臣，眼下只有贤卿一人得用，朕虽亲政，军国大事，尚得辅佐，请安心养病，早日康复！"

康熙细密布署擒拿鳌拜的时候，一件意外的事引起鳌拜的警觉。内秘书院侍读熊赐履上疏，说朝正积习未除，用人行政之间。

　　熊赐履这位老夫子，只能说是个大学者，在政治上未必及格，他的出发点是为了皇上尽快除掉鳌拜，夺回失去的权力，可是他在上疏中引用的程颐"天下治乱系宰相"，这就太露骨了，等于直接点名鳌拜专政乱政危害国家了。他用心虽好，但要从一个巴图鲁手中夺回权力可没那么容易，绝不像老夫子想的那么简单。

　　鳌拜当即诘问："你说的积习未除，忧患实事，指的是什么？拿出证据来，像你这样的人，常常以学习自居，哗众取宠，应该下部议处，降职二级调用。"

　　出于策略，为了稳住鳌拜，皇上下旨严厉斥责了熊赐履，并说给予他处分。

　　皇上又召索额图下棋。楚河汉界一场撕杀展开了……一盘棋下完了，皇上同索额图研究布署了擒拿鳌拜的行动方案。

　　擒贼先擒王这话不错，但擒王可不那么容易，为了稳妥，先要砍掉他的左膀右臂。行动之前，康熙以各种名义将其党羽派出。鳌拜的胞弟巴哈被差往审理察哈尔阿布奈之事；鳌拜的亲侄侍卫蓉尔玛被差往科尔沁；鳌拜的姻亲死党理藩院左郎绰克托被差往苏尼特编定札萨克事务；将工部尚书都统济世被差往福建"巡海"……

　　擒拿鳌拜的行动一切准备就绪，就要开始了。

　　"布库"是满语，译成汉语是掼跤。"布库"游戏在抓紧进行中。这天皇帝亲自参加比赛，项目有：拨脚靠、别子、支别字、揣别子、手脚别、背跨、缠幡、斗鳞、岔闪、搓、黏腿搓、三道钥、千金坠、倒口袋、拨裆棍、马脖脚、夺胳膊倒、夺护路、跪腿夺护路……

索额图是大家的教练，他在总结时强调指出："大家一定要记着，玩布库，也就是惯跤，他的要领有这么十个字：崩、拱、揣、滑、倒、爬、拿、履、刀、勾。希望大家都能成为'他西密'（扑户第一）'"。

皇上亲自向"布库游戏"的小青年——善扑营的勇士们作了动员讲话，他说："汝等皆朕股肱耆旧，然则畏朕与，抑畏拜也？"皇帝把善扑营这些小青年当作左右手，当作老朋友，他们是敬重皇上还是鳌拜呢？

善扑营的勇士们齐呼："独畏皇上！"

于是皇上当众宣布鳌拜罪状，善扑营的勇士们听后，义愤填膺磨拳擦掌，决心将老贼拿下。

康熙八年五月十六日，康熙皇帝传旨召见鳌拜。

鳌拜同往常一样毫无警觉，坐着十六抬的金顶大轿，向景运门走来。鳌拜一身朝服，头载红宝石顶戴，身著团补服，脖子上挂着闪亮的珊瑚朝珠，气宇轩昂通过景运门，直奔南书房。

他下得轿来，正遇上一群哈哈珠子和侍卫在玩"布库"，有的摔跤，有的在顶牛，有的在支"黄瓜架"……他们只顾玩，对于鳌拜的到来根本不在意，有的竟挡他的道，这使他十分不高兴，厌恶地吼道："闪开！"

玩得十分尽兴的哈哈珠子们，没人听他的，只顾玩。

"混账的东西……"他骂道。心里想这个小皇上还有正事吗，成天光知道玩，找宫女，怎么能治理国家呢？鳌拜愤怒地拂了下袖子，一脚刚迈进宫门，只见侍卫曹寅把手指放在口里，呼啸一声打了一个口哨，随之上前朝鳌拜的脸上，就来个"八卦掌"。鳌拜心想是哈哈珠子们、侍卫们又在同他玩布库，只是这一掌太重了。他马上意识到，这不是游戏，误入了"白虎堂"，他们想擒拿我。这个武将出身的人，对于厮杀见过多了，赶紧挽袖拖袍拳脚起开，拉出架势迎战，这时上来一群哈哈珠子，把平日练的功夫全都使了出来，俗话说好虎架不住一群狼。哈哈珠子占据四方，将鳌拜围在中央。踢踢打打，忽就一个脚拌勾起，鳌拜冷不防被重重摔在地上，人们上前，有的骑在他的身上，有的按住他的手脚，有的卡住他的脖子……满脸是血的鳌拜，嘶声震天地呼喊："反了，你们反了……"

这时，只听南书房内皇上威严地说："把鳌拜带进来！"

鳌拜在侍卫的押解下送到南书房。鳌拜见到皇上，仍如往常那样，脸上一副无礼傲慢的神态，也不下跪，只是弯了一下腰，马上问："皇上召见微臣，不知有何吩咐！"

康熙见到这个走进末日的鳌拜仍是骄横的态度，重重一击几案，喝问道："鳌拜，你可知罪？"

鳌拜反口质问道："我遵奉先帝遗旨，辅佐皇上，尽忠皇室，教皇上怎样管理国家、军政大事，四海升平，百姓安居乐业，何罪之有？"皇上见鳌拜仍是这样嚣张不服罪，便说："你身为辅政大臣，却网罗亲信，广结党羽，独霸权柄，欺凌朕躬；你更换别旗地亩，挑动上三旗不和，动江山社稷，危害黎民百姓；你假传圣旨，枉杀朝廷大臣；心有异志，还说不知身犯何罪！"这时，索额图上前，给了鳌拜一脚，踹倒在地，命令他："跪下！"

"把他捆起来！"索额图令声一下，上来众人，将鳌拜捆个结实。

"你们背叛先帝，擒拿顾命辅臣，不会有好下场的！"鳌拜咆哮着，挣扎着。

　　康熙亲自向议政诸王揭露鳌拜"通同结党，以欺朕躬"，"恐身于物议，闭塞言路"、"凡人行政，欺朕专权，恣意妄为"，"上违君之重托，下则戕害民生，种种罪迹，难以枚举"。

　　康熙把审理鳌拜一案交给康亲王杰书承办。他知道他的过去好些举止是追随鳌拜的，只少是见缝插针，不断向他拍马屁，但他并没有陷进很深，给自己留了一条后路。这一点皇上也是看得十分清楚的。现在皇上仍然信任他，这很使他感激涕零千恩万谢，只有遵旨好好认真办案。经过勘问审理鳌拜，列罪三十款，其中包括欺君擅政，引用奸党，结党议政，聚贷养奸，巧饰供词，擅起先帝不用之人，杀苏克萨哈、擅杀大臣，逼令他人迁坟……

　　康熙亲自参加了对鳌拜的审理，认为所列皆为事实。喝道："鳌拜，你的以上这些罪状，可是事实？"

　　在铁证如山面前，鳌拜的威风终被扫尽，低下头认罪。

　　这时，诸大臣要求皇上旨谕，将鳌拜立即革职立即斩首。

　　"皇上……"鳌拜立刻让人把他的衣服脱掉，展示他跟随先帝南征北战，当年权护太宗御驾时所受的刀箭之伤，请求皇帝开恩免他一死。

　　皇上看了他身上的伤痕，念他一生戎马生涯，自清太宗，一直为清室、为国家建树诸多功勋，赦免他死刑，改叛无期徒刑。

　　康熙于五月二十五日，发布谕旨给予吏兵二部，宣布鳌拜诸般罪行。

　　同时康熙皇帝还对鳌拜其它成员，辅政大臣遏必隆、宗室内辅国公大学士班布尔善、塞本得、兵部尚书噶褚哈、户部尚书马尔赛、吏部尚书阿思哈、吏部侍郎泰必图、都统穆里玛这些党徒，一网打尽。这些人，"皆依附权势，结党行私，表里为奸，擅作福威，罪在不赦，依议处死。"

对于遏必隆的处理，更体现宽大，念他"其咎止于因循瞻顾"，特著免罪，革去太师和后加公爵，原有一等公爵留给其子。

还有与鳌拜案有牵连的那些"微末之人"，一律予以免死。警告他们"日后务须洗心涤虑，痛改前非，遵守法度。"

另外，还有免罪留原任的：山陕总督莫洛、山西巡抚阿塔、陕西巡抚白清额，还有鳌拜家人供出的一些行贿官员，俱从宽免罪。这样，既惩治鳌拜翦除了宫廷的隐患，又有效防止株连面扩大打击一大片，稳定了朝廷的秩序。

康熙鉴于朝廷出现和产生鳌拜专权的事件，郑重地旨谕：

朕施行政务惩创奸诈佞谀，察其忠贤才能者用之。有等匪类，妄行陷入，以图侥幸，自以为贤，希图升迁善地。以后如有不遵禁例，仍前干求趋奉者，定行从重治罪，决不饶恕。

一个十六岁的小皇帝，以他的政治智慧、机智勇敢和气度，不畏艰险，指挥决策了这一重大行动，粉碎了不可一世的鳌拜擅权乱政，为缔造未来，开创一个新的时代，使清朝走上繁荣和发展，奠定了基础。

"鳌拜完蛋了！"

这个消息从京都的紫禁城很快传了出去，从前门、地安门、隆福寺到骡马市，到处一片欢腾，人们在艳阳天下，奔走相告……鸣鞭，饮胜利酒。人们的共同愿望是："我们需要一个好皇帝！"

是啊。人们需要一个好皇帝。从秦始皇到本朝，经历了二十多个王朝了，君临神州的都是一些什么货色呢？

……一大群腐败、残虐、弱智、未成年的孩子、以及病态和庸者，真正能带领人民一步一步前进，推动历史进程的能有几人？

京都狂欢持续到第二天黎明，人们余情缱绻，犹兴未尽。康熙从辅臣的挟制、擅政、纠缠的枷锁之中摆脱出来，感到一身轻松，他在索额图、明珠和曹寅的陪同下，信马由缰，漫步在御花园的御景亭上，望着京都跳动的灯火，狂欢的人流，心潮难平，有的激动得流下眼泪。

"皇上，时光不早了，你该休息了。"索额图关爱地说。

"不，我要等待黎明，看到一个红彤彤的万里江山！"康熙说。

不久，索额图、明珠一行几乎齐声叫道："太阳冒红了！"

阳光下，康熙顺口吟道："青山遮不住，毕竟东流去。"

这正如一个英国学者罗斯说的："人类毕竟不以最高的荣誉授予那些谨小慎微、知难而退、毫无建树传于后世庸碌之辈，而是把它授予胸怀大志、敢作敢为、功勋卓著、甚至在自己和千百万人同遭大祸之际，还主宰着千百万人之心的人。"

太阳升起来了，新的一天正在开始，他迎着朝阳，大步的向乾清宫走去，背后留下高大英武的身影……

12. 投清反清

　　该来的终究还是来了，　1673 年冬天吴三桂打起叛乱大旗，各地汉人将领多为明朝旧臣，降清之后与朝廷与上司有着各种各样的矛盾，纷纷响应。贵州提督李本森首先响应，巡抚曹吉森总兵王永清降伏。接着四川巡抚罗森提督郑蛟麟总兵吴之茂谭宏也都向吴三桂举起双手……。接着耿精忠据福州作乱，尚之信挟父叛清，孙延龄乱起广西，四川朝廷命官从逆，陕甘王辅臣附敌。很短时间内，叛乱烽火烧到了 11 个省，大有燎原之势，企图一举推翻清朝政权。

　　康熙皇帝全力以赴，调兵遣将不断调整部署战略。为了加强前线，调任都统尼雅翰为镇南将军，率原驻沧州顺义等十余地的满洲八旗兵齐聚运河边上的德州，又派兵急速奔赴武昌、安庆、江宁，对四川、荆州、襄阳和江西各地再继续增派兵力。

　　三月十六，耿继茂这位"和硕额驸"于福州发动兵变，因禁了福建总督范承谟，剪掉辫子改易汉装，自称"总统天下兵马上将军"，遣兵四出攻城掠地。

　　四月初九，康熙皇帝派往吴三桂处撤藩的钦差大臣折尔肯、傅达礼被吴三桂放回，随同他们还有西藏达赖喇嘛。

　　康熙皇帝见到折尔肯、傅达礼能够活着归来，十分高兴，为他们设宴压惊。

　　两位钦差所以能被放回，并不是吴三桂多么宽宏仁爱，而是让他们俩带信，同时动员达赖喇嘛出面调停。吴三桂欲与皇帝平等的身份同朝廷对话，开出一个停止北进的方案："裂土罢兵"，要迫使康熙承认既成事实。

康熙他根本不会答应吴三桂裂土称帝，不会允许分裂国家。在这个原则问题上，他是一步也不让的。他对这个背恩反叛之徒勃然大怒，把信摔在地上，说："枸岈残民，天人共愤，朕乃天下臣民之主，岂容裂土罢兵"。对吴三桂叛乱，康熙皇帝十分坚决，或征剿或招降，必消灭为止，决不退让。

康熙十三年三月九日，兵部尚书王熙上书康熙皇帝，请求将吴三桂的"逆子"处以极刑，以断其幻想。

王熙的奏章理所当然的得到议政王会议的支持。商讨结果同意处死吴应熊。康熙先不想也不愿处死吴应熊。他认为他是一个称职的大臣。从人伦而言，吴应熊是外戚的直系亲属，是他的亲姑父。吴应熊被拘禁后，姑母几次哭得死去活来，他也是知道的。恻隐之心，人皆有之。康熙思想上十分矛盾，经过反复思想斗争，他决定以江山社稷为重，从国家利益出发，"乱臣贼子，孽由自取，刑章俱在，众论金同"，吴三桂"怙恶不悛，其子孙即宜弃市，义难宽缓"。

康熙大义灭亲，确实起到了"以寒老贼之胆，以绝群奸之望，以激励三军之心"的作用，消除了京师的隐患，稳定了军心民心。

吴三桂起兵之后，一路顺风出师皆捷。从云南贵州四川而湖南，所向无敌，进入湖南后又连陷沅州、常德、辰州、长沙、衡州、岳州等战略重镇，前锋营进入湖北境长江南岸的松滋，一江之隔同清军大本营荆州相对。

如果吴三桂此时迅速渡江北上，凭借军事胜利的大势，清军没有多少力量可抵抗，但吴三桂在此驻兵三个多月，不再前进。这是为什么？让人莫明其妙，后世也是一个谜，光是一句迷信，恐怕还解释不通。

谋士刘玄初给吴三桂分析了战争形势，让他乘胜渡江，同清军展开决战，之后吴军可以长驱直入北进。

吴三桂对于这位高参的意见不予采纳。吴三桂在想什么呢?长期以来他想的就是割据云贵，因为这里他经营了三十多年，始料不及的是年轻的皇帝亲政后居然敢下令撤藩，打破了他独霸一方的美梦。他想通过战争来实现他的政治目的。他谋反起时，他的侄儿女婿们就提出"分羹之计"，认为"戎衣一举，天下震动"，以他的兵力可同朝廷"画地讲和"，二来"可以索世子世孙于北方"。

是出于这种谋略，吴三桂才起兵反清的。现在他已经控制了云贵湖南全境，所到之处，势如破竹四方响应，军队在战争中也逐步扩大，他有足够的力量同清朝分庭抗礼。

此时他停止了北进，想通过和谈得到他想得到的一切，朝廷放回他的儿孙，"裂土罢兵"。他认为刘玄初继续北进，即可长驱直入北京的想法是书呆子的想法，纸上谈兵，不知道满洲骑兵的厉害。他据江而守驻兵虎渡口。等待折尔肯，傅达礼带信，希望小皇帝能够采纳，达刺喇嘛的调停能够成功，他的儿孙们好早日回到他的身边。

这天他正临风把酒，突然护卫官进报，说朝廷把吴应熊、吴世霖父子处以绞刑。

这消息如同青天霹雳，吴三桂一惊，酒盅落地而碎。

半天，吴三桂才从这突如其来的盖顶之灾醒过来。他气得咬牙切齿，他发誓要对皇帝食肉寝皮，他摔碎了酒壶茶碗、推翻了几案，嚎叫着："我真没想到一个小孩子当皇帝，敢这样做，要与我决斗到底！"

……

　　几十年后，康熙皇帝在回忆自己平定三藩时，无不自得地说："三藩叛逆吴三桂，轻朕谓乳臭未退，及闻驿报神速，机谋远略乃仰天叹服曰：'休矣，未可与争也。'"

　　吴三桂与康熙皇帝之间已别无选择：只有战场上一见高低了！

　　现在，春天又迈步来到了京城……

　　康熙皇帝并没感觉到春天的到来。他关心的是江南西南那片热土，关心着的是出征的将士，同郑经的和谈，北方边疆的麻烦，关心的是治河和黎民百姓的生计……

　　几个月来，他不止一次地送走一个又一个出征的将军，京畿的部队大部分都先后调出了，可是从前方传来的消息并不令他振奋，被动局面不但没能扭转，反而更加恶化。

　　这些胡服骑射马上得天下的子孙们怎么了？他亲政后不忘记祖训，一再强调满洲立国之本。可取得政权后八旗子弟养尊处忧的变化是无法阻挡的。

　　他们渐习汉俗，热爱汉人的女色贪恋汉人的美酒佳肴，可骏马良弓，精骑善射，跃马扬刀，驰骋疆场的雄风哪里去了呢？一些人身为将军，庸劣腐朽害怕战争畏首畏尾，甚至临阵而逃……。为了扭转危难局面，他一反满洲贵族对汉人的猜忌，大力起用汉兵汉将，提高绿营官兵地位。

　　从平叛开始，康皇帝从布署、指挥这场战争中，看到了八旗兵的弱点和绿营军的特点。八旗兵装备好，战斗力强，人数少，只有二十万兵力，一半在京一半散在各地驻防。战争开始几经征调，"余者皆系老弱"；叛军盘踞的地方云贵湖广等省，多为山地沼泽地，八旗的骑兵行动不便，很难发挥快速冲杀的作用。绿营兵人数多，全国有六十多万，以步兵为主，他们熟悉地理民情，适合游击和山地作战。

　　绿营兵也是吴三桂争夺的对象。他叛乱之后，派出许多说客对绿营兵进行策反游说。而康熙对绿营兵给予充分信任，满洲兵与绿营兵以基本平等的地位联合作战，据处险要共同负责，对有战功人员，进行抚慰、嘉奖，这政策的调整，事实证明对于平叛三藩极其有利，起了重大作用。

　　吴三桂叛乱开始，他就致书福建的靖南王耿精忠，他认为三藩之间同是一条绳上拴着的蚂蚱，荣辱得失都是一致的，一荣俱荣一损俱损。可是耿精忠并没很快响应和行动，这倒不是他不想跟着同朝廷叛乱，而是他准备静观一下局势发展。早在福建总督范承谟秉旨进行迁藩的同时，耿精忠就暗中行动起来，同他的亲密部将开秘密会议讨论计谋，同时差黄镛到台湾给郑经送信，策动共同起事反清。信中说:(王)孤忠海外奉正述，奋威中原举大义如应天人，速整征帆，同正今日疆土，仰冀会师，共成万古勋业。

　　郑经看到这样的信，心中十分欢喜，很快布署兵力，亲帅舟师到潮湖等待。

　　情势又发生了大变化，朝廷下令停止撤平南靖南二王，"固东地方，不必搬家。"耿只好转告郑经先不要行动，等待机会。

　　范承谟遵照诏令所示中止撤藩，并将收归总督府的藩府左右两翼七千官兵的文籍交回。

　　耿精忠对着朝廷的命官冷笑两声表示轻蔑，同时对范承谟这个朝廷的大红人也啧啧不满，他认为他是来监督他的。

　　"鸣剑之心，已非一日"。耿精忠要谋反，是冰冻三尺非一日之寒。耿精忠经常以洗炮操练为名进行军事演习，而军事行动事前并不按照规矩通知督抚晓谕居民。人们经常在夜间被炮声杀声惊醒，人心惶惶。

　　范承谟关注耿藩的动作并不断向朝廷进行报告，他预感耿也是心怀鬼胎，有一天也会像吴三桂那样，举起叛乱的旗，抽出他的刀剑杀向朝廷，为了缓和矛盾安定民心，他发布公告，要人们安居乐业勿信谣言。

　　不过范承谟越来越感到耿精忠行动异常，一旦发生动乱，督抚只有三千标兵，是没法对付万余王府额兵，经过再三考虑，他欲以巡视海口为名带人出海，耿精忠对他先下手了。

　　耿精忠派人到督府报告，诈称海寇来犯，邀请总督前往王府会商"护内防外"。

　　范承谟步入藩府，发现枪刀林立，杀气腾腾。他知道走进了狼窝虎口，绝无生还可能。他进得门来，痛斥耿精忠背叛朝廷，两边兵丁蜂拥而上，将他擒拿捆绑。

　　范承谟被关进了监牢，耿精忠派巡抚刘秉政来劝降。还没等这个叛徒开口，范承谟运足了脚下的气力，冷不防飞起一脚冲着他的裆将他踢倒在地上痛得滚作一团，

　　范承谟哈哈大笑地说："贼就裆口不远，我先褫其魄！"

　　耿精忠的叛乱从此开始⋯⋯

　　耿精忠反叛朝廷，他给自己找到的理由是："其祖仲明入山海关时与三桂有成约⋯⋯。"

　　耿精忠反叛之后，积极配合吴三桂，他给他出主意要他进功江西，他届时出兵协助。与此同时，耿精忠兵分三路，北路出击浙江，西路出击江西，一路在福建省内，攻占福宁诸州县，进兵来阳。北路很快占领浙江的天台、仙居、太平、黄岩，接着又攻下象山、嵊县、诸暨、严州、缙云、松阳、遂安，龙游，开始直指义乌、东出汤溪金华衢州⋯⋯清军南北运兵粮道被切断。

　　进攻江西，耿军连下广信、玉山、永丰，挥师进击建昌，占新城，破石城，直向赣州守郡，不久占领龙泉、万安、九江、湖州、彭泽、饶州、南康、吉安…… 兵锋所指，所向皆捷，"守兵或降或遁"，耿军更加肆无忌惮气焰万丈。

　　耿精忠是耿藩的第三代王。他是耿仲明的长孙，耿继茂的长子。顺治时期藩王的子孙要留京入侍，肃亲王豪格的女儿嫁给了他，他成为和硕额驸，清室的外戚。耿继茂在康熙十年去世了，耿精忠顺理成章的承爵靖南王爵。

　　康熙十二年，老谋深算的平南王尚可喜在功成名就之时打算回辽东老家颐养天年，上疏朝廷请撤藩。而耿精忠袭藩不到两年，怎么可能愿意撤藩，但为形势所逼，他也被迫上疏请撤藩，可是内心对皇帝也十分不满。吴三桂挑起了叛乱旗帜，他从心眼里也是拥护支持蠢蠢欲动。

　　耿精忠叛乱，杭州将军图喇很快上报朝廷，康熙皇帝获知非常震惊。在此之前，由于吴三桂叛乱，他已下令停止对尚、耿撤藩，表示朝廷对他们仍是信任的，岂知这位藩王、王室亲眷还是不买这个账。

　　康熙皇帝始终把斗争矛头直接对准吴三桂，采取征剿与招抚并用的策略，分化瓦解敌人，最大限度孤立吴三桂，集中力量消灭他。可是对于耿精忠的反叛，却不能置之不理姑息迁就。他当即下令削去耿精忠的王爵，并发出通告指出，"自伊祖以及伊身，受恩三世四十余年，不思图报，反而包藏祸心，潜谋不轨，乘吴逆之变，辄行反叛，煽乱地方，罪恶昭彰，国法难容，今削其王爵，遣发大兵进剿"。

　　康熙皇帝果断作出决定，同时任命康亲王杰书为大将军率师南下征讨耿精忠。

　　具体战略布署是：定南将军希尔根，江西平南将军赖塔，浙江平寇将军根特巴鲁，由广东三路同时进军，直向藩王的老巢福建。

　　康熙皇帝对待三藩的策略是各个击破，同时把吴三桂与耿精忠区别对待，一个是武力坚决扑灭，一个是征剿并用，在派兵的同时也派使者周襄绪、陈喜猷去做其工作。而且对于他们"在京诸弟，照旧宽容，所属官兵并未加罪"。

　　这时的耿精忠搞叛乱，是王八吃秤砣铁了心。他把皇帝招抚派去的使者全部扣留起来。为了壮大势力，他约台湾郑经进攻大陆，许诺把福建南部沿海的郡邑割给郑经。他同时派人到福建与广东交界的潮州对总兵刘进忠策反，让尚可喜首尾受威胁，迫使他早日参加叛乱。

　　吴三桂叛乱后，康熙皇帝曾对孙延龄寄予厚望并任命为"抚蛮将军"，"保固粤西，唯你们是赖"。

　　六天后这个颇得朝廷恩典的人叛变了。

　　康熙皇帝得知孙延龄叛变感到惊讶又觉得不奇怪。这个孙延龄原是孔有德手下的一个弁弁。降清，他跟随南征北战升为将官，孔有德把自己的独生女儿孔四小姐嫁给了他。孔有德死后，孙延龄的父亲亦死于阵前，朝廷给予恤典，孙延龄袭二等爵，又加一等云骑尉。康熙五年五月，任命他为镇守广西将军统辖孔有德旧部驻桂林。

　　吴三桂、孙延龄、耿精忠一个接着一个反叛，藩王只剩下平南王尚可喜。

　　尚可喜是夹在两个叛乱的藩王之间，情势岌岌可危。

　　平南府上来了一位疏客，是吴三桂派去对尚可喜劝降的，他先吹嘘了一下吴三桂的战绩，说："王起兵后节节胜利，不日既可继续北上直至北京。"

尚可喜如今已是七十有余，他需要保持晚节，与子与孙都是福祉。他哼了一声，斥责吴三桂的来使说："背恩于朝廷涂炭于黎民，这是一种胜利吗？"

"王…是朝廷有负于我们啊！"

"这样吧，我老眼昏花，识不得文书了"，尚可喜说着叫道："来人！"

待从赶快进前。

"把吴三桂的文书，连同这个说客，给予我押送朝廷！

皇帝看到了尚可喜解送来的人及吴三桂策反书信，大为高兴。朝廷和皇上对三藩他们厚恩有加，可吴三桂、耿精忠并不感恩，举旗叛乱，只有尚可喜保持晚节，这对康熙来说，确是可慰贴的一件事。

康熙皇帝览奏后挥笔优诏褒答，曰："王累朝勋旧，惟笃忠贞，朕心久已洞悉。近复屡摅猷略，保国岩疆，厥功甚茂。览奏，披历悃忱，深为可嘉，着益殚心料理，想机剿御，以副朕倚任之意。"

尚可喜在朝廷危难之时表示效忠于清室，令康熙皇帝十分激动，对他格外倚任并提高其职权，令督抚提镇听其节制文武官员听其选补，并晋封尚可喜为平南亲王。

南国形势严峻，尚可喜表态支持朝廷，外部军事陷入困境，自家内部进入更加危急之中。尚可喜的大儿子尚之信"生而神勇，嗜酒不拘细行"，仗着父亲势力，在广东横行霸道贪脏受贿草菅人命滥杀无辜，喝起酒来不要命，成为广东一大害。

尚可喜为有这样的儿子而气厌恶恼，他不想把自己的藩王地位移交给他去干更大坏事，损害他的名声。他常处在忧郁之中，一次他召来他的谋士金光，谈起了他对儿子尚之信的看法，不无忧烦地说："金先生你对他，有什么样看法，不妨直言。"

金光坦直地说："勇而寡仁，若以嗣位，必为碍于国家，请废他，立次子之孝。"

尚可喜点点头，表示同感说："金先生的意见很好，我再考虑一下。"尚可喜的身体一天天衰微，老态龙钟咳声大喘耳聋眼花，这可是当年攻皮岛的战将，围剿李自成张献忠的先锋。一切都随大江东去。他最后接受了金光的意见，向康熙提出让二儿子继承王爵，他说："臣察众子中惟次子都统尚之孝，律已端慎，驭下宽厚，可继臣职"。尚可喜这个想法向朝廷奏请过，那是在准备撤藩的时候，上以无先例未答应。

现在整个情况都发生了变化，吴三桂起兵之后，气势汹汹，已经打到长江边上，形势危急，先例也得打破，康熙皇帝审时度势，为了争取笼络尚藩，立即批准了尚可喜的奏请。

尚可喜得到复诏心中很高兴，正准备一步一步安排尚之孝承爵事宜时，一天侍卫急报军情，说："……潮州总兵官刘进忠与耿藩勾结，已经公开叛乱。"

"这个消息可靠?"尚可喜一下还很难相信，因为刘是明将投清以后仍被授予官职的。

"刘进忠同耿藩秘密活动让续顺公沈端发现，双方发生冲突，沈端被俘……现在耿精忠已封刘进忠为'宁粤将军'"。

尚可喜只好先把移爵的事放一放，刘进忠叛变等于他的后院失火，他一方面赶快报告朝廷，一方面派尚之孝统兵前去讨伐。

尚之孝出师英勇善战旗开得胜，相继收复了程乡、镇平、平远，尚之节则收复了大浦县，进抵三河坝。

十月，尚之节与总兵王国栋巡抚刘秉权打到潮州城下，同刘进忠进行会战，三战皆捷攻破潮州，歼灭叛军五千余人，刘进忠与耿部败退潜逃。

康熙皇帝对潮州大捷，精神振奋喜出望外，予以极高评价，为了表彰尚可喜对朝廷的忠心特命进爵亲王。

吴三桂在亲王被削除以后，他是唯一得到这种殊荣的汉将。康熙指出他投清之后，"殚竭忠忱，皆襄大业"，作为南平王他的成绩很大，"海氛宁静，百姓平安"，特别是吴三桂、耿精忠相继叛乱后，又"益励忠纯，克抒伟略，悉心筹划，数建肤功"。

康熙在给予尚可喜加封亲王的同时，父贵子荣，对于讨伐有功的尚之孝加封"大将军"，并指定他承袭亲王爵。在大清帝国的历史上，是破例也是创举。

朝廷一时还不能有足够力量及时派出大兵去援广东，那里的事情康熙就得托付给予尚家父子了，请他们保住南隅这块"绿洲"。

不等康熙皇帝面对收复潮州笑出声来，刘进忠勾结台湾郑经，派兵救援。郑经日夜都在想着反攻大陆，不论从福州打开大门，还是从粤东北打开大门，他求之不得有这样的机会。

郑经派他的大将刘国轩、赵得胜、总兵何佑率领一万余人增援。尚之孝一下陷入腹背受敌的夹缝之中，由于寡不敌众，他只好放弃潮州退至普宁。接着又发生了高州总兵祖泽清叛变。这个人是清兵入关之前，在松山战役中，就投清祖大寿的孙子，也就是吴三桂的姑表弟，他投吴三桂后，同广西叛将马雄、董重民一道攻陷了雷州、廉州、德庆、电白……从西部直接威胁广州，尚可喜的军队，节节败退，抵挡不住，接着北粤的刘进忠进又攻破了普宁大营，从东路沿海丰、陆丰、惠州，过东江，直逼广州。

不久，广州外围的新会、博罗又落入叛军手里，广州处在慌乱、风雨飘的危难之中。

正在病中的尚可喜，急忙向朝廷告急，请求增兵救援。康熙皇帝对于广东的形势十分注意，十分忧虑，他指示兵部赶快派兵，因为"粤海要地，倘有流失，为害不小"。

兵部根据诏示调副都统额赫纳率部分江西兵，"平寇将军"哈尔哈齐统率三千精锐，急急驰向海丰。

"路上行人早，还有早行人"。清廷政府的增援部队急急南行进军途中，平南王大儿子尚之信发动兵变，杀死了他父亲的膀臂谋士金光，派兵封锁了广州，把他父亲软禁起来，两广总督金光祖、巡抚佟养钜、陈洪明也跟着尚之信一同投向吴三桂。

吴三桂得知他策反成功，尚之信投了过来，颇为得意。他对侍从说："拿酒来！"

尚之信接管了平南王的权力。

接着，他被吴三桂封为"招讨大将军"和"辅德亲王"。

尚可喜病得已经卧床，他知道他儿子发动了兵变，他用东北家乡话，高声大骂，道："伊他妈，这个……王八犊子……坏了我家的……大事，他……还算我生出来的……儿子吗？"

他挣扎的爬下床，在房中找到一根绳子，为了留下他对皇帝、朝廷精忠，为了留下一个好名声，不受这个逆子的牵连，他想活着不如死去，想一下结束自己的一生。

他面对北方哭泣着，老泪横流泣不成声，断断续续地喃喃自语道："皇上，我是被逆子……逼到……这个份上了……"

尚可喜费力投缳自尽被门外看守他的兵丁发现了，赶紧上前施救，叫来郎中灌了一些姜汤救活。可他病情加重了，期期艾艾延喘了一些时候，当年十月底，终于两腿一蹬眼一闭，告别了尘世，终年七十三岁。

——据说，尚可喜临终前，他挣扎着睁开双眼，对守护他的儿子和看护人，嘱托说："吾受皇朝隆恩，时势至此，不能杀贼，死有余辜！"

"王对皇帝和朝廷忠贞不阿，这是举国上下，人所共见的啊！"

"还有什么事要办的吗？"

他对他身边的儿子，说："把皇上……所赐冠服给我拿来……"尚可喜让人扶着他北向行叩头大礼，然后对其子交待说："吾死后，必返殡海城，魂魄有加，仍事先帝。"

尚之信对广州严密封锁，尚可喜的死直到第二年的夏天，康熙皇帝从江西总督黄卫国的奏疏中才得到消息。他不胜悲悼哀怜，他说："平南王尚可喜久镇岩疆，劳债素著。自闻兵变，忧郁成疾，始终未改臣节，遂至陨逝可悯。"

尚可喜戎马倥偬一生，皇帝给很高评价，诏令恩恤。

南国叛乱烽烟，一起连着一起，越烧越旺，云贵川桂浙粤闽七省已全被叛军控制，形势一天比一天更糟，康熙皇帝被迫把防御重点放在了江西。

他命令平寇将军哈尔哈齐与额楚，速取江西吉安，与将军舒恕等会兵御闽粤诸城。

他诏令说："广东叛乱，江南、江西殊属可虞。若闽粤诸贼，会犯京口等处，则江南兵单，难以防御。"

尚可喜死后，他的儿子尚之信不费吹灰之力执掌了藩府大权，他刀下留情，没有把他原拟承袭藩王的弟弟尚之孝杀掉，但也不再让他带兵出城只能闲居广州。

吴三桂授了尚之信一大堆军衔及高帽，目的是让他充当马前卒，可是尚之信没那么傻得来甘心为吴三桂卖命。他在背后又偷偷地与台湾郑经签定和议，减轻了沿海一带的军事压力。他的举措目的是保存自己实力不损毫毛，名义上归了吴三桂，实际上他坐山观虎斗，既不参战又不让吴三桂的兵马进驻广州。

清朝政府开始调兵遣将向湖南，吴三桂多次下令要尚之信率军北上，越过大庚岭突袭赣南牵制清军。可尚之信口头接受出兵的命令而实际上按兵不动，但他又不敢得罪吴三桂，象征性的拿出一点库银，给吴三桂表示表示，气得吴三桂眼睛发蓝嘴唇发青，可又有什么办法呢？

尚之信夺取藩王不到一年的时间他便后悔，派遣他的大将杨威向和硕简亲王军前乞降。他的降书道："父子世受国恩，断不敢怀异志，愿主动赎罪，来迎大帅……"

尚之信这个三翻四覆为了权力可软禁气死他爹，嫉妒其弟，他的人格操行，皇帝当然心中十分清楚，但是为了打击头号的凶恶的敌人吴三桂，出于策略，康熙皇帝表示欢迎并降旨嘉奖，曰："以往之罪，概行赦免，余能扶继剿贼，主动自救，仍加恩邀请优叙。"

尚之信看了皇帝的信，觉得能放他一马，好不欢喜，接着又书写一密信，邀请清军迅速进入广东。

康熙皇帝不失时机令江西镇南将军莽依图率军向粤进发。

吴三桂很快针对清军采取对策，命踞肇庆总督董重民定海将军扶厥会兵，阻挡将军南进。清军得知董重民军队断粮，后勤供应不足，派人秘密做工作，董部内乱，乘机抓获了董重民，击败了扶厥，高歌猛进到达广州的门户——韶州。

尚之信为了欢迎清军的到来，特派都统尚之瑛率人赴韶州迎接。

1677 年，广州城张灯结彩一片欢腾，人们敲锣打鼓，欢迎清军入城，尚之信带领文武官员归降，广东又回到了朝廷手中。

康熙闻讯大喜，下诏书仍封尚之信袭平南亲王。

这个骄横暴敛嗜酒如命杀人不眨眼的尚之信，迫于形势归降，但仍同对付吴三桂一样对付朝廷。他只想稳固这块领地，保存自己的实力，对康熙皇帝的指挥口头上答应，实际上阴奉阳违拒不应命。

七月吴三桂围攻韶州，康熙命令尚之信出兵对吴军南北合击，可是他强调叛军刘同轩占据惠州危及省城，佯称："粤有平定，臣请量留标兵守广州城，尽率余兵直广西图贼。"

康熙看出他的意图不与理会。

1678 年 2 月康熙令尚之信出兵湖南，时过多日不见行动。

南方战场发生了很大变化，清镇南将军莽依图所向披磨，在韶州一举击败胡国柱。康熙命尚之信发船至韶州接应，可是他却诡辩搪塞，说："之信却未具舟舰，师行濡滞。"

尚之信用对付吴三桂的鬼把戏拿来对付康熙，可年轻的皇上不买他的账，十分严厉地斥责尚之信"不亟发船至韶，致误军行，不可谓非王兵机也。"

1678 年 2 月，清将莽依图率军征讨深入广西，康熙皇帝令尚之信："事机所多甚重，且广西早定，则湖南之寇不能自存，王其亲往广西策应，毋误军事。"

尚之信对于皇帝的命令悠然一笑，回复说："高、雷、廉三郡初定，人心尚未宁戢，恐复为逆贼煽惑，不得不留镇省城。"一句话，皇帝让我尚之信出兵我可不干。

后来梧州危急，康熙下令让尚之信不必去湖南，赴梧州与莽依图将军会师，合力剿贼以靖地方。

康熙说，作为藩王，你不可离省，总可以派兵吧！

尚之信仍如既往对于皇帝的诏令置之不理，一兵一卒也不派。莽依图等了又等不见尚之信派兵，几次派人去催，尚之信说："我无兵可派呀！"

军师向尚之信禀报，说："吴三桂称帝后，很快病死了！"

尚之信一反常态，马上亲近朝廷，向皇帝请缨，上奏曰：请皇帝批准我率领大军定广西。

康熙皇帝为了尽快消灭吴三桂叛军，虽然对他的请求存有疑虑，并不寄予厚望，马上批准他的请求，同时授尚之信为奋武大将军。结果不久他患了痔疮，自作主张把部队交给总兵时应运统率，自己自行回到广州。

广州总督金光祖很惊讶，感到这个人太豪横飞扬跋扈的连皇帝都不放在眼里，这还了得。

他看出金光祖对他这样肆意妄行不满，便对金光祖说："皇上欲让我出兵，不予我一黄顶带，我怎么向人交待呀！"

他对皇帝很不满，所以一次又一次抗旨。

在一次宴会中他对巡抚金隽威胁说："非我归正，尔安得至广东，凡事当顺我，不独吴三桂能杀朱国治也！"

他对盐驿道佥事李毓栋说："尔甫来此。事事与我违拗，我一刀砍尔，上亦无奈何我也！"

他这样说，也是这样干的。

他的护卫张士选说话中不注意，言语之间有冲撞他的地方，他马上用利箭射残他的双足。

广东都统巡抚部将谈起尚之信专横跋扈十分气愤。

康熙十九年三月，尚之信奉命西征，再入广西驻兵武宣。藩府护卫张允祥张士选上京，首告尚之信"跋扈怨望弗顾剿贼糜兵饷，擅杀人诸状。"

尚之信无法无天，擅杀无辜，康熙皇帝过去耳有所闻，迫于形势，尚不能处理，

看来现在到解决的时候了，他派刑部侍郎宜昌河、郎中宗俄长等，以巡抚海疆为名，深入到广东暗中调查尚之信的罪行。给他们权力，如果尚确有罪，证据可靠，"许便宜行事，并以罪不连株，宜谕藩属。"

三月，都统王国栋以平南王尚可喜妃舒氏胡氏名义上疏："逆子尚之信怙恶不悛，酗酒肆虐，杀害良虐善凌虐官吏，甚至皇帝令其出师，他都屯兵不进，私回东省，迟误军机，不臣之心久萌，谋逆之变可虑，恐祸延余祀，不禁寒心，密令都统王国栋等选员擒之，请旨正法。"

康熙皇帝根据朝廷钦差调查核实，尚之信确是一个坏事干尽怙恶不悛的罪人，又有那里各级朝廷命官的相继揭发，便令钦差协同都统、总督、巡抚合力将尚之信擒拿。

朝廷对于尚之信一案，经过议定，依谋划反律、母、母弟以及同谋的人，一律弃市家产籍没，其弟尚之孝、尚之璋、尚之隆等虽不同谋，法应革职枷责。

康熙看过议政王的奏疏，最后决断，尚之信不忠不孝罪大恶极，法应立斩，姑念曾授予亲王，从宽处死；其余逆党尚之节、尚之璜、尚之瑛等人革去副都统，并与李天植等到人俱即处斩。

康熙皇帝考虑到平南王尚可喜航海归城，效力行间镇守翻东著有劳绩，三桂叛乱后，又能坚守臣节不肯从逆。所以对其家属都从宽处理，之信之妻不许凌辱，护送来京，其藩下所收私税、每年所获银数百万两，尽充国库。

康熙皇帝运筹帷幄，就这样解决了尚可信的问题。

吴军一下陷入了腹背受敌的境地，惊呼道："天下变了……休矣，未欲可征也！"

清军四面八方集结兵力，同吴三桂展开了决战……

1678 年，深知大势已去的吴三桂在衡州称帝以图鼓舞士气。五个月后病死衡州皇宫。他传位给其孙子吴世璠。三年之后，清军攻破昆明。历时 8 年的三藩之乱被平定。清廷确立了更加稳固的皇朝统治。

13. "海上之王"

1661 年的春天来得特别早，宫廷侍花的老太监梁瑛说："今春腊梅开了三朵"。

同往年不一样的是，顺治帝再不能偕同董鄂妃来赏花了，去年来赏花的皇帝高兴，还赏赐了他一个玉佩，是翡翠还是玛瑙他可说不清，他的伙计们同伴太监都认为是无价之宝。他除了谢主隆恩，还准备出宫以后回到河北河间老家，买一所房产颐养天年。

梁太监面对三朵红映映的梅花，喃喃地说："三朵……莫不是天下要出三件大事呀！"

梁太监七岁进宫，因净身原因裤裆常是湿的，不但没机会侍奉天子，宫女见了都直掩鼻，让他远一点站。内务府总管只能让他养花，在闲暇时间他努力学习，认字不少，在宫内寂寞冷酷百无聊赖中，他常常用草木跟小太监算命玩，因此他获得一个外号："黄半仙"。说来他既没读过易经，也不掌握诸葛马前课和刘伯温推背图，他的算卦只是信口开河侃大山打发寂寞的游戏。他的种种预测没有一次应验是准的。因此他在太监们中又获得一个绰号:蒙二先生。

蒙二先生对太监说："今年天下准出三件大事。"

世间有许多奇怪的有趣的、美妙的和不美妙的事，常常碰在一起:好多人世间巧合的事，就是最睿智的人也作不出令人信服的解释，这可能是造就宗教、邪教、神人、鬼差的土壤。

这回出人意外的是，蒙二先生的预测神了。一过新年，三件大事接踵而来。

第一件事是只有十几万兵马的大清国入主中原的第一代皇帝顺治龙驭宾天，时年只有二十四岁，病程只有七天，这是一件传闻国内外的大事吧！

第二件，只有八岁的皇三子，一个满汉的混合儿玄烨，从宫外的福祐寺走上金銮殿，他后来成为"东方大帝"，为世界当时有名的三大君主之一，奠基了"康乾盛世"。

还有那第三件震惊中外的大事——南朝廷平郡王郑芝龙之子郑成功，率师东征，驱逐荷兰殖民主义者，收复台湾。

前两件大事已在上文作了些许描绘，不再赘述，下面要说的是郑成功恢复台湾的故事。

郑成功是谁?

八岁的康熙皇帝面对四大辅臣的上奏有点发窘。不过这不要紧，他的南书房集合着天下第一流的精英，他可以不时召见顾问。

康熙一宿都没有睡好，躺在龙床上脑子里一会浮现出一片大海大船，还有手持弓箭的郑成功——他想像是这样——杀向红毛，在鹿耳门港登陆，收复了被荷兰殖民者侵占 38 年的宝岛台湾……他恨不得马上天明，他好去南书房询问关于台湾的事情。

南书房位于乾清宫斜对面，偏西向北，也就是说，在乾清门的石阶下，东为懋勤店，殿南是"批本处"，出月华门转南向北就是南书房了。

内庭设立南书房起源于太祖努尔哈赤时候，内设秀才若干助其读书，兼管文墨。到了太宗的时候，将书改成文，将房改为馆，命儒臣入值，成为国家正式机构。

清入关以后，顺治帝为加强自己的权力，在景运门内建造值房，选翰林院官员值班值宿以备有什么问题随时顾问。

到了康熙时代才正式定名为南书房，因为位置在懋勤店之南，故称南书房。

在南书房入值的后来大都成为中国历史上的名人。沈荃，江南华亭人，中进士授编修，自幼酷爱书法，与明代大书法家董其昌是同乡。他把沈荃召来授侍讲，值南书房。后来康熙在讲自己学习经历，教子说："及至十七、八……更耽好笔墨，有翰林沈荃素学明时董其昌字体，曾教我书法。"

南书房入值的还有励杜纳，是《世祖实录》的主编，还有经筵日讲起居住官、翰林院掌院学士熊赐履，高士奇、李蔚、杜立德、冯溥、张英、叶方蔼、王士祯及至陆续入值的张玉书、孙在丰、朱彝尊、徐乾学、王鸿绪、陈元龙、戴梓等人。总之，在康熙时代，这里荟萃着高水平才品兼优的儒臣。这些大学者的任务是辅导皇帝读书写字讲求学业时备顾问，还代拟谕旨、编辑典籍吟诗作画、讨论时政剖析经文还有钓鱼赏花。

康熙皇帝要了解的郑成功，是由高士奇来介绍的。高士奇浙江钱塘人，家贫，幼好学能文，以监生就顺天乡试，工书法，由明珠推荐入内供奉，充日讲起居注官。他这个人有个特点，不论是谈论古今、时政学问，他都能深入浅出讲得有趣，颇得少年天子的喜欢。他对皇帝提出的郑成功，了如指掌。他说："提起郑成功，还得从他父亲说起。"

这个被康熙皇帝称为才智敏捷，"好学能文"的高士奇，一次在狩猎中看到皇帝心中不快郁郁寡欢，他故意从马上摔在泥沟里，然后趋于侍侧，康熙看到他这般狼狈相，问道："师傅何以弄得这样?"高士奇谎称："臣适落马坠入潴中，衣未及浣也。"

康熙不等他说完，哈哈大笑："你们南人竟至如此懦弱，适朕马屡蹶，竟未坠骑也！"康熙与之相比，觉得自己确为勇武之君，不快之感顿失。

他现在回答皇帝的提问："郑成功是谁？"

"郑成功是郑芝龙之子……"高士奇慢条斯理向皇帝介绍了郑氏家族。

郑成功的父亲郑芝龙是明末国初鼎鼎有名的大海商，也是一位英勇反抗荷兰侵略者的英雄。1604 年郑芝龙出生在福建泉州。这里是中国对外贸易一个大港口。他的父亲郑绍祖是泉州知府叶继善手下一个小吏，他知道做官的甜头和油水肥，希望芝龙到私塾好好学习，然后从仕不去经商，可郑芝龙生性好动，不喜欢摇头晃脑去苦读四书五经，念书对他简直是受罪。

一天，他和学友在路上抛石玩耍，岂知一下误中太守叶继善的乌纱帽，当即被捉拿到衙门。太守一看竟是一个总角学童，进大堂也无惧色，觉得这个少年英俊好玩，不禁哈哈一笑，挥手让他离去，说："小淘气玩球去吧！"

日子很快就混过去了，郑芝龙学业毫无长进，却醉心于舞刀弄棍，他父亲对他很失望。他成为家中不受欢迎的人，再也呆不下去了。他远走高飞了，就像长硬了翅膀的鸟儿，跑到广东香山舅舅家去了。他舅舅一看外甥仪表堂堂身材英俊，颇为高兴。但他也知道这个外甥性情豪荡，不服家中管教，就是让他回去，他的姐夫姐姐也对他无力管教，就把他留在了身边。"你下一步有什么打算？"舅舅问。

郑芝龙说："我想跟舅舅干一场，也去做买卖。"

他舅舅思忖半天，捋着山羊胡子肯定说："我看你行。"

　　舅舅黄程是本地有名的大海商，经营商业需要各色各样人材。他看出郑芝龙是个朝气勃勃的青年，是干大事的样子。1623 年，黄程购进大批白糖、奇楠、麝香、鹿茸等等商品托李旭运往日本，让郑芝龙随同押运。

　　一出珠江口商船就遇上了大风，船像一片柳叶随波逐流，飘荡在波峰浪谷中，郑芝龙头脑晕晕，眼前金光迸射，五脏六腑在翻腾，可并没有被风暴所吓倒。船终于到达东瀛岛国日本了。他们的商船是在九州西海岸长崎入港的。

　　这座城市是沿着狭长崎岖的海湾和山谷修建的，浦上川河由此向南从城中穿过流入大海。稻佐山是这个城市的屏障。城市不大，原来只是小渔村，人口也只有几万人，房屋和店铺栉次鳞比，从山谷到山坡高地石板铺路，上面永远湿漉漉的，人们赤脚穿木屐。这个城市充满了异国情调。据说是来自西方的葡萄牙人发现的，于是商人传教士接踵而来，这里很快热闹繁华起来，西方文化从这里流入日本。

　　日本实施锁国政策后，长崎是日本唯一的对外开放港口，但只允许荷兰和中国船来航。

　　长崎是中日友好往来的桥梁。开港之初就有中国船队往来，中国船带去生丝、丝绸、棉织品和书籍，日本则主要出口金、银、铜、鱼翅等矿产和海产品。这些中国船队的商人和水手们，到了长崎总是住在日本人家中。后来在南郊近海处修建了一座专门供中国人住的"唐人馆"。唐人指的就是中国人，如今你去长崎仍可寻到"唐人屋"遗迹。有中国人的地方就有庙，所以这里很快又建起了土地庙天宫、观音堂和福建会馆，接着又有崇福、兴福、圣福、福济四寺的建成。

　　郑芝龙初到异国他乡，一切都感到陌生新鲜好玩。他每天都出去玩逛，时间一长，他与街坊翁川家的女儿，产生了恋情。因为日本女子同"养在深闺无人识"的中国女子不一样，他们各个活泼开朗举止大方，楚楚动人。男女之间爱情这种东西，一旦萌生，就像吃了蜜糖，越咂摸越甜，越有味道。他辗转反侧之余，求助朋友三木，请他向翁川家提亲。开始她的父母并不十分愿意，觉得中国人总不是日本人，风俗习惯饮食起居，多有不同，怕女儿受苦适应不了，便征求他的女儿意见，他的父亲问道："那个中国商人郑芝龙你认识？"

他的女儿微笑着点头："我很喜欢这个中国青年。"

翁家在天草料理店安排一次同郑芝龙的会面，两位老人一看郑芝龙相貌堂堂潇洒倜傥年纪轻轻，一表人材熟稔商务，这门亲事就订下来了。

郑芝龙初到长崎，正是日本幕府时代，闭关自守对海洋文明同清政府的"海禁"差不多，对外国商人限制歧视、多有刁难甚至迫害。生意越来越难做。街上挂着长刀的武士，常常故意找茬，打架斗殴时有发生，吃亏的又是中国商人。

一天，郑芝龙同旅居长崎的几个商友在酒馆喝酒，其中他的福建同乡说："在长崎做生意太难了，官方把我们的货估价太低，而把他们的货提得太高。我们白忙乎一场，无利可获。"

有的说："这里的官员心都是黑的，每次验货评估时，先伸手向我们要银子，不给就刁难你。"

大家借着酒气，臭骂了一下长崎官员的贪污腐败，出出怨气就过去了。

一年之后郑芝龙在酒馆设宴招待福建同乡和唐山来的兄弟，他生了一个胖小子。

　　酒席宴间，大家又谈起生意难做，有的商家货物押了三年，还没脱手，数说这里的贪官污吏多么可恨，有人主张用武力占领长崎，把这里的贪官打跑。

　　说这话的人也许是一种发泄，可郑芝龙马上响应，说："我们就这样干一场吧！"

　　经过一阵计议密谋，大部分在长崎的中国商人都表示响应，其中有很多是长崎著名的大商户，大家推举郑芝龙为群龙之首。

　　1626 年 1 月 15 日，郑芝龙在众商家的拥戴下树旗建军。他当众宣布说："我今承接统领大军，除佐谋督造主饷监守外，另选十八位先锋，三弟芝虎、四弟芝豹、五弟芝鹤，徒弟芝鹏，余者芝燕、芝彪、芝麒、芝孚、芝豸、芝鹄、芝熊、芝蛟、芝蟒、芝鸾、芝麟、芝鹗"。大军号称"十八芝"，还有加盟兄弟，封杨天生为参谋，陈表纪、张弘为总参军，陈勋为督造，林翌为监守，洪升为谋士，杨经、李英打理一应粮饷物资。

　　这支海上武装力量、在郑芝龙的率领下就这样诞生了。

　　郑芝龙的这支武装同我们所说的海盗有所不同。他们不是从事海上掠夺抢劫图财害命，而是从事海上贸易。对过往船泊收取一定的税金。他的这些做法有明确的政治主张，想通过武力对抗政府、对日本幕府施加压力解除海禁。

　　一时中国沿海出现了"官不忧盗而忧民，民不畏官而畏贼，贼不任怨而任德"。许多海商都向郑芝龙靠拢，力争取得他的保护。

　　郑芝龙带领他的海上武装力量，礼贤下士仗义疏财，劫富济贫抗击侵军，活跃于东南沿海，势力强大，沿海官军或明投或暗结，无一敢出战迎击。

1625 年，郑芝龙攻金门、中左，得到福建家乡人的支持，官府眼睁睁的无可奈何，接着又攻外湾、海丰、美屿、浯屿、东碇，抓获明军游击芦毓英。

1628 年，郑芝龙同福建水师提督、抗倭名将俞大猷之子俞咨皋进剿交战，结果是福建水师全部被歼。

明政府对于郑芝龙一次又一次的招抚，终于得到响应，1643 年郑芝龙被明朝任命为福建总兵，成为明朝保卫东南沿海一支强旅。

正在这时，福建出现了多年不见的大旱灾，千里哀鸿，树叶都被火炭般的骄阳灼干了，饥民遍地。福建巡抚一筹莫展胸无良策，郑芝龙提出了历史性的建议:移饥于台湾。他认为那里是个宝岛。巡抚熊文灿当即表示同意，称赞郑芝龙不仅是百战百胜的大将军，还是一个远见卓识政治大家。

郑芝龙集结了几百艘船只，招饥民数万人，去台湾人给银三两，三人给牛一头，让他们到台湾开荒种地。郑芝龙的海上武装也受益不小，因为他的根基主要在台湾。

这是中国政府有记载的有组织大规模移民。郑芝龙的这个策略，不但解决了饥民温饱，还把大陆生产方法带到台湾。

郑芝龙经营台湾时期，也是荷兰人往来台湾进行贸易的活跃时期。这帮荷兰红毛商人是无耻卑鄙的海盗，他们决定先下手为强，要把郑芝龙赶出台湾。双方的交战不可避免的了。而每次战斗郑芝龙都取得胜利，但是他没有收复台湾，只是确保他的海上通道的顺畅，贸易往来没有障碍。

1644 年四月农民起义军李自成进入北京，崇祯皇帝从后宫逃到煤山在一棵歪脖树上自缢。明朝从此走下历史舞台。明将平西伯吴三桂打开山海关大门，大清国摄政王多尔衮带领十几万八旗大军，进入北京入主中原，新的王朝开始了。

郑芝龙一看明朝大势已去，决定降清。

1646 年，郑芝龙率 500 人向清政府投诚，他与他的儿子郑成功各择其主，分道扬镳。

高士奇有声有色讲到这里，停顿了一下，说：“郑芝龙之子郑成功的事，皇上是很清楚的了。”

康熙说：“我知道的是这样几件大事。”

郑成功是郑芝龙与日本人田叫氏所生。

1624 年 7 月 14 日，在日本的长崎千户海滩上，郑芝龙陪同他的爱妻在散步，她忽然感到肚子疼，要分娩了。可是海滩距市区很远，前不靠村后不靠店，哪里能找到接产婆。郑芝龙扶着妻子向回走，到了一棵大松树下，她再也走不动了，躺在一块大青石上。不久一个小生命呱呱落地，他就是后来成为驱逐荷兰侵略者、收复台湾的民族英雄——郑成功。

郑成功(1624—1662)原名森，字大木，是郑芝龙的长子。七岁由日本长崎回到父亲的身边。郑芝龙看到他的儿子眉清目秀聪慧健壮，这一点很像他，又庄重温雅，又像他母亲，郑芝龙把他视为掌上明珠，希望他将来成为国家栋梁，一个有用的人才，所以起名为森。

做为海上之王的郑芝龙，他有能力为自己的孩子选择最好的教师。

森回国后，很快就掌握了汉语，先在家乡福建南安启蒙，八岁时就会背诵四书五经，15 岁考中秀才，成为禀生，入南安县学。为求深造，他不远千里北上浙江，拜钱谦益为师。钱先生也很希望他的足下将来成为国家栋梁之才，为他取名字为“大木 ”。他在那里打下了儒学基础又通读了《左传》，《春秋》《孙子兵法》，业余时间习武，很快掌握了十八般武艺。

1645 年，郑森进入南京国子监成为一名太学生，学而优则仕的路却被李自成的起义军给拦腰斩断了。他回到福州，得到南明隆武帝的赏识。隆武帝朱聿键是明太祖九世孙，他于崇祯五年袭封唐王。南朝皇帝有思想、胸怀大志，励精图治，但败局已定，无力回天。在他登极的当天，所封的四位侯、伯，全是郑氏一家囊括。对郑森赐姓朱，改名成功。因此他被称为"国姓爷"。

郑芝龙降清，郑成功牵衣顿足，海上之王怎会听他儿子的劝告。郑成功写信谴责说："从来父教子以忠，未闻教子以贰。今大人不信儿言，倘有不测，儿只有穿着丧服去看你了。"

郑成功不但不随父降清，而且表示："不受诏、不剃头"，其意如山，还打出背父救国的旗帜，坚持抗清斗争。在广东南澳招兵买马，组织义军，先奉隆武后奉永历年号。

康熙对高士奇笑笑说："这个郑成功好厉害，在我未出生的年代，就已经率军与我们交手了。太皇太后跟他讲过，那时他在海上从福建登陆，连破同安、海澄、漳浦，进据金门、厦门。厦门在明朝称中古所，郑成功占据后改名为思明，分理庶政，团结各方面的抗清力量。各地商民齐聚思明，接着攻下泉州设立六所，官军也迅速壮大，东南沿海的潮州、囊来、揭阳一带的一些反清抗清人员，大都向其投奔。"

1652 年，也就是玄烨出生的前三年，郑成功率十万大军，浩浩荡荡攻进海澄、长泰、漳州、漳浦，接着又南下潮州，与鲁王旧臣张君振合师北上，进入长江，驻军崇明岛。

郑成功抗清意志十分坚决，这还与清军将领博洛部将污辱了他母亲有关。用他的话说，是国仇家恨。

1646 年，郑成功的母亲田川氏好不容易离开日本，一踏上中国土地，竟然遇到清军的轮番奸污。田川氏感到无颜见丈夫和儿子的面，自缢而死。郑成功听到这个消息，亲率穿着孝服的大军，一举攻下清军占领的安平。痛哭之后，他将母亲遗体剖腹，对肠胃进行洗涤，祛除污秽，重新缝合，进行安葬。他到孔庙，谢拜孔子，说：“昔为孺子，今为孤臣，向背去留，各行其事……”

郑成功在福建沿海进行游击战，屡败清军，他期待着与李定国一起北伐，“着甲长驱，鼓行迅击。首尾交攻，共焚济河之表;表里会应，立洗腥膻之穴。然后扫清宫阙，会盟畿辅，岂不大符夙愿哉!”

康熙五岁的一天，苏麻喇姑被太皇太后招进宫，通告她一个不好的消息，说郑成功开始了大举北伐。他亲率十七万大军，联合张煌言、郝旗、李来亨的夔东十三家军等武装力量，兵分八十三营在崇明岛登陆，七月至焦山，破瓜州，攻下了长江的重要门户镇江，围困南京。另一路由张煌言指挥的大军，沿长江而上，=攻下芜湖，接着分兵收复徽州、宁国、太平、池州三十余府、州、县。群众以各种形式支持抗清武装，“箪食壶浆”，“纷纷来附，父老争出，持牛酒犒师，抚杖炷香，望见衣冠，涕泪交下，形势尤好。”

顺治王朝一下慌了手脚，好多来自“龙兴之地”的官员、商贾及至贩夫走卒，纷纷逃离京都，如有大难来临。

在清朝统治集团内扮演过重要角色的孝庄皇太后，虽不临朝擅权，但她是历经皇太极、顺治及现在康熙的元老。她辅佐了两代皇帝，为清朝的建立和巩固殚精竭虑，作出了重大贡献。她临变不惊，一方面作退回关内的准备，一方面积极准备反攻，同时要困守在南京的总督郎廷佐与郑成功谈判投降事宜。郑成功信以为真，中了这个女人的计谋，拖拖拉拉谈了两个月也无结果。在郑军将士以为夺取全国的胜利，进军京都就在眼前的"日夜张乐歌舞"，"释戈开宴，饮酒捕鱼为乐"的状态下，清军组织力量，清将梁化凤乘着明军战斗意志松弛时机突然出击南京，南明军大败，郑成功的主要将领甘辉被俘牺牲，全军大乱纷纷溃退，郑成功不得不退出长江流域，返回他的老根据地思明。

郑成功撤退，溯江而上的张煌言陷入孤立无援的地步，清军全力对他进行攻打，最后张煌言逃出舟山普陀被俘，不久在杭州被清军杀掉。

"……那么，以后呢？"康熙指的是郑成功退到厦门的情形。

高士奇说："他又在重整旗鼓，经过半年的修整补充，恢复了士气，扩大了部队。"

"我们又将同他厮杀一场。"康熙说。

高士奇说："仗总是要打的，不过我们几次都失利，后来我们颁布了禁海令'迁界令'，规定从山东到广东沿海居民，内迁三十里，不管渔船、商船……寸板不得出海，这样断绝了郑军的补给线。"

"郑成功呢？"

"郑成功嘛……"高士奇说，"他召集了他的部将开会，说：'我欲平克台湾以为根本之地，安顿将领家眷，然后东征西讨，无内顾之忧，并可生聚教训也。'"

"攻台湾成了郑军的目标。"

高士奇点点头："是。"

在郑芝龙作为"海上大王"时，他也经常同荷兰商人打交道。在此之前至少在 1624 年，就和岛上的商人有生意往来。外国人登上中国领土台湾赖着不走，理所当然的要受到明朝政府关注并遭到福建巡抚南居益大军的围剿，荷兰人遵照明朝政府的意见，毁了在岛上建造的一些设施。后来，荷兰舰队在台南的台江登陆，这里是郑芝龙的辖区，荷兰人宋克亲自拜见了郑芝龙，想要用租赁一块地方落脚，开始郑芝龙没有答应，宋克又用高价作为诱饵，郑芝龙考虑生意上的种种关系，他也有自己的打算，想通过宋克从荷兰那里得到一些精良武器更好武装他的军队，便答应下来。

宋克获得郑芝龙租借土地的应允后，迫不及待的向荷属东印度公司总督说："我们在台湾又有了落脚地，那个郑芝龙答应了我的要求。"荷属东印度公司莫赖对他指示说："赶快建城堡，作永久打算。"宋克很快在线尾的地方设立一个商馆，供荷兰和各国船队往来贸易的落脚之地。接着他经过一番详细调查，选定台南安平叫做鲲身的河堤上，筑起堡垒，取名奥兰治城。后来宋克任阿姆斯特丹总公司的第一任殖民官，他的座舰热兰遮号成为这座堡垒新名字。

宋克开始大肆扩建热兰遮，筑防卫性坚固堡垒，用糖水糯米汁拌和牡蛎壳粉砌墙，城墙雉堞用巨大的铁筋加固，1632 年荷兰人又在热兰遮城外围修建了乌特勒克炮楼。

1625 年 1 月，为了修建一座新的堡垒，宋克亲自带领人马寻到台南。这里居住的都是土著人。宋克用甜言蜜语小恩小惠，仅用 15 匹粗布就骗取了当地大片土地。他掩饰不住高兴，给上司荷属东印度公司报告说："他们是十分可爱的民族，只要了解他们的感情，对付得当，就很容易结交。首先要投其所好，不过是可供一顿饱餐米粮，一寻粗布，一袋烟就足够了"。

这里由宋克建起一座城堡，荷兰人叫台普罗文查，中国人把这个建在鲲身沙堤上的城堡叫赤嵌城。

荷兰人占据了台湾，俨然成了这里的主人。他们以此作为基地独占对华贸易，他们把台湾的米、糖、藤、鹿角、鹿脯运往大陆和日本，再将在日本的获得的白银运往中国买货，又把中国的生丝、丝绸、瓷器、黄金、药材等转贩日本、巴达维亚及荷兰本国，再从巴达维亚输入香料、胡椒、琥珀、麻布、木棉、鸦片、锡、铅等物品转贩中国。这种三角贸易中荷兰获得了巨额利润。不久，荷兰国王召见了宋克，问道："你面对台湾那些野蛮的土著人，有什么办法？"

"用武力，恐怕不好，那样会激起土著人更大的反抗。"宋克说，"我当年取得这里落脚之地，就是用了点小智慧。"

"你确是一位有智慧的人，关于取得台湾落脚地的传说，我们倒有几个版本的。"

宋克一笑，说："寻找落脚地，开始十分困难，那些蒙昧的土著人，对于祖先的土地固守很牢，不让出一点，通过多次交往，每次我都带给他们的头人一些酒、食品、饰品，取得好感。"

"这样，他们才允诺了我们。"

"不过，"宋克说，"提到土地，他们的态度坚决不松口。"

"你还有什么办法。"

"我仍然彬彬有礼，带着礼品不断拜访，最后我说我租借一张牛皮大的地方，这总可以了吧？"

"土著人点头了？"

"不是点头，而是哈哈大笑一阵。"

"为什么?"

"他认为我是一个白痴。"宋克说，"一张牛皮大的地方能做什么?"

土著的头人，特意找来一张最大的牛皮，扔到宋克的面前说:"你去选地方吧!"

宋克从吕宋岛请来最高级的裁缝，请他用锋利的刀剪，把牛皮剪成细线，宋克拉着牛皮细线圈了大片土地。

"我现在已把那里的人管理起来编为'小结'，若干'小节'为一'大结'，层层都有人管理，不让他们乱动。"宋克说。

"你在报告中说到的'王田制'，请仔细说明一下。国王对于台湾的殖民事务，越听越有兴趣。

宋克说:"'王田制'只是一个名义，实质上是通过这个办法，让那里的农民交纳地租。具体规定，我在给您的报告里已写明:每甲土地(约合十一亩)上田十八石，中田十五石六升，十田十二担二升。

"嗯，很好，你做得很明智，对土著人的征服只有用法制。"

"我那里还作了这样的规定:凡七岁以上的人，每年要交纳人头税荷印四盾。"

"他们执行吗?"

"我用土著人他们自己管理自己，宋克得意地说，"执行得很好。"不过有一点宋克没有说，那就是伴随着他们制定法律背后的殖杀掠夺。一个参加征伐的瑞士军官赫波特在他的《爪哇、台湾、前印度及锡兰旅行记》记事上写道:

我们四队同时开枪、击鼓、吹号，使他们(指中国居民)非常惊骇。我们的大炮，尤其使他们恐慌，因为他们大多数未曾听见过枪炮之声。有许多蛮人被我们打死了，他们惨叫哀号，惊慌失措，纷纷逃出屋外……有些人在逃走时被我们击伤了……我们在那里停留了三天，然后放火烧掉一切。

宋克向荷兰国王描述的是经营殖民地的办法，展示他们怎样背信弃义、贿赂杀戮等卑鄙行为。台湾人民也不断进行反抗斗争。

1661 年四月二十一日，郑成功率领二万五千人大军，分别乘坐四百多艘大小战舰，踏破东海万重浪，直指台湾而行，直抵鹿耳门港。

事前有了防备的荷兰侵略者，早已壁垒封严进行防务，修筑炮台堵塞航道，严禁商船渔船出海。

荷兰人以为这鹿耳门港全是天险，水浅道窄，一般只能通行小船，陆上又有炮台控制，完全不必多虑，郑军不可能由此打进来。

时至中午，大潮涌满，郑成功指挥他的大军，同荷兰侵略者先在海上交火了。

荷兰侵略者以泊在海上的主舰赫克托号为指挥舰，企图以猛烈的炮火拼命抵抗，想阻止郑军进港。郑成功在他的旗舰上，指挥管中军蔡翼、陈个，亲军石武卫周全斌，亲军左虎卫王大熊，亲军右虎卫陈莽、左提督翁天佑、右提督马侯，骁骑镇龚允升，左先锋杨祖，中冲镇萧拱柱，后冲镇黄昭，宣毅前陈泽、宣毅后镇窦豪，礼武镇林福，援剿后镇张表，迎着第二梯队左冲镇黄安，前锋陈利俊、智武镇、严望忠，英兵陈洁瑞，游击镇胡靖，殿兵镇陈璋。

"国姓爷来了……中国人来了！"荷兰城楼上的守尉，慌张地向上司荷兰驻台湾长官揆一报告。揆一指挥赫克托利号用火炮反击郑军的进攻。

赫克托利号的舰长复令说：“都是一些小划子，不值得动用舰队，行进大港，让炮台上的海防炮消灭他们吧！”

揆一非常欣赏赫克托利号舰长的策略，拿起望远镜向海上一看，四百多艘小船，散在海面上像地上的小蚂蚁，他笑笑，对周围人说：“郑成功还称得上‘海上之王’之后吗？他来跟我们开玩笑来了，等着吧，有好戏可看噢！”

郑军的船队，不是小蚂蚁是被捅开的马蜂窝，飞也似的不顾枪林弹雨，向鹿耳门进击/荷兰人从城上的炮楼里发出一串串的炮弹，他们以为打掉十只八只小船，就可以吓走郑军，结果出乎意料的遭到郑军有力回击，炮声隆隆，火光冲天，海上激起冲天的水柱，赤嵌城瓦石飞溅，杀声震天。

“他们进入了鹿耳门！”城上守敌的伍长惊慌地高叫。

战旗迎风招展，战旗在燃烧，战舰一艘艘冒着敌人的炮火，驶进鹿耳门港……

揆一举起望远镜搜寻他的主舰赫克托号，看到海面上硝烟弥漫，水柱、火光……赫克托号主舰出现了，然而它的周围被“小蚂蚁”咬住了，炮也失灵了。不待他发布新的命令，一艘郑军的小船飞也似的向赫克托号撞去，只听山崩地裂一声巨响一个火球跃出，海上飞起柱天的水柱和烟尘，落下船板、布条和荷军碎裂的尸首……

“难道他们也有主在庇护”……揆一被海战景象惊呆了。

正午一刻，郑军船只潮涌般的进入大员港，停泊在热兰遮和普罗文查城之间，还有一部分船舰在禾寮港靠岸，赤嵌城居民带着水果箪食热烈欢迎从天而降的祖国军队。

五月一日，郑成功向揆一发了一封信，说：“台湾和潮湖向来是中国领土。这两个岛屿上的居民都是中国人，他们自古以来占有并耕种这块土地。过去本藩的父亲只是将此地租借给你们，现在你们理应还与本藩。如果你们能用友好的谈判方式让出城堡，生命和财产将受到保障，否则所有的人都将难以幸免。”

揆一开始玩弄两手，一边说准备和谈接受郑军提出的各条件，一方面仍在组织海上、陆上的战斗。

五月三日，揆一送信给郑成功表示，愿意付出一笔赔款，条件是郑军必须退出台湾。

郑成功严正地说：“台湾一向属于中国，在中国人不需要的时候，可以允许你们暂时居住。现在中国人需要这块土地，你们自应把它归还原主，这是理所当然的事情。在台湾的中国人已经饱受你们的蹂躏，但我们此次前来的目的并不是为了复仇，也不是同东印度公司作战，只是为了收回自己产业。只要放下武器拆毁城堡，你们可以用自己的船只装载动产、货物和随身武器回到巴达维亚。如果不愿意投降，请你们的主将在城头上升起红旗，我们只好武力见分晓了。”

五月五日郑军主力开入大员市区，并迅速形成对热兰遮城的包围。

五月二十五日，郑军发动了一次猛烈的攻势，仍然没有攻下固若金汤的热兰遮城。揆一还是一面玩弄和谈的花招，一面等待援军。

郑成功的参军萧拱宸对热兰遮城荷兰守敌和城防形势深入调查了解，向郑成功说：“热兰遮城现在已是一座孤城，它不会维持太久，如果我们这时硬拼，损失将会很大，不如对这里实行围困，城里若断了水，必然出来取水，断了粮，必就出来取粮，届时我们一个一个歼灭，总有一天揆一会支持不下去，必然投降。”

“萧参军的意见好，”郑成功说，“就照你说的办法”。

七月十三日，荷兰新任长官克伦克率领数只战舰抵大员湾，见郑军水师阵容，不说二话掉头逃往日本。

九月十六日，荷兰增援船舰分两路对郑军进行反扑，郑军宣毅左镇和戎旗左右协水师英勇迎击，用火船烧毁了荷兰"克登霍夫号"和"科克伦"号。

屡战屡败，揆一又打出了谈判旗帜。双方经过四天的争议协商，荷兰人列出一个 18 条双方同意的文本，它的核心内容是："热兰遮城及其城外的工事、大炮、粮食、商品、货币等属于东印度公司的一应物品都要交给国姓爷。属于私人的动产可以带走，同时还可以带走在返回巴达维亚途中所必需的物品。"

大员市镇的税务所被清扫一番，面目一新。郑荷双方的代表按时步入这里，他们在一长桌后站好，按照国际惯例完成了协议换文。

接着揆一在海滩上将城门的钥匙交给郑成功的代表。

荷兰人在他们最后一任长官揆一的带领下，分乘八艘战舰，夹着尾巴退回巴达维亚去了。

郑成功宣布:荷属东印度公司 38 年对台湾的殖民统治结束了，台湾重归祖国怀抱了。

1662 年初夏，手举红旗的驿官由福建出发，昼夜不停的向京都飞驰着……

御前太监捧着朱红的木盘，上是福建总督李建泰的奏书:

郑成功于元月二十六日在台湾病逝，郑世袭欲以厦门郑经分治，郑经派人来议和。

康熙览过旨份信政王大臣会议的信，说："我们就等这一天，再一次跟他谈."

……

14. 台湾和谈

　　这天皇上早朝之后临御南书房，召武英殿大学士兼,刑部尚书熊锡履、翰林院掌院学士值经筵讲官兼任起居院官、教习庶吉士李光地、翰林院掌院学士拉萨里、刑部尚书、翰林院学士、礼部郎张玉书、文华殿大学士、教习张英、左都御史、工部尚书陈廷敬、内大臣、议政大臣、太子太傅索额图、弘文院学士、兵部尚书、太子太师明珠、内阁学士、户部侍郎、左都御史王鸿绪、教习、步军统领麻勒吉、内阁中书、日讲起居统官、右庶子、詹事府少詹事高士奇等文臣武将，讨论台湾问题。

　　皇上关注台湾问题朝臣们共知。特别是三藩平定后，一国之君把眼光转向台湾和边疆问题。台湾与大陆隔海相望，两岸最近处仅 130 公里早。在古代，帆船便可朝发夕至。

　　清世祖当年遗诏定下八岁的玄烨为皇太子，命内大臣索尼、苏克萨吟、遏必隆、鳌拜为佐理政务辅臣。当时清朝政府在闽疆等无法用兵且国库空虚，而对东南沿海、厦门、金门、台湾诸岛鞭长莫及，结果郑氏踞守作为反清复明基地。不能不说这是朝廷一块大心病。正在这个当口，海澄公黄梧密奏一本，叫做"平降五策"，目的是孤立、瓦解郑氏集团力量，这就是人们所说的"海禁"。《清朝柔远记》是这样叙述海禁出台的情形：

　　郑成功自江南败归，崎岖海上日久，屡进取无功，谋取夺台湾为窟穴。会荷兰通事何遄负巨债，投成功，请为乡导。至是，进泊澎湖。红毛以大舟沉塞港口。炮发潮涨丈馀，数百艘候抵岸，遂克赤嵌城。进围王城，半载不下，乃绝水源以困之。荷兰夺台湾，以大舶迁去。郑氏遂有台湾，舆金、厦两岛相犄角。

早在顺治十二年时就有"严禁沿海省份，不许片帆入海，违者置重典"。这种大规模的"禁海迁界"实际的收效甚微。禁海措施不仅禁止不了沿海人民与海上反清的郑氏集团活动，他们的来往还更方便了。

可以这样说，康熙自即位伊始，就在为继续完成其父顺治帝遗留下来的统一台湾未竟事业无时不刻在努力。他在不同时期根据不同形势，交替运用军事征剿与和平招抚两手策略，同郑氏集团进行了长期复杂的斗争。

1662 年是康熙元年，也就是郑成功逝世后的第二年。郑袭郑经叔侄为争夺诞平王位发生内讧。朝廷认为这是解决台湾问题的好机会。顺治十八年十二月十八日，清廷再次发布"严禁通海"敕谕文告。康熙谕旨福建总督李率泰、靖南王耿继茂，派遣都司王惟明、李振华同总兵林忠前往厦门进行招抚。这里是郑经驻守之地。

郑经看出政府和谈代表带着一片诚意，心中不觉暗笑一声，说："我现在所需要的是时间，而赢得时间的最好办法是谈判。"因为他现在的处境是在台湾的郑袭集团和清军中间，任何一面对他动武，都对他不利，如果是两面夹击，那他就简直就毫无退路了，他不得不玩和谈的花招儿。

朝廷代表到来，使郑经一下很尴尬。他打出了和谈的旗帜，喊出了和谈的口号，可是对和谈并无实质性的准备，也不是真诚的来进行和谈。在仓促之中，他派镇守金门的伯父郑泰还有洪旭、黄廷等军事首脑讨论策略，郑经说："我们为什么要同清政府谈，这是根据目前我们的形势和任务决定的。打，清政府一时不会赢，他们的八旗大军全是旱鸭子—

一过不了江。我们有足够的水师对其迎战，但我们不能同其正面作战，我们还有后顾之忧没有解决。因此，我们先要谈，谈得时间越长越好，先拖住清政府，这样好吗?"

郑康、洪旭、黄廷都发表了他们的意见，同意郑经策略。

郑经说："谈的主旨是：'诸如琉球、朝鲜例'，不登岸、不削发，不易衣冠，称臣纳贡。"

他的这个意思，同其父郑成功的抗清性质，就完全不同了，郑成功为了国家民族利益收复台湾，赶走荷兰侵略者。而郑经如今想把台湾从中割裂，像朝鲜一样自成一国，破坏国家统一，这是为康熙皇帝所不能接受的。

郑经为他的假意和谈涂上些胭粉，假惺惺的交出明朝所赐的敕令印信和海上军民土地清册，让清政府和和谈代表得出结论认为郑经是完全出自诚意的。实际上他背后隐藏的真实目的是："暂借招抚为由，苟延岁月，俟余整旅东平，再作区处。"

就在郑成功其弟郑袭、世子郑经叔侄间为争夺延平王位之时，郑经自称"世藩"，打出延平王招讨大将军的旗帜，布告各岛及台湾，要为郑成功发丧举哀。为解除后顾之忧，他把与清廷谈判的事委托于伯父郑泰及洪旭，自己调动军队，以右虎卫周全斌为五军都督，与咨议参军陈永华一道誓师东进。

郑经率军抵达台湾后，他集中打击了"拥叔派"头子，对冲镇黄昭和郑袭予以镇压，台湾内乱勘平。

郑经的这个小把戏，很快便被清廷识破，招抚不成，就召回代表。

公元 1667 年五月，康熙派总兵官孔元章带着郑经舅父书信，到台湾进行招抚工作，而郑经坚持称孤道寡，要"另辟乾坤”，妄图在台湾建立“万世之基”，招抚又一次失败了。

　　公元 1669 年七月，康熙亲政后，马上遣大学士、刑部尚书明珠、兵部侍郎蔡敏荣，召集耿继茂、都督祖泽清到福建泉州商议抚台事宜，并决定要兴化知府慕天颜加卿衔、与都督佥事季英赴台招抚。

　　谈判桌如同战场，双方唇枪舌战，彼此争论半个多月。郑经坚持仍以“照朝鲜事例，不削发，称臣纳贡”，慕天颜则以“削发归顺，自当藩封”，双方没有达成一致意见。接着又移地泉州，郑经派刑官柯平、礼官叶亨随同慕天颜等继续谈判。谈判未能向前走出一步的原因是柯平等人总是坚持郑经唱出的老调。坐镇指挥这场和谈的明珠，把情况速奏皇上，康熙马上览阅谕旨：

　　“遵制削发归顺，高爵厚禄朕不惜封赏，即台湾之地，亦以彼意，允其居住，至于朝鲜不削发，愿进贡投诚之说，不便允从。”

　　明珠有了皇上关于台湾问题清楚指示，更加明确怎样同郑经去谈，为了努力达到皇上期待的目的和平解决台湾问题，他命慕、季两人，随同柯、叶再赴台湾劝郑经。

　　郑经在洲仔屋他妻妾嬉戏的园亭，接见了慕、柯两人。

　　郑经见了说：“明大人的信，我可以收着，皇帝的诏书，请便宜收回。”

　　“藩主，我想我们之间的事，还可以谈下去，只要不是进行分裂，‘另辟乾坤’，我看就可谈下去，谈什么都可。”

　　郑经怎肯放弃他欲在台湾“另辟乾坤”建立“万世基地”的分裂野心，他对使臣说，仍然坚持：“按朝鲜事例，不削发，称臣纳贡。”

慕天颜利用明珠信上的话，说："明大人的信，藩主已经看过了，他的意思是很明白的，阁下为中国之人，不宜引朝鲜事例。"他还进一步解释明珠的意见说，"阁下的荒外自居，朝廷的一体相待九重致意高厚如何？夫称臣纳贡，既已遵国制，定居臣之义，譬犹父子。从无父子而异其衣冠，岂可君臣而别其章服！此剃发一事，所当一意仰从，无容犹豫者也！"

"如若剃发，至死不易。"郑经断然地说。

谈判再次陷于僵局，郑经再次拒绝招抚，他在给明珠的回信中说："台湾大陆远隔重洋，有波涛之险，不惧清兵来攻；台湾'爵禄自存'，利诱不足动心；且清廷封赏言而无信。台湾不能接受游说侈谈"。

明珠把郑经对招抚的态度向皇帝上奏，康熙指示明珠和蔡毓荣，有一线希望也要争取谈下去，和平解决要灵活又要掌握原则。他指出："若郑经留恋台湾不忍抛弃，亦可任从其便。至于比朝鲜不剃发，愿进贡投诚之说，不便允从。朝鲜系从来所有之外国，郑经乃中国之人，若因居住台湾，不行剃发，则归顺悃诚，心何为据？"

朝廷对郑经进行多次招抚毫无结果，不久三藩之乱爆发。而郑经一看，这又是反清的好机会，他何必不加入这种"大合唱呢！"

这天，在波涛汹涌的大海上，一叶孤舟在风涛中漂流。靖南王耿精忠派漳浦人黄镛给郑经带去一信。内容除了对郑大加奉承吹捧之外，还对其煽惑说："孤忠海外，奉正朔而存继述；奋战中原，举大义以应天人。速整征帆同正今日疆土；仰冀会师，共战万世勋业。"

“好！”郑经看完耿精忠的信，甚为大喜，一拍大腿说：“我总算又有了重返大陆的机会了。”郑经做梦都没想到，云南的吴三桂、广东的尚可喜、福建的耿精忠为对抗清廷削藩，发动叛乱举兵同清廷对抗，这样一来，你康熙还有什么力量同我谈判诏抚，他顿时感到一身轻松，身上千钧压力一下消失了。他回到他的美人窝饮酒作乐。这里确乎是个温柔乡，集中着从大陆漳州、福州、厦门、泉州、南安、海澄、白水、漳浦来的姑娘，还有台湾本土高山族姑娘，各个能歌善舞，组成舞踊、歌戏各种班子，同时还要为他提供性服务。

他高兴得不知所以，把这个消息先告诉了美人窝的女子们说：“孩子们，大清朝廷御磨杀驴，南院失火了……爹说的南院，是云南、广东、福建，朝廷要罢掉这些功臣的官，他们为大清南征北战打下半个江山，会老老实实让人摘去顶戴花翎吗？”他忽然坐起，叫来婢女为他整装，他要去承天府衙办公，召传洪旭、黄安、陈永华、颜望忠、冯锡范、杨祥、刘国轩等军师部将们开会，命令整军备战，同耿精忠揭起大旗 共同对抗清廷。

郑家军有强大的水师，这是朝廷无法比拟的，这天在一声令炮下，千帆竟发锣鼓震天，郑经率领他的大军乘风破浪渡海到厦门。

耿精忠亲率主力北上，按照吴三桂的谋划，要夺江西和浙江，沿海空虚几乎无兵防守，郑经可以说一帆风顺，没有遇到什么阻力便登陆了，然后他不失时机的在广东、福建抢占地盘，把耿精忠的领地泉州、漳州、汀州、兴化、邵武等府县和属尚可喜镇守的潮州、惠州二府还有广州所属一些州县全部抢占并大肆抢劫，把抢来的金银财宝一船一船运往台湾。他的到来是有预谋的，说的是协助吴三桂率舟师去攻南京，而事实是在抢耿精忠地盘。康熙皇帝看得很明白，他览阅了前线一件又一件奏折，他得出一个结论：耿精忠密秘同郑经勾结，请他率水师登陆，结果人家不但抢占了他的地盘分去一杯羹，还构成对他安全威胁，他是引狼入室。他们之间的矛盾将很快爆发。而事实发展正如康熙皇帝所料，耿精忠看到自己后院失火，便没有多大心思全力北上。请神容易送神难，他想要把郑经赶下海也不是一件容易事，他就开始想同清军联合起来，共同对付他引来的"狼"。而郑经利用三藩作乱这个时间，不失时机的进行征兵抢粮抢物，扩充自己的实力。康熙这时急命康亲王杰书，到浙江去做耿精忠的工作，同时命福建总督郎廷佐利用耿、郑之间的矛盾，进行分化瓦解诏抚。

康熙十五年十月，当康亲王杰书指挥八旗大军自浙江攻入福建与耿精忠战斗。耿每战必败，无力抵抗，进退失据，陷入两面夹攻，只好举起手来，再次降清。只用数月，清军很快收复福建各地，郑经只得退守厦门等沿海岛屿。他经常派小股武装力量对沿海进行骚扰，不但使得当地人民百姓不安，也使身在禁宫的皇帝不得安宁。

午夜迢迢刻漏长，

每思战士几回肠。

海氛波浪何年靖，

回望军书奏凯章。

康熙这首《夜至三鼓坐待设政大臣奏事有感而作》的诗就是写在这种情形。这反映了他盼望很快结束动乱，国土统一，结束分裂的急切心情。康熙向耿精忠颁发了一道敕谕："尔祖父宣力累朝，勋猷茂著，俾世袭王爵，格外加恩。到尔父病殁，令尔袭封，仍镇闽疆，方谓尔克绍前猷，殚忠报国……联犹念尔祖父前功，终不忍绝，将尔在京诸昆弟，及所属人员，概行宽宥，给还官职，恩理如常"。他再次警告耿精忠要认清形势："今大军云集，时势昭然，尔自知之。朕复念尔变乱，必有所由，或为逼迫所致，故归诚后可官复原职，立功受奖，尔若即悔罪率众归诚，当复尔王爵，仍旧镇守，所属人员职任各如故，兵民人等照前安插；倘能剿除海冠，共奏朕功，仍优叙加以爵赏。并作出保证：朕以诚待天下，断不食言。尔勿听信煽惑之言，终怀疑俱、负朕始终保全至意。"为了立功赎罪，耿精忠担任向导攻打郑军。清军收复郑军窃占的乌龙江邵武两地，闽南闽北也纷纷投降，郑军头尾受击，原归降台湾的潮州总兵刘进忠也抗命自踞，郑军不得不收缩战线扔掉汀州，一步一步向老巢退却。

康熙十六年春天来到了南国，战场仍是硝烟弥漫杀声一片，清军连陷兴化泉州漳州，郑军一溜烟跑回厦门大本营。郑经不得不把他掠夺的金银财宝和女人，一船一船的运往金门台湾，作最后退却准备。

康亲王杰书在他福州行营东城城隍庙召集福建总督郎廷相、福建巡抚杨照、布政司姚启圣、按察司吴兴祚等当地军政要员，讨论沿海形势进剿郑经事宜。

会议开始总督郎廷相先作了发言，他说："福建是海防之地，黑龙江那里面对大江大山大河有骑兵并设将军，这里至少应该设有水师提督，驻防水兵万名以上。康熙七年裁缺是那时沿海无事，如今郑军如同海盗般猖獗，不断对大陆侵扰烧杀掠夺，应该加强这里的边防。"他心里对朝廷抱有埋怨，曾多次奏请而朝廷就是不应允，可话到嘴边他又吞回去了。一个地方官面对朝廷的亲王，该讲到什么分寸他要掌握得好，不然引来杀身之祸也说不定。

　　康亲王在议政王大臣会议上也曾多次看到了郎廷相关于福建要求设立水师提督的折本。他认为很有必要，但话又说回来，朝廷正面对三藩叛乱而无力解决福建边务问题，这叫朝廷有朝廷的难处。可他也不能正面表白他的这个意思，设与不设是皇帝的旨意，他不能妄自评论。

　　康亲王说："兵部已有令，要海澄介黄芳世赶快到福州，总长官黄蓝已经启程，不日即可到达，他们来的目的是召集一下旧部重整旗鼓，筹措粮饷制造兵器，操练队伍扩大兵员，届时你这个总督就不必日夜盼望朝廷为你增兵派将了。"

　　这个郎廷相是前任福建总督郎廷佐的弟弟。他兄在江南江西任过总督，确是一位干将，郑军攻打江宁时奋力共守终获全胜，得到朝廷的嘉奖。耿精忠反叛后，他又随康亲王进剿可惜去年病死军中。河南巡抚郎廷相调任福建，在康亲王眼里，觉得这位总督的才干胆识谋略都不及其兄。

　　郎廷相对于康亲王的话仍作保留。他想朝廷增兵不设将，作为总督他无力解决这种大事。

　　康亲王看出这个意思，说："你是总督呀，面对海盗的烧杀掠夺不能束手无策，单等朝廷用兵派兵增兵，总督可以在各乡设立练总乡壮，把百姓组织起来保乡守土嘛！"

　　布政使姚启圣的思路是，经过郑氏掠夺耿藩搜刮，这里百姓已经穷苦不堪，再加上不断的征兵拉夫，乡里组织一支乡壮确有困难。他认为最积极的办法是进行招抚，他说："我的意思是加强乡里武装建设很重要，但对于郑氏海贼，我仍就认为要进剿和招抚同时并用，我还认为现在的时机，有利于我们招抚。"

康亲王点点头，觉得这个人看问题入木三分符合皇帝旨意。他上奏皇帝，康熙随即谕旨："海寇当抚。"

郎廷相说："我们对郑经进行多次招抚，谈来谈去，他都表示愿意称臣纳贡，就是不肯剃发登岸啊！"

康亲王道："郑经独自窜穷荒，守明正朔，这跟吴三桂自称'大周皇帝'，与两朝乱臣贼子不同。台湾远在海外，朝廷暂且可以不管那片弹丸之地，息兵安民确是首要。"

郎廷相恭维地说："王爷胆识过人，招抚之事若成，功在朝廷福在百姓。"

姚启圣听后，一咂摸康亲王的话，他明白了这深藏的用意是，这并不是违拗皇帝的旨意，

而是朝廷上下集中力量解决三藩，再解决台湾问题，眼下对付郑氏的办法是权宜之计。

"谈。"康亲王果断地说，"都是中国人，只要不'另辟乾坤'，有什么不能谈的嘛！"他决定把条件放宽一点。

康亲王很快组成了新的招抚谈判代表班子，选派泉州知府张仲举、兴化知府卞永誉，齐加卿衔，还有泉州地面上著名乡绅黄志美、监生吴介鸿，前往厦门再次与郑经谈和。

郑经召集他的部将冯锡范、陈绳武、刘国轩、洪磊等人进行商议，准备提高价码讨价还价。

双方寒暄之后步入议事厅，分别左右两排落座。谈判开始张仲举说："康亲王命我等前来，与阁下再申前议，请阁下让回各岛，息兵安民。"

郑经一脸正经强硬地回答说："本藩已再三申明，关于'剃发'之事决不动，我们再谈这个，只怕白白浪费各位时间。"

　　张仲举叙说皇帝的宽宏德范，说："如今我皇又复大举博学鸿词之士纂修明史，命执笔之士，该褒扬的褒扬，勿律本朝的忌讳。我朝自以忠劝天下，贵君臣守朝正朔三十年不忘旧君，我朝又何忍逼迫你们君臣豪杰之士作忘国负君的行为呢？"

　　"那么是说，"郑经疑虑："贵朝的意思是允诺了我们提出的条件，可以不剃发登岸，也就是遵朝鲜例？"

　　张仲举解释说："正是！以往前来议抚之人，言必称'剃发'登岸。朝廷现在考虑这样做你们很难接受，不但毁坏了你们君臣三十年尚义之名并先藩赶去荷兰红毛收台湾之功，也损我朝数世劝忠之典。这不是本朝盛世喜谈愿见的。"

　　郑经根本没有想到朝廷此次作出这样让步，强硬态度有了缓和。他冷笑说："看来此次贵朝确有议和诚意呀！"

　　"正是。"张仲举道："阁下早已有言在先，以往我们所谈的障碍是'剃发'，如今已豁然开朗。福建也是阁下的父母之邦，如能息兵安民，百姓必然感念阁下之德。"

　　冯锡范在郑氏集团中扮演着政务军事的重要角色，挽草不过老奸巨滑。他发现朝廷已放松态度，便说："藩主，清廷既称息兵安民，这是我们一贯的态度。安民必先息兵，息兵先富裕粮饷，如能裕饷，兵可息而民自安矣。这样，清朝廷的泉、漳、潮、惠四府之地，划归我家。"

　　冯锡范的发言，半路杀出一个程咬金，给步步向前的和谈添了枝节，双方一时陷于窘境。

　　冷场了半天，张仲举示意卞永誉，本来是说我是唱红脸你是唱黑脸的，现在该"黑"对手一下子了。卞永誉心领神会，发言："我朝命将出征，平定全闽应天顺人，也是万不得已。如今我们一次又一次议抚，也是怜你们君臣之苦节，乐为你们君臣考虑安全。如果你们喜欢动武，战端一开，区区两岛，岂能与四海之大朝较量？"

冯锡范不以为然的冷笑两声："我先王仅有两岛，尚欲大举征伐，以复中原。况今又有台湾，进战退守，权操在我，岂以一败为嫌？"

吴公鸿据理力争，驳斥冯锡范："贵军沿海烧杀掠夺，出没无常，使无数女子失去丈夫，无数儿女失去父母，这不仅违背我皇上好生之德，大明三百年流风余惠，亦消剥殆尽！贵君臣区口忠义，恐不是以掩盖贵军暴乱之罪恶！"

"你……"冯锡范没想到对手这么厉害，挨了重重一拳，打得他一时晕天昏脑，哑言。和谈一下陷于冷场，僵局……

半天，郑经才不咸不淡地说："此事还得容我们再议。"

和谈又一次遭到破坏，清廷的代表只好打道回府复命。

张仲举给康亲王详尽汇报了郑氏集团如何得寸进尺毫无诚意的谈判经过，并把和谈纪录由笔帖式呈上。

"这个郑经很不正经，"康亲王不无讽嘲的说："先是拒不剃发登岸，我自作主张先让他一步，现在他又要地请饷，真是白日做梦……。莫说四府之地，就是寸土，朝廷亦断无应允之理。"

康熙帝为东南沿海郑经不断骚扰，台湾有待收复谈判无期而忧虑，吏部尚书吴达礼上奏皇帝："皇上，今福建总督郎廷相、提督段应举，自上任以来无所作为，山谷之叛贼没净百姓之困苦未吏治没见起色，军纪散漫无整顿寇警频闻地方不宁。更有甚者，海贼侵犯内地，事前不能防御事后不能堵剿。皆由该提督庸劣无能职业不修殊员简任之意。"

康熙对郎氏兄弟早有自己的看法，他认为这个郎廷相简直无法同郎廷佐相比，真是一个低能儿，康熙对吏部尚书吴达礼说："郎廷相、段应举岂可仍令在任，贻误封疆?"

吴达礼当即圣赞皇帝英明。

康熙说："为政全在得人。令姚启圣即优升为福建总督。福建巡抚杨熙年老，着以原官休致，复兴祚优升，为福建巡抚，应兼职衔，俱奏吏部议奏。另调江宁提督杨捷，为福建水陆提督总兵官。"

姚启圣(1624—1683 年)，字熙止，号忧庵，浙江会稽人，少任侠自喜，明季为诸生。富于胆略，善于雄辩。他在青年时，郊行遇二个兵丁侮辱妇女，上前解救，夺下其刀，还女子其家。后来去附族人，籍隶镶红旗汉军。康熙二年乡试第一，授广东香山知县。三藩之乱时，他投奔在闽坐镇的康亲王进攻耿精忠。他膂力过人，提出许多讨叛敌人的谋策，使得清军由被动转为主动，步步走向胜利。这样的干才，得到了康亲王的器重，把掌管大军钱粮的重任交付给他。

姚启圣接任后不负皇上隆恩与期望，首先开始整军。他发现绿营之中镇将诸官的服务人员一大帮，有的饱食终日无所是事，打仗上阵时兵士不过十分之三四，严重影响军队的战斗力。姚启圣从自身做起，大刀阔斧精简闲杂军役人员，分开服役军人及杂役，军人就是军人，杂役另行招募，保证兵额，军队的实力增强了。

在政治上姚启圣实施安内而攘外的策略，先稳定社会秩序和民心，帮助百姓解决忧困，改变前任郎廷相吠影吠声的做法。他广贴告民告示，宣布"海逆蔓延历有年所，漳泉何地何族无与之为党者。岂可以一人而株连无辜!"他还宣布：

"……一切歧视、压制海上人员在陆亲属及朋友的政策和作法立即废除，以后不许以此挟嫌陷害。"

姚启圣对待郑氏集团实行政治瓦解策反招降策略，他广泛搜罗人才，不管你在郑军中做过什么，过去有多少罪行，作过反清反人民的事，只要你放下武器投诚，有一技之长他就利用，予以参将游击都司守备之职。

姚启圣进行策反招降过程中，投诚人员叫黄性震的军官向姚启圣提出建议在漳州设"修来馆"，不论"官爵、资财、玩物，凡言来自郑氏者，皆延致也。使以华毂鲜衣炫于漳泉之郊，供帐恣其所求"，漳泉人争相传述。也就是你要来我欢迎，文官照原衔按部补官，武官一律保留现职。"士兵及平民头发全长者，赏银五十两，头发短者赏银二十两，愿入伍者立即收入军营领取军饷。愿回乡者原籍安插，'归农有其田'，并发补路费，对于投诚之后又反水者，不予追问。"

总督这一手实在厉害，为历年用兵效果所不及。政策感召下，郑军纷纷来降。这里引用一串数字来说明，大势所趋人心所向。康熙十七年投诚的将官 1237 员，士兵 11439 名。康熙十八年投诚来归者不断涌来，而且军阶越来越高，五镇大将廖瑞、黄靖、赖祖、金福、廖兴及副总兵何逊不只是个人投诚，身后还带着一支队伍，纷至沓来浩浩荡荡，共文武官员 374 人，士兵 12124 人。接着还有陈士恺、郑奇烈、纪朝佐、杨廷彩、黄柏、吴定芳等人相继来降。不久水师五镇蔡中调、征夷将军江机、杨一豹等人率部十余万人降清。

招降郑军的同时姚启圣遵循古人作法："用兵之道，攻心为上，攻城为下；心战为上，交战为下"。他施用反间计，扰乱郑氏后方，派人潜入郑军，散布说某某将领欲行投降，或派人带礼物送郑军将领，待其收下便将此事广为传播，在郑氏集团混乱起来互相猜疑，郑经疑神疑鬼，十分戒备。

经济上姚启圣坚决执行"海禁迁界"之令，沿边修筑界墙建了望塔，险胜之地构建炮台，组成星罗棋布的监视网，断绝了边民与郑氏集团来往。郑军不敢轻易越墙，流入内地如同以往那样掠夺扰民，不久郑军由于血脉被切断，很快供应困难，物资匮乏。

"这个姚启圣，小小的一个布政使，刚上来，就这么厉害！"郑经对此十分忧虑，瞻念前途不寒而栗。

康熙皇帝对姚启圣所做工作十分满意。他认为这是一个有智慧、有计谋、难得的干才，他下旨，曰："谕姚启圣兵部尚书衔。"

姚启圣的《招抚赏格十款》给郑军将士打开了回归投诚之门，细细算来，这笔开销每年须银十万两，而全福建钱粮一项收入只有九十万两，入不敷出。

喇吟达、赖塔将军，感到招抚条例好，效果更明显，只是这个大量银子开销，怎么解决，眼下军队开饷都出现困难，怎么办？

姚启圣说："我们所处的是一个非常艰难时期，库银空虚，但我们又不能向朝廷伸手，朝廷有朝廷的困难，整个八旗大军，在各个战场作战都需要银子，必须借银子来用。我们大家都要献出力量共同筹措，我既做了总督，义应破家捐献，我希望全省官员认清形势困难，与我同舟共济渡过难关。忧国忘家，捐躯济难，我相信大家都有这种雄心壮志的。"

姚启圣的《招抚赏格十款》和"修来馆"，吸引了郑军大批将校兵士投诚，他认为在这种形势大好的情形下，继续对郑经进行招抚工作当为有利。他把整个想法，同赖塔将军和耿精忠研究一下。

耿精忠火气很大，说："郑经这个小儿，我只有宰了他才解恨。"

姚启圣说："我向康亲王请示了，再同郑经接触一下。坐下来谈谈，有一线可能和平解决，我们都要争取。准备派泉州的乡绅黄志美再去厦门一趟，去年时，他作为议和代表，同郑经打过交道的。"

赖塔将军和藩王耿精忠都表示，这样做较为有利，体现皇上对解决台湾问题一贯的宗旨。

黄志美是泉州的知名乡绅，在本地及至全省到台湾岛威望高名气大影响力也大。他与郑氏家族世代有着千丝万丝的瓜葛和联络，作为和谈代表去见郑经最合适的人选。

他们一行进入厦门，得到前来迎接的冯锡范、陈绳武的欢迎，接到演武厅。他们寒暄一气落坐。

黄志美说："老朽去年曾来厦门，只因一言未尽，所以再来叨扰而见贵藩。当年令先王攘臂奋呼，震动天南，其实最终还是认识到顺逆之势，愿意息兵安民，也曾与我朝议和，只因左右之人夺和议未成。今先王又不忍再现生灵涂炭，于是静处台湾。要是贵藩能体会先志，解甲释兵，让数千万子弟还渔耕之乐，身享茅土之封，岁时祭器陈于寝庙，那么，天和人顺，永垂世界，岂非千百年巩固之业。"

黄志美名声在外，智慧和雄辩口才无与伦比，一席话把和谈的成败利害，说得淋漓尽致，并且滴水不漏。

沉默了半天，郑经才期期艾艾地说："前几天贵朝有使前来，本藩本应遣使到漳州奉教，但贵使之缆未解，泉州等地已在兴兵，准备南下欺我海澄，所以未敢奉命。"

　　"我藩主拳拳以生民为念，却是远甚于贵朝。修矛整甲，也是为拯民于水火之中"。冯锡老谋深算，他本人就是和谈的障碍和绊脚石，他抓住新任总督姚启圣遵循皇帝解决台湾问题的谕旨进行指责，说："令人不解的是去年贵朝还提出，可照朝鲜例，不剃发不登岸的'两不'政策，受封爵，愿；不受封爵，亦唯愿。对此，你们的姚总督却只字不提，口口声声要我们受'藩封'，这又作何解释？"

　　黄志美出使厦门前，姚启圣同他作了几次密谈，向他交底，不违背皇上的意志收回康亲王去年对他们的让步政策，不再松口允诺郑经不剃发登岸，照朝鲜例，因为你郑经是中国人，康亲王很想把福建沿海的事办好向皇上交待，而姚启圣坚持皇上的意志，祖国要疆土要统一，台湾要收复，而且寸土不让。

　　"福建乃贵藩的父母之邦，即使静处台湾，也总是血肉相连的。"黄志美语重心长的说："去年老朽来厦门宣布朝廷德意，已识贵藩仁明。数月以来，徒苦士卒涂炭生灵，亦何益于贵藩呢？贵藩既不惜此方之民命，则国家亦安得不调兵售马劳师动众？沿边之岛屿材用民力，能与寰宇之生众校长短吗？与其波涛争尺寸，不如归乡闾受朝爵。只要贵藩让回海澄，即可永享藩封息兵安民。"

　　谈判进行到这里，郑经已经完全领略到朝廷的真实意图，那就是"藩封"，让他放弃手中的王权，他怎么会同意的呢？郑经说："天心厌乱杀运终回，如何休息何不如命。兵戈相向，实有万不得已于其中啊。贵朝其实并没有安民之实心，要我们让出海澄，是责人以难行之事。"

　　陈绳武在谈判中仍然扮黑脸，他看郑经态度坚决不让步，便冷笑一声："事欲图其可久，言当慎于当初。去岁黄老先生来使，曾以肝胆相告，前言犹在，如何能出尔反尔？"

"最后，我要说，"黄志美一脸正气，警示说："机不可失，失不再来，各位审时度势，自行其便吧！"

和谈又一次破裂……

姚启圣深知郑经的伎俩不会妥协，他一面执行皇上招抚的谕旨进行和谈招抚，瓦解郑军的工作，一面从军事上作渡海准备，加速建造船舰训练水师，等待皇上的召唤。

康熙十九年二月，郑军派出的密探，急急向郑经禀报危情："不，不好……了！"

"你说啊！"郑经见探子面如土色战战兢兢，很生气。

"万正色率水师向福州开拔了！"

"就这些？"

"还有，姚启圣率满汉大军，还有赖塔的部队，分路而奔向我们来了！"

郑经大为惊慌，手中的杯盏一抖，茶水溅了他的衣袍，他担心害怕的一天终于来到了。……清军开始转入了反攻！

大清水师迎风破浪，军旗彩旗飘荡鼓乐震天，就像节日竟发的龙船铺天盖地，船舰上的八旗健儿精神抖擞，各个磨拳擦掌，要同郑家军拚个你死我活。

陆全身戎装，飞骑在前，他的身后是一支骁勇的绿营兵，姚启圣骑着高头战马，地上留下一片疾行的脚步。

清军的反攻，势如破竹，出师皆捷。

郑经派林升为水师提督，率江胜、朱天贵等部军将领率水军北上，迎战万正色;刘国轩布署陆上防御，对付姚启圣的绿营兵。

林升与万正色交手，一仗就落花流水，一直退往宴门料罗湾。

"这个林升，庸劣无能，应该正军法！"郑经十分惊慌，他没有料到局面一下变成这样。

姚启圣在初战告捷时，他对将士鼓舞乘胜前进，他说："贼兵不过三万，袭其聚而势雄。今既得诸邑，必当分兵把守。众分则势弱；势弱则破之易也。此兵法所谓'兵多贵分，兵少贵合'者。"

姚启圣看到了未来的形势发展，果然郑军各个陷入困境。刘国轩怕他的将士投诚，赶快用船强行把其家属运往台湾。他这一作法，民怨沸腾，骂声叹声一片。

皇上在乾清宫不断接到福建的奏报：郑军刘国轩撤出泉州，退往长泰。耿精忠四面出击，郑军不抵，逃到云白英渡，无船渡河，淹死者达一万多人。刘国轩退往海澄，深壕高垒，坚守不出……

康熙皇上览奏完了一件又一件福建的捷报，高兴地在议政王大臣会议上，对姚启圣表彰说："闽督今得人，贼且平矣！

郑家军队民心已失，军心已散，纷纷归降，兵员锐减，且无斗志，郑经只好夹着尾巴开溜，退回台湾。

……

康熙面对大学士们，说："朕对郑氏集团采取了众议，以抚为主的策略，清、郑之间，共举行了五次和谈，这个过程大家是清楚的，朕不断让步，除世守台湾、岁时纳贡、通商贸易外，还承认郑氏可以'如朝鲜'，那就是'不剃发，不易服'，他对我们这种让步，宽容，得寸进尺，又横生枝节。郑经还利用对他有利的局势，或提出漳、泉、潮、惠四府为交换，或则坚持海澄为双方往来公所，或则要求郑军粮饷由福建供给。在这种情况下，为了统一版图不弃故土，朕是不能放弃进行武力攻取的准备的。"

十多年来，议政王大臣会议多次进行研究论争过台湾问题，开始是对于攻打和招抚两派激烈的论争，其后是放弃与攻打的论争，八年征剿三藩叛乱已平，进取台湾已提上日程，议政大臣会议已经上奏，康熙这才召集大学士们，想听他们的意见，大家对于皇上的决策，关于用武力收复台湾，现在再度有疑义了。

在讨论收复台湾的具体问题时，明珠坦直地奏道："海贼数十年来，所以扰乱不休，就是因为海贼一副精神全在船上，以水为家以船为命。他们所用的篷桅橹器具火炮等项，件件精详。海贼识有风报，见某方某色云起，便知有何等风色，以此确定进退日期。操驾行风，起止合分，不约而同。这并非海贼有独长，只因他们饮食坐卧于斯、岁月日夜于斯，即使生死婚嫁亦于斯。上至大帅将弁下至小兵，尽在舟中，所以服习熟练而战阵称强。今我兵见海贼犯界，马步奔驰，劳累整天不过四五十里，贼做船逍遥，顷刻而至，其间劳逸已自不同。我兵既有船只，不过副将统领，调集各营之兵，凑凑成一师，操舟水战，既无久练之功，官职相同、又无总统之任，所以海贼得以独擅其长而狂逞不休……"

康熙对于明珠所说，郑军"以水为家，以船为命"，十分重视。没有一支强大的训练有素的水师，战胜郑氏集团是根本不可能的。福建总督姚启圣先后上奏，提出："水陆万难兼顾，要求'另设水师提督'，'令其专练水兵，熟悉贯战，"以便水陆夹攻……'"。这些主张很好，只是在当时，全力以赴平叛吴三桂，朝廷无力解决，水师提督是直接决定海战胜败的关键人物。万正色熟悉水师，但他对收复台湾持反对态度，他以为把郑经赶跑了祖国就统一了，天下就太平了，这样的人，怎么能担任收复台湾的重任。只有才略杰出又善于海战的人才能担当此任。而这个人选用谁呢？

早在康熙十七、十八年，姚启圣曾先后两次推荐过施琅这个人，"堪任水师提督"，康熙予以驳斥。这并不是康熙不了解施琅，不具备这方面的才干，而是忌讳他复杂的与郑氏集团的关系，不便启用。现在，姚启圣上奏，已经了解清楚了，施齐、施亥密图擒拿郑经因内有叛徒出卖，两家七十三口人全被郑氏在海滩磔杀，尸首抛入大海，这时康熙凝压在心头的各种疑虑全消。

康熙问李光地："施琅果有什么本事？

李光地说："琅自幼在行海经历得多，又海上路熟，海上事他也知得详细，海贼甚畏之。

康熙又叮问李光地，道："你能保其无他乎？

李光地回奏道："海上世仇，其心可保，再者他熟悉海上情形，海上所畏唯此一人，若论才略实无其比，至成功之后，在皇上善于处量耳。"

晚上，康熙到慈宁宫向太皇太后请安，太皇太后正在苏麻喇姑的倍同下，在院中散步。

"吉祥！"太皇太后高兴地说，"我吃了皇上送来的龙虾，真是极上珍品。"

"李光地说我们台湾那里，所产龙虾，比东海的还要好，微臣已经许下，待收复台湾后，我要请几位大学士共开龙虾宴。"康熙得知皇祖吃得高兴，心情无比慰贴。

　　孝庄皇太后，微笑地说：“我与皇上想到一处了，我今天就把龙虾分成段，送往两宫，让他们也尝尝鲜，我还说，等皇上收复台湾，那时我们可大开口福了！”

　　康熙把议政王大臣会议奏请收复台湾，他又召集大学士们谈议的情况，向皇祖母进行了奏报。

　　孝庄皇太后，听后沉默一下，说：“台湾的事该解决了，只是带兵的人要选好，我们八旗长于骑射，怕无这等将才。”

　　“福建总督姚启圣，多次上奏荐施琅这个人。”康熙说。

　　“唯才是举。”孝庄皇太后说：“我看姚启圣和李光地等，不会看错人。”

　　康熙说：“朕已决定任用施琅。”

　　“别忘了，到时候让施琅带我去宝岛看看！”孝庄皇太后笑笑说。

15. 十年磨一剑

　　明末清初的京都宣武门这块儿，坐落着一些名园豪宅，众所周知的就有孙公园、梁家园、王熙的怡园、赵氏寄园。这些大宅门夹缝中有一黑漆大门，同周围的官园巨宅相比，虽就显得矮下狭窄寒碜，但这还是御准的高官住宅。不在内廷供职的人甭想在这混块地盘，本朝是按照八旗严格的等级划分居住区域的，这里大多住着汉官。

　　进得门来，绕过一座青砖雕花影壁，便是三楹正室，分东西两堂，正室下又分东西两厢。房舍虽谈不上豪华，但规模整齐式样严肃。这里的正室，是主人用以接待达官贵人的会客室，然而他的客人非常之少如门可罗雀，常年空着。后部仍有一进院，左右抄手游廊相通，这里是主人的起居室。东厢名为书房其实书籍不多，只有几套古诗词，余下的便是兵书：《孙子兵法》、《孙膑兵法》、《汉书·艺文志》、《吴子》、《周礼》、《司马法》、《六韬》、《尉缭子》、《兵略训》……。墙上挂着环海全图、沿海舆图、三岛分图、台湾图、台湾后山图、澎湖图，几上是沙盘，凸现的地理形势一看便知是厦门、金门、澎湖、台湾……海上千帆竞发战舰正在交火，仿佛听到战鼓声、枪炮声、喊杀声。

　　其实这里每天都很安静，十几年来都如此，只有一个白发但精神矍铄的老人静如处子。他有时面对图舆沉思半天废寝忘食，有时两只手便是敌对兵家，手中战舰竞相开打，城楼上的更鼓已过三更，可是他仍没有停下，海上鏖战急……

　　这个老人就是施琅，字琢公，福建晋江人。他年青时代从武，为明总兵郑芝龙部下的左冲锋，师定福建，施琅跟随主帅降清。

郑成功父子两代纵横海上，甚知施琅是个干将，能征善战熟悉闽海，在厦门扣住他的家人做人质，招降施琅被拒绝，他的父亲大宣、弟施显及子侄都被郑成功杀了。

顺治十三年，施琅随定远大将军济度在福州与郑成功交手，击败对方升为同安副将。三年之后，他晋升同安总兵，康熙元年迁水师提督。这时候郑成功已在台湾病死，他的儿子郑经继任延平王，经常骚扰沿海。施琅率师击败郑军，斩其将林维，获战船军械甚多。"未几，靖南王耿继茂、总督李率泰等攻克厦门，敌惊溃，琅募荷兰国水兵，以夹板船要击，斩级千余，乘胜取浯屿、金门二岛"。他加升为右都督，靖海将军。

康熙七年施琅密疏康熙帝，奏请攻取台湾。康熙马上召他来京，询问其攻台方略。施琅说："贼兵不满数万战船不过数百，锦智勇俱无。若先取澎湖以扼其吭，贼势力绌；倘复负固，则重师泊台湾港口，而别以奇兵分袭南路打狗港及北路文港海翁堀。敌分则力薄合则势蹙，台湾计日可平。"

康熙对于施琅的攻台方略，觉得头头是道值得重视研究。他把这些拿到议政王大臣会议上进行讨论，诸臣计议结果，认为现在朝廷的实力还不是十分强大的，攻占的时机尚不成熟，于是施琅的攻台方略被搁置。但是年青的皇帝对于施琅有着很好的印象，赏识他的才能，免去水师提督职务，改授内大臣，隶属汉军镶黄旗，命他在皇帝身边做侍卫。

施琅的习惯是五更起床，在院内舞刀练拳，早饭后，开始进入书房，演练他的水师。

他偶感风寒病了一程，现在刚好，夜间睡眠不佳，常常梦回福建渡海作战，醒来倍觉疲劳。他的夫人再三相劝，先不要到他的书房。一坐下来就是大半天，不知伤耗他多少精力。她对施琅说?："李大人回京师了。"

施琅好像没有听见夫人在向他说什么，他在擦拭宝剑，烛光下玉剑的锋刃闪烁着逼人的寒光。他想起他青年时追随郑芝龙、郑成功父子，血战鹿耳门之战。他率领水师，是第一个冲过狭窄的港口杀上陆地的，也不知多少红毛吃了他的宝剑，后来他把收复台湾的日期，刻在宝剑的手柄上，宝剑成了他的珍物。

施琅每天五更起床，第一件事就是舞剑。施夫人便会操琴，永远只弹一首古曲：《流水》。

《流水》据说是为春秋时期的伯牙所做。那个时代经济繁荣思想解放，文化艺术也得到了空前的发展，产生了许多大音乐家和演奏家，还产生了不少乐器。

据说伯牙跟随他的先生成连学琴，不能聚精会神情志专一，因而不能准确地表现乐曲的内容和意境。后来师生来到东海蓬莱山上，对他说："你在这里练吧！"

说完先生乘船离去。伯牙一个人寄居山上，周围杳无人迹，耳边每天听到的就是海的涛声浪声拍岸声……除此之外，只有偶而传来飞来的鸟鸣。伯牙忽然悟到，这大海松涛山林涛声鸟鸣就是我最好的老师啊。他聚精会神乐思潮涌意绪超远，创作了一曲《高山流水》。后到了唐代，一曲分为二曲，《高山》和《流水》。如果说施琅宝剑不离，视物为宝，那么对于《流水》一曲，更是每日必需，没有《流水》相伴，他是吃不好睡不实的。

施琅在《流水》乐曲声中，随着第一段速度缓慢的舞起，星光下，刀锋划开了薄雾，空旷的庭院回荡着《流水》深沉的散音和曲调的大幅跳跃跌荡多姿，清澈的泛音轻巧多变，一道清澈的涓涓水流在施琅面前闪过，那是他小时嬉戏的溪水，就在他家门前流过。溪水汇成河水，河水流入大江，穿过山涧大峒奔腾入海，一片波涛，浩瀚不可测势，在音型递升、递降中，他尤如指挥水师船舰，同惊心动魄的波涛在搏斗，挥剑向敌人的头上砍去……

清澈的泛音，飘逸悠远，余音袅袅……

早饭施琅在庭院间散步，今天他兴致看来极好，高声涌起辛弃疾的《破阵子》：

醉里挑灯寻剑，梦回吹角连营。八百里分麾下炙，五十弦翻塞外声。沙场秋点兵。马作的卢飞快，弓如霹雳弦惊。了却君王天下事，赢得生前身后名。可怜白发生！

朗诵铿锵有力，掷地有声，传出墙外。一顶四人绿呢大轿停在黑漆大门前，侍卫掀开轿帘，走出一位身穿朝冠顶为镂花金座的人。守门人正要向主人通报，来人用手示意：不必，竟独自向院中走去。正在专情吟诵的施琅，正读到动情处，手舞之，足蹈之，来人见此情景不禁呵呵大笑道：

"琢公，你可真是宝刀不老！"

施琅猛转身，定眼一看，来者不是别人，是他的福建同乡，当今皇上面前的大红人、大学士李光地，不胜惊讶万分，连声呼道："晋卿兄……有失远迎！"

落坐仆人献茶，施琅向李光地探探身子，说："晋卿兄，你政务缠身，应酬四方，怎可还分身来我这里啊！"

"我的老同乡，我今日来，可要告诉你一个好消息，你猜一下是什么？"

施琅表示猜不出。

"皇上在平叛三藩之乱后，马上把收复台湾提到国事日程上来了。"李光地说。

"圣主英明，"施琅说，"国家只有统一才可谈富强。"

"琢公对此有何想法?"李光地试探一下施琅的想法。

施琅道："我们与郑氏集团，谈谈打打，打打谈谈，但不管谈也好，打也好，双方从未改变台湾是中国不可分割的这个事实，但是疆土要统一，郑氏集团是解决台湾问题一大隐患、毒瘤，迟早要解决，如果说以前用的是以抚为主，现在则应因剿寓抚。"

李光地认真地听着，不时地点头，示意他继续讲。

施琅道："一句话，现在，根据国家形势，对郑氏集团的战略基点，不是防御，而要采取主动进攻。"

"好，琢公，"李光地说，"你讲得太好了。"

"乘胜进取，以杜后患。"施琅说，"如果说十三年前，我提出这个想法不合适宜，我看今天则合时机。"

"合时机，合时机。"

"你看谁可率师收复台湾?"

"我们的老乡万正色呀，施琅说，"他是福建水师提督呀!"

"万正色的主意是，把郑军赶下海就可以了。"李光地说："他对渡海作战畏难，皇帝几次传谕他都是这个态度。"

"这……"施琅沉吟一下，不好作什么表示。

"我向皇上荐了一个人。"

"晋公可谈谈，哪一个?"

"琢公兄你呀!"

"不敢，不敢!"施琅供手道，"我已是垂垂老矣……"他感谢他这个同乡的美意，

他断没想到，这是皇上的决定。

"国恨家仇没报，何谈一个'老'字啊，琢公！"李光地道："这不光是我个人对皇上的折奏，福建总督姚启圣也有同样的折本呈上皇上。……可能我们几个同为同乡吧！"

"不，不，说那里去了。"李光地挥了一下手说："在国人当中，再没有第二个人像你那样熟悉郑氏集团了。当年你同郑芝龙郑成功父子两代人，出入波涛驰骋海上，既熟悉闽海情形，又能征善战……"

"凭这些本钱，就可担大任，去收台湾吗?"

"不。"李光地脸上现出一种严肃，说："你施琅一直是坚持武力攻取台湾的，你已经演练十多年了！"

施琅听到失声大哭，心想我再演练也怕没用的了。

康熙六年时，他上疏对台方略《边患靖疏》、七年又上《尽陈所见疏》都是建议对台早日进取免留后患，就具体武力攻取问题，提出攻取的可能性，加强水师建设、训练、船舰建造、攻战步骤。事态发展证明他的意见是正确的。但当时反对武力讨伐台湾的意见也很强，包括皇帝身边侍卫大臣索额图、康亲王这些宫廷有影响的重要人物。而康熙纵观全局也认为裁撤三藩为紧急任务。这样施琅的奏疏根本不能被采纳。他被召到京后，虽说给了内大臣的职衔，但他的子侄又俱在郑军供职，皇上和大臣们对他作何看待。人们明着论说，施琅此人恃才傲物骄狂不霸，可谁能点破主旨，那就是对他的不信任呐！

施琅在抑郁的气氛中不忘收复台湾。他常吟诵李贺的《金铜仙人辞汉歌》，感叹人事盛衰遭际无常。但他相信世间万物没有平而不坡的，没有往而不返的，暗极则光，否极泰来。"心可逸，形不可不劳;道可乐，身不可不忧。"

李光地看施琅为台湾问题又陷入深深的长思之中，便把新春时台湾发生的事，告诉了他，说："郑经死在台湾了。"

……郑经自败归台湾以后，把大权交给郑克塽，他自己钻进洲仔屋园亭这个美人窝，日日笙歌美酒艳舞，不复以国事为意。这时，他身边的大将沈光爻慨叹："中兴之主，莫不身先士卒，故能光复旧物。世藩再败归台，人情泄沓，如今并非升平之时，却在漏舟中高歌，在焚屋之下痛饮。臣真不知如何终结？"

郑经闻后大怒，把沈光文捆绑下狱。

新正刚过，郑经命全岛大放元宵。监国郑克塽上书相劝郑经"崇俭，以培元气，以永国祚"。郑经觉得有道理，予以采纳。台湾永历三十五所正月的元宵节只在洲仔屋放灯。

是日，郑经邀来他的左右文臣武将，冯锡范、陈绳武、王进功、刘国轩、洪磊、沈瑞、何佑、林升、江胜、邱辉，齐集洲仔欢歌畅饮。届时，万灯齐明，灯裳霓衣，烟火腾起，金蛇电掣，笙歌互起，金石千声，一片欢乐太平景象。

郑经高高举起杯盏，祝辞道："今天是元宵佳节，我遵董国太之意，在此宴请文武功臣大将，古人云：'一生大笑能几回，斗酒相逢须醉倒'，大家当开怀畅饮，一醉方休！"

冯锡范端着一杯酒，用明朝君臣大礼，向郑经施了一躬，然后说："天大地大不如藩主对我们的恩宠大，我敬上一杯，祝福如东海，寿比南山！"

涌来泉州女子、漳州女子、惠州女子、厦门女子还有本地的高山族姑娘，他们像一群蝴蝶、翩翩起舞而来，每人都端着一杯酒，敬献给他们的藩主。

郑经颤抖的接过他最爱的高山族姑娘阿秀的酒，溅出了大半，但他还是送到嘴边。没等饮进，酒杯一下落地摔成八半，郑经在众人的惊叫中倒在地上蜷缩一团，像个受伤的毛虫在抽搐着，口中吐出白沫，眼中溢出血来，郑克 慌忙上前，叫道："还不快请太医来……"

郑经被抬到他的承天府，他静静地躺在床上，他的周围守着郑聪、郑明、郑智、郑柔，在另一间室内，冯锡范同刘国轩在研究什么，神色严肃、紧张。

董国太来了，她不及进得门来，大放悲声，接着他的子女、叔侄一同嚎啕，哭声盖过门外的海涛声。

冯锡范说："藩主归天，这事不能走漏风声，以防清军乘危攻击我们。"

台湾并不是铁筒，密不透风的墙，姚启圣对台湾的工作，可称做到家了，敌中有我，不久他就接到打入郑氏集团中的傅为霖、廖康方密禀，说："郑经已于本年(1681)正月二十八日病故，其长子监国郑克 在权力争夺中被冯锡范绞死，年仅十二岁的次子郑克塽被扶上延平王位。"

傅为霖、廖康方特别在密禀中指出："主幼国虚，内乱必萌，内外交并，无不立溃，时乎时乎不可失也。"

密禀的信中还建议姚总督，说："贼势内乱，内宜可乘，速恳发兵，救民于水火。"

姚启圣对于台湾岛上郑经病故，内部争夺权力斗争激烈，不但有傅为霖、廖康方报，同时还接到来自台湾的各方面报告，他核实后，于五月十九日向皇上奏疏要求："……会合水陆官兵，审机乘便直捣巢穴。"

康熙在大学士等会议后，当即发布谕旨：

郑锦(经)既伏冥诛，贼中必乖扰乱，宜乘机规定澎湖、台湾。总督姚启圣、巡抚吴兴祚、提督诺迈、万正色等，甚与将军喇哈达、侍郎吴努春，同心合志，将绿旗舟师分领前进，务期剿抚并用，底定海疆，毋侯事机。

康熙一贯思想是"兵非善事"，主张招抚，但他在这里所说的剿抚并用，实际上是剿占主导地位。我们应当把皇上这个谕旨理解为：决策用武力进取台湾所发布的进军令。

康熙审时度势，由抚到剿，在朝廷中引起不同的反响。首先是来自福建第一线的水师提督万正色为此上奏：台湾断不可取。他的办法是："沿海设戍，以固疆隅"即在"孤悬海上或滨海要冲的地方，他举出海澄、厦门、洛屿、金门、围头等十四处遣兵三万，设镇分防，加强巡辑，使"贼不能蜂犯"，边海不就宁安了吗！

在议政王大臣会议上，各位高级官员的态度怎样呢？

索额图对于皇上的进剿方略，提出反对意见说："咸谓海洋险远，风涛莫测，长驱制胜，难计万全。"

闽海前线最高指挥官、镶黄旗满洲都统、宁海将军喇哈达的态度呢？他的主张是竭力防守海疆，反对出兵台湾。

康熙一想，别的什么王、大臣、科道官员提出反对用武力恢复台湾，有心可谅，他们姑妄言之，朕姑妄听之，你万正色是水师提督呀，你这样思想的人，怎么完成我的方略去指挥军队去收复台湾呢？看来万正色害怕艰巨的海战，必须撤换他这个水师提督，找一个敢当重任，才略优长、智慧过人，谙熟军事，熟悉海战这样杰出的人材，经过他深思熟虑，反复掂量，他决定采用李光地、姚启圣的多次推荐，力排众议，擢用施琅，替换万正色。正在这时，福建的绅衿、名耆，联名上疏皇帝要求和支持用武力征巢台湾郑氏，渴望消灭战乱，以求沿海的持久安宁与和平。

接着，他在议政王大臣会议上宣旨：

　　今诸路逆贼俱已歼除，应以现在舟师破灭海贼。原任右都督施琅系海上投诚，且曾任福建水师提督，熟悉彼处地利、海寇情形，可仍以右都督充福建水师提督总兵官，加太子少保，前往福建。到日即与将军、总督、巡抚、提督商酌，统领舟师进取澎湖、台湾。其万正色改为陆路提督，诺迈还京候补。

　　会议之后，康熙为了做好施琅的工作，谕示李光地，先同施琅吹吹风做做工作。因为他在京城坐了十三年的冷板凳，个中的原因并不全是出于皇上对他的不信任，而当时的国情，没法实施施琅关于解决台湾问题的一揽子计划。

　　施琅听完李光地对郑氏的情况，激动万分，他感到解决台湾问题的时机已到，国恨家仇回报有期，向仆人召呼，要他夫人操琴见客。

　　施夫人的曲子由慢起渐快的散布节奏游移多变的调性，摸拟古代战争中的军鼓、军号、火炮和马蹄的音响，形象地描绘了军营帐垒，鼓角声声，旌旗林立，战马奔腾的壮阔场面。

　　"列营。"李光地说。

　　接着是吹打、点将、排阵、走队、埋伏，鸡鸣山小战、九里山大战、项王败阵、乌江自刎。

　　李光地和施琅徐徐地走进了楚汉相争战场，他们看到了剑拔弩张的军骑，听到了风雨雷霆之势和草木百虫之吟。当楚汉两军决战时，他们听到了声动天地的杀声、金声、鼓声、箭镝飞鸣声……他们听到了四面楚歌，看到了霸王别虞姬的悲壮场面。

　　一曲终了，施琅与李光地都已泪流满面。而演奏者施夫人，更是泣不成声，抱琴向李光地施礼后，急急向后庭走去。

"……晋公，你看我壮志未酬，却已两鬓生霜了。"施琅说。

李光地道："兄不必为年龄悲叹，只要丹心铁骨，敢于迎风斗浪。为大清统一版图，解救台湾百姓于水火，这是生前身后永垂青史的伟业。"

"知我者晋公也！"施琅抱拳向他施了一礼，表示对他荐举的感谢。

李光地道："那么，琢公我改日在前门福兴楼召集一些同乡、朋友，共同为你即将身担重任进行庆贺了！"

"这一切好像仍在梦中。"施琅说。

施琅送李光地在门外，他们在轿前又施以跪抱礼。他的银丝白发在阳光下，变成了一头金发，他咀嚼着李光地关于收复台湾的一席话，他喃喃地说："皇上，关于收复台湾微臣有话要说……"

"喜讯呀，喜讯！"施夫人道。

"好像在梦中，"施琅又把刚才说给李光地的话重复一遍。

"这不是梦啊，"施夫人说："李光地可不是街坊中的张三李四，他是皇上面前的大红人，当今翰林院的掌院学士，值经筵、兼起居住官、教习庶吉士，他可是无事不来呀！"

施夫人看他那种窘迫又睿智的样子，微微一笑，好像在问，你还不明白？

"他此次光顾寒舍，这是皇上的意旨。"

"我想是这样。"施夫人点点头。

"不是以老乡的名义，来安慰一只落魄的鸡？"

"看来，我这老朽还有用。"

“是。”施夫人无限深情地说：“准备带我回福建吧，我还要到台湾去，给先父扫墓。”

施琅突然站起，振臂高呼：“皇上，我们该收复台湾了！”

这天晚上从不饮酒的施琅，竟同夫人对饮一盅，兴奋、欣喜。

施琅每天仍然闻鸡起舞，练身体强筋骨，饭后仍然在庭院散步，吟诵古诗以壮其志。但近来常常走神儿，不向往常那样专情致志，心猿意马。在李光地通报那个喜讯后，他就盼望着朝廷对他的命令，可是等了又等，朝廷根本没有什么动静。他只见左邻右舍的别的朝廷汉宫，门前车水马龙，而他家的黑漆大门，仍如从前那般寂静、冷清。他等了又等，仍无任何消息，他想上门拜望一下李光地，打听一下关于皇上收复台湾的事，又怕打扰人家。

这天溜弯，他信步来到了前门外廊坊，从头条转到二条、三条，这里有许多店铺，是京都城外最繁华地区。好多南北手工业匠都在这里设立店铺，有苏杭的绸缎、景德镇的瓷器、江西的竹器、两湖的藤器、柳编、蓝、篓、筐、盘、盆、帽，湖南的君山银叶，六安瓜片毛，福建的武夷岩茶。在珠市口内，有一著名的福字号茶叶店，老板沈掌柜，是施琅的同乡，论起来还有一层远亲关系，他常到店里叙旧、品茶。

“沈老板，久违，久违！”

“施大人，尊台好久不来了。”

沈掌柜三揖，把施琅这位老同乡请到屋内让了上座。

侍人忙将一副明朝万历年间的紫砂茶具用沸水滚烫一遍，然后将茶叶放入，注水，斟上，双手捧给施琅。

“施大人，请！”

“你我同乡，我又经常叨扰，何必客气。”施琅说。

　　"施大人又有好常时间没来光顾了。我的内侄前不久来京到兵部的公差，他抽空来坐，跟我讲了许多台湾的故事。"沈掌柜说。

　　"郑经死了！"

　　"这我听说了。"施琅说："荒淫无度致死。"

　　"郑经在闹花灯宴上，饮二十八杯老酒，当时昏厥在地。他的儿子们为争继位闹了起来。"

　　"郑家内乱，"施琅说，"这也是人们意料之中的事。这个郑克，怎么说呢，他是郑经勾搭他父亲的一个侍女，为年青的乳妈所生，除了郑经本人所喜欢这母女俩，别人是冷眼相视的。

　　"这位监国，很快就被绞死了。"

　　"喔，这我还第一次听说。"

　　"我那个内侄说，这个事情是很可靠的，总督姚启圣已经上奏朝廷了。"

　　"是啊！"

　　"郑经部下的权臣冯锡范——"

　　"这个人我熟悉，同他一起共过事的。施琅说，"他是克的岳丈。"

　　"事情就出在这里了，"沈掌柜说："郑经临死没有立克塽而立克藏，冯锡范心里能服吗。他和大将刘国轩密谋，第一步先罢掉军师陈永华，这样克就失去了辅佐的靠山，陈永华不久就被他们气死了，就在这时，他们开始向郑克动手了。"

　　"把他绞了？"

“不那么简单。”沈掌柜学说：“他们找个借口，说乳妈所生之子，不是郑氏血统，这样的人不能继承王位，不利于台湾。”

“这……”施琅忽然问道：“董国太应该出来说话呀！”

她说：“克 很孝顺，又很能干，他继承乃父的风范、智谋，台湾政务交给他，我很放心，就按先王的遗嘱办吧！”

冯锡范满腔不悦地说：“郑克 是什么人，他继承王位，就会改变台湾的一切，他不是郑氏的血统呀！”董国太还要说下去，一看冯锡范带着的侍卫，剑拔弩张凶神恶煞，再也不敢讲下去了。

“董国太的担心是对的。”施琅分析说：“她害怕发动政变，权力完全被冯锡范、刘国轩夺去，接下去是冯、刘大战。”

“施大人说得对。”沈掌柜兴致极好，滔滔不绝地继续讲道：“董国太无奈，只好说我老了，管不了许多了，需要宁静，政务由你们去办理吧！”

“嗯。”

“18 岁的郑克，就这样被绞杀了，12 岁的郑克塽即继延平王位。”

“嘻，失去了一个孩子，又扶上一个更小的孩子！”施琅冷笑道。接着追问一句：

“那么冯和刘呢？”

“冯锡范被封为忠诚伯，仍管侍卫主持王府日常事务；刘国轩被封武平侯，只管军务。”

“哈哈，”施琅不禁慨叹道：“台湾的大权，看来实际操纵在冯、刘手中了。”

沈掌柜点头称是。

“收取台湾，”沈掌柜向施琅谲昵一笑，说：“施大人，你可要大显身手了。”

“我已老朽。”

“哪里，施大人我说句实在话，”沈掌柜操起闽南话，压低声音说：“我家世代经商，先父——你认识的，当年在台湾做生意，同国姓爷打过交道，我虽不是军人，但我知道，咱们这个大清国，八旗大军，全是一群旱鸭子，过不了江，哪个能指挥水师海战?”

“你说呢?”

“海上作战……我看只有两人懂得。”

“哪两人?”

“一个就是面前的施大人，另一个是台湾的刘国轩。”

“你这样看!”

“不，不只是我。”沈掌柜说：“来我这里喝茶的，从朝廷到达官贵人，他们有时议论这事，明白人都这样说。”

“刘国轩确是一员猛将，纵横海上一辈子，可以说战无不胜。”施琅道。

“可是，现在天下大定，谁愿意打仗?”沈掌柜说：“咱们那里从我出生就开始自个儿你争我夺，我今年都快六十了，战事该结束了，郑经在世时，朝廷多次同他和谈，他抬高价码，要仿朝鲜故事，你没想那个朝鲜可是外国，你郑经是外国人吗? 不是。是我们福建人，根在福建，归回来，天下不就太平无事了吗?”

“你讲得真好，对于国事清清楚楚.”施琅说：“我真没想到，你对天下大事说得头头是道。”

“我们买卖人，唯利是图。”沈掌柜说：“我真想台湾统一之后，渡海前去一次，给我父亲扫墓。”

"先君，留在了台湾？"

"他属病死。"沈掌柜说："据说我那个高山族后母仍在呢！"

施琅从福安号茶铺走出，蕙风习习溽暑当头．他不但饮了上好的武夷岩茶，满口生津，更加愉快的是，他从沈掌柜的聊天中，得知许多台湾郑氏集团近来的内部争斗情况。这是李光地到他的舍下也不曾详细讲述的事情。

快到秋凉了，施琅等待的事情还没有动静，而且消息也越来越渺茫了。

昨夜，他在梦中高声疾呼："开炮，开炮——"

施夫人被他的呼叫吓得一身冷汗，惊醒了。老两口从此再也没有睡意，翻身坐起，促膝夜谈。

"你说李光地来讲的话，不会有变？"

"不会。"

"那么，我可等了半月了。"

"你这个侍卫官还不知道吗，施夫人说："皇上每天要办的事很多，但他不会忘记台湾的事。"

"说得对，有道理，有道理！"施琅点头，然后仰首向着窗外，满天星斗在闪砾，上弦月挂在正东快满了，他思绪万千，轻轻诵起一位古人名句："忠臣必待明君乃能显其节，良吏必得察主乃能成其功。"

施夫人从小受到了很好的家教，她熟悉四书五经．她说："我也用古仁人的话，送君一句：'子曰:仁者安仁，知者利仁'。"

老夫妻俩说说谈谈，不知过了多长时间，施夫人说："鸡快鸣了，再睡一刻吧。"

施琅刚躺下，听到门外有脚步声，他听得出来，这不是贩夫贩妇俗子的走动，而是军队布防。他披上一件纱衣，出得门庭，叫来守门更夫，问："这么早，外面就有人了？"

守门的更夫说："老爷，我们这条胡同，净街了。"

施琅想，这条胡同虽然住着许多当朝的汉官、大学者、大臣，但净街的事，倒是很少发生，这是为什么？

施琅又想，这净街不净街与他有什么关系，他便信步回到屋内，稍息片刻准备晨练。

日照三竿，施琅早饭后要散步，然后去浇花和他的一畦小竹林。对于花和竹枝的经管，他不要仆人插手，自己亲自浇水、施肥、散土、捉虫…… 他常常称自己为灌园吏。

施琅做这些活计时，同仆人一样，穿着溻汗的汗流儿，下身是短宽肥的灯笼短裤，忙里忙外，自得其乐。正在这时，门被敲开了，是御前太监顾瑛等，他用公鸭嗓唱道："皇帝驾到——"

接着进入的是銮驾卤簿，御使、吾仗、立瓜、卧瓜、星、钺、五色金龙小旗……前引后扈一如常仪。

皇帝的步辇在施琅门前停下，他走下来直奔庭院，在前庭没有停下，侍卫已经告诉皇上，施琅身居二院，便排挞直入，施琅慌作一团，他还来不及更换朝服，皇帝已经近前了。

"皇上圣安，微臣自知有罪！"施琅伏地叩首，就凭他这副样子迎驾皇帝，用《大清律例》也够治罪于他了。

康熙见状，从他的上身到下身，看过之后，禁不住哈哈大笑起来。

"施爱卿，跪安！"康熙做个手势，示意他起来，可他伏地而视，哪敢抬头，御前太监站在一旁说："皇上赐你平身！"

　　施夫人这时已把施琅的朝服捧出，皇上摆摆手，说："今日我是来施府串门，不是朝政，一切繁文缛节全免。"

　　施琅又一次叩头，谢主隆恩。

　　"施爱卿，朕此行为私访，如果便当的话，听说你的书房很别致，能否让我一饱眼福。"

　　施琅谨慎地说："恭请皇上光临！"

　　康熙进门一看，四周全是海图、墙上挂着各种兵器，靠南墙处有一古书架，陈放十几函古书，说书房名不符实。

　　"哦，海图！"康熙不胜惊讶的说，接着一幅一幅仔细浏览起来。

　　康熙一边看，一边不时的对身边的扈从大学士李光地、张英、高士奇、明珠目视一下，说："都开开眼界吧！"

　　"皇上，奴才从小爱海，如今闲下自娱！"施琅道。

　　"呵呵，"皇帝发出慨叹，"施爱卿说这是自娱，如果朕的所有高官、封疆大吏，都这样关注国家大事，天下大事，我朝盛世就到来了。"

　　康熙接着观览几上的大沙盘，他从厦门望到海上一直到台湾，然后又仔细观看了游弋在海上的船舰。

　　"皇上，要施琅演示一下吗?"

　　"朕来这里，就是要观看一下，施爱卿说的自娱，怎样自娱?"

　　施琅将他的战船编队，然后又将'贼'船舰编队，展示了出海、侦察、指挥、攻坚、收兵……

　　康熙惊叹道："施爱卿海上善战，名不虚传。"

　　高士奇插话道："在当今，人们都说海上作战有两员大将，一个是京都的施琅，一个是台湾的刘国轩。"

康熙眄视一下高士奇，说："施琅熟悉海上，作过水师提督，几次海战得利，名扬中外，十个刘国轩也不换施琅。施琅一心想着的是统一国家，'大直若屈，大巧若拙'，刘国轩呢，搞分裂，认贼作父，他有什么好讲的。'相形不如论心，论心不如择术'"。

康熙又仔细察看沙盘，见沙滩上，还有近海面上，有蚂蚁般大小的小篆似的大字，他数了一下，不到上百，也有几十，他十分不解，问："施爱卿，这些小篆，表明什么？"

施琅马上跪伏，道："那不是小篆，是无头的人。"

"这——？"

"郑经将施明良、王世泽以及两家七十三口人，押到厦门海边斩首，然后大卸八块，抛入大海……"施琅说完泪流满面扶地不起。

"爱卿，是朕触痛了你的伤口，"康熙抱以歉意说："这很对不住。"

"圣上能与怜悯，我不知怎样感激这种高天皇恩！"

"平身！"

康熙对起身的施琅，说："我们说点愉快的吧！"

"是奴才罪过，给圣上添忧。"

"朕是说，从现在起，找个愉快的话题。"康熙又把他的话重复了一遍，施琅怔怔不解，侍卫太监也不解，他贴近皇帝身边，悄声说："皇上想赋诗以慨吗？"

"咳！"皇帝摆摆手，说："胡猜什么呀！朕今天不虚此行，观览了施爱卿的书房，我看应改名忧国斋。"

人们都为皇帝的命名而兴奋、喜悦，施琅再次伏地谢恩。

康熙说："时近晌午了，施爱卿能否管朕一餐？"

施琅道："奴才荣幸无比。"

“朕想吃龙虾。”

“这龙虾……”施琅跪在平川，说：“奴才不知圣上驾到，有失远迎和准备，奴才该死！”

侍卫太监说：“皇上，全京城都买不到，那是希罕物。”

“谁能办得到，为朕准备一餐龙虾?”

场上一片寂静，没有一个人敢回话。

“还是我说吧，”康熙望着扈从和大臣们说：“朕还是要施爱卿去办，不过可以改日，待我收复台湾后……施爱卿，你可不要忘了朕对龙虾的垂涎啊！”

“我一定记住，届时用台湾上好的龙虾，恭奉给皇上！”

“那么，今天还是朕先请施爱卿吧，”康熙说：“我们去畅春园！”

施琅回到室内，很快穿好朝服，随同大驾卤簿，向畅春园而去。辇舆（轿子）上的施琅，这时已经泪流满面了……

16. 醑酒祭炎黄

　　一面又一面各色旗帜在空中飘扬，好像一条巨龙在舞动……。车辚辚，马啸啸，施琅出行的路线，几乎挤满了人，京官、商人、市民……都来为他壮行。

　　"请施将军光复我台湾！"北京商会代表，递上了他们的敬辞和为发展水师捐出的银两、礼单。欢送的人们，有的荷壶箪浆，有的送上红皮喜蛋、靴鞋……

　　整个京都一下沸腾起来，他们像迎接盛大欢乐节日。施琅脸上挂着泪花，他在心中说，放心吧，父老们，我施琅十七年前攻台，由于遭台风袭击被迫中途返回。这无疑是一种耻辱。可实际上除了天灾，而在人事。凭借当时那些富于海上作战能力很强的将领，只要人们密切合作同心协力，完全可以避开台风，可是很多人是投诚人员，他们各揣心事，顾虑多端，而"眷口多在此处，不敢奋力向前"，这就是施琅后来总结的"人谋亦未允城"，再者由于匆忙中组建，人员从各处征调，未经选拔和训练，各部参差不一，难以协调，而且这些将领无决策权，为小事都要由清军将领拍板。武力攻取条件不成熟下实际行动起来，效果就可想而知的了。这是康熙三年间的事情了，郑氏集团又等待了十七年。

　　施琅一行，常常受阻，欢送的人们送礼品、银子、致书……一伙儿接着一伙儿。

　　"一国之政，万人之命，悬于你我，可不慎欤？"施琅对他身边的吴启爵无限感慨地说："仁而不武，无能达也。我们此行是天、地、人要我们去收复台湾的。"

　　这位吴启爵是乾清宫中的侍卫，施琅他任内大臣十余年，深知宫廷内部情况，满汉官员情况，主战主和派的情况，上三旗与下五旗之间的矛盾，真是错综复杂，一不小心或是多迈一步可能落入陷阱，少迈一步可能失去晋升因。此民间有着伴君如伴虎的话。作为投清的汉官，施琅不得不多长一个心眼，那就是他所做的事，要一个皇帝身边关系密切的人看着，以免无故受谄言诽谤，贻误大事。他们临行前，皇帝在瀛台门召见并对他赐宴时，皇帝语重心长的对他说："平海之议，唯汝予同，愿努力，无替朕命。尔至地方，当与文武各官同心协力，以靖海疆，海氛一日不靖，则民生一日不宁，尔当相机进取，以副朕委任至意。"

　　"臣累受皇恩国恩，奉召昔京，即宠擢内臣之制，豢养十余载，今复启用，寸功未效，又承蒙更晋官衔，特赐御膳金榻，亘古未有受君恩如是也。即赴汤蹈火，臣在所不辞！"

　　康熙高声说道："征剿台湾，是朕亲定的国策，要你重任福建水师提督，亦是朕亲定的，谁也不可造谣生事。满朝的文武，虽说多有反对武力收复台湾的，可主战的也不仅只有李光地和姚启圣。你施琅是怕朕动是不是？告诉你，朕从内心来说，实在是不想打台湾，这仗一打，两岸的生灵便要涂炭，朝廷这几十年好不容易积攒下来的一点坛坛罐罐，便又要给打破了。这仗打的是什么？是银子啊，朕愿意吗？朕不愿意！可是这二十多年过去了，和谈也谈了，步子也让了，可台湾还是要依朝鲜事。说白了，就是要分庭抗礼，要分裂出去。若真是这样，再过几十年，甚至几百年，我们的子子孙孙来问，当年我们的台湾呢？那祖祖辈辈传下来的台湾，到了你康熙手里，如何就丢了呢？台湾人民来问，我们也是炎黄子孙，康熙你怎么就把我们遗弃了呢？到那个时候，成罪人的就不光是康熙朕一个人了，那就是这一朝人，一代人啊！你施琅愿意吗？到朕死了，太祖太宗在九泉之下问朕，玄烨，我交给你的台湾呢？朕无颜回答啊！朕为这打台湾的事，想了二十多年，心中的苦楚你们是不知道。先辈们收复台湾的难处，我是在这个时候才明白的，试想一下，如果没有先辈的收复，我们今天想要打都师出无名了。每念及此，朕便会想到，要做罪人，朕就一人担了吧，现如今，这台湾挟洋人以自重，让洋人的船，洋人的炮，在我们的家门口横行霸道不说，那洋枪洋炮对着的都是我大清的子民啊！不收复台湾，天理难容！大陆的百姓也不会答应！闹分裂都逼到这份上了，这仗能不打吗？不打不行啊！常言说得好，谁人面前无人说，谁人背后不说人。朕亲政近二十年，尚且如此难，你能听得过来吗？台湾大统，以你施琅为帅，不可推辞！有什么，朕为你作主！"

"皇上，臣恨不能插上双翅，疾飞到福建视事。"施琅说。

"朕知你一片赤诚，今日要言无不尽。"皇上说。

"奴才只有一项要求，请侍卫吴启爵随征。"

皇帝思索一下，很快批奏："吴启爵在京不过一侍卫，有何用处？若发往福建，或亦有益。着依施琅所请行。"

施琅帅大军在行进着……

吴启爵说："你看他们都在拥戴将军，进行欢呼！"

"不，"施琅说："不是拥戴我，是欢呼皇帝的英明决策。"

"施将军，你看我们要做的事，还真不少啊。"吴启爵说。

“重任在肩啊！”施琅说。他回忆起康熙皇帝在朝堂里面对论政王大臣、三部九卿、科道大臣、官员所做的重要旨谕：“……台湾的事不能再拖下去了。朕自登极以来，极思解决三藩问题，经过这么长的时间，如今三藩已经平定了，连跟着裹乱的郑成功的儿子郑经都死了，台湾问题还不解决吗？还要拖到什么时候才解决呀？那是我们祖先留下的一块神圣领土呀，不允许洋人染指，也不允许从朕的大清版图分裂出去！”

现在，施琅、吴启爵一行人马，总算从欢送的人群中解脱出来，出城之后，往东南是一片平展的土地，人们的视野开阔起来。施琅与吴启爵信马由缰前行着，欣赏着一望无垠的大平原秋色。

康熙力排众议，启用施琅，他不相信他审定的人，“不可遣，去必叛，”他认为施琅不去，“台湾断不能定。在这种情况下，他不得不再果断的宣布对施琅的任命，明发上谕，以告各地。

向来海寇窜踞台湾，出没岛屿，窥伺内地，扰害民生。虽屡经剿抚，余孽犹存。

沿海地方，烽烟时警。迩者滇黔底定，逆贼消平，惟海外一偶，常梗王化。爰以进剿方略，咨询廷议。咸谓海洋险远，风涛莫测。长驱制胜，难以万全。朕念海氛不靖，则沿海兵民，弗获休息。特简施琅为福建水师提督，前往相度机宜，整兵进征。

康熙任用施琅，放手使用，大力支持，地方那个岂敢怠慢。

施琅向前来迎接的省府道州县官员，表示感谢并歉意说：“在这秋荷送爽时期，我有幸取路德州，我在这里非常感谢巡抚、总兵及各位府道县官员，不弃故人，热忱款待，备极优隆，施琅何才何德，只是一孤寒下士，樗栎庸材，乃荷上不弃葑菲，谬加赏拔，牛溲马勃，得入药笼，荣幸何如，琅只有对上感激涕零，愿效驰驱于万一也，力图报称矣。"

施琅行军路上，宿在驿馆，人们不断的劝酒，多喝了几杯，有点醉意陶然，他躺在德州府招待钦差的卧席中，望着窗外，秋风习习，一轮明月升出，大地一片银光，他兴奋得一时睡不下，回忆着他的一生磨难和所走过的途程……

施琅原为郑芝龙部下，他与郑成功也是很好的密友，郑成功一切军机大事也"悉与谋"，两人情同手足，交谊甚笃。

古人云：人无千日好，花无百日红。施琅同郑成功处罚郑芝鹏而发生怨懑。事情是这样的：1651 年清朝大军，为了消除郑氏集团对沿海的骚扰，守将郑芝鹏害怕城陷而逃，施琅闻讯率兵救援，打退了清军，保卫了这块抗清基地。事后，为了严肃军纪，郑成功一气之下，把他的叔父郑芝鹏给杀了，而施琅却得到花红银二百两，加二级的奖赏。施琅生性狂傲，敢说敢做，又居功自傲，对郑成功"用法严峻，乐于诛杀"十分不满，两个人说着，言词激烈，顶撞起来，从此日积月累，矛盾逐渐加深。结果这个厦门无功受奖者郑成功不但不给他镇兵，反而让他再行招募，另组前锋镇，这等于收回他的兵权，后来郑成功移师后埔扎营，施琅不肯相从，郑施矛盾雪上加霜，更加尖锐化。

接着，发生一件事，注定了他们分道扬镳，由友而敌。原来施琅有一个亲兵曾德，冒犯军纪。将予治罪，他知道郑施关系已经恶化，一下逃到郑成功身边，他不但不把曾德遣送给施琅，反而拔为亲随，加以保护，当然这是有意给施琅看的，施琅愤怒将曾德逮回，就地正法。郑成功认为施琅此举是抗命，大怒，令廷将把施琅捕捉，关押在船上，施琅家人借用赐姓令箭将施琅救出，得以逃生，而他的父亲及弟弟却被郑成功杀害了。

人们形容这种由友而敌，由亲而仇，矛盾一触即发，叫逼上梁山，施琅反戈投清，从此结下永生不解的仇恨。

1664 年，作为大清福建水师提督的施琅，率郑氏降将也是海战猛将周全斌、杨富，挥师向台湾进发，遇台风而返。

1665 年 5 月，施琅二次挥师出征台湾，乘风破浪，般师驶抵澎湖，突然又遭遇台风袭击，船舰被打翻、飘散，溃不成军。

这两次征海，留给皇帝、大臣和国人们，都是失败的纪录。

一个皇上、王权的最高统治者，怎么会允许这种出师皆败的将领？论说不只是削职的问题了，而且应遭砍头。可是康熙没有这样做，他从大局出发，不能做出亲者痛，仇者快的事情，郑成功才最希望假皇帝的手，杀掉他的仇敌呢！

郑成功得知施琅不但没有被康熙杀掉，而且调京予以闲职养起来，不禁脱口而惊："这个满鞑子，算是个大明白人！"

漫长的清郑和谈开始了……

清廷对谈判寄予很大希望，诚真意切，表示郑经要归顺剃发，可以给高官厚禄，册卦为"八闽王，并将沿海各岛屿交给他管辖。

郑经却不买这个账，郑经说："王侯之贵，固吾所自有，万世之基已立于不拔，不佞亦何慕于爵号，何贪于疆土，而为此削发之举哉。"

郑经这样的态度，这样的谈判，当然不会取得什么决定性的成果。

1669 年，朝廷又派刑部上书明珠、吏部侍郎蔡毓荣入闽，主持与郑氏谈判。郑经表示："苟能照朝鲜事例，不削发，称臣纳贡，尊事大之意，则可矣。

朝廷在一些问题上作出了让步，允许郑氏"藩封，世守台湾"，但在削发问题上，朝廷认为这是极大的原则问题，不让步。

这样毫无结果的谈判，自康熙亲政，实施"招抚政策，直到郑经逝世，历史等待了 17 年，希望他以中华民族大义为重，接受中央政府的号召，为实现海峡两岸的和平做出贡献，可是郑经至死不悟，造成对抗，顽固地把握台湾一隅之地，　是民族的不幸。历史把郑成功恢复台湾永留青史之上，而把他的儿子郑经扫进历史垃圾堆里，那是永世不可翻身的。

施琅的思绪一下闪过那么多的往事。他慨叹之："困境、艰辛、严酷，对人并不是没有一点裨益的呀！"

1681 年（康熙二十年）十月初六日，厦门这座四周碧海环绕，四季花香，素有海上花园之称迷人的城市，全城浸入欢庆之中，人们在迎接福建水师提督施琅一行的到来。这座古老的历史名城，宋时，这里叫嘉禾屿，是庄稼长得好的意思。1387年周德兴抗御外寇，筑厦门城，才有厦门这个称呼。

在欢呼他的人群中，既有往昔他的亲朋部旧，也有绅商、名耆、世宦和在台经商、在郑军下的家属，他们共同的心愿是，施琅能早日攻复台湾，平息东南沿海几十年的动乱，人们需要一个和平、安宁的日子啊。

施琅无限感慨，一扫路上的征尘，在人山人海的欢呼声中，他好像年青几十岁，更加勇气勃勃，他不断挥臂向人们致意，有的人高呼皇帝万岁。

施琅刚在厦门落脚不久，从台湾郑氏集团偷逃出来陈四孩，他原是郑克塽的侍卫，很多监国被冯锡范派人砍杀，他留下来日后恐有不测，他便想方设法逃脱。刚好他被派到金门换防，他寻隙逃向大陆。施琅听到侍卫官的报告后，马上说："你把这个人给我传来！"

陈四孩被带到施琅的府厅中，他战战兢兢，吓得魂不附体，以为要斩他。

施琅仰天哈哈大笑说："你以为我这作战厅也是杀人场吗？哈，哈！"

施琅收起笑容，温和地说："你请坐，坐在我的这边。不要往旁边移，"施琅说：

"今天我要同你这位曾经任过监国侍卫的人，促膝而谈。"

"只要我知道的，一定全讲给大人！"

施琅同陈四孩，如同老朋友般，在聊天，陈四孩说："郑经死后，郑聪、郑明、郑智、郑柔，在冯锡范的指挥下，让蔡添带上刀斧，冲入宫中，杀死郑克，这种长次争位，权臣执政，使全岛陷入惶惶不安当中。在这个时候，全岛立刻传来更大的惊闻——"

"是什么？"

"施公大人出任水师提督，加太子少保。""

"你说的是真吗？施琅感到意外，问："他们怎么知道这样准确、详细？"

陈四孩说："冯锡范和刘国轩，各有各的人马，分在大陆收集情报……在京都的皇廷也有他们的人呀！"

"喔——"施琅惊叹道："这还了得？"

陈四孩说:"皇帝宴请大人,皇帝下达的明谕,那里都知道。就在大人出城赴任的那天,有人从京都溜出,从胶州渡海到台湾,大人还没到厦门呢,冯锡范、刘国轩、董国太这些人便知道了。"

"他们是不是在说,他们手下的一个败将又来了。"

"不,不,"陈四孩挥着手说:"都慌了,都害怕大人,知道你的厉害。"

"现在,冯锡范,刘国轩在干什么?"

"冯锡范现在被封为忠诚伯,握延平府大权,刘国轩为武平侯,他专管征伐的事,现在正调集军队,重新布防、换防。"

"喔,他比我们动作快得多啊!"施琅说,然后他问:"那么,我请陈先生给我当个参谋,我欲进台湾,该怎么动作?"

"我……"陈四孩有点为难、懦怯,想了一下,他说:"大人对台湾了如指掌,我谈台湾总有在关公面前舞大刀之慨。"

"我还是很想听听公的意见,时下我得怎样对付?"

陈四孩说:"刘国轩在澎湖经营多年,这里是通往台湾的门户,拿下澎湖,就等于切断郑军的通海之路,唇亡而齿寒,户破堂危;有了澎湖,如果郑军仍要负隅顽抗,大人可以以澎湖为基地,或封锁海面,或登陆袭击,进退自如,永远立于有利地位。"

施琅说:"刘国轩已经经营多年,我去澎湖如何能避开郑军的炮火封杀?"

陈四孩说:"大人去过澎湖多次,对那里的情形是了解的,澎湖岛屿分散,地势复杂,高低不平,再加上他的兵力有限，并不像刘国轩所说固若金汤，妈祖庙、东西峙、内外堑设有重兵，但在八罩、花屿、猫屿等地，根本没有什么防务，只是有几只哨船，作为游弋防守，从那里我看极易攻取。"

"我还有问题，请教先生，"施琅说："进取澎湖，需候何种风信？"

"以往攻掠澎湖都是候东北风起，但是东北风过于猛烈，来得猛收得快，如果一举不胜，舰队容易被吹散，难以集合再战;而西南风则比较轻柔，特别是在每年夏至前后 20 余日，是一年中风浪最为平静的时候，可以在大洋中抛泊，寻找破敌机会。"

"听君一席话，胜读十年兵法书。"施琅表示十分感谢。

施琅说："我对你来厦门，两个字:欢迎。再没有别的。听说你母亲就在城西住，我已经给你准备好马匹和一点银子，马上回去看看老人家。"

陈四孩一下跪倒，哭了起来。"我是大清的罪犯……将军请你给我剃发，我再回家。"

施琅传令："为陈先生剃发、洗尘！"

施琅已摆好一桌盛宴在为陈四孩接风，他像招待老朋友一样，请为上座。

"这怎么好意思！"

"陈先生你我同为乡梓，何必客气，来举起杯！"

宴会之后，施琅叫来侍卫官，对他吩咐，说："派人护送陈先生回故里，一路多关照，万无一失。"

送走陈四孩，施琅让笔贴式赶快把方才的对话，快速整理出来，抄送总督姚启圣、宁海将军喇哈达处，陆路提督万正色处。这时，在台湾的侯府刘国轩议事厅，正在召开军事会议，一些著名的将领在右武卫林升、左虎卫江胜、宣毅左镇丘辉、戎旗二镇吴潜、征北将军曾瑞、水师副都督右虎卫江钦、将军果毅、中镇杨德、北路总督何·等人出席会议。

刘国轩(1629 -1693)字观光，福建长汀人。他出身贫苦，从小苦难多磨，年仅 11 岁就由于生活逼迫，入山泽中为盗，父亲将他关在空室，要打死他，是婶母偷偷解开绳索，将他放走。刘国轩无家可归，只得投入清军。他仰郑成功的义德，在 1654 年 10 月的漳州战役中，献城归降郑成功。他随郑成功北伐东征，收复台湾。郑经继位，许多老将战死或离去，刘国轩被封为右武卫。1674 年郑经应"三藩之乱打回金夏，刘国轩督兵入思明州(厦门)，在连年征战中独当一面，充分发挥了自己的才华。1678 年，郑经又提拔刘国轩为中提督，总督诸军。时正是郑军所占七府之地已尽失之时，形势危艰，刘国轩率军出击，忽水忽陆，灵活机动，战连捷，清军"畏之如虎，被人称为"刘怪子。然而当时郑氏集团大势已去，刘国轩纵有旷世之才，也无回天之力。1680年郑军大败，他退出厦门，仰天长叹："数载之功，废于一旦，天实亡我，非战之罪也。"

刘国轩说："施琅出任福建水师提督，这个情报，我已在上次会议传述过了，今天召集开会，主要是研究重定防务，我们台湾，港道迂回，地势狭窄，波涛湍急，可谓至险至固，从这点上看，这里不是可以力斗取胜之地，施琅当年固是一员海上猛将，可他在陆上生活十几年了，现在也已成为老旱鸭子了，不足为惧，现在军士中有恐施症，这是要不得的，我们要的是加强斗志，加强防务，加强防守，我们不怕打仗，更不怕施琅。我们中的许多将领，身经四十年战争烽火，又拥有矢忠矢勇的官兵，我们一定能够打退施琅的各种进攻！

会后，刘国轩率领有关将领，抵达澎湖，进行视察，他乘坐快艇，仔细巡视了这里的大大小小三十六屿，下令在控扼澎湖澳口的鸡笼屿、风柜尾各设一个重炮台，在四角山、中心湾以及虎中、楠盘屿各设一座炮台，东寺、西寺内外堑增设炮台，妈祖庙进一步加固城防，整个澎湖组成了一个火力纵横交错网，如此周密的军事防守，对于一些将领也称颂过去没见过。

刘国轩说："我要亲自出守澎湖，与施琅老儿在此决一死战！"

接着，刘国轩回到台湾岛，与郑聪、冯锡范等文武官员，巡视了战舰和鹿耳门防务、鸡笼防务，指示加固城墙，开沟浚濠，架设火炮，紧严守御，立功者奖，失败者斩。

施琅抵达厦门，他的好多亲朋故旧，都来拜见，可是他一个都不见，因为他没有时间应酬，他把所有的精力，都用在对台湾用武力征剿上，选拔将领，整船练兵，同时还对台湾派出密侦人员，潜其内部，搜集情报，联络过去旧部，作为内应。在这些具体战备工作，他进行得很顺利，没受到大的阻碍，可是在何时进攻台湾这个大事上，利用北风还是南风，他与总督姚启圣的方案，完全相异，发生了分歧。为了不影响征占，完成皇帝交给他的重任，施琅上疏奏请皇帝，要求专征的报告，他说："倘若皇上信臣愚忠，独任臣的讨贼，令都巡二臣崔趱粮饷接应，俾臣整搠官兵，时常在海上操练，勿限时日，风利可行，臣即督发进取，出其不意，攻其不备，何难一鼓而下。事若不效，治臣之罪。"

施琅这个意见，请求皇帝批准他独掌征剿台湾的指挥大权，是防止总督和提督之间由于对事情的看法不同，意见不一致，影响进军大事。

还是施琅刚到福州任上不久，总督姚启圣就对施琅说，要利用冬季常有的北风，分兵两路：一取台湾，一攻澎湖。

"我认为季风不利于我，看来一路顺风，如果风向骤变，船舰飘散，失去指挥，将不堪设想，明年三、四月间，可利用北风减弱的时候进兵当为有力，我的意见不是兵分两路，而是集中兵力攻取澎湖，扼住其咽喉，台湾将自溃。"

这样，两个人的意见完全不同，明显的分歧，不但影响了军事计划的实施，渐渐涉及到个人的感情。

这个问题的出现原因很复杂，它涉及到皇权、王权、体制，是历史学家的事情。

我们只叙述这个中的故事。单说这清朝王权是"以满制汉，以文治武"的办法作为统治一切的原则。各地遇有大的战争发生，前线最高指挥官一般都由满族八旗将领担任；

而作为文官的各省总督、巡抚对直接统兵作战的提督、总兵等武将，又拥有节制权力。

攻台方略是经皇帝谕准，进行诛批，按照惯例所有的武力攻台决策中，均都提出在福建的八旗将军喇哈达、总督姚启圣、巡抚吴兴祚同水师提督共同进剿。皇帝决定重新任用施琅并在瀛台赐宴中，也语重心长地对施琅说：攻台要与将军、总督、巡抚商酌，克期统领舟师进取澎湖、台湾，前来明确指定谁为攻台的清军主帅。如按一般常规，主帅应是八旗将军喇哈达。可是康熙又看到，这个喇哈达让他骑射，无疑他是一员骁将，称得上是"巴图鲁"，要是他指挥渡海，他才是真正的旱鸭子，过不了江，而且这个人对于攻占的言行，都是同康熙唱反调的，能把这样的人，作为攻台这台戏唱主角吗？所以，康熙曾启用汉将。

可是这件事闹到他的面前，确使康熙有点头痛，一时踌躇起来，这时正好李光地上奏，回闽探母，就问他："李爱卿，施琅在福建情形如何，你可知道一、二?"

李光地微笑地说："听说督都、将军等人都与他合不来，并且上奏到皇帝这里?"

"爱卿不防说说看。"

"这两个人，一个一心为国，不为己，一个一心为国，二为己，所以把事情闹到皇上这里了。"

"爱卿再把这为国为己，详细为朕说来好吗?"

李光地道："姚启圣不惜官位、身家性命多次举荐施琅，他的出发点是一心为国，为我大清一统江山荐才；同时姚总督在对台湾招抚工作，著有成绩，在争取郑军、瓦解郑氏集团，作了大量卓有成效的工作，但他想征台湾，再立新功！而姚总督文攻他是强手，但他在武备上，是纸上谈兵，施大人与姚大人的意见相佐，便出在这上，施大人以他一个海战军事家的眼光而不顾友谊情面，力陈要圣上交给他专征大权，为的是不受干扰、掣肘，心存只有国家统一这一条。"

"你这样一说，朕的心里明亮了。康熙说。"这两个人不合的缘起，是由南北风之争。"

"这是征台一个比起练兵、选将还重要的一个问题。"李光地说："乘南风用兵，在我看来这是施琅一生海战经验的一个总结、创造；十分中有九分胜；而乘北风呢?十分有一、二分胜。"

"朕不懂海上的学问。"

　　"海上风讯，北风夜间大，白日小，南风则白日有，夜间无。澎湖与台湾有海沟，这里不可轻进，要进需要急进，若不能急进，白日北风小，尚可在水上依泊，至夜狂风作，即便有百万战舰，都可能被吹得七零八落，无踪无影。战舰一入大洋，辽阔无垠，即便再高的指挥者，要想把北风吹散了舰船再聚拢来，非一月之久不可。乘北风这不是侥幸于万一吗？这种胜败由天，难道不是十分中只有一二分胜？"

　　"那么，用南风呢？"

　　"我先向圣上描述一下船舰入海的情形。"李光地说："我们向澎湖、台湾进取，施琅清楚那里的情形，可并不是所有几百上千只船舰的指挥者、水兵们都熟悉，就是施琅，他也只熟悉他那时候的郑军布防情况，今日刘国轩不知在那里加强了多少倍，具体情形他也不掌握，这在军事上需要侦察，甚至火力侦察。用南风，首先于侦察敌情有利，南风缓，夜更静，一日不进，则可抛岸一日，两日不进，则可抛洋两日，而于此间可获得大量敌情。"

　　"施琅用兵、用心于此，朕明白了。"

　　"船舰一入澎湖沟，则有进无退。只能顺水而进，而不是顺水而退。"

　　康熙听得津津有味，不住点头。他这时才认识到施琅《密陈东征论》的真实用意，他自言自语地说道："古者用兵，正如施琅采用奇计，声东击西……然后出其不意而收之。"

　　康熙听了李光地的一席话，豁然开朗，但他对征台事宜慎而又慎，还是召开了议政王大臣会议，召集大学士议论，最后他采纳了明珠的奏疏，曰："如果专用一人领兵进剿，可以保证成功。若两人同往，难免彼此掣肘。陛下不妨只派施琅一人进军。"

康熙挑灯彻夜不眠，为征台事，作了新的部署，诛批道："消灭海寇，关系重大，着施琅相机自行进剿。总督姚启圣、巡抚吴兴祚同心协力，攒立粮草，不得有误。"

现在，施琅全力为攻台作最后军事准备，他现在有水师官兵二万有余，大小战船三百余艘。他的这些部队分水师标下、厦门、金门、海坛、铜山四个水师总镇和闽安、烽火、围头、平海、浯屿水师五营。

关于军情的报告是：刘国轩已将大批商船改成了炮船，所有文武官员的私船，也被通知进行修缮，以备征用。调集到澎湖的军队已有二万多人，各类大小战船二百多艘。刘国轩又抽调了大批屯田的佃丁民兵，增缓澎湖。在台湾岛，郑军镇营的官兵已把所有眷口，全 部 集 中到承天府 、，安平镇 各个要塞 、港口，准备死战到底。.

还有市情报告为：台湾同日本、吕宋、南洋各国所有贸易中断、洋贩无资，仅台湾田赋所入，不足供官兵俸饷；再加上大批种田青年人被抽丁入伍，耕获不能及时，稻粮不给，米价腾贵，每把价银五六两，饿殍遍地，人心动……

施琅考虑对兵用兵，光有水师还不够，必须还得有陆师，姚启圣应其所请，从督、抚标下，陆路提督标下，福宁、兴化、漳州、漳浦四个陆师镇营中，抽调了大批兵力，总计两万多余人马，两百多艘战舰，拨付施琅统一指挥。这样，水陆两军合计，施琅麾下已有四万多人马，五百多艘战舰，在数量上占绝对优势。

康熙二十二年元月，康熙皇帝向施琅发布急令："速进兵！"

"速进兵！"施琅命令进剿台湾各路大军，开进铜山平海澳集结。这里原是郑成功的一个造船地，由龙虎山和牛眼睛头两片低矮的山脉合围而成的一个大海湾，东北方向就是澎湖，晴朗天气，从这里南遣可以看到南澳。

铜山码头，旌旗招展，万头钻动，船舰如标……

施琅将在码头上举行誓师。这天骄阳似火，万里晌晴，南风习习，确为出征选了一个好天气。施琅健步的从兵士中间走出，精神矍铄，银发飘飘，他的后面由四个大汉，抬着一口楠木棺材，上有一副对联：

为统一捐驱以花甲报国

人们见施琅到来，全场一片肃敬，此时掉地一根针，也能听见响声。这个瞬间，让人感到悲壮、振奋。他的后面是吴启爵等将领陪同。

施琅一一检查了各路兵马配备的大小火炮、鹿铳、喷筒、角弓、战舰、火箭、火罐、药弹、炮子、英国药品及火柴、粮禾、干练袍套、缎靴、笠帽各类军需物品、枪械。

南风刮起来了……

红日东升，紫云高照，排空卷浪，码头上，战旗猎猎，战舰都在忙着做启航准备，

紧张有秩序的忙着。

"升帐！"

旗舰立刻响起三声礼炮。

海面南风吹来，和风温柔，浪花追逐着浪花，拍打着出征的船舰，海面上飘着白沫和海藻，海鸥在上空飞舞着，也在观看着出征的将士。

施琅拔出宝剑，这是皇帝在他临行时所赐，向空中一指，道："皇恩浩荡，本提督奉天子圣命，出征征巢郑逆，代天行道，祈望我军出师顺利，一统凯旋。

下面是一片欢呼："我师必胜！"

"全军起锚开拔！"旗舰上的旗手，打出了旗语。

在南风中，施琅率领的大清舰队，浩浩荡荡地向东而发，在战舰中，旗舰上一面面宝兰缎面的将旗迎风招展，旗上两边绣着"钦差大臣，太子少保，统领水师靖海将军左都督"，旗中间突现一个大字："施"。

大旗下面，施琅身披战袍，手握单筒望远镜，精神抖擞地站在指挥塔上，指挥船舰编队而行。

铜山很快就落入后面，沉入海中，前边是一片茫茫无际的大海，浪涛翻滚。

"全速前进！"舰队迅速的执行着旗舰的统帅、指挥。

就在施琅乘风破浪挥师向澎湖时，刘国轩的密探向他报告："施琅已调集水师在铜山集结，看来不日即行向我进取……"

"下去。"刘国轩根本不要听这种报告，他对密探轻蔑地说："你以为施琅是玩水的孩子，六月风涛莫测，我不相信他会贸然行师！他在铜山集结水师，不过是虚张声势，给你我看的罢了！"

施琅指挥的战舰已在海上行驶一个整天了，大海在一片火烧云中渐渐隐去了它的热情，打出了黑色的帷幕，将天和海和船全罩在其中了。

"挂灯！"旗舰上发出了指令。

海上立刻出现奇观，千点万点灯火，连成一片，就像一座飘动的城市，光辉璀灿，美不胜收。

新的黎明在海上升起，喷薄欲出的红日，一下跃出海面，把海水染红，海鸥也醒来了，围着战舰在歌唱，好多鱼儿追迎着船舰，饱食着船上抛下的残食，这仍是一个暖烘烘而和风轻柔的好天气。

施琅的旗舰上，在指挥着战舰不断变换队形，向前挺进，朝着澎湖岛进发。

"报告，前面就是澎湖……"

施琅："传令，各舰做好战斗准备。"

传令刚下，只见船行对面出现一片黑呼呼的蘑菇状东西，再驶近一程，用望远镜已经查看清楚了，澎湖，接近澎湖了。

正在这时，澎湖外堑的了望楼上，响起报警炮声。

一名传令急急跑进刘国轩的作战室，报告说："由西南方向开来大批船舰……"

"再仔细观察。"刘国轩同时传令："海面发现大清船舰，陆路诸将进入战斗准备，用炮火横截攻打，勿使敌军湾泊寄碇。水师诸镇，将大山炮舰环泊于娘娘宫前，东西峙各要口守候。"

刘国轩将令箭发出去后，仍处在一种惊疑之中，他喃喃地说："在这种风波不测的季节，他还是来了……"

在施琅的指挥下，清军大队舟师，已经逼近澎湖，并向西南面的花屿、猫屿、八罩岛一带靠近。这些孤岛，正如陈四孩和谍报人员侦察所说，没有郑军阵地，只在海面上设快哨守讯，这些小船，根本没有战斗力，望风而逃。

施琅的旗舰发出指令：分队，寄泊。

战船如同轻捷的燕子，向陡峭的海边靠去。

施琅对他身边的吴启爵说："吴公，这里的刘国轩是我的老搭挡，我们来到此地，不可不同他打个招呼。"

"好多年没见面了！"吴启爵笑笑说。

施琅把在厦门由笔帖式起草给刘国轩的信函，令人送到岛上。

刘国轩看过施琅给他的信，冷冷一笑，不无讽喻地说："这个施琅原是明朝游击，亡归延平，再投清，可谓勇于舍旧的三姓之臣啊！"

在清军压境的情势下，大家不知怎样回答他的话好。

刘国轩说："此书是施琅对我劝降的。我刘国轩比不上你施琅，见风使舵，我只有一句话：君存与存，君亡与亡。"

刘国轩当即给施琅送信人回复道："请你转告施将军，他与我是昔日的旧交，今日是敌手，他想打，我想防卫，胜败未卜，我如何能自丧志气，甘作大明叛将？"

施琅听完信使对刘国轩的话传达之后，说："刘国轩确实老了，好不识相，那只有用我们的船舰跟他'对话'了！"

"我们已经做到了，先礼后兵！"吴启爵说。

澎湖岛上，一片阴云飘过，刘国轩以逸代劳，坚守不出。他冷笑一声说："我在这里等你呐，棺材我已经为你准备好了！"

"开炮！"施琅在旗舰上传令船舰，按预定方略，展开攻势。

"开炮！开炮！"

"开炮……"

海上顿时升起炮火的烟，遮天蔽日，炮弹落在敌军的阵地，掀起一团团砂黄尘和砂石，整个海面上、岛上，不久便弥漫在烟雾、火海之中。

"围攻岛屿，抢占滩头！"经过半天的血战，前锋船蓝理已经冲过敌人火网，驶近岸边，施琅急速向他命令："冲上去！"

一颗流弹在蓝理身边爆炸，他手捂着肚腹，肠子顺着炸开的伤口流出，他仍高声指挥："督战速进，怯战者斩！"

"集中兵力，五打一，梅花阵！"施令根据战事，变幻着战术。

大清舰队向敌舰勇往直前，拚杀过去。

两军的前锋战舰已经接阵，火炮已经失去作用，两舰相对、相接，先是箭如雨腥，炮如爆豆，火箭激射，接着是双方跃入对方的船舰，展开白刃格斗，进行撕杀。

炮火、硝烟、箭矢、刀枪、火……澎湖列岛的海域，上演着亘古没有的战斗，死伤战士的血染红了海水，在搏击中，大清军队由开始时的失利转为占据上风，将士们愈战愈勇，各个奋不顾身，杀得刘国轩渐次不支，有受伤的船舰开始撤退，顺风而逃，有的跳入海中，泅水向清军投降。

刘国轩怎么也没想到，他苦心经营几十年的澎湖，是这样不堪一击。他的指挥舰开始撤退、逃离，只有他的前锋舰仍在负隅顽抗。

施琅在旗舰上指挥，发令："全线追击，抢占滩头，登陆！"

"全线追击……抢占滩头……登陆……"

大清水师发挥着它的无比强大的威力，打得敌人落花流水，叫爹叫娘……

炮声渐渐小了，刘国轩带着他的残兵败将，指挥着他的残破的船舰撤出了澎湖，硝烟也渐渐飘散了，初战告捷，夕阳西照下，施琅、吴启爵等将领，首先登上了澎湖岛上。

施琅在岛上传令各船舰将领：“严密把守、监视澎湖各出口要地，兵不鲜甲，弓不离身，炮不离膛，严防刘国轩乘夜潮反扑！”

在战斗的间隙间，好多战士不知怎么欢庆初战的胜利，欢呼跳跃，拥抱、掼跤。

施琅身边的年青卫士说：“我到这里一点也不感觉陌生，好像就在我的家一样。”

施琅笑笑说：“傻小子，你有所不知，这里古时候和你家，也就是大陆是连在一起的呀！”

“呵，这块陆地一分开，可给我们后人找了不少麻烦！”

“你说的倒是个理。”施琅深深地思索这个年青人质朴的表达，他说：“天下之治乱，不在一姓之兴亡，而在万民之忧乐……得时者昌，失时者亡。”

“真没想到，刘国轩这样不堪一击，大人还常说他是海战第一人呢！”

“兵之胜败，本在于政。”施琅道。“郑家军已横征暴敛，分裂国土，已失去了民心，谁愿意再为他打仗啊！‘众若时雨，寡若飘风’。

“报告大人，敌舰向我靠近！”舰上了望塔上值更警卫报告敌情。

“传我令，灯火管制，准备打击来犯敌人，进入战备！”

又一个新的黎明来到了澎湖，这里的血战仍在进行着，刘国轩渐次不支，他昨天已损失各类船舰一百五十多只，折损将领 47 人，兵员伤亡 12000 多人，刘国轩见大势已去，跪在指挥舰上，对天祈祝：“国轩奉命守卫澎湖，战败至此，想从吼门逃一条生路。如寿数将尽，立触礁线，登时沉没！如存后福，乞皇天假我潮水，使国轩东归台湾。”

吼门狭窄，暗礁壁立，从无行船敢通过这里，刘国轩把
这视为他今天的求生之路，也算皇天照应他，一闯竟顺利通
过了，待到施琅的前锋追到这里，已经退潮了，

只好眼睁睁的望着刘国轩逃走。

"澎湖光复了！"清军在岛上高呼口号庆贺他们的胜利。

施琅颁布安民告示，驻军纪律，安辑居民，抚恤降众。

刘国轩屁滚尿流的带着残兵败将，退回台湾岛，作为军
人他知道，他失败了。

他对冯锡范说："三军可夺帅，而不可夺志，清军固然
攻势凌厉，但我军厌战、怕死、投降，也是澎湖之役受挫的
致命之处。"

冯锡范在谋算着，台湾面临的危险，该怎么办？他准备
逃往吕宋，可他没有把话说出来。

刘国轩说："仗是绝对不能打了。如果现在投清，或许
还能寻一条生路。"

"啊？"冯锡范吼道："你我二人同受藩主寄托重任，投
降清廷，你的口里么能说出这样话，天理难容。"

"这，我可不勉强你，"他一挥手，道："来人，先委
屈他一下。"

兵士进来七手八脚把冯锡范捆得结结实实。

郑克塽很快知道刘国轩领兵哗变，马上召刘国轩入内，
他吓得结结巴巴地说：

"本藩年幼，未谙军旅，所有一切全凭将军做主！"

七月三十一日，刘国轩派曾蜚、朱绍熙去澎湖拜见施
琅，宣称郑氏集团，愿意驻台湾和世供永为藩属这两个条件
下削发称臣。

施琅冷笑一声，把刘国轩的致书摔在一边，说："这两项条件如在战争未始之前，本军门自当至成，但时至今日，我已拿下澎湖，台湾指日可下，郑氏已没有讨价还价的本钱和余地了。"

两个代表回到台湾，立即向刘国轩传达施琅的话："他……只给一条路，誓师决战！"

不久，刘国轩接到施琅的战表，说："我已做为恢复台湾的军事准备，郑军何去何从，请慎而思之。"

刘国轩感到自己已经到了山穷水尽的末路上了，他说："守，我们没有能力，战，我们更无力，赶快起草降表吧！"

九月一日，总兵官冯锡圭，工官陈梦炜、刘国轩胞弟刘国昌奉命出鹿耳门降清。

他到达澎湖后方吓出一头汗，因为离清军总攻的时刻只差一个时辰了。

十六日，施琅派侍卫吴启爵、笔帖式常在随冯锡圭带告示前往台湾宣谕，遵旨剃发，收缴印敕。

接着，施琅派吴启爵、常在持具降本一道，延平王册一副、印一颗，辅政公郑聪印一颗，武平侯刘国轩印一颗、忠诚伯冯锡范印一颗，左武卫将军何佑印一颗，以及台湾地图，乘大船离开了澎湖，取路京城。人们围着施琅的告示在读：……示制，各兵民主即削发，本提督刻日亲临安插，军纪素严，秋毫无犯。今既革心归诚，官则不失爵，秩之界，民则皆获绥辑之安。兵丁入伍归农，听从其便；各自安生乐业，无事彷徨惊心！谕旨下颁，新恩遍及。本提督言出金石，决不尔负。

康熙二十二年（公元 1683 年）八月十三日，这一天在世界其它民族的历史上，也许同其它往日一样，并无特殊意义，然而作为中华民族这一天是载入史册的。这一天，清军水师提督施琅，带领四百多艘大小船舰，缓缓地进入鹿耳门港靠岸，登陆台湾。

郑克塽、刘国轩、冯锡范等原郑氏集团的首领人物，率文武百官，打着大清龙旗，在迎接施琅。

施琅检阅了欢迎他的仪仗队，然后发表了重要讲话。郑克塽再次向施琅跪拜，以谢不杀之恩。施琅上前扶起他，道："足下远居岛屿，原与三王不同。吴三桂、耿精忠、尚之信，都是国家的叛臣，罪在不赦。足下三世仗义于海滨，亦人之所难也。"

今日归清朝廷，使海宇廓清，朝廷必有格外殊恩，当不失爵禄也。

"将军惠及宗社，敢不唯命是听！"郑克塽激动得流下眼泪。

施琅选定一个吉日：八日十八日，给郑氏文武百官削发，逐一发给清朝官员的朝服、袍、帽、外套、靴。

施琅望着这一切，他的眼里也噙着泪花，他在心里喃喃道："二十三年了，台湾，我回来了……我的父亲，我的兄弟，我的全家七十二口人……你们看到了吗！你们可以睁开眼睛看看了……"

第二天，施琅领着众将官和郑克塽、刘国轩、冯锡范到东宁城东安坊郑成功庙，对这位民族英雄进行拜谒。

施琅捧着一个大花篮，缓缓地走进肃穆的庙堂，轻轻的、轻轻的将花篮放在郑成功塑像的脚下。众人伏地，施琅捧着祭文念道：

自安南侯入台，台地始有居民，逮赐姓（指郑成功）启土，世为岩疆，莫可谁何！今琅赖天子威灵，将帅之力，克有兹土。不辞灭之诛，所以忠朝廷而报父兄之职也。但琅起卒伍，于赐姓有鱼水之欢。中间微嫌，酿成大戾。琅于赐姓，剪为仇敌，情犹臣主。芦中穷士，义所不为，公义私恩，如是而已！

施琅在郑成功塑像前，行跪拜礼，三揖九叩首。然后只见他立在塑像前默哀片刻，他在想什么呢？他在想他临行时皇上在赐宴中对他说的话："收复台湾，乃是社稷，为国家的大事，非为私家复仇。"这样，他的心平静下来了，他与郑家的三代恩仇，也就这样划上句号了。

统一台湾的喜讯很快传到北京，年青的皇帝兴奋无比，他多年统一国家的愿望实现了，为了纪念这个伟大的胜利，他欣然命笔，写下了《中秋日闻海上捷音》诗：

万里扶桑早挂弓，

木犀军指岛门空。

来庭岂为修文德，

柔远初怀默武功。

牙帐受降秋色外，

羽技奏捷月明中。

海隅久念苍生困，

耕凿从今九壤同。

不久，施琅派出的吴启爵、常在带着郑氏归诚的印册、台湾海图面奏皇帝一行人，抵达了京城。

吴启爵跪在丹墀下面，双手捧着捷报，高声唱道："圣上，施将军让臣给皇上报捷来了！"

对于郑氏归诚人员，皇上十分关注，亲自谕旨，诏书不久便递到台湾，施琅立刻召集郑克塽、冯锡范等各部要员，率府县官员及各镇主将到郑成功庙，他们嗑伏在地，只听施琅宣道：奉天承运皇帝诏曰：

国运昌隆，四海承平。台湾诸郑，求归朝廷，此大义之举甚合朕意。

为表彰诸郑顾大局，识大体，不搞民族分裂，不破坏国家统一，今封郑克塽为汉军旗一等公爵，继续统领台湾。封冯锡范、刘国轩为伯爵，仍在郑公治下。其余诸郑，另行封赏。望尔等一如既往，继续为国家保卫台湾，建设台湾，为郑成功重修庙宇，以示表彰，勿失朕意。钦此。

康熙二十三年正月二十一日，皇上乾清们听政，大学士、学士们折本请旨，福建提督施琅请于台湾设总兵官一员，副将一员，黄将二员，兵八千；澎湖设副将一员，兵二千，镇守其地。

1684 年，清政府皇帝下主如设置台湾府，隶属福建省，于其南路设置凤山县，北路设置诸罗县，府治设置台湾县，澎湖归台湾府管辖。皇帝任命原泉州知府，汉军镶白旗人蒋毓英为第一任台湾知府。康熙皇帝任命正黄旗参领杨文魁为第一任福建台湾总兵官。

1696 年施琅病逝于任上，终年 76 岁，消息传来康熙皇帝伤悼不已，一代将臣的英名与台湾永远联在一起。

17. 妩媚罗刹女

在福佑寺寂寥、寂静、寂寞的日子里，玄烨在这里第一是学习，第二是学习，第三还是学习。除了学习，他主要是听苏麻喇姑讲故事。说是故事，其实讲的却是先朝先祖打江山、保社稷创业历史。所以，他熟悉曾祖父努尔哈赤 25 岁时，为报杀祖父之仇，以"十三副盔甲"含恨起兵，统一建州女真，在费阿拉称王，统一海西女真，破哈达、灭辉发，"砍伐乌拉，鲸吞叶赫"，并附"野人女真，征抚蒙古、创建八旗、制定满文、建立后金政权以及萨尔湖大战、 兵辽沈、宁远之败"……还有吴三桂降清的故事。

可是，玄烨不知道，苏麻喇姑也不十分清楚的事，就在努尔哈赤起兵创业的前一年，即 1582 年，从欧洲国家蹿过来一伙烧杀掠夺的无耻强盗——罗刹。他们越过乌拉尔山以西，向东入侵，在叶尼塞河中游建立据点——叶尼塞斯克，然后步步为营继续向东推进，在明崇祯五年的时候，在勒拿河上建立雅库次克。后来这两个地方成了俄国人侵入黑龙江流域的两个据点。明崇祯九年（1636 年），也就是中国对黑龙江流域已经行使有效的主权将近一千年之后，俄国人才惊叹地知道世界上有一条肥得流油、远非荒漠的黑龙江。

明崇祯十六年（1643 年），对黑龙江觊觎垂涎已久的俄国侵略者，以雅库次克督军彼得·戈洛文为首，组织了以瓦西里·波雅克夫为首的远征军，开始对黑龙江流域进行侵犯。

游牧于石勒喀河和因果达河一带，住着我国索伦部，他的部族头目根特木儿清政府早已封地为四品官，并将他所部偏为三个佐领，这支生长在大山莽林中的将校兵丁，从小善于骑射，穿林过涧，如履平地，各个身体健壮勇猛。顺治十一年，罗刹第一次强占尼布楚时，根特木儿接受朝廷的命令率领部族内迁到根河和海拉尔河一带。在呼玛的抗俄之役中，他冲杀在前英勇非凡，他的马鞍上、腰间挂满了进犯者的人头，手中还提着三个。"这个根特木儿，如同战神一般！"逃回大本营的罗刹，心有余悸地："根特木儿太可怕了！"

尼布总管面对着屡屡战败的沉重打击，除了组织、集结武力，准备继续闯入黑龙江流域的中国国土，同时认真研究了清朝的边务情况以及清朝戍边的将领情况，开始在头人根特木儿身上做文章。

根特木儿的门子笑嘻嘻地送上一把名贵的俄国战刀。

根特木儿是一个部落的酋长，他从小就武功出众，被他射、刺、砍杀的老虎、豹、熊、獐、狼、鹿无数，这个弓箭、刀枪不离身的人，对于武器十分珍爱。

这是一把锋利的战刀，刀柄上用紫铜镂刻着云花饰，从刀鞘抽出，只觉一阵风吹来，刀锋白光凛凛，寒意森森。

"你是从哪弄来的？"根特木儿上前一把揪住门子的衣领，惊问道。

"左领大人，你坐下，我给你献茶，听我慢慢说。"门子被根木特儿的突然举动，吓出一身冷汗，以为他观察出了什么，但马上意识到，他什么也没看出来，只是意外的惊叹。

这个门子是干什么的？侍茶捧衣，他的服务还与开门、关门、守门有责。这在皇帝天下，算是一个贱役。但是，你又怎能小看这个贱役的职位，他的能量有时大着呢。因为他每天都侍候他有官阶的主子，随从左右，官老爷不论什么事，不分公私、大小、巨细，都要使唤他，使用他。这样，实际上他成了官老爷的臂膀、耳目、手脚，官老爷一天的事情很多很忙，有时自己忙不开，便把一些看来不甚重要的交给门子说："你去办一下吧！"由于门子大都会钻营，会讨主子喜欢，好多大事情也由他处理了。办事先要经过门子，有好多事要经过他处理，就即使是经主子处理，也要让他替说好话，渐渐中国社会有了"走门子"这个词儿，而且生命力长，从唐绵绵延延至今不绝。

门子看得出来根特木儿十分喜欢这把军刀，爱不释手，就对他说："我是从偷偷越过额尔古纳河罗刹女贩阿廖莎手中借来的。"

"我们已经出示朝廷的告示，不准私自越边，进行贸易呀！"

"两边的小商小贩的活动，怎么能禁得了。"

"她在哪？"

"在河边的帐篷里。她说要见老爷……说如果老爷喜欢这把刀，她可以无偿献上呢！"

"罗刹女商贩……我怎么没见过？"

"她其实见过老爷，知道老爷八面威风，骑着马搭着弓，挥着大刀，在追杀俄军的阵势，她看见过你腰间血淋淋的人头，她很害怕。"门子对这个阿廖莎是很熟悉的。"你想见吗？"

"我是堂堂的朝廷四品命官，见一个犯边的罗刹的小商贩？"

"又不是两国政事，"门子说："只不过是我们看中了她的刀。"

根特木儿一听也是这种道理。门子一看主子心动，正在踌躇怎么办，但又碍于人们的眼睛，他说："我来安排，在我那个羌子里偷偷会面。她不但会做生意，是一个十分漂亮的妞儿，会跳舞……咱们全索伦部的姑娘，哪一个都比不了她。”

“是嘛！”根特木儿用心的听着。

“高挑的大个，一对水灵灵的蓝眼睛象两颗宝石，细嫩的皮肤像江宁的绸缎那样光滑，”门子这时用两只手放在胸前，扭起身子，走了两步，说：“那两对大奶子，高高的，挺挺的，柔柔的……我没法说了。”

这是一个月黑天，伸手不见五指，除了哨卡闪着昏黄如豆的一丝光亮，整个森林和海拉尔河好象全睡去了。在此之前，门子打着根特木儿的旗令，把阿廖莎从河边的军黄帐篷中提走。阿廖莎叫着，“你要带我到哪去？”

门子只说：“走！”

“要赶我回到河那边去吗？”阿廖莎望了一下黑乎乎的夜空，“我会迷路的，如果碰见老虎，它会亲我的。”

阿廖莎这是在演戏，她知道不是要押她出境，而是给她安排一个舞台，要她作精彩演出，把看客拉到自己的怀抱。

门子把阿廖莎带到他的羌子，两个人急速忙乎起来，拿出崭新的虎皮铺在炕上，茶几上放上根特木儿喜欢喝的烈酒，还有整块的狍子肉、鹿肉、鹿血、鹿鞭，还点上了朝廷赏赐珍贵的红烛，等待着高大雄壮的、一身虎气的索伦族大酋长。

阿廖莎又等了一些时候，三星已经偏西了。忽听一阵马蹄声传来，门子十分熟悉，这是他主子的马。

门子甩甩袖子，拂了一下衣袍，干咳一声，赶快出羌门迎接。

根特木儿下得马来，缰绳交给了门子，径直地走进羌子。

“幸运之神，总是降临在我的身边！”阿廖莎象见着久别的亲人一样迎上前去。

门子说："这是阿廖莎，主子请吧！"

"大酋长，您好！羌门被拉开了，"阿廖莎用温情的话语迎上前去，向根特木儿行俯地跪拜礼。

根特木儿被眼前桔红烛光下的女人弄得惊呆了。他从来没有见过这样美貌、气质优雅的女人。她一头金发，多么像山涧的瀑布，她一双清澈、明亮含情脉脉的大蓝眼睛，多么像额尔古纳河的流水，她身材窈窕，文静而美好，给人一种让你去亲近抚摸的感觉，她性感湿润的嘴唇，像是招你去吻她。根特木儿看到这里心想，这哪里是小商贩呀，这不是天女下凡吗，哪个男人能抵御这种魅力的诱惑呢？

根特木儿自进得羌子来，一直傻傻的望着阿廖莎，从头看到脚，从下看到上，最后眼球直直盯在阿廖莎高耸无比的胸脯上，只见那里轻轻地颤抖一下。这时他的涎水快情不自禁地从嘴角流出来了。

"大酋长……"阿廖莎更加亲热地向他叫了一声。

"你不知道不能随便渡江吗？"根特木儿说，"这里是大清帝国的国土呀！"

"我们只知道跑买卖赚钱。"

"你不知道，你偷渡会被我们逮住要蹲笆篱子吗？"

"我可不怕。"阿廖莎嫣妍一笑，妩媚地说："我知道大酋长对我这样的人会宽厚的。"

"你们那边的人，说我杀人不眨眼。"

"那是你的勇敢，我不喜欢懦夫。"

"这个意思，我们的看法倒很一致。"根特木儿点点头，闭目一思，马上又问："你的刀，不是一般的刀。"

"大酋长，你真有眼力，不愧是当今的英雄、勇士。"阿廖莎说："那刀是我祖父传下的，他当年是基辅大公国王的侍卫。"

"祖传的宝刀，怎么能轻易出卖?"

"我需要钱。"

根木特儿听着阿廖莎对沙皇东侵的不满，回忆着这十几年间，额尔古纳河上空的边防磨擦、争斗的风云，武装冲突，应该说那是两国边民的不幸。

可以这样说，中俄的交往的序幕是在血与火中揭开的。

……16 世纪下半叶，当时俄国正在同瑞典、立陶宛等国进行立窝尼亚战争，为的是争夺波罗的海的出海权，把东进的任务交给在西伯利亚经营毛皮贸易的大商人、实业家斯特罗干诺夫家族。沙皇给了这个家族卡马河西岸，自雷西瓦河口直到楚索尼亚河口长达 146 公里的地区。他们又多次得到沙皇恩赐，沿楚索瓦亚河直到其上游地带，沿卡马河直到奥沙帕河和图尔瓦河，总计约七百万亩的土地。斯特罗干诺夫家族，以这一地区为根据地，到处搜罗亡命徒，派他们去征服西伯利亚各部族。

斯特罗干诺夫旗开得胜，一举占领失必儿汗国以后，沿鄂毕河、勒拿河、什尼塞河他们用战争与商贸，水陆联运，沿河东进。每侵占一地，修一堡寨，步步为营，他们到处烧、杀、抢、掠，绑架人质，抢夺毛皮，引起当地西伯利亚各族人民的不断反抗。

《清前期中俄关系》是这样记载的:

1632 年，哥萨克瓦西里·布戈尔带领几个人由叶尼塞河到达勒拿河中游，建立雅库次克。这里成为后来沙俄侵略我黑龙江流域的基地。他们从通古斯那里人了解到，黑龙江流域是块富饶的土地。随后驻雅库次克的军事首领派遣被雅科夫一支 132 人的队伍沿勒拿河、阿尔丹河到达精奇里，直达黑龙江，自黑龙江顺流而下到松花江，接着又蹿到松花江与乌苏里江之间，前来探险。得到的当然是当地居民抗击，死伤大半，生还的没有几人。

1645 年，波雅科夫又率领侵略军来到黑龙江口，他们陆行至乌里河川，翻越外兴安岭，经勒拿河返回雅库次克。

1649 年，勒拿河的盐商哈巴罗夫率领 30 名哥萨克，又纷纷进入黑龙江流域，与达瑚尔部、索伦部等当地居民发生冲突。

黑龙江流域是块富饶的土地。在俄罗斯这个民族与斯拉夫人、与北欧的诺曼人、芬兰人以及其它民族融合而逐渐形成的时候，在它的第一莫斯科时期，连伊凡三世都还不知道世界上有条大河叫黑龙江，而这里自古就是中国的版图。清代对黑龙江流域的统治，可追溯到太祖时期，他对征服萨哈连部在《太祖实录》是这样记载的：

你天命元年，遣兵征东海查哈量部(查哈量部即萨哈连)，七月十九日起兵行至兀儿姜河，造船二百只，水陆并进，取沿河南北寨三十有六。至查哈量河南岸佛多落坤安营……取查哈量部内寨十一处。

接着太祖又招抚了这里的使犬部，《太祖实录》是这样记载的：

元命元年十一月，取查哈量部后，又招服阴答塔库拉拉、诺罗、不拉忻尼三处酋长四十人，遂回。

接着，这里归顺的部族首领巴尔达奇、景古齐、哈拜、孔恪泰、多都汉、讷赫彻特白、哈尔塔等，带着上好的貂皮，来朝进贡。

清军与沙俄军正式交火，在顺治九年（1652 年）。

《清世祖章皇帝实录》（卷 68）是这样记载的：

(顺治九年)九月丙戌，以驻防宁古塔章京海塞遣捕牲翼长希福等率往黑龙江，与罗刹战，败绩，海塞伏诛，希福革去翼长，鞭一百；仍留宁古塔。

……是年，俄罗斯所属之罗刹，侵犯东北边界，驻防宁古塔之章京海色率所部击之，战于多扎拉村，失利。

双方作战的地点多扎拉村，是中国赫哲人的一个村落。

顺治十一年（1654 年），哈巴罗夫被斯捷潘诺夫替换，同时得到莫斯科援军，再次溯江而上，在松花江口同清军遭遇，被打得抱头鼠窜，向黑龙江上游逃去。

第三次冲突发生在顺治十二年（1655 年），《平定罗刹方略》说："(顺治)十二年，尚书都统明安达礼自京师往讨，进抵呼玛尔诸处，攻其城，颇有所获，旋以饷匮班师。"这里所说的还是同斯捷潘的战斗。

接着在顺治十四、十五（1658 年）年中俄第四次冲突。"(顺治)十四年，镇守宁古塔昂都章京沙尔虎达败之尚坚乌黑。十五年，复败之松花库尔瀚两江之间"。（《平定罗刹方略》）。《清世祖章皇帝实录》对于这次冲突是这样记载的：

(顺治)十五年七月庚戌，镇守宁古塔昂邦章京河尔虎达筹疏报，击败罗刹兵，获其人口甲仗等物。命兵部察叙，以所俘获分赐有功将士。

顺治十七年（1660 年），《八旗通志·巴海传》详细记述了第五中俄冲突的经过：

(顺治)十七年，俄罗斯犯边境，巴海同副都统尼哈里等，率兵至黑龙江交会处，使贼在费雅喀西境，即疾趋使犬部界，分布舟师，潜伏江隈，贼船踵重，合击之，贼败却，弃船登岸窜走。巴海督兵追战，斩六十余级，弱小者甚众，获其船及枪炮军器，因招降费雅喀百二十余户，叙加一等骑射。

巴海是一位保卫边疆、建设边疆的大功臣，清朝著名诗人吴兆骞在他的《秋徊货》《奉送巴大将军东征罗刹》是这样描绘征罗刹的壮观场面的：

俄国人除了用军事对黑龙江流域不断骚扰、进犯，同时还派遣间谍、特务进行侦察、策叛工作。切尔尼果夫斯基把第一个目标瞄准在根特木儿，在军事上如果根特木儿归降，可以加强俄国及在中国边境地区的实力，因为他是当地人，对于中国边境的政治、经济等情况十分熟悉，在向黑龙江下游进击时，无疑他是一个最好的引路人

……

根特木儿听完了阿廖莎编制的悲剧故事很受感动，同情这个漂亮女人的不幸遭遇，慷慨地说："刀，我买下了，你出个价？"

"如果大酋长喜欢，你留下就是了。"

"不，你现在需要钱。"

"我更需要的是同情、友情……"

"说的好，"根特木儿豪爽地说："我给你二张虎皮，20 张貂皮怎样？"

"我想，我这把宝刀论价钱，那是没法算的，常言说，货卖识家，你是一个勇士、大英雄，只有你才配佩带，换了一个主儿，给我 10 张虎皮，100 张貂皮，我也不会卖。"

"我们成交了。"

"不……"

"你还要什么？"

　　"我想我今晚有幸拜见大酋长，是我阿廖莎三生有幸，祖宗有灵，你的不凡的气质，强壮的体魄，勇敢、才智、品格，使我深深敬佩，我这把宝刀赠给大酋长了。"

　　"那么，"根特木儿冲外面喊了一声，"给这位阿廖莎带上一些银子。"

　　阿廖莎接过门子递上的银子，深情地拉过根特木儿手臂，轻轻地吻了一下，说：

　　"多谢大酋长美意，你高大的身影，仁厚的心肠，将永远留住我的心间，愿上苍保佑你！"

　　他们走出了羌子外，根特木儿对门子说："我送阿廖莎到河边。"

　　马儿咴咴叫了两声，前蹄在地上刨了两下，似乎在说，主子你怎么做出这样决定，你是索伦部落的大酋长、朝廷四品命官，胸前拥着一个从敌方来的女人，这合适吗？

　　"上马，"根特木儿伸出膀臂向上一托，把阿廖莎送上马，随后一跃飞了上去。

　　下弦月还没有升起来，星空闪烁，马儿轻车熟路向额尔古纳河岸畔飞去。

　　"我有点怕。"阿廖莎在马上说。

　　"怕什么？"

　　"我第一次乘马……抱紧一点……"

　　到了河岸边，阿廖莎下了马，根特木儿觉得通向河边的路是这么短。

　　阿廖莎在河岸枯黄的苇丛里，找到一只小船，这是她往来偷渡的交通工具。她在登舟之前，上前拥抱了一下根特木儿，在他的右面颊上吻了一下，又在左面颊上吻了一下。

　　健壮如牛的根特木儿这时好像喝多了烈酒，头有点晕，身体发热，心跳加快，裆间的那个家伙骤然勃起，一种不满足的欲望在昏暗中升起。他痴呆呆的看着舟行的阿廖莎，不久她消失在一条黑色的河中去了。

　　根特木儿发觉，他方才搂抱阿廖莎的那只手有点麻。他记起来了，他的手曾向她高耸的胸前摸去，可是刚到山脚下，他的手就被她的手挡开了，他没有领略到爬到山头上那种无比兴奋、喜悦的感觉。

　　根特木儿飞马向他的府中疾驰而去。下了马，在奔向公事房的路上，他遇到侍茶的婢女，一句话也没说，拦腰上前将她抱起。婢女一句话也不敢问，她被放在太师骑上，他像用扎枪捅獐狍一样，直通通地刺去。只听婢女"啊"的叫了一声，他用力的拍了一掌，她再也不敢叫了。

　　这个婢女没有满足他，府上新近买来四、五个内地女子，有烧水的、送茶的、端尿盆的、洗脚的、暖被窝的，全是十六七岁，他们除了各司其职，有时还要为大酋长跳舞、唱歌，发泄性欲。

　　这一夜，大酋长的公事房烛火烧到二更，只见一个个女子披散着头发，掩着怀，捂着胸，提着香罗带，蹒跚的走出来。

　　"阿廖莎……"

　　他在做梦，阿廖莎在月光下，驾着扁舟向他驶来了……

　　自从根特木儿同阿廖莎接触之后，他不知为什么，每天都要把宝刀放在身边，不时用手去抚摸，从刀柄到刀鞘，从上摸到下，又从下摸到上，精神常常出现恍惚走神儿……他眼前不时出现阿廖莎那双水灵灵的蓝眼睛，红艳的唇，高耸的乳峰，苗条的身材，高雅的气质…… 他觉得那天骑马送她到河边，是他从没有过的最心醉的夜晚，也是他一生中最难忘的一个夜晚。

宁古塔将军派出一个检查小组，巡视黑龙江流域边防，落实朝廷关于对抗罗刹进犯的战略部署，检查到索伦部，发现根特木儿对俄军戒备疏懒。早在一年前官员就布置他修建木城，可是直到现在他还没有执行，还对他滥杀逃人，虐待兵丁很不满，严厉的训斥了他。

这个强悍的部族首领，他从来就认为他是天下最大的王，谁也不能在他之上，他在这块地方想干什么就干什么，谁个敢来说三道四。

他同检查组的官员顶撞起来，他怒目而视地问道："木城可以能打退罗刹？"他抽出宝刀挥动着说："是我的弓箭利刀，打退罗刹的。"

门子一看这种僵局不能再升级了，不然后果是很可怕的。他给了根特木儿一个眼色，要他息怒。

根特木儿把宝刀放回鞘内，来了一百八十度的转弯说："我是个粗人，方才对远道而来的各位老爷有不敬之处，原谅，原谅！"

事情就这样过去了，额尔古纳河上，近来也算是安宁的，没有犯边的情况发生。

两岸的民间贸易又偷偷摸摸地开始了。

一天，门子向根特木儿说："阿廖莎知道你近日不痛快，她想来探望你。她备了礼品……"

"是吗？"根特木儿惊喜地说，"要她过来就是啦？"

这是一个满地月光的晚上，地点仍是门子的羌子。根特木儿早早来这里等待，他带来了狍子肉、野猪肉、鹿肉、鹿血，准备招待阿廖莎。

　　上灯之后，阿廖莎的小船才在苇丛中靠岸，这次是门子前去迎接的。

　　根特木儿等了一会儿，不见阿廖莎的到来，心里很急，他想会不会让对方的边防哨兵碰见，找她的麻烦，要么……他猜想着她可能出现的障碍。正在他火急火燎的时候，外面传来银铃般的话语，那是阿廖莎的声音。

　　"大酋长——"

　　阿廖莎另一只脚没跨进门槛，就被前来迎接的根特木儿拥抱起来了。

　　"亲爱的大酋长，你好！"

　　他们像久别的老朋友一般，进得门来又亲热地拥抱一次。

　　这是索伦族首领级的住室，里面宽阔，向南的地方有方木格的窗子，分南北大炕，西面有一细条炕连着，八仙桌子放在南炕，上面放满了肉食品和酒。

　　墙上挂着弓箭和箭囊，还有腰刀和酒葫芦。

　　阿廖莎向根木特尔微微一笑，作为答礼，然后从手袋中掏出一瓶上好法国葡萄酒和一瓶莫斯科产的俄斯克酒。

　　"你这不是太客气了吗？"

　　阿廖莎向他飞去了妖媚、调皮的眼风，说："我今天可不是向大酋长卖宝刀了。"

　　"卖酒？"

　　"是给大酋长献酒。"

　　他把眼光投向她的身上，就在这一刹那，他发现她的眼睛也在注视着他，他们的目光一下相遇了碰上了，他的魂魄好像一下被摄去了。他看到她健美匀称的身材，上身一件滚着花边的坎肩，里面是纱质的长裙，领口开得很低。一条深深的乳沟，两只富有弹性的乳峰，随着她的身体扭动，一颤一颤的简直是呼之欲出。她的浑圆的臀部更加诱人，刺激着他的眼睛，给人以无穷无尽的遐想，让人迷醉。

　　酒过三巡菜过五味，根特木儿连吃带喝又不断对阿廖莎三揖三攘，竟喝出了汗。

　　根特木儿的酒量很大，他想制服对方，便提议说："为了招待你这位远道而来的客人，我喝一杯，你要陪上一杯。"

　　"我怎么能抵上大酋长，怕是三杯就过量了。大酋长，我提议——"阿廖莎说，

　　"我们用你们中国人的方式赌酒，石头、剪子、布。"

　　"那是孩子们玩的。"

　　"今天晚上，让我们同孩子一样，快乐的玩玩。"

　　根特木儿很赞成，说："输了的，要喝一杯酒了。"

　　"脱下一件衣服。"

　　"嘿！"根特木儿跳了起来。

　　两人挥动着膀臂，在空中兜了几下，齐声嚷道："石头、剪子、布——"

　　第一局根特木儿输了，他先脱去长袍，然后挥臂开始第二局，他又输了。脱去了褂子。

　　"呦——"根特木儿本想几个回合就让阿廖莎出丑，岂知连输二局。他喝了一杯酒，兴奋得进入第三局。他抓住了阿廖莎的要害，是以"布"赢他两局，便改变进攻策略，出手就是"剪子"，扳回一局。

　　阿廖莎认可，点点头。根特木儿注视着阿廖莎，他想很快脱去那个马甲了。正在这时阿廖莎站了起来。她一下退下去裙子，露出白嫩嫩的大腿。根特木儿望着，眼睛简直冒出了火星，他赶忙说："来来来……"

接着，根特木儿又输了三局，现在他已裸露上身，他脱得只剩下一条长裤，一件汗衫了。

继续下去，彼赢此输，此输彼赢，不相上下。

现在阿廖莎脱得只剩下胸褡了，根特木儿的脚，几次伸向阿廖莎的大腿中间伸去，都被阿廖莎挪开、阻住。

"不要动嘛，出拳——"

根特木儿终于赢了，阿廖莎在摘下身上最后一块布——胸褡时，投进了根特木儿的怀抱。

天亮之前阿廖莎余情缱绻地告别了根特木儿，她得回去。白天江畔有巡逻的，对偷渡者那是很不客气的。

临行时根特木儿从腰带上解下一个野猪牙佩饰，还有一挂绿松石串珠作为礼物，赏给阿廖莎。

阿廖莎回到河的对岸好长时间，再也没有她的音信了。根特木儿十分想念这个床弟功夫无比好的罗刹小姐。可是等了又等。过了二个多月，她仍是没有消息。

一天，根特木儿接到对岸捎来一封密信，是阿廖莎写给根特木儿的。内容说她不小心往来偷渡引起了边防哨卡的注意，她被抓进去了。她坦陈了一切，交出了他送给她的所有赠品和卖刀的银子;同时她还告诉他，她怀孕了，她在信末不无幽默地说，她每天都在为肚子里的小生命祈祷着，因为那是斯拉夫族与索伦族的混合种子，一定是个很漂亮的孩子。

根特木儿看过密信之后，一笑，他并不在意那次交合产生了什么混合种子，他需要这个美人，陪在他的身边，给予他无限的性满足。

又过了几天，门子又接到对岸送来的一封密信，他又转给他的主子。这是一封劝降信，指出朝廷已经从多方面侦察到他与俄方女人幽会，向她出卖情报，欢迎他率部及早过江，晚了不但他的性命难保，就是他的整个部落也可能遭到清军的血洗。

根特木儿一时陷于痛苦与困惑之中，他不知该怎么办。是把策叛密信交给宁古塔巴海将军那里，上疏兵部奏请皇帝知晓，还是准备扔掉这四品官，仍做一个自由自在"王"？他叫来了门子，想听他的意见。门子从根特木儿接受朝廷命官之后，受到的训斥比褒奖多。这样干下去也不一定讨个好下场。再有就是清律很严，一个命官同偷渡者来往，要受酷刑。按照门子的意见：为了保全自己，只有同对面联系过江。

"他们已派人在我羌子想秘密同你具体交谈。"根特木儿换下官服，穿上一套猎人服装，同门子一起来到双方接洽地点，迎上来的哪里是俄政府和军队的代表，是他企盼的阿廖莎。

"我是俄军切尔尼果夫斯基的代表，"阿廖莎说："我们坐下来谈吧！"

1667 年一个风雪交加的夜里，根特木儿以深入敌方演习为名，带领全部落的人马近千人，叛逃到俄境，在阿穆尔河畔居住下来。

根特木儿率三佐领之众叛逃，在东北边境上引起很大震动，康熙皇帝很快得知了这一消息，他的态度十分明朗，要求归还逃人，停止策叛，停止挑衅。康熙帝为此写给沙皇一信，严正声明：

从前，我捕貂头目等曾奏报：黑龙江一带，有罗刹国之宵小劫扰我捕貂之朱舍里（即虎儿哈）、达呼尔（即达斡尔）等，并有我根特木儿已叛逃，投靠罗刹等情，正欲派兵征讨，又闻罗刹者乃察罕汗属民，随派人详查，以明其真相。尼布楚长官达尼拉（即阿尔申斯基）派英那蒂（即米洛瓦诺夫）

等十人为使，按尔旨意前来奏闻后，方知确系尔之属民。原尔使臣，也曾前往，如今，若按尔所奏，愿求永远和好，则应归还叛逃之根特木儿。此后勿起边衅，以求安宁。

这封信是由索伦总管孟格德交给俄国驻尼布楚总管阿尔申斯基的，并译成俄文，莫斯科要清政府等待，可是这种边境大事，一拖就是六年，俄方不做答复。

一晃到了康熙十四年，沙皇政府派遣以尼果赖·加夫利洛维奇·米列斯库为首的使团来中国，名义加强友好、通商，实质是旨在搜集情报，扩大对中国的侵略。

这个代表团对于康熙皇帝对于俄国侵略中国问题，边疆挑衅，藏匿逃人，只字不提。不但如此，他们发现中国的南疆出了大问题，驻守那里的藩王正在叛乱。他们借此给清政府施加压力，提出许多"行止悖戾"的要求，这种强盗的逻辑理所当然的被康熙所拒绝。俄国使团回国前夕，议政王大臣会议对于俄使提出的十二条要求，遵旨议复，康熙批旨，决定："鄂罗斯察汉汗向化入贡，应行赏赉。其使臣不娴典礼，到便给予敕书。应合理藩院给来使云：尔主欲通和好，应将本朝逋逃根特木儿遣还，另简使臣遵中国礼行，方许照常贸易。"

康熙二十一年，巡视盛京、乌拉，毫无疑问这是对反侵略一种准备，但他的主导思想仍以和谈为主。他对理藩院尚书阿穆瑚琅说：朕不忍即遣大兵剿灭，屡行晓谕，令其自释过愆，速归本地，送还隐匿逃人。前次所差彼使尼过来已经晓谕，但罗刹尚执迷不悟，反遣其部下人，于飞牙喀、奇勒尔等处，肆行焚掠；又诱索伦、打虎儿、俄罗春之打貂人额提儿克等二十人入室，尽行焚死。此曹虽经晓谕，蔑不畏法。

因特遣将军，统兵驻守黑龙江、呼马尔等处，不许罗刹仍前恣意妄行，遇即擒杀。……"

一次，他还对大臣们说："……治国之道，期于久安长治，不可图便一时，当承平无事，朕每殚心筹度。即今征罗刹之役，似非甚要，而所关最巨。罗刹扰我黑龙江松花江一带，三十余年，其所窃据，距我朝发祥之地甚近，不速加剪除，恐边徼之民，不获宁息。"

康熙把他的这一谋国之术，奏疏给太皇太后，他说：我将用兵罗刹为的是保卫黑龙江，保卫黑龙江就是保卫整个东北，同时也是保卫外蒙的安全。如放任不顾，燎原之火，将势不可挡……

太皇太后对于康熙的奏疏，很快作了批复，说：黑龙江流域自太祖征服萨哈连部起，全境归我管辖。卧榻之侧，岂容老虎酣睡。为了保卫北部边疆的安全，这次较量，不战则已，战必胜……在收回台湾之后，保卫东北边疆，抗拒沙俄侵略，已经被清政府，被康熙列为本朝大事。

18. 二次东巡

人类历史是一部征战史，一部躲避饥荒史。关东大地养育了满族八旗子弟，清皇室称"龙兴之地"，是满族人的故乡，那里有打江山创业的先辈们的祖灵。

入主中原以后，少年天子顺治皇帝亲政，曾经准备东行一次，回到他出生地盛京祭拜一下祖灵，这是他昼思夜想的心事。他一想到父亲的音容笑貌，就要流泪："终天报痛，时刻靡曤"。令人遗憾的是，他受到朝廷许多大臣的劝阻，因为那年一些县镇乡村遭受了很大水灾，人民流离失所，啼饥号寒，饿殍遍地；其次，战争仍在继续。南明还有半壁江山，尚未实现全面统一，皇帝怎能离开金銮殿。这位华夏之主只好再等待佳期。史书记载，这位少年天子后来没有像市井坊间传说得那样去五台山出家。1661 年春，他因患天花身亡，谒陵祭祖的夙愿终未完成。清朝在入主中原之前，在黑土地上有三座皇陵，即关外三京：兴京赫图阿拉（今辽宁省新宾满族自治县）辽宁东京城、沈阳盛京城。按照遗诏，年仅八岁的皇三子玄烨承继皇位，他是一个能干、英明的君主，用了几十年的时间，环宇一统，国家盛世，谒陵祭祖，巡狩习武，考察官吏，问俗民情，加强军备，巩固边疆，康熙皇帝认为实现其父意志东巡的时机已到。

1682 年 3 月 23 日，京城醒来最早的一天。太阳第一缕金光射到太和殿高大建筑物，从露台到午门，端门直至天安门陈列着行幸仪仗，前锋营为首，接着是"饶歌大乐"在前，这支由礼部教坊司和太常寺分管的乐事队伍，浩浩荡荡，午门左边龙凤鼓声响，右边景阳钟鸣，穿着冠服的亲王、群王、贝勒、贝子、镇国公，辅国公以及文武大臣列队从掖门左右鱼贯而入，按照品级，分列于太和殿丹陛之上。"安上治民，莫善于礼"，"易风移俗，莫善于乐"。在优美、祥和、典雅的丹陛大乐声中，皇帝升上金銮宝座。王公大臣，诸侯贝勒、六部九卿科道僚属，齐声山呼万岁，向皇帝请安、祝福，他们是奉命前来恭送皇帝东行的。

万岁的呼声在紫禁宫阙上空阵阵缭绕时，只听内侍顾太监传旨：赐卿等平身！

百官立起端庄严肃向皇帝仰望，就像群星拱卫北斗，康熙面对群臣，说道："比年以逆贼吴三桂背恩反叛，扰乱地方，仰荷祖宗在天之灵，默垂佑庇，兵奏业已荡平，应躬诣山陵展祭，以告成功。前初闻捷音，即诣孝陵行礼。兹奉太皇太后慈谕，太祖、太宗山陵以应亲往祭告。"

皇帝要巡幸盛京、吉林乌喇等地的消息，起驾之前宫内已经传出。开年之后，六部的官员，都在忙着大驾卤簿的操作、车船行检、粮草采备、道路修整……而且乌拉打姓总管衙门、江宁织造、苏州织造，也接到内务府的通知，急需贡品开单，这一切表明皇帝要出行。

康熙此次东行，距他第一次回"龙兴之地"的故乡巡幸，转眼已是十年，那年他正好十八岁。那次回乡是解决鳌拜集团之后。他铲除了一个卧榻之侧掣肘和威胁皇权的集团，清除了干扰皇权的障碍，削弱了诸王、旗主的势力，加强了对各旗的控制。他对亲王大臣告诫说："人臣分立门户，私植党羽，始而蠹国害政，终必祸及身家"。为了保证中央集权的进一步发展，他上谕："今天下大小事务，皆朕一人亲理，无可旁贷。若将要务分任于人，则断不可行。所以无论巨细，朕心躬自断制。"

康熙帝此行亲自莅外祭祖；同时也是下察社情、民情、边情，除了解情况，更是一种张扬皇威的举动，这也是对地方命臣、王公、国戚四方首领胁服的常行手段。

康熙要告慰先祖的还有，除了平息了李自成大顺军的抗清斗争，还平息了西北各省的抗清斗争。郑成功虽仍在盘踞台湾，为了使台湾早日归清，他已起用被称为悍将的施琅，命他训练水师造舟，为降伏台湾郑氏政权准备。现在他注目的是清廷的大后方黑龙江流域。那里现在不是一片安宁的乐土，早在他出世之前，在他曾祖起兵创业时，一伙吃人的生番，贪得无厌的侵略者，从"陆地大洋的东欧平原上，渐次东进，他们不顾沼泽森林、榛榛莽莽，道路泥狞，草木掩蔽，一路烧杀、掠夺，进入黑龙江流域，建立一个个据点"。这严重破坏着清朝的主权和领土完整，人民的生命财产受到损害，是国君所不能容忍的。黑龙江流域的安宁问题是他所关注的，并且下决心要解决，这是此行一个重要目的。

据比利时传教士南怀仁在他的随扈记录《鞑靼旅行记》说有七万多人的队伍，车辚辚，马啸啸，旌旗飘扬，号声嘹亮。康熙神采奕奕，满面红光，骑在七尺二寸的高头大马上，这匹马是藩王从千万头马群中选出的千里马，可以说比唐高宗的"昭陵六骏"还要超群，人们谓之天马，神州骄骏。静止时，吉祥安稳，驰起来四蹄生风，而乘者如坐扁舟，行在平静的湖面上，灵异无比。

康熙行在永平大地上，马儿放慢了脚步。康熙举目眺望，四野茫茫，大地连着青山，十分开阔。他的思绪一下飞扬起来，脱口说道："燕、冀地也"。他想到这里曾是古代"黄帝于蚩尤战于涿鹿之野，戮其元凶，四海攸同。"之地。

忽然康熙勒住了马，回转身来，对随侍的顾太监说："要熊先生来。"

熊赐履这位秘书院侍读学士、国史院学士、弘德殿的日讲官，康熙为了嘉奖他"才能清慎"，迁升他为内阁学士，后又破格授武英殿大学士兼刑部尚书，是个大学问家。

熊赐履赶紧打马，很快来到圣驾面前翻身下马跪伏在地。

"起来，上马，"康熙对他的这位先生十分看重优隆有加，说："野地潜行，不是朝廷大殿，不必拘于礼仪。旅途上有个伴儿说话，都说行得快。朕要随便同你聊天。你看这里形胜如何？"

熊赐履在这燕蓟大地观看周围山川地理，也正发着感怀。皇帝这样一问，他马上答道："臣看到这里左环沧海，右拥太行，南襟河济，北枕古北、喜峰，古人谓色里王不得不可为王之地。"

"不错，幽燕自称雄。这里内跨中原，外控朔漠，势拔地以峥嵘，气摩空而劣，依山带海，形胜甲天下也！"康熙说。

"山一阵水一阵，身向榆关那畔行"，这支浩浩荡荡的队伍，正行之间，一股带着腥咸味气的风从东方吹来，已经进入山海关地区，来到戴河岸畔。这里西倚莲蓬山，南临渤海湾，东面便是山海关了。再往前走，已有山海关都城守尉都统伏地迎驾。副都统衙门、正二品副都统率其管辖的冷口、永平、喜峰口等处驻守官员和一千五百兵丁也来欢迎。道路已搭起黄幢彩坊，竖起五色幡竿，左右仪仗、宫灯、黄伞，横荫数里，中设御座外周花篱，赤城霞起巍然可观。前锋统领，护军统领，在山海关城尉都统的导引下，皇帝的圣驾来到"天下第一关"下。一片万岁的欢呼声中康熙下马，扶上肩舆（轿子），登上城楼。

笙歌互起，金石千声，云霞万色，锦绮相错，紫气氤氲，弥漫周匝。

山海关是世界七大奇迹之一，万里长城的东部起点。如果说山海关是地球上一条巨龙，它的头便是伸向海边的宁海城。这是明将抗倭民族英雄戚继光任蓟镇总兵官修筑的一道城墙，与山海连接起来，人称"老龙头"。《明季北略》记载：

"……用大帅戚继光为蓟镇，……一切用舍兴建，惟继光言是从。继光建城堡、墩台，相度皆精绝，烽火精明。

又素调练浙兵杂边兵，车马步亦杂用。虏闻而畏之，不敢窥边者三十余年。"

戚继光曾为"老龙头"的建成，有一首七律：

曾经泽国黯鲵息，

更倚边城氛祲消。

春入汉关三月雨，

风推秦岛五更潮。

但从使者传封事，

莫向将军问赐貂。

故里苍茫看不极，

松楸何处梦魂遥。

古往今来，这里是东北与中原一条重要通道，即是商家客旅的必经之路，也是兵家盘桓必争之地。

康熙站在城楼上向北望去，黑土地一片。那里便是"龙兴之地"，也是他的故乡。他不胜感慨地回顾他的祖父皇太极，这位"勇敢绝伦"战功赫赫的汗王，大清国的第一帝，五次进攻明朝的"入口"之战，而从没敢在此与明军交锋，而是从别的关口进入。

……1629 年（明崇祯二年，后金六聪三年）十二月，皇太极亲帅远征大军，避开明将袁崇焕的防区，从蒙古绕道直下喜峰口入关，攻陷遵化，直指明朝都城北京，搅得朝廷上下惊慌万状，惶惶不可终日，急调袁崇焕、祖大寿回师救援。

1630 年皇太极从京畿撤兵，挥师东进，占领永平、滦州、迁安。

1634 年，皇太极再次入关，兵分四路，一路从上方堡攻打宣府、大同；一路从龙门口直至宣府；一路从石口进攻应州；一路从得胜堡攻打大同。

1636 年秋天，皇太极命河济格从松石口入居庸关，直向北京，然后南下攻保定，连陷城池十余座。

1638 年皇太极命多尔衮、岳托一路从墙子岭，一路入青山关。两路大军在通州会师，然后分兵进入太行山；由此向南进军，从临清过运河，进入山东，攻占济南，掳明德王。尽管他们频频得手，进入中原都不敢久驻更不多停留，原因之一就是山海关这个要塞，是一道重要的天然屏障，"一夫当关，万夫莫开"。

然而风云变幻的政治历史舞台上演了新的一幕，明朝宁远总兵，后擢为平西伯的吴三桂出场了。他面对明朝、李自成和背后的大清国，不知鹿死谁手，他一时还看不清楚，在骑墙观望着。如同被一个神奇的魔术师操纵着，一天吴三桂忽然打开了山海关的城门，康熙的叔祖多尔衮就这样挥师入关了。可是三十年后，这个地位显赫、变化多端、引人瞩目的时代枭雄，驾驭政治军事，纵横捭阖，确有高人风范的藩王又造反了 ……

　　山海关倚山临海，形势险要。关此千山万山，重重叠叠，峥嵘嵯峨，长城便自丛山峻岭中蜿蜒而行，东起鸭绿江西到祁连山，绵延一万二千七百多华里。明朝朱元璋建国后，大力进行了修补扩建，沿长城建立了九个防区，在长城外建立了若干军管区，远到黑龙江以北的奴尔干都司这些地方都纳入管理，建立了完整的防御体系。可谓"秦王扫六合，虎视何雄哉"！

　　康熙登此楼，凭吊古迹，抚今追昔，联想到东北边境防务，边民生命财产的安危，不胜感慨。

　　侍卫太监、看到皇帝观览河山心境很好，情绪激动，意气昂扬，便近前问道："皇上，可需要酒？"

　　"酒？"康熙望着茫茫天宇，疾走的飞云，仰头大笑，说："朕，不是李白，但需要李白。"

　　侍卫太监领会皇帝要作诗，马上端来文旁四宝，放在城楼正中的御几上，康熙瞄了一眼，反剪起双手，向城垛口走去，原来他不是要作诗，而是要吟诗。

　　天门中断楚江开，

　　碧水东流直此回。

　　两岸青山相对出，

　　孤帆一片日边来。

　　这是李白的《望天门山》。

　　康熙吟过之后，向身边陪銮的高士奇、张英、熊赐履等人笑笑说："让诸院学士哂笑了。"他问一侧的张英："爱卿，你觉得李白的这首诗怎样？"

　　张英说："李白这首《望天门山》绝句，微臣的感觉是描写天门山附近一段长江的景色的，他不是一般描绘那里的风光，而是抓住感受最深的一些画面，加以集中、深化，诗中围绕一个"望"字展开，首句用一"断"字和一"开"字，写出楚江的威力，冲开天门山口；二句用"直此回"三字，写出楚江"碧水东流"的气势；三句由"碧水"写到"青山"，用"相对出"使"两岸青山"增添了新异的色彩。四句"孤帆一片日边来"，更为这幅画而增加了美妙、神奇的一笔。"

康熙对张英的释意很欣赏，点点头，然后又冲向熊赐履，说："先生的看法呢?"

熊赐履说："叶燮在《原诗》中有这样的评语：'可言之理，人人能言之，又安在诗人之言之? 可征之事，人人能述之，又安在诗人之述之? 必有不可言之理，不可述之事，遇之于默会意象人表，而理与事无不灿然于前者也。'这是李白的一篇传神之作，皇上吟咏，臣终生不能忘。"

康熙仔细地观看了山海关地舆图，然后健步走下城楼，上了御马，访孟姜女庙、二郎山，游九门口、角山寺、一片石，临碣石观海……

扈从人员从京城出发，一连七日马不停蹄，都很疲劳。可是过山海关各处之后，凭吊了古人先贤，回顾了昔日战争的硝烟，疲劳一下缓和了，悠哉游哉轻松了一下，可是接着进行的围猎活动，看来就不那么轻松了。

"娴习骑射"，这是康熙皇帝对宫廷各部院官员三令五申的重要旨谕。在刚刚平定二藩之乱以后，康熙马上北巡，一边行猎，一边勘测围场，在内蒙古昭乌达盟、卓索图盟、锡林廓勒盟和察哈尔蒙古东四旗接壤的地方，建立了木兰围场。木兰是满语，译成汉语是"哨鹿"的意思。

康熙建木兰围场，不只是供皇帝王公大臣狩猎，它是一项重要的军事训练措施。

　　自木兰围场的设置到康熙逝世，他只有两年没到围场。一次是此行东北，一次是出征到哈尔滨蒙古的克鲁伦河，追歼噶尔丹。皇帝每年都派出骑兵上万人的队伍，分赴口外，以围场中的虎、豹、獐、狍、野鹿、兔等为假想敌，追杀围歼。康熙每次都参与行军、山哨、布围、合围、射猎、罢围、安营等全过程，他要求皇子们大显身手，对在围猎中奋勇当先、临危不惧，敢与猛兽拼死博斗的将士，在秋猎大典结束时的庆功大宴上进行赏赐，对违反围场规定的，绳之以军法。

　　山海关的西岭中，精选出的三千名满洲健儿骑马握弓，英姿飒爽，列成直径数里的环形队，把大半个山包围起来，在御驾扈从的指挥下，各个如临战场，呼啸前进。山谷、溪涧、丛林中的野兽被惊起，狐突狼窜。康熙带领皇子骑在马上，与三千侍卫同步进袭。他望着眼前高山大峒，沉沉皆青、和雾烟霭，大漠风寒，飞泉流溅，回眸一看身边的皇太子允祁目光有些胆怯，扬马向其马臀抽了一鞭，道："追上去！"

　　这次围猎康熙帝首当其冲，率先垂范，一直冲杀在前。他把逃蹿的野兽当成犯边的罗刹侵略者，毫不留情地追杀、捕猎。全体人员一共捕杀牡鹿、狼、狐狸各种野兽三百余只，九岁的皇太子出手不凡，在人们的帮助下，射中了一只虎。

　　在围猎的回营中，康熙对参加这项围猎的各部院官员、兵士，随扈的黄带子们的表现是很满意的。他问身边的皇太子允祁："允祁对围猎感觉怎样？"

　　"要向父皇那样，奋不顾身冲杀在前，直至把野兽——父皇说的敌人消灭掉。"

　　"好样的。"康熙指了一下千山万仞，说："你永远不要忘记，你是爱新觉罗的子孙。我们的江山是父辈疆马射箭打下来的，骑射武备不可一日松弛。"

"是，父皇，"允祁激动地回答说："儿臣记住了，骑射武备不懈。"

在一片空地上举行了盛大的篝火晚会，欢庆这次围猎。首先是蒙古八旗的歌手，左手端碗右手拿箭，用箭从碗中蘸一滴鲜奶，淋洒在管囊上，然后放声歌唱，那深厚、深沉、清亮的嗓音，长长的尾音，一下响彻了原野，传进了山谷，人们的心绪也随之沸腾起来，且歌且舞。歌者接着唱起对皇帝的颂歌：

遵循普天命你从上苍降临凡土，

削三藩，收台湾，皇帝运筹帷幄。

对于八旗大学你是振奋兵威的旗帜，

对于敌人你是惊魂慑魄的镇符。

请接受我这杯精酿的美酒，

这是普天之下王土臣民的祝福……

歌者跪伏在康熙帝脚下，把酒杯高高擎起，举过头顶。

皇帝接过祝福的美酒，一饮而尽，然后解下腰间的饰物，一个玉坠，赐给歌者。

狂欢的篝火一直烧到寅夜，人们才余情缱绻地离去……

过了山海关向盛京进发，既是进发也是行猎，在行猎中进发。

三月初四盛京进入一个大欢乐的日子。沿路黄土垫道，搭起黄幢彩坊彩墙，写着万寿无疆的揭牌标竿，一片灿烂辉煌如同仙境。

皇帝在盛京的活动只有四天，安排很紧，主要谒陵拜祖。

康熙告别"两宫"，晓行夜宿出行已经半月有余，他怕太皇太后惦念，不时一封又一封写信，报告经过情形。三月初日谒祭福陵、昭陵之后，他马上受书太皇太后，心释怀念，他在派人回京呈送的奏书中说：

……臣于初四到盛京，见该地风土淳厚，仰见祖宗创立鸿基大业，造福子孙后代很深，特此派人，恭请万安。

康熙在给太皇太后的奏书中又说：

臣自山海关至盛京，拜谒祭奠永陵。之后，康熙即启程前往吉林乌拉地方，他在途中向太皇太后描述永陵情形说：

……臣到永陵告祭。环视地形，山环水绕，佳气郁葱，真是兴王基之地呀。兹因大典已毕，敬想祖宗开疆非易，臣到此地甚难，故欲亲率诸臣周行边境，亲自加以抚绥，兼有校猎讲武的任务。所到之处，专此恭请万安。

康熙皇帝在古代朝廷到边疆传递公文组织的是"邮"，提供各种交通通信工具的是"驿"，清朝把两者统一起来，使邮驿发展到一个新阶段，由兵部主管的邮驿有两千多个，七百余名驿夫，规模之大，组织之严密，效率之高是过往的朝代没法比的。这对巩固多民族国家的统治发挥了重要作用。当地驻防的"两衙"将军、参统、佑领、骁骑校等率办事管员前来接圣驾。他们在四月末进入了吉林地界，驻跸萨河驿站。天忽然下起大雨，虽然行程受阻，但"春雨贵如油"，康熙不胜欢喜。他坐在驿站的热炕上，听着窗外黪黪细雨，心情十分激动。因为这场春雨关乎着松辽大平原的秋成收获，随从大臣的心境也同皇上一样，高士奇挑灯写下白天所见所闻，"杂记"诗词等，描绘了扈从北上的情形。

五月二日康熙帝一行进入吉林，这里被人称为松花江畔的一颗明珠的地方。为迎接康熙前来祭祖，城里的主要街道，船营街、江湾路、迎恩街、监江门，都搭起了彩坊，悬挂着宫灯、黄伞、花篮、彩墙和吉祥祝福的标语。因为距离祖先发祥地长白山天池还有上千里路，且山路崎岖高寒难行，每年只有七、八两月可以上山，余则处于冰霜封冻期，不要说行人，飞鸟也很难越过。所以对祖先发祥之地的长白山神，只能举行"望祭"。

康熙皇帝来到松花江边，他立刻下马换上素服，随扈人员也按官阶、品级换上相应的素服。

对于祖先和"长白山神"的望祭地址，由礼部拟定，祭堂设在吉林市郊的温德亨河北，祭座南向，座前案上设供，祭品有牛一头，羊二头，羹、饭、脯、醢十八种，饼、饵、果实六十五种，宴上同时还有帛、茶盅、金爵、金匕、金箸。届时，皇帝在下马牌下马，在祭堂西幄洗手、净面，由赞引官导入，然后由祝官捧出祭文，于案几前左侧旁跪，礼部堂官二人分左右跪，向皇帝展现祭文，皇帝揽毕，由礼官员在窑几上升香。行三跪九叩礼，王公有官随同行礼。接着，读祭文、行礼、奠酒……片刻后大礼告成。

康熙住进了吉林将军府。同前一天晚上一样，天又下起大雨。朦朦烟雨之中他仿佛来到了长白山。从美妙的神话中醒过来，他兴奋不已，即兴写下《望祀长白山》诗一首。

名山钟灵秀，

二水发真源。

翠霭笼天窟，

红云拥地根。

千秋佳兆启，

一代典仪尊。

翘首瞻晴昊，

岩峣逼帝阍。

　　长白山既是清朝发祥地，也是东部边疆的屏障。他在诗中通过丰富的想象，颂了传说中祖业的发祥地，以景寓情，描绘了长白山的风光，从天池上飞流直下二水(应为三门江水)波澜壮阔的雄伟景象;咏发了对祖先圣地的由衷崇敬和赞美。

　　在吉林将军府休息期间，他召见了宁古塔将军巴海、吉林副都统瓦尔尧二人，听取了关于边防情况的报告。

　　巴海出身总管世家，他的父亲沙尔虎达，是英勇善战的将军，在卫戍边防打击罗刹侵入的战斗中立下了汗马功劳，受到顺治帝的赏赐。他的儿子巴海继任。顺治十七年(1660年)年轻的巴海将军侦悉到沙俄侵略军在费雅哈部落西岸，立即随同副统尼哈里、海塔等领兵前进到了黑龙江下游赫哲族、费雅喀犬部(顾名思义，这里人善于用犬)。他吩咐部队把舟船掩蔽在岸畔的芦苇里，让兵士潜伏在树丛、榛棵中。俄国军队的船队叽哩哇啦大大摆摆进入我军伏击区域内，万箭齐发，杀声四起，他们大败俄军于古法檀村(今伯力北面)。敌人被这突如其来的射杀打得晕头转向，仓皇弃船，登岸逃跑，"淹死者甚众"。巴海指挥的这场战斗打得很漂亮，得到兵部嘉奖皇帝赏识。巴海的名字从此也在两国神话般传说起来。俄军吃了大苦头，黑龙江的下游得到了数年的安宁。

　　后来从叶尼塞斯克来了另一股由切尔尼科夫斯基带领的沙俄侵略者，重新占领了雅克萨，不久又将雅克正式划归尼布楚管辖。雅克萨于是成了这伙匪帮的巢窠大本营，他们以此为据点向黑龙江下游出击进犯，设庄建屋，强行殖民屯垦，进行煽动、策划和颠覆活动。朝廷四品官员达斡尔族酋长根特木儿率百余人背叛祖国逃进尼布楚。接着又有朝廷命官多呆尔、保岱等陆续叛逃事件，清、俄关系进一步恶化，边防将军的担子更重了。

不过，康熙在解决边境纠纷中，本着先礼后兵这一古训。为了避免双方军事冲突，康熙力图通过外交途径同沙俄进行交涉，谋求和平解决，前后两次召见俄使，御前赐酒赐茶。但他一刻也没放松应对敌人的军事侵犯、挑衅。十年前，他第一次东巡时就召见巴海，说："俄罗斯尤当慎防"，命令他训练士马整备器械，毋堕其狡谋。他对巴海这个年轻的将军，寄予厚望，说："尔膺边防重任，当黾勉报知遇。"

巴海确实是位能干的人不辱君命，遵皇帝的重任，进行扩军备战，很快招抚了松花江下游、诺曼河、乌苏里江和穆棱河等地一些部族，把他们编成四十佐领，给他们房屋、土地、耕牛、种子，安置在宁古塔、吉林、乌喇等地，令他们"屯田耕种"，并由各部族的原来的首长分领其众，号伊澈满洲，译成汉语为：新满洲，令他们同满洲官兵一起效力。后来证明新满洲在反击沙俄侵略中起了不少作用，巴海的这一战略举措是正确的。理所当然，他又一次得到朝廷的嘉奖，得赐貂帽、貂袍、天马皮褂、镀金刀等物。

巴海汇报："船厂修造战舰四十余艘，双帆楼橹，与亲口战船相类，又有江船数十，亦具帆樯。"巴海同时汇报了兵士训练情况，说："水师黄官兵，因习水战，以备志善。"

康熙十分满意，赞颂说："朕向来听说你是一个贤能的人，今天在我身边侍奉，更加了解你啦。飞牙喀、黑折虽然归附，但是性情暴躁，你应该注意防备。尤其要广布教化多方教育，以表示朕怀柔远人的意图。罗刹贼寇虽然说和好，还应当加意防御，不要上当受骗。至于地方应该做的大事，即行陈奏，不要有顾虑。你肩负守卫边防要地的重任，还要加强修养和锻炼，以便报答朕对你的厚爱"。当晚，康熙帝诗兴大发，作《赐宁古塔将军巴海诗》：序曰：镇守宁古塔将军巴海，丰沛旧臣，疆场重寄，宣威布德，招徕远人。朕其嘉焉，爰赐篇章，以旌乃馈。

　　夙简威名将略雄，

　　高牙坐镇海云东。

　　旌麾到处销兵气，

　　壁垒开时壮武功。

　　尽使版图归化日，

　　远教边徼被皇风。

　　酬勋世锡丹书重，

　　勉尔长思报国忠。

巴海接到赠诗感激涕零，马上召开将军办公联席会议连夜传下，要求属下全军战士学习表忠心，体味皇上的圣恩，这不只是给巴海一人的，而是对全体将士的勉励。

五月四日，松花江一带仍霁雨纷纷，康熙皇帝身着戎装，率一部分官员和扈从人员，冒着细雨，乘船检阅水师。

三道码头现在装饰一新，沿路搭起彩棚、彩坊、彩墙，左右仪仗、宫灯，偃同垂虹，蜿蜒数丈，波光森动，锦旗飘扬，号角声起，云霞万色。溢巷阗街，万户千门，俄顷都来迎接圣驾，欢迎皇帝检阅水师，真是天开景运，四海皆看，衢歌帝力，千秋万岁。

市内迎恩门、东莱门、新开门、朝阳门、巴尔虎门、北极门、致和门、德胜门、福绥门都披挂了黄绸、彩带、宫灯，五街四行：河南街、通元街、西大街、北大街、尚仪街；粮米行、牛马行、前鱼行和后鱼行也都到处彩棚彩坊，焕然一新。

往昔繁忙的二道码头三道码头，每天都吞吐大量的粮米、山珍、烟、麻、排木、木拌子以及东北"三宝"，今天一律戒严，码头上布满了欢迎人群和警戒的兵丁。

万民欢腾中，神彩飞扬的康熙健步登上指挥检阅船舰，随从船只二百家，船上水师官兵一律披甲戎装，在细雨中精神抖擞，等待皇帝检阅。

礼炮声中，皇帝由巴海将军、打牲乌拉总管衙门总管满达尔汉，吉林都统和兵部尚书陪同，检阅了水师，螺号鼓乐声中，浩浩荡荡向下江进发，前往大乌拉虞村。

乌拉是女真语，汉译为"江"。清高宗在他的《松花江》一诗中，注说："松花江以松河里乌拉得名。松河里者，国主事(指满语)天池也"。在吉林市北 20 华里的地方。

"先有乌拉后有船厂"。乌拉之所以赫赫有名，这与历史上曾为乌拉国国都大有关系。乌拉城史称"乌拉洪尼勒"城。城为方形，分紫禁城、内罗城、外罗城。城垣为夯土垒筑，中墙周长 8640 多米，置东、南、北三门，西边是松花江，故无门。内城有"白花点将台"，传说是金兀术的妹妹白花公主曾在此阅兵，当然这是一个美丽的传说。其实它是一个军事了望设施。

清朝入主中原之后，以吉林、乌拉为龙兴之地，也是作为征集兵员和采贡宫廷山货的主要来源地。

顺治十四年，在这里设立了打牲朝贡机构"打牲乌拉"总管衙门。将迈图放为总管，设立八旗，奉旨开辟贡山贡河。这个衙门下有翼领、骁骑校、仓官、学官、领催、珠轩达、铁匠、弓匠、仵作、牲丁等。办公地址设在"老城"里的内城之中。城内有"过街牌楼"两座，南北相对，各悬匾额一方。南牌按面南书："南接龙潭"，北书"北绕名区"；

北牌楼面南书："山围胜地"，西北书："北通凤阁"。水绕山围与周围的吉林龙潭山、漠浪河凤凰山交互相辉，这是乌拉街三面环江，一面环河，周围群山屏障独特景观。

康熙皇帝一行到了乌拉街，先视察了打牲乌拉衙门，听取了总管满达尔汉的汇报，然后饶有兴致的登上了白花点将台，眺望了乌拉全景，接着视察了打渔楼。康熙为这里颂词曰："龙蟠虎距胜地"。

康熙皇帝住在打牲乌拉总管衙门，触景生情，兴致所致，挥毫写下著名的《松花江放船歌》：

松花江，江水情，

夜来雨过春涛生，

浪花叠锦绣縠明。

采帆画鹢随风轻，

箫韶小奏中流鸣，

苍岩翠壁两岸横。

浮云耀日何晶晶？

乘流直下蛟龙惊，

连樯接舰屯江城。

貔貅健甲皆锐精，

旌旄映水翻朱缨，

我来问俗非观兵。

松花江，江水清，

浩浩瀚瀚冲波行，

云霞万里开澄泓。

第二天，康熙皇帝扈从一行由乌拉齐行顺流而下，不到三十里路，来到了左岸舍岭地界冷棚观渔——后因康熙皇帝视察，当地人又叫它为龙棚。

冷棚背靠尖山马鞍山，隔江便是名山胜迹凤凰山。冷棚是个渔村码头，与塔库、刘家甸、舍岭、布尔哈通、江西口子毗连。住户清一色的满族，系扈伦四部乌拉国布占泰后裔。

当晚，冷棚的穆昆达，准备了乡宴欢迎皇上，这是一桌地道的满族乡村饭菜。

主食有：苏叶饽饽、椴树叶粘饼、波罗叶粘饼、大黄米水团子、打糕、豆包粘火勺、撒糕、油炸糕、五花糕、"擦子"、黄米饭、小米饭、高粱米饭、小豆粥、绿豆粥、豌豆粥、杏仁粥、八宝粥；菜肴：鲟鳇鱼、鮋鱼、鳟鱼、鳡条、鳌花、狗鱼、青鱼、雅罗、哲罗、白鲑、大马哈、鲥鱼、鳊花、鲫鱼、鲤鱼、鲢鱼、团头鲂、细鳞花、吉勾羊、蛤蜊，野味有鹿、兔、狼、麂、獐、雁、野鸡、野鸭，最受欢迎的是山菜，有蕨菜、石松菜、鸡肠菜、冬塞菜、长瓜、窝瓜……最为使康熙称道的是小根蒜蘸大酱和挂霜盐豆。

小根蒜是一种野地生长的野蒜，顾名思义，块茎个头小，大者如铜钱，一般指甲盖大小，但蒜味很重，口感刺激性强。

康熙皇帝来到奚海达家。这家只有老两口，二个儿子，一个是随多尔衮入关后战死在江宁，一个最小的儿子，不久在平息三藩时，战死在四川。赵老汉举着他儿子的一络发辫，跪在康熙皇帝面前，哭泣起来。

康熙说："你们奚家是功勋之家，大清帝国是不会忘记他们的，巴海——奚家把两个儿子先后送上疆场，为国捐躯，要予以优抚，给予知县俸禄。"

"皇上谕旨，奴才照办。"

"乌拉官兵，外御强敌，内求统一，功不可灭，好多满洲健儿为此流尽了最后一滴血，牺牲了生命，他们的家属、后人的生活一定要管好。"

"是。"巴海说，"我们吉林兵有三百九十三人效命沙场而感到光荣！"

"朕要看一下他们的姓氏、名字。"

巴海很快递上一份《清朝乌拉八旗子弟阵亡情况》给康熙皇帝。

康熙接过来，严肃的阅读起来，他轻轻地念出了声：

名号：拜库达，乌拉纳喇，满洲镶白旗，官职：骑都尉，1674 年亡于三藩之役；

名号：阿哈里，索绰岁，满洲镶白旗，官职：军校，1676 年，亡于国克秦州；

康熙注意到，这里牺牲最大的是瓜尔佳氏，其次是索绰罗、哲尔德、鄂济、钮祜禄、鲁布里、谭木查、吴尔达、乌拉纳喇、拿穆鲁、伊拉扎、觉罗，从官职上有副都统、协领、笔帖式、前锋参领、佐领、蓝翎披甲、骑校、五、六品披甲、牲丁、领催……在时间上为 1673 年一月六日，吉林、乌拉两城兵计七百人，奉命由吉林副都统安珠瑚统一指挥，开往贵州、四川、云南，参加平定以吴三桂为首的"三藩"分裂割据势力阵亡的。

随后康熙帝在巴海将军、打牲乌拉总管满达尔汉等官员陪同下，带领朝廷部分官员到屯西的东窑坑。那里是掩埋阵亡烈士辫子的坟地。皇帝庄重的进行了默拜。

康熙邀请奚家老汉夫妇到水师指挥舰船上做客、喝茶。

老汉上得船来，目不暇接，眼花缭乱。他抚摸着船舷，不住赞叹地说："我们有这样的大船就好了！"

康熙帝很注意老汉的这句话的意义，同时也注意他参观时的神态。

康熙往上指了一下，说："看到了吗?"

奚老汉赶忙跪伏应答："皇上爷，奴才看到了。"

"看到了什么？"

"高大的桅竿。"

"桅竿的上头呢？"

"是，我们大清国的黄龙旗。"

"对。"康熙帝意味深长地说："这面飘荡的旗帜，是我们无数满洲八旗健儿用鲜血换来的，那上面也有你奚家的功劳。"

"那是皇恩浩荡，赐我们奚家的机会和荣耀！"

康熙解下腰间的玉佩，赏给奚家老汉。

"谢恩。"

"不要谢我，朕要谢你，为大清养育了好儿子。"

"奴才有一句话，不知当讲，不当讲。"

"讲。"

"我想奉还皇帝的玉佩……想要一把弓箭……"

"你想要一把弓箭，为何？"

奚老汉接着叙说，他早年在雅克萨驻防时，结识了索伦族人乌雅玛库。他原是根特木儿头人的兵牲丁，康熙元年，头人在罗刹的引诱之下背叛祖国，带了一百多人逃到尼布楚城投靠俄方，命令乌雅玛库一家也跟着他过江。他口头答应，其实并没跟随，携家躲藏起来。过了几年，他遭到了偷袭俄军的报复，他的妻子和两个女儿，两个儿子被掠走。在半路上，上百个罗刹野兽轮奸了他的妻子，然后抛在篝火烤熟，吃了她的肉。两个女儿和两个儿子在那里为奴，终日过着暗无天日的牛马生活。前不久他们的一个女儿，九死一生冒险逃了回来，他们再不敢在老家住，投到奚老汉的冷棚，把他安排在布尔哈通住下。

"朕满足你的要求，巴海，按朕的谕旨，赏赐一张上好的弓箭。"

这时，奚老汉的老伴在上前跪下，对皇帝说：

"请皇上恩典，奴家也……"

"也想要一张弓吗？"

"是，皇上。"奚老汉的妇人说，"奴家从小习武，在呼玛抗过罗刹呢。"

康熙望着这一对年迈的老夫老妻说：

"巴海，再赏赐老汉夫人一张上好的弓。"

康熙面对侍卫的水师和扈同的朝臣、地方部臣说："朕这次东行没带什么，就是一句话：永戍黑龙江。白山黑水每一寸土地，都不容侵略者觊觎，朋友来了招待酒肉，罗刹来了我们有弓箭！"

晚上，康熙帝一行住在打牲乌拉总管衙门府。他回忆一天的活动，特别是冷棚的乡宴、观张网捕鱼、奚老汉戍疆壮志不息，十分感动，写《江中雨望》一首：

烟雨连江势最奇，

漫天雾黑影迷离。

掀翻波浪三千尺，

疑是蛟龙出没时。

五月十日，康熙一行从乌拉城西江岸登船，逆水而行返回吉林。行到富尔哈屯西风雨大作，又继续前行一段小路，天色将晚。康熙下船偕佟国维、高士奇等人和部分扈从人员改乘牛车从七司马、新立河、通溪、陈屯、头台子、荒山、三道岭子、七家子、九站、哈达湾直到深夜才抵达吉林市。

五月十一日康熙帝在吉林将军府，设宴招待了宁古塔将军、吉林副都统、打牲乌拉总管和地方官员，按其品级分别赐了金银和绸缎等物品，并宣布对曾经在打牲衙门充差的离退官员，因公致残丁员、老弱疲弱丁员，按人册功名，一一赏赐。

"康熙皇帝万岁！"

这种欢呼声，一时传遍松花江、黑龙江上下。人们对于这个年轻的皇帝怀着万分崇敬的心情，希望他在吉林多多逗留几日。

康熙在赐宴群臣的宴会上发表了极为重要讲话，决心要恢复大清帝国的疆域和尊严。他采取军事与屯戍相结合，内政与外交相结合，组织号召东北人民同心同德，加强边疆建设，共同御敌。他从执政、外交、军事、政治、经济等方面作了总体布署。他令巴海、萨布素"调乌拉、宁古塔兵一千五百，并置船舰，发红衣炮、鸟枪及演习之人，于黑龙江、呼马尔二处建立木城"，对垒沙俄，相机举行。"所需军粮，取诸科尔沁十旗及席北（锦伯）、乌喇之官屯。约可得一万二千石，可支三年。且我兵一致，即行耕种，不致匮乏"。并调索伦产中设驿站"接济牛羊"。

康熙皇帝历时 28 天的二次东巡结束了。回到京都，他马上开始运筹用武力收复黑龙江流域的具体事宜。

19. 东北猎鹿人

　　大雪纷飞一片一片盖满了山川、大地、村舍……

　　冷风夹带尖厉的哨声，任着性子呼啸着，搅起山间枯黄的落叶，从四面八方，一齐刮来，散发着大森林里松脂香气，黑龙江水草的鱼腥味，卷着黑土地泥沙走石……

　　天空也在多变着。一早儿，雪尘迷漫，昏昏沉沉的，日头该升起的时候，也不见它的脸儿，偶尔从铅灰色的云缝里，倏忽之间闪耀了几下，又怕羞似的躲藏起来。有时，一个大半天，也不露一次头。厚厚的云压得很低，重重叠叠，站在山岭顶上，仿佛能扯下几片，再往远处，就什么也看不清了，山川罩满了云雾，江上弥漫着云雾，屯舍、土羌上空飘着云雾，驿道上拥满了云雾……这里漫长的冬季，成了冰雪和云雾、雪尘的世界。这云雾时聚时散，象一幅遮掩着苍穹的大地的帷幕。拉开时，银血的大地光耀眩目；闭合，阴翳朦胧，寂静无声，仿佛山川、大地、森林、峡谷、沟涧、山泉都睡去了。

　　黑龙江上出现一伙猎鹿人。他们穿着短袍，上罩光板羊皮马夹，头戴银狐、火狐皮帽子，足蹬毡靴，肩背着火药枪，怀里揣着饽饽，背上有二锅头和一卷"打小宿"的狍皮，一看这种行装当地人便知道，这是猎人在行围。这伙人拉拉撒撒，足有三五十号人，看来是想在头场雪后得到一个大收获。

　　要是从高山鸟瞰，那是看不到江流的，夏天只能听到江水送浪和渔舟的号歌，因为它被无边的茂密的大森林所掩盖着，两岸则是没被开垦黑油油的处女地。许多世纪以来，这个被人认为荒凉寒冷、人烟稀少的地方，确是一个江河四通八达，湖泊星罗棋布，水利、矿物、森林资源十分丰富的地方。这里的树木有上千种，红松、鱼鳞松、沙松、奥松、落叶松、赤松、水曲柳、黄菠萝、山核桃、紫椴、白桦、大青杨、山杨、香杨等名贵木材树种。沼泽森林还盛产珍贵的毛皮、紫貂、银鼠、玄狐、银狐、海狸、水獭、白貂等。

罗刹入侵西伯利亚之前，这里是一片祥和的边地景象。众多部落友好相处，哈萨克人、塔吉克人和布哈拉人散住在巴尔喀什库以南的广阔地区，额尔齐斯河和鄂毕河最下游的极北地乌戈尔地区，居住着撒莫耶德人，还有卡拉姆族人。在鄂毕河中游、索斯瓦河一带居住着沃古尔人和乌格里奇人，在鄂毕河东面的叶尼塞河流域，居住着鄂温克人，萨彦岭以北，乌加拉河以南的叶尼塞河上游地区，聚居着吉利吉思人，他们都属我国蒙古札萨克图汗部硕垒乌巴什台吉及其继承人管辖。叶尼塞河的支流，安加拉河的上游的布里亚特草原是布里亚特蒙古人的游牧地，他们住地由此延伸到贝加尔湖。在这些地区的南部，即漠北喀尔喀蒙古和西北厄鲁特蒙古，这两大部在明代叫鞑靼部和瓦喇部。再往东是勒拿河流域，从勒拿河到黑龙江流域，居住着雅库特人、达斡尔人、鄂温克人、索伦人，费雅喀人等部落，他们都是以打渔、狩猎为生，常常驾着鹿车、狗爬犁，在勒拿河、黑龙江上下及以北一千三百余里的地方驰骋。驾着扁舟、桦木船，荡漾在这里的江、河之中，捕捞鲟鳇鱼、鲢鱼、鳟鱼、鲫鱼、鲤鱼、草根鱼、翅头白鱼，然后到结雅河支流托姆河口互市、打尖。

现在这伙猎人进入崇山峻岭，根本没有路。宁古塔将军巴海为了保卫阡陌，巡视方便，硬是让兵丁踩出一条山间小道，十分狭窄，当地人管这叫鹿道。小道一侧是高峻的山岩，一侧则是深陷的峡谷，大江就在脚下。如果是在夏天，在这高山上，不但观不尽各种野花，还可以听到脚下黑龙江在呼吸——哗哗流水送浪，如美妙的音乐，使人忘记行程的艰难。

这伙猎鹿的人当中有常年在森林中的野兽为伍的"山把头"，箭手、枪炮手，还有星相、地舆师傅。他们一进入这广阔山林就遇到了一伙又一伙鹿群，可是他们没有围猎，在大自然提供的如此丰厚的野兽中，抛弃珍贵的不取，而只打杀了几只狍子、獐子、兔子背在身上，不论什么人都可以认为，这只艰辛的跋涉者，有点得不偿失。

猎鹿人的队伍，好像一支观光游客，他们常常站在山巅，细致观察景物，并且用炭笔画下山川、河流……

猎鹿人在林间生起了篝火，烤着狍子肉，沾着盐沫，就着冰雪，用了早餐。雪雾渐渐散去，黑龙江上下一片金光。极目眺望，蜿蜒的大江，起伏的山岭连绵无际，就象大海的波浪。脚下的冰冻的江水象放在黑色地毯上的一只翡翠如意，颜色是不断变化，由远而近豆绿、淡青、靛蓝、乳白，好看极了。猎鹿人现在开始下山，由西折向东北，在灌木丛中穿行，灌木林全身披挂着冰霜，象海中的珊瑚岛一般。他们四眸一望，山象戴着一顶白帽的老人端坐在风雪里，江上一会儿风一会儿雪，常常昏天黑地，肆虐无阻，猎人迷途，鸟雀和野兽找不到巢窠和洞穴。

到了平川地景色就不同了。大地被厚厚的白雪覆盖，偶尔可发现獐狍野鹿的足迹，阔叶林的叶子全脱光了，枝条在寒风中抖动，发出萧萧的鸣叫。

这伙猎鹿人，已经出行半个月了。尽管没射杀一只鹿，得到一只幼角，那怕是二杠子、三叉子……连干叉子也没得到，可他们却拿到了黑龙江上下一带的地形图，这是当今康熙皇上所需要的。

猎鹿的头人虽然也是一个百步穿杨的射手，可他并不是猎户，他是宁古塔副都统朗谈。每天在他身边并行的是三等公彭春，他们前往黑龙江这里侦察，捕鹿只是作为掩护。

——这是康熙皇帝东巡之后，着手做武装收复雅克萨的军事准备。

康熙二十一年八月十五是仲秋佳节，月圆之日。康熙在养心殿召见了朗谈和彭春。

朗谈，瓜尔佳氏，满洲正白旗人，为内大臣吴拜之子。他十四岁就被授予三等侍卫。顺治六年，进二等。后来他从瑞亲王博洛讨叛将姜瓖，郎谈作战英勇，射其酋，败贼，师还，进一等。顺治八年其父吴拜附和内大臣洛什，搅入朋党获罪，郎谈也跟着他的老爸吃了"瓜络"，被夺官。不久他又被复官了。康熙二年，代其父吴拜管佐领，迁护军参领。从定西将军图海讨李自成余党李来亨等子弟回麓山深入贼巢，俘虏了十一个置官，进一等精奇尼哈番。

康熙十二年是朝廷多事之秋。京师陈之道设坛以邪教惑众，郎谈与诸侍卫捕治。十三年，他接受了新的使命，到北部边疆任事，擢正白旗蒙古副都统，调本旗满洲。

顺治中，罗刹屡犯黑龙江。九年，驻防宁古塔章京海塞遣捕牲翼长希福率兵迎战吃了败仗。世祖下令诛海塞，鞭希福百，仍驻宁古塔。十一年，罗刹又大举侵边，固山额真明安达里率师讨之，败敌黑龙江。罗刹未大创，不久再次侵入精奇里江诸处。皇上命大理寺卿明爱等谕令撤回，迁延不即去，据雅克萨城，于其旁耕种渔猎，又过中满、恒滚、侵扰索伦、赫哲、飞牙喀、奇勒尔诸部。

这种形势下，康熙对郎谈、彭春说："罗刹犯我境，恃雅克萨城为其巢穴，历年已久，杀掠不已。尔等至达呼尔、索伦，遣人往谕以隶捕鹿。因详视陆路远近，沿黑龙江行，迳薄雅克萨城，勘其形势。罗刹不敢出战，如出战，姑勿交锋，但率众引退，朕别有区划。"

郎谈受命，同彭春一起回到宁古塔，开始组织筹划到黑龙江侦察活动人选。黑龙江地区九月便飘雪，严寒在那里持续半年以上。有时纷飞的鹅毛大雪，不但把道路掩埋，也把房屋掩埋住。从西伯利亚刮来的风，如同一把刀子，刮鼻子刮脸的，这样的时节，不要说行旅的人，就是野猪、狍子和飞鸟等野兽也常常踯躅在风雪中，找不到归宿、洞穴和巢窠。一般的旗兵是抗受不了这样艰苦生活的。

"我们的随从人员，只能从达翰尔、索伦旗人等部族中选拔。"郎谈对彭春说。

"我倒是看中了一个人。"郎谈说。"就是皇上东巡时，在冷棚接见的那个索伦族小伙子，并赐弓箭。"

"我记得是木果赫。"

"我听说，他在孩子时，在部落里已经成为一名出色的猎手……罗刹犯境时，他一个人杀死了三个罗刹，成为部族的少年英雄。"郎谈对于皇上赐弓箭的木果赫十分欣赏，他向巴海将军细致地了解了他的历史。

"那么我们就选中木果赫了，同打牲乌拉总管说一下。"

郎谈又从吉林打牲乌拉总管衙门，选中一位笔帖式，他懂天文、地理，绘图、算学，这是很重要的角色。他必须把侦察过的地方明确、准确、清晰的绘制成地图。郎谈和朋春几乎是异口同声地选择了：赫舍里·章，汉军镶蓝旗人，此人自幼聪颖，五岁识字，八岁吟咏，十六岁应童子试，名利榜首，二十岁时，取为己丑科拔贡，以后又参加顺天乡试，博览群书，通晓满满语，随打牲乌拉总管满达乐汉赴京朝贡，晋见康熙帝和太皇。

到黑龙江猎鹿的猎队组织起来了，共八十一人。

接着全体人马进行整训练习。黑龙江上下，盛产马鹿和梅花鹿、四不像。

鹿肉是十分鲜美，是满汉全席中火锅必上的肉食，鹿皮可作外衣，鹿角、鹿茸、鹿胎是名贵的中药材。猎鹿的最好时节是一年中的四、五月及八月，这时猎鹿为"红围"，春夏为"茸"，秋冬称"角"。

猎鹿很讲方法。一种是驱赶法。赶猎的人发现猎物就像侦察兵发现敌人，后续部队很快布列成阵队伍散开，每人间隔一定距离成拉网状，步步逼近。赶猎人高声呐喊，并纵猎狗协助哄赶，迫使猎物朝着预先潜伏猎手的方向逃跑，待鹿进入伏击圈后，潜伏猎手一齐张弓，数十箭齐发，一举全歼。

第二种是引诱法。野鹿有吃盐碱的习惯，猎鹿人懂得这些，常常选择鹿经常出没的山林通道撒下盐粒，诱使鹿群低头舔食，猎手乘其不备予以射杀，常常是百发百中。

第三种是哨鹿法。春秋两季正是野鹿发情配偶的季节，这时你在山林中常常会听到雄鹿和雌鹿鸣叫悠悠，寻找性侣。此时猎手可身披鹿皮，头戴鹿头状帽饰，或者在丛林中手擎一个鹿头，口衔桦皮制成的口哨，摸拟鹿的仰视动作鸣叫，引诱群鹿近前，由潜伏猎手射杀捕获。

木果赫不只是一位猎鹿能手，而且是一个很好猎鹿理论专家，他为大家介绍猎鹿方法，兵丁们受益匪浅，都跃跃欲试，想此行大显身手一番。不过木果赫特别强调，当捕到公鹿时，第一个动作是要急速冲上去抱住鹿头，否则它会一头撞在树干上，毁坏鹿角；如果鹿已撞坏茸角，应该就地割其茸角，以防茸内血液流失。

朋春讲了这次出行纪律。朋春，栋鄂氏，满洲正红旗人，为和和礼四世孙。和和礼子和硕图，进爵三等公，子何尔本、哲尔本、苏布递袭，至衮布以恩诏进一等。朋春为哲尔本子，在顺治九年袭封。康熙十五年加太子太保，授正红旗蒙古副都统，调本旗满洲。朋春家庭出身显赫，他本人又长期在戍边，所以对边境复杂事务熟悉，应变能力很强。他对这支装备精良的"猎手"，再三再四的传谕皇帝旨意，完成勘察黑龙江上下"居址形势"，而不是去打仗，也不是正面消灭罗刹进犯。

黑龙江两岸俱是一片大森林，这里是木果赫的故乡。黑龙江以北、外兴安岭以东的广大地区，便是他家族的舞台，他的一家祖祖辈辈就生活在这里。他对这里是特别亲切和熟悉的。郎谈对这个能骑善射鄂温春小伙子称为"黑龙江上的鹰"，好多事情要向他请教，而木果赫也十分尊敬和爱戴这位大胡子副都统，进入森林怎样生活、狩猎、住宿、防严寒，一一细致地讲给郎谈和朋春，他成为这个猎鹿队的"通事"。

进入大森林之前，他建议将所有的马一律换成驯鹿，学名叫驼鹿，本地人叫罕达犴。它的前背高耸象络驼；蹄子和上鼻象牛，下额像马，所以人们又叫它为"四不象"。驯鹿顾名思义是驯服了的野鹿。传说居住在勒拿河上游，通古斯卡河一带有几个勇敢的鄂温克小伙子，他们在维提姆河两岸的原始森林中，抓住了 6 头小"四不象"拿回来驯养，后来成为家畜，后来又有人从东西伯利亚的大森林，捉住几个小"四不象"，也驯养成家畜，驯鹿开始在鄂温克族内实行起来。鄂温克人一年不知要搬多少次家。特别是在夏秋季节游猎时，半月左右就要搬迁一次，木果赫说，他父亲跟他讲，巴尔古津斯基山脉，伊尔范基山脉、雅布济诺威山脉和维提姆台地，他们都住过，搬迁时炊具、衣服、粮食还有其它一些生活用品，都要靠驯鹿驮运，还有小孩、妇女、老人需要乘骑也要驯鹿。驯鹿比马牛更是优越的地方是它生长在这里，对这里熟悉，不受高山、河流、密林及沼泽地影响，所以人们称"四不象"为森林之舟。

他们把出发前编好的九个小分队一律改称为"阿那格"，这是鄂温克人一种带有原始性色彩的生产组织形式。"阿那格"每次出猎前由"斯坦达"进行指挥。这"斯坦达"是鄂温克人家庭公社时期对公正、有经验长者的称呼。这支猎鹿队的"斯坦达"自然便是郎谈了。

为侦察的需要，各"阿那格"分散活动，集中汇报情况，时刻保持联系。方法也是木果赫提供的：用鄂温克人的原始办法，联系信号是一根木棍，斜插在路边，中间用一个树叉作支点，它的指向是插棍者所在的方位；木棍与地面形成夹角的大小，表示距离远近，木棍若是平放，表示就在近旁。

"现在，据你估计，离雅克萨城还有多少里？"郎谈对木果赫问。

"我小时候随父亲打猎来过这里，木果赫指了一下远处一座尖山，说："那是尖山子，下面是七家子屯，由那再过三道山，五条河，就离雅克萨不远了。"

"你说的不远，有多少里？"

"多少里，谁也不知道，我们好说，半天的路，一天的路，二天的路……都这样说路。"

"那么我们距雅克萨还要几天路？"

"我想，不遇风雪，三天。"

"你这个黑龙江上的雄鹰，把去雅克萨的水路、陆路都要领我走一遍。"他琢磨着，未来怎样在这里建设兵道、粮道。

郎谈同木果赫的谈话，笔帖式一一记了下来，他同时边走在边画着地形地貌图。

"要去雅克萨，必经尖山子吗？"郎谈仰视着前面黑黢黢的高山问。

"可以从山下的刘主占向西北绕过去，那要多走半天的路。"

"当年罗刹第一次进我索伦时，就是爬过尖山顶子的，听说累死了两个，摔伤了三个。"木果赫说。

"你们追逃罗刹时，也是经过尖山子吗？"

"不，是好多人埋伏在刘家店的大砬子，等到罗刹下山累得东倒西歪，躺在沟谷歇息时，我们的马队突然飞上去，同他们交手杀个痛快。"

"战略要地？"朋春同郎谈一样，对这里观察了半天，也在寻找未来运兵的捷径。

太阳升起三丈高，猎鹿队一行人陆陆续离开了江畔，他们眼下的行程，看来不必绕山驾岭，钻树趟子，拉山道，过沟涧、穿老林子，而向平川地进发。风雪更大了，北风尖叫着，一团一团的大烟泡，铺天盖地而来。为了防止冻伤掉队，郎谈命令各小队检查着装，特别是护鼻、套袖、腰带、绑腿、毡靴……发现问题及时解决。

木果赫同笔帖式、伙夫、侍卫都编为指挥部，平素他们这些普通的兵丁要见一下都统很难，如今作为"猎鹿人"，他们都是平等的，成为患难与共的朋友，甚至连一声都统都不能叫，而要对郎谈、朋春称"大把头"，"二把头"，上下级之间融溶气氛是从来没有的。

为解除"行猎"中的寂寞，郎谈常常给大家讲一些笑话。木果赫听也听不够，开始还拘于对长官威严不敢造次，渐渐熟了也就不在乎了，他又犯了"听瘾"，央告说："大把头，再讲一个。"

他们说话之间，木果赫眼睛一下飞到了不远的林木上，手急眼快地抽出弓箭，嗖的一声，林木上嬉戏的一只飞鸟跌了下来。

"好，弹不虚发的神射手！"郎谈咂嘴赞叹木果赫。

"今天讲个酒令……说的是江南无锡，县令卜大存，这个人好拿人开玩笑，一天他听说宜兴来了一个新县令姓方，年轻而口才又好。他与武进同僚商议，参加公宴时，我们拟一令，跟他们开个玩笑。开宴那天，各地县令入席，卜曰：'我有一令，不能从者，罚一巨觥。乃曰：两火为炎，此非盐酱之盐。即非盐酱之盐，如何添水便淡?武进全曰："两日为昌，此非娼妓之娼。既非娼妓之娼，如何开口便唱?宜兴方县令也不落后，接下道："令不难遵，只是冒犯卜老先生。'众曰：'但言之。'方曰：'两土为圭，此非乌龟之龟。既非乌龟之龟，为何添卜为卦?'"

"大把头"讲完，众人琢磨半天，忽然大笑起来。

木果赫说："还是这个年轻的宜兴令厉害。"

他们谈笑之间走出了一片灌木丛，眼前一片荒原，偶尔可以看到丘岭上一片白桦和红桦树林。驯鹿哞哞的仰起头来，叫了几声，雪野上留下一片痕迹。大江已远远的留在身后……笔帖式已经详细绘制了这里的地形图。他们的目标是塔尔站，在那里打尖休整一下，然后向雅克萨靠近。

　　风雪停下了，冰冻的黑龙江显得十分寂静，"阿那格嘎"吱嘎吱踏雪的响声，传得很远，很远。忽然空中传来"嘎嘎"的怪叫声，十分恐怖，接着一股冷风吹来，一个黑咕隆冬的庞然大物俯冲下来直向郎谈而来，机敏的木果赫搭弓射箭，向空中扑来的怪物射去，怪物中箭，哇哇乱叫飞去了。

　　"这是什么东西?"人们惊问。

　　望着受伤飞去的雕，人们心有余悸。这种庞大的老雕，山区人又叫"座山雕"，它是凶恶的食肉鸟，专门以野兔、羊等小动物为生，饿了也向人发动进攻。现在遭遇的看来是只饥饿的雕。

　　受伤的雕，仍在人群上空盘旋着怪叫着，扇动宽大的翅膀，对人们发出威慑，准备随时俯冲下来，得到唾涎的美味。

　　木果赫望着凶神恶煞的座山雕，对郎谈说："大把头"，给我下命令吧!"

　　"我命令你——"

　　没等郎谈的话说完，木果赫的箭已经发出，天空又传来一声凄厉的哀鸣，一个庞然大物一头栽了下来，人们近前一看，不偏不倚，这支箭正射在雕的头上。

　　"好箭法!"人们称赞着。

　　塔尔站到了。这里是一片宽阔的河谷地，沿着山丘，有几十座"撮罗子"，就是用木杆支起用兽皮盖金字塔形住屋，边地的游牧民族大都住在这种屋子里，这里是赫哲人的一个村落，现在只剩下一片废墟，近前一看，连个人影也不见。

　　木果赫面对废墟说："我小时候，这里发生几次罗刹进入的事，他们抢粮食，抢人……什么都抢。"

　　郎谈说："他们是伙食人的生藩。崇德年间有个叫波雅科夫的远征军小头目就偷偷侵入过这里，可是当时好客的达斡尔族兄弟们把他们当成朋友，给他们提供吃的、住的，请他们喝米酒。波雅科夫不但没有感谢这里人们的款待，相反大肆烧杀，甚至以人肉为食，五十多人被他们吃掉。达斡尔族人可不是那么好欺负的，他们奋起抗击，打死了十多个。"

"达斡尔族兄弟干得好！"

"可是，"郎谈接着沉重地叙说道："被达斡尔族人赶走的波雅科夫回到雅库次克后，大肆吹嘘说，只要三百人就可以征服黑龙江流域。顺治七年，野心勃勃的沙皇阿利克赛·米哈依洛维奇一心要征服这个地方，再次命令以哈巴罗夫为首的侵略军进入黑龙江流域，攻占达斡尔首领阿尔巴扎住地雅克萨，继续向黑龙江流域窜扰，并在达斡尔族居住的桂古达尔村制造了大屠杀，打死达斡尔族人 661 人，俘虏 300 多人，整个桂古达尔村立刻变成一片废墟。"

众人听了十分愤怒。有人说："我们遇到罗刹非得宰了他们，为达斡尔兄弟们报仇。"

郎谈说："我已经说过了，皇上旨谕我们，只搞侦察，不与交锋，我们什么时候都要牢记，不能抗旨。关于为达斡尔兄弟报仇事，还是听听木果赫是怎么讲的吧。"

……顺治十八年十月，罗刹侵略者又一次蹿到黑龙江流域乌扎拉村，准备在这里修整过冬，住在这一带的赫哲族人，拿起弓器、砍刀、火枪、木棍，一面同罗刹交手抗击，一面派人向宁古塔将军报警。

宁古塔章京海色接到盛京将军命令后，晓行夜宿，率领600 多兵士急急向乌扎拉村飞驰，在当地人民的协助下，与罗刹侵略者展开一场恶战。

时间是四月三日，天刚蒙蒙亮，当侵略者还在熟睡作美梦的时候，大军已经逼近乌拉扎村。海色不待奇袭的部队近前就鸣枪放炮，他又命令只能生俘，不能击毙，兵士们不知所措，不敢勇猛杀敌，结果转胜为败。虽然战斗失利，也给侵略者很大打击。康熙四年，罗刹侵略者从东、南两个方向向我进犯，窜至黑龙江流域，再次占据雅克萨，南向侵占了我国喀尔喀蒙古土谢图汗管辖土地——楚库柏兴。这次进犯，强盗们总结教训改变了以往流窜式的侵扰、掠夺，建立据点，步步为营，逐渐推进四处出击，然后再建立新据点，不断对我国索伦、赫哲、费雅喀、索勒尔等教员族的侵犯，木果赫的父亲，就是反对索伦族头目根特木儿叛逃，去尼布楚的途中被处死的。他的母亲同时也被害，他的妻子被掳去为奴。

"皇上不知道罗刹这样凶恶残忍无赖吗?"一个兵士问。

郎谈说："皇帝知道。我多次同罗刹交过手，我们这次的侦察，就是要给皇上提供永成黑龙江的战略计划，提供一些可靠的资料，大家要战胜严寒、饥饿、山林、雪地行军侦察的困难，完成皇上交给我们的任务。"

"我们一定要效忠皇上，效忠大清帝国，胜利完成这项侦察任务。"众人一口同音地发着誓言说。

在塔尔站的短暂歇息是走向雅克萨前的休整和思想动员，是对沙俄侵略者的谴责和声讨，人们同仇敌忾，斗志昂扬，保证要胜利完成侦察任务，给皇上一个意外惊喜。

"阿那格"在向雅克萨游动中，突然碰上另外一伙儿猎鹿的，他们头人和伙计们，一律骑着矮马，自称"矮马部"。

"哟哈，大把头，哪哈儿来，逮了多少大个儿?"木果赫主动上前打哈哈凑趣，以便摸摸底细。

木果赫说："我们是鹰部。你们……?"

对方虽说是猎鹿人，一看便知道，身上的家伙不论是弓箭、刀、枪都很硬棒，而且身上同他们一样，没有挂着多少猎物，在这大雪泡天中，他们出来干什么？

"是沙俄的巡探。"郎谈判断一下，对朋春说。

"我也这样看。"朋春点点头。

"准备甩开他们。"

"兄弟，我们要到那边去了，"木果赫向雅克萨的北面森林指了指。

"那里鹿不会很多。"

木果赫粗声大嗓地说："那也没功夫跟你们扯里哏棱儿（扯淡），我们也想抻抻腰，寻找鹿群，我们的爬犁还是空的呢！"

"晚上，咱们对一盅。"

"那敢情好啦，我先谢大把头了。"木果赫心里想，这帮子人根本就不是打猎的，他们是干什么的，一时他还吃不准。分手后郎谈布置兵丁暗中监视他们的行踪。

不久负责监视的兵丁跑来报告说："我们被他们监视着。他们当中两个人，飞马向雅克萨方向跑去。"

"我们不会错，他们是沙俄军队的便衣巡逻。"郎谈说。

这个夜间他们住宿在一条小河边，而那只猎鹿队也住宿在他们营地不远地方，没有什么磨擦，看来却十分紧张，都在监视着对方的一举一动。

这两支猎鹿队，在雅克萨几十公里外的雪野中"咬住了"，一连几日，他们始终甩不掉后面这个"尾巴"。

面对这种情势，郎谈同朋春交换了一下意见，决定派木果赫，孤身深入到雅克萨进行实地调查。

　　黑夜雪地上泛着星光，一个人影一闪，便很快从猎鹿队的宿营地走出，不久消失在夜幕中。

　　夜是这样，连四不象的呼吸都听得清清楚楚，而不远处的"矮马"猎队，有的人似乎也没有睡，在监视"鹰部"的举止。

　　木果赫走后不久，北风呼啸了半天，落下片片鹅毛大雪，将一切道路掩埋住了，到处是一片白，山是白的，森林是白的，江河、落木丛是白的……雅克萨在哪里？木果赫在大风雪中迷路了。他不敢再向前走，他找个避风的雪窝子，等待天明，他有许多方法，可以鉴别方向。

　　郎谈在木果赫去后，始终担心着他的安危，特别是夜间那场暴风雪，他不知木果赫会不会发生意外。

　　黑龙江迎来了雪后艳阳，金光夺目，人们被晃得睁不开眼。日头已经升得老高了，"鹰部"在用完早饭后并不行动，"矮马部"很不理解，走也不是不走也不是，头人只好带着队伍，围绕着"鹰部"转了一个大圈，一看"鹰部"仍在原地。

　　"这叫以逸待劳。"郎谈说。和平对峙持续了三天。第四天上午，"鹰部"的哨兵发现从雅克萨方向有一片黑点向这里移动。

　　"注意观察，准备向大森林移动。"郎谈命令。

　　又过了二刻钟哨兵报告说："是一队沙俄大兵开来。"

　　"撤向森林，快！"郎谈下达命令。"不同他们正面接触，这是纪律。"

　　"矮马部"看见了"鹰部"的反应，知道他们发现了巡逻队。为了拖住"鹰部"，他们派出一个代表谈判。午间两部头人对盅。郎谈的侍卫嘻笑着应付着，扯着"矮马部"的小个子代表，突然摔倒在地，解开他的裤腰带，将一团雪塞进他的裤裆，说："先让你的索索儿（生殖器）跟雪球来个对'盅'吧！

在一片哄笑中，"矮马部"代表羞辱的逃了回去，鹰部的"斯坦达"已经带着"阿那格"相继进入大森林。

雅克萨的巡逻队到了林子边上，大声的向林中喊："你们是那里的猎队？"

森林瓮声瓮气地回荡着："你……们……是……"

"再不回答，我们就要开枪了。"

鹰部的人只顾一个劲向森林里走，根本不理睬沙俄军队的问话。为首的小头目，厉声吼道："站住！"鹰部仍在向森林中行进。"开枪！"沙俄的小头目下达着射击命令。

鹰部的人只顾前行，不予还击。

"分散，隐蔽！"郎谈下着命令，不等他的话说完，他的乘骑白鼻四不象中弹，倒了下去。

鹰部的人愤怒了，要求以牙还牙，说："让我给那个小头目点颜色看看吧，只打一枪！"

"一枪都不能打，赶紧向林里走，甩开这帮子强盗！"郎谈镇静地指挥着他的队伍。

沙俄军队追到森林的边上，"矮马部"的大把头上前制止说："不要再追了！他们的人多，火枪很厉害。"沙俄的小头目还要说什么，望着神秘的大森林，他觉得那里隐藏着大清帝国千军万马似的，他吞了一口水，改变了继续追杀的命令，说："那么，我们返回吧！"

郎谈望着退回的沙俄军队，哈哈大笑："沙俄的军队，残忍狡猾，外强中干，是只假老虎。"

众人说："真是便宜了这帮恶心的家伙了。"

　　“看他们个个都肥嘟嘟的，真想冲他的腚眼（打野猪和猎熊的方法）撂倒几个，让他们尝尝咱们枪砂的味道。”

　　郎谈说：“咱这些新枪，是意大利的传教士南怀仁帮助造的，你们都在训练时试射过了，弹丸大，射程远，吴三桂的叛军就怕的这个。”

　　“我们有这么好的家伙，什么时候用啊?”

　　“听皇帝的。”朋春说，“为了永戍黑龙江，皇帝已经多次派人同他们和平谈判，但强盗不会放下屠刀的，仗看来是要打的，留着你的力气吧，有为国建功立业的那一天。”

　　经过三天行程，木果赫靠他对这里地形的熟悉，已经接近雅克萨了。他看到了用木桩、木板修筑的防御卫墙，后面有流动的哨兵在警戒。

　　“怎么能进去，实地了解一下城内的情况呢?”木果赫在琢磨着。他发现每天落日前后，总有从江上凿冰打渔的冰爬犁进城，他决定趁着擦黑的时候混进去。

　　城里有他的好多熟人亲戚，按照鄂温克人习惯，血族复仇，氏族成员间要互拉援助的，有责任协助进行报复。总可以隐蔽起来，并且完成对城内情况的了解，完成侦察任务的。

　　哎——赫哟!

　　我美丽的雅克萨，

　　就象是一朵天东葡萄，

　　离开雨露不会开花……

　　这是一首索伦族的情歌，不知为什么，唱歌人把它唱得这样低沉、哀戚，是追怀失去的家园吗?

　　木果赫遇到一个索伦族赶爬犁的老汉，说母亲病了，带几张貂皮卖了去买药。索伦族老汉很同情小伙子的境遇，说："我们都是大清国的子民，没有说的，可是你怎么能进得城区呀，城门查得很严。"

木果儿扑噔一下给老汉跪下了，痛楚地说："今天有缘路遇老叔，也称百年修炼，请你帮小侄一把。"

赶爬犁的索伦族老汉，忽然想出一个办法，说："我爬犁上有草料筐，你藏在那里。"

"守门的兵不检查草料筐吗？"

"从没检查过……"赶爬犁老汉说，"到时候我挑大个的鱼给他们扔过一些就是了。"

城门口守门的卫兵老远就吆喝，准备好票牌……今天还要检查爬犁。老汉一听这话，急出一身冷汗，他想他的草料筐里，藏着一个鄂温克的小伙子，他没有票牌，让沙俄大兵逮住，那是不会好的，怎么办？

守门的卫兵旁边出现一个少女，她甜甜地对老汉叫道："爹爹……怎么这样晚才回来。"

"哎，"老汉扬着嗓门说，"我今天打的渔多啊，你快来，捡几个给守门的长官。"

少女飞奔出门，看来她天天都在这里迎他父亲，卫兵很熟，对她的一切并不制止。

他们父女到了哨位上，没有递上票牌接受检验，而是从爬犁上挑大个的往下扔鱼，哗哩叭啦，扔下十多条，卫兵一挥手说："够了，走吧！"

老汉住在城根一个很矮的撮罗子，只有父女俩。他的老伴在沙俄第一次侵入雅克萨的战火中死去了。少女叫瓦尼亚，她有一副姣好羞涩的面孔，她热情地接待了这个陌生的小伙子。老汉拿出了狍子肉，从猎脖包倒出了烧酒，同小伙子对盅，他们好像久别的亲人。

　　小伙子喝酒中不断打听城防的事情，问得很仔细，老汉发觉他不是来卖貂皮的，就着酒气，问"你好像不是……来卖貂皮的?"

　　"我想为清军办点事……"

　　"清军……我的亲人啊，你们什么时候收回雅克萨啊!"

　　"皇上说，快了!"

　　"皇上……"老汉跪向南面，举起一杯酒，高高擎过头，祈愿的说:"皇上要管我们，救救我们吧!"

　　"……救救我们!"少女也跪了下来。

　　父母俩抱头而哭，泣不成声……

　　再坚固的堤坝也有缝隙可寻。索伦族父女的帮助下，通过几个在军营中服务的索伦族人，木果儿很快掌握了雅克萨的军情，老汉的女儿瓦尼亚用炭笔把俄军的营房、炮位、指挥部、面包房、弹药库、马厩……一应需要的情况，画在木果儿的羊皮袄上，老汉和瓦尼亚带着进出门的票牌，用打渔为掩护，把木果儿藏在草料筐里面送出了城。

　　木果儿不是走，是在奔跑。他的身影不久就消失在西伯利亚刮来的风雪中。

　　老汉和女儿望着木果儿的背影，流出了眼泪……

20.厉兵秣马

这个灰色的城市每到黄昏便热闹起来，从城南、城北那些狭窄、弯曲的胡同里，从东面的沙俄大兵营、西面小商贾集中地，涌出形形色色的人群，朝着雅克萨中心后条街涌去。那里是酒吧、酒铺、舞厅的集中地。老板也由达斡人换成俄罗斯的一个肥胖的玛达姆。她的血红的嘴唇，使当地人相信她也是吃过人的生藩，她的两只肥嘟噜硕大无比的乳房，使人想到这是一只快要下崽的母熊。

"孩子们，来吧，"她扬着雪白的膀臂招着肥臀，扭着腰肢，招呼着顾客，"让我们为过去的日子的光荣和今天的辉煌业绩，为沙皇阿列克塞·米哈伊洛维奇干杯！"

雅克萨的黑夜降临了……

这里自古就是中国的领土，是索伦部达斡尔、费雅喀、奇勒尔等少数民族祖先世居之地。从这上数三十多年前，这里和整个黑龙江流域，没有一个罗刹。这里是达斡族酋长阿尔巴西治理的城堡雅克萨，满语的意思是"被水冲刷的河湾子"。顺治七年沙皇阿列克塞·米哈依洛维奇，组织东征侵略军，令士官阿列克塞·托尔布津为统领，直指雅克萨。沙皇认为雅克萨是黑龙江上的交通枢纽，

从贝加尔湖方向和雅库次克方向进入黑龙江，都必须过过雅克萨。沙俄占领雅克萨后被清军击退，康熙四年沙俄侵略军又再次占领雅克萨。从此雅克萨城成了沙俄军人、商人、流氓、歹徒的天下，并取名为阿尔巴津。

　　每到夜幕来临，阿尔巴津酒店就非常拥挤、吵闹，快活的哄响喧哗声一片，人们除了喝酒，还可以看舞女袒胸露背和大腿舞的猥亵表演。

　　正直、敦厚的鄂温克人、达斡尔人、鄂伦春人、费尔哈人路过这里，都要向门前吐吐沫，他们十分厌恶。

　　阿尔巴津大酒店有三十多张桌子，每晚都坐满了人，剽悍的哥萨克军人、为沙俄测量新地的土地测量官员、肥头大耳的商人、冒险家和从遥远的莫斯科、喀山、雅库次克来的妓女、舞女、戏子，他们在一片乱哄哄、含混、快活的气氛中，享受着无情征服和伟大发现的快乐。

　　在这里杀的人越多，发的财越大，地位和荣耀也越高。一个座位上的小军官，指着首席上沙俄军队的五十长的着装说："你们看他的那顶紫貂帽子吧，怎样？"

　　"哦，皮毛在闪闪发光！"

　　"这顶帽子，是原来这里的酋长——大清的四品官雅克萨的头目戴的。"

　　小军官又指了一下五十长旁边坐着一个商人，说："你认识那个人吗？"

　　全座人向一个混身上下珠光宝气的望去，摇头，表示不知道。

　　"他本是鄂木斯克一个流浪汉，会石匠活儿，专门刻：'大俄罗斯沙皇陛下的疆界'这几个字，他跟着哥萨克军队，军队走到那里，那里他就放下一块他刻的界石，每块界石，十条貂皮，你想，他一下有多少钱了。"

　　"不光有钱，他现在是远征军的军官了。"

　　只见他起身高擎着酒杯，对在座的所有人说："朋友们，让我们为沙皇的疆域不断扩大干杯！"

　　门外停下两辆阔绰四轮俄式马车，里面走出一个大人物。他从莫斯科来，是北京同理藩院边境谈判俄方代表团长尼果赖的代表、"二线人员"，负责远东事务的。每天上午，他总是去阿尔巴津守城部队长的议事厅，了解交换关于黑龙江流域的各种情报，下半天他要同"二线班子人马"作文字工作，组织给沙皇的报告，晚上他照例要来阿尔巴津酒店消磨。他觉得这里的夜生活比莫斯科消魂多了。他戴着只有中国阔佬才佩戴的三片瓦珍贵的貂壳帽子，据说是北京一所名店所制，脖子上挂着一条金链，为北京老凤祥金店所产，手里拿着一根铁犁木"二人夺"，手柄上镂刻着鎏金的龙纹为福州所产，皮袍里面衬着的是苏州织造的绸内衣，手指夹着吉林漂河产的"淡巴牯"（烟），腰间挂着许多玉石、玛脑、翡翠挂件，他这种不中不西，不伦不类的打扮，十分滑稽可笑，可他的同类人认为一个全身上下都有中国货的人，是最阔绰、时髦的人。他不论走到那里，人们都为他的尊贵身份和中国式的打扮而惊叹。在这之前，他参加 1628 年哥萨克瓦西里·布戈尔进犯黑龙江流域，从贝加尔湖来到色楞河口。从这开始，莫斯科政府开始设立西伯利亚部，对这帮匪徒已占领的地区进行管理。由于他在烧杀掠夺达斡尔、鄂温克、赫哲族、费牙喀、奇勒尔军少数民族有功被哈巴罗夫看中，把他带回莫斯科送给尼果赖，担任西伯利亚远征地区的代表，他是中国人民的死对头，曾经要求沙皇不惜一切代价消灭、赶走大兴安岭内外，黑龙江上下的中国各少数民族，想让黑龙江成为俄罗斯的内河。

　　当彼比乌赤和守城官的陪同下出现在大家面前时，全场人都纷纷起立，对在远征中建立功勋的人表示应有的敬意。

"嗯哈，"彼比乌赤干咳一声，把双手反剪在背后，挺了一下鼓凸的大肚囊，以一种居高临下的姿态说："孩子们，你们好！"

"总管和代表长官好！"

彼比乌赤搓了搓手，向外交官公布新闻公报似的，说道："孩子们，女士们，尊贵的军官和兵士们，商人们，英勇无畏的守城的哥萨克们！正如你们所知道的沙皇和尼果赖·加甫里洛维奇阁下派我到这里来，是负有特殊使命的。这个特殊使命是什么呢？过去我们俄罗斯不知道这里的一个遥远而神秘的国家叫大清国，这个美好富足的地方应该是我们的，因为沙皇阿列克塞· 米哈伊洛维奇陛下的梦想是：把贝加尔湖的东南与鞑靼海峡之间的辽阔土地并入他的版图！"

"好！"人们欢呼着。

"有人说我们杀人放火，"彼比乌赤皱皱鼻子，说："这不对。我们需要这片土地，我们的沙皇需要这片土地，你不给，还进行反抗，我们手中的刀枪，比他们的弓箭厉害，这当然要流血了。我们为了沙皇，不怕流血！"

"对，"彼比乌赤拍拍手，表示赞许，说："我们个人的利益是和沙皇联系在一起、密不可分的！"

他的话，赢得人们一片掌声，人们纷纷上前祝酒。

"可是，中国的皇帝不答应，这里的达斡尔、索伦、费尔哈等少数民族部众不答应，为此中国皇帝提出和平谈判，其实他没有多少能力同我们动武，宁古塔所辖将士大都调往中国的西南打内战去了，这对我们东进是个大好时机，尼果赖阁下在北京，多停留一天对我们都是有好处的，我们所做的事情，需要时间……放心吧，中国皇帝要我们退出已占领的尼布楚和雅克萨——我们已改名为涅尔瓦斯克和阿尔巴津了，这是决不可能的。”

“阿列克塞·米哈络维奇陛下万岁！”

全酒店的人听了他激动人心的讲演，立刻狂欢起来。

在玛达姆的导引下，出来一个少女。这是一个身材姣好，风情万种的俄罗斯女郎，头发上插着花饰，脸上经过了精心的化妆，浑身上下洒过香水，脖子上挂着一条珍珠项链，那是由中国出产的著名东珠穿缀的，是不久前这里的守城官、彼比乌赤今天的陪同者所赠送的，她一对瓦蓝蓝的大眼睛，象流着的黑龙江水，她的两片红唇好象在燃烧着需要强烈的热吻，她扭动着腰肢、胯部、臀部，端起酒盅同彼比乌赤干杯，然后把一只雪白的玉臂勾在他的脖子上，嗲声嗲气地说：“阁下，我要为你献舞……”

酒店狂嚣狂饮，城北的一个偏僻角落有一幢达斡尔式的撮罗子，博尔罕和瓦瓦尼娅父女俩现在已被沦为沙俄哥萨克的夫役，按照这里行政长官的命令，每天打渔作为军事供需，而父女俩却过着极其艰辛的生活，只能打渔不能上山，因为枪、刀、弓箭都被哥萨克收去了，不能进山打猎了。

博尔罕把木果赫带进屋，对女儿说：“由南飞来的大雁，又落在了我们这里。”这是木果赫第二次秘密时入雅克萨。

“木果赫又来了！”

“欢迎你尊贵的远方客人。”瓦尼娅说。

“我们同索伦族是亲密兄弟！”博尔罕说。

“那么，我得称你为阿基（叔父）了。”木果赫按照达斡尔族的习俗，施了一礼。

“孩子，请不要客气，你已经不是客人了！”

木果赫又向瓦尼娅，说：“你便是‘闹昆’（妹妹）了。”

　　博尔罕老汉为了招待木果赫，从仙人柱上摘下一个筐篮，从中拿出了几只咸鱼和一点咸鹿小腰骨、脚爪、肋骨、心脏、肾脏，这就是他们最好的晚餐了。

　　"孩子这里是魔鬼的天下，来往要小心呀！"

　　"我以索伦族人的'敖教尔'（祖先传下的行为规范）真诚地说，我不是来寻亲人的。"木果赫感到必须向这位诚恳的老人交个底儿，他认为只有他才能冒着风险帮助他完成任务。他说："我是来复仇的。"

　　"你一个人，手中也没有围打野兽的弓箭、刀枪，你怎么复仇？"

　　"不，大队人马都在森林中呢。木果赫说："我来这里请阿基、闹昆再次帮忙。"

　　"要我们做什么？"

　　木果赫又把密秘地进入雅克萨城的目的说一遍。

　　博尔罕老汉一听，要了解城里的兵情、城防、仓库、营房以及周边一般地理情况，这些他都是了如指掌的，可是详细的情况，比如哥萨克城防布置情况，由于军事重地不准进入，他却了解不多。

　　"瓦尼娅，你明天装作拾柴，接近他们的哨位，观察一下。"博尔罕对女儿说。

　　木果赫同老汉父女说："请你们帮忙画一张这里的图，东西南北城多少步，都有什么设施。"

　　博尔罕老汉说："孩子，画图我可不会，我把知道的说给你，你画。"

　　木果赫挠挠头，也很为难，他说："我怕也画不出。"

　　瓦尼娅在一旁说："那么，我画一下吧！"

瓦尼娅在族中是个心灵手巧的姑娘，她作为一个渔猎民族的女孩，是又会制衣，又会绣花的人，她拿出一块兔皮，在上面画起来。

博尔罕一下看出女儿的手艺了，他说："画的这是城外的拦马栅…… 这是守城的兵营……这是城墙塔楼上的'议事房'……"

木果赫见瓦尼娅画了一个四角方城，问："是四角见方吗？"

"是。"博尔罕说："方城。"

"……这是货栈……客店…… 雅克萨酒店…… 这是原雅克萨达斡尔族酋长阿尔巴西的公馆

…… 这个尖尖的楼是教堂……哥萨克强迫我们信教，放弃中国国籍，向沙皇纳贡，说这是上帝的意旨。"

"这样的上帝真坏。"瓦尼娅说。

"接着画。"博尔罕对女儿所画的图十分有兴趣，他暗暗赞叹，他过去怎么没看出她有这一手呢！

"这是南门口的守城兵营…… 这是东草料场…… 这是马圈…… 这是什么？"老汉对着女儿画出的一个圆圆的东西，感到莫明其妙。

"哥萨克的面包房。"

"啊，对了。"

瓦尼娅的图画了半夜，也画出了一部分，博尔罕老汉感到丢下的东西太多，不完整。可是他们都累了，特别是博尔罕老人，明早还要出城打渔，大家便歇息下来。

第二天老汉的爬犁刚走，瓦尼娅便有意地到前哥萨克营防一带拾柴。她在这周围绕来绕去捡了不少干柴，也发现几个从外地来的测量土地官员，同一个哥萨克的小头目在用尺丈量什么，瓦尼娅有意地从他们的身边过，偷看了一眼，她惊叹道："他们也在画一张什么图，横三竖四好多的线，还有图。她心中在想，他们画的，竟同她昨晚给木果赫画的东西，有相近的地方，但没法同人家画的比，人家的清晰、明了，她画的太零乱。

晚上，瓦尼娅把白天的经历，说给了博尔罕老爹和木果赫。

博尔罕老爹想了半天，也说不出哥萨克和土地测量员干的是什么，木果赫也猜不出。

"明天你再仔细看一下。"博尔罕老汉叮嘱女儿说。

第二天，瓦尼娅又去拾干柴，在哥萨克设防的边缘她又找到了用尺测量大地，纸上画着条条、杠杠、线线和房屋图形什么东西的那几个人，他们只顾自己的事，对一个拾柴的女人他们并不在意。瓦尼娅经过几天观察了解到，当天画的图纸，土地测量的那个官员装在一个圆形的图囊里放到他住的旅店中，然后去阿尔巴津大酒店喝伏特加，有时叫个妓女回来过夜，有时同舞女睡在酒店中。

木果赫对到瓦尼娅带来这个信息十分重视。他同博尔罕老人、瓦尼娅一起分析他们搞的是什么东西？半夜的猜测、争辩也没有结果，待到天上的三星都出齐了，夜已经很深了，他们各自带着深深的疑虑才睡去。

博尔罕老汉睡去了，他打着很响的呼噜，还不时吱吱的咬着牙，含混的说了几句什么梦话，把他的女儿惊醒了，问：

"阿基，你有什么不舒服的地方吗？"

老汉翻身坐起，对女儿说："叫醒木果赫大哥，我有个点子。"

木果赫从沉睡中被叫醒，懵懵懂懂地问："阿基叫我做什么呀？"

瓦尼娅说："他说他有好点子了。

"什么叫好点子呀？"木果赫还没睡醒似的。

博尔罕老汉说："我看木果赫，为了大清皇帝，为了咱们部族父老兄弟不再受欺负，为了我们的黑龙江和雅克萨，我老汉把年青时候一种猎鹿的方法，传给你们一下。"

"猎鹿，木果赫哥哥还不会吗！"

"他会的，恐怕所有猎户都会的方法。"

"你要传给他什么高招儿？"

老汉讲，他年轻时部族长要他逮一只怀胎的母鹿制鹿胎膏，他的老婆需要用它补身子，因为她也正在怀孕。他在林中追逐了几天，也没逮到一只怀胎的母鹿。他在快要下山的时候，忽然听到不远处，传来"咿——呦呦——咿——呦呦"的叫声，这是鹿鸣。他循着声音悄然地寻去，终于发现，一只怀胎的母鹿在同一只雄壮的公鹿鸣叫，博尔罕老汉观察半天明白了，母鹿要求公鹿不要离开它，留下守护，而公鹿确也负起作丈夫的责任左顾右盼，在它的身边转悠，形影不离，这时开枪很难打中，要紧的是必须把公鹿引开。博尔罕很快转到很远的沟壑中，学着鹿鸣，表达着这里有发现了它们喜欢的盐粒。

不久，林中的树叶抖动，博尔罕老汉知道公鹿被引来了，母鹿在原地等候，他很快地转回原地，靠近一点，再靠近一点，他拉开了一弓，一箭中的，把母鹿逮住了。

"我听明白了。"木果赫彻底清醒了，激凌地说。

"我也听明白了。"瓦尼娅抿着嘴冲他爹微笑着说。

"好，睡觉！"博尔罕宣布说。

……一切都按事先安排的那样，木果赫得到瓦尼娅的报告，那个土地测量官员把图放在了旅店，他今晚同那个喀山的舞女又睡在了阿尔巴津大酒店了。

瓦尼娅把她对土地测量官员伊万的行踪，准确地告诉了木果赫和爹博尔罕。

博尔罕提着一个敞口的酒脬泡，酒香四溢，出现在鹿鸣春旅店的门口，打更的达斡尔族卡尔马老头儿是本地有名的酒鬼视酒如命，他特别喜欢来自吉林汇泉烧锅的二锅头，可惜由于哥萨克的侵入，酒路断了，可是他做梦都在想美酒的滋味。

"哎，"循着酒味的飘散，卡尔马一下闻出了空气中的酒味儿，一眼望去，是老邻居、猎户博尔罕，他也算是当地的"酒家"，同时看到他手中提着的酒脬，赶到门外，喊道："博尔罕——"

"谁呀？"博尔罕站住，四周睃摸一下，忽然叫道："喔，是卡尔马老弟，你可好。"

"你一向可好?"

"为什么好，"卡尔马怨气冲天地说，"我们的鹿鸣春也被改名了。"

"叫什么?"

"俄罗斯远征大旅社。"

"我记得这鹿鸣春是船厂（吉林）的一个老店，皇上都去吃过饭，我们这里在三十多年前开设的分店，怎么会成为俄罗斯远征大旅社，真丑！"

卡尔马耸耸肩，说："有什么办法。"

"改名之后，派老弟什么新官职?"

“还是臭打更的……”卡尔马皱皱鼻子，一脸严肃地说：“可责任重大了，过往行人再不可投宿了。”

“为什么，这里归城防总管管理，安排的都是些过往军政人员。”

“我们打渔的，才不关心这些呢！”博尔罕说：“我得回去，啯上几盅。”

“老哥，有酒可别忘了兄弟呀！”

“你……公务在身啊！”

“屁……莫斯科来的官员，今晚都去玩妓女去了。”

“怎么都去了呢?”

“他们把今个儿叫做……礼拜六！”

“拿家伙来，”博尔罕一看不把酒分给这个酒鬼一点儿，他是走不回家去的。

卡尔马拿出一个青边的大海碗，博尔罕咕嘟咕嘟给他倒了满满的。

卡尔马坐在他的打更室里，听着窗外北风的呼啸，雪粒尘飞，飒飒地扑打着窗楞，他就着一条咸鱼干，自酌自饮，自唱自舞，很快就醉眼陶然了，伏在木几上就打起呼噜，这时瓦尼娅把窗纸捅了一个洞，向里张望一下，然后向黑暗深处摆了一下手，从那里跳出一个黑影，直奔客房，进入伊万的‘淖屋’（小单间屋），从墙上摘下图囊，取出一卷图纸，掩在怀中，把一只箭头，放入其中，然后周而复始的走出来，拉着瓦尼娅，又进入茫茫的风雪的黑暗之中了。

天亮之后，博尔罕还得到江上去为军需打渔，爬犁上装着草料筐，还有水锥、搅罗子什么的，博尔罕悠然地坐在上面，旁边是他的女儿瓦尼娅，背后靠着草料筐，到了城门口，瓦尼娅从爬犁跳下，挥着手嘱托说：“天气冷，早点回来！”

　　老汉拿出出城的通牌一晃，一个卫兵正要上前掀开草料筐例行检查，瓦尼娅忽然对卫兵说："我的脚冻了，可以进屋烤烤火吗？"

　　"进去吧！"

　　卫兵放行了博尔罕老人，把瓦尼娅送进岗哨旁边的屋里，她刚进屋一股浓烈的"淡巴菇"味扑来，一看爬犁已经在城外飞驰起来，马上咳嗽几下退出，说："我受不了这味儿！"

　　瓦尼娅在回家的路上，一边走，一边回忆木果赫来雅克萨的一情一景，她有时感到这不是现实的生活场景，这是梦，美好的梦……　不，是真实的，当他拉着她的手，拿着图纸迅速离开鹿鸣春大旅社时，他没感到严寒和北风呼啸，路上积起尺把深的大雪，行走难，可惜这段路太短了啊……　忽然一种惆怅向她袭来，她不知泪水已经迷漫住了双眼。

　　瓦尼娅再次振作起来，忙向城外那风雪弥漫处又望了一眼，她什么都没有看见，这根本不会看见什么，因为哥萨克用木栅已经把城拦起来了。她忽然加快了脚步，想一步回家，看看墙角的地方，那里藏着一把珍贵的腰刀，那可不是一般的腰刀，刀柄上是闪耀光辉的金镂和宝石，那是当朝的天子皇上赠给木果赫的啊，可是他把这心爱的宝物又转赠给了他们父女……这太沉重了啊！

　　"让我们再次相逢在雅克萨！"这是木果赫临行时对她说过的一句话。

　　瓦尼娅擦了一把流下的泪水，心里喃喃地说："皇帝啊，快派清兵来吧……木果赫来吧！"

　　木果赫历经艰辛、风险，胜利地完成任务，把他同博文罕、瓦尼娅在兔皮上画出的雅克图和土地测量员伊万所测绘的雅克萨城防图交给郎谈和朋春时，这两位都统都激动万分，上前将木果赫抱起来，说："作为我们的'猎鹿队'立下了大功劳，为国家立下了大功劳！"

……就在木果赫历经艰辛、风险，胜利地完成任务，回到森林中去的时候，伊万到了测绘现场，打开图囊，图纸不翼而飞，露出的是一支箭矢，他一下惊呆了，陪同、保护他测绘的哥萨克小头目也惊呆了，半天他们才高叫起来："有人偷走了我们的图！"

四门很快加了岗哨，严密搜索进出人员，城内出现了巡逻队，见有可疑的人，马上搜查、逮捕、关押、拷问……雅克萨一下陷入了白色恐怖之中。

丢了城防图，这绝非是一件小事，城防总管同尼果赖的代表，互相指责，最后竟至破口大骂起来。

"你们军人失职！"

"你们政府官员失职！"

"你们——！"

"是你们——！"

"你们只顾玩妓女！"

"你们把酒店侍娘的肚子给弄大了！"

——据说，伊万为了躲避他上司尼果赖的代表的惩罚，他当夜逃出了雅克萨越过黑龙江，千辛万苦的投到宁古塔。

——据说巴海将军曾经接见了伊万，对他的投诚表示欢迎，但是他随后指出，此地地僻人稀，除了大兵营就是兵营，实无招待尼果赖阁下的测绘官员下榻之馆舍，对此表示抱歉！

伊万被遣送回去了，据说在他临刑时，他大骂阿列克塞·米哈伊洛维奇是杀人强盗，尼果赖是骗子、无赖……

朋春带领着一个小分队也回来了。他们在林中行猎中，主动结识了达斡尔、鄂伦春、索伦、费牙喀、奇勒尔一些少

数民族部众的猎手，同他们交了朋友，在篝火中对了
"盅"，歃血为盟，结为兄弟。

他们原来大都居住在雅克萨和黑龙江两岸的，自从哥萨
克侵入他们被赶入深山失去家园，他们对于沙俄的侵略者血
腥的征服，没有低下头。

一位达斡尔的老汉说："我们的老家就在这里。我爷爷
在世时常向我们旗人讲，大明皇帝在黑龙江流域地区，设置
奴儿干都指挥使司，下边有三百余卫、所，由各族派选的人
当官吏，征收贡赋，行管辖权。我爷爷当时就在雅克萨所作
百户官，管收贡赋的。"说着他从衣襟的纽绊上，结下一个
小挂件，是个玉石猴，朋春认识这种东西，认为是岫玉。

"你的这个东西，看来是个传家宝。"朋春说。

"是的。"达斡尔老汉说："当初明朝一个巡按——我
现在也不知道巡按是什么大官。"

朋春说："巡按是'代天子巡狩'的意思，官不算高，
按品级为正七品，但出外巡查时，那权力就很大的。"

"我这个宝贝，就是大明的朱巡按来黑龙江时，在雅克
萨赏赐我爷爷的，他对我爷爷尽职尽责，很高兴。"

"他们让我们进教堂祷告上帝，说有罪，放弃国籍，给
沙皇纳赋吧……谁干！我们是大清的子民。"一个鄂伦春族
的青年说。

根据这些失去家园、少数部族猎户们的描绘，朋春也绘
制了一幅雅克萨城防图。他们一致要求朋春，向皇上转达
他们对皇上的心声："请皇上派清兵，收回雅克萨！"

"我一定把这个意思，上奏吾皇！"朋春说。

朋春和郎谈汇合后，把木果赫和博尔罕、瓦尼娅绘制的
雅克萨"兔皮图"；和伊万绘的羊皮纸图，同朋春的绘制的

宣纸图，对照一下，根据军事需要，由笔帖式综合一下，绘制成一幅图，把其它各国作为附件上奏皇帝。

二十一年的岁暮来到了京城。这一年不同往年，对于康熙朝来说，是举国上下一个胜利年，快活年。三藩平定了，收复台湾在即，北疆的问题正在与俄国会谈，人民百姓不为别的，盼的就是国泰民安，年年丰收，岁岁平安。从旧历腊月中旬开始，人们开始置办年货。京城自古称幽燕，帝居所在，德化敦存，俗重气侠，好尚儒学，悲歌慷慨，风教传习，民风依然。正阳门外各店铺、楼台亭阁，作坊小肆，皆挂起红灯，内城西单牌楼、东安门大街、东四牌楼、地安门外鼓楼之前，也皆争相挂出各色各样彩绘的图灯。朝廷的衙署工部、兵部、光禄寺……也皆于仪门以外，大门以内，挂起纱壁灯，雍和宫和黄寺的庙会更是游人如织。

在这送旧迎新的日子里，康熙最关注的不是朝臣对他的三呼万岁祝福，而他时时想着自家后院的事——他派出郎谈、朋春去侦察北疆，早日回返京城。当"猎鹿队到京的时候，康熙宣旨，马上在乾清宫晋见。他对郎谈、朋春道："两位爱卿和将士，你们辛苦了。"

"圣主哈齐，奴才应尽忠职。"

郎谈和朋春接着把去北疆纪事和雅克城防图及附件呈上。

康熙看到这些，大为振奋喜形于表，详细听取了郎谈、朋春的报告。他们认为：罗刹并不是什么了不起的常胜将军，他们所以长期盘踞雅克萨，所依靠的就是在雅克萨他们建立了木栅栏、堑沟、鹿砦。

"两位爱卿对解决雅克萨，有什么高见？"

郎谈说:"涉及朝廷大事、军务大什,小臣不敢妄议。以臣的观察所见,只要我们发兵三千,带上红衣炮二十门,就可以收复雅克萨。"

朋春接着说:"……陆路,可以从兴安岭前往,但那里林木丛生,树海茫茫,大部队行军有所困难,只能轻装前进;水路可以从瑷珲出发,若沿黑龙江顺流行驶,只需半月便可到达,逆流而行,船把头说,要需三个月,所用的时间是陆行的一倍。"

康熙只是严肃、认真地听取他们的报告,不插一言。

郎谈越说越兴奋,他建议兵部可令船厂,增造一些小船以备游击之用,对罗刹用兵宜于早动手,来年春天解冻之时,即可水陆齐发,一举攻下雅克萨,收复失地。

康熙皇帝听完二位朝臣的报告,他要御前太监把郎谈、朋春带回的地图挂上,走下宝坐,看着地图,也注视一下郎谈和朋春,说:"尼布楚、雅克萨、黑龙江上下,及通江之一溪一水,皆我所属之地。居于此处的人达斡尔、鄂伦春、费雅喀、赫哲、奇勒尔、蒙古等各族,皆朕所属人民。断不可俄罗斯兼并我土,欺凌我民。历年所失之地,是定要收复的,我主议攻取。"

皇帝的旨谕,令郎谈、朋春十分振奋,他俩高兴得互相注视一下,脸上现出得意的笑容,心里想皇帝采纳了他们的意见,不久就要收复雅克萨了。

其实,康熙皇帝只收下了他们的图,听取了他们对北疆的种种描述,并没采纳马上收复雅克萨的意见。

"兵非善事。"康熙不止一次对兵部尚书明珠旨谕说,也在议政王大臣会议上,在讨论军事问题上,对议政王、贝勒、大臣们，不止一次的讲过这个话。他在军事上另一个思想是："兵贵相机而动。"

康熙的"永戍黑龙江"与郎谈的马上"攻取"不同。他认为就目前的局势，收复雅克萨的时机尚不成熟。他总结前朝打罗刹的教训，大军向前，而粮饷不继，"我进则彼退，我退则彼进，用兵不已，边民不安。"明明是胜利之师，而退却了，失败了。

尽管当今朝廷上下，要驱除罗刹，保卫祖先发祥地呼声一片，康熙仍是坚持他的永戍黑龙江计划，以后的时局发展，"尼布楚条约"的签定，使边境长治久安下来，证明康熙的反侵略，保边疆的战略思想是完全正确的。

他主张调兵永戍黑龙江，建立军事基地，驻兵屯田，以逸待劳，一旦时机成熟，必须开战，不必由内地运兵、输饷，不会再踏前期功败垂成的覆辙；他准备调用乌拉、守古塔兵一千五百人，置造船舰、枪炮，在黑龙江、呼玛尔二地，建立城堡，与雅克萨相对，相机进取；军队所需粮食，由科尔沁十旗及席北、打牲乌拉总管衙门从尤屯，张家庄子、前其塔木、后其塔木、蜂蜜营屯支取，年可得额征官粮仓石三千零二十四，这些足够支付三年。况且军队到达之后，即全将士实行屯田，接续军粮；牛羊可由索伦部供给。

真理总是在少数人手里，而且一开始反对者多。康熙把永戍黑龙江的战略方案，交给了议政大臣会议讨论，得到的不是共识。统一意见，而是不同意见，争执很大。

索额图说："我主张早日出征，进行攻取，不必永远留任在那里，那样朝中每年要支取大量的银子，得不偿失。"

　　反对"永戍"的，还有前线指挥统帅宁古塔将军巴海，他认为乘俄方羽毛未丰，储备未足，速战速决，把罗刹赶跑了，那里也就无事了。

　　还有的大学士于传明，转弯抹角表达了恐俄思想，说：罗刹的火枪大炮十分厉害，军队强大，兵士剽悍，我们同他们交手，总是失利多于胜利。

　　都察院的一位左都御史发言，表达了这样意思，北疆地处荒僻，人烟稀少，路遥天寒，永戍是否可能，他认为行不通。他发完了言，心还嗵嗵直跳，心里想皇帝真要对黑龙江"永戍"可不要派到他的头上，去了那里，不怕罗刹的火枪、大炮干，也会冻死、饿死在那里。

　　侍卫、兵部尚书明珠，他是主战派，坚决支持康熙"永戍"的战略方案，他认为："征剿罗刹之役，所关最臣，'永戍'是皇帝对反侵略的正确方略"。他会后又上疏奏给皇帝，说：" '永戍'是圣上解决边境冲突，反对罗刹侵扰最好的战略方案，不必徇众见"。

　　议政王大臣会议争论了几次，见康熙皇帝主意已定，才免强的统一起来，表示同意"永戍"黑龙江的战略方案，康熙皇帝虚怀若谷，对于大臣们一些合理的意见，他还是认真听取、采纳的，他把原来的计划，又作了一些必要的修改，如有人建议兵不住呼马尔，而住额苏里。这个意见是："勘得黑龙江、呼马尔之间额苏里地方可以藏船，且有田垄旧迹，即令大兵建立木城，于此驻扎。"

　　还有理藩院大臣马爽、于传明、潘振山建言说："……额苏里、索伦村庄三面，应设四驿，全赴索伦"康熙表示同意。他自从东行巡视归来，就已下定决心，决心派兵征讨入侵黑龙江流域的罗刹用兵的主要目标，是收复哥萨克匪徒盘踞的雅克萨城。

康熙二十二年（1683 年）按照皇帝永戍黑龙江的布置，副都统萨布素率乌拉宁古塔兵一千人进驻额苏里。这样宁古塔相对兵员就减少了，康熙令人派打虎儿兵四、五百增援，这样瑷珲的兵力亦达千人，其地共驻兵二千人，为永戍黑龙江的主力。

为了加强边防，增强前线指挥系统，清政府正式设黑龙江将军。康熙任命萨布素为首任黑龙江将军，礼部侍郎溢岱、工部给事中雅齐纳为副都统，下设协领、佐领……这样的建置，不但使抗击沙俄侵略者、加强边防得到组织上的保证，而且对于开发、建设、巩固、保卫边疆也有深远的意义。

其次，组成一条纵贯东三省的水陆联合运输线。这条线路全长四、五千里，是京城沟通东北直抵瑷珲的运输大动脉。沿途设兵驻防，建造粮仓，保证黑龙江驻戍军队的供给。

建设驿站。"马上飞递"是康熙对清代以前传下的"邮"（传递公文组织），"驿"（负责提供各种交通或通信工具）综合起来，在平定三藩中发挥了重要作用。

康熙召来了派户部郎中包奇、兵部郎中张特、理藩院郎中额尔塞，说："朕委派你们一项工作，到东北创立驿站，这件事的重要意义你们是知道的。你们到了那里，要会同彼处的将军、副都统，询明熟识地方之人，详加确诤安设，宜从长计议，使其久远可行，毋得狃于目前之见草率完事。"

这多驿站的路线很快勘测、确定下来。从瑷珲西南翻越小兴安岭至墨尔根（今黑龙江省嫩江），由墨尔根沿嫩江通过齐齐哈尔直达松花江北岸茂兴。从茂兴过江即接上吉林至京已有的驿站。紧急军情，可以从茂兴转向西南，由蒙古驿马飞驰入喜峰口送往北京。

康熙二十二年八月十七日，包奇等上奏："自吉林乌喇城至黑龙江城，以五尺细土，若一千三百四十里，应设十九驿。"康熙马上批复："命如议行。"

正在这时，侍卫太监一挥蝇拂，引导高士奇进入乾清宫，侍卫太监又像高士奇作了一个动作，用指食指指了一下嘴，意思不要高声唱诺，影响皇帝沉思。

高士奇照办了，跪在门内，他斜睨地看了一眼，皇帝正在墙上观看北疆形略图，旁边还有一幅苏麻喇姑的满绣：《万里江山图》。

他喃喃地说："我们的耐心已经够了，对雅克萨的反击，不能再等了……"

21. 克复失地

　　随着新的黎明的到来，晨曦的金光洒满了大地和江面……正黄、正白、正红、正蓝、镶黄、镶白、镶红、镶蓝八面大旗在黑龙江上猎猎飞扬，在蓝天、墨林、黑水的映衬下，一只部队正在急行，军姿雄壮威武。将军锦绣的战袍和美丽的花翎、缨帽、护心镜、士兵闪光的铠甲、熠熠生辉，清军在前进 ……

　　经过艰辛的跋涉，驻瑷珲、宁古塔由满、蒙、汉、索伦、达斡尔、鄂伦春、赫哲各族组成的一千五百名大军已经来到了指定的扎营、作战地点。而对这座美丽的达斡尔人的城堡，人们发出了种种赞叹。雅克萨城位于黑龙江上游左岸，《盛京通志》城池部，算其在黑龙江城西北一千三百余里。现在地图则把雅克萨城置于北纬五十三度以北，东经一百二十四度之东，恰在结雅河与托姆河河口对岸。雅克萨城是由索伦部的达斡尔人最先建立的。雅克萨位居水陆要冲，它西通尼布楚，东达黑龙江下游各地，在军事上是重要的战略要地。《明太宗实录》（卷 45）记载，明朝政府于永乐四年（1406 年）在达斡尔族聚居的托摩河（又称脱木河、即今托姆河）流域设立脱木河卫，以镇守北部边陲。清政府建立后这里更受到重视，定期在这一地区征收赋税和征调兵员，并在宁古塔设官镇守。1650 年沙俄哈巴罗夫匪帮侵入乌尔喀河河口以下的黑龙江沿岸，并以武力打败雅克萨城头人阿尔巴西，强占了他的驻地，加固城防，改名阿尔巴津，把它作为侵略据点，不久撤走，沙俄切尔尼果夫斯基率众又常到这里，重建了一座木城作为据点，四出侵扰，对我东北边疆构成严重威胁。

这就是康熙日夜所思，为什么要解决自家后院的事情，收复雅克萨。

接着，由皇帝亲自组建的福建藤牌兵四万名，军官二十名——他们大都是耿精忠的旧部，熟悉北方，由林兴珠统领，发往盛京，再由朋春统领，发往黑龙江。

同时，康熙还调盛京兵五百名，赴黑龙江代替原驻黑龙江的军士守城种田，一俟雅克萨攻陷，黑龙江的将士回师时，再调回盛京。

为了增强前线的指挥力量，康熙对原来的统帅部作了重要调整，令副都统都朋春统兵。班达尔沙、护军统领佟宝、副都统马爽及銮仪卫侯林兴珠参赞军务，侍郎萨海仍令督耕，以随时参赞黑龙江军务。

军事调配完毕后，都统朋春、郎谈、将军萨布素、萨尔图还有博克诸将军，按照康熙皇帝亲自审定的用兵路线、周密的布置，于四月二十八日，率领军队溯流而上直扑雅克萨。

在此之前，自设黑龙江将军萨布索出任第一任将军，进驻额苏里后，不断增派士卒进行巡逻。他对巡逻队的参领说："我们的目的是清除黑龙江中下游的沙俄侵略者。

1683 年 7 月，萨布素的部下，索伦总管博克将军所率领的巡逻队，在精奇里江口，一下同从雅克萨窜来的六十六名哥萨克遭遇，双方发生战斗，除少数人逃脱，大部分被俘虏。《东华录》有这样记载：顷者罗刹诸人，经过黑龙江地方，遇我将卒，降其三十余人。

外籍书也记载了这件事，说 1683 年 6 月，俄国军官梅利尼克，率兵 66 人，自雅克萨出发，准备袭扰黑龙江下游，途经精奇里江，遇到了清廷的船舰，俄军狼狈登陆，弃船逃走，清军包围了他们，生擒梅利尼克等三十余人，并进兵焚毁俄军占领的多伦禅和西里姆宾斯克两个据点。

对雅克萨收复的战斗，虽然还没有打响，但局部的战斗，是在不断的进行中。特别是边境各族人民同仇敌忾，纷纷自愿的参与反侵略斗争，更是如火如荼。黑龙江将军立即将这些情况，奏闻皇帝。说：

将军萨克素等奏，牛满河之奇勒尔，奚卣噶奴等杀十余罗刹，携其妻子来归。俄乐春王朱尔鉴格于精奇里乌拉东五罗刹，并获其乌枪，驰板。

又闻斐雅喀之人，击杀罗刹甚众。……

在这种局部的战斗中，清军俘获了不少俄军将士。这些人得到了清政府妥善的安置，很好的礼遇，把他们编成一个佐领，隶镶黄旗。

对于投诚的俄军将士，更给予了很好的优待，其中一个叫吉里过里的投诚军官，皇帝还亲自批奏，曰：

宜番近已授骁骑校，鄂尔噶番、席图颁、及新投诚之吉礼过里、鄂佛那西、马克西木，俱授以七品官级。其新投诚罗刹内鄂佛那西费礼普，令驰驿至萨布素处，酌遣招抚。时值严寒，并以裘帽赐之。

康熙二十三年，朝廷正在积极备战准备收复雅克萨，清军又与自鄂霍次克海赶来的俄军在恒滚河口发生战斗。黑龙江将军萨布素在向皇帝的奏疏说：时马喇等奏：臣至索伦，屡密询罗刹情形，皆云现在雅克萨尼布潮二城，各止五六百人，其得以盘踞多年者，惟赖额尔古纳河口至雅克萨十余处，雅克萨至布尔马夫河口十余处，筑室散居，耕种自给，因以捕貂。但取资纳米雅儿诸姓贡赋，喀尔喀、巴尔呼人，时贩牲畜等物至尼布潮，亦捕貂与之交易，得以生存。……臣请敕喀尔喀、彻臣汗收其所部附近尼布潮者，兼禁止交易。再请敕黑龙江将军水陆并进、作攻取雅克萨状，因取其田禾，则罗刹不久自困。而伊属索伦、俄乐春诸姓人，亦难以窃据，再量遣轻骑，剿灭似易。上谕兵部：据马喇等奏，取罗刹田禾，当不久自困，又据侍卫关保来奏，将军萨布素等亦以取罗刹田禾为然，则罗刹盘踞雅克萨尼布潮惟赖耕种，若田禾为我所取，诚难久存。其令萨布素等酌议，或由陆路进，或水陆并进，尽刈其田禾，不令收获。由陆路进以所刈之禾，投江下流，水陆并进，以所刈之禾，船载以归。……并将马喇等奏，移文彻臣汗知之。

在对沙俄反侵略的备战中，康熙皇帝命萨布素将军，断绝俄国人的供给，使之困难不能自支。说：正月乙酉，黑龙江将军萨布素等奏，牛满罗刹抵恒滚，同来自北海之罗刹，与飞牙喀战，退居河洲，若不速计剿抚，则赫真、飞牙喀、奇勒尔人民，必被残害。且恐罗刹复增发前来，宜乘四月冰解时，即遣夸兰大二员，率官兵三百人，并发红衣炮四具，令附近恒滚口、飞牙喀、噶克当阿等向导，抵罗刹所踞地，先行招抚，不即归降，则进行剿灭。如罗刹闻风先遁，则所发之兵，即乘机安辑赫真等处人民，未经来附者，亦招抚之。报闻。

雅儿诸姓贡赋，喀尔喀、巴尔呼人，时贩牲畜等物至尼布潮，亦捕貂与之交易，得以生存。……臣请敕喀尔喀、彻臣汗收其所部附近尼布潮者，兼禁止交易。再请敕黑龙江将军水陆并进、作攻取雅克萨状，因取其田禾，则罗刹不久自困。而伊属索伦、俄乐春诸姓人，亦难以窃据，再量遣轻骑，剿灭似易。上谕兵部：据马喇等奏，取罗刹田禾，当不久自困，又据侍卫关保来奏，将军萨布素等亦以取罗刹田禾为然，则罗刹盘踞雅克萨尼布潮惟赖耕种，若田禾为我所取，诚难久存。其令萨布素等酌议，或由陆路进，或水陆并进，尽刈其田禾，不令收获。由陆路进以所刈之禾，投江下流，水陆并进，以所刈之禾，船载以归。……并将马喇等奏，移文彻臣汗知之。

康熙皇帝准备收复雅克萨的行动，也引起罗刹的警觉，他们并没有睡着，也在积极备战。根据马爽侦察雅克萨的报告，我们可以看出，罗刹是准备负偶顽抗的。报告说：

时马喇等奏：臣等遣打虎儿副头目倍勒儿等侦探雅克萨城情形，路遇罗刹，杀其二人，生擒一人。据生获之费要多罗云，大兵未来之先，雅克萨城已加修造。昨岁闻大兵进发，城外复增木栅，所在农人尽调入城内，打猎收貂亦皆罢止，田禾未熟，即行刈获。因今春不见兵至，遂于卧旁一带，仍旧遣人耕种。昂古墨阿山顶，设五人更番瞭望。今夏自尼布潮复增发四百人。计见在雅克萨者九百人，在尼布潮者不知其数。雅克萨设丁壮八十人耕种，以收获之粮支给兵食，每人月一斗，余悉造房收贮。一遇歉岁，不能如数支给。在前丰岁仅仅足用，今已增人，谅必不敷。

雅克萨旧有船八艘，吉礼遇里等运粮前行，被大兵擒获，故雅克萨无船。大兵未来，于野诺西纳城复造船二百艘，各城派兵运粮，不知兵数多寡，并运往何处。吉礼遇里党内人逃回雅克萨，云大兵势盛，战舰络绎不绝，众惊失措。今自尼布潮增发人众，大兵进时，不知时势若何？……

一天，皇帝在他的乾清宫召见理藩院尚书阿穆瑚琅，谈收复雅克萨事。

"我看现在时机已经成熟，皇帝一声令下，雅克萨的收复将是探囊取物，指日可待。"

康熙思忖了半天，说："朕一向认为：兵非善事，不管战争的动机如何，它造成的结果总是一样的，人民不得安宁，不到万不得已，我是下不了这个决心的。朕现在对雅克萨的军事布置已经完成，你看怎么办？"

"那就马上收复雅克萨。"

"议政王大臣会议和边境各族人民都是这样要求的，"康熙沉重地说："罗刹屡屡犯我边境，扰害百姓，肆行抢掠，匿藏我逃人根特木儿，作恶日甚。朕不忍遭大军剿灭，遂屡行晓谕，希望其能改过自新，速回本地，归还我方逃人。但罗刹至今不悟，反遣所部于贵尔喀、奇勒尔等处肆行烧杀，又诱我索伦部从二十余人入室焚死，朕迫不得已，才派兵进驻黑龙江、呼玛尔，以抵制罗刹进一步窜扰。事情到了这步天地，我们以先礼后兵，请他们不要再执迷不悟。"

"如今我大军已开出雅克萨城下，谈判的俄方表显出了有点慌乱。"正在参与中俄谈判的阿穆瑚琅说。

"朕还要在雅克萨光临城下的态势下，再次致函沙皇。"康熙指示说："理藩院应尽快把信的文稿草拟出来，送到我这里。"

理藩院很快将拟文写好，上谕皇帝，经康熙朱笔修改，全文如下：

尔罗刹人入我境内，骚扰地方，抢掠百姓妇孺，滋事不止。为此，朕欲即刻出大兵征讨。惟念有损原来之友好相处，军旅相争有害于边民，不忍出兵兴讨，而将陈述此一情由之谕旨，交付尔使臣，亦曾派遣专人前往雅克萨、尼布楚，至今未见派人，也未复文，尔反愈加派罗刹窜入我内地，抢掠滋事，纳我逃人。朕仍不忍即刻征讨，只派官兵堵截尔罗刹所行之路，招抚亨滚等地方罗刹，未加杀害，予以收养。尔若以为兵戎者并非好事，欲求边民安宁，仍旧和睦相处，望尔撤回罗刹，以雅库地方为界。于该处捕貂纳税，不入我界。俱行放还我逃往尔处之逃人，朕亦将投降之罗刹俱行放回。

惟因尔罗刹人骚扰滋事不止，朕方出大兵征讨。虽然如此，朕愿天下万邦均享安乐之福，一切生灵各得其所。又屡降敕谕：倘若尔怜悯边民，使其免遭涂炭流离之苦，不犯发动兵革之罪，即当迅速撤回雅克萨之罗刹，以雅库等地为界居住，望明确复文或遣使，朕即令征讨之大兵停止前进，撤至边界地方。如此，则边界地方永得安宁而无侵扰之忧，互相贸易遣使，和睦相处。"

侵略者的本性是不会改的。康熙皇帝和清政府对沙俄的多次劝阻、警告，不但置若罔闻，反而蓄意进一步扩大对中国的武装侵略。

沙皇阿列克塞·米哈依洛维奇，把中国皇帝的信愤怒的掷到地下还踏上两脚，那黑乎乎的靴子印，已经说明他是不征服远东不甘心，就是征服了远东他也不会甘心，侵略者是不会满足的。为了同中国作战，他赶忙从黑海边上的度假地回到莫斯科，秘密的颁发了一道诏书，命令从西伯利亚各地召集一千多名侵略军，增援黑龙江地区，同时还决定要在雅克萨建立统领辖区，把这片土地正式归入俄国版图，奋死抵抗、保卫。"雅克萨！"阿列克塞·米哈伊洛维奇，激动感叹地说："上帝已送给我了！"

为了加强雅克萨的军事力量，沙皇调兵遣将，指派有作战经验的贵族士官阿列克塞·　托尔布津为雅萨统领，前往指挥。

　　清朝大军水陆齐发，直逼雅克萨，到五月二十二日，清军全部集结完毕。

　　朋春、班达尔河、佟宝、马爽、林兴珠、萨布素还有博克将军，他们翻身下马，立在阵前，凝望着远处黑乎乎的城廓和上面飘动的沙俄国旗，还有城上的炮台、城中教堂的尖顶塔楼，以及撮罗子上空飞升的袅袅炊烟……

　　前敌指挥机构选设在城西隔江的小岛上，朋春带着他的指挥统帅们，很快进入，开始正式办公，行使前线指挥任务。按照皇帝的旨谕，先礼后兵，朋春用满文、俄文和拉丁文三种文字致书雅克萨统领阿列克塞·托尔布津，令其撤出雅克萨，返回俄国本土，并提出以雅库次克为界的议和方案。

　　这封信是由俘虏送给托尔布津。

　　阿利克塞·托尔布津这个沙皇的亲信走马上任，来到雅克萨，他感到自己一下爬在了热锅上，又好像一下坐在火药桶上，他根本就没有想到原来的总管尼基特斯基怎么把这里搞成这样。城中每到夜间，巡逻队不敢上街巡查，常常挨冷箭，已经倒下十几个人了，人少不敢去菜市场，已经在那里失踪两个伙伴了，不敢进撮罗子查居住人口情况，已经被砍死了三个……

　　阿利克塞·托尔布津在莫斯科听沙皇介绍的可不是这样。

　　"这是一个很能干、英勇的指挥官，"沙皇向阿利克塞·托尔布津介绍说，"他为守卫雅克萨立下了功勋。"

　　1683 年七月精奇里江上的战斗，是由黑龙江将军萨布素指挥，索伦总管博克率领的巡逻队进行的，双方遭遇，尼基特斯基依着战船大而坚，枪炮先进，战斗人员多于中国情军巡逻队一倍，便胃口大开，想一下吞噬这二、三十人，便命令交火，战斗打响后，从巡逻队的左右两翼的江中苇草中，飞出一只又一只小威虎（船）。

这种独木小船，是用巨木刳作的，两端光削，形状如子弹头，底圆弦平。大者可容五、六人，小者二、三人，刳木为桨，一人操持，左右运棹，其疾如飞，不怕碰撞。俄国大兵一看这不是天兵天将吗，甚知这种木船的厉害，况且那船上的箭手、枪手，都是百发百中的名猎手，他们怎么能抵抗得了，在四面杀声中，大部分俄军弃船跳水，四窜逃命，逃不掉的，跪在地上，举起双手，乖乖投降。在这场战斗中，雅克萨驻军的小头目梅利尼克，尽管临阵也穿了"兔子"鞋，可是终没逃脱清军巡逻队的眼睛，把他生擒。

精奇里江的这场战斗，沙俄驻守在雅克萨的总管尼基特斯基，这个巧言令色，鼓舌弄腮，费尽心思给沙皇作了一个报告说，精奇里江的战斗，由于他的指挥得当，侦察细密，作战布署巧妙，一举全歼清军，击毙了他们的指挥官，俘虏了二、三十人……这样的喜报，自然得到了沙皇的嘉奖。

阿列克塞·托尔布津可不是幼儿园的孩子，用几句好听的话或一块糖果，就能哄得住的，他没有那么傻，他带过兵打过仗，搞过侦察。他有足够经验了解和把握尼基特斯基。现在，他作为"阿尔巴津"军区的督军，新任的地方军事、行政长官，他必须用自己的眼睛和经验、尺子去检验一下他的这个管辖下的总管，到底是怎样的一个人？他终于了解到精奇里一役的事实真相。

这天，他叫来了尼基特斯基，让他汇报，向他了解一下城内夜间有鹿鸣的情节。

尼基特斯基，作为雅克萨的重服者，在阿列克塞·布尔布津没被沙皇任命之前，他是这里的总管，土皇帝。他的本事有三：他会面对手无寸铁的被征服者，无情烧杀，甚至吃人肉；他会写报告，把无说成有，把少说成多，把战败说成胜利，知道沙皇喜欢什么；他会给沙皇一车一车的送上貂皮……这三件法宝，使他这个总管的位席坐得很牢。既是雅克萨的总管，天高皇帝远，他便是这里的"沙皇了，军队是他的，财宝是他的，酒是他的，女人也是他的……他日日酒宴，夜夜欢歌。他不太有时间关心防务，他认为沙皇是世界上最有力量的人，是神圣不可侵犯的，这样军纪日驰，涣散，每一临战，总是大败而归，在清军开到瑷珲时，他们几乎不敢再出城，终日龟缩在城里。

"督军，尼基特斯基奉命来到"。他一进屋就以一个军人的应有姿态，立正，毕躬毕敬，把两手放在镶嵌红条的军裤上，然后举起右手，敬礼。

"喔，亲爱的总管，你来到了，请坐。"阿列克塞·托尔布津不无热情地招呼道：

"请坐。您真是一个准时、守纪律的人。"

"我请你来，知道有什么事吗？"

"这个……"尼基斯特斯基确实有点丈二和尚摸不着头脑。

尼基特斯基心里想，这个新任对他十分不利，先是拿伊万丢失城防测量图，其后出逃，他挨了一阵臭骂，所幸没有丢官、坐牢。他暗中庆幸没有像尼果赖的代表被赶回莫斯科，等待他的也许问罪审判！想把雅克萨当成一个向上爬的阶梯，总想干出一番成绩，总想打击别人，可是他不知道，雅克萨的事情不好办，清军是一支难对付的队伍，他们打起仗来，有猴子般的灵活头脑，狗熊般的勇武精神，豹子般的凶狠，不是那么好对付的，现在他有足够的信息说明，清军自开江以后，大举从各地向瑷珲调集军队，然后再从瑷珲出发，直向雅克萨。他想看一下这位督军先生，他有多少本事对付他都对付不了的清朝军队。这一仗打胜了，有他总管多年经营雅克萨的功劳，失利了，那对不起，不要跟我尼基特斯基算账，有督军先生呐，到时候讲不了，吃不上——兜着！看来这个督军。因此尼基特斯基进得屋来，并不为这个阴阳着脸，阴阳怪气的督军气指颐使而在意。

"那么，还是我说吧，"阿列克塞·托尔布津，吸了两口"木式斗壳（烟斗），又喷出两口浓烈的烟气，说："我知道你是一个很了不起、很能干的总管。你应该得到更高的奖赏。"

"更高……"

"是的。"阿列克塞·托尔布津说："你前不久曾经指挥的精奇里江上的战斗，很了不起。同你在一个船上的梅利尼克五十长和大部分兵士被清军俘虏去了，而你却逃脱掉了……。据说，你事先准备了一个芦管，在你跳水后，那个东西救了你的性命，这真是上帝保佑！"

尼基斯特斯基，在他讲话的开头，他还十分得意，渐渐听出不是滋味，脸上由红而白，听到最后一句，整个一张脸，一下变得青，他有点不寒而栗。

"我的上帝，"尼基特斯基心里想，他来的时间不长，我这张底牌是怎么让这个家伙摸到了，而且他知道阿列克塞·托尔布津是个非常冷酷、残酷的人，他抓出他的"小辫子"想要干什么？

"过来，过来，"阿列克塞·托尔布津看到了尼基特斯基发抖，指沣他旁边的壁炉说："这里温暖，请靠近些。"

"督军，您能让我按事实的情况，禀报一下吗？"他想用他的三寸不烂之舌，狡辩一下。

"请不要客气，"阿列克塞·托尔布津心想如果雅克萨不处在目前的战争状态下，他一定追问他关于精奇里战斗他临阵脱逃的责任的，可他现在不想这样做，他耸耸肩，说："用芦管与清军周旋，逃脱他们的火枪和弓箭，这是大智大勇，我为雅克萨有你这样的总管而感到自豪和无上光荣。"

尼基特斯基有点发蒙，不知这是真话，还是对他揶揄、讥讽和嘲弄。他尴尬的向他的上司望去，如坐针毡，神情十分局促不安，不知所措。

"请总管保持正常的心态，"阿列克塞·托尔布津说。"在雅克萨、在保卫雅克萨，应付夏季到来，清军可能进攻的情况下，在这里建立一个坚固的防御、反击堡垒，还请你多多献出巧妙的计谋呀！最近夜间，我总听到城内夜间有'呦，呦'的鹿叫，这时是鹿的发情期吗？"

"这……我马上亲自调查清楚。尼基特斯基如释负重的从督军的公事房走出来，他深深地吸了一口气，搔搔头发，信步溜回他的总管办公室，叫来五十长，命令他："最近，夜间城内有鹿鸣，来自哪里，要很快查清楚，向我禀报！"

在清军的前敌指挥部里，朋春召见了同他上次"猎鹿"的木果赫，两人相见，十分亲热，并没有士兵与将军之间那种军阶、官职之间的距离和隔阂，这是在北疆这块地方的严寒风雪国同甘苦共患难培植起来的友谊。

"你上次深入雅克萨，拿到两份极为宝贵的城防图，为我们'猎鹿'队立下了大功劳。朋春捋着他的飘洒的美髯说："你的举动，得到了皇帝的赞赏，说你是侦察敌情的巴图鲁（英雄）。"

"我不知怎么样感恩于圣上，"木果赫说，"是他给了我崇高的誉，赠我腰刀，给我以报仇雪恨的机会。"

木果赫说："当时我们约定，用鹿鸣作为联络信号。母鹿叫，是说沙俄大兵出动了。"木果赫说："如果是公鹿叫，是让大清军从这里冲杀。"朋春点点头，表示理会。

他赞赏说："你们的联络信号，对我们作战，很有帮助。你确实诚如皇帝赐弓的那样，是个侦察的巴图鲁"。

"其实，这是瓦尼娅所想的。"

"噢，"朋春恍然大悟，说："那么，由我这个前敌的总指挥、都统公先授予她一个称号:地下侦察女将!"

"她听到这样奖赏她，不知怎么高兴呢!"木果赫说。

朋春说："现在我在想，根据前敌作战需要，雅克萨城内不能没有我们清军大本营的耳目，怎么办?"

"我去。"

"可是现在，我们的大军包围着雅克萨，雅克萨的敌军紧紧的锁住了城，连一只飞鸟也别想躲过他们的眼睛啊!朋春出了雅克萨双方已经进入战争的状态他说:

"为了确保收复雅克萨必其战于一役，要遵照古圣先贤兵家所说的，知己知彼，才能百战不殆。这样，派你再次进城，主要是了解敌人的用兵动作，火炮设置。发动那里的达斡尔和各族兄弟，里应外合，共同恢复失地。"

"你就让我作吧。"木果赫不畏艰险，坚决地说。

"子曰:暴虎冯河。光有大无畏的精神还不够，"朋春说，"你是在老虎口中拔牙，必须胆大心细，要研究对敌的策略和方法。"

"请都统大人教诲!"

"是这样，朋春从他的案几上，拿出一根箭，他扭开箭尾，从那里取出一个纸条，说："这是西门守城的小头目五十长米洛奇发出的，他现在是为我们服务的人，萨布素　将军，用了十几条貂皮，对他做　了二、三年工作，他表示积极配合。

警卫——"

朋春叫来护卫人员，对他指示说："把那件哥萨克的军服送上。"

一套哥萨克军服摆在朋春的案几上，他说："你要趁着黑夜，穿上这套军服，让米洛奇掩护你进去。"

"进去之后，你在什么地方落脚？"

"我想还是去博尔罕老叔家。"

朋春接着他说："你把得到的情报，交给米洛奇，在他值勤时用箭发给我们。他用燧石打击点烟，连续打击三次，我们按照箭矢之的收取。，

"现在是四月二十九日……"朋春自言自语地说："……月圆时，月亮午后时在正东，子时在正南，卯时在正西……十五以后逐渐亏损，一天比一天晚出三刻多……你明天晚上，可乘下弦月出来之前出发。"

尼其特斯基挨了阿列克塞·托尔布津东一榔头，西一棒棰一顿敲打，有点晕头晕脑，他心里在骂，这个狗娘养的人，下车伊始，就找我的毛病，以后怎么合作，共同对敌。他正气呼呼地走着，迎面碰上了米洛奇。

"站住！"

总管从衣袋里掏出一个白色的袖箍，上写"巡查"二字，对他说："戴上，巡查那里有鹿鸣，不管公母，一律报告……"

　　阿列克塞· 托尔布津同尼基特斯基研究一下城防形势，决定作一次大的调整。进行重新布署，这是经过几天他对城外清军阵容的侦察得出的。

　　雅克萨城实行宵夜。沙俄军队在城内频繁换防的行动，在进行着……

　　博克罕老汉和他的女儿还有木果赫，从撮罗子门缝，向外观看着。

　　铁轮子辗地，发出钝闷的隆隆声……

　　"一、二、三……"瓦尼娅说，"这是炮车，由北门向南门去。"

　　博尔罕老汉说："这怕是对着清军大营的。"

　　沙俄紧张实施换防中，从中心街传来两声枪响，尼基特斯特一听，不知发生了什么情况，带着人马上冲过去，不等近前，米洛奇跑步报告说：

　　"公鹿、母鹿都是阿尔巴津大酒店养的，它叫，我去逮，它跑，我只好严惩，开枪！"

　　"阿尔巴津的将士都上上帝创造的，而只有你米洛奇是猪猡生的！"

　　尼基特斯基上前，狠狠抽了米洛奇两个嘴巴，踢了一脚，骂道："不是战时，我一定严惩你！"

　　经过三夜的折腾，雅克萨城内的沙俄换防，重新布置就绪，阿列克塞·托尔布津也吸着烟斗，十分欣赏他的这个杰作，他站在作战地图前，悠然地一口一口吸着烟，一面想着什么事情，他忽然传令说："要总管来一趟。"

　　阿列克塞· 托尔布津对尼基特斯基说："你很能干，鹿鸣没有了，你是怎么办的？"

"督军，你今天晚餐在酒店吃的葱烧鹿鼻、黄花鹿鞭、清炖鹿筋这几道名菜吗……就是他们打扰督军夜间休息的鹿。"

"嘿！"阿列克塞·托尔布津一听这话，鼻子都气歪了，让他弄得哭也不是，笑也不是。他在心里骂道："真是天生的猪猡！上帝造就这种家伙可太省事了。"

阿列克塞·托尔布津在城内换防，对整个防卫作了重新调整之后，他又一次拿起俘掳送给他的咨文，然后又递给尼基特斯基。

阿列克塞· 托尔布津抽出身上的腰刀，高高举起，劈向他办公的案几，嘭的一声，嘎一响，一个角被砍掉了。他凶恶地说："让我立即撤离雅克萨……那除非太阳从黑龙江的西边出来！"

博文罕老汉对于木果赫的再次到来，高兴、激动的心情不用说了。特别是听到皇帝已经派大军来到雅克萨，只等他的一声令下，可以马上收复，他真想跑到街上，站在城墙上高声欢呼："大军进城吧！"但是他还是听从木果赫的安排，了解敌军每时每刻的新动向，同时，他走进许多达斡尔族人的撮罗子，进行串连，要他们自制武器，必要时起来对付敌人，里应外合。

1685 年五月三十日，清政府忍受和等待十几年以后，不得不被迫采取重大的军事行动，收回祖宗的土地，向雅克萨进军。

黑龙江上和岸畔像迎接自己的节日。战船从瑷珲开过来了，队列整齐，一字排开，旗帜在猎猎飞扬，鼓角震天；岸畔上的骑兵纵队，威武雄壮，几十年转战辽沈、入主中原、进军西南的八旗铁军，八面龙旗迎风招展，炮队驶过来了，这是由南怀仁监造、被康熙命名的"神威克敌"大将军铜炮，炮身金光四射，在瑷珲演习试射时，一炮削掉半个小山头，它的威力在各族人民间神话般传颂着；载着藤牌兵的双楼大战舰开过来了，来自山西、山东、河南福建训练有素的将士，列队船上，接受着黑龙江的检阅，各个雄姿英发，斗志昂扬……还有手持刀、矛、弓箭、木扦的蒙古、达斡尔、鄂伦春、鄂温克各部族猎手们组成的民兵，他们参战是申请前线总指挥朋春公批准的，各个都是百步穿杨、百发百中的著名猎手，在这里还有一支黄眼睛、黄眼睛、卷发，由族人组成的番号为"镶黄祺满"洲弟四参领第十七佐领的独立军团，这里的各级指挥将校，全是由投降的罗刹士兵组成，他们是由驻防地京都城东北胡家圈胡同，新近调往前线的，他们反战，不愿意再给沙皇血腥的扩大他们的版图而战，愿意为仁慈的圣主明君康熙皇帝收复失地效忠。

黑龙江上的战船升帆了，鼓满了东风，破浪前进，战马踟蹰，战袍、盔甲、缨帽随风飘动，闪射着耀眼的金光。

这是一个由元木为桩，中间用土夯成的土台子，它是前线指挥官朋春大将军，遵着皇帝旨谕，在这里向将士发布恢复雅克命令的发令台。初夏的阳光，温暖而轻柔，微风传送着大森林的呼吸和黑龙江水送浪的音韵，在大、小青两把，公红棍四根，杏黄伞二把，旗枪十只，前引二人，后从者八人，由红帽、铜顶、绿翎，青衣红带的执事人引领下，在其它前线总指挥所将军的簇拥下，朋春大将军出现了，他身披穿朝冠服，头顶镂花金座，饰有东珠一颗，上衔红宝石，石青色朝服上是蓝缎里的端罩，左右垂带飘飘，补服上前后身绣着金麒麟，胸前缀着青金朝珠，他的朝带是镂金镶玉的四块方版组成，每块镶红宝石一颗。

　　朋春登上了发令台，他的银须飘飘，好像一尊青铜像，庄严神圣而不可欺凌、侵犯。在他身后序列站立的有副都统马爽，他曾在外交谈判中和俄使打过交道，近年在北疆督理农务、负责屯旧事宜建树功勋，获得皇帝的嘉奖，接着是雅达尔善前都统、护军统领佟宝、銮仪卫便侯、藤牌兵指挥、老将林兴珠，靠近朋春身边左右的是萨布素将军和郎谈将军。

　　"请将军下令，收复雅克萨！"成百上千的将士齐声高呼，进行请战。

　　朋春的眼睛阅视了一下军容。声音朗朗的向士兵们说道："将士们，我们立足的脚下，是我们祖先的土地，"他指了一下遥遥在望的雅克萨说："那个美丽的城市，是我们兄弟达斡尔头人的城堡、家园，现在已被沙皇远征军侵占了二十多年，在我们黑龙江沿岸，除了建立楚库伯兴、尼布楚、雅克萨城之外，还先后建立了许多小据点，这些小据点互相联系构成了占据这个地区的后援，沙俄得寸进尺，进一步向四周扩大占领区，以这些据点为屠杀、掠夺达斡尔族、赫哲、鄂伦春、鄂温克、飞牙喀、奇勒尔等各族的头堡，沙俄的侵略不但威胁了黑龙江流域人民的生命财产安全，也严重地威胁到满族发祥地的存在……"

　　这时，萨布素代表出征的将士们讲话，他说："朋春将军，请你下令吧，萨布素和所有将士愿随前锋效命，为国立功！"

　　萨布素的话，表达了将士们的共同心声，人们听后，挥动着红、黄、蓝、白各色旗帜，表示响应。

　　"为了收回祖宗的土地，上马，开弓！"

　　这时，两支担任前锋的骁勇的骑兵部队，沿着通往雅克萨的垫道，驰骋着……

黑龙江上的船舰起锚了，乘风破浪，在前进！

朋春仍站在发令台上，注目着万马奔腾、声势威武的进击队伍，他高声喊道：

"皇上在热河行宫，在等待前线的捷报、佳音呐！"

指挥台湮没在征尘中，前锋部队已接近雅克萨。这时，在雅克萨城里阿列克塞· 托尔布津的办公室中，他用鹅翎管笔正在给沙皇写信，表示要誓死保卫雅克萨，他在信中写道：

王中之王，各方国土的领主，大俄、小俄、白俄诸地和各王国、各国家的征服者，东方和西方的独裁者，南方和北方的统治者……

宫廷的官员和政府的任何政、军官员，写信都要这样称呼。上边虽然已经列出一大串，但还没有完，接着要写的尊称是：

……赐给和平、安谧的伟大独裁者，解除困苦、增进福利自由的和平者……

他还在想，再由他创造一个尊称，比如"远征的圣者，这时，尼基特斯基慌忙的走进来，向这位雅克萨的督军大人，报告清军攻城情况。

"按照我的布置，向他的马队开炮！"

他的话音刚落，清军从江上战舰上的大炮轰鸣了，有几发落在了离他的指挥部不远的地方。

阿列克塞·托尔布津说："命令我们埋伏在郊外的枪手，向八旗军开火！"

"这样的命令已经下达了！"尼基特斯基说："清军的攻势很厉害……据说，他们集结有一万人！"

阿列克塞· 托尔布津说："作为总管你很能干，你在当年进入雅克萨的报告写着:我……杀死了许多巴斡尔人，至少有几十。这样的报告，是小学生的报告……"

而小学生都会加法，一加一是多少;总管，你可知道一万人要占据多少面积吗？那意味着从尼布楚排到雅克萨。

尼基特斯基被他斥责得一钱不值，但他又不敢顶撞，只是不住立正，表示接受他的训斥。

"督军大人，有一点不能忽视的事实，我派出去的探子回报，是水陆两路，陆战和水战，还有从中国遥远的南方，调来的藤牌军。"

"藤牌军是什么兵种?"

"是，这样……尼基特斯基，左手作出举着盾牌，右手扬着大刀进击的姿势，说："他们专门砍我们将士的腿、脚!""

"奇怪，"阿列克塞· 托尔布津不屑的撇撇嘴，轻蔑地说："中国小皇帝，玩什么魔术!"

这时，又有伍长进来报告阵地情况，说："大清军不光有刀、矛、弓箭、盾、戈，有大炮、火枪!"

"下去，我知道了。"阿列克塞· 托尔布津说："我们的枪，我们的炮，比他们的多，好。"

"我已经派人向尼布楚告急，阿列克塞·托尔布津不慌不忙地说："强大的列宜顿军团不久即会赶到，这一点要告诉保卫雅克萨的前线将士们!"

清军沿着黑龙江岸畔在增援，进击，马队一次又一次地冲进沙俄迎击的阵地上，进行撕杀、肉搏，穷凶极恶的沙俄阵前指挥者，挥着战刀，像野兽般的嚎叫："为沙皇开拓领土，立功的时候到了，冲啊!"

　　沙俄士兵在指挥者的带领下，猛冲猛杀，萨布素指挥部队向后撤离，沙俄穷追不舍，正追赶着，忽然从灌木丛中杀声四起，这里埋伏着"镶黄旗"满洲第四参领第十七后领的将士，他们以密集的火枪，向陷入"口袋"的敌人围歼，沙俄的指挥中弹从马上摔下，其它的敌人见势不妙，掉队赶紧后退，这时各族的民兵队伍由达拜尔头人带着，向前追赶，萨布素进行命令："穷寇勿追！"

　　俄军在第一天的战斗中，实行的迎头击战术看来是有效的，八旗水陆大军几次发动的攻击未推进多少。

　　军事史家和历史学家，曾经这样评述过：雅克萨郊外的战斗，规模不大，战况却很激烈，八旗大军的勇猛，得心应手的弓箭，使雅克萨俄军先进的鸟枪在白刃格斗中失灵。

　　午夜，雅克萨城实行了灯火管制，这里完全处在一片黑暗之中，朋春亲临前线巡查阵地，他的扈从兵，忽然发现城门楼上，有光茫闪射，他惊叫起来，马上报告朋春：

　　"城上有情况。"

　　夜空中飞来一声镝鸣，扈从和卫兵很快从外地把从城上射来的箭找到，呈送给朋春总指挥。

　　阵地之夜，是不眠之夜⋯⋯

　　朋春、萨布素、马爽、郎谈等将军，这时正在总结白天的战斗，布置天明之后新的战斗，他们传看了从雅克萨飞来的情报，那上面说，沙俄军队在城里调动，八十尊炮，从北门，调往南门、西门。

　　在新的黎明来到黑龙江上的时候，八旗大军送给阿利克塞·托尔布津的早点，不是奶酪、列巴和鱼籽酱，而是从船舰发射的重磅炮弹，落在了南门、西门的阵地上。

“上帝呀，”尼基特斯基被这一颗颗炮弹炸晕了，他按照阿列克塞·托尔布津的布署，用了一夜时间，刚布置好新的炮位，竟有几门被炸毁了，他惊叫道：“我的上帝，他们的炮弹长着眼睛吗?”

“执行第二作战方案!”督军前没有因为新布署的炮阵地被炸而像尼基特斯基那样惊慌，仍是冷静地下达命令。他的所谓“第二作战方案”，是从城外迎击，缩回城内:固守待援。

八旗大军的骑兵，冲向了回退的沙俄步兵中，双方展开了撕杀，萨布素亲自挥刀，在同被打乱了的火枪队交了手，头顶上硝烟弥漫，脚底下尸横扁地，旷野中一片杀声。

朋春用单筒望远镜，望着萨布素冲杀的情景，他对身边的马爽、郎谈说：“看见了吧，这才是老将出马呢，我看他不是在领兵打仗，而是在荒原上逐鹿!”

“他的的确确是一个好猎手!”郎谈说。

大炮轰鸣刚一停下，在震天的鼓角、杀声中，一排排的利箭，遮天蔽日，飞向雅克萨城头，火炮吐着火舌，压得城头上的守敌不敢露头，进行还击。

在攻城炮火猛烈轰击之时，江上突然窜出几十只木筏，手持新式大炮的哥萨克，向江上的指挥船舰包抄上来——这是俄军的一支敢死队，这几十只的木筏中，有一支撞在指挥船舰上,船舰上的藤牌兵，纷纷跳入水中，举着藤牌，挥着片刀，向敌人砍去，这回哥萨克才懂得了藤牌军是多么厉害的一支战斗队伍，木筏上好多兵士的腿，被藤牌兵斩断了，染红了江水，叽哩哇啦哭嚎声一片，木筏彻底失去了战斗力。

激烈的战斗从白天继续到夜晚，又从夜晚持续到新的黎明……

雅克萨在猛烈炮火的攻击下，俄军已被击毙上百人，尼基特已被大军压境，伤亡惨重，朝不保夕，危如垒卵的情势中，开始考虑后路，他在暗中准备了一套达斡尔族猎人的服装。

八旗大军在统帅朋春的指令下，正准备雅克萨最后一役，攻城。

大炮隆隆，火药、炸雷的爆破，震撼着大地……雅克萨的光复，马上就会到来了。

在攻城炮火的间隙中，从南城走出一个打着白旗的士兵，他一路高叫着什么，怕清军一箭、一枪、一刀撂倒地。

"我是——信使——要见朋大统帅！"

萨布素严厉地说："你们唯一的出路，是向我们投降！"

"我的长官，督军阿列克塞·托尔布津，要我把信送到统帅阁下手里"。打着白旗的俄军说。

现在雅克萨城的城墙已经有几处被轰塌，四门高耸的炮楼早已不复存在，教堂的尖塔也不见了，哥萨克几近完全丧失战斗能力。

几天来炮火连天的阵地，一下死寂下来，这时一队着装整齐的军队开出城门，后面是军政长官阿列克塞·托尔布津。这个被沙皇政府嘉奖的：身经百战的军事贵族，胸前缀着三个大勋章，披着带金丝镶边的红色绶带，腰佩宝剑，高统马靴，闪马针闪着寒光。他的后边跟着队列整齐的扈从。在兵临城下，大清军即将破城，他举起了白旗要求谈判，他不是认为战争彻底输了，他想借此赢得时间，一个喘息的机会，他一边走路，一边向尼布楚方向望着，希望奇迹马上出现，别宜顿的军团能够很快增援前来。

前线总指挥统帅部的扈从和骁骑校军容整齐，精神抖擞，英姿勃勃，分别在统帅部蓬外面，一个参领从出列，伸出手臂，做个停止的手语。

阿列克塞·托尔布津，首先把腰刀解下，交给参领，接着示意他的扈从、警卫人员照办。

交出武器的阿利克塞· 托尔布津，傲气不减，仍挺着胸，那上面缀三颗金光闪闪的功勋章。

"请督军大人，把这三个玩艺摘下去。这时，统帅部的笔帖式前去，表示迎接。"

"为什么，我是军人。"

"这三颗军功章，有一颗是你同你父亲征占尼布楚得的，一颗是作为远征的督军雅克萨得的，带着这种东西作投降谈判，怕是缺少诚意。"笔帖式义正言辞地说。

"我再说一遍，我是军人，那是我作为军人的荣誉。"

"我告诉你一个常识，"笔帖式说，"我们大清国皇帝奖励军人是腰刀、弓箭，朋春统帅和今天参加谈判的几位将军，他们都有这种军功章，是否全佩带上，我们才能开始谈！"

"这……"

"现在时间不多了，笔帖式严重警告说："如果没有诚意请回，让我们的'神武大将军'（火炮）欢送一程吧！"

"不，不，我谈……"阿列克塞· 托尔布津痛苦地摘下军功章，亲吻一下，揣在衣袋里。

笔帖式又一次警告说："这样不妥。"

"怎么？"

"交给他保管。"笔帖式指了一下身边的参领说。

俄军乞降谈判地点，设在统帅府的后面草地上。

两排长桌，一下坐满了人。一排是朋春统帅，他的左右为萨布素将军、郎谈将军，萨尔图将军、博克将军，他们端坐在上席，所有的将军都没有鲜甲，头盔上的缨穗，肩臂上的甲片和光闪的护胸，各个都十分英武，他们身后是正黄、正红、正白、正蓝，镶黄、镶红、镶白、镶蓝八面龙旗和伫立着各旗参领、卫士。

阿列克塞· 托尔布津进入指定谈判地点，他向统帅、将军行了一个军礼，就坐。

朋春庄严的在宣布统帅部命令：

……在我们自己的国土上，为收复祖先的土地，对雅克萨的战斗已经进入尾声，就要结束了。我根据大清国皇帝的谕旨，宣布：清督军下达放下武器的命令，我们将对放下武器投诚人员官兵和家属的生命安全予以确实的保障；二、交出扣押的各族人质和非法掠夺的财物；三、愿意回到勒拿河畔的亚库次克的可以返回；愿意留在中国的俄国官兵，可以作为清朝皇帝的臣民享受良好的待遇。

阿列克塞·托尔布津听完朋春统帅的命令，马上站起，然后低垂下头，鞠了一个躬。说："作为雅克萨的军政长官，我感谢大清国皇帝的仁慈，我在这里宣布无条件地接受朋大元帅的命令！"

会场上对他的无条件投降，表示欢迎。

阿列克塞· 托尔布津，在胸前划了一个十字，说："我是忠诚的东正教徒，我宣誓在我余生之中，永不入侵中国！"

议字仪式是隆重而庄严的。然后设宴，招待阿列克塞·托尔布津一行。

　　宴席之后，督军带着他的扈从、警卫，接受了统帅部警卫队对他们的器物：军功章、腰刀等返还。

　　阿列克塞·托尔布津用深沉的语调再一次向送行的人员表示忏悔说："别了，阿列克塞·托尔布津再也不会来了……"

　　1685 年 6 月二十五日，大清国各族人民在自己的领土上进行的雅克萨自卫反击战，终于取得了胜利。

　　果木儿、瓦尼娅和博尔罕老人，带着他们的机枪队和众多各族兄弟，在迎接大军入城。

　　朋春在马上一眼认出了全身猎户戎装的木果赫，俯身对他说道："你辛苦了，"随后又对他身边的少女和老汉说："这位漂亮的丫头，该是瓦尼娅了？"

　　"是。"

　　"那位该是博尔罕了。你们是光复雅克萨的地下英雄。"

　　木果赫推了一下摘去领章的沙俄五十长米洛奇说：

　　"……还有他，米洛奇。"

　　"喔，你是无畏的站在正义旗帜下的人，我们的朋友！"

　　"谢谢，统帅！"米洛奇深深向他鞠了一躬。

　　雅克萨反击战胜利了，大清部队庄严的入城仪式和各族百姓的联欢，从上午一直持续到午夜……

22.再胜雅克萨

雅克萨之战取得了胜利，这是康熙谋求和平解决领土争端与周密的备战反击的胜利。雅克萨守敌，战前侦察员估计为九百人，《八旗通志》说俄军退离雅克萨，引六百人而去，总之，雅克萨城防军，数目不会超过千人。中国调用军队四批共三千人，俄国人的记载说中国这次军事行动共投入一万八千人，这显然是一种猜测、夸大，这次收复失地的战争，不论在军队的数量上、武器装备、后勤运输供给，以及士气我们都占着绝对优势。

康熙接到收复雅克萨城，高兴之余，马上于六月十四的谕旨中，对戌卫黑龙江的将帅们告诫：

至雅克萨城虽已克取，防御决不可疏。应于何地永驻官兵弹压，此时应当定议。著大学士勒德洪、学士麻勒吉、图纳、同郎谈、关保，与议政王大臣会议具奏。

朋春和有关几个将领，在收复雅克萨之后，并没有遵循康熙的旨意行事，修筑探望敌情的土堡，"堆堆路旁堠，一双复一只"，使人们在"埠鼓夜鸣"中安适的生活，而是对敌人的一切，包括城堡、房屋、道路，实行打碎、破坏，一烧了之。

雅克萨周围广漠的沃土，庄禾茂盛，丰收在望，也被舍弃了，不待任何命令，擅自撤兵回瑷珲、墨尔根等地。

朋春骑在马上，不屑一顾地回头望了一下火光熊熊的雅克萨城，望着城并一片竖着十字架的坡地，轻蔑地说："这种不奏教化的小国，根本不配当我的对手！"

阿列克塞·托尔布津一路狂逃，他到了尼布楚惊慌甫定之后，好像从梦中醒来，觉得怎么会这样快地失败了呢？这个侵略成性的远征者，他的父亲伊拉里昂·托尔布津，三十年前被已故的沙皇任命为尼布楚将军，他用铁腕，挥着刀枪在对付和镇压中国边民的时候，给了他的儿子很大的影响，现在他也是将军了，同在为沙皇开拓疆城中，享受着沙皇陛下所赐的荣耀。他怎么会甘心失败呢！他怎么会在投降的议定书上签字呢？他怎么会说出永不再回雅克萨的话呢……那全是梦魇，是魔鬼一时的迷惑，不是上帝的旨意。我必须重新回到上帝的脚下，为沙皇伊凡彼得——尽管彼得年方十岁，是个白痴——和他们的姐姐索菲娅摄政王效命，再为开拓沙皇的领土立功！

他对雅克萨豕奔猪巡，作了总结和反思，他把一切结果归罪于尼布楚方面麻木和动作迟缓，政府方面的责任是未予全力支持和有效的援助。现在，对雅克萨的增援部队调动来了，政府组织了大量的财力的援助到来了……阿利克塞·托尔布津侵略的欲火又在他的身上重新点燃烧了起来。

经过短暂的整顿、调配、组建、充实，阿利克塞·托尔布津同增援的普鲁士军官拜顿，从撤回的路上调过屁股又继续东进，卷土重来。这个时间仅距逃降雅克萨两个多月。这一次，仅军士即达上千人，并有几门大炮和粮食以及其它军用物资。重新占据雅克萨后，他们开始修筑城防，加固城墙，城内筑起新的督军衙门和十座兵营，准备长期固守下去。

"前度督军今又来！"阿列克塞·托尔布津搂着巴尔布津酒店的肥胖玛达姆，贴着她的脸说："怎么招待我？"

"我们来自莫斯科，柳鲍英·尤娜，想你都哭过几回啦！"

"是嘛，"阿利克塞·托尔布津捏了一下脸蛋肥嘟嘟的老板娘说，"她还想谁！小婊子……"

雅克萨再次落入沙俄侵略者之手。事过数月，康熙才得知。高级将领早已去了瑷珲，回到北京，接受皇上的犒赏去了。黑龙江将军的衙门也已迁往黑龙江西岸，并正在墨尔根筑城，准备还向南迁移。吓破敌胆的萨布素将军早已不在前线了，正呆在卜奎。这些出席阿列克塞·托尔布津受降仪式的将军们，他们相信他指天的誓言：永不再来雅克萨，没有人怀疑一个双手沾满边境各族人民鲜血的吃人生藩表达的是一片谎言。而将军们自己庆幸的是，从那个"寒苦的地方终于解脱出来"。

"雅克萨又被俄军占领了！"

康熙正在运筹帷幄解决噶尔丹问题，却意外惊异雅克萨得而复失，开始他十分怀疑奇勒尔族人带给萨布素这个消息的准确性。他马上谕旨萨布素及理藩院郎中满丕，迁索伦副总管乌木代尔前往雅克萨实地侦察，他们潜伏在城外，捉到一个出城办军需的俄军小头目，从他的口里证实萨布素的上奏情况属实。

康熙作为中华大帝，他的眼睛揉不得半点沙子，不容任何侵略者蔑视自己，敢于一而再，再而三骚扰边疆，残害边民，他立即意识到这一事件的严重性，他下令说：罗刹复回雅克萨筑城盘踞，若不速行扑剿，势必积粮坚守，图之不易。其令将军萨布素等……速修船舰，统领乌喇、宁古塔官兵，驰赴黑龙江城（瑷珲）。至日酌留盛京兵镇守，止率所部二千人，攻取雅克萨城。

第二次雅克萨战争，康熙不再启用朋春，而是长期战斗在北疆著有功绩，同时也犯了不少过失的萨布素将军先行，又把已撤回的福建藤牌兵召回，令林兴珠前往助战，接着又令兵部再派副都统郎谈、班达尔沙等，赴黑龙江参赞军务。

七月萨布素指挥水陆大军，再次进抵雅克萨。为了避免第一次恢复雅克萨失而复得得而复失的教训，康熙在乾清宫特别召见出征将领，告诫他们说："你们这次去黑龙江，要谨慎从事。出征之前要给罗刹通牒，让其速降。如果他们仍如第一次那样：拒不悔悟，则我大兵必诛之。如果复得雅克萨城，那可命军士直逼尼布楚，但一定不要丢掉雅克萨，要在那里驻兵，分毁其城与田禾。"

萨布素遵着康熙皇帝的布置，进抵雅克萨后，先派俘掳进城给阿列克塞·托尔布津送信，仍然希望他撤走。

"走——"阿列克塞·托尔布津对着萨布素的信，嘲讽地说："我在为沙皇开拓领土，永驻在这里了——有空进城玩玩，阿尔巴津大酒店的姑娘和玛达姆，床上功夫好得很！"

阿列克塞·托尔布津仗着有上千人的军队，充足的粮食，火器威力大，弹药足，还有重建坚固的城墙和防御工事等等在他看来的有利条件，拒不投降，顽抗到底。

第二次雅克萨战争就这样打响了……

萨布素将军认为很快能拿下雅克萨，由于俄军有充分准备，战斗每天都在城外激烈地进行，双方都付出了很大代价，阿列克塞·托尔布津也在战斗中负了重伤，不久死在雅克萨，由拜顿代替他的指挥。

俄军的战术，仍同第一次雅克萨之战一样，分为二步：开始由在城外出击，继而退回城内固守抗击。

黑龙江畔的大森林绽出了一片红叶，接着又是一片，渐渐染红了江水。

深秋已经迈步来到了这里，一场秋雨过后，由西伯利亚刮来一股冷风，天气变凉了。

康熙皇帝日理万机，十分挂念北疆前线的消息以及战事进展情况。逆于八月二十五日传谕萨布素，让他详尽地汇报一下前方情况，比如冬天即将来临，船舰如何收藏，马匹粮草如何储备，如果敌人大批增援，如何扑剿，要"详加筹划，密以奏闻。"

萨布素上奏说："遵旨，现已于雅克萨周围三面挖壕筑垒，并在壕外设置木桩、鹿砦，分批防御；在城西江对岸，另设一军，遏制增兵沿江而来；船舰已备足，藏于离城六、七里处的上游港口，现已派军守护，并令其阻击尼布楚援军；军中马匹瘦弱不能参战的，一半发往黑龙江，一半发往墨尔根，让驻扎在那里的盛京官兵负责养息。"

康熙皇帝看了萨布素的奏疏，十分满意，提笔在上面批道："萨布素有丰富的北疆作战经验，他的布置可行，朕只是担心盛京官兵不善喂马，贻误战机，朕已下令改由索伦总管和黑龙江官兵承担。"

过去了，秋天。北风呼啸，纷飞的大雪片，一夜之间，把大地、森林、雅克萨城染白了。

一只老鼠，疲惫的从城内爬出，它的小爪在雪地上留下一行不规则、细细的图案，它在东张西望，在寻找什么……

八旗大军对雅克萨长期围困，俄军遭受很大的打击，在战斗中，俄军每天都有伤亡，城中断水了，弹尽了，粮食也没有多少了，沙俄军中又出现坏血病，死者无数，城内一片死寂，将近千人的大军，如今只剩下一百五十多人，而且这些人也大都是病号，尼布楚的俄军眼巴巴的东望，但又不敢出城增援，雅克萨一下成了大地上一座孤城、死亡之城……

1686 年 11 月 13 日(康熙二十五年九月二十八日)，几名俄国使臣骑着骏马昼夜兼程向北京飞奔，他们是文纽科夫、法沃罗夫，怀中揣着沙皇呈康熙皇帝的信件，他向皇帝表示，俄国政府愿意拟定边界，请求中国赶快从雅克萨撤围。

为什么主张开拓疆土的沙俄由武装远征到请求和谈呢？原因是多方面的，但主要原因是老沙皇阿列克塞死后，他的弟弟约翰和彼得并立为沙皇，而彼得当时只有七岁，又是一个白痴，又患败血症，视力亦不佳。他的大部分时间用于祈祷、斋戒和朝圣，一切由他们的姐姐索菲娅这个女人秉政，在权力之间他们姐弟之间开始角逐，矛盾重重，政局不稳，为争夺对波罗的海黑海的控制权，与瑞典、土耳其战争连年，国内饥荒、空耗，没有更多的精力增援雅克萨，但是，如果雅克萨被清政府收回，那么尼布楚呢，勒拿河和外兴安岭的大片肥美土地和资源呢？在这样形势下，沙皇才举起了橄榄枝，要求和谈。

大清国皇帝康熙对此是什么态度呢？我们看一下一个美国历史学家是怎么说的。他说："康熙不想征服俄国，而是要向俄国证明:自己有力量和俄国进行谈判解决。"

俄罗斯国家形成较晚，中俄两国发生联系亦较晚，拉开序幕，便是血与火，军事冲突不断，根源在于沙俄向西伯利亚扩张，即沙俄 16 世纪以来所推行的东进政策。

在沙俄用武力东侵的同时，为了详细调查中国情况，打通通商途径，还在顺治年间两次派遣使节来华:一次是巴依科夫使华;一次是佩尔菲利耶夫和阿布林访华。表示希望同中国建立牢固的友谊，和睦相处，互通信函。中国政府和皇帝给予特使的优厚的生活待遇每天有:一只羊、二条鱼、二升大米，500 克茶叶及一罐酒……由于对方缺少解决边境的诚意，什么问题都没有解决，就夹起尾巴回去了。

康熙初年，俄国来华使节有三次，一是阿布林率领的使团；一是米洛瓦诺夫使团，一是斯帕法里（即尼果赖）使团。如果说阿布林来华带着毛皮主要从事贸易，经商而来，那么米洛瓦的使团由于沙俄诱迫中国达呼尔族酋长根特木儿叛逃事件引起的，中国政府曾数次与之交涉，要求交还逃人，为此，康熙皇帝为索还逋北的根特木儿对沙皇致书，说：

"先，我捕貂头目等曾报称：黑龙江一带，有罗刹国之宵小，扰我捕貂之朱舍里、达斡尔等，并与我根特木儿叛逃投靠罗刹等情。…… 今据所奏，愿求永远和好，则应还我逋逃根特木儿，嗣后勿起边衅，以求安宁。"接着，驻涅尔琴斯克的哥萨克十人长"伊·米洛瓦诺夫奉命带领军役人员瓦西卡·米诺瓦诺夫、安东·希列夫、格里戈里· 科北亚科夫等人，以使臣身份到了中国。他们不是想来谈判，解决边境纠纷问题，而是要康熙皇帝对沙皇称臣，这真是滑天下之大稽，若唐、愚蠢至极，请看他们带来的国书：

诸多国家之国君和国王已率其臣民归依于我大君主阿列克谢·米哈伊洛维奇大公，……而我大君主沙皇对彼等来归者亦无不赏赉有加，关怀备至。彼博格德汗（指中国皇帝）亦宜求得我大君主阿列克谢·米哈依洛维奇大公，大俄罗斯、小俄罗斯及白俄罗斯全境之专制君主，众多国家之统治者沙皇陛下恩泽，归依于我沙皇陛下最高统治之下；我大君主…… 众多国家之统治者沙皇陛下则定将对博格德汗赐以恩典与眷顾，并保护博格德汗不受敌人侵犯。望彼博格德汗本人归顺于我沙皇陛下最高统治之下，永世不渝，向我大君主纳贡；并允许我大君主阿列克谢· 米哈依洛维奇大公，大俄罗斯、小俄罗斯及白俄罗斯全境之专制君主沙皇陛下之臣民同彼国臣民在彼之国土及双方境内自由通商。彼博格德汗作何决定，希交由沙皇陛下使者带回，及时放行无阻。

谈判开始，中国代表首先提出逃人根特木儿的问题，他们回答得很干脆，说：

"无君主谕旨，军政长官不敢将根特木儿遣返。"

谈到沙俄哥萨克占领我雅克萨问题时，伊·米洛瓦诺夫把他们的侵略，说成是合理的。他说，阿尔巴津（即雅克萨）之哥萨克曾向我涅尔琴斯克长官报称：达斡尔人和久契尔人（即女真人）曾未攻打阿尔巴津……遂出兵讨伐之。同这样无赖的使团和谈，当然不会取得什么结果的。

康熙皇帝为什么总在寻求用外交方式迅速解决两国边境争端呢？人们会说，保卫祖先发祥之地，还有重要一点，鉴于当时的大环境，为了削弱厄鲁特，保全外蒙。

大清帝国的背后，就是蒙古各部族，在这里厄鲁特为最强悍，部酋噶尔丹，是个不服"天朝"管的人，常有席卷中亚及外蒙的企图。在八旗大军全力以赴收复雅克萨时，噶尔丹乘蒙古内部矛盾、讧裂，其势汹汹，率兵东进，这使皇帝深感不安，怕的是它脱离清廷，同沙俄进行联合，只有停止战争，甚至作出某些让步求得和平解决争端，才能孤立噶尔丹。

噶尔丹阴谋联合俄罗斯以攻札萨克图汗，让沙皇出兵帮助叛逆者，这是清廷最顾虑的一件事。因为这个噶尔丹存心作乱已久，不能不使皇帝格外担心。清圣祖圣训有这样记述："二十九年五月，俄罗斯使人吉里古里、伊法尼赉等至京，诏谕之曰："噶尔丹扬言会尔国兵同侵喀尔喀，喀尔喀已归顺本朝，倘误信其言，是负信誓而开兵端也。尔等可疾遣善驰者二人，归告尼布潮头目，令伊遍谕俄罗斯之众。"

1686 年九月，沙皇派出信使魏中（即文纽科夫）等人，他们怀揣国书，昼夜不舍的驰往北京，通知清政府，俄国已指派戈洛文为大使前来与我举行边界谈判，"乞撤雅克萨之围。"

康熙皇帝接受了俄方的请求：向前线将领萨布素宣谕：

鄂罗斯察汉汗以礼通好，驰使请解雅克萨之围，朕本无屠城之意，欲从宽释，其令萨布素等撤回雅克萨之兵，收集一所，近战舰立营，并晓谕城内罗刹，听其出入毋得妄行攘夺，俟鄂罗斯后使至定议。

萨布素接到康熙的命令，指挥前线将士主动后撤二十里，停止对雅克萨的一切封锁。历时两年多的雅克萨之战终于结束了。

在俄国信使魏中高来华的当口，俄国政府就加紧组织来华使团。

1686 年 1 月，沙皇正式任命御前大臣兼布良斯克总督费奥多尔·阿利克谢耶维奇·戈洛文为使团全权大使。尼布楚军政长官的侍臣伊凡·叶夫斯塔菲耶维奇·弗拉索夫，秘书官谢苗·科尔尼蒋基为副大使。随从人员由五位贵族组成，一名译员、三名书吏。随行的军队 1938 人，其中莫斯科火枪兵和炮兵 506 人，由西伯利亚各地抽调的各种兵士 1432 人。随行的军官有：步兵上校安东·冯·施马伦贝格、侍臣费奥多尔·斯克里皮增上校、西多尔·鲍加蒂廖夫中校，还有五名大尉，帕维尔·格里鲍夫步兵上校及其团队 11 名军官。

　　俄国这个和平谈判使团庞大，人员众多，俄国政府交给戈洛文第一次出使的训令，主要内容是：一定要他谈成功。

　　戈洛文带着他的庞大的随行人员，1686 年 2 月离开莫斯科，11 月初到达色楞格并驻扎下来。1688 年初，戈洛文的信使到京，把俄国使团的行止通知清政府，要求中国派出使团，建议以色楞格作为谈判地点。

　　在这期间，行在路上的戈洛文接到他的政府发出的第二道训令，主要内容力争以阿穆尔河为俄国达斡尔地区与中国之间的边界。

　　此后，戈洛文于 1688 年 7 月又接到第三道训令，签署日期是 1687 年 11 月 29 日。

　　理藩院把戈洛文带来的信，马上上奏康熙皇帝。他览阅之后，马上谕旨："同意俄方的建议，和谈地点在色楞格，中国政府即将遣使届时前往。"

　　1688 年 4 月 28 日，由领侍卫内大臣索额图、都统今佟国纲及尚书阿喇尼、左都御史马齐、护军统领马喇等，往主其议，并派八旗前锋兵二百，护军四百，火器营兵二百，每翼前锋参领一员，署前锋参领一员，署前锋侍卫二员，每旗护军参领二员，署护军参领二员，每翼火器营协领一员，每旗章京一员，由都统郎谈、班达尔沙、副都统纳秦、扎喇克图率领前往。参加使团的还有汉官二名，兵部督捕理事官张鹏翮，兵科给事中陈世安。译员两名：葡萄牙传教士徐日升，法国传教士张诚。

　　1689 年初，经过双方代表协商，谈判的地点确定下来，由原来的色楞格改在尼布楚。

　　1689 年六月，中国代表团分两路赴尼布楚，索额图、佟国纲一行从北京取路古北口，由陆路前往；另外一路由郎谈、班达乐沙和萨布素率领水师一千五百人，分乘一百艘船只，从瑷珲起程，溯黑龙江面上经雅克萨，抵达尼布楚。

经过中俄双方商定：和谈开始时间为八月二十二日举行；地点在尼布楚与河岸之间，临时搭盖帐蓬为会场。会议谈的原则是：在每一件事情上平等，"任何一方不凌驾于对方之上。关于警卫问题：两国使臣各自许带三百名卫士赴会，除刀剑斧钺外，不得携带任何火箭，在会场外双方各置五百名卫队，中国卫队列于河岸，俄国卫队列于城下，双方列队地点到会场的距离相等。"

——和谈的重要议程协议就这样定下来了。

八月二十二日，中俄谈判代表团第一次会议正式开始。

戈洛文带着他的谈判成员出场了，他所摆出的架子和样式，好像当年凯旋的罗马恺撒率领他的雇佣军征服了高卢，赶走了日耳曼人，侵入不列颠，控制了埃及，成了至高无上的主宰者。这天，戈洛文在尼布楚、在大清国的代表团面前，开始表演、展示自己。

12 名轻骑兵，排成 3 行，每行 4 人；

华斯科夫斯基中尉；铜鼓手 4 列，每队 6 人；

号手；笛手；

16 名兵士；

12 名侍从；

这个队伍在尼布楚主要街道、众多人群中行进，人们都为这种前未有过景象所吸引，莫明其妙。

这些参加和谈的外交官们，从戈洛文团长到每个成员，都刻意的打扮了一番，很像流行戏剧舞台上的皇王、阁老、小偷、僧侣、酒徒和色鬼。

现在，中俄双方代表按照协议规定的时间，从各自入口处，走进尼布楚城外相连接的两顶帐蓬。

谈判开始了……

在第一天的会谈中，双方主要就当时中俄关系紧张的原因展开争论。

戈洛文这个凶残的沙皇远征军头目，夺人先声地开言说：

"（中国皇帝）突然派兵侵犯沙皇陛下国界，要求中国把"汗殿下军队的武力新占领的地方，应归还我大君主沙皇陛下方面，"他还厚颜无耻地声称，贝辍尔湖至黑龙江流域"自古以来即为沙皇陛下所领有，而汗殿下（指中国皇帝）则从未管辖过。"

索额图隶满洲正黄旗，其父索尼为清朝开国功臣，四朝元老，"出入扈从，随军征讨，"又系"两朝顾命之臣，而他本人是皇亲、大学士，他曾参与当年宫廷铲除专权辅臣鳌拜的斗争，权倾朝野，他怎么会听任戈洛文一派胡言呢，他立即反驳说：

敖嫩河、尼布楚皆为我茂明安等部原来居住之地；雅克萨为我虞人阿尔巴西等居住之地；该手无器械之虞人，因实难忍受尔等偷袭侵入及掠杀抢劫，皆内迁我嫩江等地，于是此地才被尔国长期占据。嗣得知尔众为俄罗斯人，虽为外国，也该是有君臣礼让之国，于是，我圣主屡次行文宣谕。惟尔国不仅不见回音，反而犯边不息，我才于黑龙江等地屯兵驻守，于前年收回雅克萨城。对此，恐尔国君臣并不知悉，而系尔边界宵小擅自妄为。因此，我国未杀尔一人，且给以马船及盘缠放回。

但我国撤兵后尔方又接踵而来，再度窃据雅克萨，固修城垣，并重又劫掠我虞人。

　　为此，我国于第二年乃复进兵，再围雅克萨城，尔众势竭穷蹙。尔国君主欲求和好，特派大使尔前来。我方于是即行解围，以救穷蹙。此事，大使尔业已知晓。况且我圣主并非不知尼布楚等处被尔国侵占，只是不忍尔民命死于刀下，而以宣谕仁义恩泽为尚。故数年以来，等待尔等醒悟。如今尔国若惟以强占为本，热必引致军旅之争。

　　索额图的发言，就像康熙命名的"神威大将军"的炮弹一样，打得对方哑口无言，耸了两次肩，摊了两次手，人们都以为他还有什么话要说，结果就像小丑一样，做个鬼脸，收场，引起中方代表，暗自窃笑。

　　中俄双方的谈判，俄方的全权代表戈洛文，一开始就如同戏子、小丑、无赖，使之谈判有时很难持续下去，不得不进行休会。经过多次交涉、协商，谈判总算持续下来。

　　接着，双方转入关于勘定边界的谈判。

　　"我作为忠诚的东正教徒，面对天主，公正地提出，两国边界应阿穆尔河（即黑龙江）一直到海为界，阿穆河左岸属俄国，右岸属中国的方案。"

　　戈洛文的发言，还提出了他的根据，他说："从久远的年代起该河左岸即为沙皇陛下所领有，他们受命坚决捍卫沙皇陛下方面自古以来就有的土地。"

　　索额图面对戈洛文这个战场上的屠夫，谈判桌上的政治无赖，展开了针锋相对的斗争。他提出以勒拿河和贝加尔湖划界，因为黑龙江流域与贝加尔湖以东自古就是中国的领土。黑龙江北岸各部族，自清兴以来年年入贡，久隶藩属。俄国应撤至色楞格以西，所有色楞格以东的地方，包括尼布楚雅克萨地方，都应归还中国。

　　他郑重、严肃的向俄方宣示:中国皇帝"并未谕令他们向沙皇陛下方面割让一寸领土，同样没有令他们去新占对方领土。"

　　双方围绕划界，唇枪舌战，争论不休，会议只得这样结束。

　　八月二十三日，中俄两国谈判举行第二次会议。

　　戈洛文说:"我的方案不能改。"

　　索额图态度也十分强硬地说:"你以为我会屈从一个无理的要求，而拱手把祖先的土地送人吗?"

　　谈判没有进行一个时辰，双方很快陷入僵局。

　　戈洛文是一个富有外交经验的政客，谈判老手，他一看中国代表不肯让步，就把他原来提出的方案修改一下:建议以中满河划界，这个方案，实际上是他参加谈判沙皇给他的指令要求范围之内的。沙皇的指令范围由高到低的要求分别是:

　　1、以雅克萨为界;

　　2、放弃雅克萨;

　　3、退出尼布楚。

　　最高要求是:占有黑龙江北岸。

　　谈判艰难的持续下去，戈洛文厚颜无耻地一次又一次讨价还价。

　　第二次会议又是不欢而散。

　　索额图从来没见过洛文这样狡猾、无赖的人，他现在一见他都生气，换一种场合，他早抽出腰刀劈了他，他实在有点对他忍耐不下去了，他对徐日升和张诚两个译员说:"俄国人不是心存友好来解决问题的，我怀疑戈洛文说的真诚二字是否可靠，他们今天这样说，明天那样说，这是代表沙皇政府的外交官吗。是无赖、骗子！

"索大臣，同他们慢慢谈，何必上火！"徐日升进行劝解。

"同这种人谈下去，会有什么结果？"索额图仍就怒气冲天，他说："最后只能上当、受骗！"

八月二十四日，由于俄方坚持自己提出的方案，不肯让步，谈判看来很难继续下去，出现裂痕。中国使团宣布不再参加使臣会议，开始拆掉会场帐幕，准备打道回府。他从心里想摆脱他。

戈洛文见此，内心很惊慌，他没想到中国人为了不失一寸土地，态度如此强硬，真要就此破裂，他无法向沙皇交差，他要求中国索额图把已经讨论过的纪录，双方在上面签字，好各自回去复命。

"我没有功夫侍候你！"索额图鄙屑地说，他没有答应。

"你能不能再考虑一次？"戈洛文软了下来。

"这是最好的回答，对等。"索额图拂袖而去。

戈洛文不想和谈破裂。

索额图更不想使和谈破裂。

徐日升和张诚害怕和谈破裂！

和谈的裂痕越来越大，戈洛文真害怕大清国的代表团拂袖而去，那种结果他根本无法向沙皇禀报，下一步在贝加尔湖以东，黑龙江流域清政府会怎样动作，那结果将是什么？

索额图遵照皇帝的谕旨，想真诚的通过和谈解决边境武装冲突，实现和平。

这时，徐日升和张诚两位传教士看出了双方的心理，都不希望和谈彻底破裂。

　　他两个人也有他两个人的计划，希望通过这次和谈同沙俄代表熟悉，解决欧洲传教士借道西伯利亚来华。于是两个人自动担起和谈的联络员。索额图表示同意了这两个人前往戈洛文处交谈。

　　徐日升、张诚在尼布楚城拜见了戈洛文，说明来意，他们受到了热情地接待。

　　戈洛文拿出一大笔金钱，作为礼品贿赂这两个外国人，希望为他们忠诚服务。

　　当然，徐日升和张诚不会忘记教会对他们的要求：开辟一条通往中国的陆路之门。

　　双方的条件，一下子都摆在了桌面上，一拍即合合，没有二意。

　　戈洛文试探地询问："索大臣，真的要走吗?"

　　徐日升摆摆手，说："不是。"

　　"那么，也可以说这是一种外交手法了?"

　　"也不完全对。"徐日升说："索大臣权倾朝野，脾气很大，你惹了他，谁知会出现什么结果啊!"

　　"那么……"

　　两位传教士，向戈洛文透露，说："中国皇帝非常希望签订和平条约，但如果俄方没有放弃雅克萨及其附近的土地的决心，则和谈断难继续。"

　　"先生，在这上面，请多指教。"

　　"作为钦差大臣，"张诚说："已经奉旨谕旨，不得俄方在这一点上让步，决不谈和。

　　"尼布楚……和……雅克萨……"戈洛文在思索着如何划界。他向徐日升、张诚又一次提出探询的目光。

"在这两城之间，具体如何划界，"徐日升说，"我想还是戈先生自己作出判断。

八月二十六日，胸有成竹的戈洛文派代表来见索额图，询问中国所提的最后方案。

索额图说："我提议的石勒喀河的额尔必齐河及外兴安岭山脉为界，河以东山以南归中国，河以西山以北归俄国。此外，则以额尔古纳河为界。"

在俄国使臣回去后，索额图又派徐日升、张诚去戈洛文处，询问俄方提出的最后方案，并说喀尔喀蒙古地区与俄国屡起纠纷，也应划清疆界。

戈洛文对此坚决表示，说："这次和谈，决不会解决蒙古划界问题。"

索额图考虑，为了不影响签订和约，表示不再坚持，但声明说，等喀尔喀、厄鲁特战争结束后，必须另外举行会议划清疆界。

八月二十七日，徐日升、张诚再去会见戈洛文，听取俄方最后答复，戈洛文一夜之间，突然转了一百八十度的弯，仍然坚持雅克萨城及其以西地方归俄国所有。

这种出尔反尔的无理要求，徐日升和张诚感到十分惊讶，气愤地说："你作为沙皇的全权代表，这样言而无信，后果是什么呢？"

"这事由我自己办。"戈洛文说。

戈洛文派遣别洛鲍茨基，到了中国代表团驻地，宣布了戈洛文的这一方案。

"我们俄方请求中国全权代表立即答复。"戈洛文的代表，口气还很硬。

"你回去吧，该干啥，去干啥，"索额图气愤地说："戈洛文不是来议和，而是对我们欺诈！"

中国使团的翻译、耶稣会士徐日升关于中俄尼布楚谈判日记，是这样记载的：

当我们的钦差大臣们听到了这个不让步的决定（他们不了解这是装腔作势），他们作了全军渡河的准备，因为在我们这一边，已没有可供饲养牲畜之用的草地。在我们营地，骑兵队不断地在运动，准备在那天晚上渡河。

这天晚上，戈洛文酒足饭饱，打着很响的嗝，在庭院散步，忽见中国使团驻地，人声鼎沸，在收拾东西，看样子真要回北京了。这个会无理取闹，讨价还价的政客，一下慌了手脚，因为这个结局，是无法向沙皇交待的。

很快戈洛文派来他的使臣说："不要走嘛，按照国际法，第一次会议是为了行见面礼，第二次提出建议，第三次才是作结论。"

索额图声严厉色地指责，说："那一家的国际法，是无理取闹法，我充分认识了沙皇的全权代表，他的表演如同孔雀开屏，前面看起来华丽多彩，后面呢——屁眼都露出了！"

中俄谈判陷于僵局，忽然传来一个对于沙皇、对于戈洛文来说，都是一个可怕的坏消息——原喀尔喀蒙古所属布里亚特人、温科特人 2000 多人不堪沙皇奴役，掀起了大规模的抗俄斗争，这种怒火也影响了达斡尔猎人搏尔罕和他的女儿瓦尼娅，他们联络了部族人，纷纷起来反抗沙俄侵略者，来到尼布楚中国使团驻地，请求带他们回皇上一边。

惊慌中的洛文一方面在城内加紧备战，防止大清军的突然袭击，一方面连夜派别济鲍茨基再次到中国营地，传达俄方的决定，同意撤出雅克萨，并要求坐下来，进一步讨论具体分界线。

索额图说："我方的立场和意见，已经表达很清楚了，那就是以额尔必齐河、额尔古纳河和外兴安岭为界。"

"我们主张以雅克萨不远的鄂尔河为界。俄方代表软中带硬，仍然坚持他们的利益和观点。"

"那我只好送客人！由于意见仍不统一，"索额图觉得没法谈下去。

"能否再派徐日升、张诚教士，再去城里，同我们利用会下的方式，交谈一下？"

出于安全的考虑，索额图没有表示同意。而徐日升、张诚认为，即便是谈不拢，破裂，及至再升级，兵戎相见，他们也不敢威胁传教士的，他们还愿意为和谈作最后奔波。

徐日升、张诚连夜进城，在戈洛文的官厅会见了他，经过双方反复争辩、交换意见，戈洛文终于接受了中方的方案。至此，和平的基本条款终于商定了，和谈现出了新的曙光。

康熙二十八年（1689 年）七月二十四日（公历 9 月 7 日，俄历 8 月 28 日），中俄《尼布楚条约》正式签订。

当天上午，双方就签约程序和宣誓仪式等问题进行了磋商，最后以中方迁就俄方的意见而达成协议。

下午六时，签字仪式正式开始，两国全权代表同时步入会场，然后是扈从官员，在一长几上就坐，宣读中俄《尼布楚条约》，接着进行签字，起立交换文本，中方把已准备好的拉丁文本和满文本交给俄方；俄方则把自己准备好的拉丁文本和俄文本交给中方，然后，进行宣誓信守条约内容。

至此，条约正式签订完毕。

这时，索额图叫来笔帖式，对他说："马上飞书，向皇上奏闻。"

中国使团在九月九日从尼布楚城外的帐篷拔营回返。这时，在额尔古纳河口、格尔必齐河口，耸立着高八尺、宽三尺一寸、厚八寸的石碑，上书"大清国遣大臣与俄罗斯国议定边界之碑，正面铭刻满文、蒙文、汉文，背面铭刻俄文、拉丁文。 这位南征北战，从年轻时就参与朝政的议政大臣领侍卫、 和殿大学士抚摸着这冰冷的石碑，流下了一串热泪……

雅克萨，康熙皇帝曾两次指挥清军在这里围歼了图谋不轨、意图占领此地的俄军，连续两次收复了雅克萨城。但是让人想不到的是，仅仅在 150 年后，在第二次鸦片战争中，这块地却永远地归属了俄国。当年的雅克萨就是现在的阿尔巴津诺，隶属于俄罗斯阿穆尔州。这是后话。

23. 追剿噶尔丹

畅春园的荷花开了，出水芙蓉，清香袭人……

这里人们又称作前园，本为明朝武清侯李伟的别墅，康熙登基之后，内务府加以修茸，原来的楼台亭阁，已经十存六七，整修以后成为现代这个样子的，并赐名畅春。皇帝的意思是一年之中，"幸热河者半，驻畅春者又三之二"。走进正殿，只见匾额上书："九经三事"。再往后渊鉴斋、澹宁居。这里是康熙皇帝见诸臣的地方，而纯约堂、露华楼，则为皇子读书处，佩文斋是藏书处，再走过去无逸斋，里为皇上御书之处。正殿有青浦叶陶作畅春园图，是皇帝十分喜欢的一幅画。

在荷花怒放的季节，康熙又开始在这里办公，览阅奏章，处理国事了。

这天，康熙见湖中的一片红艳艳的荷花中，绽放一只白色的荷花，十分娇美，他叫来御前太监梁瑛子，说："召见大学士们，到这里来赏花。"

说着，太监躬身后转，正要往外走，又被康熙叫住了，说："听说苏麻喇姑自从太后仙逝，她由于过度悲哀，身体欠佳，让她也来看看荷花。"

晚上，大学士们，熊赐履、张英、高士奇、明珠、李光地等人，遵时而来，在丁香堤上漫步，陪同康熙赏花。

康熙见苏麻喇姑在两个年青的淑女照顾下，远远的拖在后面，就住下来，说："你们别让老夫子们拉下！"

这时，园内华灯初上，湖面映上楼台亭阁的倒影，五颜六色，光辉璀灿，一如仙境。

康熙皇帝望着湖中的荷花，诗兴大作，对大家说："今天朕请你们赏荷，为了助兴，我们都要咏诵一首关于荷的诗好吗?"

康熙想了一下，吟道：

晚日照空矶，

采莲承晚晖。

风起湖难渡，

莲多摘未稀。

棹动芙蓉落，

船移白鹭飞。

荷丝傍绕腕，

菱角远牵衣。

熊赐履听过，惊叹道："圣上，吟咏的是梁朝萧钢的《采莲曲》，这首诗我在少年时代先生教过，但我忘却了，而圣上却琅琅上口，我这老朽，何为侍讲官啊!"

高士奇道："圣上，是环宇四海的大才人，上古自今几千年，唯圣上为第一人。"

康熙笑笑，道："爱卿的话，朕听了很受用，但实际上那有什么大才人呀! 我的这些东西，一是你们这些大学士们送给的，还有就是三更灯火五更鸡送给我的。"

在康熙身边的人，对他的勤政、勤民、苦读书没有一个人不在背后交口称赞的。

康熙笑咪咪的望了一下大学士，说："下面谁来续上一首呀? 你，高士奇。"

高士奇吟道：

毕竟西湖六月中，

风光不与四时同。

接天莲叶无穷碧，

映日荷花别样红。

　　"这首诗，朕也很喜欢，是杨万里的《晚出净慈寺送林子方》的诗，好，谁接着来。"康熙道。

　　人们相觑地互相看了一下，李光地向皇帝示意，要苏麻喇姑来一道，康熙乐哈的领会，道："大学士们就等你这位服装设计大师、大画家的了。"

　　"奴才在朕的面前、大学士们面前，不敢吟诗。"苏麻喇姑说。

　　"朕已经说过，今晚来这里的，都是赏茶客，不是朝会，不分彼此，只要尽兴就好。"康熙说。

　　苏麻喇姑谦躬的一边向后退步，一边施礼，然后吟道：

灼灼荷花瑞，

亭亭出水中。

一茎孤引绿，

双影共分红。

色奇歌人脸，

香乱舞衣风。

名莲自可念，

况复两心同。

　　苏麻喇姑吟诵完了，他陷入深深的回忆之中，这首清朝杜公瞻的《咏同心芙蓉》，他在福佑寺时，苏麻喇姑就教过小玄烨的。这首诗引来了他无限的情思，福佑寺啊，沉闷的童年，却给他留下许多美好的记忆。

　　康熙好半天，才从怔忡过来，对李光地说："李光地，这首诗怎样。"

　　"臣非常喜欢。诗的开头灼灼荷花瑞，出手不凡，'桃之夭夭，灼灼其华'这是李白《诗经·周南·桃夭》。全诗从荷药花灼灼，鲜明的样子，到亭亭，耸立的样子，荷是那样挺拔;双影，指荷花在水中的姣好倒影，而香句就更美妙了，荷花的香气那是胜过舞女的脂香的呀！"

　　人们听后，哈哈一笑，苏麻喇姑不好意思扭过脸去，掩口而微笑。

　　这时，几个陪伴的淑女也莫明其妙，跟着傻傻地一笑。

　　皇帝到此心情大悦，戏谑地说："你看李光地，人家就是大学问家，说得多好呀！"

　　众人又是一笑。再往前走，过了"村香山翠、"寿萱春永"，就是云涯馆了，康熙在这里准备歇憩，赐大家冰镇莲芯饮，人们刚刚坐定，乾清宫御前侍卫来禀报：

　　"启奏皇上，噶尔丹已经逼近乌兰布通了！"

　　人们听后一片惊讶。这里离京只有七百多里路程啊！

　　"好，噶尔丹，朕已经准备好了，正等着你呢！"

　　噶尔丹十多年来犯上作乱，侵吞部族，从正面规劝、调解、和谈，康熙作了大量的工作，但噶尔丹利令智昏，置若枉闻，拒不接受这些，仍然一心打着自己的如意算盘，妄图将漠西、漠北蒙古族完全置于他的统治之下，与清朝政府南北分治。

　　在这种情况下，只有使用武力，才能解决问题。

　　为了打赢这场战争，康熙亲自制定了平噶尔丹的军事行动方案。早在康熙二十八年，为了调解喀尔喀与厄鲁特的矛盾，派出的理藩院尚书阿喇尼一行，到噶尔丹军营中，住了半个多月，他得到了大量的军事情报，这使康熙清楚地掌握了噶尔丹人马、粮禾、锱重、运输和武器装备情况，作到知己知彼。

不久，西北又传来噶尔丹的动向，从俘虏口中得知噶尔丹亲率大军万余人，正沿克鲁伦河下流而去。扬言："借兵俄罗斯，会攻喀尔喀。"

康熙很重视这一情况，调满汉兵与科尔沁蒙古兵、火器营进行备战，由阿喇尼率领，再次追踪噶尔丹，监视其军事行动，迅速向朝廷报告，切勿与其交锋。同时，传谕在京的俄使吉里古里、伊法尼齐，康熙对他们说："噶尔丹今乃扬言会汝兵，同侵喀尔喀。喀尔喀已归顺本朝，倘误信其言，是负信誓而兵端也，尔等可疾遣善骑者二人，归告尼布楚头目伊凡，遍谕俄罗斯之众。"

作为外交官，吉里古里和伊法尼齐，他们可不是吃干饭的，他们的鼻子比猎犬还灵，已经闻出火药味了，看到了清军备战，如同当年康熙指挥一、二次雅克萨之战一样，他不得不迅速通告俄国政府和尼布楚的头领，切勿为噶尔丹轻举忘动，因为这刚刚签订了"尼布楚条约"呀！

其实，没有这个俘虏的口供，康熙从多方面已经掌握和了解噶尔丹的一些活动，为了对付这个一脑袋长反骨的人，他作了充分的准备，事情很明显，当年吴三桂根据西南一隅，"裂土罢兵"；而今天的噶尔丹已占有天山南北；兵及中亚；又霸有青海，击败喀尔喀；在西藏又有他修法时同学，而今总揽西藏政务的矛巴桑结嘉措的全力支持，他认为他已有力量与清政府中分天下了。

这天，已过小暑，天气闷热，北方大草原水草一片葱绿，噶尔丹率军以攻伐仇人喀尔喀为名，沿着索约尔济河南下，进入内蒙古乌珠穆沁境内，肆行杀戮、抢掠，受害者遍及邻居四佑领，同遭践踏，掠走了大批牲畜和财物。

在噶尔丹这种肆无忌惮的掠夺情况下，康熙传谕在乾清宫召见理藩院的尚书阿喇尼，说："爱卿同噶尔丹打了多年的交道，是老熟人，现在他把他的手快伸到内地；今天要你来，再委派你一个任务，跟踪噶尔丹。"

康熙道："此行同你去面对面跟噶尔丹周旋不同，这次你要带兵六千，尾追其后悄悄进行侦察、奏报，待镶兰旗满洲都统额赫纳兵、科尔沁达尔汉亲王班矛兵、京乌拉满洲兵到达，这样——"康熙用圈起的两臂作合围姿势，说："汇合兵力，再合而击之。"

阿喇尼带着六千大兵出发了，这同他作为理藩院尚书、宫廷的钦差大臣、同噶尔丹谈判全权代表，根本不同，他望着身后八旗健儿，他想到平定三藩受奖、受爵的将军们，他想起了抗俄的战将萨布素，光复郑军收复台湾的施琅，一种牺牲精神、为列祖列宗争光的精神，为在皇帝面前得到更大的荣誉，他决心要大干一场，狠狠收拾一下噶尔丹，打他个落花流水，让他永世再不敢东进、南征，滚回他的准噶尔老家。

阿喇尼这样想着，不期同噶尔丹的人马遭遇了，全忘了皇帝交代他的话，不可急躁，单独冒进，他的任务是侦察、奏报，他竟指挥大军同噶尔丹交了手。

六月二十一日，阿喇尼与噶尔丹在乌尔会河打了起来，很快陷入了噶尔丹的包围圈，结果被噶尔丹打个落花流水，阿喇尼只带少数人突围出来。

在朝会上康熙皇帝大为光火，阿喇尼的贸然行动，损兵折将，打乱了康熙的军事布署，这样的尚书怎好再用。阿喇尼违旨轻战，将其革职，降四级使用，其它相关的将领也受到了相应的纪律处分。

为了补救这个失误，康熙派出特使，向噶尔丹作解释说："阿喇尼违旨轻战，非本朝之意，纯属一场误会，希望能捐其怨恨，重归于好，朝廷严肃处理了当事人。"

据在噶尔丹军营的俄国使者，对沙皇报告了这场战争的情形："博硕克图汗(即噶尔丹)略为整顿了武器装备之后，便率兵与中国人作战，从黎明打到午后。博硕克图汗大杀中国军队……缴获大车五百多辆以及全部辎重。"

初战失利，这不仅折损了清军的锐气，助长了噶尔丹的气焰，也使噶尔丹警觉起来，清廷要对他大张挞伐了，他更加紧了护兵备战。

一天，正在指挥行军的噶尔丹，收到了康熙皇帝的一封信。内容是这样的：博硕克图汗既近我地，乞近乌兰布通，应以土谢图汗、哲布尊丹巴畀汝与否，各遣贵显大臣定议。

噶尔丹举着信，对他的头领们，哈哈大笑的说："人们都说康熙 16 岁宫廷除奸，拿掉南征北战的老将鳌拜，然后削平三藩，收复台湾，称其雄才大略，我看多为虚名，不过尔尔。我的铁骑一扫，已使他唯有退让。"

众头领听后，哈哈大笑，你一言我一语，对康熙大加戏谑一番。

噶尔丹在马上，挥着马鞭，命令全军，说："向南行，直奔乌兰布通。"

大队人马，在广漠的大草原上，飞奔着，呼啸着，展示着战无不胜自称为锐骑的力量。

很快康熙就得到了噶尔丹向乌兰布通行进的奏折，他看后微微一笑，说："我可不是当年渭水河畔的姜太公，用直钩钓鱼，我撒出的是袖网，敞开的是口袋，"上兵伐谋，其次伐交，其次发兵，其下攻城。'朕说过，我在等待这个噶尔丹呢！"

噶尔丹大阿喇尼的消息，传到京城，百姓一片惊慌，这使人们感到几十年前李自成大顺军骑着白马，戴着毡笠攻进北京的情景，好多有钱人家，收拾细软，开始投亲靠友逃荒。《广阳杂记》一书描述道："京师威严……城内外典廨尽闭，米价至三两余。"

在市民和一些宫内官员的惊慌中，康熙皇帝稳而不乱，牢坐金銮殿，运筹帷幄，布置兵力，围歼噶尔丹。

康熙点兵，围歼噶尔丹的出征队伍很快组成了。

康熙传令，命和硕裕亲王福全为抚远大将军。

福全（1653—1703）是顺治的第二子，生于顺治十年，比康熙大一岁。康熙六年被封裕亲王。康熙亲政后，时为鳌拜专权，为了加强自己的力量，特命其参与议政。

除去鳌拜之后，康熙已将皇权收为己有，这时福全也非常知趣的辞去议政大臣之职，因此康熙皇帝对待自己这位长兄也非常友爱。

为了对这位长兄的鼓励，行前，康熙皇帝亲制诗篇以赐，并举行了隆重的欢送仪式。

七月六日，福全率领清军主力誓师，从北京出发，取路古北口、鞍匠屯、博洛河亚、坡赖村、哨鹿围场、兵勒、巴林，于七月二十七日集结于拜察河、及吐力埂河一带，沿克什克腾旗东、南与直隶交界处安营，准备狙击南下的噶尔丹。

另一路常宁、马思哈很快前来与福全会合。由于路程遥远和行动迟缓，科尔沁土谢图亲王沙律、达尔汉亲王班矛及内大臣苏尔达指挥的科尔沁、盛京、多拉的军队，战前仍未赶到。

为了汇合各路大军一起，集中优势兵力，一举击毁噶尔丹，康熙继续派出谈判代表，前往噶尔丹，对他进行麻痹和牵制。裕亲王作为使臣遵照康熙关于"其遗牛羊，以老其锐气，疑其士卒"的指示，作为礼品送噶尔丹羊百头、牛二十头，并附信给噶尔丹说："我与汝协护黄教，利好有年，今汝我喀尔喀入我汛界，圣上特命我等论决此事，永久和好"。同时建议"各遣贵显大臣定议。"

噶尔丹也并非一介武夫，只会弯弓骑射，在政治上也是一个成熟、老练、狡猾的人，他也派出使者到清军中来，申述"兰入汛界，索吾仇而已，弗秋毫犯"，表示愿同清廷"进信修好"。他说的"进信修好"是有条件的，就是得把土谢图汗及其矛哲卜尊丹巴交出来，如果答应这些，他才可以班师回巢。

就在噶尔丹打出"讲信修好"的旗帜下，噶尔丹为了进入乌兰布通，举行庄严的祭旗仪式，那个身披袈裟、脖挂佛珠的达赖喇嘛的和平使者济隆，不但不阻止噶尔丹进攻，反而帮助他择定战日，为其祭旗诵经。

噶尔丹自从打败阿喇尼，自觉天下无敌手了，更加趾高气扬，不可一世，他扬言说："夫执鼠之尾，尚噬其手，今虽临以十万众，亦何惧之有！"他认为清军不堪一击。

二十七日，噶尔丹指挥他的大军，首先抢占乌兰布通峰，居高临下，占据有利地形。这里距抵达吐尔埂何的清军先锋仅有 30 里。

这时，抚远大将军福全，传令说："在此地扎营！"

　　乌兰布通以四千里之地，通布清朝四大牧场，草地上有畜牧百宗万头，同时又距清朝最大的演兵场——兰围场四十多里，对于清朝的将军们来说，这里的地形他们是熟悉的，如果打过来，武器补给、物资、食品补给都是方便的，是双方都想抢占的地方。

　　康熙为了打赢这场战争，尽快剿灭噶尔丹，以清沙漠，于七日十四以"巡幸边塞"为名启驾亲征，在福全行过的路线上北上，由于过分劳累，再加上路上饮食不周，他一下患上了重感冒，头痛目赤，发热、恶寒、胁痛。太医虽开了麻黄附子细草汤，去伤风头痛，开膝理，解表发汗，散下焦蓄血，止逆上气，泄邪恶气、通阳去瘀，运行水气，泻肺实，除百毒。可是吃了几付也没见奏效，扈驾大臣们，都劝说康熙回朝，可是他在高烧中仍然坚持行军，过了鞍匠屯，二十日抵达博洛和屯，他的病情更加恶化，扈从群臣一下都跪倒在皇帝榻前，哀求他回朝调理，康熙皇帝这样才不得不同意回京，临行时，他又把对前线的进攻、联络、供应等细节，一一做了具体指示，并为军队增加了炮兵及鸟枪兵五千人。

　　本来好多亲王、大臣们，是不同意皇帝亲征的，而大将飞扬古上奏说："启奏陛下，噶尔丹虽然窜犯汛界，现在离京仅有七百里了，可噶尔丹毕竟是个叛匪，他没有三头六臂敢碰我们八旗大军，圣上如果能御驾亲征，那将激励全军上下，人人会为讨平噶尔丹争立战功的！"

　　他的这番话，举座皆惊，大家议论纷纷，认为怎能让皇帝去西北呢！

　　"我们不能让皇帝御驾亲征，沙漠、水草、气候变化异常……"好多大臣说。

可是对于把国家安危集一身的皇帝，对于飞扬古的上奏，点头微笑说："臣的话正合我意，你说的很有道理，还有什么想法，都说出来，让大家听听。"

飞扬古回皇上话说："臣知道皇上一直在等待时机，现在国家得到了空前的富强，民族团结融溶，在军事上，力量强大，粮草充足，皇上所颁布的永不加赋的圣旨，更得民心，这样万众一心的情势下，皇上亲征获全胜，扫清西北孽瘴，海清海宴，共达升平！"

"好，朕接受臣的好建议，亲征！"康熙道。

接着，康熙宣谕礼部，准备留京和从驾入选一切事宜。

五天之后，按照礼部制定的程序，先是进行"吉礼"，祭告了天坛、太庙和太岁神。

然后，在午门外的五凤楼进行阅兵，在这里皇帝向全国臣民谕告："噶尔丹十多年来，不断与罗刹勾结，东侵中原，兼并蒙古，毁我城池，杀我人民，破坏统一，朕今亲率大军 30 万，共讨国贼，不灭噶尔丹，誓不还朝！"

现在，乌兰布通大草原，一下出现了新的景观：四十多座营盘，连营六十里，宽二十多里，首尾相顾，联络畅通，好像一座街衢巷陌井井有序的市镇。

马思哈在《出师塞北纪程》一文中，是这样记述当时噶尔丹临阵情形的："布阵于山冈，以骆驼万千缚其足，便卧于地，背加箱垛，毡积水盖其上，排列如栅以自蔽，谓之驼城。于栅隙注矢、发枪、兼施钩矛，以待清军。"

在噶尔丹抢占乌兰布通有利地形后，颇为得意，他坐在山上，用他的"驼城"，以逸待劳。

裕亲王抚远大将军福全，在战前召开了军事会议，决定八月一日拂晓，开始进攻！

"嗵！"的一声炮响，飞向对岸的噶尔丹"驼城"阵地，这是进攻的信号，接着炮声隆隆，八旗大军的火器怒吼了，声震天地，敌人的阵地上，腾起一柱又一柱的尘土烟雾，以及人和骆驼的肢体……

噶尔丹在山上，指挥着他的鸟枪手、炮手、弓箭手，在"驼城"的掩体间隙中，向清军还击，很多战士倒在了血泊里。

看来噶尔丹的"驼城"确如铜墙铁壁，很难攻克，有些战士，产生了畏惧情绪。

在这时，国舅佟国纲，挺身而出，自告奋勇，愿作先锋打头阵。他说："骆驼阵"，这种东西，不是噶尔丹的发明，前人用过，不是不破之城，我们用炮火轰击，然后用骑兵冲杀，我相信这样能把噶尔丹消灭掉！

这是一个既有外事斗争经验，又有武装斗争经验的文武双全的将领。

福全在阵前批准了佟国纲的请缨，作为先锋，冲入敌阵。

八月一日下午，福全令旗哗的一下，在空中展开，紧接着双门大炮立刻飞向敌军的"驼城"，很快那里形成了浓烟、火海。

炮声刚停，1000多名火枪手向"驼城"进行发射。

被捆绑四蹄，上履箱垛、湿毡的万余骆驼，听见炮声，畏惧万千，有的挣脱出来，鼠突豕奔，有的被炮火烧着，不顾一切，踩着噶尔丹士兵的身体，嚎哞着……

福全的令旗挥动，又是一阵炮火，落在了放人的阵地上，"驼城"已被打开许多缺口，一分为二，驼阵开始崩溃，正在这时，只见佟国纲飞身上马，挥着战刀，率领前锋，第一个冲进"驼城"敌阵，同噶尔丹的兵马展开肉搏血战。

　　紧随佟国纲冲入敌阵之后，清军的步兵、骑兵也乘势飞驰进入"驼城"，福全又指挥左翼兵绕山横击，敌垒一个一个的被攻破了，而清军也失去了前锋参中斯泰、前锋统领迈图，以及四十多名炮手，几百名战士。

　　佟国纲横扫敌军如卷席，这时被山上的噶尔丹发现了，他指挥他身边的火炮手说："向清军先锋头领开枪！"

　　噶尔丹的军队虽然没有南怀仁制造的那种火炮，但他们的火枪却是来自俄罗斯，比清军的先进射程既远，准头又好，一颗罪恶的子弹打中了佟国纲，他从马上跌下，血从他的腹部流出来，染红了地上的青草。

　　"佟国舅——"人们顾不得枪林弹雨围上来，进行抢救，把他很快抬出"驼城"，由军医进行救治。

　　"舅舅！"福全上前大叫着。

　　佟国纲睁大了眼睛，嘴角颤动，说："不要管我，去追噶——尔——丹！"

　　说完，佟国纲无力地闭上眼睛，呼吸现出微弱。

　　"我为我们大清社稷流血，值得！"他又一次睁大眼睛，说："江山一统……万岁！"佟国纲就这样长眠在这个地方了。

　　清军的将士们，一看国舅这样，舍身忘死去杀敌，更加激发了他们对噶尔丹的仇恨，各路将领，纷纷请战，要为国舅报仇，争光先锋。

　　激烈的战斗整整进行了一天，太阳已经落山了，在依稀的薄冥中，双方不时仍有枪声传来，稀稀落落，直至夜幕将大草原和怀兰布通山全部遮住。

　　八月二日，前线总指挥抚远大将军福全，重整军队，进行新的攻击部署，这次他调整了炮火，向噶尔丹的山顶指挥部轰去，然后攻山。噶尔丹也相应的调整了部署，他在失去"驼城"之后，已经感到户破堂危，便把军队集中在他指挥部的周围，居高临下，据险固守，也不失时机的向清军进行反击。

在清军的凌厉打击下，乌兰布通的山上、林间又倒下许多士兵，噶尔丹的军队死伤惨重。

噶尔丹凭着十几年南甯北征的作战经验，他感到乌兰布通这一役，他的失败已成定局，他不敢在此继续恋战，害怕被清军完全包围在这山头上，不战自溃，便一面组织队伍北撤，一面派出使者到清军大营游说。噶尔丹派出他的副将伊拉古克图及西藏喇嘛济隆七十多人，下山会晤福全将军。他们竭力为噶尔丹开脱罪责说：

"博硕克图汗信伊拉古克三及商南多尔济之言，深入汛界，部下无知，抢掠人畜，皆大非理……博硕克图汗不过小头目，何敢妄行！但因索其仇土谢图汗及泽（哲）卜尊丹巴，致有此误，彼今亦无索土谢图汗之意。"噶尔丹也派人送信到清营前，来信说："今蒙皇上惠好，自此不敢犯喀尔喀。"来人还申述噶尔丹博硕克图汗跪于威灵前设誓："若违此书，惟佛鉴之。"不久，又遣人来报噶尔丹顶佛像再设誓："佛天以仁恕为心，圣上即佛天也，乞鉴宥我罪，凡有谕旨，谨遵行之"。就这样，由于济隆的偏袒和噶尔丹以"卑词乞和"的缓兵之计，骗阻了福全等的追击，甚至福全还派人通知苏尔达等，令盛京乌喇诸路兵，不要阻截噶尔丹逃兵。

所以当噶尔丹奔甯过盛京、乌喇、乎尔沁等的军营时，清军不予邀击，竟放纵他们遁走。当时，如福全不加阻止，让苏尔达等领兵阻击，噶尔丹早被擒获。福全等误信噶尔丹、济隆胡土克图等"议好之诳词"，让噶尔仓皇宵遁，偷渡什拉穆楞格河，翻过大碛山逃窜。

康熙身患重感冒回京途中，在八月三日接到福全奏疏，这是一封首战告捷的信，康熙看了，自然十分喜悦，但他担心这些前线将帅们打了胜仗长骄傲与麻痹情绪，使这次大举征剿半途而废，便当即谕令福全："此后当何以穷其根株，平其余党，熟筹始末，一举永清，勿留余孽，尔等其详议以闻。"

福全以一个胜利者的口气说："只要你们噶尔丹老老实实撤军回去，我可以下令暂止勿击！"

飞扬古大将在一边提醒福全，说："大帅，在这个节骨眼上，我们与噶尔丹已无话可说了，让他们的人回去告诉噶尔丹，让他跟我们三十万的大军'交谈'吧！"

福全说："他已认罪了！"

"噶尔丹的话，他说认罪，不可信。"飞扬古说。

福全拍拍几上的认罪书说："有这个呢！"

"恐怕是一纸空文。"

"你怎么这样看呢！"福全有点愠意，感到飞扬古疑心太重。

最后福全还是中了噶尔丹的游说者的计，答道："今我等仰体皇上好生，许汝所请，当发印文，檄各路领兵诸王大臣，暂止勿击。"

八月七日，康熙皇帝拖着病身子回宫，马上诏令都统希福驰赴前线，给抚远大将军参赞军务，等到希福和皇全的谕令到达，噶尔丹已遁走五天了，这时已经过了西喇木伦河，横越大碛山，连逃至牛泡子，向北逃回科布多。这样，乌兰布通之战结束了，没有达到康熙皇帝战略布署那样，全歼噶

尔丹，这使康熙摇手顿足欲哭无泪，因为这次的统帅不是别
人，是他的哥哥福全呀……

24."南党"与"北党"

　　提起明珠，大清国朝野上下无人不知，无人不晓。康熙初期及至中期政局上，也没有再比明珠更红的人物。他能言善辩，通晓满、汉、蒙语，又能善伺皇帝心意，在康熙七年他就当上了刑部尚书，后来他与户部尚书朱思斡、刑部尚书莫洛等少数大臣，支持康熙撤藩的决策，而在撤藩的过程中，明珠又成为皇帝的有力助手。官场上盛传这样的话："要做官找索三（指索额图），要人情找明珠"，这两个人确为朝廷权倾一时、炙手可热的人物。后来明珠被授弘文院学士，授武英殿大学士，累加太子太师，可谓位高权重，显赫一时。

　　一个"日进斗金"的太子太傅、武英殿大学士，当然要有别墅，明珠的别墅建在哪呢？据《海淀地名志》记载是"皂甲屯西，龙湾子里南"，如今只有北边数十米围墙而存，西面还有一口古井，井碑刻记"辛丑"二字，这样算来明珠的别墅至少是在顺治初年就动工了。在一片废墟上，还留下西花园 、大影壁这样的小地名延用至今，从这里可以想象到当年明府花园的气魄如何恢弘。

　　明珠选在这里建花园，他首先看中的是这里的人文景观和地理环境，北部有蜿蜒起伏的土岗，西枕碧波荡漾的龙溪河，东部是一片平坦的阔野，南临风景秀丽的南沙河。

　　明珠为当朝一品，相当于宰相，所以人们又把"自怡园"称为明珠相国园。查慎在他的《敬业堂诗集》描写盛景为：桐华书屋、苍雪斋、巢山亭、荷塘、北湖、隙光亭、因旷洲、邀月榭、芦港、茭汊、含漪堂、钓鱼台、双遂堂、南桥、红芍栏、静镜居、朱藤迳、野航。据说自怡园是仿唐朝

王维的网川别墅情景而造的，不过网川是二十景，而自怡园
为二十一景。山景与水景融溶一体，自然、和谐。

自怡园随着人和权势的变迁，早已无存，当时究竟什么
样，没有图画可观，只能凭借诗人的描绘，想象其园之大，
气势宏伟，美不胜收了。

自怡园坐北朝南，门前大路四通八达，当年这里还有一
条东西通衢大道，从虹桥往东沿河岸边，一直往东可达东西
柳村。

自怡园门前开阔，南北与西道路畅通，别看地处郊外，
但是这里经常是车马拥塞，达官贵人、各省来京奏事的都
抚、将军还有地方的知州、府、县的官员，都要带上银子、
美女、土特产，来这里“孝敬”明大人。

在康熙皇帝决心要铲除擅权的老臣鳌拜时，他的得力左
右手有两个人：明珠、索额图。

按照清廷官吏官阶共分九品，每品又有正、从之分，九
品以下的小吏为“未入流”。官职与品级一一对名。各级官
员的俸银及俸米、养廉银都有明文规定。像明珠、索额图这
样一品官，俸银是 180 两，俸米 180 斛。而这点钱是不够
明珠和索额图修造别墅塑门前的一对石狮子的银两。

那么，他们修造别墅的银两是从哪里来的呢？

两座豪宅大门，住着两户当朝一品，当年曾为皇上左右
手，如今已是剑拔弩张，二虎相斗的仇家了。

明珠与索额图这两位权臣同为皇室的亲眷。明珠的祖父
叶赫部贝勒金台什之妹，即明珠的姑母，是清太宗皇太极的
生母孝慈高皇后，所以，明珠应是玄烨的远房舅舅。而康熙
的长子胤禔的生母惠妃纳剌氏，是明珠的堂侄女，胤禔应为
明珠的(堂)外孙。

明珠与索额图同为皇亲国戚，论起来，明珠与索额图之间的亲缘也是很近的。

明珠利用皇上的信任，大权独揽以权纳贿，结党营私。大学士勒德洪、余国柱、尚书弗伦、葛思泰、侍郎傅腊塔、席珠、李之芬、科尔坤、熊一萧之辈，一下都被明珠拉入自己的壳中，这些人很多为江南人，其中有许多是"汉官"，汉族知识分子，所以人们又称其为"南党"，而明珠之宅在宫中以北，又称明珠为"北门"。

索额图这边也因获得皇帝的重用，广植党羽，与满族军事贵族、与皇子胤祁亲戚及太子太傅之情，在宫廷中围绕重大问题决策和皇位继承问题，同明珠展开了角力争雄，人们称其为"北党"。双方一时，热均力敌，旗鼓相当，斗起来也甚为激烈。

斗争的序幕是皇帝的撤藩问题引起的。年轻的皇帝发现"三藩"势力急剧膨胀，他想到历史上自唐五代以来藩镇割据之害给国家造成很大的危害，给皇权以极大的威胁。此后，这种现象屡有发生，明初的"靖难之役"，殷鉴不远。康熙亲政也面临着这种形势，所以他把"三藩"、河谷、漕运为三件急需处理的大事。其中又以"三藩"问题为治国安邦的头等大事来对待。实际上，在正式撤藩之前，康熙已经高瞻远瞩看到了"三藩"的问题，开始采取一些限制措施，以达到逐步撤藩的目的，比如收回吴三桂的大将军印，裁减云南的绿营兵，下令限禁止藩下官员不得经商、欺行霸市，藩下人员不得任都抚等等；其次是康熙加紧整顿财政，筹措经费，扩编佐领，加强对军队的训练，提高八旗大军的作战能力，采取缓和民族矛盾、满汉矛盾的措施，这一切可以说都是在为撤藩作准备工作。

三藩战乱之前，康熙在议政王大臣会议上未雨绸缪，商讨是否应将吴三桂从云南撤回东北他的老家时，绝大多数大臣提出了反对意见，特别是索额图这位最为皇帝和孝庄太皇太后倚重的大臣坚决反对，不同意皇帝的意见。他的话一言九鼎，他举出朝廷的财力、军力等等一些具体问题，都很有道理，很有说服力，好多大臣表示同意；而明珠发言，他坚决支持皇帝撤藩。明珠能言善辩，他举出朝廷的财力、物力、军事力量，更主要的是皇帝的决策是正确的，英明而高瞻远瞩，以他的胆识和韬略，如同解决鳌拜问题一样，会取得成功、胜利的。

汉官左佥都御史魏象枢老先生反对自京发兵，他引经据典，说："圣人舞干羽而存苗格，何必劳师于远？贼至，我以逸待劳，即可息弭矣"。这是一个书呆子的话。根本不明白清朝入主中原统一版图，是骑马射箭得到的，你象大禹那样，令一些人手持假盾、戈，用短雉羽、旄牛尾巴装饰的旗进行跳舞，结果平息了三苗的反抗。他把吴三桂看作头脑简单的武夫，可他确确实实是个文治武略中的一把高手，他从山海关打到中原，进军西南，他是一位能打仗的将军啊！

还有一些满臣汉臣发言，反对撤藩，主要是怕"军需浩繁，不胜负担"，建议"就近调兵御守"。因为人们谁都明白，撤藩这件事就如同去拉老虎的尾巴，后果是很危险的。吴三桂等藩王，拥有重兵，是个非常能打仗的人，而现在大多满族官员将军最怕的是参加"木兰秋猎"和用兵打仗了。如果吴三桂联合几个藩，再加上在南沿海不靖同郑氏集团勾结起来，那后果是什么不堪设想。

康熙亲政后把解决三藩作为治国安邦头等大事。

户部尚书米思翰、刑部尚书莫洛、塞思德苏拜等人，站在明珠这边，支持皇帝撤藩。

三朝大将之后，皇帝的姻亲索额图出列高叫："吴三桂镇守云南以来，地方平定，总无乱萌。今若将王迁移，不得不遣兵镇守。兵丁往返，与王之迁移，沿途地方民驿苦累。且戍守之兵，系暂居住，骚扰地方，亦未可定，应仍令吴三桂镇守云南。"

康熙坚持撤藩的决策已定，尽管遭到多数人的反对，少数人支持，他仍是坚决主张撤藩，降旨："吴三桂请撤安插，所奏情词恳切，著王率领所属官兵家口，俱行搬移前来。"

明珠、苏拜等支持撤藩者，跪曰："皇帝圣明"，这样就不会使三藩发展成为地方割据势力，成为危害国家症结。

索额图质问明珠叫道："他反了怎么办？"

康熙看到了这场围绕撤藩问题在朝廷内的尖锐斗争，他坚定果断地说："三桂等蓄谋已久，不早除之，将养痈成患。今日撤亦反，不撤亦反，不若先发。"

散朝以后，索额图气得脸色发白，双手颤抖，他想这个明珠支持皇帝撤藩，必惹大祸，闹不好危害江山社稷，到头来不可收拾，恨不得抽出腰刀除了他。曾经为皇帝左膀右臂，当年携手铲除鳌拜的两员大将，现在反目成仇。各自都有自己的"小九九"，互相眄视一下，一对仇恨入心的眼睛，一对笑里藏刀的眼睛，都说：骑驴看唱本——走着瞧！

明珠与索额图，两个当年同生死共患难同为皇帝所器重的大臣，就此分道扬镳。

明珠算是个天生的雄辩家，他的口才，他的满文、汉文蒙文高深的修养，这是为皇帝周围人所不及的，因此他非常受宠，他手柄朝政，朝野有官当然就得奔其门。这不用看别的，就看明大人府上的胡同就看出来了。不说是每天，应该说是经常这样：送礼的在他的门前排成长龙，这里边不只是内廷部院台省脚寺庶僚，外省的都抚道司道府厅州县衙门。将军、都统，地区的办事大臣、盟长、札萨克空、伯官、土官来京无一不奔走其门下，表示一下孝敬，打通一下关节，请多庇荫、关爱、扶掖。

不但明珠身受其惠，就是他的门子都发了大财，你要送礼，第一道关卡就是门子，你不敢得罪，哪怕你是手握兵权的提督、将军、把总，你也先要向这个把门的"门子"明白一下，不然你过不了他这道关，那可只能望着"侯门深似海"了。

给明珠送礼的人，每天排着长龙，但是直到晚上，仍然有人挨不到，这样只好就近投宿，有市井人看出门道，斥资修建旅店，居然"生意兴隆通四海，财源茂盛达三江"。明大人为了解决这长长的送礼队伍，日趋有增无减，只好让管家在东西外墙上另开门洞。或许后来"开后门"一词源于此，说不定，总之，多方接待总会提高收礼速度的，这不失为多快好省的明智之举，也为京官、外官送礼提供了便利，真是"作揖挠脚面子 ——一躬二得"！

明珠得势，逐渐也贪黩不厌。他的"南党"们不只均沾其惠"，而是变本加利，更加贪枉。余国柱，湖北人，家乡人称其为"余相'。他是顺治九年进士，授衮州推官，迁行人司行人较户部主事。康熙十五年，孝授户科给事中。这时，朝廷正在用兵，解决三藩叛乱问题，他对如何筹集粮，提出了自己的见解，上疏皇帝，语多精萃。二十年擢左都副都御史。旋授江宁巡抚。由于他投入明珠怀抱，很快迁户部尚书。余国柱要权有权，要后台有明珠，给他贪枉开了方便的大门。

外官督抚臬台等地方官一有空缺，余国柱便以"举荐"之名"卖官"。"卖官"在他看来同其它商品一样，谁出的价高，便卖给谁。除了"卖官"，他还狮子大张口索贿。

贪官和清官之间围绕索贿和反索贿进行了不停的斗争。

汤斌，字孔伯，河南睢州人。明末李自成陷睢州，其母殉节而死，这在《明史·列女传》是有记载的。他父亲为躲避兵燹，携他到浙江衢州，顺治九年进士，选庶吉士，授国史院检讨。康熙十七年，诏举博学宏儒，尚书憩象枢，副都御史金进行举荐，考试一等，授翰林院侍讲，与修明史。二十年，充日讲起居住官、浙江乡试正考官，转侍读。二十一年，明为《明史》总裁官，迁左庶子。二十三年擢内阁学士。

这时，江宁巡抚缺人，方廷推荐上疏，得到皇帝首旨。

康熙说："今以道学名者，寄行或相悖。朕闻汤斌从好奇峰学，有操守，可辅江宁巡抚。"

这样，汤斌走马上任，由宫廷到江宁去做巡抚了。赴任之时康熙对他作了一次召见，对其谆谆教导说："居官以正风俗为先。江苏习尚华侈，其加意化导，非旦夕事，必从容渐摩，使之改心易虑。"

皇帝交给他的重任是，做一个言行一致、清廉的官吏，那里人崇尚侈华，生活应以节朴为荣，你到那里注意，逐渐正确引导，移风易俗。皇帝赐鞍马一、银五百，复赐御书三轴，曰："今当远离，展此如对朕也！"

不久，康熙到江南巡视，到了苏州，又召见汤斌，对他说："向闻吴阊繁盛，今观其风土，尚虚华，安佚乐，逐末者多，力田者寡。尔当使之去奢返朴，事事务本，庶几可挽颓风。"为了鼓励这个巡抚，皇帝还赐御书及狐腋蟒服。一个巡抚得到皇帝这样恩惠，余国柱认为这都是明珠和他不断在皇上面前说好话的结果，他才红了起来。这样，汤斌应该当恩知报，特别是二十四年，淮安府、杨州府、徐州府的大水灾。

汤斌奏请得免当年租赋，皇帝恩准。余国柱就此向汤斌索取贿赂，说："你在皇上面前得到的这些荣耀，都是明大人背后的功劳，你当孝敬一下明大人。"

汤斌摊着两只手说："我这个巡抚，月俸就那么百十两银子，这几个钱怎好意思给大人送去呀！"

让汤斌送礼，确实难为了他。作为巡抚，他为官清廉、端正，口碑良好，在苏州盛传这样的佳话:汤文正公斌抚江苏，日给惟菜韭。一日阅簿，见某日市只鸡，愕问曰："谁市鸡者?"仆叩头曰："公子"。大怒，召子便跽庭下，责之曰："汝谓苏鸡值贱如何南耶? 汝思啖鸡，便归去，恶有士不嚼菜根而能自立者!并笞其仆而遣之。"

还有，某日，遇寿辰;荐绅知汤绝馈遗，惟装屏为寿，辞焉启曰:" 汪琬撰文在上"。乃命录以入，仍返其屏。内擢去苏，敝籭数肩，不增于旧。惟二十一史则吴中物;汤指谓阻道诸人曰："吴中价廉，故市之。然颇累马力。其夫人乘舆出，有败絮堕舆前，见者为泣下。"

吴人于汤有"三汤"之称。三汤者，豆腐汤、黄连汤、人参汤。盖人参虽亦如豆腐汤之清，黄连汤之苦，而有益元气也。

汤斌在苏州做官，给他的前任余国柱，做了许多"擦屁股"的事，余国柱任用的一些官，大都是他收钱"卖出"的官，五行八作，三教九流，鱼龙混杂，把个地方搞得一团糟，官场腐败，为民所怨，汤斌查到只要贪污有据，便进行处理，或向上参奏，或立即革罢，毫不手软，不几余国柱的人，被汤斌收拾掉许多。很多人偷偷上京去找余国柱为其撑腰。

每逢年关，明府门前送礼的人，络绎不绝，唯独没有汤斌，这使明珠、余国柱恨透了这个"没良心"的人，纠集起他的人马，对汤斌发难、陷害。康熙看了对汤斌的参奏，知道事出有因，毛病在什么地方，不是汤斌不好，而是他们对清正廉洁的汤斌的忌怨，便不与理睬。

这样，由朝廷派往各地的学道，由于明珠一般权势插手，讨价还价，学道的补缺价码越来越高，谁有足够的银子，合乎补缺的价码，那么谁就可以补上官。这些两袖清风的道学们，莅位后，唯一的就是要把"投资收回来"，狠刮地皮。比如"河工"这个肥缺，谁都认为肥得流油，明珠、余国柱便插手河工，所以一个时期，河工所任用的治河官员多由他们所派，可想朝廷所拨治河银两，最后都落到哪里去了。

明珠贪赃，送礼排成大队，这不会瞒住皇帝的，他借京师地震向明珠发出警告，要他"洗涤肮肠，公忠自矢"，皇帝是说，有的人官做得很大了，也发了财，却还要拉帮结派，徇私舞弊，如果有这样的事，让朕发觉了，就要国法从事，按照大清律，决不宽容！

后来，皇帝还单独召见了明珠，同他促膝谈心，以于成龙为样子，旁敲侧击地说："如今当官象于成龙那样清廉的人非常少，十全十美的人确实难得。但是，如果把'性理'一类谈养正人心的书多少看一些，就会使人感到惭愧。虽然人们不可能照书上说的那样做，但也应该勉力而为、依理而行才好。"

在这里康熙想借清官于成龙的事例，来提醒明珠收敛一点。

在康熙召见明珠的晚上，他的后门门房传报，有常州知县送来两个绝色的歌姬。

“歌姬？”明珠一听，心中好不欢喜，问：“怎么会是两个？”

他嫌送少了。

管家很难猜度出主子的意图，他马上奉迎的解释说：“这是‘样品’，先让大人过过目。”

“你安排吧！”

管家叫过常州知县，说：“两个人怎么唱歌起舞呀，回去再送来十个。”

“是，大人，遵命！”

明珠我行我素，他根本没有把皇帝的谈话，深思一下，该收贿照收不误，该“卖官”，照卖不停，该豪华奢侈，更加糜费，大兴土木扩建府宅。他的别墅荷花池塘占地十亩，每到冬天，婢奴们就用五彩绫罗绸缎制成荷花、菱角，装饰水面，又用羽毛制成野鸭、大雁，嬉戏在水面上，在白雪皑皑的冬季，在这里仍能体验到夏日蕙风和朗的风情。

明珠不顾皇帝的警诫，结党营私，更加变本加厉，一意孤行，把本来是索额图的人，象高士奇、徐乾学也拉到了自己的身边。佛伦是在镇压吴三桂叛乱中起家的，做过都察院的左督御史。这个人专门看风使舵，他一看明珠势力大，便投靠明珠。

这样，朝野上下，京宦、外宦，谁肯给明珠好处，送银子、送物、送女人……谁就会得到好处。明珠的“南党”，不断扩大，除了上面提到几个人，接着傅腊塔、格斯特这些人，也都先后入伙。

在朝廷中，如果皇上赞许、褒奖了某个命官，明珠便会对人说："那是我向皇帝举荐的结果。"

官吏求财纳贿，讼案山积，法律废弛，正如郑板桥一针见血指出的那样："一捧书本，便想中举、中进士、作官，如何攫取金钱，造大房屋，置多田产。"

同明珠相比，索额图作为名将相之后，赋性贪婪，广植党羽。朝中的官员、士大夫如果不与索额图暗自交结，则很难升迁。如果说明珠是笑咪咪的收贿、卖官，索额图则赤裸裸的不择手段强索。举凡会试榜出，这是索额图大捞"油水"的好时机，索额图把榜上有名者叫来，令拜门下，若不拜其门下，则加以贬抑。

顾八代是位好读书文武兼备，品行端正的人。性伊尔根觉罗氏，字文起，满洲镶黄旗人。顺治十六年，以国子监庙监生充当皇宫的护军。从征云南有功，凯旋回京后授户部笔帖式，承袭父业职升迁为吏部侍郎。

康熙十四年，康熙皇帝亲试八旗官员，顾八代榜上有名，列为第一，擢升为翰林院侍读学士。这时候也正是吴三桂起兵叛乱之际，康熙令顾八代赴广东谕旨莽依图，令其收复广西失地，顾八代留在军中随征。顾八代身先士卒，破吴世琮布下的军阵，清军奋勇冲杀，击败叛军。

其后，顾八代在同吴三桂叛军的多次作战中，都大破吴军，将叛军头目吴世琮追出前无去路，后有追兵的绝境中，迫使他拔剑自杀。

康熙十八年，正值京官考察之年，翰林院掌院院士拉萨里、叶方蔼认为顾八代从征战绩辉煌，注为"上考"。可是他不是索额图的门生，他非常嫉妒顾八代的才能与功绩，索额图提笔改注"浮躁，当夺官。真是"一言兴邦，一言可以丧邦"。莽依图认为这样对待顾八代，太不公平，上疏奏抗辩曰："顾八代从征三年，竭诚奋勉，运筹决胜，请留军委署副都，参赞军务。"

除了莽依图对顾八代抗辩，宫中的权势者再没有人说他好话，当然他也不会得到荣迁和帝王的宠爱，好在没被夺官，仍以原衔从征。后来，在对吴三桂决战时，三路大军会师于昆明近郊，顾八代拿出他的先取银锭山、俯瞰全城内外，控制敌情，选择时机攻城，云贵总督赵良栋率绿营大军从四川入滇，采纳了顾八代的作战方案，攻克了昆明城，叛军被歼，云南全境光复。

顾八代平生既不结党，也不营私，又不投靠权势，没有人"喜欢"他，他死时贫穷无资埋葬，身无长物。一个文武兼备，战功赫赫，为人方正、耿介、清廉、恬淡的人，他不懂"护官符"，就这样寂寞的死了。莽依图闻讯，失声痛哭，哀其不幸，引宋玉《九辩》感叹曰："'与其无义而有名兮，宁穷处而守高'。"

到这里你才晓得索三爷的厉害吧！

索额图同明珠的斗争，越演越激烈，特别是在皇储问题上，更不相容。皇长子胤禔是明珠的堂外孙，而太子胤礽是索额图的堂外孙。这里面的文章就大了，谁都想能把与自己关系最亲密的亲缘关系的皇子，定为皇位的继承人。胤礽被立为太子，无疑这是索额图最为高兴的事了，终于如愿以偿，但对明珠这是很不利的，他为此深感不安，暗中与皇太子作对、作梗，而索额图在其背后作为支柱和保护者，又使明珠无可奈何。在皇储问题没有白热化之前，康熙是十分信赖皇太子的，在明珠同索额图的对待储君问题出现矛盾冲突中，康熙自然站在皇太子这一边的。这样，索额图又以皇太子为靠山，扩展自己的权欲。这个"生而贵盛，性倨肆，有不附己者常而折显斥之"的索三爷，俨然是"二朝廷"的君主，谁也不敢惹，惹下他，轻者丢官，重者掉脑袋。在十八年京师地震中，左都御史魏聚枢以"臣失职，地为之不宁"，向康熙皇帝密索额图"预政贪侈"，"朋比徇私"等不法事。康熙最痛恨的事就是"预政"、"党争"，另立"王中之王"，为了防止皇权再次旁落，再出现鳌拜一类人物，他多次向臣下谈话，说明朋党之言，他说：人臣服从君主，"如或分立门户，私植党羽，始而蠹国害政，势心祸及身家。历观前代，莫不皆然。在结纳植党形迹诡密，人亦难于指摘。然背公营私，人必知之。凡论人议事间，必以异同为是非，爱憎为毁誉……百而臣工，理宜痛戒。"

对于明珠、索额图植党营私，康熙不是一点都不知道，而是早有所闻，如两个人各自大肆收贿，他是了解一、二的，但他想，向他们两个人，对朝廷和君主有他们贡献的，权位至此，捞点"油水"也是不可免的，便睁一只眼，闭一只眼，抬了一下胳膊，让他们过去了。可是一旦皇权受到大的干扰、威胁，他就不能听之任之了。

索额图不择手段的贪恶，终于被康熙抓住了把柄，被革去大学士，改任内大臣。

康熙皇帝对索额图的处理，并没有放松对明珠的注意。过了一段时间，皇帝大驾出行，率群臣谒陵祭祖，于成龙随驾。皇帝询问他对宫廷政务和大臣们的看法，于成龙就此把明珠、余国柱等人结党营私的事密告给皇帝。

不久，康熙皇帝叫来了高士奇，他是皇帝很信任的人，常为他书写密谕的人，问他于成龙所讲的话可是事实。高士奇详细的禀报了明珠结党之事。

康熙听过后，觉得奇怪，问道:"既然如此，为什么没有人弹劾他?"

高士奇道:"人孰不畏死!"

高士奇是明珠荐举入朝的，他们之间的关系可想而知，不是一般，至少叫做很密切，他都这样说，那么关于明珠的事，就不会一、二个人对他的忌恨、恩怨、挟嫌了。对于明珠现在都在做些什么，做了些什么，他心中有数了。

康熙为此陷入深深长思之中……

他想:紫禁城是牢固的，而历史上改朝换代，不是大兵攻陷的，而是堡垒内部腐烂引起了大厦将顷的。

——如果没有赵高指鹿为马，王莽篡权，东汉外戚干政，杨国忠胡作非为，严嵩擅权，历史将会是另一番样子。

康熙接受历史的教训，十分注意国家机器的建立与健全，特别是监察机构，是不是运转得好，运转得灵，真正发挥作用。明珠更懂得各级监察机构是干什么的，所以他对各级负责监察的"言官，多方进行防范、压制。每当这些机构的各级官员升迁、调转时，明珠、余国柱等人，都要"拉一下，一是讨贿，说你们的升迁，我明珠在皇帝面前说了许多好话的;二是要挟他们，凡有奏章必须先向他们禀报，不得擅自向朝廷直报，堵住揭发、检举他们的渠道。有人写了《一剪梅》讽刺腐朽的官场:

仕余钻测要精工，京信常通，炭敬常丰;莫谈时事逞英雄，一味圆融，一味谦恭，大臣经济在从容，莫显奇功，莫说精忠;万般人事在朦胧，议也毋庸，驳也毋庸。

八方无事岁年丰，国运方隆，官运方通，大家赞襄要和衷，好也弥缝，歹也弥缝。无灾无难到三公，妻受荣封，子荫郎中;流芳后世更无穷，不谥文忠，便谥文恭。

康熙经过一番思索，在朝会中在乾清门正式向大学士们宣布，重新恢复"风闻纠弹"之例。凡参劾贪官，其受贿作弊处，因身未目睹，无所对据，恐言事不实，不行参劾者甚多。今间有弹章，亦止据风闻参劾耳。康熙同时指出，"若有挟仇参劾者，一旦审明，自有反作之例。"

康熙为了保证江山社稷永固，百姓生活安宁，实行了"广开言路"。他认为这是图治的第一要务。

皇帝让人说话，一些贪官便现出了原形。不久，山西御史陈紫芝闻风而动，上疏湖广巡抚张汧任贪污行贿受贿案，他的后台便是大学士明珠。

这时，又有科道官提出河务问题，好多重大问题也牵扯到明珠。

康熙二十七年二月，御史郭琇着生死风险，直接点名道姓参劾明珠、余国柱结党营私八大罪状，从而把明珠、余国柱由后台拉到了前台，进行了曝光。

郭琇上疏弹劾明珠这天，碰巧是明珠的生日，明珠在家大宴宾客，毫无疑问朝廷上下，引来百官祝寿。郭琇也来了，明珠很高兴，把他请到宴会厅，人们见了这位铁面御史的到来，都十分诧异，只见郭琇从袖中拿出他的"礼物"交给明珠。

明珠高兴地接过，说："侍御也有诗章相藻饰乎?"他以为你这位御史也会兴诗作赋来对我歌功颂德吗!

郭琇道："非也，弹章耳"

明珠以为他在开玩笑 说郭琇无礼，当罚!

郭琇道："侍御迟到，当罚!"说完 郭琇饮了一杯酒，然后扬长而去。

康熙皇帝读罢郭琇的奏疏，大怒。他当即告谕吏部说："今在廷诸臣，自大学士以下，惟知互相结引，徇私倾陷，凡遇会议，一二倡率于前，众附和于后，一意诡随，廷议如此，国是何凭当即下令革明珠、勒德洪大学士之职，交与领侍卫内大臣酌用;革大学士余国柱职;令大学士李之芳休致回籍。当时内阁共五名大学士，除王熙外，全部撤换。另，满吏部尚书科尔坤以原品解任，满户部尚书佛伦及汉工部尚书熊一潇亦解任"。之后，康熙皇帝还告诫朝臣："嗣后大小臣工，各宜洗涤肺肠，痛改陋习，洁己奉公，勉尽职掌，以副朕宽大矜全，咸与维新之至意。"

明珠继索额图的步履下台了。但党争并没就此停止、消除。

徐乾学与徐元文、徐秉义三兄弟，皆以鼎甲而步入朝廷的，长于诗文，轻财好客，广为结交，与朝中的高士奇、王鸿绪、陈元龙、王顼龄常有诗文唱和，互相吹嘘，形成一个新的派别，他们大多是汉臣，又是江南人，被人们称为"南党。

刑部尚书徐乾文拜左都御史，并且徐得皇帝嚣重，这样，高士奇、徐乾学二人顿时威势大增，朝廷内外形成"畏势"者既观望而不敢言，趋利者复拥戴不肯言。

郭琇揭露明珠不久，又对皇帝的亲信，一个了解核心机密的人，进行开刀。

高士奇这个人出身贫民，当年他从杭州到京都应试，是徒步走来的，一路上靠卖功夫、出劳力维持生活。可是如今他在杭州的西溪山庄，可以接待南巡的皇帝下榻，这会是一般的豪门巨宅吗？一个穷书生进宫以后，不久一跃成为百万大富翁，他的钱哪来的？郭琇指出:无非是各地官员行贿受贿;从老百姓身上搜刮，从国库中贪占，除此之外，还会从天下掉下银子吗？

康熙皇帝对于高士奇的贪脏枉法，不是不知道的，一个是高士奇掌握着国家许多最高机密，同时也是他个人十分喜欢的人，常同他讨论诗词文斌，谈古论今，聊天、下棋、说笑话，爱其才，只作了免职处分。接着，王鸿绪、陈元龙等人也因受弹劾"打道回府了"。

康熙对此无限感慨，他喃喃的说道："'事在四方，要在中央。圣人执要，四方来效。'"他引用的这是韩非子的一句话。说政事要官员们来做，大权要集中在中央，君主做出重大决策，就要四方官员来效力了。

这样，在这场打击"明党之争"中，康熙皇帝唱了个"红脸，不开杀戒，只罢官"，而御史郭琇却唱了一个"黑脸"，铁面无私，最终使皇权牢牢控制在皇帝手里了。

然而，朝内的斗争并不就此完结，渐次浮出水面的是诸皇子之间为争夺储位而展开的你死我活的激烈斗争，谁会是胜利者呢？

25. 圣明君主

　　这天古都江宁晴空万里。江上刮了多日北风，江宁人感到初冬的凉意，连日阴霾，人们正在准备御寒加衣，天晴气朗，乌云散尽，江上升起灰濛濛的大雾，锁住江南江北。两岸人成千上万早早齐聚河畔，跪迎皇帝，欢声震天，这是清朝入主中原之后，江宁人第一次如此激动。石头城内，从中华门到夫子庙，从雨花台到清凉山、从莫愁湖到秦淮河，许多装饰性建筑，五步一楼十步一阁，彩色缤纷美仑美奂，如置身于锦绣乾坤珠宝世界。从这里可以看到江南人民的智慧和工匠的高超技艺，丰富的想像，灵巧的手工。

　　康熙当晚入驻江宁织造署。

　　1699 年新年一过，苏州织造李煦与诗人李福有曾相约，去光福的邓尉赏梅。这里的梅花天下有名，据说是宋代淳祐年间，高士查莘在山坞大种梅树，后来山中人就以种梅为生。待到梅花时节，绿萼红英，暗香微度，千树万朵，皑皑一片白。

　　这天，李福有以着诗人的潇洒、清放，来到李煦府上，不待落坐，便说："李大人，我们去年曾有约可曾记得?"

　　"记得，记得，"李煦热情接待着李福有说："去邓尉赏梅。"

　　"何时动身啊?"李福有说："近日有北风吹来，云低色暗，我看将有小雪降，何不抓住时机踏雪赏梅，岂不是一年之大快事。"

　　李煦抱拳致以歉意说："仁兄我今年失约了，实属意外，我的山东昌邑老家多次来信，他们那里许多织造、织工，需要检验，这是一，第二那里的乡下柳疃有我一老弟，近年身体欠佳，以欲探视一下。"

李煦老家为山东莱州府昌邑柳疃，他本姓姜，是那里一个大户。明崇祯十五年（1643）腊月，皇太极在取得松锦大捷后，整个形势对清十分有利，为了进一步向明朝施加压力，夺取中央政权，派贝勒阿尔泰率领清军入关，攻陷蓟城，深入畿南，转至山东，连破八十余城，昌邑就在其中，破城后姜家先人被俘，旗下为奴。后来，李煦以其养父之姓，改姓李。不管姓李、姓姜，但他对于故土情深，他做了织造之后，对于家乡的捻线绸的发展，起到了推波助澜的作用，纺织业由此得到了迅速发展，这里成了中国著名丝绸产地和集散中心，出现了世界知名的山东绸子，以及著名的绸店复兴店"福盛店"，"双盛店"、公聚栈、"合盛赞"这是后话。

李煦到了山东，巡抚、知府、知县、学政、漕运、盐务、河道、税关等衙门的官员，自然都要出来接待，李煦既是回到山东老家，盛情难却，从入山东境济宁开吃，到济南、潍坊、掖县一直吃到昌邑。

昌邑知县在都昌镇最有名的饭馆《福兴居》招待老乡，满桌子都是新鲜的海味，这不能不使一个游子激动兴奋，酒过三巡，菜过五味，宾主三揖三让，喝得正尽兴的时候，忽然一匹报马飞进昌邑，他妹夫江宁织造曹寅派来的人，递上一封密信，要求他尽快回到衙门，有重要大事相商安排。

原来是朝廷内务府通告，皇帝将要在秋末巡视江南。这江南三个织造处：江宁、苏州、杭州，是归朝廷内务府管，叫做直属机构，他们表面上管织造"上用"、"官用"绸缎布疋，但实际上皇帝很重视这几个织造处，倚之为耳目，视之为心腹，由于这种特殊地位，一衰即衰，一荣即荣，朝廷的一切重要大事，三家都要互通消息，协同办理。

李煦看过曹寅的信，不待宴毕，马上率领一行人打道回府。迎接皇上可是天下头等重要的大事。

江南的三处织造处中，而又以江宁织造为皇帝所重视。时任江宁织造的曹寅，其父曹玺。人们都说他们曹姓是汉末分裂为魏、蜀吴魏中的魏武帝曹操，是他们一家子，有根有蔓。曹家在中国历史上，确实出现过许多文武全才的人，曹操是群雄中的出色人物，本人文能"赋传"，武能"横槊"，他们两个儿子博通百艺，是旷世诗才，后人佩服得五体投地。

大概是由于当时的战乱吧，原居住在古中山(今河北正定)的曹姓世家，一支随从宋高宗南迁，落户江西进贤，一支在永乐年间大规模移民迁到辽宁铁岭。

人生有些时候福祸是相连的。曹家所居的铁岭，是多尔衮的领地，作为汉族自然也是他的家奴。什么是家奴呢?

"古罪人之子女，从坐而没入官以给役使者，归奴婢，后则价只依主人之姓者亦归奴，若给工值雇用者，则谓之雇工，然普通人心目中，辄皆视之为奴。至于婢，则皆出价购之，鬻身的充役，非遣嫁，或转售，则终身不得出主人之门。"

家奴，有的称奴、仆、奴仆、仆人、仆从、仆役、仆隶、奴才、奴役、奴子、奴客、奴兵、奴隶、奴辈、童奴、童属、童隶、童客、童值、家童、家丁、侍者、侍役、厮徒、厮役、小厮、伴当、院子、包衣、驱口、奚奴、私属、随从，底下人，还有如上炕老妈子、门槛里、搭脚娘姨、大姐、梳头妈、近身奴、小老妈子等。

奴，"富豪役千奴，贫吉无寸帛"，丧失自由，受人役使。京都有一个叫张履祥的人，他对他家的奴仆定有岗位责任制：

内外仆妾，鸡初鸣咸起，栉总盥漱衣服。男仆洒扫厅事，及庭铃下；苍头洒扫中庭；女仆洒扫堂屋，设椅桌，陈盥漱栉盥之具。主父母既起，则拂床襞衾，侍立左右，以备使令。退而具饮食，得闲则浣濯纫缝，先公后私。及夜，则复拂床展衾。当昼，内外仆妾，唯主人之命，各从其事，以供百役。

奴仆好象是掉在黑咕隆咚的古井万丈深，要想"浮上来"，那比登天还难。

可是有谁能想到，一个身份低贱，生命、财产、自由都没有保障的人，一下子同皇家的关系密切起来了呢？这好象是一场梦。

清太祖努尔哈赤最年少的儿子是：多尔衮，多铎和阿济格。他们被封为睿亲王，豫亲王、英亲王，属两白旗。多尔衮十五岁时封为贝勒，他在十大贝勒中按年龄长幼序列第九，所以人们也称其为"九王"。年仅十七岁的多尔衮便出征察哈尔，其后西征漠南蒙古，扫灭林母汗残部。皇太极登上皇帝宝座后，多尔衮由于战功赫赫，晋封为"和硕睿亲王"，这是满洲贵族的最高爵位。

多尔衮在大清入主中原之后，他和济尔哈朗告同辅政，曹家自然也要从"龙兴之地"跟随主子入关。

多尔衮作为摄政王，他不只是一个能征善战的武夫，他还是一位了不起的政治家。他接受明朝太监窃权的教训，便废掉二十四衙门，成立内务府。内务府的官员全都是皇家的家奴。这些由"龙兴之地"晋京的家奴，大都是早年战争被俘的汉人，还有被罪而没入籍的"世家"。

　　入主中原的第一代皇帝顺治，他生下了皇三子玄烨，按照清廷的规矩，要由保姆侍养，这个美差一下落到了曹玺的妻子孙氏身上，她当时二十二岁，进入了福佑寺。这使曹家人高兴万分，喜出望外。保姆与乳母不同。乳母是只负责喂奶，不与孩子朝夕与共，而保姆时时刻刻不离，教给孩子说话、礼仪、待人处事的道德准则，对皇子品格成长影响极大，她是他人生第一个先生。

　　满族人对图腾、祖先，尤其是父母是十分敬重的。满洲人还有一个特点，就是对有功劳的奴仆，特别伺候过长辈的，也尤为敬重和予以优待的。这是沿使下来的一种风习，皇帝也不例外，还有人说这是汉满合而为一的观念，很合乎儒家的规范。

　　小玄烨并不是顺治喜欢的皇子，可宫廷突然事变，他们年轻的父亲出痘而卒，因为他已出过痘，再加上一个在清廷洋法码的日耳曼人汤若望的建议，孝庄皇太后的慈旨，小玄烨一下从福估寺走上金銮殿。

　　他八岁登基，一下干了六十年，日理万机，但他不忘往昔，不忘他在福估寺周围的人。他很快提携了孙嬷嬷的丈夫曹玺去做江宁织造监督。这种差事，并不是朝廷的正式命官，是内务府的"临时工"，临时差遣。可是皇帝差遣，这就关系不一般了。

　　还有一层关系，玄烨小时候读书享受着伴读，在众学友中，就有曹玺的儿子曹寅，他很快又同这位"奶兄弟"结成很亲密伙伴。

　　曹寅比康熙小四岁，但学习上也同康熙一样刻苦努力，极勤奋，在武术骑射上也很优秀。后来他做了御史侍卫，两人的关系明是君臣，私下如同手足，在皇帝剪除鳌拜老官中，他也立了一大功，是第一个冲上去同鳌拜搏斗的，这玩命的事无疑是两肋插刀。

曹玺在江宁织造勤恳工作，死在任上。康熙有意要曹寅接班，便把他派到内务府广储司，先给一个郎中干干，这个差事非同一般，是掌官皇家财物的，他干得不错，二十九年他以郎中兼佐领的身份被派到苏州做织造监督，接着又任命他兼官江宁织造事务。

江宁古称越城，公元前 472 年，是越王勾践"十年生聚，十年教训"一举灭掉吴国之后建造的。据说，指挥建造者是大美人西施的情人范蠡，还有更浪漫的传说，说有越国女子嫁到江南为国主妃，不喜欢地湿，所以运土筑台，诗人感而慨之，在《越台曲》云：

玉颜如花越王女，

自小娇痴不歌舞。

勇作江南国主妃，

日夜思归泪如雨。

江南江北梅子黄，

潮头夜涨秦淮江。

江边雨多地卑湿，

旋筑高台待晓妆……

江宁的地理位置被人称做"龟头楚尾"。到了三国争雄的时候，东吴的孙权在金陵邑的基础上修建"白头城"。这里曾是帝王表浣的历史舞台，东吴、东晋、宋、齐、梁、陈"你方唱罢我登场"，好不热闹。

提到江宁，这使人们想到名山秀水、六朝烟月、秦淮灯影、王谢故居、石城霁雪、燕矶夕照、清凉问佛、杏村沉酒、次城血峙、桃渡临流、青溪九曲、凤凰之山、新笼云如、负台涂松、栖霞独境、星岗落石，一唱三叹的美景。

元朝烟雨积淀，造成文化上的一种奇异的力量，随风潜入，孕育着一代又一代文化精英，出现过葛洪、陶弘景、沈括、徐光启、黄道婆、削祥、王锡阐科学家、发明家。五次迎风化浪，百折不回的鉴真和尚、著名画家顾恺之，米蒂、米友人、傀赞、祝公明，他们或是就是南京人或与南京瓜葛很深，在这里发迹、出山。

曹寅上任之后，得到了江宁的欢迎，这和其父在江宁任差时，密切、广泛联系当地乡会、名士有关，他同这些人并不以朝廷的钦差、皇帝的亲随、耳目出现，而是作为他们的文明侍友。明代江宁人对于织造是吃过他们许多苦头的，那时充任这种角色、肥缺的都是太监，这伙裆间没有"家伙"的人不是玩意儿，他们既没文化，心理又有障碍，而又以"钦差"自居、贪婪、傲漫，不但收敛钱财，而且构陷善良、结党挟嫌，坏事做尽，江宁人哪个都不敢得罪，也对这伙子人恨之入骨。而曹家几辈极好，曹玺这个朝廷的好差官，曹家的文学开路人，死在江宁，人们都很悲痛。康熙的老师熊赐履有诗哀悼，曰："云间应修文召，不上就传锦字诗"。

曹寅赴任江宁，只有三十三岁，可是他已经是个成熟的朝廷官员了。他到任之后，虽然不负责当地行政、军事，但他做了许多工作，团结上层的地主名士、学者、绅士、耆老以及五行八作的人。清廷这时，虽然入主中原三、四十年了，虽然反清斗争已被扑灭了，可是由于清初清军对江南人民的大屠杀，血腥镇压的阴影还常常飘浮在人们的脑子里，虽然顺治朝后期对于江南很关注，好多奴役、压迫政策作了调整，执行了对汉族地主的笼络并加以控制、利用的政策，扩大和增强了自己对全国统治的力量基础，但还是很不够的。而康熙在这一点上，看得比其父更清楚，他知道建立全国稳固的统治，对于一个九洲大国该作些什么？而曹寅也深清皇帝的意图，在具体工作上，贯彻皇帝的这种思想。

经过内务府、礼部、鸿胪寺、兵部、工部、太仆寺、侍卫处、八旗骁骑营、前锋营、护军营、武备院和各省、道，经过大半年的准备，皇帝出巡江南诸事准备已经完备，只待吉日良辰出行。

康熙有多次巡幸活动，东巡盛京、吉林，一是这里是清朝政权建立和发展的发祥之地，到了康熙亲政之后，由于沙俄东侵，使黑龙江流域烽火连年，他得亲自察看了解东北边防，作出相应对策，康熙更多的出巡是塞外，他非常重视内蒙古各部族的关系，调解他们之间的矛盾，消除他们之间一些不安定因素。采取了"乱则声讨，治则抚绥"的策略。他亲自主持的"多伦会盟"，结束了长期以来喀尔喀蒙古各部的内部纷争，密切了蒙古各部与朝廷的关系。这是具有历史意义的一件大事，他通过一次团结友谊的盛会予以解决了。

现在，他要实现多年的愿望，巡视江南。这里人烟稠密，物产丰富，号称"苏湖熟，天下足"，是清朝财赋来源重地，而且文人荟萃、仕宦于朝者甚多，南北漕运又必经之路(河)，特别是督察河务，这是他亲政后写在乾清宫柱上的要办三件大事：河务、漕运和三潘。在河务上，他充分肯定了靳辅治河的成绩，但朝臣中对靳辅治河也多有非议，有的上疏全部否定。他决定对河务亲自督察一下，"体察民情"，这是他南巡目的之一。

　　1684 年(康熙二十三年)九月二十八日，康熙南巡大驾启行。行至山东，他登上了久已向往的东岳泰山，并赋诗《万丈崖观瀑》，曰：

悬崖千尺响奔湍，

涧道曾宏动不澜。

仿佛青天有风雨，

松阴漠漠逼人寒。

　　然后，继续南行，由山东进入江苏，驻跸宿迁。十九日行至桃源县众兴集，临阅黄河北岸一些险工地察看。康熙肯定了多年治水取得的成绩，他再三再四的强调黄河堤岸的作用，令河道总督靳辅，一刻都不能忽视黄河的治理，他说："朕向来留心河务，每在宫中细览河防诸书，及尔屡年所进河图，与险工决口诸地名，时加探讨。虽知险工修筑之难，未曾身历河工，其河势之汹涌潆漫，堤岸之远近高下，不能了然。今详勘地势，相度情形，如肖家渡、九里冈、崔家镇、徐升坝、七里沟、黄家嘴、新庄一带，皆吃紧迎溜之处，甚为危险。所筑长堤与逼水坝，须时加防护。大略运道之患在黄河，御河全凭堤岸。必南北两堤修筑坚固，可免决啮，则河水不致四溃。

　　水不四溃，则浚涤淤垫，沙去河深，堤岸益可无虞。今诸处堤防，虽经整理，还宜培薄增卑，随时修筑，以防未然，不可忽也。"

　　宿迁、桃源、清河一带建了许多减水坝，他肯定这些坝的积极作用，但又担心，他说："现在考虑受益，还应考虑另一方面，若遇洪水泛滥，乘势横流，谁能保障水坝不决口？万一决口，周围农田就要受害，这是我不愿看到的惨景。"

靳辅向皇帝说明："这种减水坝只是权宜之计，待黄河尽复故道之后，臣当更议塞减水诸坝，仰副皇上爱民致意。"

康熙道："这就要看你的了。"

康熙为了察看筑堤情况，他由乘船骑马改乘舆，从宿迁到清河，所经过的路段，见河工运土，肩挑背扛，卷埽下桩，举夯筑堤，十分辛苦，他下舆去到役夫中间，进行慰问。

康熙对身边陪的河道总督靳辅说："役工很累，要让他们吃饱，尽量做好，日出而做，日落而息嘛，要让人人得沾实惠。"

然后，康熙乘御舟临视河闸，见水势湍急，他当即同河道总督说："这里应该改为草坝，另设七里，太平二闸以分水势。"

御舟飞快的南行，过了清河，驰过淮安、沿运河南下。二十二日，御舟经过高邮湖，康熙见岸上的田亩、有的是房屋泡在水中，他赶紧命令停船，他下到堤上，亲行堤畔十八里，察其形势，召集生员耆老，寻问灾情，造成灾害的原因，有什么好的解救方法。回到御舟，他叫来扈从的两江总督王新命指示说："朕此行原欲访民间疾苦，凡有地方利弊，必设法产除，使之各得其所。昔先忧一夫之不获，况目睹此方被水情形，定可不为拯救耶？"

"臣有罪，一定遵皇帝谕旨，尽快解决这里的灾害。"王新命说。

"唉！"康熙虽然听到王新命表示对他的话照办，但他仍是想，他们到底会不会认真去办？他命随扈的侍卫说："你把我的信，交给白天同我说灾情那位老汉，如果这里的灾情三个月内得不到解决，让他拿着我的信进京。"这个夜间，康熙迟迟不能入睡，船在慢速行驶，月也在跟随御舟行驶，他望着浩渺的夜空，想到很多很多，提笔赋言诗一首：

淮扬罹水灾，

满满常浩浩。

龙舰偶经过，

一倚类城禹。

田亩尽沉沦，

舍庐半倾倒。

带带赤子民，

栖栖队深潦……

1684 年十一月初一，康熙当晚入驻在江宁织造署。第二天主要活动议程是祭扫明陵。这件事意义重大，影响久远。清兵入关之初，受到了江南和东南沿海人民激烈反抗，南京周围的农村王盖、金牛、元塘、聂林、邓村、龙都借"练乡兵"为名，武装起来，同清军作战。接着溧阳、金坛、兴化等周县的农民也组织起来，袭击南下的清军，太湖的农民、渔民、在赤脚张三的领导下，以淀山、长白荡、澄湖为基地组织抗清起义……

江南人民最反感的是清朝下令剃发梳辫，改换明朝衣冠，从衣冠装束到精神观念，承认清朝对全国的统治，确立满族贵族对汉族及其他各族人民的主奴关系。关于剃发易服，《东华录》有这样的记载，说：清军占领江宁后，马上发布公告曰："自本告下达后十日之内，各地人民一律剃发"。凡是不剃的，迟疑的，上表音请术保存明朝制度的一律"杀无赦"。

江宁上下，一片恐怖，人民愤怒地骂着："留头不留发，留发不留头"这是什么朝代呀！

谁都不会想到行脚叫卖于市井中的剃发匠，一下升到了比邢部尚书权力还大，清军占领者对剃头匠说：看见留发者，马上叫来给他剃头，如不遵令而剃，可以割下他的头。

江南人民出现的抗清高潮，风起云涌，象咆哮的江风怒涛，一浪高过一浪，震动全国，清王朝的血腥的镇压，集中力量逐个击破、分散，最后完全消灭的办法，最后只剩下一股强大的武装力量，那就是郑成功领导的海上武装。祭扫明孝陵，这是康熙南巡又一主要活动内容。清昭梿在《啸亭杂录》中是这样记述的：

皇帝六巡江、浙、每至江宁，必幸明孝陵，祥谒如仪。尝曰：'明太祖一代人杰，不可亵慢'。康熙为了祭陵，对前朝开国皇帝的尊重，亲作祝文，对朱元璋歌功颂德，说："夫明太祖以布衣起于淮泗之间，经营大业，顺天应人，奄有区夏"。并对大学士们说："朕意欲访察明代后裔，授以职衔，使他们世守祭祀之事。"

康熙祭扫明孝陵，还为其题写了"治隆唐宋"的匾额。

回到江宁织造署驻跸之处，他马上召见了曹玺之妻，曹寅之母，当年在福估寺的保母孙氏，如今已是白发银丝六十有八的老人了。

"皇上……她听说皇上驾到，已经激动得流出了眼泪，说不出话了。"

按照规矩，先叙国礼，后叙家礼。孙氏带领家人，长幼有序排开，参见皇帝及宫眷，礼毕，然后康熙又以母子之情，进行参拜。

"这可万万使不得的呀！"孙夫人说。

"使得使得，"他对周围的扈从大学士、大臣们说："这是我们家的老人啊！"

　　孙夫人上前扶起康熙皇帝，她泪流满面的把头靠近他的臂膀，她当年就是朝夕这样被孙氏拥在怀里的呀！皇帝她好象一下回到了福估寺，一切往事历历在目，那里给他人生留下的是宁静、温馨、宽厚、仁礼、奋进一些美好的东西。

　　康熙陪着孙氏走进她家的花园，时值萱草花怒放。萱，属于金针菜的一种，在植物学上为百合科，多年生宿根草木，肉质肥大，长纺锤型。花形漏斗状，橘红、橘黄色。古人把萱看得十分神圣，认为可以使人忘忧。嵇康在他的《养生伦》 中道：

　　"合欢蠲忿，萱草忘忧"。叫梦得的《遣模归按视石林》诗："白发萱堂上，孩儿更共怀"。中国人有时心萱作为母亲的代称。

　　曹寅见皇帝站立在萱草凝视半天，他知道皇帝在想什么，不待开言，皇帝令扈从御前魏太监说："我要为我们家老人写几个字："萱瑞堂！"皇帝大笔一挥，一气呵成。

　　曹氏一家对于皇上给予他家这样高的荣誉都激动不已

　　康熙向孙氏嬷嬷微笑一下，好象在说："慈爱的嬷嬷，你还满意吗？"

　　后来曹寅选用上好的木材雕成匾额，底色为石青，字为阴刻，乌漆镜亮，四周镶有九条龙围绕缠护，龙是心赤金箔包成的。龙是皇帝和帝国的象征，是华夏民族的图腾。

　　曹玺当年死在江宁织造任上，康熙封了他一品尚书，皇帝的保母当然就是一品夫人。这不只是一般所说的"最高荣誉"，而是让曹家已由下贱的奴役——包衣，而入旗升为贵胄了。

　　曹寅生有一子二女。康熙在接见曹家时，康熙帝对于身材婀娜，娴淑有礼的大女儿产生好感，他指配曹寅的这个女儿，嫁给宗宝平郡王纳尔苏作为王妃。这又是曹家连作梦也没想到的事，曾为包衣，一下结为皇亲国戚，真是令人羡幕。这种满洲人称为"抬旗"的事，在清朝历史上数来数去也不多。

为康熙皇帝举行欢迎的盛大筵宴，安排在老宅的后院厅殿楼阁，鲜花与绿竹掩映的"峥嵘轩峻"，"蓊蔚洇润"的西园，园中有一池塘叫西池，梨花玉兰，鼠姑石苋，青竹铺草，老楝婆娑。

西园同曹家的命运紧密结合，由盛而衰，那是连康熙这时也预示不到的。

曹寅为了接驾，准备了足以一年，每个微小的细节，他都设想得具体、周到、做到一切一切，万无一失。

宴会场面大、隆重、客人品位、档次高，这是江宁从来没有的。皇帝看到应邀出席宴会的有当地著名的大地主、大富豪、名士、诗家、以及明朝的遗臣、耆老，他很高兴，心里赞佩这个儿时的读书、摔跤、游戏的小伙伴，只有他才了解他，什么身旁的大学士、御前太监、妃嫔奴婢，全是投其所好，每日唱圣歌的一帮子吹鼓手。

康熙喜上眉梢，靠近曹寅说："我们在南书房读书时，最爱玩的是什么游戏？你可记得？"

"记得。"曹寅说："《跑马城》。"

"对！"康熙兴致极好地唱道：

去铃铃，去铃铃，

跑马城——

曹寅拍着手，鸣和道：

马城开——

打发格格送信来，

要哪个，要红灵……

康熙指着曹寅，他们都又回到少年时代了，笑说："这个曹寅总要红灵！"

人们齐声欢笑，曹寅笑得更开心。

接着康熙巡视了江宁教场，到无锡惠泉山观赏，这时出现了一个意外的情况，常熟的县令跪伏在扈从的御营前，递上一份礼单给皇上，是什么珍贵的礼品呢？

——五个美女。

侍卫报告了巡幸圣驾总管大人，他也做不了主，正说话间，康熙皇帝听见了，问道：

"什么事？"

"回禀圣上，常熟县令送上五位女子。"

"哦，有这样的事？"康熙想了一下，说："美女退回，你把那个县令也给我收下，摘掉他的顶戴。"

知县筹备迎驾，正值皇子胤礽、胤禩他们都来过江南，从曹寅那拿走了上万两银子，又到苏州、常熟，除了要银子之外，他们都要常、苏、吴、松一带女子。他想皇子喜欢江南女子，皇老子应该更加喜欢，这不经过半年的精选，从各地挑出五个美人来，相皇帝一定很高兴，他还想到皇帝临幸之后，怎样如获至宝，带回宫中，那时还会感谢他这个献"宝"的人，说不定给个知府或巡抚呢！

曹寅很快弄清楚了五个女子的来历;有二个是家中贫寒，知县看中买去，一个是被人贩子贩得的，一个是高家的奴婢，只有一个是大家闺秀，说选送宫中作妃，被骗来的。

康熙说："好生处理，该放银两，送银两，派人护送到家，该去赔礼道歉的，上门赔礼道歉，那个知县的事，就不用你管了，我交给江宁巡抚。"

一波未平，一波又起，在皇帝临幸惠泉山时，一个和尚在圣驾前跪伏，声言：要献长生不老的秘方。

康熙对御驾总管大臣说："朕收下他的祝福，美意，致于长生不老的方子，还是由他自己受用吧。"

在南巡中，他还闻得地方有些酷吏，鱼肉人民，横征暴敛，他派都察院的左都御史，配合当地的巡抚立即调查，进行处理。他对身边扈从的大学士们和大臣、官员们说："赵高指鹿为马，东汉宦官与外戚轮流干政，杨国忠胡作非为，如果没有这些奸妄的小人捣乱，历史也许将会另外的一个样子。'刑要上大夫'，对于那些贪赃枉法，侵吞国库银两，人民财富，胡作非为，败坏命官名声的，就要按大清律例办，决不姑息养奸，列祖列宗'立纲陈迹'的决心，就是为了保证江山社稷安宁，黎民百姓福祉的。"

大清律是无情的。这使人们想到为清朝入主中原的多尔衮死后获罪，也使我们想到被称为'满洲巴图鲁'，辅政大臣擅权，结党营私在康熙 16 岁时破翦除，以及其它一些文武大臣受惩，如不久前处理了两江总督噶礼，不然怎样管理一个国家，要天下黎民安居乐业呢！

在康熙此次南行巡视中，御驾接待官员中，有人上奏江宁巡抚陈鹏年，反对皇帝巡视，认为这样会靡损朝廷银两，给地方财政增加困难，还说皇帝此次南行，主要是游山玩水等等，康熙看了奏章，十分生气及至愤怒，下令说："违抗皇命者，斩！"

曹寅听到这个命令，惊慌一片，因为他最了解，陈鹏年在江南为官口碑其好，人们都称其为两袖清风的清官，人称"陈青天"，这个人性格坦直，对于朝廷命令奉行不阿，对于皇帝谕旨执行从不走样，那么他为什么受到随驾官吏的密奏呢？原因有的官吏，目的为朝廷饮差，为迎圣驾准备工作，到江南大肆搜刮，从金银财宝到苏杭美女，陈鹏年认为这样有辱皇命，有损朝廷，抵制不办，所以受到诬拘陷害。情急万分中，曹寅奋不顾己向皇帝跪拜，磕响头，这是清代请罪的一种方式。康熙看到替陈鹏年请罪的不是别人，是曹寅，他开始冷静下来，想这陈鹏年为官不会是像迎御驾准备工作大臣们和他的皇子说的那样，如果他对皇上巡视有不满的行为和活动，第一个向他进行密折的不是别人，而是他放在江宁最可靠的耳目——曹寅。

陈鹏年得救了，他与曹寅平素并无密切往来，而且因于织造事务，还发生过龃龉，可是在性命攸关的时候，曹寅站了出来救了陈鹏年，更极大地维护皇帝的尊严、品格。人们纷纷传说曹寅救陈鹏年的事，盛赞这门皇差、皇亲国戚，是最有德性的人家，成为佳话，美谈。

因为曹寅接驾办事使皇帝特别满意，使他南行的几个重大活动，顺利实现，特别是对上层的联系，增加了他们对皇上、对皇廷的了解、信赖，皇帝将曹寅擢升为舟政使，这是三品大臣啊！这个位置说明进入"九卿"之列了，第二是除了织造署，又派他兼管两淮巡盐御使，曹氏一门锦上添花，荣华富贵，达到了一个新高峰。

康熙在南巡中，为了减轻人民负担，宣布减免灾地钱粮正赋，地丁钱粮、屯粮、芦跟、米麦宫架税等，他要回銮时，所到之处，都是普施恩惠，受到极热烈地欢迎，有的万人空巷，大小官员、地主、绅士、名士、遗民，挽留皇帝多驻几天，这次历时 71 天的巡视到此结束，一直跟随着他的起居注官在起居注中总结说：上自巡省南行，每日百姓夹道伏迎，聚观者以十数万计，或焚香献果，擎跪马前；或捧土填冰，以济御道，鼓舞欢欣，皆出诚悃。上又驻马慰劳，众情益悦。逮舟行之时，夹岸跪迎者日益多，追随阗溢，欢声雷动，携米、面、酒、果、土产诸物，傍舟叩献。上悉令侍卫慰谕而遣之。甚有恳切攀留，行泥潦中，衣履沾湿不顾者。皆由皇上视万民如子，故所在之民，虽遐乡僻邑，襁负而至，瞻仰恐后，真诚爱戴有如父母焉。为此康熙也极受感动，赋诗曰：

国家财赋东南重，

已去蠲租志念殷。

雨泽何妨频见渥，

善天愿早乐耕耘。

他巡幸江南，体察民情，考察官吏，在返京之际，他对江南的官员赋诗，意为洁己爱民，奉公守法，淑浊扬清，体恤民隐，务全数本务实，让江南人家自给自足。

康熙首次南巡，于十一月十八日黎明，康熙帝御辇，排全副仪仗，自曲阜南门，行抵孔庙，在奎女阁前下辇，由甬道旁行至大成殿。康熙帝心怀崇敬，举步沉稳，在孔子像前行三跪九叩礼，一时乐舞并作。随后到诗礼堂，孔子传人衍圣公孔毓圻等跪叩行礼之后，召监生孔尚任、举人孔尚礼为他讲解儒家经典。接着康熙帝命大学士王熙对孔毓圻宣读上谕：

至圣之道与日月并行，与天地同运，万世帝王咸所师法，逮公卿士庶罔不率由。尔等远承圣泽，世守家传，务期型仁讲义，履中蹈和，存忠恕以立心，敦孝弟以修行，斯须弗去，以奉先训，以称朕怀。尔等其只遵毋替。

特谕。

在孔毓圻等一片"谢恩"、"万岁"声中，康熙帝的经国大计便算宣示于天下臣民了。康熙濡墨挥毫，亲手书写

"万世师表"，令人悬额殿中。他自小熟读儒家的经典，认为孔子学说："至圣之德与天地日月同，其高明广大，无可指称"。

在离开曲阜之前，康熙帝还余情缱绻地亲书《过阙里诗》一首，并到孔子墓前祭酒之爵。学士孔在武、高士奇颂自赞颂皇帝重儒尊孔，说道："至圣之道，昭垂万世，而振兴文教，实赖一人，我皇上躬诸阙里，盛举仪章，正以宣扬圣化，蒸育群生。凡有血气，莫不感叹。诚海内向风之自，亿载太平之基，不独孔氏子孙感沐皇恩已也。"

十一月二十九日，数日北风劲吹，把最后一片枫叶吹掉，严冬已迈步来到这里，天气虽冷但人们心里热气腾腾，城内主要街道侍卫排立，甲仗鲜明，城楼上旗幡招展，正阳门大开，留京的文武百官跪伏迎接南巡的皇帝回銮。

康熙南巡江南开创了满清历史的先河。

康熙六次南巡，解决了河道问题，保证了漕运南北畅通，体察了人民百姓生活，

减负了田赋，提出了"满汉一家、中外一体"的处理民族间关系，"远近一体，仁育万民，皆育使之共享安乐"的大团结思想，确立以儒家思想治国思想，博得了江南人民和广大汉族人民极大好感和拥戴。

千百年来，历朝历代的君王，那个不为滚滚东流，桀骜不驯的黄河水患而头痛，还有那个"奉天承运"的天子，亲临河工解决河务，以安定民生的呢！

康熙，一个胡服骑射民族的子孙，他征服了黄河，滚滚东流的黄河留下的历史是"田害漂没，人为鱼鳖"；干旱时赤地千里，饿殍载道。多少黎民震天撼地的高呼："救救我们！""救救黄河！""救救养育我们的母亲！"又有哪个位

尊九五的皇帝把河务作为他的重任呢，写在纸上，贴在他的宫内柱脚上，"防河纡旰食，六御出深宫"呢！

康熙此次南行，正如随陪驾的一位外国行教士所评价的："他肯定会成为历史上为数寥寥的圣明有德，儒雅宽厚的伟大君主之一。"

康熙回銮走了。他的身后留下了一个圣明君主的脚步和高大的身影，他从这里奏响了一曲走向盛世的凯歌。

26. 命官于成龙

这一年严冬，从山西高原上的滚滚尘沙中，仆仆风尘的走来一个人，穿著布衣，约莫四十多岁，读书人模样，肩上斜挎着一个靛兰家机布包袱，那里面有随身御寒衣物、银两盘缠和干粮，他骑着一匹毛驴，沿着古老的乡间小道艰难的行走。

爬过了太行山，行到娘子关附近，从山林中飞出一伙人，五六个身穿青衣，手拿棍棒、鬼头刀的强人拦住了这一人一骑。"站住！"一个大汉厉声吓道："留下买路钱！"

行路人听说过在山西、直隶交界的地方，常有强人出没，可他万没想到自己竟遭遇上了。但他这样的人，照直说是不怕强盗的，因为他身上的银两还不足到获鹿的，他还要北行到京都，他的盘缠还是临时在都西舍筹措的。面对这些"彪悍之徒"，他有什么办法，只好乖乖的解开包袱，现出衣物，银两、干粮任其索拿。行路人心想，不管银两、干粮、衣物他们不会全部拿走的，他听说这伙人很讲义气，"兔子不吃窝边草"，从口音上论说他们都是"老西"，同乡之人。可是他们卷起包袱，一丝不留地全"端"了。

行路人轻松了，包袱被强人抱去了，毛驴也被拉去了，所幸的是他的怀中没被搜，那里有一张朝廷吏部的文书，那比银两还贵重的啊，现在他只好在黄尘漫卷道路上，一步一步地向前走了。

行路人感叹出行不利，前行不知还要遇到什么麻烦，这样慢悠悠的走着，何日才能到京城，他有点心急。

正走着忽然一个重大问题出现他的脑际，让他颇费思索，由行路难，想到盗匪，想到盗匪的产生，怎样解决无处不匪、无处不盗的这种社会状况。

他还想到战争、灾荒、兵燹、官府的腐败，吏治颓废等等社会原因。他想到这些栖身荒野、山洞、兽穴的人，为什么到处烽起，长时期得不到解决，当地的朝廷命官在干什么呢？他想到正义遭到亵渎、法律过于懦弱和官场舞弊，就会造出这帮子惨无人道、欺压凌辱的强人来。"法全滋彰，盗贼多有"。他想起古人老子说过的这句话。他还想到中国古代传下的、带有传奇色彩的土匪盗跖是战国时期的人，后来被干这一行的视为开山之祖。他认为盗匪这是国家一大隐患，这一隐患不除，百姓难得安宁。

这天行路人遭劫，只能沿路乞讨。过四天进入了河北地界，过了甘陶河，一问才知离获鹿已经不远了。这里原是行路的一个中转地，一来歇歇腿脚，二来顺路探访一下几个熟人，其中有崇祯年间的同榜贡生邹棕桉。

获鹿是个小县城，城里没有几条街，周围连着棉花、麦子、花生地，主要一条街道为商业街，小店铺一个挤着一个，各种招幌"酒生子"、酒帘子、"南北大菜"、"萝圈"、"煎饼"各色各样的幌子，如同达官出行的旗仗，以艺术和夸张的手法，营造着迷恋不已的浪漫氛围，把经营者的商品名称、内容、性能、特点加以介绍和渲染，千姿百态，迎风招展，目不暇接。他走到市街的东头拐角处，过了县知府后街，再往东走不远，就是他要拜访的邹棕桉家。

邹棕桉为贡生，根本没有出仕一天，一直在家养花、养鱼、种菜，过着农耕生活。年轻时大清刚刚入主中原，也招过他出来做官，命他三河县的县丞，他用一句话给回绝，他说："谢谢朝廷和巡抚的美意，家有高堂老母，子曰：'父母在不远游。'"以后，再也没人理睬过他。这样，他靠着先人留有一点家业，城外有土地，每年收些租佃，倒也有吃有喝。

黑漆的门楼被敲响了，门咿呀开了，邹棕桉根本没想到会是这位同榜的于成龙仆仆风尘来访，两人见面，亲热无比。

"我得先向老兄道喜！"邹棕桉抱拳致意。

"喜从何来？"

"老兄要到西南蕃邦之地赴任。"

"你听说了？你老兄可谓秀才不出门，便知天下事。"

"说来很巧，半日前我的内弟来办差，他在吏部，他知道你我友谊，便说你们那位同榜的老同生，被任命为罗城知县了。"

邹棕桉性格耿直，挚拗，为朋友极为热情，他拿出本地名酒"利伶醉"，还有固城"贡酒"，招待于成龙，酒饭后，他备好了两匹快马，陪于成龙游隆兴寺。这是一座建于隋朝的佛寺，年代久远规模宏大，保存得也较完整。他们游哉悠哉，一边走一边天南地北的讲古论今，拜谒了天王殿、摩尼殿、戒坛、慈氏阁、转轮鼎阁、大悲阁、弥陀殿，于成龙对佛教兴趣不大，但对寺内的木刻壁画、精美石刻、佛像铸塑倒很有兴趣。

观光完了，于成龙准备告辞及时北上，邹棕桉再三挽留，让他多住几天，他还想聊聊庄子的《人间世》和《天运》。

于成龙说："老庄的学问，棕桉兄多年潜修，我不及一点，当年为了名试，囫轮吞枣地读了几篇，也是运气好，碰上我注意的几篇，总算没交白卷，但觉得老庄的学问，许多哲理、玄理、文意隐晦，理解起来很困难，帝王之家从中得到各家治国的指导要津，道家则从中看到修心养性，返扑归真，玄学家则加以演化，使其玄而又玄，星象学家则从中演化出算命术，这样，我又觉得老庄的学问，让一些人弄得混乱不堪。"

"极是，极是。"邹棕桉说。

于成龙执意要走，邹棕桉也不便勉强，他看出了于成龙手中拮据，便命家人送上一包银子，说："一点意思，作为盘缠。"

邹棕桉是了解于成龙这个人的，他们在名试时，住在驿馆，他每天只是馒头、稀饭、疙瘩咸菜，从不多花一文钱，人们觉得他太寒酸，有的人出资相助，但他没有收过一个人的银两，每每遇此，总是千恩万谢，从不收纳。但这回，于成龙来了一个意外，狡谲地说："我就等棕桉兄这一句话呢！"

邹棕桉对于他的这句话，有点摸不着头脑，问："成龙兄的意思是……"

"我现在是身无一文。"

"这样说，是路上出事了？"

"是。"于成龙说："快要出山西地界时，遇到了强盗。"

"你真是命大之人，大难不死，必有后福啊！"

"可是没有你老兄接济，我怕只好一路乞讨进京了。"

"不致于，不致于此。"邹棕桉对仆人说："护送于大人到京，一路好生照看是了。"并从衣袖中拿出一封信说："柳知府柳庆镇，是我本家的兄弟，有事你可同他往来。"

于成龙骑匹快马，在邹家的仆人虎子的护送下，沿着一马平川的大道，直向北驰去。在马背上，于成龙的脑际忽然涌起庄子的《天运》，情不自禁地吟道：

天其运乎？地其处乎？日月其争于所乎？孰主张是？孰维纲是，孰居无事推而行是？……

于成龙背诵完了《天运》，想到为什么邹棕桉要与它讨论庄子，原来是对他赴任，作为做官的用古先贤的话对他淳淳教导的啊！他感慨无限，喃喃自语的说："人生贵知己，何必金与钱。"邹棕桉对他的这种暗示，感觉比他资助银子还受用不尽。

于成龙到京，住进了山陕会馆，然后去吏科办理赴任文凭，注写期限，接受"京察"，在这里，他遇见了邹棕桉的内弟李贤良，由他引路，很快办完了应具的一切手续，他不及到风景名胜地处观览一番，便急急南行赴任去了。

他骑着邹棕桉送上的马，晓行夜宿，用了二十八天，终于到达了柳州府，他要去的罗城为柳州府所辖，他在这里停留一下，按照规定，他得去拜见他的上司两广总督和广西巡抚。而巡抚衙门设在桂林。这样，于成龙只在柳州羁旅两三日，办完公事，在邹棕桉的本家兄弟邹明百陪同下，拜谒一下唐代的著名政治家，诗人柳宗元的纪念祠——柳侯祠，观瞻了柳宗元亲书的"龙城石刻"，韩愈所作的"荔子碑"，逛了一下柳江南岸的鱼峰山，还有那里的鲤鱼洞、三里洞、蟊斯岩、罗汉洞、纯阳洞，体验一下人们所说的"七窍八通"，然后便取路桂林。

桂林是于成龙青年时候所向往的一个地方，他梦见过一片橘林，结着满枝果实，因为他从小吃过一次橘子，觉得那是天下最好吃的水果，一问产在广西桂林。

桂林并不以产橘出名，而是山川奇特，景致多娇，风光漪丽，向来以"山水甲天下"美誉全国，那是后来的事。

于成龙到了广西巡抚衙门，交上了朝廷具签的任职文凭，按照贯例，巡抚要同他作一次谈话，介绍赴任处所的各种情况，要做些什么，不能做些什么等等为官要略。可是，在这个当口，朝廷有一钦差大事，巡视两广河防，抚台大人陪钦差去了，只由笔贴式代行谈话。内容是千篇一律，老生常谈的官话，笔贴式说："知县管一县之政，除了为朝廷征收赋税，征发徭役外，凡养老、祀神、读法、表美良、恤穷乏、稽保甲、严缉捕、听狱讼，皆躬亲厥职而勤慎焉！"

于成龙心里明白，一个知县品级不高，但责任重大，举凡一县的财政、治安、审判、教育、福利等等事情都要管，亲自操办，责无旁贷。换句话说，是在一县代表皇上直接统治民众。他从这里领取到公服：状如扁圆斗签的素金色"顶戴"，上有一颗水晶装饰，一件五蟒四爪的蟒袍，胸前和背后都有补手。这种青色蟒袍袖口平时翻起，见长官致敬时则要翻下来用袖口遮住手指，俗称"马蹄袖"。出行时为青轿、青伞，使人感到县官浑身上下清冷一片。

于成龙坐在青轿上，向他赴任的罗城而去，他的马跟在他的轿后出了城。

第二天下午，于成龙经过一天多的行程，过了融江，罗城文官已经进入他自己管治的地界了。眼前一片荒凉，他的心抽紧了。他脱下了官服，从仆役的肩上取下自己从家乡穿来的布衣，骑着马跑在轿前，不一会把青轿甩在身后。

一个骑着马，穿著布衣的中年人进入罗城，这里叫它东门镇。路旁排列着许多人，有县衙的佐贰官、县丞、主簿钱粮官、户籍、征税、巡捕、典史、巡检、驿丞、闸官、教谕以及承发房、仓房、库房一列官吏，还有当地的绅会、名流、学仕，耆老，足有上百号人，引来不少男女老幼远远站在一边看热闹。这是一支欢迎新官上任的队伍，由县衙礼房的小吏作为指挥这支欢迎队伍的领袖，他指导人们，怎样欢呼，要让："欢迎父母官!"、"欢迎老父台!"、欢迎老父母!、"欢迎父母!"、"欢迎罗城新大令"、"欢迎罗城邑尊!"、"欢迎罗城县令!"、"欢迎罗城大老爷!、"欢迎于青天!"……

迎接的人们一遍又一遍的演习着，口号过后是鸣锣击鼓，号角，直把一个破烂不堪的小县城闹得红红火火。

于成龙骑马走进城里，其实这里算不上有城，一条小水沟上面有一道土丘，这就是城。

迎接新官上任的队伍，从上午就集合了人，有的连午饭也没吃，在风里雨里站了半天，连县太爷的影子也没望到，有的肚子饿得咕咕叫，有的站得腰酸背痛，但是仍然耐着性子在等待，等待。

"来了，那不是嘛!"人们确已望见青色轿子，还有青伞，这些同其前任知县是一样的。二年之前，他们也这样欢迎新县令。所不同是的，那个知县据说很有背景，他一个姨妈的女儿，嫁给了乾清门太监，由这种关系，巡抚才荐举他到罗城当了知县，可这个人在柳州是个游手好闲的浪荡公子哥儿，除了吃喝、嫖、赌精通，其它都不知道，他在罗城二年，率领一帮子他的"哥儿们"，把个罗城弄得百业衰败，农事不兴，官场腐败，百姓叫苦连天，而他把搜刮到的民脂民膏，每月派人押送到柳老家，民众没有一个不痛骂的，据说巡抚每天都接到告他状的密信，有的还告上朝廷，这样的县官，终于被人民的力量给赶跑了。

"新来的县官会怎样呢?"民众惴惴不安，街头巷尾的议论着。

有的说："还不是一丘之貉！"

青轿、青伞颤悠悠，不急不慢地接近了欢迎队伍，礼房执事高声喊道："让我们欢迎父母官大人！"

"欢迎老父台！"

"欢迎于青天！"

"欢迎罗城邑尊！"

欢迎声浪，此起彼落，一浪高过一浪，各个都像舞台上的戏子，尽情的表演着，突现着自己的身份、价值，让知县大老爷留下好的印象。

青轿、青伞已经走近欢迎人群了，可是按照惯例，这位邑尊民众的青天大老爷应该停轿，走下来向欢呼的人们致意、答礼，与同僚、门属问候、耆宿行抱拳礼，可是这位知县，没有这样做。

青轿、青伞在两列欢迎的人群中通过，向前行走……

礼房执事一看轿子不停，狗颠狗颠的追随上去，冲着青轿喊："欢迎老父台！—"

青轿一直向前走着，颤颤悠悠，轿帘轻轻掀动一下，礼房执事眼睛一亮，以为"老父台"终于给了他面子，要露一面了，可那不是老父台掀动，那是风。

"老父台，老父台……嘻嘻，你驻一驻！"

青轿落下了，礼房执事赶忙上前，毕躬毕敬的掀开轿帘，一看除了官服，没有人。

"人呢？"他厉声问轿夫。

一轿夫说："你说的人是谁呀？"

"新任县太爷呀！"

"他没有坐轿，是骑马进城的。"

　　欢迎的人群一听这话，有的唏嘘、有的嬉笑、有的盼视、有的戏谑、有的戏言、有的惊惶，其中县内有名的刁大人，盐商刁罗板，瞪圆了双眼，冲着悠悠而行的轿背后，吐了一口吐沫，一甩袖子，挥手而别。

　　这时，佐贰官、县丞、主薄、典史、巡检教谕、训导以及知县内的房、吏、户、礼、交、刑、工之房等官吏、差役，急忙向县衙奔去，各个脸上表情显出尴尬、难看，人人的心情如丧姥妣，心里暗暗想道：这个于成龙好厉害！他谁的面子也不留给，骑毛驴看唱本——走着瞧！

　　这个故事只能呆板的叙述，按时间顺序描述：接着是为新任县太爷洗尘的宴会。

　　"请老父台光临、训教！"佐贰官等县内头脑人物，在礼房的执事的陪同下，拜见了于成龙。

　　"见面总要与罗城父老乡亲见面的，宴会我看就免了吧！"他后边还有一句话说，这是一个穷县，但他想毕竟初来乍到，说话先要客气一点。他说："宴会不要糜费库银，谁来吃，吃什么，大拇哥儿卷煎饼——各吃各的吧！"

　　"按老父台的话办！"

　　佐贰官心里想，礼房的执事，平素看来能说会道，挺讨人喜欢的，会办事，可是在迎接这个新任县太爷上，他做得不好，这一步棋没走好，第二步棋——宴会——就更难了，岂知佐贰官一出面，他竟一口答应下来，谁说提出条件，那不过是官场惯用技俩，那个做官的说愿意宴请，那个贼官说在搂银子、刮地皮。到时候酒盅一端，美女一陪，他这个于成龙，就会变成红醉虾了。

　　罗城没有饭馆，只有盐商招待过往客商一个饭铺二张八仙桌，不够气魄，而且厨师手艺一般，最好的地方是驿站，那里平素接待驿丞、报马也接待过钦差，欢迎于成龙的宴会就设在驿馆，摆了三张桌子，请来了二、三十号人，全是罗城有头有脸的官员、名流。大家各安其位，静候着本县的最大人物——新任知县于成龙到来，有的人不断翘首，企盼着县太爷的风采。

"县太爷来了！"有人叫道

穿着官服的佐贰官、礼房执事，陪同着一个布衣者款款而入，被让坐在首席之上。

宴会开始，礼房执事主持，先由佐贰官致欢迎词，接着是本地绅会、名仕、耆宿发表贺辞，接着执事宣布："请新任本县老父台训导！"

于成龙说："这样吧，我走了许多路，天气又不好，肚子饿了，大家站在外面迎候，站了很久，肚子也饿了，咱们都先吃饭，先吃饱肚子，再摆架子。"

全场鸦雀无声，不知这个新任县太爷这番话说的是什么意思，都在咂摸着。

接着于成龙站立起来，说："方才礼房的执事忘了宣布我对这次宴会的吃法的新规矩，那就是想吃什么，吃什么，想吃多少，吃多少，想要一醉方休，就一醉方休！"

"好！"他的话得到好多人的欢迎。

"我的话还没有说完——"

"安静，请老父台继续讲！"

"这个宴席费用，由谁出？县银库不能出，那里的银子是百姓向朝廷交纳的赋税，我不敢动！"于成龙摊开两手说："我是一个穷县官，只能谁吃什么，谁花什么钱，谁喝什么，喝多少，自己掏腰包！"

会场一片惊愕，人们的表情，感觉一下复杂起来，猜不透这个新任县官这么不通人情。在一片静寞之后，那个叫刁大人的盐商，冗地站了起来，说："这个宴席全部银子由我来付！"

于成龙不愠不怒地问："你哪来的这么多银子？"

"我经商。"

"经商要缴纳税得的呀！"

刁大人从来没遇到过这样刁的官吏，不要说一个小小县官，就是府官，道员乃至巡抚衙门，他都如走平行平道一样，没有人不喜欢银子、女人，没有官员敢同他过不去，他相信在这个世界上，"有钱能使鬼推磨"，他又一甩袖子，扬长而去。

于成龙叫道："送客！"

座席上的人，开始一阵小小的骚动，有的人感到"新官上任三把火"，这种场面不足为奇，有的感到事态不好，刁大人可是有背景的人，从来没有一个地方官敢碰他的。

于成龙开始用餐，他端起一碗白米饭，端过一碗蛋花金针汤，又向侍应生要一点醋，洒在里面，没用上片刻吃饱了。

在场的人，都傻傻地望着于成龙，有的学着于成龙的作法，捡一盘（碗）自己喜欢吃的，有的根本没有动筷……人们感到这是一场特殊、别开生面的宴席。

于成龙吃饱了，对陪同的佐贰官说："方才让我讲话，我肚子饿了忙吃饭，吃饱了饭的人，脑袋又空了，讲什么呢？秀才人情纸半张，为了感谢同僚，罗城父老乡亲，我除了付账，再写几个字吧！"

人们一听这个，立刻活跃起来，好像从冰冷的地窖走了出来，感到温暖。

“写什么呢?”于成龙在想，他说:“要写和宴席有关的话吧!”

于成龙拿起羊毫笔来，想了一下，写下了宋代文学家范西湖的诗，是这样的:

种禾辛苦费犁锄，

血指流田鬼质枯。

无力买田聊种水，

近来湖西亦收租。

赴任的第一天晚上，再穷的县，知县的公寓也比他永宁老家里设施好，可他怎么也睡不着。他看到的欢迎人群，参加的宴会，以及官员及地方乡绅们的表情、嘴脸，使他感到要办好罗城的事，为百姓造点幸福，这是很难的。他在日记中是这样记载他的感慨的:

我作为一个不知名的命官，像个冒险家一样，闯进了这座贫困的古城，我一步一步的迈进……我不知前面有多少障碍，我一开始就得罪了几个小人……我在宴席上也没吃饱，老天爷，如果你那里也曾收留饿死的县官，我愿作第一个。

他还把赴任的感想写给他在获鹿的朋友，他在信中除了报告沿路风光、感受之外，谈到了怎样去当这个罗城县官，他写道:此行绝不以温饱为念，所自信者，“天理良心”四字而已。

第二天，佐贰官于传明叫上马夫潘捻山，陪着新任县官视察城防和居民情况，没走上一刻，罗城县——人们叫这里东门镇，全部视察完了。据说，大清入主中原以后，一天广西巡抚专派罗城县官，向他介绍情况说:“就是一条街，还有半座桥”。

　　这个巡抚是个满人，他的汉话音不准，那个知县一听很兴奋，一想："九十一条街，还有八座桥"。这个县城够大的了，一定人口众多，商业繁荣，油水很肥的地方。可是上任三天，他就借口老母有病，跑回老家去了，再也不露面。

　　罗城县城共有居民六户，其中仅盐商刁家就是两户。在大清国的皇龙旗下，还有没有第二个这样的县城？

　　户部和吏部官员说：没有。那么，罗城便占了全国第一。

　　于成龙苦笑一下，说："罗城有了天下第一的位置，这很不错了，很有希望了！"

　　陪同视察的佐贰官只是陪着苦笑，再苦笑，他不知向于成龙说些什么。

　　罗城县城只有六户居民，不要说骑马视察，就是老鼠一天也转上十圈、八圈，确无什么好看的。于成龙穿着布衣，在笔帖士的陪同下，他按孔子的教导：每事问，走到乡下，走到穷乡僻壤中，走到壮、瑶等民族的山居中，爬山涉水，穿过榛莽，进行社会调查，了解罗城贫困的原因。

　　一天，于成龙从乡间归来，不及处理案头的文书，还有每天夜读就歇息了。睡到半夜，他忽听窗外有蟋蟀的响声，他一惊，马上起身，操起墙上的押书宝剑，离开床铺，躲在门房一边，不一会儿，只听外面有人发令："射！"

　　"嗖、嗖、嗖！"一箭接着一箭，于成龙的床上、书几上、墙上，射进了二十多箭矢。

　　然后呼啸一声，有三、四人的样子，跑上了林莽中。

　　护衙的兵房急忙叫起他的兵马，用了半天，才叫到六人，要去追赶强人。

　　于成龙制止说："不必了，他们已经进山了，你追得上吗？"

天亮以后，佐贰官和县丞等官吏来了，他们一看现场，都惊慌不已。

县丞说："这里的土匪多得很，什么都抢！"

"可是我这个穷县官，没啥好拿的呀！"于成龙苦笑着说。

马夫潘振山在背后抢上一句，说："他们连老太婆的小裤也抢。"

于成龙想，潘振山的话很有点意思，他说的是"抢"，可是昨晚的事，用的是弓箭，进行偷袭，根本没有破门而入行抢。

那么——？

于成龙从这件事上得到启发，要想让百姓安居乐业，必须肃清匪患。他从圣祖训练少年摔跤，一举翦除鳌拜得到教唆，他决定组织一支年轻的、保卫地方的"民兵"，他把他的想法，报告了府衙、巡抚、总兵、提督、都支持他的这个创举。

很快一支由 16 岁到 20 岁的青年组成的劳动、武卫、读经史的"民兵"队伍组建起来了。于成龙亲自领导训练，讲兵法，同时还从启蒙读本"百家姓"、"千字文"、"大学"、"中庸"开始，根据不同程序，教他们读书、学文化。

不久夜间偷袭于成龙的团伙被逮住了两人，他们供出这是盐商刁罗板雇用他们干的。

一个商人何此对一个穷县官下毒手？原来于成龙从佐贰官处在了解民情时，他小声地叙说，刁罗板是个有背景的人，他从不纳税，他叫来县钱粮、税保都老实禀报，都说刁家是从不纳税的。

“按照《钦定大清律》，不管是谁，毫无例外，人人都要按规定纳税。”于成龙说：“查他的账！”

税保按照于成龙的指令，查账的去了刁家，不但账本没拿到，而且各个被打得鼻青脸肿。

于成龙召开了县务议政会议，他在指出罗城的弊端之后，坚决地说：“罗城的好多重大问题之一，就是有人偷漏国税，而从没有一个县令予以解决，怎样解决，我看要用强制的办法了，要用王法了。”

大家听了为之振奋，感到于成龙看出了罗城的弊病，说到了点子上。

于成龙根据县上掌握的刁罗板偷税大量人证、物证，下令说：“抓他，关进县大牢。”

但是，刁罗板可不是好抓的人，你于成龙有“民团”他有一个可依靠的盐店伙计，他们各个都会使枪弄棒，可以说，各个都是刁罗板的护卫保镖，真要动手，是要流血的。于成龙只好以设宴，请县议事员光临，而刁罗板是议事会议副议长，他理所当然赴会。就在酒席进行期间，县丞走到刁罗板身边，对他耳语说：“邑尊大人有话，同你商量。”

刁罗板一想这个县令，到底还是惹不起他，向他低头了，他款款的在县丞陪同下，他向正堂口走去，当前脚跨进门槛，他感到气氛不对，但是后脚跟了进来，这时左右两旁冲出兵房和民团的人来，七手八脚将他捆了起来。

“你们这是干什么？”刁罗板向正堂呼叫着，可是一看那里没人，只有空空的几案和墙上的匾额：“秦镜高悬。”

兵房的胥吏说：“给他上枷！”

“你们要翻天，放开我！”刁罗板呼嚎着，“我不信你于成龙吃了豹子胆！”

"嚎什么？"胥吏感到这个人太张狂，便说："给他几下！"

一个皂隶贱役，扯下他的裤子，操起杀威棒，冲着刁罗板的屁股打了三大板。

刁罗板是有尊严的人，他的屁股更有尊严，现在他来到了这种地方，皂隶的板子，棍子以及一大堆刑具，对到这里来的人，那是没有什么客气的。

刁罗板被关进了大牢，络绎不绝的说情人，从省、道、州、府来了一拨又一拨，有的送银子，有的送土特产，有的还送美女……都被于成龙顶了回去。

为了预防不测，他把罗城的情况写成密折，由柳州的把总转给他的亲戚，现任苏州织造署衙的李煦，他们同为山东昌邑人，有世交，还是表亲。同时，于成龙还对把总说，请他帮忙，请求提督，总兵派军协助解决罗城匪患，他虽然向巡抚作了报告，为了早日促成，他不得不动员多方面的关系。

刁罗板掠财恃势，贿赂公行，勾结土匪，偷袭县衙，偷漏国税……共有二十一条罪状，广西巡抚早就听说这个刁罗板是个不法分子，鉴于他也是刚派不久的外省官，有些地方上的瓜瓜葛葛，实在难办，一讨论地方上某人某事，常常有人指鹿为马，令人头疼，他想解决，阻力很大，他支持于成龙，说："大清国大法律没有刑不上盐商的律例，巡抚御史正好在广西，我们把材料报上去。"

刁罗板一案由广西清吏司"朝审"，交刑部审理后，会同都察院、大理寺审拟具题，根据刑律，判处斩首——枭示。

刁罗板这个独霸一方黑恶势力被除掉了，罗城县一片欢呼，沉默多年的罗城县——东门镇，不断有人进出，经营小手工业的、编织业的，及至小杂货、米面粮油、生活用品，渐渐热闹起来。

于成龙为了鼓励各地商人来罗城，他把没收刁罗板的霸占的大片土地、还有房产辟为集贸市场，来做生意者，免税半年。

作为一个县的父母官，仅仅是判出一个黑势力、恶霸、肃清土匪这还不够，为了从根本上改变罗城的面貌，他找来了衙门中的教谕，跟他说："你是管教育的官，可是罗城有什么教育好管？从今日起，你负责筹化，我们也建一个学宫吧，你看那些僮族、瑶族的孩子，各个都很聪颖，但是一个字不识，'尔之教矣，民胥效矣'，我们作为朝廷命官，怎样教育老百姓，遵守王法，热爱国家，亲君王、孝父母，百姓就会效仿的呀！正如孟子所说：'不以规矩，不能成方圆'。"

建学宫由选校址到聘师、招学生，于成龙事必躬亲，身体力行。可是世代没有学校的罗城，人们对读书二字，十分陌生，读书有什么用啊，他们之中甚至几代人没有一个读书识字的人，不是照样在大山里生活吗！尽管于成龙和教谕到处奔走，招收学生，很多家长听了只是笑笑，只有一个家长报名，在这种情况下，于成龙制定新的读书入学办法：送孩子读书者，免交当年田赋，孩子入学免其学杂费用，供布衣、膳食，优秀者给予银子进行奖励。这个办法一公布，很快得到四方响应，不久就有二十多个家长，送孩子读书。

于成龙从桂林请来一位年轻的先生，用二倍于别地教师的月俸供给，他亲自同他交谈教师的作用，他引用唐代韩愈的话说："'师者，所以传道、授业、解惑'。"他还比喻说："你来罗城当教师，在我看来是在炼金子，从燃火到熔化这个过程很复杂、漫长，然后才发生瞬间的变化。培养人材也像炼金一样，它的功是经年累月花费心血的结果呀！"

于成龙本身就是尊师的榜样。他告诉百姓要尊重教师的劳动。县内有一些礼庆活动，于成龙都要把学宫的教师请来，作为上宾，有时关于议政之事，也把教师请来，倾听他的意见。教书先生在等级、官爵森严的社会中，并没有什么地位，人们说，家有二斗粮，不当"孩子王"，可在罗城就不一样了，我们经常看到于成龙出入常常以步代轿、代车、代马、而请学宫老师时，每次于成龙都指派用他的青轿。

在罗城的千山万山中，榛莽遍地，也是由于贫困，这里常常有瘟疫发生，常常出现一个部落全部被染，很难逃生，留下很多孤寡，也抛下了许多儿童，对这些人，作为一县父母官该怎么办？于成龙又像建学宫那样，不辞辛劳，游说省州，请富商捐助，建起了养济院，收留了这些孤寡。

在于成龙之前，不论是那任县官，没有一个人能说清罗城有多少村寨，有多少人口，男工女妇有多少？他们的各种状况如何？于成龙为了管理好罗城，他用了五年时间，在全县进行编制保甲，完善县、乡（镇）村、屯（寨）的行政单位，进行有效管理。

于成龙在这种荒蛮之地，一晃过了七年，罗城发生了翻天覆地的大变化，原来只有六户的东门镇，现在已有三百多户了，有了自己的集贸市场、字宫、养济院和市街、政治清明、经济繁荣、社会稳定、百姓安居乐业。"与民相爱如家人父子"，被总督荐为政绩"卓异"。

康熙元年，于成龙迁回川合州知州。他临行时，用了三天时间才走出县城，数多百姓，牵衣顿足，跪地号啕，不放于成龙走。

一项青轿一把青伞，在罗城启行了，于成龙步行其后，百姓簇拥着，所有送行的人员，特别是学宫的孩子，养济院的孤寡，他们有的哭得晕倒在地。人们不知这用什么语言表达他们对一个清官的感情，只有泪水、泪水……

于成龙一次又一次抱拳向送行的人们致意、感谢，可是送行的人，送了一程又一程，谁也不肯回返，眼看要出罗城地界了。

"你们才是我于成龙的父母！"于成龙只好跪在尘埃行跪抱礼，以谢民众。

于成龙在合州知州任上，《清史稿》是这样记录他的政绩的："清草宿弊，招民垦田，贷以牛、种、期月户增至千。不久，又调湖北岗府同知，治所歧亭盗匪横行，白天行人遭劫无人过问，社会治安一片混乱，于成龙招抚盗首彭百龄，宽恕他的罪行，令其捕资自续"。社会治安很快有了明显改善，人民皆称颂于成龙，湖北巡抚张明珍向朝廷报奏了他的政绩。

康熙十三年，朝廷命于成龙署湖北武昌知府。

康熙十七年于成龙升迁福建按察史。

康熙十九年于成龙调任升为直隶巡抚。

康熙二十年，于成龙应召入京觐见皇上，康熙表彰他说：于成龙当为"清官第一，殊属难得"。勉励他："始终一节"。

康熙帝为了奖励清官又宣布于成龙"历官廉结，家计凉薄，特赐内帑白金一千两，朕亲乘良马一匹"并御制诗一首：

自昔崇廉治，勤思吏道澄。

效圻王化始，锁钥重臣膺。

政绩闻留犊，风期素饮冰。

勖哉贞晚节，褒命日钦承。

　　这年年底于成龙升为江南江西总督。他感谢皇帝知遇之恩，到江南后，益加勤奋，诚属吏，革加派，剔积弊，治事每至达旦，"官吏闻风改操"。"尝微行村堡"，民惊服他每天吃糙米、青菜，江南人呼其为"于青菜"。

　　于成龙积劳成疾，他病倒了。在他病危的时候，仍然挣扎的喝着菜粥、咸菜。

　　他身边的侍役哭了，说道："大人，你想吃点什么？你就说吧，我出银子！"

　　于成龙苦笑一下，说："是银子的事吗？"

　　"那你为什么这样苦着自己？"

　　于成龙道："一百年、二百年后，人们也许会用新的眼光来看我们这一代人，来理解我们经历的困难，看待我们的胜利，理解我们这样做的意义。"

　　"不管怎样，大人你要保重自己的身子，奴才和百姓都需要你啊！"

　　"不能这样说，没有张屠户就吃连毛猪吗？"于成龙拒绝了侍役要给他买补养品的建议。

　　不幸的消息终于传出，卧床多日，这天他感到精神尚好，让侍役背他到衙门，他看到案几上一摞公文，开始批阅，待侍役给他送来茶水时，他枕伏在案几上睡着了。

　　他太累了，及至长睡不起。

　　他死在任上，享年六十有八。

　　于成龙历官不携家属，因此他的死，身边除了侍役无一亲人。

　　于成龙死后，将军、都统及同僚入其卧室整理遗物，只见四壁萧然，"惟筒中绨袍一袭，床头盐鼓数器而已"。

　　江宁民众闻总督病逝，如丧姥妣，罢市聚众痛哭，家供奉于成龙画像祭奠。江宁、苏州、湖北黄州、四川合州、广西罗城……举凡他任职过的地方，民众自动捐款，为他建祠纪念。

　　一个长须髯髯的老者，在于成龙的灵前献上一盆他伺护多年的白色山茶，说道："于大人我们和子子孙孙，不会忘记你的！"

　　康熙皇帝对于于成龙的死，十分悲痛，惋惜。他在朝会上，不止一次褒扬他。

　　后来，康熙南巡为江宁的于成龙祠堂亲笔题词：高行清粹，制成匾额，悬挂在祠堂正中。

　　大清命官除了于成龙，谁还得到东方大帝这样高的评价呢！

27. 博学鸿儒科

　　晨钟响起，清晨的第一缕曙光照耀在太和殿上，新的一天正在开始。

　　京都这块古老的土地，三五百万年前还是一片湛蓝的海湾，潮水带着浪花和泡沫，拍打着燕山和太行山。随着时间的流逝，海水退去了，涌来的大量泥砂填平了海湾，为华北大平原的北端又延伸出一片大地。"幽燕自浩称雄。左环渤海右抱太行，面襟河济，北枕居庸"。苏秦所谓"天府百二之国"，杜牧所谓"不可不为王之地"。

　　转瞬之间，大清国入主中原五十年有余了，如果把他比做一个人的成长，按孔老夫子所言，进入"天命之年"了。

　　京都正值新正朝廷盛典，由正阳门到畅春园，从朝阳门到卢沟桥，五色锦绘、彩墙、彩坊、彩廊、彩仗、花篱、幡竿、彩门、真是天开景运，金碧相辉，锦绮相错，华灯宝烛，霏雾氤氲，笙歌互起，金石千声，整个京城浸沉在节日的喜气洋洋之中。

　　从地北天南涌进一些文人学士，有从旱路骑马、坐轿而来的也有从水路乘船而来，他们进京时，都有礼部、鸿胪寺的官员打着："肃静、迴避"杏黄虎头牌子，他们所乘的车、马、舟船、一律插有"奉旨应试"的旗帜，十分隆重，引来市民万众夹道欢迎观看。

　　这些来自各地的文士、大儒，都是前来参加博学鸿儒开科取士，倒不是康熙的发明所创，也不是始于大清祖制的延续。它发端于隋代，兴盛于唐宋之间，每每都有皇帝这样做，在中举进士中再选拔博能者，作为国家的专用人材。据说，一次唐太宗取士，看到入朝谢恩勤劳觐贺的新科进士们，高兴地抚掌而笑曰，天下的英雄都收入我的笼子里了。他是说，为了巩固国家的政权，他必须选拔一些精英智者，他心理上感到很大的满足，给他们官做，让他们替朝廷说话办事，比放在下面让他们指手画脚，议政评政，造反好得多，这样，历代皇帝都把取士与战争、祭祀，当做国家大事，繁文缛节，操严禁格谨慎是无与论比的。

到了清朝，一个读书人要想为国家做事，进入各级政权衙门，所需必经的道路是郡试、乡试、会试、殿试四大关口，要经过大小十几场甚至更多考场，历经几十年，才能达到："书中自有颜如玉，书中自有黄金屋"。有的人用了半生精力，满肚子学问，一腔入仕的炽情，抱感终生也没能跨进这个大门。

康熙二十二年，山东淄川有一位禀生为了进仕，取得更高的功名，苦读诗书史书，满怀激情，不辞劳辛背着包袱，不远三百多里徒步走到省城乡试，考卷上笔酣墨饱，洋洋洒洒，一泻千里不可收，结果他违背了考试的规矩，"超幅"，被取消了资格。对一个莘莘学子，这无疑是一个重大打击，好多文友都来安慰他，勉励来年再试，"留得青山在，不怕没柴烧"。乡试被黜，这对一个求取功名，寄情做官，荣华富贵的人，不啻是当头一棒。蒲松龄不算年轻了，已四十多岁了。经过六、七年的调正、奋进，蒲松龄不甘心科场的失败，康熙二十九年，又来到了省城参加乡试，考完了第一场，主考认为考得不错，可是这时他病倒了，只好中途退场。尽管这样，他仍心怀大志，又参加第三次乡试，结果都是同第一次一样无功而返。从此熄灭了他的"立纲陈纪"，"救济斯民"的入仕从政愿望。回到家乡洪山蒲家庄，坐到柳树下，一壶清茶，一支笔，一把扇，开始他"姑妄言之，姑妄听之，豆棚瓜架雨如丝，料应厌作人间语，爱听秋坟鬼唱歌"的"写鬼写人，刺贪刺虐"的短篇小说创作中去。

康熙周围的一些大学士们，如张英、高士奇、杜纳、李光地、王鸿绪、魏象枢看到了康熙接受儒家治国学说的文略，心里十分高兴。

康熙认为大规模招揽贤才的已经成熟，于是宣布举行一次"博学鸿儒"的考试。他指示吏部说，从盘古至今，国之兴盛必有博学鸿儒振起文运，阐发经史，润色词章，以备顾问著作之选。朕为政之余，注意礼乐制度，文章教化，通过开科得到我们所需要的知识渊博的人，这有利于我们发展文化教育。我朝入主中原定鼎以来。崇不尚儒家，重视道德招贤纳士，这是大家都已经看到了的。有人常常感叹，人材匮缺，是这样吗？四海之广，天地之大，什么样的奇才大儒没有？此次于科凡是学兼优，文词越的人，都可以参加，在京三品以上的以及科道官员，在外总督、巡抚，布政史、按察吏官员，分别举其知道的人，朕将亲考试录用。其余内外名宦，发现有真才实学、真知灼见的，直接荐到吏部，务令公正公平，不可埋没人才。

事实是这样的，康熙亲政以后，不断收拢招揽人材，特别是汉族硕学之士，可收效甚微。他知道这个中原因是很复杂的，当初入主中原时，摄政王多尔衮指挥八旗大军，残酷地镇压了江南人民和各地人民的抗争，凡不归顺者，"反降者"即行剿，在政治上严格规定满族贵族的统治权，强制汉人剃头、易服、当奴;在经济上圈占汉人的土地房屋，强迫投充。他父亲顺治在世时，为了维护巩固他的统治，拉拢汉族地主，任用汉族官僚，标榜"不分满汉，一体眷遇"，但只是一种标榜，连顺治自己一看他的周围各衙门奏事，"但有满臣，未见汉臣"。如此下去，必将影响到汉官的积极性和江山社稷的稳定，这是必须调整的，康熙决定把汉族知识分子中学识渊博的大儒们争取过来为朝廷所用。

康熙认为，特别是对当年积极参与抗清复明的人更要宽宏对待，派朝廷得力、有名望的学者、官员，登门求贤。康熙在畅春园，让顾太监把高士奇、叶方蔼、李光地召来，赐茶、钓鱼，然后交给他们任务，分别下到地方，协同有关省府总巡抚，把山阴隐居的顾炎武、黄宗羲、王夫之请到北京来欢迎他们共商国事。叶方蔼晓行夜宿，仆仆风尘来到陕西。他的大名曾在国内名噪一时，这倒并非完全是当年"殿试""同进士出身"荣获探花，而是在清初江南奏销案中，这个探花因只欠一文银便丢了官，"探花不值一文钱"而流传各地。后来，康熙亲政为他复了官，他作为大学士、起居注官工作生活在皇帝身边，康熙也很赏识他的文品人品，外出巡幸要他参加，重要的国事议论也请他参加，高士奇、李光地同皇上亲近的文人，这样才把大儒出山的任务交给他们。叶文蔼作为钦差到了陕西，一不访亲，二不探友，他把请顾炎武当做头等大事办，不及抖落风尘，告诉扈从人员，务上大礼拜望顾炎武。

顾炎武字宁人，号停林，他本名绛，后改名为炎武。

叶文蔼出身昆山望族，之前同顾家是有来往的。他记得小的时候随同他的祖父去顾家。给他留下深刻印象的是，顾家是个高宅大院，占地几十亩，并排起三所多进式四合院落，宅后还有车库、马厩和佣人下房。他当年站在顾家起脊式门楼，望着脊上的兽物、建筑构件，计拱、大梁，富丽、辉煌的印象，使他更感奇趣的是后园的湖塘，水中叠山，葱茏秀润 苍润嵌空，都给他留下了高大幽静， 翠秀多姿。

顾炎武年长叶文蔼一些，最初给他印象是此公风流倜傥，矫骄不群，关心国事。他青年时期就加入了"复社"，这个社的宗旨评击明教学法明朝廷弊政，贪官、污吏，提携读书，讲求经世致用。

叶文蔼也听说了清军到了县城，万贯家财的顾家发生了变故。他弟弟参加了抗清，死于战乱，他母亲也因牵连下狱，她在临死告诉顾炎武说 ："勿事二姓！"

顾炎武深深地记往了母亲临终对他的遗言，此时正值昆山县令杨永言组织乡勇武装抗清，顾炎武出于复仇、复明、抗清，与其"复社"的好友归庄，吴其远等响应。杨永言曾推荐顾炎武到南京去担任弘光小朝廷的兵部司务。他去了南京，还不到十天清兵就渡江，弘光皇帝仓皇奔逃出走。小朝廷就这样很快瓦解了。顾炎武只好又回到昆山，参与抗清斗争。叶方蔼还清楚记得，一个雨夜里，有人急促地敲他家门，进来的是头戴斗笠，身披蓑衣、打着赤脚的人，进得屋来一看，才知道这是顾炎武，杨永言的抗清兵勇打败了，人也四散了，顾炎武逃出到了他家借用一些川资，更换了服装，不待天亮就走了。

顾炎武离开他家也离开了昆山，他到哪去了呢？据说，他游历了好几个省，跑遍了南中国，结交了一众文人志士，图谋有朝一日，进得复明。

后来，叶方蔼才知道，顾炎武到了山东邹平长白山下大桑家在那里开荒种地，可是又遭了诬告，被投入进大狱，经友人搭救才得出狱，过了一阵子，他又去了山西雁门、五台山。他勤于农耕劳作，奋发读书。这期间他曾四次入都南京谒明孝陵，六次谒祭明崇祯帝的"思陵"。他于康熙十六年定居华阴。他为什么选择了西北呢？

他在给他的族人《与三侄书》中有过这样一段话，认为"秦慕经学，尊士人，持清议"，这些正是他所需要的。华阴地处关河之北，在这里安居，虽是不出门，亦能见天下之人，闻天下之事。一但发生紧急事端，入山险不过十里之遥，若有志于四方，一出门亦有建瓴之便。他在这里定居下来，读书、研究学问，获得了极大的成绩。

顾炎武曾与友人论学说："百余看来之为学者往往言心言性，而芒然不得其解。"

其实，所谓'性、命、天'，孟子、老子是很少讲的而今之君子却常不离口。我认为圣人之道在于"博学于文，行己有耻，自一身以到于天下国家，皆学之事也；"不先言耻，则为无本之人。所以他主张"经世致用，为人要有廉耻要有气节，从而反对空空洞洞的谈论什么"心"、"性"。

叶方蔼会陕西巡抚、华阴知县，找到了顾炎武住处，那是郊外一个荒僻的小山村，他住在一所茅草屋里，门前有一条大黄狗与他为伴。

狗吠惊动潜心写作的顾炎武，他从室内向外问了一句。

"顾先生，我来了。"叶方蔼用家乡话对他说道。

那声音好熟，好亲，可说话人是谁呢？他们见面，相觑半天，顾炎武也不敢认。

"我是昆山叶家的子吉呀！"叶方蔼自我介绍说，子吉是他的字。

"子吉，久违，久违！别来无恙？"顾炎武上前握住了他的手，心情十分激动。

"你怎么来了？"

叶方蔼总算见到了这个"自从一上南枝宿，更不回身向北飞"，坚持不为清朝服务的遗志。坐定之后，一边饮着粗茶，一边叙谈乡情别后，他提起抗清失败后出走，是他祖父接济了川资衣物，表示感谢。

"有什么感谢话好说，你我同为乡梓，乡友，区区小事，何以挂齿，"叶方蔼向他拱拱手说。

顾炎武隐世埋名，早已知道叶方蔼供奉朝廷，而且干得不错，皇帝很赏识这个甲三名进士，虽然江南奏销案中编修官被贬，但很快恢复清白，迁国子监司业，再迁侍进，充日讲起居住官，值南书房。可是顾炎武没有问及升迁、朝廷的事，他有意避开，只叙友情不谈时政。

叶方蔼憋不住了，他此行的任务是完成皇帝谕旨，请大儒出山，他赶紧把话转入正题，说明来意。

"你看我已老得这样了，耳不聪，目不明，连村子也不愿出的人了。"顾炎武开腔便婉言谢绝。

"先生，"叶方蔼说，"皇上稽古右文，崇儒兴学，振起儒风，先生，皇上派我来请你了！"

顾炎武闭目听着，一句话也不说，脸上的表情，有时冰冷，有时嬉谑，他在想什么，想说什么，让人莫测。

"请我?"顾炎武抚掌仰天大笑，他用墨子的话说："'一目之视也，不若二手之强也！'皇上能启用儒家治世，这是只有盛世国君才能力到的，我虽逢盛世，已垂老矣，自身料理困难，怎能为国家效劳！"

这位"生而双瞳，中白过黑，读书目十行"下讲求经世大学的大儒，一口拒绝了叶方蔼的美意。

晚上，陕西巡抚在山阴县宴请钦差叶方蔼，准备一桌富有地方特色的食馓子羊肉泡膜，还有西凤酒。可是叶方蔼无心酒宴，因为他没有想到，这个老同乡，一点面子也不给，一口拒绝从政入世，他诚惶成恐，不知如何向皇帝交差。

酒过三巡，菜过五味，陕西巡抚看到叶方蔼郁郁寡欢，知道是顾老夫子没答应他的要求，便小声说："我接得吏部发来下的谕旨，为揽贤人，我亲自拜见顾先生三次，后来他以死拒绝，这有什么办法！"

叶方蔼听了只是苦笑。山阴知县还介绍说："我们山阴有一孝子家境富有，愿巨资请先生为其母写传，遭到了顾先生的拒绝，他说:文不关于经义政理大不足以为也。"

一次，康熙召见大学士徐乾学，问及黄宗羲是个怎么样一个人，为请他出山请不出，给他官不做？徐学乾回答说："曾经臣弟元文疏荐，可惜他年老不能来。他不敢说他抗清复明思想，如实禀报皇帝。

康熙是个极重人情的人，他说："可召他来京，朕不授其事，若欲归，当遣官送之。"

"可惜，可叹！"康熙感到没有黄宗羲这样大才，参与国事文事，实在太缺撼了。

康熙组织修《明史》时，遇到问题向黄宗羲请教，他还是极其认真地为其作了答复，又建议说："《宋史》别立'道学传'，这是元代儒生陋见，《明史》不当以它为例。"

黄宗羲虽不仕为朝廷服务，但在学术上还是严肃、认真、负责帮助修《明史》的学士官员解疑释难，得到了朱彝尊等人的加倍尊敬崇拜。

李光地的任务请王夫之，康熙备受重用的几个汉臣大儒相继奔走各地，衔命罗致人材。他来到衡阳，寻到了王夫之处，一进门看到了王夫之自撰的堂联云："六经责我开生面，七尺从天乞活埋"。李光地眄视一下，不觉一阵冷吹过，毛骨悚然。

他硬着头皮介绍了朝廷博学鸿儒开科情形，请老先生出来，为国家效力。

王夫之听过沉默着一言不发。

李光地引经据点，动员王夫之，说："先贤有言曰：五百年必有王者兴，自朱子而来，至我皇上，又五百年，应王者之期伏维皇上承天之命任斯道之流，以升于猷。先生何不就此出山，参加盛世奠基！"王夫之听了李光地用了一大堆恭维、盛赞皇上的言辞，心里很不受用，坊间人们传说"李光地会在皇帝身边拍马屁，果不虚传呀！"

王夫之张开嘴巴，指指牙齿说："硬的东西都没了，只剩软的了。这种样子，可在朝廷做官，白白浪费俸禄呀！"

"不，不，先生可不老！李光地赶忙说：如果穿上朝服会更年轻十岁！"

"年轻十岁没什么，如果说年轻二十岁、三十岁……我在那时，几乎把脑袋丢了呀！"王夫之椰榆地说。他明白康熙的用意，请儒者出山，接续儒学道统实结合在一起这样的国策，可他不原为朝廷服务，这是至死不谕的信条。这在他的诗词《菩萨蛮》中已经表明这路心迹："万心抛付孤心冷，镜花开落原无影。只有一丝牵，齐州万点烟。苍烟飞不起。花落随流水。石烂海还枯，孤心一点孤。"

康熙非常赞赏王夫之，他的《周易稗疏》、《考异》、《尚书稗疏》、《诗稗疏》康熙都浏览过，十分称赞他的学识。特别是提出"理在气中"的思想，康熙认为很新鲜。但是康熙知道作为明朝之仕对于崇祯的死王夫之十分悲痛，他曾哭了好几天而且不食数日，后来王夫之在南明小朝廷的派系斗争中，身受排挤，他感到国家糜烂，已不可为，毅然离去，从此长期过着居荒舒闭门读书、著述。他避在家乡衡阳船山著述讲学，当地人又称他为"船山先生"。

康熙所以要李光地亲自来传他入仕，并不完全是因为他的学问。有一件事，引起皇上极大重视，吴三桂叛乱，有人要他写"劝进表"，去投吴三桂。他断然拒之，说："国亡遗臣，只欠一死耳"。为了避开叛军的纠缠，他逃进深山隐居。

湖南巡抚得知王夫之这样的大儒不从吴三桂，报告给皇上，康熙十分赞赏，要地方照顾他，送粮食和布匹表示慰问。

李光地费尽了唇舌，也没说服王夫之，仍然以年老为由，拒不北上。

"船山先生，你能否再考虑一下。"李光地近乎哀求地说："我怎么也得陪先生进京啊！"

王夫之领李光地去他的仓房，指着一块青石墓碑说："李先生，请看！"

李光地近前一看，墓碑上已书："明遗臣王某墓。"

"真是老顽固！"李光地气得脸都发青了，在心里骂了一句。

叶方蔼从陕西华阴空手回来了，李兴地从湖南衡阳空手回来了。高士奇也是空手回来了。他们虽没有把大儒请回来，可康熙皇帝并不因此改变对儒的策略，他坚持要各地的命官注意寻找、发现、举荐人才。

康熙的确为士子们提供一个登进台阶和施展才华的机会，当然士子们也为君主提供了人力和智力的支持，可为二者互为依存，谁都离不开对方。而康熙倡儒作为国策，有更深层的意思是，把这些颇具头脑的汉族知识分子拉过来，缓和社会和满汉之间的矛盾，实现社会稳定。

京都由于各地学子的到来，备加热闹。各地官员遵旨，尽力把自己所辖地的有名学者荐于朝廷，一共有一百九十余人，还说准备应试的就有一百五十多人。这中间有许多后来成为大名人的朱彝尊、耿断崧、汪琬、李国笃、潘来、施闰章、尤侗、毛奇龄等。

考试的时间按照历朝贯例，是在冬季开科，康熙皇帝考虑这个季节应试太冷，不利于学子们的健康和发挥，影响文思，便把日子向后推后到来年三月初一，这些学子们暂住在京城。每人发给伙食、取暖炭薪用金俸银三两、米三斗免去一些穷苦书生饥寒之忧。

各地官员荐举的学人被送到京城，仍有人不愿意参加考试，有的告老称病，有的规避，叶方藩把这个情况报告了康熙皇帝，问怎么办？

康熙皇帝想了半天，感叹地说："就让他们回去吧，看来天下人心并没有能完全归顺啊！"

"慢。"康熙特意嘱咐道："要给他们川资，像傅中山、杜越、李魏僖这样的人，还要派官兵护道，可以净化世人，净化世风。"

这些来京的各地学子，衣食不愁，除了读书，温习经史、练字，便是访亲问友，在京城各风景处游历、观览，这样悠哉、游哉，很快到了春暖花开之日。

考试在宫中体仁阁举行。

三月一日考试这天，京都好像醒来的特别早，各个学子手提着灯笼在晨雾中急急向宫中走去。

　　负责考试的翰林院掌院学士叶方蔼以铿锵有力、抑扬顿挫的音调，宣读诏谕说，信天来开科考试的人，你们都是经过各地的朝廷命官举荐而来的，各个都是有学问的，原可以不必经过考试录用，但通过考试更能显现出名位的才学，所以特召你们来。

　　参加今天考试的区有 143 人，人们鸦雀无声，全神贯注的听着宣谕。

　　叶方藩继结宣读诏谕说："皇上对你们十分敬重，试后专门赏赐宴席，以往参加殿试、馆试，或状元庶奇干等官，都没有如此优礼招待过。你们务必记住皇上的恩德。"

　　接着，礼部仪制清吏司掌嘉礼的郎中，宣读了由皇帝钦定的科场条例，敬告学子不要在应试中作弊。

　　卯时正点，从麻麻亮亮的空中，传来钟声、典声，给这古都凭添了一种宁静、悠远、古朴神秘的色彩。

　　太和殿前一排侍卫排到两侧，这时，皇帝从乾清宫起驾，乘坐三十六人的銮车从保和殿后逶迤而来，在太和殿升殿。

　　顾太监提任今天的值官，见到皇帝銮车已到，高呼：

　　"万岁爷驾到！"

　　皇帝下了銮车，并没有急于进殿，而是站在丹陛之上，向下面跪伏一片的名儒秀士由远而近的看一遍，然后才走进金扉、金窗、金砖墁地金漆基台，宝座上。

　　部司官带着一百多名鸿儒亦步亦趋地带到大殿门口。这时，开始传鞭、报时。赞礼官喊："排班！文武百官站齐了，丹陛大乐奏响，礼，然后由熊赐履、明珠和索额图等上书房大臣带领进入殿中　这时立刻响起："皇帝 万岁、万岁、万万岁！"的呼声。

　　康熙望着群儒高兴地点点头。

接着，熊赐履启奏说：

"内阁大学士、太子太保臣熊赐履、臣赫舍里索额图、臣纳兰明珠，奉诏带参加博学鸿儒科士人 179 名，叩见吾皇万岁！"

康熙示意，表示欢迎。

索额图出班宣读诏书，内容同时吏部关于博学鸿儒天科的谕旨是一样的。

诏书最后写道：

"朕将亲自主持考试录用。如果还没有报上来的贤才，可以明年参加，为国尽力。钦此！"

鸿儒们跪在地上，俯身静听着圣谕。

圣谕宣读完了，鸿儒们齐声叩答：

"谢万岁隆恩！"

康熙作为简短的讲话，他说："国家扫除了三藩之乱，安定了北部办疆，产除了噶尔丹的动乱，光复了台弯，战事结束了，文运兴起，希望你们倡明圣道，各展所学，不辜负朕亲试的谆谆心意！"

皇帝圣谕之后，内阁大学士用金盘捧着一张摊天的黄绢，躬身上前，请皇帝为考生命题。

康熙提起珠笔，一挥两就写出了命题，

明珠接过黄绢，向考生们宣读：

"御试题目：一、施玑玉衡斌；二、省耕诗。五言排律二十韵各一篇。"

试题公布之后，司仪顾太监又宣示："午时，皇上在体仁阁赐宴。钦此！"

考试午间由国君赐宴，这可是有史以来从没有的事啊，鸿儒们兴奋之余，不觉一片心慌，不知怎么对皇上感恩谢德。

同时，皇上还指示翰林院，不必进行监考，让鸿儒们有一个宽松的答卷环境，到晚上答不完，饭后可以继续答。

午时，体仁阁盛大的宴席已经准备好了，按照满族的习惯使用"高桌"，共有 50 张，坐满了鸿儒，每一张高桌，都有礼部派来的司官倍坐侍酒。

这些鸿儒们大都来自各地，而江南人士为最多，他们对满族的宴席很陌生，望着满桌的菜肴、肉食、果品，都不认识。

礼官——介绍说："红烧鹿鞭、清炖熊掌、狗子肉、野猪肉、野鸡、飞龙鸟、蛤蟆油、猫爪子(山菜)、蕨菜、刺老芽、元蘑、榛蘑、血肠……"

宴席使用的是由打牲乌拉总官衙门送来的贡酒，春林汇源烧锅的二锅头，打开坛子，酒香立刻飘溢满堂，喝上一口甜滋滋，到了肚中热乎乎，好多学子不知这是高度的高烧，都喝得满面红光，晕晕乎乎。酒过三巡，菜过五味，康熙皇帝带着皇太子胤礽和大阿哥胤禔一起来了，宴席进入高潮。

坐在离皇帝席较近的江宁鸿儒杨还吉和白梦，心情格外激动。这两个人，家居乡野，头一次到京都，又得到进宫见皇上，感到无比荣耀。

"我说老白，"杨还吉贴着邻座的耳朵说："我们就算这次天科考不上，也没算白活，我们家祖祖辈辈，我是第一个见到皇帝的，值！"

"我白梦一进入紫禁城就想，我不是白日做梦吧?"白梦说："我没等喝这老酒，心里早就醉了。"

鸿儒们交上考卷，便放假三天，作为休息，而大学士们都忙了起来，他们开始阅卷。于是熊赐履、叶方蔼、索额图、明珠、高士奇、张英、王鸿绪等人忙乎起来。

这些大学们在阅卷中，很发现了有的鸿儒，诗词根底很深，但在试卷上，明目张胆的把大清国写成蛮夷。这种违规、违例、犯讳的试卷偶有发现。

索额图忿忿地说："一个儒生把大清国写成蛮夷，按照《大清律》，这要杀头的"。明珠说："杀头不杀头，上奏皇帝，至少这种人就不能让他做官。"

康熙得知考试卷中出现这种种问题，召来了大学士们一同进行讨论应该如何对待。

熊赐履考虑一下，既使在试卷上违规、违例、犯讳……至犯了杀头之罪，也不能定罪，用博学鸿儒天科，就是天下第一流人才，而有的才学一流，却仍对朝廷有偏见，存反清思想的人。

皇上对高士奇问道："澹人，你有什么看法?"

高士奇说："我们这个博学鸿儒开科，在没考之前，皇帝已经定好了的，就是全部录取，他们当中有些个别人，是被拉出来的，他们不愿参加考试，这是一种人，还有的人心神紧张，出现笔误，这在殿试中我们是常见到的现象。如果因为这些，而不进行录用，把鸿儒们再送回去，这与不办鸿儒天科有什么区别呢!"

"你的办法不错。"康熙对高士奇说："不过朕要这样做，大儒们会不会嘲笑我这个不懂文词，连音韵蹩脚都看不出来呀?"

高士奇说："皇上对试卷上的错讹，用珠作为批语，发还他本人，他们一看，脸红过后，会心服口服。"

"皇上这样关爱人才，这是我们国家兴旺发达的标志"。高士奇说："也是我们读书人的福气啊!"

康熙说："但愿这些鸿儒们能了解朕之苦心!"

大学士们按照皇帝谕旨，阅卷时采取迁就、宽大无比方针，像严绳孙只作了一首小诗，彭孙鹬故意把诗写得文词不通，潘耒、李来泰、施闰章等人的诗不会韵律，近于打油，也都一一录用。

最后将试卷呈递皇上，康熙钦定。一等者二十人，二等者三十人，统授翰林职衔。其中，朱尊、李因笃、燔来、严绳孙等著名的汉族大儒也列请出来，如顾炎武、黄京羲、王夫之等人，有效地争取了一部分遗民的转变。

接着，康熙皇帝又以设馆修《明史》、兴办儒学、官学、编修，将拒不参加博学鸿儒开科的万斯用、徐元文等聘请出来，接着又相继请出一些遗民史家、学者，他们作出了应有的贡献。

顾炎武虽然给终未仕清廷，但他晚年亲眼目睹大清帝国繁荣昌盛，事事得民心，态度有了很大的转变，他在临终前，对他的三侄子说："康熙了不起，他把一个贫穷的大国带向富强……他对鸿儒们的宽容、大度、信任、使用，是别的朝代君主做不到的。"

28. 畅春园晚钟

　　畅春园远远的就听见一片欢声笑语……

　　久病稍愈，康熙这天心绪很好，邀了几位妃嫔来湖里钓鱼。在这方面他是行家里手，刚来不久已经钓上几条了。人们盛赞皇帝手气真好，说话之间，鱼漂猛的被吞下去了，这是一条大鱼上钩，鱼竿甩起，在天空中划成一道弧形，一个黑糊糊的家伙，引起人们一片惊叫，原来是一只乌龟，在鱼线上荡来荡去，瞬间啪唧一下，从鱼钩中脱落掉回水中。

　　"呀"——妃嫔不无遗憾的发出惋惜的惊叫声。

　　"它已经咬钩了，怎么又脱钩了？"

　　"你说呢？"康熙问。

　　妃嫔回答不出，只是掩着嘴笑。

　　康熙望着妃嫔们一眼，诙谐地说："老啦，牙掉光了，咬不住钩了。"

　　他的话又引起一阵欢笑。没有人注意他的话有什么深藏寓意，也没有人注意皇帝发出的轻轻叹息。

　　一夜北风起，畅春园中的老槐树下，躺着一片枯黄的叶子，秋天来到了京都。

　　溽暑过去了，早晚已有一点凉意，但秋光艳阳，这是一个成熟的季节。康熙皇帝起居的宫窗前桂花开了，馨香四溢，满庭芬芳。

　　康熙明显的更衰老了，步履艰难。他说他自己"血气渐衰，精神渐减，办事颇觉疲惫，写字亦渐颤"。早在四十七年初废太子时，他十分伤心，也非常羞愧，更是极端愤怒，又无可奈何，天下父母生儿养女，不都是"望子成龙"吗？

然而他最企盼、投入心血最大是对皇太子、阿哥们的培育和教导，希望他们有一天走上神坛，接他的班。到了他的晚年，却没有一个关心顺从他、听他的话，诸皇子为了争夺储位闹翻了天，"家丑外扬"，这严重损害了一个伟大君主的形象，也危害了他的身心健康，也严重干扰了国家事物的处理和内廷的安宁。他的两鬓刚过五十岁便开始花白，头发开始脱落，接着"六十不能安寝"，毛病越来越多。可康熙自己不认为从此老将下去。他觉得他这棵人生之树，现在还不到完全枯萎的时候，他要检查一下他的体力到底能承受多少沉重了，决定北巡塞外，尽管抱病，他还是如期出行了。

当康熙仆仆风尘从塞外巡视归来，跟他十多年的顾太监，掩饰不住内心的高兴，说："皇上此行塞外别来无恙，这是天下黎民的幸福啊！"

康熙自己觉得，近年精神渐不如前，怎么也是力不从心了，凡事易忘，像有怔忡之兆，每一举发，愈觉迷晕。

顾太监心疼的说："皇上虽是鬓角染霜，英气豪情不减当年，奴臣以为，皇帝太累了，歇息不足。就说咋日吧，上午披览秦章，午后又接见蒙古藩王、朝鲜使臣，召大学士谈办官学、办义学……这有多劳心费神啊！"

"朕坐在这个位置上，不能一日三餐饱食终日啊！"康熙停了一下，说："你那个本家顾炎武老夫子说的好：'天下兴亡，匹夫有责啊！"

康熙自己也不承认就此衰老了。他还有许多重大国事要去做，诏谕礼部准备到南海子行围，"苑囿而阅武，因行幸观兵"，这是一个胡服骑射民族传统。

朝中有关各部衙门、院管理皇家事物、宫廷事物宗人府、内务府等衙门，积极开始准备皇帝秋狩活动。他召来南书房大学士高士奇，说："朕已传谕礼部、兵部，准备秋狝你这个大学士届时也要参加啊！"

　　高士奇近身低声说："皇上，有句话不知当讲不当讲。"

　　康熙："不要拘于礼仪，有话直说。"

　　高士奇把嘴贴在康熙的耳边，神秘的说了半天。

　　康熙："爱卿所说的可有根据？"

　　高士奇说："我外公为江浙有名中医大家，我启蒙时教过我药书，他称衰老同肾气有关。肾为'阴阳之根蒂，生命之门户，造化之枢纽'……所以，皇上应服一些补肾之药。"

　　"张太医也这样说过，需要用一些补肾之药为好。"康熙说："朕从小就不愿吃药，相信从骑射中能练出好身体，可抵一切病患。"

　　康熙开始服用张太医配制的补肾健脑的药，过了些日子，他自觉精神旺盛腿脚有力，睡觉少梦，心绪好得多了。

　　正好宫女答应满月姑娘当值，给皇帝敬茶，这个体态顾长丰腴、来自扈仑四部乌拉部，为首领布占泰的重孙女，今年只有十六岁，但发育很好。顾太监说："皇帝如果阅奏章累了，可让满月姑娘唱段小曲，她唱得比教坊的歌女好几倍。"其实顾太监是无意而说，康熙也无心细听，还不及想什么只觉得这个姑娘的身上确有"爱人肉"，使他为之一动，过后也就忘记了。

　　康熙晚年的舞台上，所有亲属中只有隆科多既为皇帝的心腹又为得力助手。皇帝既是他的姑夫，又是他的妹夫，亲上加亲，只有这样的人这层关系，康熙才把理藩院尚书、御前侍卫、步兵统领的重任交付给他。现在，隆科多保卫在皇帝的身边，十分注意每天的生活、皇上的言行，在同高士奇、张太医、顾太监等人的谈话中，他体昧到皇上为了急于恢复健康，现在开始用医药了。他是个有心人，并不象他自己表白的那样："奴才自幼只是只狗，跟随主子行走，不谙办事款项……伏乞主子仁爱训导。"

这个皇帝的忠实耳目，不但善于处理纷繁复杂的事物，而且能从细微处体察到皇帝所思、所想、所需。他很快通过江南巡抚、江宁、苏州织造署，寻得名医，入大内给皇帝看病、施药，用"固本仙方"，几副药后，他的身体自觉好起来，有一次五更时，还产生一种冲动感。

满月姑娘又轮值到给皇上敬茶了，她微笑着，身姿婀娜，如同蜂喋一般，轻轻来到皇帝身边。

"满月姑娘……"他拉过她的手，问："你看朕的身体可比过去好。"

"奴婢说真话，皇帝的身体好，容颜好，茶也用得多了……一切都好。"

"是吗?"

"皇帝的健康，就是我万民的幸福!"

"呵呵，"皇帝高兴地笑了然后问："你看朕的年龄是多少。"

"六十岁。"

"朕已有六十有九了。"

满月嫣妍一笑，这个俏丽动人的姑娘，粉面上涌起挑红，爽直地说："不像。"

晚上顾太监通告满月皇上对她行幸，她在脸红心跳一阵后，在嬷嬷的护理下，开始沐浴更衣，做着应该做的一切准备。

"秀色可餐!"康熙头脑里跳出这样一句词。

在宫中供职的外籍教师葡萄牙传教士徐日升、比利时传教士安多，在同皇帝交谈中涉及到健康、长寿问题时，介绍外国君主的经验，说："……与美丽的女人做爱，谨慎进行是最力的医药。"

其实华夏大地民间早有这种习俗，叫"冲喜"。由于宫中环境、营养、食品，众多女性朝夕相处，康熙性成熟的特别早。他登基后国事繁扰，还十分怀念福佑寺的生活，怀念同他苦度童年的苏嘛剌姑、张、林太监和两位乳母。他感冒了，拒绝用太医的"犀角大清汤"，他要苏嘛喇姑送来的姜汤发汗。他记得小时候一次感冒就这样治好的。他喝了苏麻喇姑送来的姜汗汤，并把她留了下来暖被窝。开始他们同小时候那样，摸她的脸蛋、鼻子、唇、耳朵、胸脯、奶子……还有她的下部，他当年还多次爬上她的身上，不过是做骑观状淘气而已，没有其它。苏麻喇姑当时青春正值，有时竟被弄得激情昂扬欲火燃烧，有时她想把他的那个小东西吞进她的体内，可是她又胆怯了，不敢偷吃这禁果。

现在他是皇帝了，人也大了。他知道所有女人在皇上面前永远不能说不……她身体、灵魂，一切都是打开的门窗。他抚摸着她，一切动作几如从前，而感觉不相同了，她突然感到作为骑手在驾驭他的马弛骋已经身不由己，没有那种进出昂然、悠然、陶然自得。

"朕还不到七十，人生古来稀的时候，不能称老。"康熙自己开始战胜自己认为身体衰微的心里。满月又被召来了，而且他对她的美丽与可爱惊奇不止，他像一个鉴赏家，在欣赏她的胴体，一切仿佛都在复苏，他的勇敢、自信，驱使着他，要像一匹骏马那样在绿茵的草场上飞奔起来，他认为他是一个永不败阵，勇敢智慧，最有天赋的民族子孙。他想起来了他同苏麻喇姑的第一次，他希望用他的武器打开她的神秘之门，可是他失败了，以往狂喜驰骋的马术不管用了，就像一股火，刚要慢慢升腾，一下被水浇灭了。他当然不会就此服输，他鼓舞自己，积蓄兴奋之法，调动狂喜经验，想到美与诗的境界……满月的器官已被唤起，产生优雅、温柔的开放、配合，以微微颤抖的热情，寻求梦幻缥缈之境，可是，威龙厌战倦鸟归巢，他输出浑身的节数，也拿不出当年那种猛虎下山丛林侵兽的本领了，只好哀叹"无可奈何花落去。"

宫中十分看重皇帝这次临幸。事毕侍寝太监、起居注官、还有御前侍卫隆科多，都围住负责检验御后情形，满月交出一条白绫，那上面没有"梨花带雨"也不见"溪谷桃红"，人们的心一下紧缩起来，有点发冷。幸宫簿上写着：……龙精未发。

康熙想这算什么，并不因此觉得是一次失败，是衰老的象征，他感到原就不该采纳高士奇和传教士的意见，用女人来治疗衰微，这不是滑天下之大稽吗！这要是在过去，要交到刑部处罪丢脑袋的，可是现在他不想这样做，"人皆有不忍人之心。"他主张宽容，再宽容一些。他认为天下无王无法的事情多了，说太平盛世，虎豹狼虫还有苍蝇就能杜绝吗？

康熙自己安慰自己，很快镇静下来，思谋着怎样度好晚年。有许多的大事要做，他记起顾炎武的诗句："苍龙日暮还行雨，老树春深更护花"。"我怎么会老了呢？"康熙反问着自己，也在嘲讽自己。

康熙传谕礼部，将御驾南海子巡狩准备情况，奏报上来。他批示："朕届时将临，不管风吹雨打。'采菊东离下，悠然见南山'，围场上见"。他要让官员看看，他康熙雄风依旧没有老。

康熙在审阅奉驾去南海子随员名单时，在顾太监这里停下了。

"顾太监，"康熙把他召来了，对他说："你这次不要去南海子了。"

"奴才伏乞皇上安排，就留在宫中。"顾太监说。

"不，宫中也不要留了。"康熙说。

顾太监一下怔住了，不知出了什么事，犯了什么过失。

"什么事都没有。"康熙说："你在宫中陪朕三十多年了，你尽职尽责，这不容易。"

"奴才应当这样。"

"可是，你想过没有，你不再年轻啦。"

"我还行。"

康熙笑了说："这里的活太多太累，也不好做。"

"奴才愿意永远侍候皇帝。"

"你没想到有一天离开这里，到哪去呢？"

"我……住庙……"

"那里太冷清啊！"

"……"

康熙拿过几个大元宝和几锭银子，对顾太监说："你们老家清苑那里，靠近淀边，土地较好，你回去置一些地，在家乡养老吧！"

顾太监惊恐稍定，伏地而哭，他说："我会日夜想念皇上的！"

"朕再送你一幅字画，你挂在室中，这不如同每天相见了吗！"

　　顾太监只是抽泣，他为皇帝的感情确为十分甚厚，皇帝就是外出巡幸，也要写信给他，寻问生活，这是他永远感恩不尽的。

　　"你去了，朕也会想你的，说不定我会去你的家乡呢，清苑离京没有多远啊！"

　　康熙为了战胜身体上的各种疾患，他每天都有严格的起居、饮食规定，再加上用药品，中秋节后，身体一天强似一天，他在御寝当值太监盘子中，将满月牌子翻开。

　　新任太监小福子喊道："满月姑娘，准备接驾——"

　　随着健康恢复，他想上次对满月的临幸。那是他人生第一次在女性身上的失败，一种他从没想到的失败。当时他并不这样认为，现在他想，如果他不讨回那种失败，便真的成了他人生的一次很大的失败。他想到这里有一种报复心理，这就是为什么要召满月，而且这次马到成功，心理非常受用。

　　隆科多道："满月这个北方姑娘有点粗，如果皇帝喜欢，我想去江南，挑选几位苏杭姑娘。"

　　康熙斥责说："朕的私事，你也要管吗！"

　　黎明来到了，满月姑娘手里攥着一条涸着血污的白绫，羞赧的低着头走出寝宫，嬷嬷接过她手中的绫子，展示给起居注官和宗人府的官员，众人皆喜，他们把看到的事实登录在册。

　　满月姑娘已经破身，这可不像康熙说的是自家的私房事，后宫和百官像注射了强心剂，大家都兴奋起来，觉得枯木又逢春了。

　　康熙临幸满月姑娘，在胜利完成他的纵横驰骋后，兴奋之余，曾问满月姑娘，说："你看朕还行吗？"

"行……太行了。"

"喔，我得记住你的话，对朕的估价不只是行，是太行了。"

康熙十分自得，愉悦，这是好长时间没有的。而满月姑娘在想："这皇上在夜间……也同普通人一样的啊！"

南海子秋狝如期进行……

康熙六十一年十月七日，康熙皇帝在南海子行围中"偶感风寒"，只好提前回銮，住畅春园，召来御医进行治疗。他对此并不在意，他周围的人也并不觉得这是大的病症，他和他周围的人都认为经过太医的调治，很快就会恢复的。

冬至节很快就到了，皇帝每年在这一天亲往南郊举行祀天大典。

感冒期间他仍在照常处理各种政务。四皇子雍亲王胤礽连日遣太监、侍卫问候皇帝的病情。康熙仍是不在意回答："朕体稍愈。"他又一次回答："你送来的药，收到了。"

十二日深夜，康熙皇帝病情急剧恶化，人们慌了手脚，隆科多马上召来皇四子胤礽到畅春园，接着又召皇三子诚亲王胤祉、皇七子淳亲王胤祐、皇八子贝勒胤禩、皇九子贝子胤禟、皇十子敦亲王胤䄉、皇十二子贝子胤祹、皇十三子允祥齐到御侧……召来御医抢救。然而一切都是无用的了。

他就这样闭上他的双眼、停止了心跳，那个睿智的大脑永远歇息了，闪烁在东方的一颗耀眼的明星陨落了。

当人们确认康熙已经不再醒来，隆科多正一正朝服，按一下腰刀，他郑重的向在场的诸皇子宣布口授遗招，曰：皇四子人品贵重，深肖朕躬，必能克乘大统，著继朕即皇位。

在场的皇子们听完这个口授遗诏，万分惊异目瞪口呆。半天，胤禩"突至朕前，箕踞对坐"，他不相信这个口授遗诏，大叫："皇帝你说话呀——。"

"皇帝呀！"他埋怨父皇办了一件大糊涂事。

隆科多把他拉到一边警告他不要惊了先帝之灵。接着，隆科多下令关闭九城城门，远在西线的"抚远大将军"胤禵，一下被撤换下来，由年羹尧接替。

京郊的大街上，一队队全副武装的步兵、骑兵不时的飞驰而过，巡逻着，枪刀闪着寒光……

康熙的遗体在理藩院尚书、步兵统领、御前一等卫隆科多的严密护卫下，当夜由畅春园移回紫禁城乾清宫。

十六日，颁诏于全国。

十九日，胤禛登基告祭天地。

二十日，胤禛御太和殿，在山呼万岁中，指点江山，雍正朝开始了。

他对他父亲的评价是："……备道德之崇广，集皇之大成，经纶宇宙，彪炳帝纪，巍巍乎，荡荡乎，自羲轩至今，未有如我皇考圣祖仁皇帝之盛者也。"

下雪了……

起更了！康熙帝的灵前的高烛，在白雪的映衬下，放射出耀眼的光芒，他苍白的脸上，谁能说出那是什么样的表情？他在临终时刻，是感到某种欣慰、自豪，抑或是充满愤懑、痛苦呢，有谁知道？畅春园的晚钟响了。

大雪仍在下，太和殿上、大地上到处是一片白……

作者简介

高梦龄，中国作家协会会员，国家一级作家，编审，原《山东文学》社长兼主编、原《珲春日报》（今《图们江报》）社长兼总编辑、山东作家协会创作室副主任。主要著作有长篇小说：《康熙帝国》（四卷）《夜鸟》《黑鸟》《血土》《浮云》《落日》《残夜》中篇小说：《七八个星天外》等。短篇小说：《人约黄昏后》等。散文集：《日暮苍山远》等。传记文学：《风雨马胜利》；报告文学：《装点人间春色》；文学理论：《洗尽凝脂见天真》等。2000年曾参加中央电视台、中央党校组织撰写的大型文献政论片《世纪之光》的写作。

主要参考文献

简明清史 戴逸/主编 人民出版社 二零零四年三月

清史稿 越尔巽/等 中华书局编辑部 一九九七年

康熙传 蒋兆成 王日根/著 人民出版社 一九九八年

清朝的皇帝 高阳/著 中国友谊出版社 二零零一年四月

养吉斋丛禄 [清]吴振或/著 北京古籍出版社 一九八三年十月

皇帝与皇权 周良霄/著 上海古籍出版社 一九九九年四月

清代全史 李洵 薛虹/主编 辽宁人民出版社 一九九一年

吴郡志 [宋]范成大/撰 江苏古籍出版社 一九九九年八月

吴越访古录 [清]姚承/撰 江苏古籍出版社 一九九九年八月

萨满教与神话 富育光/著 辽宁大学出版社 一九九零年十月

乌拉史略 尹郁山/著 吉林文工团史出版社 一九九一年十二月

寒松堂皇全集 [清]魏象枢/撰 中华书局 一九九五年

清史新考 王钟翰/著 辽宁大学出版社 一九九七年三月

明清史论集 许大龄/著 北京大学出版社 二零零零年十一月

明清史探实　郑克晟/著　中国社会科学出版社　二零零一年一月

永宪录　[清]萧奭/撰　中华书局出版社　一九五九年八月

履园丛话　[清]钱泳/撰　中华书局出版社　一九七九年十二月

啸亭杂记录　[清]昭连/撰　中华书局出版社　一九八零年十二月

台湾秘史　郑剑/著　团结出版社　一九九八年八月

康熙收复台湾　鸿鸣/著　作家出版社　二零零零年十二月

宝岛归清记　任敢民/著　军事科学出版社　二零零零年一月

汤若望传　李兰琴/著　东方出版社　一九九五年九月

清前期中俄关系　张维华　孙西/著　山东教育出版社　一九九七年六月

曹雪芹新传　周汝昌/著　外文出版社　一九九二年

旧典备微　[清]朱彭寿/撰　中华书局出版社　一九八二年二月

枢垣记略　[清]梁章钜　朱智/撰　中华书局出版社　一九八四年十月

池北偶谈　[清]王士祯/撰　中华书局出版社　一九八二年一月

万历野获编　[明]沈德符/撰　中华书局出版社　一九五九年二月

9 781990 872815